Constantin Göttfert

Steiners Geschichte

Constantin Göttfert

Steiners Geschichte

Roman

C.H.Beck

Gesetzt aus der Adobe Jenson Pro Light bei Fotosatz Amann, Memmingen
Druck und Bindung: GGP Media GmbH, Pößneck
Umschlagentwurf: Geviert / Grafik & Typografie, Andrea Janas
Umschlagabbildung: Collage Mensch, Natur
Frau: Mina Pavlin / getty images 46160331
Baum: Edwin Verin / shutterstock 20531078
Hügel: Zoom Team / shutterstock 138486625
Gedruckt auf säurefreiem, alterungsbeständigem Papier
(hergestellt aus chlorfrei gebleichtem Zellstoff)
Printed in Germany
ISBN 978 3 406 66757 2

www.beck.de

Teil I

Eins

Ina stellte den Motor nicht ab, auch die Scheinwerfer nicht, sie kurbelte nur das Fenster einen Spalt weit hinab, sodass ich einen Moment lang dachte, sie wolle einem Mann, der drüben am anderen Ufer entlangging, etwas zurufen.

Sie hatte kurz geweint. Jetzt blickte sie mit ruhig an- und abschwellender Brust über ihre kleinen Hände, die immer noch auf dem Lenkrad ruhten, hinweg auf die dunkle March.

«Du willst jetzt dort hingehen?», fragte ich. «Und warum?»

Ich wusste es. Sie suchte eine Geschichte. Eine Geschichte über ihren Großvater.

Sie schob den Türhebel hoch. Mit dem Ellenbogen stieß sie die Tür auf, setzte zuerst einen Stiefel aus dem Wagen, bevor sie mit dem Körper nachrutschte und den sich bereits deutlich unter ihrer Jacke wölbenden Bauch vom Druck des Lenkrades befreite. Mit beiden Händen fasste sie nach dem Wagendach, zog sich aus dem Wagen heraus.

In einem Schlammloch sank sie ein, sie taumelte. Eine Krähe riss sich kreischend vor ihr aus dem schlammigen Unterholz. Ina sah ihr nach, bis sie hinter dem schneebedeckten Dach einer Fischerhütte verschwand. Ich widerstand dem Impuls, Ina nachzueilen. Ich drückte nur selbst die Wagentür auf und beugte mich hinaus, um besser sehen zu können, wohin sie ging. Ich wollte ihr etwas nachrufen, aber ich wusste nicht, was. Man konnte hören, wie die Eisschollen vom Flussufer brachen und leise an die Blechwand der vertauten Fähre klopften.

Der Geruch der faulenden Blätter in den quadratischen Netzen der Fischer stieg jetzt zu mir in die Kabine, die Fäulnis von morschem Holz.

«Jetzt komm schon!», rief sie. «Komm schon!» Dabei schlug sie sich mit den behandschuhten Handflächen auf die Oberschenkel. Das sah aus, als wollte sie einen Hund zu sich rufen.

Die Gletscherwasser aus dem tschechischen Riesengebirge hatten den aufgeschütteten Kies überschwemmt, sie schaukelten die vertäute Fähre. *Hochwasser, kein Betrieb* stand dort, *Povodeň, žiadná prevádzka*. Ich erreichte Ina, fasste nach ihrer Hand, um ihr über die Absperrung zu helfen. «Pass auf», sagte ich. Sie setzte den zweiten Fuß über die Kette, schlug sich den Schnee vom Mantelsaum, und noch halb in dieser Bewegung beugte sie sich zu mir und küsste mich auf die Wange.

Die Tür war nur mit einem Riegel gesichert. Ina löste den Mechanismus. Sie bückte sich vor mir in die Kajüte, fasste nach meiner Hand. Ich missverstand sie. «Die Streichhölzer», sagte sie, «gib mir die Streichhölzer.»

Aus einer rußigen Laterne fiel Licht in einen Raum von sieben oder acht Quadratmetern: ein Tisch, ein Stuhl, eine abgelegte Lesebrille, drei Fotos, ein Stapel leerer CD-Hüllen, eine halb ausgetrunkene und eingedrückte Flasche Mineralwasser.

Ich rückte die Lampe in die Mitte des Tisches. Dabei schwappte etwas Petroleum über meine Fingerspitzen. Der Verschluss fehlte. Es war warm und klebrig. Ich wischte es ab.

Ina griff nach einer Blechkanne, in der noch Reste von Kaffee schwammen, sie füllte zwei Tassen, klopfte Trockenmilchpulver aus einer Dose, als wäre sie hier zuhause. Sie trank nur einen einzigen Schluck, bevor sie sich erschöpft in den Stuhl fallen ließ.

«Und jetzt?», fragte ich.

Sie sagte: «Ich weiß es nicht.»

In einem aufgeschlagenen Buch hatte der Fährmann die Anzahl der Fahrgäste aufgelistet, in Spalten getrennt zwischen *Autá, Motocykle* und *Bicykle*, alles in Kurrentschrift, die zu lesen mir Mühe machte. An manchen Wintertagen setzten nur vier oder fünf Personen über die March, aber wegen des Hochwassers war er jetzt schon seit fünf Tagen ohne Fuhre gewesen.

Ich begriff nicht, was mich das anging. In den langen Stunden, in denen er auf Passagiere wartete, zeichnete der Fährmann Aulandschaften in die leeren Spalten oder Akte von jungen Mädchen, von Moos überwachsene Bunker. Ein roter Buntstift mit abgebrochener Spitze klemmte in der Mulde zwischen den auseinanderfallenden Seiten, in einem Gurkenglas auf dem Regal über dem Schreibtisch steckten weitere.

«Ich weiß es doch nicht», sagte Ina noch einmal. «Wie soll ich es wissen?»

Ich erschrak über ein Klopfen an der Tür. Es war aber nur ein Stück Treibholz, das klopfte, kein Mensch.

Es ist nicht so, dass mich nicht schon früher einiges an Ina irritiert hätte. Aber als sie jetzt aufstand und damit begann, die Laden des Schreibtisches zu durchwühlen, hätte ich sie am liebsten gepackt und zurück ins Auto gezogen. Ich wollte nicht hier sein.

Alte Fahrtenbücher, die sie von vorne bis hinten durchblätterte: Autos, Motorräder, Fahrräder, daneben weitere Zeichnungen des Fährmannes: Mädchen und Jungen, mit Kugelschreiber, Bleistift, Buntstiften. Irgendwelche zusammengeknüllten Rechnungen, die sie aufblätterte und vor sich auf dem Schreibtisch glatt strich.

Damit ging alles los. Ich bemerkte es zuerst nur an dem leisen Rascheln, mit dem das Papier in ihrer Hand zitterte, und daran, wie sich ihr Kopf zwischen ihren Schulterblättern heraushob, als wäre er die ganze Zeit über zu weit in ihrem Körper gesteckt. Sie blickte mich an und dann das Papier.

Ich fragte: «Was ist?»

In manchen Momenten denke ich, es hätte alles anders kommen können, hätte sie damals dieses Stück Papier, diesen Einkaufszettel über zwei Bleistifte und einen Packen Briefpapier nicht gefunden.

Sie antwortete sehr leise: «Limbach.»

Auf Inas Strickhandschuhen waren gelbe Sterne, dort wo die Fingernägel waren. Ein solcher gelber Stern ruhte jetzt knapp unter diesem Wort. Es war die Adresse des Papierhändlers.

Ich muss sagen, dass ich diesen Namen kannte. Es war unmöglich, mit Ina zusammen zu sein und nicht mit diesem Namen konfrontiert zu werden. Limbach war ein Dorf in der Slowakei. Ihr Großvater, den alle nur den Steiner nannten, war dort aufgewachsen. Aber natürlich war dieser Name viel mehr. Er war eine zerstörte Hoffnung, eine Sehnsucht, ein einziger Schmerz. Aber das begriff ich damals noch nicht so gut wie heute.

Ina nannte nur wieder diesen Namen, «Limbach», und löste sich aus meinem Griff, während der gelbe Stern noch unter dem Wort ruhte. Sie stand auf, ging einen Schritt auf die Tür zu, blieb dort aber nicht stehen, sondern drehte sich nach mir herum, als wollte sie etwas sagen. Sie sagte aber nichts.

Steiner war tot. Ich zog mein Handy heraus, um das Datum abzulesen. Er war vor genau vierzehn Tagen gestorben.

«Wir können den Fährmann ja einfach fragen», sagte ich. «Wir kommen morgen wieder und fragen ihn nach diesem Ort. Wenn er dort wohnt, wie du glaubst.»

«Morgen?», höhnte sie.

«Oder wenn die Fähre wieder fährt. Wir nennen ihm den Namen deines Großvaters, vielleicht weiß er von jemandem, der noch mit Steiner bekannt war.»

Und später würden wir dorthin fahren, sagte ich.

«Wann später?», fragte sie.

Die Spitze meines Zeigefingers pendelte auf ihren Bauch zu, aber ich sagte es nicht. Es gab Worte, die sprachen wir nicht aus. *Schwangerschaft* war so ein Wort, das Wort *Geburt*, das Wort *Kind*. Es war eine stille Abmachung, die in den letzten Wochen immer verbindlicher geworden war.

Ich könnte nicht genau beschreiben, wie sie mich jetzt ansah, auf jeden Fall fühlte es sich bedrohlich an.

Sie stellte die Tasse hin, rückte den Stuhl, auf dem sie gesessen war, zurück an den Schreibtisch.

Durch die Luke fiel jetzt etwas Licht in die Kajüte und verfing sich in ihren Haaren. Die Wolkendecke war ein Stück aufgerissen. Ein halber Mond hing über dem Flusslauf, im Gebüsch lag noch etwas Schnee. Man sah die verfallenen Fabrikschlote am slowakischen Ufer und flussabwärts die Stumpen der Brückenpfeiler im silbrig-trüben Wasser.

Ich legte meine Hand in die Grube zwischen Inas Schulterblättern. Ich roch die Feuchtigkeit in ihrem Mantel. Ich konnte spüren, wie sehr sie die Haltung anstrengte, aber sie beugte sich jetzt hinaus wie ich zuvor, als könnte sie von hier aus durch die Dunkelheit bis zu diesem Limbach sehen, in ein unbekanntes Land und bis zu einem alten Hof, von dem sie nichts wusste, außer, dass er verloren war.

Es war nicht so, dass sie oft von ihrem Großvater sprach. Aber ich erinnere mich daran, dass sie vor ein paar Tagen gesagt hatte, die Last der Großväter drücke auch die Enkel oder irgendetwas, das so ähnlich geklungen hatte. Es war gar nicht ihre Art, so zu reden.

Vor fast 70 Jahren hatten die tschechoslowakischen Kommunisten die Reste einer alten Steinbrücke sprengen lassen, um das, was sie unter dem Namen *Republikflucht* mit langen Gefängnisstrafen, Sippenhaftung und Berufsverboten ahndeten, zu verhindern. Dieselbe Steinbrücke endete immer noch im Nichts, im Nichts der Grenzregion, immer noch in dieser Stille, dachte ich, die seit meiner Kindheit über der March hängt.

An die Luke gedrängt, blickten wir eine Weile auf die Stumpen der Brücke, und als sich unsere Augen an die Dunkelheit gewöhnt hatten, sahen wir, wie sich das dunkle Wasser dort fast lautlos teilte. In der Dunkelheit einer Marchfelder Kindheit waren das die Zähne eines Ungeheuers gewesen. Ein rostiges Schild warnte vor der Besteigung der Stumpen, ein anderes sagte: *Achtung Staatsgrenze!* und rostete im frostigen Schilf.

«Wieso bin ich nie dorthin gefahren?», fragte sie.

Ich spürte, dass sie fror, aber als ich vorschlug, doch wieder zurück zum Wagen zu gehen und die Heizung anzustellen, auch dort könne man reden, streckte sie den Arm durch die Luke, zeigte auf eine Stelle in der Nähe der Brückenpfeiler und sagte: «Dort ist es passiert.»

«Was passiert?», fragte ich.

«Ich zeig's dir.»

Ich folgte dem Pochen ihrer Stiefel hinaus bis an die Auspuffe des Motorblocks. Der Schnee hatte eine kleine Haube auf den senkrecht in die Höhe stehenden Rohren gebildet.

«Der Kopf im Eis», sagte sie. Dort, bei einem Baum in der Nähe der gesprengten Brücke, sei es passiert.

Eine Erinnerung an ihren Großvater. Seit seinem Tod tauchten immer mehr solcher Geschichten auf. Während sie erzählte, schob ich meine Hände in ihre Achselhöhlen, sie öffnete die obersten Knöpfe meines Mantels und vergrub ihr Gesicht darunter. Und trotzdem spürte ich, wie sie vor Kälte zitterte.

An einem Wintertag im Jahr 1987 hatte es den ganzen Vormittag über geschneit. Das Läuten der Schulglocke schellte noch gedämpft durch den grauen, windigen Nachmittag, als Ina – die Kapuze mit einer Hand gegen die Schneeflocken in die Stirn gezogen – durch das Hoftor und vorbei an den verschneiten Beeten in ihr Elternhaus trat. An der Türschwelle streifte sie sich den Schnee von den Absätzen, sie klopfte sich die Jacke ab. Sie wollte ihre Schultasche abwerfen und dann in die Küche, um nach Arbeit zu fragen. Das war eine Selbstverständlichkeit. Aber als sie eintrat, stand ihr Großvater, der für gewöhnlich zu dieser Zeit auf der Küchenbank seinen Mittagsschlaf hielt, an der Tür. Er hatte sie durch das Fenster beobachtet, vor der Nässe ihrer Jacke wich er einen Schritt zurück. Er sagte: «Lass die Jacke an. Wir gehen an die March!» Er fasste nach ihrer Hand. Ohne sich auch nur den Hut gegen den Schnee oder den Mantel gegen die Kälte überzuziehen, trat er über Inas so viel kleinere Fußstapfen hinweg zurück auf die Straße und lief zwischen den verschneiten Buchen die Böschung hinunter, auch sie in der Gangart des Alters, wie Ina jetzt sagte. Steiner griff nur noch einmal nach ihrer Hand, aber wie jemand, der etwas nachsehen möchte, und während er auf ihre Hand blickte, sah sie im Gegenzug auf seine. Frische Schneeflocken hatten sich in den dunklen, großväterlichen Haaren verfangen.

Es war ungewöhnlich, dass er ihr die Hand gab, und sie fragte sich, ob das eine Bedeutung hatte, ob das mit ihrem Spaziergang an die March zusammenhing. Ihr Großvater wollte ihr etwas zeigen, spürte sie, aber als sie ihn fragte, gab er nur ein Murren von sich.

Der Weg führte damals nicht bis ganz ans Ufer. Hinter dem Friedhof mussten sie durch ein Stück Wald, in dem mehrere Warnschilder mit Totenköpfen auf die nahe Grenze hinwiesen. Inas Stiefel sanken bis zum Schaft in den Schnee. Sie spürte, wie der Schnee an ihren Zehen schmolz und wie diese langsam steif wurden. Aber sie klagte nicht. Sie war es gewohnt, nicht zu klagen.

Die March war seit mehreren Wochen gefroren, die bleierne eisige Luft hatte jeden anderen Spaziergänger vertrieben. Der Winter 1987, sagte Ina, sei einer der strengsten Winter ihrer Kindheit gewesen. Ihr Großvater und sie hielten einander an den Händen, als sie über das gefrorene Flussbett hinweg in die Tschechoslowakei blickten, in ein Land, das Ina nie betreten hatte und das ihr – obwohl über die gefrorene Eisdecke in wenigen Schritten erreichbar – wie unendlich weit entfernt erschien. Inas Großvater streckte nicht den Arm aus, wie es andere Großväter taten, wenn sie die Blicke ihrer Enkelinnen auf die Fische richten wollten, die wie goldene Schatten unter dem Eis schwammen, oder auf die Graureiher, die mit weit ausgebreiteten Schwingen so mühelos von einem Land ins andere wechseln konnten. Er stand einfach nur da, und da er so konzentriert nach drüben blickte, blickte auch sie so konzentriert nach drüben. Sie sagte: «Es war ein stiller Zorn in ihm. Den habe ich nicht verstanden.»

Man hatte auf der tschechoslowakischen Seite alle Bäume am Ufer gefällt, sodass das ganze Grenzgebiet gut zu überblicken war, eine von Stacheldraht bewehrte Mauer zog sich, so weit sie blicken konnte, am anderen Ufer entlang. Lange Zeit hörte Ina nur das Hundegebell. Sie hatte dabei an Haustiere gedacht, sagte sie mir jetzt, nicht an eine gegen Flüchtende abgerichtete Hundestaffel. Der Wind wehte knatternde Motorengeräusche und das Knarzen von Schnee unter Gummireifen zu ihnen herüber. Ein Jeep hielt unter einem der Wachtürme: vier Soldaten in eng anliegenden Wollmänteln, die sich gelangweilt den Schnee von den Augenbrauen wischten. Nur der Fahrer erhob sich im Fahrersitz, als hätte er etwas gehört. Er drehte den Kopf nach links und nach rechts, und schließlich blickte er über die March. Er bemerkte Ina und ihren Großvater. Er winkte. Ina betonte, der Mann habe gelächelt, es sei eine freundliche Geste gewesen, einen Großvater und seine Enkelin betreffend.

Wenn Großväter damals mit ihren Enkelinnen an der March standen und sagten: «Schau, dort drüben, das ist der Kommunismus», dann hieß das nichts anderes als: «Dort drüben ist das Ende der Welt.» Nur die Stumpen der alten Eisenbahnbrücke und die Ruinen der Zuckerfabrik am gegenüberliegenden Dorf zeugten von einer anderen Zeit, aber die war Ina unbekannt. Das Wichtigste, was es über diesen Fluss zu wissen gab, war, dass man ihn nicht betreten durfte. Man durfte im Sommer nicht darin schwimmen, man durfte im Winter nicht darauf eislaufen. An diesem Fluss durfte man nur entlanggehen. Er kennzeichnete das Ende der betretbaren Welt. Hinter diesem Fluss lauerte eine diffuse Bedrohung, aber wenn sie fragte, welche Bedrohung, gab man darauf keine Antwort, die sie hätte verstehen können.

Ohne zu verstehen, warum die tschechoslowakischen Soldaten am anderen Ufer mit ihrem Jeep auf und ab fuhren, winkte Ina ihnen zu. Sie waren aus ihrer Starre erwacht und winkten zurück. Sie warfen Kusshände aus dem offenen Verdeck heraus über die March nach Österreich, und sie fing sie auf und warf sie zurück. Sie winkte mit der Ausgelassenheit eines Kindes, das von Politik und Totalitarismus nichts wusste.

Ihr Großvater beobachtete das. Er kommentierte es nicht, aber nachdem einige Küsse auf diese Weise hin und her geflogen waren, fasste er nach ihrem Arm, damit sie die Küsse der Soldaten nicht mehr einfangen konnte. Sie blickte zu ihm hoch. Und als er spürte, dass sie ihn ansah, streckte er die Hand aus. Er wollte, dass sie sah, was er tat.

Steiner habe die Hand ausgestreckt, erzählte Ina, und er habe mit seinem ausgestreckten Zeigefinger jeden Einzelnen der tschechoslowakischen Soldaten am anderen Ufer der March erschossen.

Ina erschrak darüber. Sie verstand es nicht.

Ihr Großvater schoss, und als es tatsächlich krachte, erschien ihr dieser graue, bis zum Nagelbett mit zarten Härchen überwachsene Finger wie ein mit übernatürlichen Kräften ausgestattetes Instrument, und sie wäre nicht verblüfft gewesen, die Soldaten am anderen Ufer nun tot über den Seitentüren aus ihrem Jeep hinaushängen zu sehen. Ihr Großvater, der Magier, hatte sie erschossen.

Wieder krachte es. Aber der Finger des Großvaters schoss nicht mehr.

Sie bemerkte zuerst, dass sich der Händedruck ihres Großvaters veränderte. Immer noch hielt er ihren Arm, aber jetzt presste er ihr das Fleisch zusammen. Er tat ihr weh. Auch im Gesicht ihres Großvaters hatte sich etwas verändert. Die verbissene Ernsthaftigkeit, mit der er die Augen zusammengekniffen und auf die Soldaten gezielt hatte, war einer ängstlichen Angespanntheit gewichen. Es sah ganz so aus, als erwarte ihr Großvater etwas Schreckliches. Ina blickte auf das andere Ufer zurück. Die Soldaten saßen alle noch gesund in ihrem Jeep, aber sie winkten nicht mehr, alle vier hatten sich aus ihren Sitzen erhoben. Sie starrten auf etwas im Fluss, und jetzt sah auch Ina, dass sich der Fluss verändert hatte. Ein Riss hatte die Eisdecke gespalten, und dort, wo eine Scholle die andere überlagerte, klaffte ein Loch.

Ein Soldat sprang über die Seitentür aus dem Jeep, lief ans Ufer und blieb dort breitbeinig stehen. Es schien, als würde er den anderen Befehle erteilen: kurze, stakkatoartige Silben, unter denen die anderen es ihm gleichtaten. Und weil nun alle so dreinblickten, als würde etwas Schreckliches geschehen, spürte auch Ina, dass etwas Schreckliches geschehen würde. Sie konnte sich nur nicht vorstellen, was das sein konnte.

Die drei Soldaten liefen ans Ufer, wo sie sich ebenso breitbeinig die Gewehre vom Rücken zogen. Sie legten an und zielten auf das Loch im Eis, und dabei riefen sie etwas. Es sah aus, als brüllten sie das Loch am Ende des Eisrisses an – ein unheimlicher, gleichzeitig komischer Anblick, bis Ina endlich den Kopf sah. Ein Kopf steckte dort im Eis, und auf diesen Kopf brüllten die Soldaten ein. Jemand war eingebrochen. Und alle brüllten ihn an.

Die Soldaten wussten nicht, was zu tun war. Und auch ihr Großvater wusste nicht, was zu tun war. Er quetschte ihren Arm, dann klatschte er seine Hand plötzlich an ihre Schulter, um sie herumzudrehen, aber wenig später nahm er seine Hand wieder fort und sie blickten beide wieder auf die Soldaten. Einer war zurück in den Jeep geklettert, er kramte nach etwas, während die anderen drei aus blutroten Köpfen auf den Kopf im Eis einbrüllten. Sie bewegten ihre Gewehre wie Angelruten, als wollten sie den Eingebrochenen an unsichtbaren Schnüren aus dem Loch herausziehen. Der Mann im Jeep hatte ein Seil gefunden, das er einem der Männer vor die Füße warf. Der hob es auf, und starrte dann plötzlich über das Eis und direkt in Inas Augen.

Ina kreischte. Sie hatte Angst vor diesem Blick. Es war ein junger Bursche von vielleicht zwanzig Jahren. In einer Hand hielt er das zusammengerollte Seil, mit der anderen versuchte er, Ina und ihren Großvater zu verscheuchen. Er wollte sie vom österreichischen Ufer wegwischen. Er wischte einmal und Ina kreischte wieder und ein zweites Mal und ein drittes Mal. Dann hielt er inne, denn etwas Gewaltiges schoss aus dem Eisloch heraus. Es brüllte vor Schmerz und Angst. Ina sagte, es sei ihr damals vorgekommen, als laufe ein der Hölle entkommener Dämon auf sie und ihren Großvater zu, im Religionsunterricht hatte sie davon erfahren, dass der Teufel auf Bocksfüßen lief und sich in unheimlicher Geschwindigkeit fortbewegte. Wie schnell diese Füße auf das Eis hinabtrommelten, und eine Spur aus Wasser über den Schnee zogen.

Die Gestalt erreichte das österreichische Ufer, brach durch das Gebüsch und verschwand im Unterholz.

«Eine Wildsau», sagte Ina jetzt zu mir, «es war eine Wildsau. Als die Soldaten das bemerkten, lachten sie. Sie lachten wie Betrunkene, aber mit ihren Gewehren zielten sie immer noch auf das Loch im Eis. Es war ein helles, unnatürliches Lachen, und dieses Lachen war sehr nahe an einer Verrücktheit.»

Wir gingen zum Wagen zurück. Als das Kabinenlicht erlosch, saßen wir stumm nebeneinander, Inas Hand schon am Schaltknüppel. Es war still und so kalt, dass unser Atem dampfte.

«Was hat der Arzt gesagt?», fragte ich.

Sie nannte nur das Geburtsdatum im April, sonst nichts. Sie fragte, was heute eigentlich für ein Tag sei. Auf meine Antwort hin begann sie zu lachen, sie sagte aber nicht, warum sie gelacht habe. Sie wisse es nicht. Eine angebrochene Packung Erdnüsse klemmte im halboffenen Handschuhfach. Sie nahm eine heraus, knackte sie unter ihren schmalen Fingern auf, während Erdnussschalen auf ihren Bauch herabrieselten. Sie ließ den Motor an, aber stellte nur das Gebläse so ein, dass ihr die warme Luft auf den Hals strömte.

«Ich kann mir das einfach nicht vorstellen», sagte sie.

Zuerst dachte ich, sie meinte das Kind und die Geburt, das Ausmaß eines Kinderkopfes – all das, was sie in den ersten Monaten ihrer Schwangerschaft immer wieder vorgebracht hatte: Einwände gegen die Möglichkeit einer Geburt. Aber sie starrte in die Dunkelheit am gegenüberliegenden Ufer. Sie dachte an Steiner.

Wie schön sie war in ihrer Schwangerschaft, dachte ich.

Sie aß drei oder vier Erdnüsse, knüllte die Packung zusammen und warf sie zurück ins Handschuhfach. Sie ließ ihren Kopf von der Nackenstütze an meine Schulter rutschen und atmete ruhig, als würde sie bald einschlafen.

«Ich liebe dich», sagte sie, und ich sagte, dass ich sie auch liebe. Die warme Luft prickelte an der Haut.

«Stört es dich, wenn ich das Fenster ein kleines Stück aufmache?»

Sie wollte den Fluss hören. Manchmal war das ein Schmatzen, manchmal ein gieriges Schlürfen. Es hatte wieder leicht zu schneien begonnen, aber die Flocken schmolzen rasch an der sich erwärmenden Frontscheibe.

Wir fuhren nur wenige hundert Meter zurück ins Dorf. Dort lag ein Gasthaus, hinter dessen gelben Butzenscheiben das Dorf lachte. Wir gingen noch nicht hinein, sondern standen unter dem Vordach, als würden wir die Speisekarte studieren. Die Bäume im Gastgarten trugen noch die Halloweenkürbisse vom Vorjahr in den kahlen Ästen.

Die Melodie einer Kirchenorgel ertönte so unscheinbar in der kalten Luft, dass ich sie zuerst nicht bemerkt hatte, Schritte knirschten im Kies, und alle Augenblicke zog jetzt jemand die Tür zum Gasthaus auf.

«Lass uns reingehen», sagte Ina. «Mir ist kalt.»

Wir setzten uns an einen der freien Tische am Fenster und hielten die frostigen Hände über eine Kerze.

Aus Speisekarten, in denen die Preise immer noch in österreichischen Schillingen angeschrieben waren, bestellten wir Salat, zwei Gemüsestrudel, und als die Wirtin mit unseren Bestellungen verschwunden war, rief Ina ihr an die Theke nach, sie wolle doch Fleisch, egal welches, einen Fleischstrudel oder faschierten Braten.

Viele der Gesichter, die sich unter den nikotingelben Lustern über die Teller beugten, waren mir aus den Schulbänken meiner Kindheit vertraut. Später hatte ich ihre Kinder unterrichtet und ihnen am Elternsprechtag die Hände geschüttelt.

Ich beugte mich vor, bis die Kerze meine Augen wärmte.

«Habe ich dir je erzählt, wie das war, als ich Gewissheit hatte?», fragte Ina.

Auch sie war am Tisch vorgerückt, um sich das Gesicht an der Kerze zu wärmen.

«Ich meine», sagte sie, «schwanger zu sein. Du weißt, ich habe ja lange nicht daran geglaubt. Aber dann wusste ich es. Und da war so ein Bedürfnis danach, es dir sofort zu sagen. Aber du warst ja in der Schule. Ich wollte sofort zu dir», sagte sie.

Sie habe die Badezimmertür offen gelassen und auch die Haustür, alle Lichter angelassen und sei hinaus auf die Straße, über den Rübenlagerplatz, der an diesem warmen Herbsttag hüfthoch mit Rüben aufgeschüttet gewesen sei, über Nacht habe die Rübenkampagne begonnen, ihr sei das nicht aufgefallen. In diesem süßen, erdigen Duft der von der Sonne aufgewärmten frischen Rüben habe sie den Wagen gestartet, in der anderen Hand noch immer *das Ergebnis*, wie sie es nannte, eingewickelt in ein Papiertaschentuch. Die zehn Kilometer bis in die Bezirkshauptstadt sei sie zu schnell gefahren, sagte sie, erst auf der Bundesstraße sei ihr aufgefallen, dass sie in Trainingshosen und T-Shirt war, sie habe die Jacke zusammengerafft und sei durch die offenen Schultore gelaufen und über den blauen Linoleumboden über den Gang, auf dem es bereits gespenstisch still gewesen sei, und schließlich in meine Klasse hinein.

«Und in dieser Klasse», sagte sie, «bist du gewesen. Ich habe die Tür aufgedrückt, aber ich bin in der offenen Klassentür stehengeblieben. Ich habe dich nur angesehen, wie du da an der Tafel stehst: eine Hand in der Hosentasche, in der anderen das Kreidestück, und wie du sprichst, und wie du diese Fragen stellst, die keine Fragen sind. Und weißt du, was an der Tafel stand?»

Ich wusste es nicht.

«*Adam and Eve were the first humans.*»

Ich sagte: «Ich habe dich gar nicht bemerkt.» Ich war verblüfft. «Du warst in meiner Klasse? Das erzählst du mir erst jetzt?»

Sie sagte: «Deine Schüler haben mich gesehen, du hast mich nicht gesehen.»

Es war ungerecht, wie sie das sagte.

Sie lachte.

«Ach, komm! Es war lustig, wie du dort gestanden bist. Ich habe dich zum ersten Mal unterrichten gesehen.»

Sie äffte mich nach. Ich muss zugeben: Es war auch lustig, wie sie das tat.

Als die Wirtin unsere Teller brachte, lösten wir uns aus der Umarmung. Inas Wangen hatten sich in der Wärme der Kerze gerötet. Wir nahmen Messer und Gabel aus den Bierkrügen am Tisch, und obwohl ich Bedenken wegen des starken Ölgeruchs von Inas Fleischstrudel gehabt hatte, aß sie mit Appetit.

«Es ist schlimmer, wenn es Gerüche sind, die mich an etwas erinnern», sagte sie, als ich sie fragte. «Und dieser Ölgeruch erinnert mich an nichts Schlimmes.» Sie schnitt ein Stück ab. Es sah ungesund aus, aber sie kaute und schluckte und schnitt sofort ein weiteres ab.

Obwohl die schwerste Zeit hinter ihr lag, plagte sie die Übelkeit immer noch. Unsere Ärztin hatte ihr empfohlen, ständig eine Packung Kekse oder Erdnüsse bei sich zu tragen. Ich erinnerte mich jetzt daran, dass ich sie einmal, als ich nachmittags von der Schule heimkehrte, mit Putzeimer und Putztüchern im Vorzimmer angetroffen hatte. Sie hatte das ganze Haus geputzt, allein um das Putzmittel riechen zu können. Unter Ausreden, sie würde Kartoffeln holen, war sie in den Keller gelaufen, und später ohne Kartoffeln, aber vom Modergeruch schwindlig geworden, die Treppe nach oben zurückgetaumelt.

«Was ist?», fragte sie.

Sie hatte gesehen, dass ich lachte.

Ich erzählte es ihr.

Auch die Erinnerungen selbst hatten ihr Übelkeit verursachen können und konnten es immer noch, wie sie mir jetzt sagte: Gegenstände, Räume, sogar einzelne Worte wie *Prozent*, das ihr schon vor ihrer Schwangerschaft Übelkeit verursacht habe, «*Feinabstimmung*», sagte sie und hielt sich – ich wusste nicht, ob im Ernst oder im Spaß – die Hand vor den Mund. Auch Worte wie *Rückgabestelle, Überschuss, Abgaberegelung*. Der Anblick bestimmter Fotos, die wir vor einigen Tagen auf dem Computer angesehen hatten: die roten Felsen am Strand vor unserem Hotel im letzten Urlaub auf Teneriffa seien möglich, das Strandhaus selbst jedoch unmöglich, sagte sie, ein Kleid, das sie dort gekauft hatte, unmöglich, sogar der Gedanke an die Gasse, an die Gerüche in dieser Gasse immer noch unmöglich. Eine Kette aus Muscheln jedoch, die ich einem fliegenden Händler aus seinem Bauchladen herausgekauft hatte, war möglich.

Sie lachte und ließ die Kette, die sie um das Handgelenk trug, auf den Tisch rasseln. Ein Stück Fleischstrudel stak auf ihrer Gabelspitze. Ich war froh, dass sie gerne aß.

Sie aß alles auf, und als die Wirtin unsere Teller abräumte, wollte sie Dessert: Palatschinken mit Nüssen und Schlagobers, die ich lachend bestellte. Sie drückte ihr Gesicht in meine Handschalen, ich mochte es, wenn meine Fingerspitzen sich in ihren Haarsträhnen verfingen.

Aber als ich eine Hand wegzog, sah ich, dass sie mit offenen Augen auf die Tischplatte starrte.

«Woran denkst du?», fragte ich.

Sie dachte an Steiners totes Gesicht, das wir vor vierzehn Tagen durch eine in den Sarg eingelassene Glasplatte gesehen hatten.

«Am liebsten hätte ich dieses Gesicht nicht gesehen», sagte sie, «ich denke an ihn, und es ist das Gesicht im Sarg, das nicht sein Gesicht ist», sagte sie, «er ist überhaupt nicht der Mensch im Sarg.»

Ich hätte ihr gerne gesagt, dass es besser wäre, an unser Kind zu denken, und ich wusste, es war höchste Zeit zu besprechen, was ein Kind überhaupt bedeutete. Nicht, dass ich gewusst hätte, was ein Kind bedeutete, aber ich dachte, es sei notwendig, darüber zu sprechen, was wir in der Zeit danach benötigen würden. Aber seit einigen Wochen war es unmöglich, das Wort *Kind* überhaupt nur auszusprechen. Ich verstand nicht, dass sie jetzt an den toten Steiner dachte und nicht an das Kind, das in ihr heranwuchs.

Ich sagte längere Zeit nichts, und auch sie sagte nichts weiter.

An einem Nebentisch unterhielten sich lautstark zwei Männer, ihr Gespräch war mir die ganze Zeit über aufgefallen, jetzt blickte ich hin, es sah aus, als würden die zwei in Streit geraten. Sie sprachen über die sogenannte *Schengen-Öffnung*, die im Jahre 2007 mit der Slowakei vereinbart worden war. Durch sie war es erlaubt, die Grenze erstmals ohne Passkontrolle zu überschreiten. Die Männer sprachen auch über die Fähre, und einer der beiden wiederholte, dass bald auch eine Brücke gebaut werden würde. Er sagte es, als wäre dies eine Drohung: Ja, bald würde man *denen* – als wäre es eine Brücke, die nur von einer Seite zugänglich wäre – auch noch eine Brücke bauen, und dann werde man sich noch ansehen. «Was glauben ´S, was dann alles zu uns rüberkommt?», fragte er sein Gegenüber, das offensichtlich anderer Meinung war, aber wie üblich antwortete der Fragensteller selbst mit den Grundpfeilern österreichischer Fremdenangst und bei jedem Wort schnappte ein Finger aus seiner Faust heraus: «Kriminalität», sagte er, «Illegalität, Lohndumping.»

Auch Ina hatte sich nach dem Mann umgedreht. Ich war fast froh, dass sie durch die dörfliche Xenophobie, die in ganz Österreich so allgegenwärtig ist, dass sie gar nicht mehr als solche erkannt wird, von ihren Gedanken an Steiner abgekommen war.

Selbst in den sogenannten Qualitätszeitungen wurde die *Osterweiterung* immer wieder mit Metaphern der Naturkatastrophe diskutiert, als *Sturmflut, Überschwemmung,* sogar als *Ausländertsunami* hatten die Journalisten diese Öffnung bezeichnet und dabei immer auch ein diffuses *Kriminalitätselement* in den Köpfen gehabt. Nachdem sich Diebstähle von Kupferkabeln häuften, schrieb der Boulevard einmal von Romabanden, dann von moldawischen Banden, von rumänischen, von ukrainischen. Als sich herausstellte, dass es sich tatsächlich um einen ehemaligen Bahnarbeiter handelte, der sich für seinen Ruhestand etwas dazu hatte verdienen wollen, hatte man in den Blättern nichts davon lesen können.

Auf zwei kleinen Tellern trug die Wirtin unsere Palatschinken an den Tisch. Ina stach mit der Gabel zweimal hinein und ließ die Schokoladensoße in die Tellergrube laufen. Sie schaufelte etwas Schlagobers auf ihre Gabel, aß aber nur einen einzigen Bissen, bevor sie den Teller zu mir herüberschob und sagte, sie könne nun doch nicht mehr, nein, nein, keine Übelkeit, sie habe einfach nur den Stauraum ihres Magens überschätzt.

Während ich aß, schob sie die Hand in die Manteltasche. Ich wusste, die Ablenkung von Steiner würde nicht lange anhalten können. Mit dem Fingernagel ihres Zeigefingers strich sie den Einkaufszettel des Fährmannes am Tisch glatt.

«Limbach», sagte sie.

Ich löffelte und ließ die Walnusskerne zwischen meinen Backenzähnen zerbrechen, während ich auf Inas Lippen blickte, die das *M* in diesem Namen langzogen.

Sie habe diesen Namen nicht begriffen, sagte sie, immer aber habe er geschillert, aber unverständlich bis zuletzt, ein verlorenes Paradies, gleichzeitig aber auch ein Ort des Unterganges. «Ich frage die Großmutter nach diesem Ort, aber sie erzählt es nicht. Ich frage Steiner, aber er erzählt es nicht.»

«Erzählt was nicht?», fragte ich.

Ich mochte nicht, dass sie davon sprach. Ich mochte Steiner nicht.

«Vom Leben dort drüben», sagte Ina.

Diese Erzählungen, sagte sie, würden immer nur angefangen und dann ganz plötzlich abgebrochen. Sie habe sich deshalb nie etwas unter diesem Ort vorstellen können. Habe sie als Kind die Schönheit der Weinhügel und Buchenwälder am Fuß einer Bergkette im Kopf gehabt, so sei es vorgekommen, dass Steiner schon im nächsten Moment dieses Bild, das immer ein herrliches gewesen war, mit einem Handkantenschlag gegen die Tischkante zerschlug und aufstand mit den Worten, alles sei eine Schande. «Was für eine Schande?», habe sie gefragt und noch nicht gewusst, dass es unmöglich war, diese Frage zu stellen. Wenn von einem Augusttag erzählt worden war, von dem Duft reifer Marillen, die man in große Körbe gepflückt habe, wurde diese Marillenernte plötzlich mit einem Handkantenschlag abgebrochen, eine schweißtreibende Weinlese – ein Handkantenschlag, die Totgeburt eines Fohlens – ein Handkantenschlag. Obwohl Elemente dieser Erzählungen überall im Haus hingen, ein Pferdekummet etwa, das man *herübergerettet* habe, Stickereien, eine Fahne, habe man nie nach diesen Elementen fragen dürfen. Das Offensichtliche hatte nicht befragt werden dürfen, was etwa die Pferde mit diesem Pferdekummet gezogen hätten, ob das in den Bilderrahmen Gestickte eine Weinpresse darstelle, denn hinter all diesen Fragen lauerte doch immer die nächste und gefährliche Frage, nämlich jene danach, wo denn all das hingekommen sei. Sogar Steiners Arzt habe schließlich verboten, Steiner mit diesen Fragen aufzuregen.

«Die Vertreibung», sagte Ina jetzt dieses Wort laut.

An der Art, wie sie dieses Wort aussprach, konnte ich erkennen, dass sie es nicht verstand. Und auch ich verstand dieses Wort natürlich nicht.

Ein immer stiller und unheimlicher werdender Hass sei in Steiner gewesen, mit dem er sich tagelang völlig wortlos beschäftigte, immer intensiver beschäftigte. Er habe nur noch in immer kürzeren Sätzen, schließlich nur noch in schlagartigen, rohen Silben geantwortet und sich kaum von dieser Küchenbank erhoben.

Ich rückte den Teller an den Rand des Tisches. Ina kramte nach ihrer Geldbörse, ich sagte: «Ich mach das schon», weil ich annahm, sie wolle unser Essen bezahlen. Stattdessen zog sie ein altes Schwarz-Weiß-Foto aus einem Seitenfach und schob es über die Tischplatte zu mir hinüber.

Ein altes Bauernhaus war darauf zu sehen, im Hintergrund fette Weinreben und Bottiche – eine Szene bei der Weinlese. Ein etwa fünfundzwanzigjähriger Mann mit Schnurrbart und ernstem Gesichtsausdruck, eine Frau im bodenlangen schwarzen Kleid, im Hintergrund Knechte mit Butten am Rücken, zu Steiners Füßen Kinder, die ängstlich in die Kamera blickten. Das stolze, strenge Stirnrunzeln dominierte das Bild, als wäre niemand sonst auf diesem Foto.

Ich kannte das Foto. Sie hatte es mir schon einmal gezeigt.

«Das war Steiner», sagte Ina. «Nicht dieses tote Gesicht, das ich im Sarg gesehen habe. Nicht dieser auf den Tod wartende Mann auf der Küchenbank, sondern dieser Mann hier.» Sie tippte mit ihren Nägeln auf den Kopf Steiners.

Ich nahm das Foto, warf es aber sofort wieder hin. Ich hatte Steiner nur an zwei Gelegenheiten gesehen, an einer davon war er tot gewesen. Ich mochte ihn nicht. Eine bedrohliche Ernsthaftigkeit ging von diesem Blick aus.

«Weißt du, woher ich das Foto habe?», fragte sie.

Sie hatte es mir schon erzählt, auch von der Unmöglichkeit, nach Limbach zu fragen, hatte sie mir schon erzählt. Aber sie erzählte alles noch einmal und es wäre gefährlich gewesen, sie jetzt zu unterbrechen: «Aus dem Müllsack», sagte sie fast ein wenig stolz. «Ich habe das Foto aus dem Müllsack gezogen.»

Ohne zu wissen, warum, griff ich jetzt doch wieder nach dem Foto. Ich fasste es mit zwei Fingern, aber ich wollte es nicht noch einmal ansehen, und als ich es einsteckte – ich weiß nicht, warum ich das tat –, beobachtete sie nur meine Hand und ließ dann den Blick durch das Fenster hinaus auf den Friedhof schweifen. Die Konturen der Kleinen Karpaten, die tagsüber am Horizont hinter dem Kirchturm sichtbar gewesen waren, hatten sich in der Dämmerung aufgelöst. Schwarze Rauchtrichter schraubten sich gleichmäßig über dem Kirchturm in das Abendrot.

Ina fror. Sie stand auf. Sie hatte Lust gehabt, in diesem Gasthaus zu Abend zu essen, wir waren seit Steiners Leichenschmaus nicht mehr hier gewesen, aber jetzt wollte sie zurück in den Wagen. «Sofort nach Hause fahren», sagte sie.

Ich zog den Mantel vom Stuhl. Als ich meine Hände in den Taschen vergrub, spürte ich die harten Kanten des Fotos.

«Ich warte draußen», sagte sie, als ich die Geldbörse aus der Manteltasche zog. Ich zahlte, schüttelte die Hand eines Schülers, an den ich mich nicht mehr erinnern konnte und der jetzt Montanistik studierte.

Als ich mich endlich aus dem Gespräch lösen konnte, stand Ina am Friedhofstor. Ich dachte, sie würde vorschlagen, zu Steiners Grab zu gehen, das sie – wie ich wusste – seit seinem Tod nicht besucht hatte. Aber als die Gasthaustür hinter mir ins Schloss fiel, führte sie mich außen am Friedhof entlang. Neben unseren eigenen Schritten knirschten jene der Vespergänger hinter den Friedhofsmauern.

Ina wollte Steiners Grab nicht sehen. Sie hasste sein Grab.

Wir umrundeten den Friedhof und stiegen in ihren Wagen. Sie steckte den Schlüssel ins Zündschloss und seufzte, und als ich meine Hand auf ihren kalten Oberschenkel schob, beugte sie sich zu mir, fasste mich mit der noch viel kälteren Hand an die Wange und küsste mich.

In dieser Nacht wachte Ina auf. Sie machte die Nachttischlampe an, richtete sich auf und fragte: «Willst du nicht ein paar Tage verreisen?»

«Verreisen?», fragte ich. «Aber ich muss doch unterrichten.»

«Aber du könntest doch einfach irgendwohin fahren. Ich glaube, es täte dir gut.»

«Irgendwohin fahren?», fragte ich. «Wie stellst du dir das vor?»

Sie knipste das Licht der Nachttischlampe wieder aus, aber ich konnte sehen, wie sie neben mir mit offenen Augen an die Decke starrte. Sie atmete hastig, rollte sich auf die Seite. Das tat sie, wenn ihr das Kind gegen den Magen boxte. Dieses neue Leben in ihr sei ihr unheimlich. Das hatte sie einmal gesagt, ich erinnerte mich jetzt daran. «Dass da etwas in mir ist und wächst, das ich nicht kenne.» So hatte sie es gesagt. Ich will nicht sagen, dass es mich glücklich machte, wenn ich meine Hand auf ihren Bauch schob, um die Bewegungen dahinter zu spüren. Sie fragte: «Spürst du es?», und ich sagte: «Ja, ich spüre es.» Das war alles.

«Ich möchte allein sein», sagte sie. Und gleich darauf knipste sie das Licht wieder an. Sie zog meine Hand von ihrem Bauch an ihre Lippen, wischte sich damit über die Augen.

«Du weinst?», fragte ich.

Sie lachte und sagte, alles sei nicht so schlimm, nur einige Tage, vielleicht zwei oder drei, sie müsse etwas für sich klären. «Du könntest doch zu deiner Mutter fahren», schlug sie vor. Dabei schmiegte sie sich wieder an mich.

Ich schlief sehr unruhig. Immer wieder suchte ich in der Nacht ihre Hand, und immer wieder wachte auch sie auf, beugte sich über mich, bedeckte mein Gesicht mit Küssen, wie sie es zuletzt vor vielen Jahren getan hatte, und weinte, bis sie erschöpft ins Kissen zurücksank.

Zwei

Ich hielt mich daran. Am nächsten Tag nach dem Unterricht verstaute ich den Rucksack im Helmfach meines Mopeds. Ich startete und fuhr an einem zerschmolzenen Schneehaufen vorbei, der ein Schneemann gewesen war, hinaus auf die Straße, aber bog dort nicht rechts, sondern erstmals links ab.

Meine Mutter wohnte nur wenige Kilometer entfernt im nächsten Dorf, und trotzdem erschien mir diese Strecke nun unerträglich lang, als wäre es unmöglich, sie an einem einzigen Tag zu erreichen. Mit markantem Doppelkrächzen flatterte ein Fasan vor mir aus dem verschneiten Gebüsch am Bahndamm. Ich verriss kurz den Lenker und spürte, wie mir der Puls im Hals pochte. Der verlassene Bahnhof lag wie ein Abbruchhaus am Ortseingang. Ich erinnerte mich daran, dass zu meiner Kindheit hier noch Dieselloks den eingleisigen Damm entlanggefahren waren. Als ich von der Hauptschule ins Gymnasium wechselte, waren zuerst die Fahrdienstschalter versperrt und geschlossen worden, später auch das Bahnhofscafé und die Wartehallen. Im Jahr meiner Matura waren Türen und Fenster mit Brettern vernagelt worden und bald schon sah man Mauern und Fenster übersprayt, die Gleise von hohem Gras überwachsen und bis zu den Bahnsteigkanten mit Plastikmüll aufgefüllt.

Ich fuhr vorbei an den leeren Schaukeln und Rutschen, die man erst vor wenigen Jahren in die Kinderlosigkeit dieser aussterbenden Dörfer errichtet hatte. Nie hatte ich dort ein Kind gesehen, eine Mutter, einen Vater, nur die unruhige Jugend, die zuerst jahrelang vor mir in den Schulbänken gesessen war, bevor sie jetzt hier auf den Bänken der Spielplätze saß, wie auf ein Ereignis wartend, das sie aus der Eintönigkeit befreite. Wie die Alten drehten sie die Köpfe nach jedem vorbeifahrenden Moped aus dem Drahtkäfig hinaus, jedes Fahrzeug eine Abwechselung, ein Versprechen. Man grüßte hinein und eine Hand hob sich im Gegenzug, und immer noch nannten sie mich dann «Herr Fachlehrer».

Ich war froh, dass die Käfige jetzt leer waren und die Kinderschaukeln nur von Krähen besetzt. Ich wollte niemanden sehen.

Am Haus meiner Mutter stieg ich ab. Ich zog den Helm vom Kopf und hörte das vertraute Flattern über die Gartenpools gespannter Plastikplanen im Wind.

Ich blickte hoch, ob ich Mutter am Fenster sehen würde, auch sie hatte sich angewöhnt, stundenlang aus dem Fenster in die leeren Straßen hinauszublicken, auf leere oder mit Sperrmüll vollgeräumte Balkone der Nachbarn, auf Satellitenschüsseln, in eine Menschenlosigkeit, in der jede Regung mit größter Aufmerksamkeit bedacht wurde.

Ich wusste, ich hätte sofort umkehren müssen, aber ich zwang mich, die Klingel zu drücken. Mutter öffnete. Als ich ihre Post dem übervollen Briefkasten entnahm, erschien mir dieser Handgriff auf eine erschreckende Weise vertraut. So wie ich jetzt das Gartentor aufsperrte, hatte ich es jahrzehntelang aufgesperrt, so hast du die Post genommen, dachte ich, so bist du die Treppen hochgegangen. Ich ging noch nicht hinein, sondern am Haustor vorbei in den schneebedeckten Garten. Am Fischteich kniete ich mich auf die Betonplatten und drückte die Faust gegen das Eis, bis es brach. Ein toter Fisch stieg zwischen den Eisplatten hoch. Ich nahm ihn in die Hand, er war kalt und steif. Ich warf ihn für die Krähen auf den anliegenden Acker.

Der Geruch einer Unruhe hatte auf mich gewartet, einer Unruhe, die mich nachts über die staubigen Sonnenblumen- und Weizenfelder getrieben hatte.

Ich zog die Tür hinter mir zu. Wie dunkel dieses Haus ist, fiel mir auf. Kein Mensch, dachte ich, könnte in dieser Dunkelheit leben. Ich legte die Post auf das kleine Tischchen im Vorzimmer und setzte mich dort auf einen Stuhl, um mir die Schuhe abzustreifen, und spürte ganz deutlich die Gefahr, in die ich mich begeben hatte. Du darfst hier nicht sitzen bleiben, sagte ich mir. Wie um diese Stimme zu übertönen, rief ich jetzt auf die völlig unnötige Frage, wer da sei, meinen Namen in die Dunkelheit des Treppenhauses, durch das einmal – wie lange schien das zurückzuliegen! – Kinderfüße gelaufen waren. Mutter saß auf der Couch vor dem Fernseher.

«Ich bin es», sagte ich.

«Komm her zu mir», sagte sie.

Sie sagte, sie habe mein Bett frisch bezogen. Ein Geruch war in diesem Raum, als habe sie mehrere Tage nicht mehr die Fenster geöffnet, ich beobachtete das Licht des Fernsehers, das sich auf ihren Wangen bewegte, als sie den Kopf nach mir wandte, aber sie sprach so langsam, als wäre sie gar nicht ganz wach. Alles war doch nur ein Seufzen über die Vergänglichkeit.

«Du kannst bleiben, solange du willst», sagte sie. «Es ist schön, dass du hier bist.»

Obwohl ich wusste, dass ich das nicht durfte, stieg ich wie, dazu verurteilt, gleichzeitig unter beruhigenden Selbstgesprächen die Treppen zu meinem ehemaligen Zimmer hinauf.

Ich machte Licht, klopfte die Bettdecke auf. Auf der Suche nach einem Geräusch öffnete ich das Fenster, das mit Eisblumen überzogen war, ich sah, dass die Krokusse am Fischteich bereits aus der Schneedecke ragten, rosa und weiße Blüten. Regen knisterte im Schnee, der die Dachrinne verstopfte.

Ich dachte an Ina. Und an das Kind.

Es war nicht das erste Mal, dass sie plötzlich allein sein wollte. Unzählige Male waren wir im Laufe unserer Bezieung auf diese Weise voneinander getrennt und noch in der gleichen Woche, oft sogar noch am gleichen Tag wieder vereint gewesen. Hatte sie angekündigt, mehrere Tage allein sein zu wollen, so hatte sie mich noch am Bahnhof aus dem Zug geholt und ich war keine Viertelstunde später mit den gepackten Koffern wieder vor unserer Wohnungstür gestanden.

Wir waren seit fast zwölf Jahren zusammen, aber an die Plötzlichkeit dieser Ausbrüche hatte ich mich nicht gewöhnen können. Einmal hatte ich ihr nachmittags nach dem Unterricht ein SMS geschickt mit der Frage, ob ich für das bevorstehende Abendessen noch etwas besorgen solle, ich erinnerte mich, wie ich noch vor dem Starten meines Mopeds die Worte *Oder lieber Pizza?* niedergetippt hatte, und war nur eine Stunde später vor dem aufgeklappten Sofa eines Kollegen gestanden.

Ich zog mich aus und legte mich ins Bett, aber setzte mich gleich wieder auf, um das Handy aus meinem Rucksack zu holen und auf das Nachtkästchen neben mich zu legen. Ich wartete auf ihren Anruf. Aber diesmal rief sie nicht an.

Jene Ina, die ich vor zwölf Jahren kennengelernt hatte, war ein hübsches Mädchen mit einer auffälligen Flechtfrisur. Ich lachte über diese Erinnerung. Ich konnte mich sogar daran erinnern, dass ich mit ihr im gleichen U-Bahn-Waggon gesessen war. Sie war vor mir ausgestiegen, sie hatte sich nach den Wegweisern umgesehen, hatte den richtigen Ausgang gefunden und war zielstrebig darauf zu gegangen. Aber dann war sie stehen geblieben, etwa zwei Schritte vor der Rolltreppe.

Sie trug eine Leinentasche um die Schulter. Den Daumen locker in die Schlaufe eingehakt, machte sie auf mich den Eindruck eines selbstbewussten Teenagers. Die warmen Septembertage erlaubten, dass sie nur ein schlichtes helles Sommerkleid trug, das mit der stark gebräunten Haut ihrer Arme kontrastierte. Sie war, einen Fuß vor den anderen gestellt, vor der Rolltreppe zum Stehen gekommen.

Sie blickte über die sich bewegenden Treppenteile hoch auf die Kirche an der über uns liegenden Straße. Aus ihrer Tasche zog sie einen Stadtplan, faltete ihn auf. Ja, sagte ihr Gesicht, hier war sie richtig, hier musste sie hoch. Aber sie ging nicht hinauf. Sie wartete.

Ina und ich haben später oft im Spaß darüber gestritten, denn natürlich weigerte ich mich, ihr gegenüber zuzugeben, dass ich mich bereits damals in die Form ihrer gebräunten Oberarme verschaut hatte. Ich glaube jedoch, mein Interesse war damals allein durch die Tatsache, dass sie direkt vor dieser Rolltreppe stehen blieb, geweckt worden, nicht durch die Schönheit ihrer Arme.

Ina wartete, bis die Rolltreppe abstoppte.

Dann machte sie einen Schritt auf sie zu. Die Rolltreppe fuhr an, und sofort sprang Ina zurück. In ihrem Gesicht stand ein Ausdruck der Verwunderung. Sie schüttelte den Kopf wie über eine widersinnige Begebenheit.

Ich weiß, dass es unglaubwürdig klingt, und mir gegenüber streitet sie diese Behauptung auch ab. Aber alles in ihrem Gesicht verriet, dass sie einfach nicht verstand, wie man dieses Gerät benutzen sollte.

Nach mehreren Versuchen landete sie mit beiden Füßen gleichzeitig auf einer der Treppenstufen. Die Rolltreppe lief an. Mit beiden Händen krallte sie sich an dem Band an der Seite fest und hatte kaum den ersten Schock überwunden, als sie sich darüber gewahr wurde, dass sie am Ende der Rolltreppe wieder von ihr loskommen müssen würde. Was war das für eine teuflische Erfindung? In dem Moment bemerkte sie mich. Ich war hinter ihr aufgesprungen. Ich glaube, sie war nicht sehr erfreut darüber, dass ich sie beobachtet hatte, aber sie hatte Angst, das Band loslassen zu müssen, um mich zu maßregeln. Als sie oben anlangte, sprang sie, wie es Kinder machten, mit beiden Beinen gleichzeitig hinaus. Man konnte hören, wie sie erleichtert aufatmete.

Ina und ich hatten beide an der Pädagogischen Akademie zu studieren begonnen. Wir waren derselben Wiener Hauptschule zugeteilt worden, um dort den Unterricht zu hospitieren.

Es war ihr anzusehen, dass sie sich so schnell wie möglich von mir entfernen wollte. Aber als sie draußen den Kopf nach dem Gassennamen auf dem Schild vor der Kirche reckte, sprach ich sie an.

Sie versuchte überrascht zu wirken, und dabei rutschte ihre Leinentasche von ihrer Schulter bis zu ihrer Armbeuge herab. Sie fuhr mit dem Daumen unter die Schlaufe und schob sie wieder auf ihre Schulter.

Ina hatte eine dunkle, warme Stimme, in der sich der Dialekt des Marchfeldes festgesetzt hatte. Damals versuchte sie noch nicht, ihn zu verbergen.

Ja, sagte sie, auch sie sei zur Hospitation an diese Schule geschickt worden. Dabei hielt sie mir den Stadtplan hin. Auf ihren Unterarmen kringelten sich goldene Härchen, ich ließ mich von ihnen berühren. Ob ich denn wisse, wo wir jetzt hin müssten.

Zwei Stunden lang saßen wir in der hintersten Bank einer ersten Klasse und starrten auf eine Wand gegenüber der Fensterfront, die mit zahllosen Kindermalereien ein und desselben Motivs ausgehängt war: Maria hob ihren Mantel, der aussah wie ein Rock, und ließ ihn über die Menschen darunter fallen. Der Spruch *Maria breit' den Mantel aus, mach'*

Schutz und Schirm für uns daraus prangte in unzähligen, ganze A4-Blätter ausfüllenden Buchstaben von der Wand.

Auf den viel zu kleinen Stühlen buckelten wir uns und beobachteten die Englischlehrerin, die vor der Tafel auf und ab lief. Sie verteilte Kärtchen an einige Schülerinnen, auf denen Früchte abgebildet waren, und wenn einer ihrer Schüler diese Früchte in die Hand bekam, sagte er: «*I like apples*» oder: «Die alte Sau soll scheißen gehen.»

Mir war Inas Dialekt schon zuvor aufgefallen. Jetzt schien mir ein passender Augenblick, sie danach zu fragen.

«Bist du aus dem Marchfeld?», fragte ich.

Sie nickte – erleichtert – und nannte dann den Namen ihres Dorfes, und ich sagte, dass ich nur wenige Kilometer von ihr entfernt in der Nähe der Bezirkshauptstadt wohne.

Die Lehrerin sagte: «*Do you like oranges?*» und umringelte den letzten Buchstaben mit roter Kreide, und Ina beugte sich zu mir und flüsterte: «Ich weiß aber nicht, ob ich das» – und dabei deutete sie auf die Lehrerin an der Tafel – «wirklich machen will.»

Am Nachmittag waren wir entlassen. Wir gingen zurück zur U-Bahn-Station, aber dann schlug ich vor, noch über den Naschmarkt zu gehen. Sie sagte, sie kenne sich überhaupt nicht aus. Wien sei ihr im Grunde unbekannt. Sie sei froh, jemanden *aus der Heimat* bei sich zu haben. Diese Formulierung machte mich nachdenklich.

Ina hatte noch nie eine Ananas gegessen. Ich kaufte eine. Mit einem Taschenmesser schnitt ich ihr ein Stück ab, hielt es ihr hin. Sie nahm es nur zwischen zwei Finger. Sie sah mir zu, wie ich aß. Sie lachte. Es war sehr schön, wie sie lachte.

Sie kannte auch Datteln und Mangos nicht. Als ich ihr eine zeigte, war sie erstaunt, wie kompliziert diese Frucht zu schälen sei.

«Natürlich habe ich schon welche im Supermarkt gesehen, aber ich bin nie auf die Idee gekommen, eine zu kaufen», sagte sie. Und während wir immer weiter in den Naschmarkt hineingingen, der sie ob all der Menschen zunehmend beunruhigte, gleichzeitig faszinierte, deutete sie auf weitere Dinge, die sie nie gegessen hatte: Khakis und Maracujas, von den Fischen in den Vitrinen hatte sie nie etwas gehört, die meisten Gewürze waren ihr unbekannt. «Safran», sagte sie. Der Händler hielt ihr einige Fäden unter die Nase. Sie roch daran. Sie fand es ekelhaft.

Als ich sie fragte, wo und vor allem wie sie denn aufgewachsen sei, sagte sie etwas von einem strengen Vater, dann von einem Bauernhof im Marchfeld, etwas von einer Tradition, von Ziegen und der Kartoffelernte. Ina gefiel mir. Ich freute mich über die Gelegenheit, sie regelmäßig zu sehen, zumindest in dieser gemeinsamen Woche in der Besuchsschule. Ich schlug vor, uns jeden Morgen in einem bestimmten Abteil im Zug zu treffen.

Auf der Höhe der Kettenbrückengasse warf sie das Stück Ananas in einen Kanaldeckel. Sie blickte ihm nach, bis es irgendwo im Kanal leise ins Wasser platschte. Es gefiel mir, dass sie mit ihrer Antwort wartete.

«Ja, das ist gut», sagte sie. Aber jetzt müsse sie heim: das Essen. Und von den vielen fremden Gerüchen würde ihr schlecht.

Und weil ich mir nach allem, was sie mir über ihren Vater gesagt hatte, nicht vorstellen konnte, dass er für seine Familie kochte, fragte ich: «Und was kocht deine Mutter dann für euch?»

Sie blieb stehen, schlug die Augenlider nieder. Sie blieben lange geschlossen, auch noch, als sie sagte: «Bitte, frag besser nicht nach meiner Mutter.»

Die ganze Woche saßen wir die Vor- und Nachmittage gemeinsam in der letzten Bankreihe. Wir starrten auf die Lehrerin, die kaum ein Wort mit uns sprach. In den Freistunden sonnten wir uns im Anton-Benya-Park.

Ina war noch nie im Ausland gewesen. Sie sagte, sie habe eigentlich auch gar keinen Reisepass, und die längste Zeit habe sie auch gar keine Geburtsurkunde gehabt, keinen Staatsbürgerschaftsnachweis, keinen Meldezettel. Sie habe von all diesen Dingen erst durch die Inskriptionsbedingungen an der Pädagogischen Akademie erfahren. Im Dorf, sagte sie, sei sie einfach da gewesen. Dabei lachte sie. Niemand habe etwas gefragt, und sie habe nie irgendeine Bestätigung für irgendetwas gebraucht.

«Hast du ein Handy?», fragte ich.

Ich gebe zu, es war keine besonders elegante Methode, um an ihre Telefonnummer zu gelangen.

«Nein», sagte sie. Niemand habe ein Handy in ihrer Familie.

«Willst du eines? Ich kaufe dir eines. Es kostet nicht viel.»

Die Vorstellung gefiel ihr, obwohl sie es natürlich sofort ablehnte, von mir ein solches Geschenk anzunehmen. Sie blätterte einhundertfünfzig Schillinge auf den Glastresen, und als der Verkäufer das Gerät aus der Packung nahm und ihr zeigte, wie es zu bedienen war, blickte ich auf Inas Finger. Sie hatte sie vorsichtig auf die markanten Tasten geschoben. Die Fingerkuppen waren von einer dicken Hornhaut gepolstert, die Nägel kurz geschnitten. Es waren die Hände eines Menschen, der es gewohnt war, körperlich zu arbeiten.

Am dritten Tag waren wir sicher, nie Lehrer werden zu wollen. Wenn das, was wir hier sahen, der Lehrberuf war, sagten wir, würden wir nie Lehrer sein können. Wir blickten auf unsere Besuchsschullehrerin und sahen uns selbst dort stehen, selbst die lächerlichen Sätze sagen, die lächerlichen Gesten ausführen, wir sahen uns selbst bereits in jene Besserwisserei geraten, die wir eine Berufskrankheit nannten. Aus der hintersten Reihe beschimpften wir die Lehrerin.

In der Pause fragte Ina: «Und was willst du sonst werden?»

«Komponist», sagte ich ihr großspurig.

Ich war damals von einer Gruppe arbeitsloser Schauspieler und Regiestudenten gebeten worden, die Musik zu einem Kurzfilm zu setzen. Es war ein Film über einen Mann, der über einem großen roten Kübel Erbsen auslöste, während dessen Frau, eine Mathematikerin, ihm dabei zusah und ihn über den goldenen Schnitt unterrichtete. Tatsächlich war dieser Film natürlich nie gedreht worden.

Das Wort *Komponist* auszusprechen, war mir selbst seltsam erschienen. Wie immer hatte ich mir vorgenommen, es möglichst selbstbewusst, möglichst natürlich auszusprechen, ohne jene Anstrengung, die aus der Unsicherheit über dieses Wort und über den damit verbundenen Beruf herrührt. Zumeist hatte ich damit jedoch das genaue Gegenteil erreicht. Auch diesmal war das der Fall.

«Komponist?», wiederholte sie.

Die Art, wie sie es aussprach, zeigte mir, dass sie dieses Wort noch nie ausgesprochen hatte. Sie fragte: «Ist das ein Beruf?»

Ich sagte: «Ja», obwohl ich mir gar nicht sicher war.

Sie lachte und schlug mir auf die Schulter.

«Es ist gar kein Beruf, stimmt's? Du tust nur so, als wäre es einer.»

Ina aß ein Stück Mango. Sie mochte es nicht. Sie aß eine Muschelsuppe, sie aß Garnelen. Sie aß Crêpes. Sie mochte alles nicht. Wir waren weit über den Naschmarkt hinaus am Wienfluss entlanggegangen, als mir einfiel, dass ich hier vor Jahren einen Schacht entdeckt hatte, der auf eng gewundenen Betontreppen bis hinab an den Wienfluss führte. Ich erinnerte mich jetzt daran, und ich hatte mich auch damals daran erinnert, dass ich als Jugendlicher einmal dort gesessen und dicht über mir das Heulen der U-Bahn und das Quietschen unzähliger Ratten, neben mir jedoch das Plätschern und Gluckern des Wienflusses gehört hatte.

Ina schälte eine Feige, als ich ihr das erzählte. Mit ihrem Fingernagel zerschnitt sie die Schale und zog sie wie eine sich öffnende Blüte von der Frucht. Ich beobachtete sie, wie sie das tat und beobachtete ihre Brüste, die sich unter ihrem Kleid bewegten, wenn sie die Schalen abzog.

«Was ist das eigentlich für eine Frisur?», fragte ich.

Sie spuckte die Feige vor sich auf einen Mauersims. Aber anstatt zu antworten, drückte sie ihre Lippen ganz plötzlich an meinen Hals. Im nächsten Moment wich sie zurück.

Es war eine traditionelle Flechtfrisur der Karpatendeutschen. «Nur unverheiratete Frauen dürfen sie tragen», sagte sie. Ihre Großmutter flechte ihr das morgens, bevor sie außer Haus ging.

«Karpatendeutsche?», fragte ich. «Was ist das?»

«Ich bin das», sagte sie und lachte.

Ina hatte Angst vor den Rolltreppen. Sie hatte Angst vor den Türen der U-Bahn. Sie hatte Angst davor, durch das U-Bahn-Fenster in die Dunkelheit des U-Bahn-Schachts zu blicken. Sie hatte Angst vor den Menschen in der U-Bahn.

Am vierten Tag fragte ich sie, ob sie Lust hätte, mit mir ins Theater zu gehen. Ich hatte ihr von Shakespeares *Sturm* erzählt, der im Wiener Burgtheater aufgeführt wurde. Das interessierte sie. Wörtlich sagte sie: «Dieses Tier, von dem du da erzählt hast. Das interessiert mich. Aber ich muss erst fragen.»

«Wen musst du denn fragen?», fragte ich.

«Meinen Vater.»

«Du musst deinen Vater um Erlaubnis fragen, ob du zu Shakespeare gehen kannst?»

Sie lachte. «Nein, wenn ich ihn danach frage, verbietet er es. Aber wenn ich ihn frage, ob ich den Nachmittag frei bekomme, um etwas für das Studium zu arbeiten, wird er es erlauben.»

«Du wirst ihn anlügen?»

«Ja», sagte sie.

Sie mochte den *Sturm* und sie mochte Caliban, der mit riesigem erigiertem Phallus an der Küste auf und ab strich. Ina hatte ihn in meiner Erzählung als Tier verstanden, und im Wiener Burgtheater war er tatsächlich ein Tier gewesen, und noch in der Pause, als ich hinter ihr in den Pausenraum ging, dachte ich, dass sie Recht hatte: dass Caliban ein Tier war.

Wir gingen so nahe nebeneinander, dass ihr nackter Arm – sie trug tatsächlich ein T-Shirt – meinen Ärmel berührte, und als sie sich vor mir in Bluejeans zwischen den gut gekleideten Burgtheaterabonnenten ans Buffet drängte, dachte ich zum ersten Mal daran, dass ich sie liebte.

Wir hielten Sektgläser. Ich gebe zu, das mir diese Rolle des Weltkenners, in die ich mich begeben hatte, nicht ganz gefiel. Aber Ina war fasziniert von den hohen, prunkvollen Räumen, von den roten Läufern, die die marmornen Stufen hinabknickten, von den Gemälden und den goldenen Balkonen. «Ich finde es phantastisch, dass es möglich ist, hierher zu gehen und Menschen zuzusehen, die eine andere Welt vorspielen», sagte sie. Sie war glücklich, und ich fühlte, wie glücklich mich dieser Anblick machte.

Am nächsten Tag tauchte sie nicht mehr im Zug auf. Waggon für Waggon suchte ich die müden Gesichter ab. An der U-Bahn-Station Taubstummengasse lehnte ich mit einer Straßenzeitung am Fuß der Rolltreppe, bevor ich sie in den Mistkübel steckte. Zwei Stunden ohne Ina in der hintersten Reihe auf die Kinderzeichnungen zu starren war elend.

Abends rief ich sie an. Ich riss die Dachluke meines Zimmers auf, das Handy am Ohr, ging ich mit nackten Füßen auf dem Spannteppich auf und ab, von der Tür bis ans Fenster, von wo ich hinab auf den Fischteich blicken konnte, was mich immer beruhigt hatte. Sie hob nicht ab. Ich fuhr den Computer hoch, aber noch bevor ich das Kompositionsprogramm startete, rief ich sie wieder an.

Sie hob nicht ab.

Ich hatte ein Midikabel gekauft, mit dem ich meinen Computer mit einem alten Keyboard, das ich vor Jahren in einem Spielwarengeschäft gekauft hatte, verbinden konnte. Ich las mich durch dicke Benutzerhandbücher, bevor ich es schaffte, verschiedene Stimmen in mein Kompositionsprogramm einzuspielen. Ich versuchte, an den Mann mit dem roten Plastikkübel zu denken und an seine Frau, die Mathematikerin, aber noch bevor ich zwei Takte gesetzt hatte, fiel mein Blick wieder auf das Handy auf meinem Schreibtisch. Und ich weiß noch, dass ich mich damals fragte: Soll es sein? Und ich gab mir die Antwort: Es soll. Ich war verloren, wusste ich, ich war verliebt.

Es war Sonntagnachmittag, als Ina abhob.

«Du warst nicht in der Schule», sagte ich.

«Ich konnte nicht.»

Als ich sie fragte, ob ich sie sehen könnte, lachte sie und sagte, sie müsse heute noch den Stall säubern.

«Den Stall?», fragte ich, «Habt ihr Pferde?», weil mir das das Naheliegendste schien.

«Nur noch Ziegen», sagte sie.

Sie sprach von Problemen, die ich nie gehabt hatte: von der außergewöhnlichen Trockenheit in den Böden. Die Mutterkartoffeln, sagte sie, hätten fast keine Knollen gebildet, ihr Großvater sei darüber *teufelswild* geworden. Dieses Wort höre ich jetzt noch. Sie sprach von der Erde, die jetzt endlich Feuchtigkeit bräuchte, der Katastrophe der Wasserknappheit des letzten Sommers.

Dann kam sie endlich auf das Studium zu sprechen.

Es sei nur ein Versuch gewesen, allerdings ein noch im Eintreten gescheiterter Versuch, eine wahnwitzige Idee, etwas zu entkommen. «Ich, eine Lehrerin!», sagte sie. «Studieren! In Wien! Das ist doch unmöglich.»

Bei diesem Telefonat fiel mir zum ersten Mal auf, dass wir ständig längere Pausen im Gespräch ließen. Sie sagte ihre Sätze, ich sagte meine Sätze, aber dazwischen sagte längere Zeit niemand etwas. Es war eine unangenehme Stille, die ich mit irgendwelchen Anekdoten ausfüllen wollte, Vorkommnissen in der Besuchsschule, Schülerzitaten, aber ich führte damit die Peinlichkeit der Stille nur in eine andere Peinlichkeit hinüber, denn Ina lachte, aber sobald sie damit aufhörte, war da wieder diese Stille. Ich hörte sie atmen, ich hörte sie Treppen hinabsteigen. «Aus meinem Zimmer hinab», sagte sie, als ich sie fragte, «und hinaus in den Hof.» Ich hörte, wie sie die Schuhe wechselte, wie sie über das trockene Gras streifte, wie sie ein Gatter öffnete, das Klackern eines Henkels an einem Kübel, das Rascheln eines Plastiksacks. Wenn sie beide Hände benötigte, steckte sie das Handy in die Tasche eines Arbeitskittels, den sie mir als blau und aus Leinen beschrieb, «sehr schmutzig!», und holte es erst nach Minuten wieder heraus. «Du bist noch dran?», fragte sie und war immer völlig überrascht, dass ich noch dran war. «Du hast so lange gewartet?»

Ja, das hatte ich.

Sie fütterte die Ziegen. Das bedeutete wieder minutenlanges Schweigen, in denen ich auf das Meckern horchte. Unser Telefonat dauerte schon eine halbe Stunde an, las ich von meinem Computer ab, ich blickte auf die ersten Takte meiner *Erbsenauslöserkomposition,* in denen zwei Trompeten in chromatischer Unruhe die Bewegung des Auslösens darstellen sollten, den goldenen Schnitt wollte ich mit klar strukturierten Terzen zweier Hörner kontrastieren, aber ich dachte jetzt nicht mehr an diese Komposition. Ich war in Inas Kittel, dachte ich. Von dort aus hörte ich, wie die Hufe der Ziegen wild gegen den Holzverschlag ausschlugen, ich hörte, wie Inas Fingernägel am Kübelboden entlangscharrten, als sie dort hineinlangte und etwas aus diesem Kübel heraus- und über das Gatter ins Heu vor sich schleuderte.

«Was ist das für ein Bauernhof?», fragte ich, nachdem sie mich wieder aus dem Kittel herausgeholt hatte.

«Wie meinst du das? Ein ganz gewöhnlicher Bauernhof eben.»

Ich hörte, wie jetzt das Gatter wieder zuschlug. Die Scharniere quietschten. Sie ging wieder hinaus in den Hof.

«Es ist mir gar nicht möglich zu studieren», sagte sie. Niemand in ihrer Familie habe je studiert. Man studiere ganz einfach nicht in ihrer Familie. Und Lehrerin zu werden, sei ohnehin völlig unmöglich. «Weißt du», sagte sie und dabei hörte ich, wie sie sich nach etwas bückte, «ich mag Kinder eigentlich gar nicht.»

Ich fragte, ob ich sie treffen könne, aber ihr Handy steckte wieder in ihrem Kittel. Ich hatte mit dieser Frage zu warten, bis sie damit fertig war, die Hühner zu füttern. «Du bist ja noch dran!», rief sie später erstaunt.

«Ich möchte dich gerne sehen!», sagte ich.

Sie schien irgendetwas zu richten, vielleicht überprüfte sie die Scharniere am Tor zum Hühnerverschlag.

«Also gerne», sagte sie, «ja, aber ich komme hier nicht weg. Du kannst mich besuchen kommen. Ich frage mal, ob es heute geht.»

Sie fragte. Ich hörte, wie sie fragte. Sie ging durch das Hühnergackern hindurch, und über etwas, das sich wie Sand anhörte, dann über Beton. Ich hörte, wie eine Türklinke aufsprang, sie stampfte sich die

Schuhe ab, streifte sie von den Füßen, als ein Mann brummend irgendeine Art von Vorwurf machte und dann etwas über das Telefonieren mit Handys sagte, das teuer sei.

Sie fragte: «Ich will heute Nachmittag gerne für eine Stunde weg. Darf ich?»

Und sie durfte. Ich hätte aufschreien wollen vor Glück.

Ich war fünfzehn Minuten zu früh und wartete an der Adresse, die sie mir genannt hatte, vor einem großen Holztor. Ich ging auf und ab, sah auf die Uhr, ich stellte mich auf die Zehen, um über den Holzzaun, der aussah wie eine Palisade, in den Hof hineinzusehen, aber außer dem Wellblechdach eines alten Schuppens, auf dem eine Katze schlief, war dort nichts.

Dann schob sie das Tor auf. Sie hatte sich nur rasch eine hellblaue Jacke über die blaue Arbeitskleidung gezogen. Sie trat zu mir hinaus auf die Straße und schob sofort das Tor hinter sich zu.

Sie küsste mich auf die Wange. Sie strahlte.

«Ich habe dich schon auf und ab gehen gesehen», sagte sie.

Sie streckte die Hand aus und bewegte Zeige- und Mittelfinger – das waren meine Beine, und ihre Hand, das war ich. Ich lief hin und her. «Vom Hof aus überblickt man die ganze Straße.»

Sie sagte, sie hätte nur eine Stunde, danach müsse sie zurück sein, um zu kochen.

Wir waren das erste Mal zusammen an der March. Ein warmer Herbsttag. Auf dem Weg hinab hakte sie sich bei mir ein, und einmal legte sie ihren Kopf an meine Schulter. Es machte mich glücklich.

Wir gingen schweigend bis an die gesprengte Brücke, deren Steinpfeiler mit dunklem Moos bewachsen waren. Und ich dachte noch, wie weich dieses Moos an den Pfeilern aussah, als Ina erzählte, wie sie im Frühling 1990, also dem Frühling nach dem Zusammenbruch der Tschechoslowakei, hier das erste Mal schwimmen gewesen sei, als Kind von neun Jahren. Sie habe sich am Ufer die Kleider abgestreift und sei nackt ins Wasser gestiegen. Sie sei bis an den ersten gesprengten Brückenpfeiler geschwommen und habe sich dort – beobachtet von den neugierigen Blicken der Grenzbeamten – hinaufgezogen. Das Moos sei tatsächlich weich gewesen und kühl, die Stumpen breit genug, um darauf zu sitzen. Sie habe auf die Daubeln und die Grenzwachehäuschen geblickt und dann auf die andere Seite, auf das slowakische Wachhäuschen und den Stacheldraht. Am Ufer seien Libellen entlanggeflattert, alles sei ruhig gewesen, als ihr plötzlich der Gedanke an das Erlebnis mit Steiner und der Wildsau gekommen sei, an die Soldaten und wie Steiner jeden der Soldaten mit seinem Zeigefinger erschossen habe. «Ich bin auf dem Brückenpfeiler gesessen und habe nachgedacht», sagte sie, «und ich habe noch weniger von alldem verstanden.»

Wir standen jetzt in der Nähe der Fähre, die gerade genug Platz für zwei Autos und ein halbes Dutzend Fahrräder bot. Sie war 2001 gegen den Willen der Dorfbewohner errichtet worden, die davon ein Ansteigen der Kriminalität erwartet hatten. Tatsächlich wurde sie hauptsächlich von den slowakischen Pendlern aus den Dörfern nördlich von Bratislava benutzt. Jedes Jahr kam es hochwasserbedingt zu Ausfällen, die die Pendler mit Umwegen von 80 oder 90 Kilometern über die Donaubrücke bei Bratislava oder das tschechische Břeclav zu bezahlen hatten, aber trotz mehrerer Initiativen von slowakischer Seite schien es einfach nicht möglich, den Widerstand gegen die Brücke zu durchbrechen. Die Region, die jahrzehntelang im Kalten Krieg geschlafen hatte, schlief weiter.

«Weißt du, die Slowakei hat eine große Bedeutung für meine Familie», sagte sie.

Heute wundert es mich, dass ich nicht nachgefragt habe. Ich hatte wohl angenommen, sie meinte damit das, was alle meinten: die Grenze zum Kommunismus, das Aufwachsen am gefühlten Rand der Welt, mit ständigem Blick auf die Zeichen einer Grenze, die unüberwindbar schien und vor deren Überschreitung man noch Jahre nach dem Fall des Eisernen Vorhanges warnte. Jene Artikel in den Zeitungen über den slowakischen *Atomwahnsinn*, über den *Politwahnsinn* einer *unreifen Gesellschaft*, über die slowakische *Mafia*, über eine *ausufernde Kriminalität* und die *graue Tristesse* der Städte. Man hätte denken können, die belebbare Welt ende tatsächlich an der March, und man könne froh sein, diesen Fluss nie überqueren zu müssen.

Dass Inas Familie noch ein Stück weit hinter diesem Rand der Welt wurzelte, wusste ich damals noch nicht.

Es hatte aufgefrischt. Ina wies auf einen Baum, in dessen Stamm jemand einige Holzleisten genagelt hatte, die auf eine windgeschützte Plattform führten. Wir kletterten hintereinander hoch und saßen dann Oberschenkel an Oberschenkel, die Hände zwischen die Kniescheiben geklemmt, nebeneinander.

Ich erinnerte mich jetzt ganz deutlich an diesen frostigen, sonnigen Herbsttag, an die Schatten der Sträucher auf den Sandbänken unter uns, an die vom Wind ins Wasser getriebenen Blätter. Ina und ich hatten uns oben in der Plattform am Baum nicht mehr bewegt. Wir waren, erschien es mir jetzt, wie Schlafende, gleichzeitig vor Kälte zitternd, dort oben gesessen und hatten nur unser Gesicht nach der Sonne gedreht. Eine Horde von Schulkindern war plötzlich unter uns aufgetaucht. Sie waren mit ihren Lehrern aus der nahen Schule hier heraufgewandert und liefen dicht unter unserer Plattform vorbei, auf die umgedrehten Holzboote an den Sandbänken zu, auf denen sie Kapitäne waren und Piraten, Polizisten und Räuber, Gespenster und Geisterjäger. Sie steckten einander die ans Ufer gespülten toten Fische in die Krägen. Mit blauen Schäufelchen stachen sie die Abdrücke der Reiher aus der feuchten Erde, wohl um sie später auf Anordnung der Lehrerin in Gips zu gießen, während die Fischer ihre Daubelnetze mit zappelnden, erstickenden Fischen aus dem kalten, schmutzigbraunen Wasser hievten. Ich hatte zunächst von einer Reise in die Slowakei erzählt, die ich kurz nach dem Fall des Eisernen Vorhanges gemacht hatte, aber der Anblick der spielenden Kinder brachte mich zum Schweigen.

Im Laufe meiner Erzählung hatte Ina ihren Kopf auf meinen Schoß sinken lassen, über sie gebeugt hatte ich lange nur ihre Haare gestreichelt, die von der Sonne angewärmt worden waren. Inas Haut leuchtete. Mit der Fingerkuppe zog ich die Form ihrer Augenbrauen nach, ich strich ihren Nasenrücken hinab und über ihre Lippen und hätte Lust gehabt, sie zu zeichnen. Ich spürte die winzigen Härchen an ihrem Kinn. Ich kann nur sagen, dass ich in diesem Moment glücklich war. Das Unglück begann kurz danach, als ich die Hand von ihrem Gesicht nahm, um mein Handy ein Stück weit aus der Manteltasche zu ziehen. Die Stunde war längst vorbei.

Ich rief sie am nächsten Morgen wieder an. Aber ihre Stimme war verändert. Sie sagte lange nichts. Auf meine Fragen, was sie denn gekocht habe, antwortete sie nur langsam, als müsste sie jedes Wort genau abwägen: «Kartoffeln, nichts Besonderes.»

Ich fragte: «Hast du irgendetwas?»

Sie zögerte. Aber ich spürte, dass sie knapp davor war, eine Frage zu stellen, die in ihrem Kopf wartete.

«Jetzt sag es doch. Was ist?»

Ich hörte, wie sie schluckte.

«Welches Religionsbekenntnis hast du?», fragte sie.

«Du willst wissen, welches Religionsbekenntnis ich habe?»

Aber darauf antwortete sie nicht.

Sie sagte: «Sie wollen dich sehen.»

Das hieß, wie ich heute weiß: Steiner will dich sehen. Steiner will wissen, wer du bist.

Ich stand jetzt auf aus dem Kindheitsbett und trat nackt ans Waschbecken, um mir ein Glas Wasser zu holen und meine nackten Füße auf einen kleinen Vorleger aus Schaffell zu stellen. Ich nahm mein Handy und ließ es aufleuchten in der Hoffnung, ich hätte das Eintreffen eines SMS überhört.

Ich dachte an Steiner, den ich an diesem Nachmittag kennengelernt und wie er mich angesehen hatte. Ich trank das Glas Wasser aus und füllte es erneut und blickte zurück auf das Bett, das nicht mehr als ein grauer Fleck war. Ich sah wieder nach dem Handy und hatte Mühe, der Verlockung, es noch einmal in die Hand zu nehmen, zu widerstehen.

Ina war Protestantin. Sie glaubte an Gott. Als ich sie fragte, was sie mit diesem Begriff meinte, wusste sie es nicht. Aber es irritierte mich, wie sie mir erklärte, sie bete jeden Tag, und nachdem ich ihr gesagt hatte, dass ich überhaupt noch nie gebetet hatte und gar nicht wusste, was das bedeutete, lag wieder dieses Schweigen zwischen uns.

Ich wusste, wenn ich mich weiter mit seiner Tochter treffen wollte, musste ich mich von Steiner ansehen lassen.

Ich fragte: «Wann soll ich kommen?»

Sie sagte: «Es wird nicht angenehm.»

Mein Lachen klang selbst für mich nicht überzeugend.

«Heute Nachmittag um 16 Uhr», sagte sie. «Komm nicht zu spät.»

Ich zog ein weißes Hemd an und die Hose, die ich zu meiner Matura getragen hatte. Ich startete mein Moped, aber stieg schon an den Ortsbegrenzungstafeln links und rechts der Bundesstraße ab. Die letzten Meter wollte ich zu Fuß gehen. Ich wollte mich auf dieses Treffen vorbereiten, aber wusste einfach nicht, wie.

Wie ein paar Tage zuvor blieb ich am Tor stehen, aber diesmal schien mir viel mehr auf dem Spiel zu stehen. Es dauerte, bis sich mein Atem beruhigte. Ich läutete, aber noch während mein Finger an der Klingel ruhte, ging das Tor auf, und Ina stand da in einem dunkelblauen Kleid, unter dessen reich verziertem Kragen eine weiße Bluse hervorblitzte. Zwischen den zwei senkrecht bis zur Taille führenden Spitzenborten hing ihr eine goldene Brosche zwischen die Brüste, und wieder hatte sie sich die Haare aufflechten lassen. Ich fand sie unglaublich schön, aber diese Kleidung schien mir einfach nicht in unser Jahrhundert zu passen.

«Sie haben dich schon gesehen», sagte sie.

Sonst sagte sie nichts. Mit gesenkten Lidern führte sie mich an der Hand durch einen mit Kies aufgeschütteten Hof, in dem einige Hühner im trockenen Erdreich scharrten, während sie mit der anderen ihren Rocksaum raffte. Sie öffnete eine Tür und wartete an der Seite, bis ich vor ihr über die Schwelle ins Gebäude trat.

Es roch nach Holz. Das war mein erster Eindruck. Und es war eng.

An einem großen, mit blau-weißem Porzellan gedeckten Tisch saß ein Mann mit Schnurrbart und weit in die Stirn gewandertem Haaransatz, der offensichtlich mit an den Türrahmen gehefteten Pupillen auf mein Erscheinen gewartet hatte. Als ich eintrat, ruckte sein Kopf ein Stück weit nach vorne, aber er sagte nichts. Er war ein Stück vom Tisch abgerückt, um einem großen, hellgrauen Vogel Platz zu machen, den er sich mit beiden Händen gegen den aufgewölbten Hemdbauch drückte. Auch der Vogel drehte mir den Kopf zu. Ich hatte keine Ahnung, was das für ein Tier war, aber es schien mich weniger interessant zu finden als die alte Frau an der Bankkante, die mich mit schrägstehenden Augen und schlaffer Haut, aber umso strengeren Gesichtszügen musterte.

Ich hörte, wie die Tür hinter mir zufiel, ich drehte mich danach um. Es war dunkel im Haus, dachte ich.

Ich grüßte und lächelte den Menschen am Küchentisch zu, aber bevor ich noch einen Schritt machen konnte, fiel mein Blick auf Ina.

«Hier», sagte sie und deutete auf einen freien Stuhl am Tisch. Auch der Mann und die alte Frau blickten dorthin, und als sich unsere Blicke trafen, nickte zuerst er, dann sie. Obwohl ich der alten Frau die Hand hinstreckte, fasste er danach ohne aufzustehen – es wäre mit dem großen Vogel auch gar nicht möglich gewesen –, und als er sie losließ, wandelte er die Bewegung in eine Geste um, die hieß: hinsetzen.

Der Raum war überheizt. Der Geruch von brennendem Holz kam aus einem offenen Ofen, der vor wenigen Augenblicken mit frischem Holz befeuert worden sein musste. Die heiße Luft floss knapp über unseren Köpfen durch ein Ofenrohr, in dem es immer wieder knackte und fauchte. Alte, weiße Küchenkästen machten den größten Teil der Einrichtung aus, an Blumentapeten hingen einige gerahmte Stickereien: Szenen bäuerlicher Arbeit wie Aussaat, Ernte, auch biblische Szenen. Am auffallendsten aber war tatsächlich ein altes, zerschlissenes Pferdekummet aus Leder, das man direkt über der Küchenbank an die Wand genagelt hatte.

Der Mann, von dem ich annahm, dass er Inas Vater war, wartete, bis ich auf dem mir zugewiesenen Holzstuhl Platz genommen hatte. Ein

Knie zwischen Tischbein und Wand eingeklemmt, dachte ich sofort, dass es jetzt nicht mehr leicht sein würde, von hier aufzustehen. Für einen Augenblick saßen wir still nebeneinander, als er den Vogel, den er bis zu diesem Augenblick an seine Brust gedrückt hatte, ganz plötzlich in die Luft warf. Das Tier spreizte die Flügel und flog über den Tisch, um sich auf einem alten Bauernschrank in einer Ecke der Stube niederzulassen. Es legte den Kopf schief und sah uns an.

«Also», sagte Inas Vater.

Er machte eine auffordernde Kopfbewegung. Und weil ich nicht wusste, was von mir verlangt war, machte ich eine ganz ähnliche Kopfbewegung. Man hatte den Tisch reich gedeckt, ein Ölguglhupf duftete auf den rot-weiß verzierten Kacheln der Tischdecke, jedem von uns war ein Teller aus Porzellan hingestellt worden, nur neben der alten Frau an einer Seite des Tisches, an der niemand saß, war ein Teller zu viel aufgedeckt worden. Ich hatte die auffordernde Geste missverstanden und nach dem Messer gegriffen, aber ließ es sofort wieder fallen, als mir Ina mit einem Tritt zu verstehen gab, dass ich mich damit ungebührlich verhielt.

«Ich bin Martin», sagte ich.

«Das wissen wir», sagte Inas Vater.

Jetzt stand die Großmutter auf und nahm das Messer, das ich hatte nehmen wollen. Auch sie trug Tracht: eine weiße, bis an den Kehlkopf hochgeknöpfte Bluse mit schwarzen, breiten Holzknöpfen, einen schwarzen Rock. Sie schnitt fünf Stücke vom Guglhupf ab und teilte sie auf die fünf Teller auf. Auch der Teller an der unbesetzten Seite des Tisches bekam ein Stück.

Danach war es wieder still. Niemand begann zu essen. Der Guglhupf war noch warm und dampfte. Ich war mir sicher, dass er fünf oder zehn Minuten zuvor noch im Ofen ausgebacken worden war. Ich hatte Mühe, die Lust, in den weichen, warmen Teig zu beißen, zu unterdrücken. Ich wusste, der Speichelfluss würde es mir jetzt nicht leicht machen, lange zu sprechen, aber der Ausdruck in den Gesichtern am Tisch wirkte auf mich, als wollte man mit dem Essen noch auf irgendjemanden warten, aber da ich mir nicht vorstellen konnte, wer das sein sollte, dachte ich, man warte, dass ich mich vorstellte.

«Ich bin Martin», wiederholte ich. Und obwohl ich wusste, dass es unpassend war, sprach ich jetzt von meinem Studium an der Pädagogischen Akademie. Und weil ich dachte, dass es konservativen Menschen gefallen könnte, erzählte ich, dass mein Vater einen Handel mit Heizungstechnik betrieb und meine Mutter vor ihrer Frühpensionierung auch Lehrerin gewesen war, wie ich es werden wollte. Ich erzählte, dass ich gern Klavier spielte und früher auch gezeichnet hätte, dass es aber vernünftig sei, einen Brotberuf zu haben, «ein junger Mensch braucht einen Brotberuf», sagte ich und hoffte, ich würde mir irgendwann selbst verzeihen können, diesen Satz gesagt zu haben.

Ich schluckte Speichel und erzählte von der Gasse, in der ich wohnte, als ich plötzlich aus meinem blindwütigen Erzählen aufhorchte, weil ich dachte, ein Geräusch gehört zu haben. Man sah mich an. Ich erzählte von meinen Versuchen, etwas zu komponieren, und von der Überzeugung, dass es wichtig sei, junge Menschen *ordentlich* zu erziehen.

Da kam wieder das Geräusch.

Ich blickte auf meinen Teller mit dem Guglhupf, den ich immer noch nicht angerührt hatte. Aber da war das Geräusch nicht. Ich blickte zu Inas Teller, zum Teller der Großmutter, zum Teller von Inas Vater. Aber auch dort war das Geräusch nicht.

Und dann fiel es mir auf: Da lag eine Hand auf dem Tisch, die niemandem gehörte. Und die Hand knurrte, nein: Jemand, dem die Hand gehörte, knurrte.

Ich blickte in die Gesichter am Tisch. Ich bückte mich und hob das Tischtuch ein Stück weit an.

Da lag ein Mann auf der Küchenbank vor mir. Ich erschrak: Die ganze Zeit war da ein Mann gelegen, und ich hatte ihn nicht gesehen! Ich hatte ihn übersehen, auf ihn hatten sie gewartet mit dem Essen. Er war vom Tischtuch fast vollständig verhängt, er hatte sich das Tischtuch um den Körper geschlungen, sah ich, und nur sein Gesicht frei gelassen. Er konnte sich nicht aufrichten, nur seine Hand hatte sich von unten an der Tischplatte festgekrallt, große schwere Finger mit breiten Nägeln, der Handballen so groß wie der Kuchenteller, den er jetzt zu sich herunterzog.

Wir hörten ihn essen, wir hörten, wie er auf Kniehöhe unter dem Tischtuch schmatzte. Dann kam der Teller wieder. Wir sahen, wie sich der Mann am Tisch festkrallte. Er zog sich daran hoch. Die Anstrengung ließ das Porzellan zittern und den Kaffee in die Untersetzer schwappen.

Steiner tauchte auf. Mit kleinen, zusammengepressten Augen linste er über die Tischplatte hinweg auf mein Gesicht. Und es war nichts als Misstrauen in seinem Blick.

Ich grüßte, aber er antwortete nicht. Er verdehte die Augen und ließ sich langsam wieder, begleitet vom Klirren und Zittern der Porzellangefäße, auf die Küchenbank herabsinken.

Während der nächsten halben Stunde hatte ich mich immer wieder daran zu erinnern, dass Steiner mit uns am Tisch war, denn außer seiner Hand, die alle paar Minuten auf der Tischdecke auftauchte und nach einiger Zeit wieder verschwand, war er unsichtbar. Ich erzählte vom Leben meiner Eltern und wie wir nach Österreich gekommen waren und wo und wie wir lebten – von der Scheidung meiner Eltern erzählte ich nichts. Immer wieder vergaß ich Steiner nach einigen Minuten und musste mich ermahnen und sagte mir: Da liegt ja der Alte vor dir, nur eine Armlänge von deinen Schenkeln entfernt liegt Steiner. Und ich wusste, dass er mich beobachtete. Er blickte mir auf den Unterleib.

Niemand fragte etwas. Wir saßen einfach bei Tisch. Nachdem Steiner mit dem Essen begonnen hatte, war es uns erlaubt, die Finger in die warmen, dampfenden Kuchenstücke zu graben. Es war ein Genuss, sie zu essen. Ich lobte die Konsistenz des Teiges, eine Meisterleistung, das wusste ich aus Erfahrung. Inas Großmutter nickte meinem Lob nur zu, während sie Steiner, der sich im Laufe des Kuchenessens fünf oder sechs Mal hochgezogen hatte, um mit einem Auge über die Tischplatte hinweg nach mir zu blicken, damit fütterte. Er wollte etwas feststellen, und jedes Mal schien er es erneut festzustellen und schüttelte nur den

Kopf und ließ sich wieder kauend und knurrend auf die Bank hinabsinken.

Als ich nichts weiter von mir zu erzählen wusste, fragte ich nach dem Vogel, nach der Nahrung für diesen Vogel, nach der Heimat dieses Vogels, ich fragte nach den Gravuren auf den Bauernschränken, nach den Truhen, die aufwändig verziert in den Ecken standen, nach der Beize auf der Küchenbank und blickte dann auf der Suche nach weiteren Fragen durch das Fenster auf den staubigen, mit Kies aufgeschütteten Hof, in dem einige Hühner hinter Maschendrahtzaun an Küchenabfällen pickten.

Ich hatte bereits drei Stücke dieses tatsächlich außergewöhnlich guten Guglhupfs gegessen, zweimal hatte mir Inas Großmutter wortlos mit ihrer knöchernen, grauen Hand Kaffee nachgeschenkt, als ich bemerkte, dass sie, die alle meine Fragen mit wenigen Silben, so als würde sie nur aus Höflichkeit über die Einfältigkeit meiner Fragen hinwegsehen, beantwortet hatte, sich jetzt an Ina wandte. Zum ersten Mal seit einer halben Stunde schien jemand anderer sprechen zu wollen. Sie feixte. Etwas amüsierte sie, und ich wollte schon fragen, was es sei, als sie Ina, die neben ihr saß, bedeutete, näher zu kommen. Ich will dir etwas über deinen Zukünftigen verraten – das hieß dieser Gesichtsausdruck. Ein kleines Geheimnis, von Frau zu Frau. Ina legte die Gabel weg und drückte ihr Ohr an die alten Großmutterlippen. Es war aber so ruhig, dass ich alles ganz deutlich hören konnte. Die Alte sah mich an und flüsterte dabei Ina ins Ohr: «Lass dir damit ruhig Zeit.»

«Womit?», fragte Ina.

«Lass dir ruhig Zeit», wiederholte die Großmutter feixend. «Wenn du schwanger bist, schlagen dir die Männer ins Gesicht.»

Anstatt aber meinem Blick auszuweichen, sah sie mir mit ihren schrägstehenden Augen entgegen, ein widerlich liebevoller Blick. Und sie streckte jetzt auch den grauen, dünnen Zeigefinger nach Inas Bauch aus, als wüsste sie bereits von einem Kind darin. Ja, wenn du ein Kind im Bauch hast, schlägt er dich. Sie zuckte mit den Schultern, immer noch lächelnd. Da kann man nichts machen – ein Naturgesetz! Und noch bevor ich irgendetwas hätte erwidern können, hatte sie wieder ihre Kuchengabel in die Hand genommen, und sich von uns abgewandt, ganz, als hätte sie gar nichts gesagt. Sie bohrte den Finger in den Teig und schleckte ihn ab. Dabei zwinkerte sie mir auf eine mich sehr beunruhigende Weise zu, als hätte sie zuvor nur einen Scherz gemacht, aber deutete dann doch wieder auf Inas Bauch und lachte lautlos, aber nicht unfreundlich, und nickte, als hätte ich mich mit ihr gegen ihre Enkelin verschworen, und ich dachte plötzlich an Inas Bemerkung, als ich nach ihrer Mutter gefragt hatte, und dachte: Wo ist die Mutter? und sah mich im Raum um und sah den riesigen Vogel und den Vater, den Steiner und die Großmutter, aber keine Mutter. Ich geriet über das Fehlen der Mutter in eine mich selbst überraschende Aufregung. Ina saß die ganze Zeit ganz ruhig neben mir und hatte nichts gesagt, nur meine Hand genommen und dann wieder losgelassen und dann doch wieder genommen.

Ich hatte an diesem Nachmittag, erinnerte ich mich jetzt im Kinderzimmer, das Wort *Limbach* auf einer hinter Steiner und seiner Küchenbank an die Wand genagelten Fahne gesehen, eine Linde und ein Bach waren auf den Stoff gemalt. Auf dem Pferdekummet war es in das Leder eingebrannt und auf den Saum einer bodenlangen und von Motten zerfressenen Pelztracht eingestickt worden.

Und ich hatte schließlich trotz allem nach diesem Namen gefragt, der so offensichtlich eine Bedeutung für die Bewohner dieses Haus hatte, mir aber unbekannt war.

«Was ist das für ein Name?», fragte ich. Und ich las den Namen laut vor, und ich sagte ihn auch jetzt, im Kinderzimmer, durch das Fenster in die Stille des nächtlichen mütterlichen Gartens hinaus, «Limbach», sagte ich und dachte an die schrägstehenden Augen der Großmutter, der ich diesen Namen gesagt hatte, und dass ich an diesem Abend erst so wenig von Ina gewusst hatte, dass ich diesen Namen so unverbindlich, so einfach hatte aussprechen können: «Limbach», sagte ich, «wo ist dieses Limbach?», und ich stellte Fragen nach diesem Limbach, ob es eine Stadt oder ein Dorf sei, und ich hatte schließlich, erinnerte ich mich, nachdem man mir nur die Worte *Kleine Karpaten* genannt hatte, über die Slowakei gesprochen. Ich spürte sofort, dass ich darüber nicht hätte sprechen dürfen, aber ich redete doch darüber und redete mich in ein Erzählen hinein, das keine Rücksicht nahm und aus dem ich mich nicht mehr herauslösen konnte, ich zog damit die Augenpaare aller Anwesenden auf mich, es interessierte mich, wie sie mich ansahen: ängstlich, zornig, mahnend und drohend. Ich ahnte, dass ich durch dieses Erzählen meiner slowakischen Geschichten etwas Unverschämtes tat, während ich meine Blicke von einem Gesicht zum anderen springen ließ, aber nur Inas Großmutter hielt diesem Blick stand. Eine Veränderung ging in ihrem Gesicht vor, wenn ich sprach. Ich sagte das Wort *Trnava,* wo ich mir in einer Kirche die Anfangsmelodie eines Kirchenliedes aus einem ledernen Gesangsbuch herausgeschrieben hatte, da zuckte sie wieder, ich erzählte von *Košice,* wo ich vom örtlichen Pfarrer versehentlich eine halbe Stunde in einem Turm eingesperrt worden war – und wieder zuckte sie. Ich beobachtete, wie sie ihre Lippen schürzte, als warte sie darauf, mir etwas entgegenspeien zu können, das sie nur aus Höflichkeit noch zurückhielt, tiefer und tiefer senkten sich die zwei Kerben ihrer Augenbrauen hinab. Aber nicht nur Zorn lag in diesem Gesicht. Es dauerte eine Weile, bis ich begriff, dass sie traurig war, dass ich sie traurig machte. Freilich wusste ich nicht, wodurch ich das verursacht hatte.

Und als ich schließlich von *Bratislava* sprach und von dem riesigen Postamt am Platz des Slowakischen Nationalaufstandes, in dem ich mit meinem Freund eine halbe Stunde vor dem Geldwechselschalter hatte warten müssen, knallte sie ihre Fäuste links und rechts von ihrem Kuchenteller auf den Tisch und sprang vom Stuhl hoch. Mit einem heftigen Räuspern schnitt sie mir den Rest des Satzes aus dem Mund. Ich war ganz plötzlich sprachlos geworden. Reste von Teig klebten an ihrer Unterlippe. Sie schluckte und blickte dann auf ihre kleinen, zu Fäusten geballten Hände, dann sah sie mir wieder ins Gesicht, wischte sich die Lippen.

«Ich bitte Sie», sagte die Großmutter streng zu mir, «das zumindest in unserer Gegenwart nicht zu sagen.»

Ich starrte sie an. Lange Zeit starrte ich nur sie an, bevor ich auch Inas Vater anstarrte, Ina anstarrte: überall unausgesprochene Vorwürfe, obwohl ich immer noch nicht wusste, was ich falsch gemacht hatte. Inas Vater seufzte jetzt laut, verdrehte die Augen und blickte zuerst mich, dann Ina vorwurfsvoll an, und irgendwer stöhnte – das war Steiner von der Küchenbank. Ich kann gar nicht sagen, wie erleichtert ich war, als ich spürte, wie Ina unter dem Tisch meine Hand suchte.

Mir war in dem Moment klar geworden, dass man tatsächlich Gericht über mich gesessen war. Aber ich war bereits schuldig gesprochen. Ich wusste in diesem Augenblick, man würde mich hier nie akzeptieren. Und im nächsten Augenblick wusste ich auch, was ich falsch gemacht hatte.

«Unsere Häuser haben sie uns weggenommen», sagte Inas Großmutter, «aber unsere Identität nicht, unser *Pressburg* nicht.» Und sie beugte sich jetzt zu Steiner hinab und legte Steiners Hand vor sich auf den Tisch. Während sie sprach, wirkte es dadurch manchmal so, als würde sie mit dieser leblos zwischen ihren Fingern auf- und zuklappenden Hand sprechen, denn sie sprach immer wieder zu dieser Hand herab und sie streichelte diese Hand, wie um sie zu beruhigen. Sie tat damit etwas, was sie – wie mir Ina später sagte – lange nicht getan hatte. Sie sprach von Limbach und der Zeit damals, über die heute, wie sie gleich eröffnete, nur Unsinn gesagt würde. Sie setzte sich nicht mehr, sondern drehte sich – eine Faust immer noch an der Tischplatte abgestützt – nach der Fahne hinter ihr herum, und immer wieder streichelte sie die Hand, ich dachte: wie ein Haustier, mit dem man beim Tierarzt sitzt. Alles stürzte ganz plötzlich auf und über mich herein an diesem Küchentisch – ich gebe zu, dass ich zu diesem Zeitpunkt kaum etwas über die Geschichte der Slowakei gewusst hatte und natürlich noch weniger von den Karpatendeutschen, die dort gelebt hatten. Während ihrer mich immer weiter verstörenden Erzählung beobachtete ich Steiners auf- und zuklappende Hand. Es war, dachte ich sofort, ein warnendes Auf- und Zuklappen; hatte die Hand zuerst vor meinen Erzählungen gewarnt, so warnte sie jetzt umso deutlicher vor den Erzählungen dieser Großmutter. Die Erzählungen der Großmutter waren gefährlicher, als es meine gewesen waren. Aber Inas Großmutter war – womöglich wie ich zuvor – in jenes rücksichtslose Erzählen hineingeraten, das sich ganz plötzlich den Weg nach draußen sucht. Die zitternde Steinerhand mit beiden Händen umschlingend wie um sie niederzudrücken, nahm sie die Fahne mit dem Baum und dem Bach vom Haken an der Wand, sie reichte sie mir über den Tisch, um mir die Stickereien darauf zu zeigen. Sie selbst habe das als Mädchen gestickt. «Sie wollen das also wissen!», rief sie in jener Mischung aus Erbostheit und Freude, die mir damals noch völlig neu war, «das wollen Sie wissen? Na, dann zeige ich es Ihnen!» Mit Blicken erstickte sie unausgesprochene Einwände, drückte die Steinerhand mit dem Handballen herab, «gib Ruh' jetzt!», rief sie unausgesprochenen Bitten entgegen, «gib jetzt Ruh'!» Es war aber kaum mehr möglich, diese Hand ruhig zu halten. Man hörte jetzt auch, wie Steiner auf der Küchenbank knurrte, wie er stöhnte, wie er sich dort auf der Bank wand. Ich hätte Lust gehabt, die Tischdecke anzuheben, um ihn dort zappeln zu sehen. Einzelne Bilder wie das eines hastig auf- und zugeschaufelten Grabes hingen jetzt in meinem Kopf neben dem eines zur Hälfte abgebrannten, zur anderen Hälfte noch weiß blühenden Marillenbaumes. «Unterbrechen Sie mich nicht!», warnte sie. Mehrmals hörte ich, wie Inas Vater sich räusperte, auch Ina rückte unruhig hin und her: Alles schien die Großmutter in ihrem Erzählen stoppen zu wollen, eine Katastrophe bahnte sich an, wurde mir bewusst, die Faust Steiners knallte mehrmals auf den Tisch. «Er will das doch wissen!», rechtfertigte sich die Großmutter und deutete auf mich, «er hat doch gefragt!» Das Bild eines Hauses, eines Weinbergs, der Geruch von geschnittenem Gras, das Klappern von Kochgeschirr auf einfachen Bauernkarren, Geschichten von verhungerten deutschen Kindern, von durchfrorenen Nächten in den Lagern – aber alle Geschichten doch nur angerissen und nicht tatsächlich erzählt, dachte ich. Und plötzlich ihr Satz, zu den *verräterischen Italienern* und den *verräterischen Ungarn* und den *verräterischen Rumänen* hätten sich letztlich auch noch die *verräterischen Slowaken* gesellt. «Wir sind verraten worden!», rief sie, «das haben Sie doch in der Schule gelernt», und schließlich war das Wort «Diebstahl» heraußen und lag vor uns und vor dieser Hand, und ich konnte sehen, wie die

Hand unter dem Namen, der diesem Wort folgte, zusammenzuckte und wie sie nach etwas schlagen wollte und wie alles unter diesem Namen stöhnte. «Beneš», sagte die Großmutter und die Hand zuckte und war nun nicht mehr niederzudrücken. Hastig hängte die Großmutter die Fahne wieder an den Haken, und als sie sich wieder zum Tisch umwandte, sah ich, dass sie einen einsetzenden Tränenfluss vor mir hatte verheimlichen wollen. «Beneš, dieser Verbrecher, hat uns alles gestohlen.»

Sie sprach über die deutsche Kultur in den Städten *Bösing* und *Tyrnau*, «unserem *Bösing*, unserem *Tyrnau*». Menschen wie sie hätten erst Kultur in diese Gegend gebracht, «die Deutschen haben Kultur in ein kulturloses Land gebracht», sie erwähnte den Bergbau und die Architektur, die Dreifelderwirtschaft und die Kanalisation, der beste Wein wäre dort gewachsen, kein Vergleich mit dem, was später und auch heute noch dort hergestellt würde, der Limbacher Traminer sei bis nach England verkauft worden, sogar die Kaiser hätten ihn getrunken, und letztlich verstieg sie sich zu der Bemerkung, die gesamte Kultur sei eigentlich von den Deutschen gebracht worden. «Die Deutschen haben dieses Land zivilisiert», sagte sie, «was war da vorher?», um sich immer sofort selbst die Antwort zu geben: «Nichts!», und danach rief sie noch dreimal «Nichts!» und war dabei wieder aufgestanden und hatte mit hochrotem Kopf und Schnappatmung hinaus auf den Hühnerhof gestarrt, als wären dort jene Kulturleistungen zu finden. Es waren aber nur einige Hühner durch ihr lautes Rufen neugierig geworden und eines der Hühner war auf das Fenstersims geflattert und pickte gegen die Scheibe, als Inas Großmutter jetzt immer wieder das Wort «Kulturleistung» wie gegen dieses Huhn vor dem Fenster ausstieß: «Zivilisationsleistung», «Kultur» und «Zivilisation».

Und dann sagte sie: «Bis zu unserer Vertreibung haben wir Deutschen überall in Osteuropa die größten Kulturleistungen erbracht» – und ich verstand erst später, was für eine Ungeheuerlichkeit sie damit gesagt hatte.

Danach hatte eine eisige Stille eingesetzt. Ich erinnere mich, wie ich das Pochen an meinem Kehlkopf spürte und intuitiv die Hand dorthin legte. Und dann war Ina, die bis zu diesem Zeitpunkt kein Wort gesagt hatte, deren Anwesenheit ich über den grausigen Bildern ihrer Großmutter schon fast vergessen hatte, in Gelächter ausgebrochen.

Jetzt am Fenster erinnerte ich mich deutlich an dieses Gelächter, das – bis dahin unerhört und selbst unheimlich genug – aus der grauenhaften Stille herausbrach, ein hysterisches Gelächter, ein Luftschnappen. Ohne ein weiteres Wort stand Inas Großmutter auf. Mit beiden Händen rückte sie den Stuhl an den Tisch zurück. Sie überprüfte den Sitz ihrer Bluse, fuhr sich über die Augen und ging durch die Tür hinaus auf den Hof zu den Hühnern. Auch Inas Vater erhob sich – sichtlich erleichtert, den Tisch verlassen zu dürfen. Auch er rückte den Stuhl wieder an den Tisch. Er werde nach den Kaninchen sehen, sagte er mit einer Stimme, als hätte er es mit einer Bettlägerigen zu tun, in Inas Richtung.

Nur Steiner blieb mit uns in der Küche. Wir blickten auf sein Gesicht, das grau und schlaff war – ich erinnerte mich, dass ich an das Wort «todesmüde» gedacht hatte. Wir konnten hören und sehen, dass er leise in sich hineinmurmelte. Ina beugte sich zu ihm hinab und küsste seine Wange, und als sie wieder hochkam, sah ich, dass auch der alte Mann still in sich hineingeweint hatte.

Auch wir wollten nicht mehr hierbleiben. Wir traten auf den kalten, zugigen Gang zurück, aber gingen nicht etwa hinaus auf die Straße, sondern über eine enge hölzerne Wendeltreppe hinauf in Inas Zimmer. Sie zog die Tür zu und schloss ab, warf den Schlüssel aufs Bett: ein von einer Dachschräge beengter Raum, der nur von einem einzigen schmalen Fenster Licht erhielt.

«Wie kann sie ihm das antun?», flüsterte sie.

«Was meinst du?»

«Steiner», sagte sie. «Wie kann sie ihm das antun?»

Ich konnte sehen, wie ihr der Puls an den Schläfen hämmerte.

Ich wusste, sie wollte noch etwas zu diesem Satz ihrer Großmutter sagen.

«Es gibt ein Foto von meiner Großmutter. Sie steht inmitten einer

Schar anderer Mädchen, alle in den dunklen Röcken und weißen Blusen des BDM. Wenn man sie fragt, behauptet sie bis heute, diese Jahre seien die schönsten ihres Lebens gewesen.»

Ina zuckte mit den Schultern. Ich war froh, dass sie nicht sagte, ich müsse das verstehen.

Durch das gekippte Fenster drang jetzt das Heulen der Mähdrescher. Auf einem bis an die Dachschräge herangerückten Schreibtisch lag das aufgeblätterte Programmheft von Shakespeares *Sturm*. Es freute mich, dass sie darin gelesen hatte.

«Es interessiert dich?», fragte ich.

«Ja. Dass ich auf diesem Hof wohne, heißt doch nicht, dass ich mich nicht für Kultur interessiere.»

Das Heulen kam näher. Es war faszinierend zu sehen, wie sich die mächtigen Maschinen durch Unmengen schwarzer, von der Sonne ausgedörrter Sonnenblumen fraßen. Der trockene, heiße Sommer hatte die Felder früh verdorren lassen. Ich schloss das Fenster. Wenn man das vergaß, würde der aufgewirbelte Feldstaub bald millimeterdick auf dem Schreibtisch liegen.

Ina stand so knapp hinter mir, dass ich ihre Brüste im Rücken spüren konnte.

«Ich habe etwas für dich», sagte sie.

Sie nahm einen Topf vom Schreibtisch und reichte ihn mir. Dabei berührten sich unsere Fingerspitzen. Ich nahm ihn, stellte ihn aber gleich wieder auf ihren Schreibtisch zurück, um die Hände frei zu haben.

Sie hatte eine Sonnenblume für mich vor der Versengung gerettet und in einen Blumentopf gesetzt. «Bevor der Drescher kommt», sagte sie.

Das Bett war sauber gemacht, ein schlichtes, aber riesiges Kreuz hing darüber, bei dessen Anblick ich sofort dachte, dass ich unmöglich unter diesem Kreuz mit ihr schlafen könne. Wir blickten beide dorthin. Sie lächelte. Aber genau dieser Gedanke, dass ich dies unmöglich tun könne, kam wieder, als sie sich ganz plötzlich den Rock öffnete und von ihren

Hüften fallen ließ. Sie knöpfte sich die Bluse auf, streifte sie ab und fasste mit beiden Händen zwischen ihre Schulterblätter, um sich den BH zu öffnen. Von Ferne kam jetzt das metallische Schnarren der Sensenflügel, das Knirschen zerreißender Halme.

Wir liebten es, miteinander zu schlafen, einander zu streicheln und zu küssen, aber nachdem wir damit aufgehört hatten, war es, als würde ständig jemand fragen: Was jetzt? Was wollen wir jetzt machen? Ich fragte mich das, während ich ihren Oberschenkel streichelte, und ich sah sie an und hatte das Gefühl, auch sie fragte sich das. Was jetzt? Und zu meiner Bestürzung griff ich nach den Notenblättern in meiner Tasche, und sie zog – wie diese Bewegung imitierend – Shakespeares *Sturm* vom Schreibtisch, und es war ganz entsetzlich, dachte ich, wie wir jetzt einander gegenüber saßen und lasen. Ich machte alles noch schlimmer, als ich durch das Dröhnen des Mähdreschers hindurch brüllte, das Komponieren sei mir jetzt das Allerwichtigste, und dabei lachte, als hätte ich einen Witz gemacht, was ich natürlich nur sagte, um dem Schweigen zwischen uns zu entkommen. Ich berührte sie auch gar nicht mehr, und auch sie berührte mich nicht mehr. Wir saßen einander gegenüber: ich am Kopfende des Bettes, sie am Fußende. Sie hatte sich die Bluse wieder übergestreift und ruhig und besonnen bis über ihre markanten Schlüsselbeine zugeknöpft. Ich zog einen Stift aus der Tasche und setzte wahllos irgendeine Hörner-Terzfolge, von der ich wusste, dass sie niemals dem Geist des goldenen Schnitts gerecht werden könnte, und als ich danach die Notenblätter weglegte, legte auch sie ihren Shakespeare weg. Der Mähdrescher war vorbeigezogen, und ich hatte wieder etwas zu sagen. Ich sprach plötzlich über die Quintenverbote und Terzpflichten, über Kontrapunkt und Generalbass und schließlich sogar über Zwölftonmusik, von der ich kaum etwas verstand, und als ich endlich damit aufhören konnte, rutschte ich an das Fußende des Bettes. Ich schlüpfte mit einer Hand unter ihre Bluse, um ihre Brüste zu spüren, mit der anderen öffnete ich die Bluse, die sie gerade zuvor noch zugeknöpft hatte.

Ich schlief erneut mit ihr. Wie ich auch damals schon wusste: aus Verlegenheit. Wir liebten uns innig und leidenschaftlich, ich habe mit keiner anderen Frau je lieber geschlafen. Im Schweiß einer vergangenen Erregung jedoch schienen wir nicht weiterzuwissen.

Sie stand aber gleich wieder auf und sagte, sie sollte jetzt besser wieder nach unten gehen. Sie sah auf die Uhr, es war ja kaum Zeit vergangen. Sie schlüpfte in ihr Höschen und streckte sich dann nach dem Fensterriegel, um endlich etwas Luft einzulassen.

Ich wusste, dass ich unmöglich hierbleiben konnte. Ich würde jetzt aufstehen und heimfahren und mich an den Computer setzen, um die Komposition für die Schauspieler, die ich in diesen Tagen unter dem Dateinamen *Erbsenauslöserkomposition* abgespeichert und seither nur noch unter diesem Namen in meinem Kopf hin und her schob und von der ich dachte, dass sie notwendig war und groß – Waldhornterzen!, dachte ich in Großbuchstaben, Posaunenchromatik! – fertigzustellen. Ich war kein Lehrer, dachte ich und sagte mir wieder die Worte *Erbsenauslöserkomposition fertigstellen* vor und dachte an den Mann vor dem roten Kübel und die Mathematikerin und stand mit diesen Worten auf und zog mich an.

Am kleinen Waschbecken nahm ich ein Stück Seife, um mir die Hände zu waschen. Ich rieb mir die Hände, legte es weg. Dann nahm ich es wieder. Ich roch daran. Und dann roch ich an meinen Fingern. Als sich unsere Blicke trafen, lachte Ina.

«Das ist von den Ziegen», sagte sie.

Ich blickte abwechselnd auf sie und auf meine Hände.

«Selbstgemacht», rief sie vergnügt. «Meine Großmutter kocht Tierkadaver aus, sie verkocht das Fett mit Pottasche zu Seifenlauge.»

Ina zog hinter mir die Tür zu, sie kramte einen Schlüssel aus ihrer Tasche, sperrte ab.

Wir stiegen die Wendeltreppe hinab. Unten nahm sie meine Hand.

«Wir müssen hinten raus», flüsterte sie und deutete zwischen zwei Vordachträgern, an denen Bohnen emporragten, auf ihre Großmutter, die sich am Hoftor über ein Zwiebelfeld gebeugt hatte.

Wir liefen über den Hof, vorbei an dicht stehenden Nussbäumen in Richtung einer Scheune. Einige Hühner versuchten, herabgefallene Walnüsse aufzupicken. Von unseren raschen Schritte aufgeschreckt, stoben sie irritiert davon. Ina zog die Tür auf. Zwei Ziegen drängten sich in einer Box dicht aneinander und fraßen an verschrumpelten Äpfeln, die sie aus einer Vorrichtung herausfischten und zwischen den Kiefern zermahlten. Bei unserem Eintreten hoben sie die Köpfe und stießen die Hufe gegen das Gatter. «Ich habe sie noch nicht gefüttert», erklärte Ina. Auf mehreren Etagen nisteten Hühner in Holzboxen, in einem Holzverschlag daneben tummelten sich etwa zehn Kaninchen in vier oder fünf Stockwerken übereinander hinter Maschendraht. Auch sie waren hungrig.

Draußen an der Straße küsste sie mich auf den Mund. Sie nahm meine Hand und legte sie sich an die Wange. Sie sah aus, als erwarte sie, dass ich etwas sagte. Es war aber nicht möglich, irgendeine der vielen Fragen, die mir durch den Kopf gingen, zu stellen.

Ich wusste nur, dass ich hier wegwollte. Ich hatte mich schon halb zum Gehen gewandt, als Ina sagte, sie habe Lust, mit mir wieder ins Theater zu gehen oder ins Kino oder einfach nur durch Wien, «durch die Nacht in Wien», sagte sie, in diesen Schacht am Wienfluss hinab, von dem ich ihr erzählt hatte, und auch diesen Friedhof wollte sie sehen, sagte sie, wo die angespülten Wasserleichen der Selbstmörder vor etwa dreißig identischen Holzkreuzen begraben waren.

Es war ein warmer Herbsttag geworden. Warm genug, um am Marchufer zu liegen. Der schwere Staub der zermahlenen Sonnenblumenstängel kratzte nun bei jedem Atemzug im Hals.

Ich stieg auf das Moped, fuhr aber nur einige hundert Meter an eine der letzten Buchten, die man der March gelassen hatte. Die Wasseroberfläche war dort von Blättern fast völlig bedeckt. Sie sah aus wie eine Haut, die sich durch Gärblasen, die an die Oberfläche stiegen und zerplatzten, bewegte. Und dann fiel mir auf, dass ich Inas Sonnenblume vergessen hatte.

Das Handy läutete auf meinem Nachtkästchen. Ich lief hin. In der Dunkelheit meines Kinderzimmers stolperte ich. Ich war es nicht mehr gewohnt, den Abstand zwischen Fenster und Bett blind ausmessen zu können, und dieser Gedanke beruhigte mich.

Ich hatte erwartet, Ina weinen zu hören oder im Gegenteil: heftig lachen über die Verrücktheit, mit der sie mich fortgeschickt hatte. Sie würde mich fragen, ob ich nicht zurückkommen wolle, sie sei einsam und in dieser Einsamkeit habe sie erkannt, wie sehr sie mich vermisse.

Aber als ich abhob, schwieg sie, und als sie endlich ihre Frage stellte, wusste ich plötzlich, dass es diesmal anders sein würde.

«Bist du bei deiner Mutter?», fragte sie.

«Ja», sagte ich.

Und dann schwiegen wir wieder eine Weile.

«Wie geht es dir?», fragte ich.

«Ich denke nach», sagte sie. «Es lässt mich nicht los.»

«Was?», fragte ich, obwohl ich es wusste.

Sie sagte: «Steiner. Dieses Schweigen um ihn. Was ist das, worüber alle schweigen müssen?»

Nicht nur die Geschichten, die Inas Großmutter über das erzählte, was man in den Geschichtsbüchern als Vertreibung bezeichnet, waren unvollständig. Auch in der Volksschule hatten die Lehrer auf ihre Fragen mit Unverständnis reagiert. Was ist das, hatte sie gefragt, wovon Steiner spricht? Was ist diese Vertreibung? Die Lehrerin hatte darüber nur den Kopf geschüttelt: Österreicher lebten in Österreich. In der Tschechoslowakei lebten Tschechen und Slowaken, und das sei ein kommunistisches Land und damit völlig anders als Österreich. Auf Inas Erzählung, dass ihr Vater in einem Dorf jenseits der March aufgewachsen sei, hatte die Lehrerin gelächelt, wie man über die Phantasie eines Kindes lächelte. Aber dein Vater ist doch Österreicher?, sagte die Lehrerin. Und er spricht doch Deutsch! Und auch du sprichst Deutsch, und dein Großvater spricht Deutsch und deine Großmutter!

Ina hatte lange nicht verstanden, wie das zusammenpasste. Und wie war das möglich, dass ihr Vater behauptete, ein stolzer Österreicher zu sein?

Obwohl die Zeugen dieses Limbachs so prominent und allzu offensichtlich im Wohnzimmer hingen, waren sie gleichzeitig ein Tabu – ein Paradox, das Ina nicht auflösen konnte. Ich hatte ja selbst gesehen, wie allein die Frage nach der Bedeutung der Stickereien auf der Limbacher Fahne, die ihr jeden Tag beim Frühstück ins Auge fiel, die nackte Angst auf die Gesichter zeichnete.

Auch ihr Geschichtslehrer hatte Ina bei dieser Frage nicht weiterhelfen können, denn wie damals üblich, war Inas Geschichtsunterricht in acht Jahren nie bis zum Zweiten Weltkrieg gelangt. Bei Semesterende der vierten Klasse hatte der Tod Kaiser Franz Josephs wie zufällig auch das Ende des Geschichtsunterrichts eingeläutet, der nach den großen Ferien erneut mit dem Sesshaftwerden des Menschen im Neolithikum begann. Man hätte glauben können, mit dem Tod des Kaisers und dem Ende der Monarchie wäre die Geschichte selbst an ihr Ende gekommen. In fataler Weise hatte man das gesamte Kapitel des Austrofaschismus und des Zweiten Weltkrieges ausgeklammert. Diffuse Kriegsanekdoten einer Großelterngeneration ersetzten den Unterricht.

Ina hatte tatsächlich erst in der Bibliothek der Pädagogischen Akademie Antworten gefunden. Das sagte sie mir jetzt am Telefon.

Nachdem sie mich damals am hinteren Tor verabschiedet und sich nach dem großväterlichen Hof umgedreht hatte, war sie durch den Hühnerstall wieder zurück in die Stube gegangen, aber niemand sei dort gewesen. Nur der auf der Küchenbank liegende Steiner habe den Kopf wild hin und her geworfen. Der Anblick des benutzten Geschirrs und des Ölguglhupfes habe sie erschreckt. Sie sei die Wendeltreppe hinauf in ihr Zimmer gestiegen und habe dort bei halb herabgezogenen Jalousien etwa eine Stunde auf dem zerwühlten Bett gelesen, als ein Geräusch sie aufmerksam gemacht habe. Sie habe das Buch unter die Achsel geklemmt und sich – wie das ihre Gewohnheit war – auf die oberste Treppenstufe gestellt, um von dort aus das Geschehen in der Küche zu beobachten. Ihr Vater sei dort gestanden und habe das gebrauchte Geschirr in die Blechwanne gestellt. Sie habe das Buch aufgeklappt und sei mit dem aufgeklappten Buch zu ihm hinuntergestiegen.

«Waren das solche Waggons?», habe sie ihn unvermittelt angesprochen und dabei auf ein Foto gedeutet, das einen Eisenbahnwaggon zeigte, der mit Kinderwägen der Vertriebenen vollgestopft war.

Der Anblick dieses Eisenbahnwaggons habe Inas Vater geängstigt, sagte sie. Er habe zuerst in ihr Gesicht, dann auf das Foto geblickt und schließlich mit den Worten «Was ist das? Was ist das?» nach dem Titel dieses Buches zu wissen verlangt. «Warum willst du das wissen?», habe ihr Vater dazwischengerufen. Auf jede ihrer Fragen Zwischenrufe, sagte sie, schließlich Handkantenschläge gegen die Blechwanne, jede Silbe ein Handkantenschlag gegen die Blechwanne. Das Porzellan habe zu seinen Worten geklirrt.

«Du hast damals ganz schön was durcheinandergebracht», sagte sie jetzt am Telefon. «Die Erzählungen meiner Großmutter haben mich aufgerüttelt, und sie haben auch meinen Vater aufgerüttelt. Es war nichts aus ihm herauszubringen. Ich habe auch gar nicht damit gerechnet. Aber durch dieses Buch habe ich zum ersten Mal begriffen, wie das möglich war, dass Steiner gleichzeitig Deutscher, Slowake und Österreicher ist.»

Ich sagte: «Ich will wissen, was du jetzt vorhast.»

Ich richtete mich im Kinderbett auf, ich musste geschwitzt haben. Das Bettzeug klebte an meiner Haut. Ich liege hier in einer klebrigen Vergangenheit, dachte ich.

«Hör mir doch einmal zu!», rief sie. «Ich will dir das erzählen. Es ist wichtig!»

Am nächsten Tag beim Frühstück passte sie ihr Vater ab. Er hatte in der Küche auf das Knarren der Holzstufen gewartet. Er hatte Kaffee gekocht und ihr zwei Scheiben trockenes Brot auf einen Teller geschnitten. An anderen Tagen würde sie jetzt den Marmeladetopf aufschrauben, ihr Vater würde über der Lektüre seiner Zeitung gelegentlich zu ihr hochsehen.

Aber an diesem Tag sagte er: «Komm mit. Wir gehen an die March.» Er tat das immer, wenn er sogenannte *ernste* Gespräche führen musste, zumeist Monologe über ihre berufliche Entwicklung, Chancen auf dem Arbeitsmarkt, erzieherische Schwierigkeiten. «Der gestrige Tag», sagte er, «verlangt, dass wir miteinander reden.»

Ina hoffte, er würde mit ihr über Steiner sprechen.

Auf der Bundesstraße sprachen sie nicht, auf der Zufahrtsstraße nicht. Sie gingen schweigend nebeneinander, besser: hintereinander, denn ihr Vater ging schnell, sah sich immer wieder nach ihr um. Es war ihm wichtig, so bald wie möglich dieses Gespräch anfangen zu können. Aber er begann immer erst an der March ein sogenanntes *ernstes* Gespräch. Es war eines seiner Prinzipien.

Diesmal aber wollte er über mich sprechen.

«Über mich?», unterbrach ich sie.

«Ja», sagte Ina. «Über dich. Unterbrich mich nicht ständig.»

Die meisten Fischerhütten waren jetzt im Herbst verlassen. Es war niemand an der March. Es war kalt und frisch.

Er hatte eine gute Atmosphäre für dieses Gespräch finden wollen, aber es gelang ihm nicht. Er sagte etwas von einer ungestümen Jugend, von Verliebtheiten, die er selber erlebt und ohne Nachwirkungen hinter sich gebracht hat, schließlich von meinen unsicheren Berufsaussichten, von der Arbeitslosigkeit der Junglehrer, von ihrem Studium, das sie abgebrochen hatte, von ihrem jungen Alter, von frühen – er sagte: allzu frühen – Bindungen. Das Wort Schwangerschaft konnte er nicht aussprechen. Wie ich es erwartet hatte, mochte er mich nicht. Nach dem Guglhupfessen am Vortag sei Steiner über Stunden nicht wieder zu beruhigen gewesen, sagte er. Er habe die ganze Nacht nicht geschlafen. Man sei *aufgebracht* gegen mich. Mein Atheismus, den sie aus meinen Aussagen leicht hätten herausfiltern können, sei eine Provokation, nicht nur Steiner sei es ganz offensichtlich, dass ich *nie mit den Händen und auch sonst nicht viel* gearbeitet hätte. Ihr Vater sagte: «Wir sind alle davon überzeugt, dass es besser für dich ist, die *Freundschaft* zu diesem Mann zu beenden. Du siehst ja, was du angerichtet hast mit seinem Besuch.»

Damit glaubte er, alles erledigt zu haben. Er wollte schon wieder umkehren. Eine weitere frühe Schwangerschaft verhindert. Aber Ina unterbrach ihn.

Das Thema Verhütung, sagte sie, interessiert mich nicht. Das Thema Schwangerschaft, das Thema Geschlechtskrankheiten, das Thema Entjungferung, das Thema Familienschande. Sie provozierte ihn. Statt über ihre Jugend solle er doch lieber von seiner eigenen sprechen. «Wie war deine Kindheit in Limbach?», fragte sie.

Aber wieder, sagte mir Ina jetzt, sei nur diese eine einzige Geschichte erzählt worden. Dieses seltsame Bild eines Marillenbaumes. Marillenbäume, habe ihr Vater gesagt. Wie schön damals die Marillenbäume geblüht haben!, sagte er, und wie er dort in den wenigen freien Stunden, an einem Frühlingstag, die Füße in einen Weiher gesteckt hatte. Immer ausführlicher, sagte Ina, sei er geworden in der Erzählung von diesen Marillenbäumen, immer mehr Details über die Marillenbäume, immer mehr über den Weiher, über die Frische des Wassers, über den Duft der Marillenblüten. «Ich weiß noch genau, wie ich dort gelegen bin», sagte Inas Vater und strahlte bei dieser Erinnerung. Mehr aber erzählte er nicht. Er wollte zurück in die Sicherheit seines Hofes, in der es vor lauter Arbeit diese Fragen nicht gab. Er ging schneller: «Jetzt komm schon! Wir müssen noch nach den Ziegen sehen!»

Sie schwieg jetzt am Telefon. Für etwa eine Minute hörte ich nur ein seltsames Luftholen im Telefonhörer, es war kein Weinen, und als ich sie fragte, ob sie weinte, lachte sie demonstrativ, und es klang nun tatsächlich so, als hätte sie geweint.

«Weißt du, was ich ihm damals gesagt habe?», fragte sie.

«Nein.»

«Ich habe ihm gesagt» – und hier versuchte sie gar nicht mehr ihr Schluchzen zu unterdrücken –, «ich habe ihm gesagt, dass ich dich nicht verlassen werde.»

«Und was hat er darauf gesagt?»

Inas Vater schlug sie ganz plötzlich mit der flachen Hand ins Gesicht. Er schien darüber selbst zu erschrecken, Ina sagte, er habe den Atem angehalten und mehrere Sekunden auf seine Hand gestarrt, dann in ihr Gesicht. Dann schlug er sie noch einmal, bevor Ina ihm ihr Gesicht wieder zudrehen konnte, und er schlug sie noch einmal, aus Angst vor den ersten beiden Schlägen, die er ihr versetzt hatte.

Er bückte sich und half ihr hoch. Er strich ihr ein paar Blätter von der Jacke. Sie sah, dass er jetzt weinte. Er umarmte sie, er drückte sie fest an sich, er heulte in dieser Umarmung. Er fasste mit der Hand, die sie geschlagen hatte, an ihre Wange und streichelte sie mit der Rückseite seines Zeigefingers – eine hilflose Geste, die er immer dann einsetzte, wenn er Zärtlichkeit darstellen wollte.

Das Nächste, was Ina wusste, war, dass sie am Ufer entlanglief. Sie lief hinaus zu den Daubeln der Fischer. Sie rüttelte an einer Tür und hatte Glück, denn die Tür war offen. Sie stand in einer einfachen Küche. Alte Zeitungen lagen in der Spüle, gebrauchtes Blechgeschirr, Töpfe, Rätselhefte. Sie duckte sich hinter einem Fenster und sah unter dem Spitzenvorhang hindurch, dass ihr Vater am Ort, an dem er sie geschlagen hatte, stehen geblieben war. Er folgte ihr nicht. Inas Vater blickte auf seine Hände. Er war entsetzt, er weinte, und einmal schrie er laut, dass sie doch sein Kind sei. «Ina, du bist mein Kind!» Sie verstand aber nicht, was er daraus ableitete.

Sie sahen einander erst am nächsten Morgen wieder. Ina zog die Tür zu. Sie versperrte die Tür und kletterte die Sprossen hinab. Bei ihrem Anblick stand ihr Vater auf. Seine Stimme war brüchig, und als er ihr einen guten Morgen wünschte, musste er sich räuspern. Sie erwiderte seinen Gruß. Er hatte zwei Scheiben Brot abgeschnitten. Er ging zum Kühlschrank, stellte ihr die Butter und die Marmelade auf den Tisch. Er sagte: «Ich habe Kaffee gemacht.» Er schenkte ihr ein. Sie strich das Brot. Sie drehte ihren Kopf so, dass er nicht sehen konnte, dass ihre Wange immer noch gerötet war. Sie wusste nicht, ob er es nicht vielleicht doch gesehen hatte.

Er sagte: «In der Nacht ist endlich Regen gefallen.» Er stieß etwas wie ein Lachen aus. Dieser Regen sei sehr ausgiebig gewesen. «Gut für die Kartoffeln», sagte er.

Sie gab ihm recht.

«Gut für die Ernte», sagte er, «du hilfst mir doch?» Er lächelte.

Und wieder gab sie ihm recht.

«Wie ist es möglich, dass du mir nie davon erzählt hast?», fragte ich. Ich hörte, wie sie lange ausatmete. Fast eine Minute lang schwiegen wir.

Ich nahm das Handy vom Ohr, um die Uhrzeit abzulesen. Wenn ich jetzt losführe, dachte ich, käme ich noch rechtzeitig in die Geschäfte, um Milch und Rosinen zu kaufen. Es wäre so einfach, die Treppe hinabzusteigen und draußen mein Moped zu starten. In einer Stunde schon könnte ich mit Ina am Kachelofen sitzen und Grießbrei löffeln. Ohne es zu wissen, machte ich damit den gleichen Fehler, den auch Inas Vater gemacht hatte. Auch ich wäre am liebsten über Inas Fragen hinweggestiegen.

Ich sah mich im Zimmer um, aber es war zu dunkel. Ich konnte gar nichts sehen. «Ich kann nicht lange hierbleiben», sagte ich, und dabei wusste ich schon: Ich konnte überhaupt nicht hierbleiben, keine einzige Nacht. Ich musste jetzt sofort hinaus aus diesem Kinderzimmer. Mutter hatte den Fernseher wieder angestellt. Sie musste aus ihrem Halbschlaf aufgewacht sein.

Ina sagte: «Ich weiß es nicht.»

Dann legte sie auf.

Es klang zum ersten Mal so, als wollte sie sich tatsächlich von mir trennen.

Lange hörte ich das Knarren von Mutters Schaukelstuhl im Wohnzimmer. Ich beobachtete das Trapez aus Licht, das die Straßenlaterne durch das Fenster auf den Spannteppich warf. Der Regen hatte aufgehört. Die Stimme des Nachrichtensprechers kam so laut durch die dünne Holztür, als stünde der Mann mit seinen Erzählungen von errichteten und erneut zerrissenen Pontonbrücken bei mir im Raum. Bei Passau sei ein

Passagierschiff gegen die Schleusen gedrückt worden – keine Verletzten.

«Ich vermisse dich», tippte ich in ein SMS. Aber ich schickte es nicht ab, sondern legte das Handy nur wieder auf das Nachtkästchen.

Es gab ein Video auf meinem Handy, das ich mir an diesem Abend öfter ansah. Es zeigte den Monitor im Ordinationszimmer von Inas Ärztin. Ein Embryo war dort zu sehen. Auf dem grauen Ultraschallbild sah das Wesen noch nicht wie ein Mensch aus, es war aber auch nicht ganz entfernt davon, und gerade das gefiel mir. Der Embryo bewegte sich in Inas Bauch, er sprang und schlug Purzelbäume. Wenn man den Film bis zum Ende ansah, hörte man, wie Ina sagte: «Das ist ja ein richtiger Mensch! Das sieht aus wie …» – und an dieser Stelle brach der Film ab. Womit sie den Embyro verglichen hatte, hörte man nicht mehr. Ich konnte mich auch nicht mehr erinnern.

Ich sah das Video zweimal hintereinander an, bevor ich das Handy weglegen konnte. Ich knipste das Licht an und griff zielsicher, als wäre ich nur für eine Woche weg gewesen, nach *Sindbad dem Seefahrer*. Ich las dort weiter, wo ich vor Jahrzehnten aufgehört hatte. Ein Greis war auf Sindbads Schultern gestiegen und drohte, ihn mit seinen Schenkeln zu strangulieren, aber Sindbad machte ihn betrunken und schlug ihm den Schädel zu Brei. Er kehrte heim und das Schiff sank erneut. Der Geruch von verbranntem Staub lag in der Luft. Ich wischte ihn von der Glühbirne und blickte wieder nach meinem Handy. Ich wählte Inas Nummer noch einmal, ohne zu wissen, was ich ihr hätte sagen wollen, und vielleicht ahnte sie das, denn sie hob nicht ab. Sindbads Männer ertranken, während er sich an eine Holzplanke klammerte.

Obwohl ich wusste, dass ich unmöglich hier in diesem Bett liegen durfte, las ich noch das nächste Kapitel fertig und auch jenes, in dem Sindbads Männer vom Vogel Roch erschlagen wurden, und wie er heiratete und mit seiner verstorbenen Frau ins Grab hinabgesenkt wurde. Dann hob ich die abgeworfenen Kleidungsstücke vom Teppich auf, streifte sie über und stopfte mein Toilettentäschchen in den Rucksack zurück.

Mutter war vor dem Fernseher eingeschlafen: ein grauer Körper auf den Kissen, ein Mensch, der auf nichts mehr wartete und darüber eingeschlafen war.

Erst meine Hand, mit der ich sie am Kopf berührte, ließ sie aufwachen.

«Wer ist da?», rief sie, «wer ist da?»

Ich hob den Plaid, der ihr von den Schultern gerutscht war, auf und zog ihn ihr wieder bis zum Hals hoch. Mit der Fernbedienung schaltete ich den Fernseher aus. Dann ging ich nach draußen.

Drei

Es war knapp vor fünf, als ich die Haustür hinter mir zufallen ließ. Wie früher als Kind ging ich hinaus in die Dunkelheit über die vom Schnee noch dünn bedeckten Felder, am Kinderspielplatz vorbei bis an den Eisenbahndamm und an den im Mondlicht glänzenden Schienen entlang bis zu den ersten ausrangierten Passagierwaggons, die auf den Nebengleisen unter der Schneedecke rosteten. Ich hatte Lust gehabt, einen dieser Waggons zu besteigen, aber als ich mich näherte, schlug ein Flutlicht an und blendete mich, sodass ich mich nach meinem Schatten auf der Außenmauer des ehemaligen Bahnhofes umdrehte.

Ich klappte das Revers meines Mantels hoch. Der schmelzende Schnee roch ein bisschen nach Frühling. Ich kletterte auf den Bahndamm und folgte dem aufgelassenen Schienenstrang. Unkraut zwängte sich zwischen den Schwellen durch die Schneedecke. Auf der Höhe des ehemaligen Wasserkrans sah ich, wie die Sonne durch die Nebeldecke brach und die ersten Strahlen von den rotierenden Armen der Windräder reflektiert wurden, und als ich das Dorf an der March erreichte, dampften die Ackerfurchen in der erwärmten Erde.

Im Gasthaus, in dem wir tags zuvor gegessen hatten, brannte bereits Licht. Die Wirtin hatte sich einen braunen Wintermantel über den Arbeitskittel geworfen und wischte mit der Faust die alte Kreide von der

Tafel im Gastgarten. Seit zwei Wochen übersetzte sie ihre günstigen Mittagsmenüs auch für die slowakischen Krankenpflegerinnen, für die jungen Familien, die mit ihren Kindern hier einkauften, für die Physiotherapeuten und Ärztinnen aus der Bezirkshauptstadt. Aber die fremden Buchstaben machten ihr Mühe. Ich erinnerte mich jetzt daran, dass ich vor etwa einem Monat gehört hatte, wie sie einem befreundeten Polizisten die Frage über die Straße zurief, warum denn *die jetzt plötzlich alle da seien. Ob das denn notwendig sei?* Der Polizist hatte ihr lachend etwas von der EU und von Schengen geantwortet, von der Bevölkerungspyramide und den leeren Kinderspielplätzen und schließlich allen Ernstes von der Monarchie und den Habsburgern. Mit einem Zettel, den ihr offensichtlich eine ihrer Servierkräfte aufgeschrieben hatte, drehte sie sich nach mir um und hob dann winkend die Hand.

«So früh?», fragte sie und gab mir die Hand.

«Vermieten Sie noch Zimmer?»

Ich wusste, was sie dachte, als ich diese Frage stellte. Jeder im Dorf wusste, dass Ina und ich ein Paar waren. Sie sah mich ernst an. Als sie nickte, warf sich ihr Hals in Falten. Sie nannte mir den Preis. «Wie lange?», fragte sie.

«Ich weiß es noch nicht», sagte ich. Und gleich darauf ergänzte ich: «Ich weiß noch gar nicht, ob ich es wirklich brauche.»

Ich lachte. Aber es klang nicht ganz überzeugend. Ich blickte auf die Falten am Hals der Wirtin.

«Es ist kein Problem», sagte sie und hielt sich jetzt die Hand vor die Augen, um sie gegen das Morgenlicht abzuschirmen, das grell über die dampfenden Ackerfurchen zog. «Es sind immer Zimmer frei. Außerhalb der Erntesaison ist hier nichts los. Melden Sie sich doch einfach, wenn Sie eines brauchen. Ich halte Ihnen auf jeden Fall eines frei.»

Vor einigen Jahren hatte ich hier in einer ganz ähnlichen Situation übernachtet. Ina hatte allein sein wollen. Für mindestens zwei Wochen, wie sie angedroht hatte, «such dir schon mal eine Wohnung!» Ich war abends neben zwei polnischen Feldarbeitern beim Bier gesessen, aber nicht bedrückt, wie ich anfangs vermutet hatte, sondern in einem übermäßigen Gefühl plötzlicher Freiheit, als wäre diese Übernachtung im Gasthauszimmer unterhalb der Dachschräge der Beginn einer vielversprechenden Zukunft. Die beiden Zucchini-Ernter waren danach in ihre Baracken am Rand des benachbarten Feldes zurückgekehrt. Ich hatte sie erst am nächsten Morgen wiedergesehen. Während ich bei meinem Kleinen Braunen über einer der schrecklichsten österreichischen Zeitungen in der Sonne gesessen war, hatten sie mit zehn oder fünfzehn anderen Feldarbeitern in einer Reihe vor den aufgestellten chemischen Toiletten gewartet und sich während meiner Lektüre hörbar die Zähne geputzt und das Spülwasser zwischen die Ackerfurchen gespuckt. In den Flügeln der sogenannten Zucchinibomber lagen sie waagrecht etwa 40 cm über der Erde, dicht nebeneinander gedrängt, und während der Traktor sie in Schrittgeschwindigkeit über das Feld zog, schnitten sie die unter ihnen vorbeiziehenden Zucchini ab. Womöglich arbeiteten sie dort, wo vor 70 Jahren schon ihre Großväter als Zwangsarbeiter gearbeitet hatten, womöglich auf den gleichen Feldern, auf den gleichen Höfen.

Ina hatte mich am nächsten Morgen angerufen. Sie hatte geweint und gesagt, ihr sei nun einiges klar geworden.

Nur zwei Tage später lag ihre Großmutter morgens tot im Bett, und als man sie begrub, sah ich Steiner das letzte Mal für eine lange Zeit. In der Aufbahrungshalle klatschte er immer wieder die flache Hand auf das kleine Glasfenster im Sarg, hinter dem das Gesicht seiner toten Frau ruhte. «Das darfst du nicht!», hatte er immer wieder gerufen, «das darfst du nicht!» Sie war aber tot geblieben. Ina war zu mir zurückgekehrt. Wie ich damals glaubte, für immer.

Ich sah auf die Uhr, aber immer noch war Zeit. Ich überlegte, ins Gasthaus zu gehen, um mich unter den Fernfahrern aufzuwärmen, die manchmal hier rasteten. Ich mochte es, in ihre Gesichter zu blicken und zu hören, wie sie miteinander sprachen. Sie transportierten Paletten polnischer Hühner, und in Gesprächspausen konnte man das Gackern durch die flatternden Planen ihrer LKWs hindurch bis ins Gasthaus hören.

Aber der Parkplatz hinter dem Gasthaus war leer. Die Wirtin hatte die Halloweenbeleuchtung von den Zweigen abgenommen, und beim Anblick der zusammengerollten Schirme in der offenen Scheunentür schien es mir, als würde sie sich bereits für den Frühling rüsten.

Sie folgte meinem Blick auf den leeren Parkplatz.

«Es ist überhaupt niemand hier», sagte sie. «Wenn die Fähre nicht fährt, kommt hier einfach niemand vorbei. Es ist schrecklich.»

Und als hätte sie mir damit die Richtung gedeutet, folgte ich ihrer ausgestreckten Hand. Unter dem ehemaligen Zollhaus, das mit Errichtung des Fährbetriebes in etwa zwei Meter Höhe auf Stelzen gebaut worden war, blieb ich stehen. Eine der abgedunkelten Glastüren am Ende der Außentreppe stand offen. Zwei Männer sprachen über ein besonderes Licht am heutigen Morgen. Einer der beiden trat durch die Tür nach draußen und warf einen leeren Lackbehälter in den Mülleimer an der Außentreppe.

Im ehemaligen Zollgebäude wohnten jetzt Künstler.

Die Fähre lag still am Ufer. Als ich stehen blieb, konnte ich hören, wie die Eisschollen klackernd gegeneinanderprallten.

In wenigen Wochen würden hier die ersten Kanufahrer vorbeigleiten, an den Ruinen des Eisernen Vorhanges vorbei, und in ihren hautengen Kostümen vor der Burgruine aus dem Wasser steigen. Und ich stellte mir vor, wie das wäre: an einem sonnigen Frühlingsmorgen wie diesem mit Ina einen Kinderwagen über das aufgeschotterte Ufer zu schieben. Wir würden die weitläufigen Marchauen mit ihren zahlreichen Inseln im Schilf beobachten, die Störche, die auf den Brückenpfeilern nisteten, das Schreien der Watvögel, und wie das wäre, selbst eine Zille ins Wasser zu setzen und mit Ina und dem Kind durch das hohe Schilf zu gleiten.

Ich konnte es mir nicht vorstellen.

Zwei Stunden später schrieb ich die Wörter *apple* und *orange* und *cherry* auf die Tafel, und später, als die Schüler die Vokabeln in ihre Hefte abschrieben, beugte ich mich über ihre auf und ab nickenden Kinderköpfe.

Noch während der Stunde ließ ich die Schüler alleine und ging hinaus auf den Gang. Ich wählte Inas Nummer, aber sie antwortete nur kurz, sie könne jetzt unmöglich sprechen. Sie würde mich zurückrufen, aber nicht heute.

Sie sagte: «Ein paar Tage, gib mir doch wenigstens ein paar Tage! Deine Mutter ist doch alleine. Sie freut sich doch.»

Ich legte auf.

Ich wählte die Nummer des Gasthauses, ich hörte, wie sich die Wirtin meldete, und ich wusste, gleich würde ich sagen, dass ich das Zimmer nehmen würde.

Dann aber fiel mir der Name eines Freundes ein, den ich lange nicht gesehen hatte. Es war jener Freund, mit dem ich vor gut fünfzehn Jahren durch die Slowakei gefahren war. In den 90er Jahren waren wir gemeinsam Zivildiener beim Roten Kreuz gewesen, hatten uns aber bald danach aus den Augen verloren.

Ich wollte ihn anrufen, ich hatte ihm vieles zu verdanken.

Am Ende des Schultages tippte ich seinen Namen in das Suchfenster des Telefonverzeichnisses im Internet.

«Ich brauche deine Hilfe», sagte ich.

Er verstand mich sofort. Er wollte mir helfen.

Die Stimme meines Freundes beruhigte mich. Mit dem Handy am Ohr lief ich aus dem Lehrerzimmer hinaus auf den Schulparkplatz. Ich hatte lange Zeit nichts mehr von ihm gehört. «Es war nach unserer Reise», sagte er und lachte, «du hast dich danach nicht mehr gemeldet. Aber ich kann dir helfen.»

Ich erzählte von Ina, von meiner Studienzeit. «Sie hat mich rausgeworfen», sagte ich, «es ist alles verrückt. Ich brauche eine Wohnung.» Dass ich Lehrer geworden war, ließ ihn hell auflachen.

Zum ersten Mal fuhr ich mit dem Moped nach Wien. Ich fuhr die Wagramer Straße hinaus, durch jene langgezogenen Orte, die nur aus Ausfahrten und Garagen zu bestehen schienen, an dem riesigen Areal aus Haushaltsmüll vorbei, das man in den 60er Jahren im Osten Wiens zum zweithöchsten Berg der Stadt aufgeschüttet und mit Gras bedeckt hatte.

Erst am Gürtel stellte ich das Moped ab. Ich zog den Helm vom Kopf und steckte meine im Fahrtwind steif gefrorenen Finger in den Mund, um sie zu wärmen. Die milden Temperaturen der letzten Tage hatten auch hier den Schnee an den Dachrinnen schmelzen lassen. Auf einer Einkaufstüte, die sich in einem Kanalgitter verfangen hatte, knisterte das Schmelzwasser.

Ich wählte die Nummer meines Freundes noch einmal.

«Wohin muss ich?», fragte ich.

Er nannte mir eine Adresse am Gürtel. «Für ein paar Tage kannst du dort bleiben», sagte er. Er würde mich auch bald besuchen kommen, noch in dieser oder der nächsten Woche, er habe momentan wenig Zeit. «Aber wir sollten uns bald einmal sehen», sagte er. «Ich habe immer gehofft, du würdest dich wieder bei mir melden. Ich habe es nicht gewagt, dich nochmals anzurufen.»

Bei einem türkischen Greißler kaufte ich ein halbes Olivenbrot, von dem ich nur zweimal abbiss, das Handy noch am Ohr. Als er mir das Wechselgeld auf die Theke legte, konnte ich es nicht nehmen. Meine Finger waren zu steif gefroren, und vor dem Händler wollte ich meine Finger nicht in den Mund stecken.

Die Gegend um den Wiener Gürtel hatte sich seit meiner Studienzeit stark verändert: In die Stadtbahnbögen, in denen damals die gelben Plakate der Peepshows die Auslagen verklebt hatten, waren jetzt Cafés gezogen, die mit W-Lan und biologischem Tee warben, und wo früher die Prostituierten in dunklen Parks gefroren hatten, ragte nun das Dach der neuen Hauptbücherei empor. Ich ließ das Moped stehen und steckte abwechselnd die Hände unter die Achseln. Es war laut, ich konnte kaum verstehen, was mein Freund sagte, aber es tat gut, seine Stimme zu hören.

Ich war etwa fünfzehn Minuten gegangen, als ich vor einem Schaufenster abrupt stehen blieb. Da saß ein Mädchen. Es war fast noch ein Kind, nicht älter als 16 oder vielleicht 17, nur wenig älter als jene Mädchen, die bei mir in der Klasse saßen, und ich verstand im ersten Augenblick tatsächlich nicht, warum es dort im Schaufenster saß. Sieh her, da sitzt ein Mädchen in einem Schaufenster, dachte ich. Ich war zu überrascht, um weiterzugehen. Das Mädchen winkte mir zu, es drückte die gespreizten Finger von innen ans Schaufenster, als hätte ich jetzt meine von außen ans Glas zu legen. Bleib stehen, deutete es, ja, du mit dem Handy, bleib stehen! Komm rein, geh durch die Tür! Komm zu mir! Erst dann bemerkte ich, dass es nur Unterwäsche trug.

«Du wirst zurechtkommen», sagte mein Freund am Telefon. «Aber erwarte dir nicht zu viel!»

Einige Schritte später schob ich das Olivenbrot durch das enge Gitter eines Kanalschachtes. Ich wartete, bis ich das Aufplatschen im Wasser hörte, aber es war zu laut. Ich hörte es nicht.

Das Zimmer, das mir mein Freund organisiert hatte, befand sich in den oberen Etagen eines bekannten Wiener Kaffeehauses. Ich erinnerte mich an einen Abend, an dem wir dort nach der Rückstellung eines Patienten ins Wiener AKH mit dem uns zugeteilten Notarzt gesessen waren. Auch die Frau des Notarztes war schließlich mit einem eineinhalbjährigen Sohn dazugestoßen. Es war einer der schönsten Abende während meines Zivildienstes gewesen, erinnerte ich mich. Noch vor unserer Reise durch die Slowakei war das gewesen. Nach unserer Reise aber hatte ich ihn nie wieder getroffen. Warum nicht?, fragte ich mich.

Während wir damals an einem schwülen Hochsommerabend unter den Kastanien zu Abend gegessen und uns unterhalten hatten, war der Notarzt mit seinem eineinhalbjährigen Sohn vor einem mitgebrachten Spielzeugbauernhof auf dem Kopfsteinpflaster gelegen, um – wie er erklärt hatte – alle Tiere durchzufüttern: die vielen Kühe und Pferde und die Schafe und Schweine, und um mit diesen Pferden zwischen den Blumenkübeln über die Pflastersteine des Gastgartens zu galoppieren. Auch gegenüber der Frau des Notarztes hatte ich auf die Frage, was ich denn nach meinem Zivildienst vorhabe, großspurig das Wort *Komponist* in den Mund genommen, ich würde Komposition studieren. Auch – ich erinnere mich – von dieser *Erbsenauslöserkomposition*, die mir damals gerade aufgetragen worden war, hatte ich ihr erzählt. Mein Freund hatte auf dieselbe Frage von seinen Geschäftsmodellen gesprochen. Die Frau des Notarztes, eine Juristin, hatte unsere Antworten nicht verstanden. «Hopp», sagte der Notarzt, und «hopp!», sagte bald darauf sein Sohn, und beide ließen ihre Pferde aus dem Stall heraus und um ein Stuhlbein herum und zurück auf die Koppel laufen, denn eines der Pferde war noch nicht gestriegelt worden, und die Frau hatte von ihrem Mann und ihrem Sohn, dessen Hinterteil in dicken Windeln steckte, zu meinem Freund aufgesehen und kopfschüttelnd und mit hochgezogener Augenbraue noch einmal nach diesen Geschäftsmodellen gefragt: «Wie stellst du dir das genau vor? Für mich klingt das alles völlig unausgegoren.»

Jetzt beim Eintreten ins Kaffeehaus lachte ich darüber. Mein Freund hatte reich werden wollen. Er war immer naiv gewesen, immer auf der Suche nach dem schnellen Geld, das er jenseits der Grenze in windigen Lokalen, in Casinos, bei Immobilien- und Gebrauchtwagenhändlern oder in so vielen Ideen, die alle auf der Struktur gewöhnlicher Pyramidenspiele basierten, zu finden geglaubt hatte. Der Osten war damals plötzlich wieder in den Köpfen aufgetaucht, plötzlich waren da Länder, wo jahrzehntelang nichts gewesen zu sein schien. Ein riesiger Supermarkt, in dem Häuser, Grundstücke, Eisenbahnlinien, Elektrizitäts- und Wasserwerke, sogar einzelne Straßen feilgeboten wurden, ein riesiges Heer billiger und billigster Arbeitskräfte, gleichzeitig neue Absatzmärkte und Produktionsflächen, die es zu *erobern* galt.

Ich entdeckte den Schriftzug des Kaffeehauses auf einer der Altbaufassaden. Ich zog die Tür auf. An den Billardtischen legten alte Männer ihre karierten Hemdbäuche auf den Filz.

Mein Freund war immer zu mir gestanden, sagte ich mir. Ich konnte mir nicht vorstellen, was mich dazu gebracht hatte, ihn nicht mehr sehen zu wollen.

Durch den Rauch hindurch grüßte ich nach vorne an die Theke. Ich nannte meinen Namen und dann den meines Freundes.

Die Hand des Kellners war feucht und heiß vom Abwaschbecken. Er klemmte sich den Kellnerblock unter die Achsel und wies mir den Weg durch die Küche ins Stiegenhaus.

«Geh nur nach oben», sagte er. «Dein Freund hat mir schon alles gesagt.»

Das Stiegenhaus war feucht und dunkel, in der Luft hing der Geruch nach Schimmel. An einer Tür im dritten Stock blieb ich stehen und klopfte.

Zwei Männer öffneten. Sie hatten rote Handtücher um die Hüften gewickelt. Auf einem Handtuch stand *CCCP*, auf dem anderen war das Gesicht Che Guevaras. Aber Che war traurig. *Che got the blues* stand dort. Einer der beiden saugte einen Fruchtshake durch einen Strohhalm. Sonst trugen sie keine Kleider. Sie waren keine zwanzig und wirkten auf mich wie Kinder.

«Ich wohne jetzt hier», sagte ich.

«Das ist gut», sagte der eine.

Er zog einen langen Schlüssel aus seiner Hosentasche.

«Der Kloschlüssel», erklärte er.

Er trat zu mir hinaus. Mit dem Schlüsselbart deutete er das Stiegengeländer hinab auf eine zerkratzte Holztür im zweiten Stock. Er sagte: «Papier musst du selbst mitnehmen. Vergiss es nicht, du musst es immer selbst mitnehmen. Wenn du glaubst, dass du dort hinter dieser Holztür eines finden wirst, irrst du dich! Es gibt keines, hörst du?» Dann trat er einen Schritt zurück. Sein Gesicht war plötzlich ernst: «Auch wenn du es nicht glauben willst, die Sache mit dem Klopapier ist die allerwichtigste hier in diesem Haus.»

Ich hatte nicht mehr bei mir als einen Rucksack, den ich aus dem Helmfach meines Mopeds mitgenommen hatte. Ich warf ihn in die Ecke meines zukünftigen Zimmers. Dort standen ein alter Holztisch, eine Couch, ein Regal mit Büchern des Vormieters, das zur Hälfte von einer abgerissenen Tapete verdeckt war. Ich klappte sie zurück und las die Buchrücken: *Endlich erfolgreich im Beruf, Endlich mein Traumgewicht, Endlich das Leben genießen.* Auch hier im Zimmer roch es nach Feuchtigkeit. Dass es kein Bett gab, fiel mir damals noch gar nicht auf.

Ich kaufte Klopapier und schob den Schreibtisch ans Fenster. Ich kaufte Fensterputzmittel. Dann ging ich wieder nach unten. Ich kaufte zwei Handtücher, eine neue Hose, einen Laib Brot.

Abends rief mich Ina an.

«Ich wohne hier mit zwei Männern», sagte ich. «Ich mag sie, ich glaube, sie sind sehr nett.»

In der Spiegelung der Fensterscheibe sah ich mich selbst mit dem Handy am Ohr, die andere Hand in die grüne Hose gesteckt. Ich steckte mir ein Stück Brot in den Mund und sah mir dabei zu, wie ich kaute.

«Liebst du mich?», fragte ich.

«Ja», sagte sie.

Ich hatte erwartet, dass sie eine Erklärung geben würde, aber sie sagte nur, sie spüre, dass etwas anders sein müsse, als es jetzt war. Mit dem Kind habe das gar nichts zu tun. Nein: Sie sagte: «Mit den *Umständen* hat das gar nichts zu tun.»

«Mit dem Kind», sagte ich. «Du meinst das Kind.»

«Ich bin auch nicht sicher, ob es mit dir zu tun hat», sagte sie.

«Was hast du tagsüber gemacht?»

«Ich habe den Schwalben zugeschaut.»

«Den Schwalben?», fragte ich.

«Ja, den Schwalben. Gestern habe ich drei Stunden lang den Schwalben beim Nestbau zugesehen.» Dazwischen stehe sie auf und gehe zum Kühlschrank, sie schraube eine Flasche Mineralwasser auf, dann gehe sie zurück zu den Schwalben.

«Welche Schwalben?», fragte ich.

Und sie sagte: «Du weißt schon, ich sitze einfach da.»

«Du willst in eine neue Wohnung ziehen!», rief ich aus. Der Gedanke kam mir ganz plötzlich. Ich sagte es in mein eigenes verschmiertes

Spiegelbild im Fensterglas hinein. Ich beobachtete, wie ich das sagte. Und ich wusste sofort, dass ich damit recht hatte.

«Gib mir doch Zeit», sagte sie. «Ich vermisse dich doch auch.»

Auch am nächsten Tag trugen meine Mitbewohner nur Handtücher um ihre Hüften. Sie kochten Kaffee und spielten Schach, zwei Studenten der Pädagogischen Akademie.

«Wir wollen Lehrer werden», sagten sie.

«Was studiert ihr?», fragte ich.

«Englisch und Musik», sagte der eine.

«Deutsch und Geschichte», sagte der andere.

«Wie du», sagten beide fast gleichzeitig.

Dann leerten sie Kaffee aus der Kanne.

Sie notierten ihre Züge auf einem Notizblock. Sie wollten ihre Taktik später von einem Computerprogramm analysieren lassen. Der Computer sagte ihnen, wo sie Fehler gemacht hatten und was sie stattdessen besser gespielt hätten, wo sie aus den Eröffnungen geschert und in andere Systeme geraten waren.

Ich saß bis Mittag bei ihnen. Dann sah einer von ihnen auf die Uhr, und sagte: «In einer Stunde kommt sie!»

Ich fragte: «Wer kommt?»

Sie lachten.

Es war ein sonniger Samstagnachmittag, an dem die Silbertabletts in den Händen der Kellnerinnen im Hof bis zu uns heraufblitzten. Wenn man sich aus dem Küchenfenster lehnte, konnte man frisch gemahlenen Kaffee in der warmen Luft riechen.

«Ich muss noch arbeiten», sagte ich und ging in mein Zimmer zurück.

Bei offenem Fenster verbesserte ich Fehler in den Schularbeitsheften der Kinder. Es waren immer die gleichen Fehler, die ich mit den immer gleichen Anmerkungen korrigierte. Doch trotz aller Anstrengung, die die pädagogische Arbeit machte und trotzdem mir schon bald klar geworden war, dass ich für die Arbeit mit Kindern nicht geeignet war, war ich froh über einen Beruf, der mich mit dem kindlichen Chaos konfrontierte. Die Unberechenbarkeit der Kinder und ihr Witz hatten mich immer angezogen.

In der Zugluft klappte die Wandtapete auf und ab. Ich hatte die alten Bücher weggeworfen. In den Regalen standen nun Klopapierrollen.

Der Geruch feuchter, von der Sonne erwärmter Gartenerde stieg aus den Blumenkästen im Hof durch das offene Fenster zu mir ins Zimmer. Die Zweige der Kastanien hatten erste Blätter gebildet.

Der Straßenlärm aus der Gablenzgasse war so laut, dass ich erst von meinen Korrekturen aufsah, als eine Hand ganz nahe an meinen Schreibtisch klopfte: eine schlanke, glatte Frauenhand.

Eine junge Frau war eingetreten, und als ich zu ihr hochblickte, machte sie eine Handbewegung zum Fenster hin, das hieß: zumachen.

Ihr Blick streifte die Klopapierrollen, aber sie sagte nichts dazu. Sie blickte auf die Couch, auf der das zerwühlte Bettzeug lag, in dem ich geschlafen hatte. Sie knöpfte den obersten Knopf ihres Mantels auf, hielt dann inne. Sie trat einen Schritt näher an den Schreibtisch und damit an die Schulhefte der Kinder heran.

«Hier?», fragte sie.

Ihr Blick fiel auf ein feuchtes, rotes Handtuch, das ich tags zuvor gekauft hatte.

Mit hochgezogener Augenbraue gab sie sich selbst die Antwort: «Nein, nicht hier. Wohnt hier noch jemand?»

Ich brachte sie zur Küche. Als die Frau vor mir eintrat, stoppten meine Mitbewohner die Schachuhr. Einer stand auf und gab der Frau die Hand, dann stand der andere auf.

«Alles klar», fragte einer.

«Ja, klar», sagte die Frau.

«Geht's dir gut?», fragte der andere.

«Ja, gut», sagte die Frau.

Dann saßen beide wieder am Küchentisch. Einer drehte sich herum und nahm eine Videokamera vom Fensterbrett. Der andere stöpselte das Kabel in den Laptop.

Als sie mich bemerkten, sagte der mit der Kamera: «Setz dich doch zu uns», ohne die Kamera abzulegen. «Du arbeitest zu viel.»

Und erst da verstand ich, dass die Frau gekommen war, um sich vor ihnen auszuziehen.

Ina hob nicht mehr ab. Die ganze nächste Woche schrieb sie nicht mehr zurück.

Mein Freund sagte, es sei kein Problem, ich könne ruhig länger bleiben. Solange es eben dauerte.

Das Problem war nur, dass ich nicht wusste, wie lange es dauern würde.

Ich kaufte einen neuen Kochtopf. Ich kaufte drei neue Kaffeetassen, drei Gläser, drei neue Teller.

Am Ende der Woche betrat ich ein Ordinationszimmer. Ich legte meine Wartemarke auf den großen Schreibtisch und schüttelte die grauhaarige Hand des Arztes.

Aufgrund der Medikamente aß ich mehr als gewöhnlich. Das war oberflächlich betrachtet die einzige Veränderung. Ich ging, ich saß, ich kochte, ich schlief. Aber nach zwei Tagen merkte ich, dass ich mich nachts, wenn ich auf der ausgezogenen Couch lag, nur mehr schwer erinnern konnte, was tagsüber vorgefallen war. Nein, das ist nicht ganz richtig. Ich konnte wohl aufzählen, was ich getan hatte, aber ich hatte mich dabei zu erinnern, dass es mir geschehen war und nicht jemand anderem.

Und so war das auch während dieser Handlungen. Ich sah mir zu, wie ich in die Küche ging, wie ich den Kühlschrank öffnete und wie ich mich später ins Bett legte, ich dachte aber nicht, dass ich das war, sondern ich dachte dabei: Jetzt steigt *er* ins Duscheck in der Küche. Jetzt wirft *er* den Kloschlüssel auf die Bettdecke, und wenn ich mich dann in die Bettdecke rollte, schüttelte ich dabei den Kopf und dachte: Wenn *er* so unruhig liegt, wird *er* nie einschlafen können.

Ich war das Lebewesen, dem ich zusah, wie es über den Schulheften einschlief und wie es später wieder erwachte, wie es sich die Zähne putzte und morgens die Tassen aus dem Schrank räumte. Es war mir, als ginge ich diesem Lebewesen nach, als sähe ich ihm zu, was es erlebte. Ich sah, was es tat, und auch, wenn es weinte, fühlte ich es nicht. Ich musste zuerst herausfinden, warum es das tat. Ich wunderte mich über dieses Lebewesen, das von einer Sekunde auf die andere über seinem Handy in Tränen ausbrach. Ich beschimpfte es. Ich verstand es nicht.

Ich verbrachte jeden Tag Stunden auf meinem Moped auf der Bundesstraße. Das war angenehm, denn ich konnte dabei nur schwer nachdenken. Abends schmerzten meine Hände vom eiskalten Fahrtwind, der durch die Handschuhe zog. Ich registrierte das, und ich verstand auch, dass ich eine Salbe daraufzuschmieren hatte.

Den ganzen nächsten Sonntag lag ich ausgestreckt auf dem Boden meines Zimmers. Ich onanierte nicht mehr und kaufte eine Staffelei, Keilrahmen und Tuben mit Acrylfarben. Ich blickte vom Fußboden auf den eingespannten Keilrahmen und dachte mir Motive aus, aber ich malte keinen einzigen Strich, sondern blickte nur auf den leeren Keilrahmen. Alles bewegte sich dort.

Erst in der nächsten Woche fuhr ich nach dem Unterricht in die Gasse meiner alten Wohnung. Ich stellte mein Moped ab, aber stand lange an der Tür, bevor ich endlich die Kraft aufbrachte, die Klingel zu drücken. *Steiner* stand dort neben meinem Namen.

Die Wohnung, die ich noch bis vor zwei Wochen täglich so selbstverständlich betreten und wieder verlassen hatte, hatte sich nicht verändert. Ich hätte einfach den Schlüssel ins Schloss stecken und das Tor aufsperren, die zwei Stockwerke hinaufgehen können. Ich kannte das Stiegenhaus. Ich wusste, wie es dort roch. Aber es war einfach nicht mehr möglich.

Ich drückte noch einmal die Klingel.

Ina öffnete nicht.

Ich trat ein paar Schritte zurück auf die andere Straßenseite. Ich blickte hinauf und sah, dass Licht in der Küche war. Und wenig später sah ich, wie sich der Vorhang vor den riesigen Töpfen mit Basilikum und Rosmarin, die ich am Küchenfenster aufgezogen hatte, bewegte.

Ich beobachtete Inas Hände. Mehr konnte ich von ihr nicht sehen. Ich sah sie beim Aufreißen einer Nudelpackung, ich sah sie beim Abreißen der Kräuter. Und als ich sah, dass Inas Hand an den Fenstergriff ging, versteckte ich mich plötzlich hinter einer Plakatwand, auf der ein übergroßes Politikergesicht abgebildet war. Die Nase des Politikers war so groß wie mein ganzer Kopf, und das Wort *Heimat,* das dort stand, war so breit wie mein Körper hoch. Ich hörte, wie Ina das Fenster öffnete. In der Bewegung reflektierte ein Lichtstrahl an der Scheibe.

Ich zählte die Sekunden, bevor ich mich wieder hervorwagte. Der Vorhang bauschte sich auf, dann hing er still herab. Ich wartete, aber ihr Gesicht tauchte nicht mehr im Fenster auf.

Am nächsten Tag kam ich wieder, um sie zu beobachten, und dann wieder, und immer versteckte ich mich hinter dieser Plakatwand. Ich wusste von Anfang an, dass das keine gute Idee war. Aber einmal in diese Gewohnheit eingebogen, war es schwer, wieder herauszufinden. Ich schrieb Ina nicht mehr, ich läutete nicht mehr. Ich spürte nur die große Freude, Ina zu sehen. Sie überwog die Heimlichkeit. Ich schämte mich nicht.

Am vierten Tag war sie nicht dort. Aber ihr Wagen stand vor der Tür. Ich wartete hinter der Plakatwand, ich trat hinter der Plakatwand hervor. Ich spürte, wie mein Herz schneller schlug.

Dann hörte ich ein Taxi um die Ecke kommen. Es fuhr die Straße entlang, wurde langsamer und blieb vor Inas Tür stehen.

Der Taxifahrer, ein dunkelhäutiger Greis mit gelben Schnurrbarthaaren, stieg aus und ging nach hinten an die Tür. Er öffnete sie. Und ich sah schon an den Stiefeln, die aus dem Wagen hinaus auf die Gehsteigkante rutschten, dass es Ina war. Sie stieg aus. Er stützte sie, oder war das nur eine Geste der Höflichkeit? Hinkte sie? War sie verletzt?

Sie bedankte sich mit einem Lächeln, bezahlte. Sie bedankte sich auf Englisch, sagte *Sir* und es schien mir, als deutete der Taxifahrer besorgt auf Inas Bauch, ihre Schwangerschaft betreffend, aber sie schüttelte den Kopf, lachte. Nein, damit ist alles in Ordnung, winkte sie ab.

Der Taxifahrer begleitete sie bis an die Haustür. Immer noch war ich nicht sicher, ob er sie stützte. Ich glaubte einmal, sie humpeln zu sehen, dann aber sagte ich mir, ich hätte mich getäuscht. Es sei nur die Last des heranwachsenden Kindes.

Sie entsperrte die Tür, der Taxifahrer hielt sie auf, und wieder wies er mit seiner Hand auf Inas Bauch.

Dann hatte ich die beiden erreicht.

Ich sagte nur das Wort «schrecklich», mehr in die grau behaarten Ohren des Taxifahrers als zu ihr, sie hatte mich immer noch nicht bemerkt und war von ihm gestützt bereits an der der Haustür angelangt, als nicht sie, sondern er sich nach mir umdrehte und mit starkem afrikanischem Akzent und auf Englisch sagte, ja, es sei schrecklich, dass so etwas passiert.

Erst danach bemerkte mich Ina. Genauer gesagt, bemerkte sie mich nicht. Sie sah mich an. Und was sie sagte, ließ mich augenblicklich stehen bleiben.

Sie sagte: «Guten Tag!»

Sie nickte mir zu.

Ich konnte es mir nur so erklären, dass der Unfall, oder was immer es war, sie verwirrt hatte.

Auch der afrikanische Taxifahrer nickte mir nur kurz zu, die Haustür schon hinter sich zufallen lassend.

Ich war den beiden zuerst einige Schritte nachgegangen, aber unmittelbar vor der Haustür wieder stehen geblieben, ich steckte die Hand in die Hosentasche, wo ich den Schlüssel aufbewahrt hatte, aber als ich sie herauszog, sah ich zuerst auf die Uhr und ging dann zurück auf die Straße, um durch die Gangfenster zu sehen, wie jetzt das Licht anging. Durch die offenstehenden Fenster hörte ich, wie ein Schlüssel herumgedreht wurde, Inas Stimme, die sich bei dem Taxifahrer bedankte und ihm Trinkgeld gab, ungewöhnlich viel, wie ich mir vorstellte.

Der Taximotor stotterte an diesem stillen Frühlingsmorgen in der Gasse, die Sonne spiegelte sich auf dem Blechdach. Auch der Asphalt glänzte ungewöhnlich, sodass man die Augen bedecken musste.

Ich wartete auf die Rückkehr des Taxifahrers, aber nachdem ich über eine Viertelstunde vor dem laufenden Taxi die Straße hinab und wieder zurück an die Wohnungstür gelaufen war, ging ich weiter die Straße hinab, vorbei an den vernagelten Toren der Weinkeller, und dann ganz plötzlich hinein in die Trafik am Ende der Straße.

Ich kaufte ein englisches Comicheft, aus dem ich im Unterricht mit verstellten Stimmen vorlesen lassen wollte. Ich bezahlte und sprach mit dem Trafikanten, mit dem ich immer nur über das Wetter gesprochen hatte, über den plötzlichen Frühlingsbeginn und über die ersten Frühlingsblumen.

Im gleißenden Licht dieses Frühlingsvormittages schlug ich das Heft auf und las, dass Donald seine ständigen Androhungen wahrgemacht hatte. Er war nach Timbuktu gelaufen.

Es war fast windstill, was im Marchfeld sehr ungewöhnlich ist. Und für lange Zeit war kein Laut zu hören.

Ich sah Ina am nächsten Tag wieder. Sie trug keinen Verband oder irgendwelche anderen Zeichen einer Verletzung. Sie humpelte auch nicht. Ihre Finger erschienen über den Töpfen am Fensterbrett, sie zupfte Thymian, steckte sich eines der Blätter in den Mund, und später hörte ich das Tackern ihres Messer durch das gekippte Fenster. Ina war schön. Ihr Bauch spannte bereits deutlich ihr weißes T-Shirt. Eine wunderbare runde Kugel trug sie vor sich her.

«Was ist geschehen?», fragte ich sie.

Ich war überrascht, als sie abhob.

«Nichts», sagte sie, «ich bin gestürzt.»

Ich hörte, dass sie in der Küche war. Sie öffnete das Fenster und blickte hinaus, und ich bedauerte, dass ich jetzt nicht mehr dort war.

Ich saß unten im Kaffeehaus unter den Kastanien und streckte die Beine unter den Tisch. Eine Kellnerin ließ das Silbertablett so abrupt auf den Tisch knallen, dass der Weiße Spritzer über den Glasrand auf das Zeitungspapier schwappte.

«Ich habe nicht gewusst, dass du da warst», sagte sie. «Ich habe dich gar nicht erkannt.»

«Wo bist du gestürzt?», fragte ich.

«Vor einem Verein.»

«Einem Verein?», fragte ich.

«Ja», sagte sie, «aber ich werde dort nicht mehr hingehen.»

Ich hörte, sie schloss jetzt das Fenster und dann das Knarren des geflochtenen Schaukelstuhls in der Nähe des Kachelofens – ein Geräusch, das mir sehr vertraut war. Es hatte Zeiten gegeben, da war sie jeden Abend so dagesessen, eine Schüssel Grießbrei mit Heidelbeeren auf ihrem Bauch.

Sie seufzte und sagte, seit Steiners Tod fühle sie eine Leere in sich. Ihr Vater werfe alles weg. «Ich sehe das Gesicht Steiners im Sarg immer vor mir», sagte sie, sie fühle sich alleinegelassen, zurückgelassen mit der Leiche Steiners, sie sehe das Gesicht und wisse nichts über diesen Menschen. «Es macht mich verrückt, nichts zu wissen über diese ...» – und hier zögerte sie einen Augenblick. Tatsächlich hatte sie sich Grießbrei gemacht. Ich hörte das Schaben ihres Löffels in der Schüssel. Sie kaute und schluckte und sagte dann – so stellte ich mir vor – das Wort, das sie nie ohne Vorbehalte aussprach, gegen den abgeleckten Löffel – «... Heimat.»

Es war ein Wort, das in Inas Familie immer Widersprüche aufwarf. Ein Wort, unter dem Ina sich nichts vorstellen konnte. Sie sagte wohl, dass Österreich ihre Heimat sei, aber sie sah doch bis zu ihrem zwanzigsten Lebensjahr täglich an den Wappen und Fahnen, die in ihrer Küche hingen, dass das nicht ganz stimmen konnte. Sie war Österreicherin, behauptete sie. Steiner hingegen erschien ihr als Slowake, was er – darauf angesprochen – energisch zurückwies. Er sei kein Slowake und kein Österreicher. Zuletzt hatte er behauptet, Deutscher zu sein, obwohl er nie in seinem Leben in Deutschland gewesen war.

Das Wort *Heimat* war Ina verhasst. Sie verstand es nicht. Es war ein Wort, das sie hauptsächlich in der Negation kennengelernt hatte, in der Aussage Steiners, dass es keine Heimat mehr gebe. Steiner streckte die

Hand aus und deutete über die March: Ja, dort drüben, im Kommunismus, habe es eine Heimat gegeben, aber sie war unerreichbar; die Großmutter: Unsere Heimat wurde gestohlen. Und das hier, wo sie lebten, in diesem Dorf an der March, konnte nie Heimat werden. Nicht in Jahrzehnten. Die Steiners hatten über Jahrhunderte hinweg östlich der March gelebt. Es könne unmöglich sein, dass sie jetzt westlich der March lebten. Das war einfach nicht möglich.

Ina löffelte, während sie erzählte, und später ging sie an den Herd zurück, um sich neuen Grießbrei zu kochen. Sie war keine so gute Köchin, sie hasste es zu kochen. Sie ließ das Handy einfach neben dem Herd liegen, während sie den Schneebesen vom Haken und die Milch aus dem Kühlschrank nahm. Später fasste sie wieder danach.

Steiner sei mit seiner Familie hierhergekommen und habe sofort alles Österreichische abgelehnt und alles Slowakische abgelehnt und habe immer wieder nur gesagt, dass es keine Heimat gebe, dass er und seine Familie, also auch Ina, keine Heimat haben. Wir haben keine Heimat mehr, habe er immer wieder betont, auch nicht nach Jahren, auch nicht nach Jahrzehnten. Heimat, das ist dort drüben, hinter dem Eisernen Vorhang, das ist dort, wo man nicht hingelangen kann, nicht weit, aber doch unendlich weit. Und würde man tatsächlich nach Limbach gehen, wäre das eines Tages möglich, habe Steiner gesagt, wäre es doch keine Heimat mehr. Die Heimat – das gibt es nicht mehr. Es gibt ein Haus und einen Hof und einen Kartoffelacker, wusste Ina, und Weinberge und eine Kirche und Birkenwälder und die Ruinen einer alten Burg, aber das alles zusammen sei trotzdem keine Heimat mehr. Es sei ganz einfach nicht mehr dasselbe.

Als Ina acht Jahre alt war, verschwand der Kommunismus. In der Schule hörte sie davon.

Man hätte denken sollen, dass die Samtene Revolution im Hause Steiner bejubelt wurde. Völlig unblutig verschwand der Kommunismus innerhalb weniger Wochen. Die Grenzen wurden geöffnet, und Verwandte, die sich jahrzehntelang nicht gesehen hatten, fielen einander in der Mitte einer Pontonbrücke in die Arme.

Man hätte denken können, auch Steiner würde jetzt diese verlorene Heimat aufsuchen, nachsehen, was aus dem Haus geworden war. Auch Steiner würde Bekannten in die Arme fallen.

Aber niemand freute sich im Hause Steiner. Ina verstand das nicht.

Man hätte die Grenze nun sehr leicht passieren können, an einem Wochenende über die March, und nachsehen, auf eine Suppe ins Wirtshaus in *Bösing*, durch die Gassen der Kindheit gehen, sich an einem Frühlingstag unter die blühenden Marillenbäume legen, sofern es die dort noch gab, sogar diesen Hof wieder kaufen, zurückkaufen, was Jahrhunderte in Familienbesitz gewesen war, mit den heutigen Besitzern des Hofes einen guten Preis aushandeln und zurückkehren.

Das Seltsame war nur, dass niemand auf diese Idee kam. Steiner nicht und seine Frau nicht und natürlich auch Inas Vater nicht. Die Limbacher Fahne blieb weiter in der Küche hängen, die Pelztracht wurde abgestaubt, sonntags die Tischdecken mit den eingestickten Weinreben aufgedeckt, das Sonntagsgewand angelegt, das Porzellangeschirr aufgetischt, der Ölguglhupf gebacken. Niemand wäre auf die Idee gekommen, über die March zu gehen. Im Gegenteil: Nach der anfänglichen Freude über das Ende der Unterdrückung und der kommunistischen Gefahr nahm Steiner bald mit den anderen Österreichern, die hier alle Prohaska und Suchy und Pokorny und Minkowitsch und Konecny hießen, diese Öffnung als Gefahr wahr. *Jetzt kommen die von drüben!* hieß diese Gefahr. *Jetzt werden sie sehen, wie wir leben, jetzt werden sie wie wir leben wollen. Jetzt werden sie alles haben wollen, wie wir es haben.* Und noch deutlicher: *Jetzt werden sie bei uns einbrechen.*

Und auch Steiner, der nach der Vertreibung selbst jahrelang als Flüchtling in einem österreichischen Flüchtlingslager gelebt hatte, der jahrelang ein Staatenloser gewesen war, schimpfte, dass der Staat nun zu viele Flüchtlinge aufnehme, die nichts als Probleme machten, und dass man die loswerden solle, «egal wie». Steiner war die ersten 26 Jahre seines Lebens slowakischer Staatsbürger gewesen. Aber als im Sommer 1990 die ersten Pläne für eine Brücke über die March gemacht worden waren, sprach auch er plötzlich davon, dass jetzt die Slowaken kommen würden. Er überlegte, sich einen Hund anzuschaffen und eines Tages, sagte Ina, habe er das alte Gatter, das bis dahin das Grundstück begrenzt hatte, durch jenen hohen, palisadenartigen Holzzaun ersetzt, den ich selbst gesehen hatte. Die Menschen hatten jetzt nicht mehr vor den Soldaten am gegenüberliegenden Marchufer Angst, sondern vor den Zivilisten, die dort lebten.

«Bitte», sagte Ina, «versteh mich doch.»

Sie stand wieder auf und stellte die Schüssel zurück. Ich stellte mir vor, dass sie aus dem Fenster blickte, als sie sagte: «Ich muss jetzt einfach mehr in dieser Familie sein. Ich bin ein Teil dieser Familie, ich bin eine Steiner.»

Ich war kein Steiner.

Meine Mitbewohner spielten Schach. Sie sprachen über das Spiegelstadium Lacans, über das Privatfernsehen, das jetzt wieder herabgewirtschaftete Stars auf einsame Inseln schickte. Sie sprachen über Montessori, über die immer wiederkehrende Katastrophe österreichischer Innenpolitik, über die theosophische Gesellschaft, die sie einmal rassistisch, im nächsten Augenblick aber kindgerecht nannten, über Gruppenarbeiten und den österreichischen Bildungsbeauftragten, der kürzlich wieder die Anwendung körperlicher Gewalt in den Schulen empfohlen hatte. Und dadurch auch von Wittgenstein, von dem sie behaupteten, er habe in seinen Lehrerjahren in Puchberg am Schneeberg einen seiner Schüler ohnmächtig geschlagen, nachdem dieser ihm die falsche Antwort auf die Frage gegeben hatte, wie viele Monate, Tage und Stunden seit der Geburt Jesu Christi vergangen seien.

Ich musste nicht viel sprechen. Das war angenehm.

Nur einmal fragten sie, wie es denn sei, Lehrer zu sein.

Ich stellte die Figuren auf und zog den Bauern auf c4 in die Englische Eröffnung, wie ich es am liebsten tat. Mein Mitbewohner notierte den Zug. Dann sahen mich beide erwartungsvoll an.

«Das Schreckliche sind nicht unbedingt die Kinder», sagte ich.

Das Schreckliche war der übergriffige Schularzt, vor dem wir Lehrer unsere Schülerinnen hinter vorgehaltener Hand zu warnen hatten; das Schreckliche war der Kollege, der vor fünfzehn Jahren einen Schüler mit einem Faustschlag niedergestreckt hatte und den man, anstatt ihn zu entlassen und einzusperren, aufgrund seiner Pragmatisierung zuerst von einer Schule in die andere und schließlich von einem Ministerium ins andere versetzt hatte, bis man ihn schließlich als Professor für Sozialpädagogik in die Akademie zurückgeschickt hatte, wo er diese Geschichte in seinen Vorlesungen und unter dem Gelächter der anwesenden Studenten bis heute zum Besten gab.

«Ich gebe auf», sagte ich später und legte den handgeschnitzten König auf dem Schachbrett um.

«Es ist übrigens noch Post gekommen», antwortete mein Mitbewohner. Er sah von seinem Notizbuch auf, in das er seinen letzten Zug, eine tödliche Springergabel, notiert hatte. «Hier, für dich.»

Es war eine Postkarte aus dem Marchfeld. Sie zeigte eine Kuh auf einer Alm, und neben dem Kopf der Kuh war eine Sprechblase.

«Muh!», sagte die Kuh.

«Bitte, ruf jetzt nicht mehr an», schrieb Ina auf der Rückseite.

Ich kann nicht sagen, wie die nächsten Wochen vergingen. Die Medikamente dämpften alles wie starke Tücher, durch die nur die heftigsten Schläge durchdrangen. Nur manchmal ging ich davon zu Boden und lag dann ausgestreckt vor dem leeren Keilrahmen. Die meiste Zeit aber lebte ich hinter diesen Tüchern und hörte nichts.

Ich fuhr täglich bei Sonnenaufgang mit dem Moped ins Marchfeld, stellte das Moped am Schulparkplatz ab, am Rückweg stopfte ich Lebensmittel neben die Schulhefte der Kinder in den Rucksack.

Woche für Woche klappte ich die Kalenderblätter nach hinten. Und als ich eines Tages die Fingerkuppe auf das mit rotem Filzstift mehrmals umkringelte Datum legte, war ich überrascht, wie schnell diese Wochen vergangen waren.

Am Tag, den ich im Kalender mit dem Wort *Geburtstermin* beschriftet hatte, fuhr ich früher als sonst los. Ich fühlte mich besonnen und kräftig, anders, als ich erwartet hatte. Auf Höhe der Müllsortierungsanlage erinnerte ich mich an ein Geburtsvideo, das man mir vor Jahrzehnten in der Sanitätsausbildung gezeigt hatte. Einige der achtzehnjährigen Burschen in den Bankreihen hatten über die Vorstellung, eine nackte Frau zu sehen, gekichert und gegröhlt. «Endlich eine Muschi!» – an diesen Ausruf eines meiner damaligen Zivildienerkollegen erinnerte ich mich jetzt. Noch vor dem Ende des Geburtsvideos hatten er und drei weitere mit blassen Gesichtern den Raum verlassen, ganz offensichtlich darüber entsetzt, auf ganz ähnliche Weise zur Welt gekommen zu sein.

Ein LKW überholte mich knapp. Der Sog zog mich ein Stück in Richtung Straßenmitte.

Im Musikzimmer stellte ich meinen Rucksack auf das Lehrerpult. Ich kramte mein Handy heraus und rückte es in die Mitte der Tischplatte. Ich entsperrte den Musikschrank, ließ die Tische an die Seiten schieben, um einen Tanz einzuüben, den wir in der Vorwoche begonnen hatten. Aber noch während meiner Erklärungen linste ich alle paar Minuten nach meinem Handy auf dem Lehrerpult.

«Sie sind heute sehr nervös, Herr Fachlehrer», bemerkte ein Schüler, und als dieser Eindruck allgemein bestätigt wurde, erzählte ich, meine Frau würde heute ein Kind bekommen. Das interessierte sie, vor allem, wie das möglich sei. Es gab unterschiedliche Theorien. Schließlich ließ ich das Video ablaufen und da es viel zu klein war, um auch nur von einem Bruchteil der Schüler gesehen werden zu können, zeichnete ich den hüpfenden Embryo mit Kreide zwischen die Notenzeilen an die Tafel. Ich setzte mich zwischen zwei Schülerinnen auf den Lehrertisch. Eine Schülerin erzählte, ihr Vater sei bei der Geburt ihrer Schwester anwesend gewesen. «Die Geburt selber war total o. k., aber mein Vater hat zwei Stunden lang versorgt werden müssen.»

Die Schülerin, die das erzählte, hielt eine verbogene Triangel in der Hand – neben einer Bongo mit zerrissener Membran tatsächlich das einzige Musikinstrument der Schule. Sie hatte damit den Takt zu *I left my wife in New Orleans with thirty-five kids and a bucket of beans* geschlagen, was – wenn man so will – ein Tanz war, der sich darin erschöpfte, dass die Schüler dabei im Kreis gehen und zu jeder Silbe auf den blauen Linoleumboden stampfen sollten.

Es war eigenartig, dass mir so selten auffiel, wie einfallslos mein Unterricht doch war.

«Macht einstweilen alleine weiter», sagte ich.

Ich schnappte das Handy und lief aus dem Musikzimmer auf den Gang hinaus, ich drückte die Schultore auf. Im Schulhof hörte ich das Johlen meiner Schüler durch das geschlossene Fenster.

Ich wählte Inas Nummer, aber unterbrach den Wählvorgang, als ich erkannte, wie absurd diese Idee war. Ina würde jetzt alles andere im Kopf haben, als ein Telefonat mit mir zu führen.

Ich dachte an die Telefonnummer des Krankenhauses, aber die hatte ich nicht eingespeichert. Ich durchstöberte das Namensverzeichnis von oben nach unten, und als ich niemanden fand, dessen Nummer mir hätte weiterhelfen können, steckte ich das Handy in die Hosentasche und drehte mich nach dem Fenster meiner Klasse um, hinter dem es eigenartig ruhig geworden war.

Ich ging zurück. Ich legte meine Hand an die Türklinke, und noch bevor ich die Tür öffnete, zuckte ich unter dem Brüllen zusammen. Eine Kollegin, die wohl zufällig vorbeigekommen war, stand jetzt an der Tafel. Sie hatte die Tische wieder in die Grundstellung zurückschieben lassen und den Satz über die verlassene Frau in New Orleans weggewischt, ebenso wie den Embryo, und stattdessen einen anderen Satz auf die Tafel geschrieben. *Joseph Haydn*, stand dort, *ist Niederösterreicher*.

Bei meinem Eintreten hielt sie kurz inne. Sie schlug sich den Staub von den Hosenbeinen und blickte mich aus hochrotem Kopf über den Rand ihrer Brille fragend an. Ohne ein Wort drückte sie mir die Kreide in die Hand und ging nach draußen.

«Und?», fragte die Schülerin, die zuvor die Geschichte von der Geburt ihrer Schwester erzählt hatte. Sie hatte die verbogene Triangel vor sich auf das Pult gelegt, um den Satz über Haydn in ihr Notenheft abzuschreiben. Jetzt nahm sie sie wieder und hielt auch den Schlägel bereit.

«Ist es ein Mädchen oder ein Bub?»

«Ein Mädchen», sagte ich, als hätte ich diese Information gerade eben erfahren.

«Und fahren Sie jetzt ins Krankenhaus?»

«Ja», log ich.

Am späten Nachmittag schob ich die Staffelei in die Mitte des Zimmers. Ich hinterließ eine Nachricht auf Inas Handy, in der ich versuchte, möglichst glücklich und euphorisch zu klingen. Dann suchte ich die Nummer des *Göttlichen Heilands*.

Ich wählte nicht sofort. Irgendein Unheil erahnend, räumte ich das Handy mit der bereits gewählten Nummer auf den Tisch zurück, kochte Kaffee, nahm es wieder zur Hand, ging zurück in die Küche. Auf dem schmalen Tischchen öffnete ich die Post über den traurigen Resten eines verlorenen Bauernendspiels, blätterte durch die Reklamezettel für Kühlschränke, Sofas, Wellnessurlaube.

Dann erst rief ich an. Ich hörte, wie es läutete. Jemand hob ab. Ich sagte meinen Namen, ich musste ihn wiederholen, da in dem Moment, wo ich ihn sagte, ein Drucker losratterte. Ich ließ mich zu Inas Ärztin weiterverbinden. Sie hob sofort ab. Ich hörte, wie sie etwas in eine Tastatur tippte, sie trank, stellte eine Tasse ab. Dann hielt sie inne. Eine Weile sagte niemand von uns beiden etwas. Sie schien erst jetzt zu begreifen, was ich gefragt hatte.

Sie sagte: «Es ist seltsam, dass Sie jetzt anrufen.»

Ich sagte: «Ich wollte mich nach meiner Frau erkundigen. Wie es ihr geht.» Ich sagte noch einmal meinen Namen und fragte: «Wie es dem Kind geht.»

«Jaja, ich kann mich schon an Sie erinnern.» Sie lächelte. Ich mochte die Sanftheit in ihrer Stimme. «Aber wieso rufen Sie denn jetzt an?»

«Wie meinen Sie das?»

«Nun, ich meine, ist etwas passiert?»

«Nein», sagte ich, und griff mich an den Kopf. «Nichts ist passiert. Also ...»

Und schließlich klärte sie mich auf, alles sei doch schon vor fast einer Woche, letzten Montag, passiert. Ich beobachtete, wie sie dieses Wort *passiert* aussprach.

«Es geht ihr gut», sagte sie gleich. «Keine Sorge.»

Ich hörte, wie sie mit einem Fingernagel irgendwo kratzte, auf der Tastatur oder an ihrer Tasse. Es waren die Hände einer liebevollen, älteren Frau.

«Wo ist denn Ihre Frau?», fragte sie.

Ich legte auf und blickte noch eine Weile auf das Display meines Handys, bis sich das Hintergrundbild verdunkelte, und dann aus diesem Bild heraus in die Küche, auf das Schachbrett, auf dem der weiße König in der Klemme feindlicher Bauern steckte. Und es kam mir so vor, als wäre ein anderes, künstliches Licht über die Figuren gefallen, als hätte jemand eine helle Lampe über dem Brett angeknipst und damit die Schatten in die andere Richtung umgeworfen.

Ina hatte unsere Tochter geboren. Ich hätte es gerne jemandem gesagt.

Ich suchte die Nummer von Inas Vater im Telefonbuch. Ich wusste niemand anderen, aber noch bevor ich wählte, stiegen mir Inas Erzählungen über ihn ins Gedächtnis, und ich legte das Handy wieder nieder. Ich ging in die Küche, in der sich der Parfumgeruch der Tänzerin festgesetzt hatte, vermischt mit dem von Pizzaresten in der Spüle, verschüttetem Kaffeepulver. Man müsste hier einmal ordentlich kochen, dachte ich.

Ich füllte ein Glas Wasser und ging damit zurück in mein Zimmer, schloss die Tür.

Vor seiner Pensionierung war Inas Vater Mitarbeiter einer großen österreichischen Bank gewesen. Ich erinnerte mich an Inas Erzählung, er habe sich unter großen Anstrengungen gegen den Willen Steiners durchgesetzt und die Handelsakademie besucht und im Österreich der

70er und 80er Jahre eine, wie Ina verächtlich sagte, *beeindruckende Karriere* bei dieser Bank gemacht.

Immer in Sorge um etwas, das er in Inas Kindheit *Basel* und in Inas Pubertät *Basel Zwei* genannt hatte – es handelte sich um Richtlinien in der Kreditvergabe, die nach der Eröffnung des sogenannten *Ostgeschäftes* immer wichtiger geworden waren –, war Inas Vater jahrzehntelang von Filiale zu Filiale gefahren. Genauer gesagt war er in die in rasantem Tempo eingekauften *osteuropäischen Töchter* dieser Bank gefahren. «Ich muss wieder in eine osteuropäische Tochter», hatte er zu Ina und ihrer Mutter in den frühen und in den späten Neunzigern gesagt, was soviel hieß wie, dass er nach Kiew oder nach Bukarest, manchmal auch nur nach Bratislava oder Budapest fuhr, um dort mehrere Tage zu bleiben. Und auch, wenn er tatsächlich Richtung Nordwesten nach Prag oder Richtung Südwesten nach Ljubljana fuhr, fuhr er im Kopf doch immer in den Osten wie in einen dunklen, unbekannten Kontinent. Inas gesamte Kindheit und Pubertät hindurch war ihr Vater in diese *osteuropäischen Töchter* gefahren, und dieser Begriff des in die osteuropäischen Töchter hineinfahrenden Vaters hatte in Ina bis ins Erwachsenenalter Unruhe ausgelöst.

Als Ina vierzehn Jahre alt war, war sie früh durch ein seltsames Geräusch geweckt worden. Sie stand auf und ging aus ihrem Zimmer. Am oberen Treppenende blieb sie im Dunkel stehen. Ihr Vater war spät nachts von seiner ersten *Osteuropareise* zurückgekehrt und saß jetzt mit ihrer Mutter am Küchentisch beim Frühstück.

Inas Vater verdiente sein Geld, indem er Verträge aus seiner Sakkotasche zog. Er legte sie anderen Menschen neben die Kuchenteller. Oft waren es mehrseitige Texte, die er aber immer gleich bis zu einer bestimmten, mit grellem Leuchtstift markierten Stelle vorblätterte. «Hier», sagte er, «du musst mir das unterschreiben!»

Inas Eltern tranken Kaffee und sprachen leise miteinander, und es sah ganz so aus, als würden sie beide bald zu Bett gehen. Aber dann stand Inas Vater auf. Er zog das Sakko von der Stuhllehne, streifte es sich über. Seine Hand fuhr in die Innentasche und kam mit einem Formular wieder heraus. Ina kannte diese Bewegung. Sie hatte sie schon einmal gesehen.

Während ihre Mutter unterschrieb, stand er mit hinter dem Rücken verschlossenen Händen neben ihr und sah ihr zu. Er beugte sich über sie, steckte den Kugelschreiber zurück in seine Hemdtasche. Er besah sich noch einmal den Vertrag, den er dabei mit beiden Händen vor sich hielt, und faltete ihn dann zusammen, als ginge seine Frau das gar nichts mehr an.

Er war es gewohnt, dass niemand die Verträge las. Und so verwunderte es ihn, dass Inas Mutter, die doch immerhin seine Ehefrau war, ihm den Vertrag sofort wieder aus der Hand zog.

«Lass mich mal sehen», sagte sie.

«Du verstehst davon ja nichts», sagte er.

«Aber ich will das doch mal sehen.»

Sie blätterte auf die erste Seite zurück. Man konnte sehen, wie ihre Stirn sich unter der Anstrengung wölbte. Aber es gab ein Wort, das sie sofort verstand.

Ohne ihn aus der Hand zu legen, ließ sie den Vertrag auf den Tisch zurücksinken. Sie blickte ihren Mann an und fragte: «Warum habe ich einen Kredit aufgenommen?»

«Du hast keinen Kredit aufgenommen», sagte Inas Vater.

«Aber hier steht es doch», sagte sie.

Sie deutete auf das Wort, das sie gelesen hatte.

«Hier», sagte sie, «du hast mir einen Kredit verpasst!»

«Ich habe dir keinen Kredit verpasst», sagte Inas Vater.

«Doch, hier! Hier steht es doch!»

Und jetzt sah sie, dass unter ihrem eigenen noch eine Reihe weiterer Verträge lagen: alles dieselben Verträge. Einige waren schon unterschrieben. Auch Steiner hatte einen Kredit aufgenommen, sah sie, und Inas Großmutter, und sie sah, dass auch ihre eigene Mutter einen Kredit aufgenommen hatte und zwei ihrer Schwestern.

«Warum haben alle einen Kredit aufgenommen?», fragte Inas Mutter. Ihre Stimme klang immer noch mehr erstaunt als erzürnt. «Warum hat meine Mutter einen Kredit aufgenommen? Warum hat Steiner einen Kredit aufgenommen?», fragte sie.

Sie wusste, dass Steiner Kredite hasste. Er hätte lieber seiner Familie die Kleider vom Leib herunterverkauft, als Schulden zu machen.

Ina stand oben an der Treppe, als ihr Vater seiner Frau erklärte, dass ein Kredit kein Kredit sei. Er war geschickt darin, das zu erklären, sodass es auf Ina wirkte, als hätte er das schon einige Mal erklärt. Es sei tatsächlich eine Sparform, ein Fremdwährungskredit in Yen, der angesichts der guten *Performance* risikolos sei. Er habe seit mehreren Jahrzehnten mit diesen Geschäften zu tun, er wisse, was er tue. Und als sie weiter Widerworte gab, sagte er: «Die Kernkapitalquote ergibt sich immer durch die Division des Kernkapitals durch ihre Risikoposten. Merk dir das!»

Unter diesem Satz, dass die Kernkapitalquote sich immer durch die Division des Kernkapitals durch ihre Risikoposten ergebe, gab ihre Mutter plötzlich nach. Es war ein kurzes Rucken ihres Kopfes, laut Ina hatte das ausgesehen, als sei irgendwo zwischen ihren Schultern und ihren Halswirbeln eine Halteschnur durchgerissen. Mutters Kopf fiel ein Stück weit nach vorne. Sie sah aus wie jemand, der plötzlich die einzige Tür im Raum versperrt vorfindet. Ganz plötzlich, hatte mir Ina erzählt, habe sie zu der Treppe hochgesehen.

Da war dieses Geräusch wieder: ein leises Knirschen, als ob man bis zum Kinn im Wasser stünde und den Kopf drehte. Als wäre Sand im Hals. So hörte sich das an, als Ina dort oben stand und den Blick ihrer Mutter auf sich spürte.

Ihre Mutter habe ihren Mann verabschiedet und Ina das Frühstück gerichtet. Sie habe die Wäsche aus der Maschine genommen und im Hof aufgehängt, sie habe ihre Tochter zur Schule gebracht und sei dann für immer vom Hof verschwunden gewesen.

Diesen Mann, Inas Vater, rief ich an. Er hob ab, und nachdem ich ihm zweimal meinen Namen genannt hatte, sagte er: «Du? Du rufst mich an?»

Ich fragte: «Wissen Sie etwas von Ina?»

Nach zwölf Jahren war ich immer noch per Sie mit ihm. Es dauerte, bis er zugab, nichts zu wissen. Eine Geburt, sagte er, ja, davon wisse er, aber nicht wann, und als ich ihm sagte, das Kind, die Tochter, sei bereits geboren, atmete er lange aus.

«Es ist sicher nicht notwendig, sich Sorgen zu machen», sagte er und dass Ina ein starkes *Mädchen* sei. Er lachte auf eine ganz unpassende Weise.

Ich hörte, wie er eine quietschende Metalltür öffnete, die Käfigtür dieses riesigen schwarzen Vogels, und ich hörte auch, wie er in die Küche schlurfte und wie die Katzen schrien und später ganz nahe am Hörer schnurrten und schmatzten.

«Hat Ina Sie angerufen?», fragte ich.

Da hielt er kurz inne. Aber nicht, um nachzudenken, sondern, wie ich hörte, um die Blechdose mit dem Katzenfutter auszuklopfen.

«Es ist nicht notwendig, sich Sorgen zu machen», wiederholte er. «Mach dir doch keine Sorgen. Ich bin sicher, es ist gar nicht notwendig, sich Sorgen zu machen.»

«Doch», sagte ich. «Ich glaube, es ist notwendig.»

Es war ein Fehler, dass ich ihm auf seine Frage, was geschehen sei, von unserer Trennung erzählte, von Inas Fragen nach Steiner, sogar, dass wir an die Fähre gegangen waren und sie dort in den Unterlagen des Fährmannes nach etwas gesucht hatte. Ich erzählte ihm, dass ich in diesem Abbruchhaus über dem Kaffeehaus wohnte und fremde Schamhaare aus dem Duschabfluss hochstiegen, wenn ich das Warmwasser anstellte.

«Ein Kaffeehaus?», fragte er. Er sprach das Wort voller Verachtung aus. «Du wohnst jetzt in einem Kaffeehaus?»

Ich hörte, wie er aufstand und an den Esstisch ging und sich dort niederließ. Es war still in der Stube, das konnte ich hören, und ich ahnte, dass es auch ihm sehr still vorkam. Und nach einer Weile sagte er sogar selbst: «Still ist es», und er lachte wieder auf eine unpassende Weise, allein übriggeblieben hier auf dem Hof.

Er machte eine längere Pause, und als er später weitersprach, hörte ich, dass er in der Zwischenzeit geweint hatte.

Auf den Vorwurf der Nachbarn und Lehrer, er misshandle Ina, hatte er immer so reagiert, als hätte man damit einen Witz gemacht. Und auch, wenn Ina ihn später als Erwachsene damit konfrontierte, sie habe gehört, es sei verboten, Kinder für die Weinlese mehrere Tage für den Unterricht krankzuschreiben, es sei verboten, sie tagelang zum Absammeln der Kartoffelkäfer mit großen Gurkengläsern durch die blühenden Kartoffelhalme zu schicken, es sei verboten, sie mit den Handballen auf den Hinterkopf zu schlagen, dass sie vornüberstürzten und den halben Vorderzahn verloren, reagierte er so, als habe sie damit einen Witz gemacht. «Ja, natürlich!», rief er höhnisch aus und lachte. «Ich misshandle dich!» Im Unterschied zu Ina glaube ich, dass es ihm ernst damit war. Er konnte sich einfach nicht vorstellen, dass das, was er tat, eine Misshandlung war.

«Hat Ina Sie angerufen?», fragte ich.

Er antwortete erst nach langem Seufzen. «Ja, das hat sie. Sie hat mich nach meinem Vater gefragt. Sie hat mir Vorwürfe gemacht wegen des Fotos – du kennst das Foto ja wahrscheinlich. Und dann sagte sie, dass ich etwas wissen müsse.»

«Was?», fragte ich, weil er lange nicht weitersprach.

«Etwas über die Familie. Ach, wegen der Familie. Sie meinte, da sei etwas passiert, damals. Sie bildet sich etwas ein.»

Und wieder sprach er nicht weiter.

«Was bildet sie sich ein?», fragte ich.

Ich hatte nicht mit seinem Zorn gerechnet.

«Was weiß ich!», rief er. «Frag sie doch selbst! Leckt mich doch am Arsch mit euren Fragen!»

Er legte so rasch auf, dass ich es zweimal im Hörer tuten hörte, bevor ich das Handy vom Ohr nahm.

Ich ging zurück in die Küche, weil ich dachte, ein Geräusch gehört zu haben, aber dort war nichts. Meine Mitbewohner waren noch nicht zurück.

Durch die halb herabgezogene Jalousie fiel ein Streifen Licht über die Anrichte. Eine Fliege surrte von innen gegen die Scheibe. Sie kletterte hoch bis zu dem Lichtstreifen. Man konnte sogar ihren Schatten auf dem Schachbrett sehen.

Es war still die nächsten Tage. Wieder saß ich mit der Wartemarke in der Hand im Vorzimmer des Arztes. Leichter Regen prasselte ans Fenstersims. Der Arzt schrieb mich für den Rest der Woche krank. Er gab mir die Hand und sagte, ich solle auf mich Acht geben, mir etwas Gutes tun. «Was könnte das sein?», fragte er mich. «Überlegen Sie!»

Am nächsten Tag fuhr ich nicht mehr zur Schule. Und auch am darauffolgenden nicht, und auch am Tag danach nicht. Ich war krank. So stand es auf dem Zettel, den mir der Arzt unterschrieben hatte, und mit diesem Wort hatte ich eine Berechtigung gefunden, vormittags durch das Fenster auf die Menschen, die an der Busstation warteten, zu blicken. Ich sah ihnen zu. Und ich sah mir selbst zu, wie ich ihnen zusah.

Ich kochte Kaffee und wartete auf das Fauchen der Maschine, und wenn der Mülleimer voll war, zog ich den Sack heraus und warf ihn unten in die Tonne. Aber es half nichts. Ich konnte nicht darüber hinwegsehen, dass all meine Beschäftigungen im Grunde nur vorgetäuschte waren. Ich trat hinter mich und beobachtete mich, ich ging hinter mir her und durchschaute mich, wie ich die Tuben aufriss und vor die Staffelei schob, als wollte ich einem plötzlichen Einfall, einer plötzlichen künstlerischen Idee folgen, und folgte mir zurück in die Küche, als wollte ich nur noch rasch ein Glas Wasser holen, bevor ich mich ans Werk machte, und ich sah mich dieses Glas Wasser holen und auf dem Schreibtisch abstellen: in lächerlicher, gespielter Hektik, als hätte ich Angst, meine Idee, meine Kunstidee zu verlieren. Ich malte aber nicht. Ich hielt nur den Pinsel, drehte ihn in der Hand und legte ihn dann in die Packung zurück. Ich verschloss die Packung.

Ich starrte auf den leeren Keilrahmen und ich sah mich selbst, den Keilrahmen anstarren.

Ganz ähnlich erging es mir mit den Schulheften. Ich schlug sie auf und saß davor, ich zog die Kappe von der Füllfeder ab und setzte sie später wieder auf. Ich spürte, dass ich auf das geriet, was der Arzt die *schiefe Ebene* genannt hatte, und sprang auf, als könnte ich damit auch von dieser *schiefen Ebene* ganz einfach so wegspringen. Es war lächerlich. Aber es half auch nichts, mir darüber klar zu werden.

Ich wusste, ich war jetzt in Gefahr. Ich versuchte, nicht an Ina zu denken oder an ihren Vater, überhaupt wollte ich an nichts denken, an kein neugeborenes Kind, das ich nicht kannte, oder an das Aussehen eines solchen Kindes und welchen Namen dieses Kind tragen würde, ob es gesund war und welche Augenfarbe es hatte und wie es Ina ging, von der mir nur noch einmal gesagt worden war, es sei doch alles in Ordnung gegangen.

Aber natürlich war das unmöglich. Ich dachte ausschließlich daran. Ich drückte meinen Kopf durch die dicken Tücher der Tabletten und blickte hinaus. Ich sah mich selbst auf dem Boden liegen und wusste, ich hätte jetzt sofort wieder aufstehen müssen, ich hätte keinen Augenblick länger hier liegen dürfen. Wie schön wäre es, jetzt aufstehen zu können, dachte ich auf dem Boden liegend, und hinausgehen, einen Schritt nur aus dieser Wohnung, in der alles eine einzige Bedrohung zu sein schien. Es war ein Unglück, wusste ich, dass ich hier lag und auf den Keilrahmen starrte, ich hätte hinausgehen müssen, und ich beneidete die Menschen an der Busstation, die in die Arbeit fuhren, und ich schämte mich, sie dafür zu beneiden.

Eines Tages wachte ich auf. Wie in jeder dieser schrecklichen Nächte hatte ich auch in dieser kaum Schlaf finden können. Ich warf die Decke zurück, im Begriff, jetzt sofort aufzustehen, aufzustehen und hinauszugehen, nur das konnte mich jetzt retten. Einen Spaziergang unternehmen, flehte ich mich selbst an.

Es waren noch keine zehn oder fünfzehn Minuten vergangen, als ein plötzliches Geräusch, ein langes, erleichtertes Seufzen, mich aufblicken ließ.

Da lehnte mein Freund am Türpfosten, ganz so, als stünde er schon eine ganze Weile hier, ein Bein angewinkelt, die schmale Stirn an den Türpfosten gedrückt. Seine Stimme war warm und klar wie damals zu unserer gemeinsamen Zivildienerzeit.

«Ich hatte doch schon viel eher auf Besuch kommen wollen», sagte er, wie um sich zu entschuldigen.

Durch die undichten Fenster hörte man den bevorstehenden Sturm, der die Stadt heuer schon früh aufsuchen wollte. Jeder Windstoß durch die undichten Fenster erfasste das Hemd meines Freundes wie eine unsichtbare Hand.

«So lebst du jetzt also hier», sagte er.

Er setzte sich zu mir auf die Couch. Sein Händedruck war kräftiger, als ich angesichts seiner dünnen, mädchenhaften Oberarme angenommen hatte. Seine Gestalt hatte mich getäuscht.

Er blickte auf unsere Hände und schüttelte den Kopf: «Ich bin doch dein Freund! Willst du mich so begrüßen?» Er legte seine Hand in meinen Nacken, seine Finger waren kalt. Er zog mich von der Couch ein Stück weit zu sich heran und küsste mich auf die Wange. Niemand anderem hätte ich das gestattet.

«So ist es besser», sagte er.

Dann ging er an den Schreibtisch. Es interessierte ihn, wie ich hier meine Zeit verbrachte. Er hob ein paar Schulhefte an, in denen ich geschrieben hatte, blätterte einige Seiten durch.

«Die Kinder schreiben in runderen Buchstaben als Erwachsene», kommentierte er und hob den Blick zum Fenster. Die ersten Tropfen knallten jetzt gegen die Scheiben, wie Striemen von Peitschenschlägen sah das aus, und man hörte deutlich das Knattern der Markise aus dem Gastgarten zu uns herauf.

Mein Freund ließ die Schulhefte fallen. Er ging im Zimmer auf und ab. «Es ist gar kein richtiges Zimmer», sagte er.

Ganz beiläufig, zwischen zwei Schritten über den Spannteppich, fragte er nach Ina.

«Was ist jetzt mit dieser Frau?», fragte er.

«Ina», sagte ich. «Sie will fort. Ihr Großvater.» Ich fasste zusammen, erzählte, «Limbach!», ich rief es aus wie ein Schimpfwort. Ich erzählte von der Fähre und von dem Kind, das ich nicht kannte.

Als ich das Kind erwähnte, zog er einen Topf mit einer weißen Primel aus seiner Jackentasche.

«Für dich», sagte er.

Er stellte den Topf auf das einzige Fensterbrett und ließ dann seine Finger spielerisch über einige Blätter gleiten. «Slowakei?», wiederholte er dabei, und etwas in der Art, wie er mich jetzt ansah, irritierte mich.

Die Fensterläden schlugen gegen die Hausmauer, ich stand auf, um sie gerade noch rechtzeitig zu schließen, bevor der Regen warm und schwer über die Fenster rauschte. Über den Dächern zuckten bereits die ersten Blitze. Ich hörte, wie in der Küche etwas zu Boden fiel.

«Ihr Großvater hat dort gewohnt», sagte ich.

«Ihr Großvater ist Slowake?»

«Nein», sagte ich, «Deutscher.»

«Ein Deutscher in der Slowakei?»

«Karpatendeutscher», verbesserte ich mich, «die Familie hat früher dort gewohnt. Sie sind vertrieben worden», aber ich hatte schon am Gesichtsausdruck meines Freundes gesehen, dass es ihn nicht interessierte. Er hatte sich aus geschichtlichen Dingen nie etwas gemacht. Er fragte auch gar nicht, wie vertrieben, er stellte sich vermutlich etwas wie aus einem Wildwestfilm darunter vor oder eine Naturkatastrophe.

Endlich stand ich auf. Ich zog eine Straßenkarte unter den Heften der Kinder hervor, deren Buchstaben unter den Blitzen einige Male aufleuchteten. Ich hatte mir das Dorf auf einer Karte herausgesucht. Es waren alles in allem keine 60 Kilometer nach Osten.

Der Sturm zog rasch über die Stadt und wich dann einer Stille, in der jeder Schritt und jedes Lachen von der Straße zu uns herauf deutlich zu hören waren.

Mein Freund hatte keine Frau oder Freundin im eigentlichen Sinne. So sagte er das. Es gebe da jemanden, aber alles sei nicht so, wie ich mir das vorstelle, und überhaupt könne ich mir vieles, was ihn betreffe, einfach nicht vorstellen. Auch über seinen Beruf wollte er nur wenig sagen. «Du wirst lachen, aber im Moment fahre ich oft in die Slowakei», sagte er.

«Ach, deshalb dein Blick vorhin», sagte ich.

Er nickte, aber es war ein unklares Nicken, und auf meine weiteren Fragen, was er dort genau tat, sagte er nur, alles sei etwas kompliziert und überhaupt für mich uninteressant. Das Wichtigste sei doch, dass mir geholfen würde, «und Hilfe hast du nötig, das kann ich deutlich sehen.»

Zwischen zwei Schritten fuhr seine Hand jetzt über verschiedene Gegenstände im Zimmer, «die Tapete», rief er aus, «die Fenster, die Couch, auf der du schläfst!» Er zog auch Inas Postkarte vom Schreibtisch, und ganz plötzlich sagte er, dass ich jetzt wegmüsste, raus aus diesem Zimmer. Er schnippte Inas Karte zurück auf den Schreibtisch wie eine abgebrannte Zigarette. «Es macht dich doch krank!» Und als er mich mit beiden Händen an den Schultern fasste, sagte er, dass ich doch längst krank sei. Er lief vor mir auf und ab, er fasste mich, ließ mich wieder los wie einen Gegenstand, von dem man nicht wusste, wohin man ihn zu stellen hatte. «Ich hätte dich doch besser nicht allein gelassen!»

Voller Selbstvorwürfe fasste er sich an die Stirn, fuhr sich über die Augenbrauen, die bis in seinen Nasenrücken hineinwuchsen. Ich wusste, er sah sich jetzt nach Indizien um. Er bemerkte die Staffelei und hielt sie für ein Symptom meiner Krankheit, er sah die Klopapierrollen im Bücherregal, er sah die zerwühlte Bettdecke, in die ich mich – nicht auf der Couch, sondern auf den Boden – gelegt hatte.

«Wir gehen jetzt nach unten», befahl er, «hinaus!» Er fasste mich am Handgelenk, ich wehrte ihn ab, er umklammerte mich, riss mich von der Couch hoch. «Mein Gott!», rief er immer wieder, «mein Gott!» Im Stiegenhaus hing der Geruch von Schimmel deutlich in der Luft. Um die Bassena war die Mauer von grüngrauem Pelz bewachsen und in matschigen Stücken auf den Steinboden herabgeklatscht. Wie das Kind heiße, fragte mein Freund jetzt. Und wie alt es sei, aber noch bevor ich antworten konnte, sagte er: «Du weißt, was das bedeutet.» Ich hielt mir den Arm, den er mir verdreht hatte.

«Ja», antwortete ich ihm, als wüsste ich es.

«Du weißt es nicht», sagte er. «Dreihundert zahlst du schon im ersten Jahr.»

Vor einem Milchglasfenster im zweiten Stock hörten wir Chopins cis-Moll-Walzer, aber kein Klavierklang, sondern wie auf einem Akkordeon gespielt, und dann plötzlich nichts mehr, eine zufallende Tür, unter der ich zusammenzuckte.

Er sagte: «Es können auch fünfhundert sein.»

Ich sagte: «Das Geld ist jetzt meine geringste Sorge.»

Da blieb er kurz stehen und sah mich scharf an.

«Es wird deine größte werden», sagte er, «glaub mir!»

Er nannte Beispiele von Männern, die an einer solchen Trennung zugrunde gegangen waren, ein ganz langsames, hässliches Erdrücktwerden sei das, und er fasste mich wieder am Handgelenk und sagte: «Und du wirst ebenso unter dieser Trennung zugrunde gehen, du wirst ebenso zerdrückt werden.» Mehrmals nannte er mir jetzt das Wort *Existenzminimum*, das ich bis zu diesem Zeitpunkt noch nie gehört hatte.

Dann standen wir plötzlich draußen. Die Straßen waren schon beinahe wieder trocken. Die Sonne schien, aber die Gehsteige waren noch menschenleer.

Drei Tage lang hatte ich die Wohnung nicht mehr verlassen. Aber nun, vor den Türen des Cafés, erschien es mir, als wäre ich weit weg gewesen und käme eben erst wieder zurück, eine lange Reise, die ich glücklich überstanden hatte.

Ich wollte ihm von Ina erzählen, die schon seit einigen Jahren in einem Büro Torten verkaufte. Sie saß mit fünfzehn anderen Frauen in einem Großraumbüro vor einem Computer, um dort per Headset Bestellungen von Kunden aus Brasilien und den USA aufzunehmen. Ich wollte ihm erzählen, dass es für sie womöglich schwieriger würde als für mich. Aber eine Trennung wollte ich immer noch nicht wahrhaben. Mein Gedanke hieß: Eines Tages ruft sie an, eines Tages packe ich alles zusammen, ich werfe alles in den Rucksack und fahre zu ihr zurück. Wir schieben einen Kinderwagen durch den Park. Wir tapezieren ein Kinderzimmer.

Der Straßenlärm riss mir immer wieder Teile meiner Sätze ab, sodass mein Freund mich nur wartend anblickte, aber selbst nicht sprach, um mich nicht zu unterbrechen.

An der U-Bahn-Station in der Thaliastraße kauften wir Kebap und saßen mit angewinkelten Knien an den Fahrradbügeln.

In unserer Nähe hockten einige junge Männer auf dem Grünstreifen, sie warfen ihre Spielkarten ins Gras, ab und zu sahen sie zu uns hinüber und drückten missmutig brennende Zigaretten in leere Plastiksalatschalen, sie unterhielten sich – mir kam vor: über uns, aber ich war mir nicht sicher. Eine vom Wind aufgeblätterte Gratiszeitung erzählte von einer Mutter, die vier ihrer fünf Kinder in Blumenkisten einbetoniert hatte. Sie habe jedes dieser Neugeborenen, das noch an der Plazenta hing, *an der eigenen Nabelschnur* erwürgt, stand dort.

«Das ist doch alles verrückt», sagte ich.

Da schob sich einer der jungen Männer nebenan die Kappe in die Stirn und sagte mit starkem Akzent, den ich für bulgarisch hielt: «Verrückt, ja, völlig verrückt.»

«Du musst das jetzt vergessen», sagte mein Freund.

Beim Würstlstand kaufte mein Freund Schokolade und zwei Dosen Bier. Wir gingen nur über die Straße, aber selbst die wenigen Schritte strengten mich an. Ich hatte in diesen drei Tagen auch mit niemandem gesprochen, nur mit mir selbst, wurde mir bewusst. Im Gesicht meines Freundes sah ich, dass ich in Gefahr war. Ich begriff das erst jetzt.

Wir setzten uns auf eine Parkbank. Mein Freund reichte mir ein Bier. Er brach Rippen der türkischen Schokolade herab und reichte sie mir und legte seine schlanke Mädchenhand auf meinen Unterarm und zog sie nicht mehr weg.

Die Zweige der Bäume im nahen Vogelweidpark leuchteten bereits von rosa und blauen Knospen. Sie schwankten unter dem Gewicht der Rotkehlchen und Meisen. Wir saßen so nahe bei ihnen, dass man die Vogelstimmen nicht mehr voneinander unterscheiden konnte, eine wunderschöne Kakophonie des Frühlings. Und manchmal fielen Wassertropfen auf Schokolade oder Bierdosen. Dann drehten wir die Köpfe nach den Baumkronen, sahen aber nichts.

Ich wusste, ich durfte das Bier nicht trinken. Der Arzt hatte mir streng verboten, die verschriebenen Tabletten mit Alkohol einzunehmen. Ich trank die Dose aus und warf sie ins Gras.

Neben uns saßen Mütter mit ihren Kindern und schleckten Eis, und irgendwo brüllte ein Säugling.

Er sagte: «Lass uns die Bänke zusammenschieben, damit wir darauf liegen können.»

Wir legten uns hin und wandten die Gesichter den Sonnenstrahlen zwischen dem Wolkendunkel zu. Wenn ich die Augen öffnete, sah ich die Schatten der Blätter auf den Wangen meines Freundes. Ein junger Vater hatte neben uns auf einer Picknickdecke Platz genommen und las seinem Jungen das Märchen von den sieben Raben vor. Er las auch noch die Geschichte von dem Mädchen ohne Hände. Dann klappte er das Buch zu und sie saßen einfach da: ein Vater mit seinem Sohn. Sie aßen Kekse. Ich roch den Kakao und hörte, wie sie aßen.

Ich weiß nicht, wie viel Zeit verging, bis mein Freund aufstand und sagte, er müsse jetzt zurück. Er habe etwas zu erledigen. Er sagte nicht, was er zu erledigen hatte, aber er zog dafür sein Smartphone aus der Tasche.

«Wann kommst du wieder?», fragte ich.

«Bald», sagte er. «Sehr bald.»

Und wir blickten jetzt beide zurück auf das Kaffeehaus, in dem ich wohnte, und dort hinauf bis zu dem Fenster, hinter dem die Staffelei mit dem leeren Keilrahmen stand.

Er umarmte mich. Er legte den Rest der Schokolade auf die Parkbank neben sich, ich müsse essen, sagte er, zu Kräften kommen.

Ich sah ihm nach, wie er verschwand, ich hatte Angst vor seinem Verschwinden. Aber ich fühlte mich wohl. Ich legte mich zurück auf die Bank, mit geschlossenen Augen aß ich den Rest der türkischen Schokolade.

Ich riss die Augen auf. Jemand streckte mir eine rote, kleine Rose entgegen. Ich war auf der Bank eingeschlafen.

«Das ist für dich» – es war ein hübsches, etwa dreizehnjähriges Mädchen mit dunklerer Haut. Sie lächelte.

«Wieso gibst du mir das?», fragte ich.

«Sie ist für dich. Nimm sie doch!»

Ich fasste die Rose am Stiel, gab sie ihr aber gleich wieder zurück, als sie nach einer Spende für die slowakischen Schulen fragte.

Ich fragte: «Was ist mit den slowakischen Schulen?»

«Denen geht es nicht gut. Wegen der Schüler und so.»

«Wegen der Schüler?», fragte ich.

«Ja, klar. Was glaubst du denn?»

«Bist du aus der Slowakei?»

Darauf schüttelte sie entrüstet den Kopf. Sie schlug sich mit der Faust an die Brust und sagte, sie stamme aus Bulgarien.

«Und woher weiß ich, dass meine Spende bei einer der slowakischen Schulen ankommt?»

Wir lachten beide, sie wandte sich ab, drehte sich aber nach einigen Schritten noch einmal zu mir um, um mir eine Kusshand zuzuwerfen. Es waren insgesamt fünf Mädchen, sah ich jetzt, die zwischen den Parkbänken ausschwärmten. Mit größter Freude sah ich ihnen zu, wie sie ihre Spendengelder sammelten und sich später mit Eistüten auf die Rücklehnen einer Parkbank setzten.

Ich stand auf und ging zur U-Bahn-Station zurück. Ich mischte mich unter die Passagiere, ich fuhr die Rolltreppe hoch, wartete auf die einfahrende U-Bahn, ich studierte die Gesichter der Wartenden, die sich unter den Sonnenstrahlen glätteten. Auf den Stufen saß ein Bettler und las in einem Reclam-Taschenbuch Schillers *Maria Stuart*. Als die U-Bahn einfuhr, ging ich auf der anderen Seite der Station wieder hinaus.

Im plötzlichen Wohlgefühl, das die Mädchen mit ihrem Kleinstbetrug in mir ausgelöst hatten, legte ich eine 2-Euro-Münze auf den Tresen des Würstlstandes und knackte eine Bierdose mit dem Fingernagel auf. Immer noch saßen die Kartenspieler auf dem Grünstreifen, ein Mann mit blauer Kappe und dunklen Bartstoppeln betrachtete mich aufmerksam. Eine Karte fiel aus seiner Hand ins Gras und eine andere darauf, er nahm die Zigarette aus dem Mund, warf weitere Karten hin. Immer wieder streifte mich sein Blick, und als alle Karten im Gras lagen, streckte er die Hand aus.

«Brauchst du?», fragte er.

Ich verstand ihn nicht sofort.

Er stand auf, und dann stand auch der Mann neben ihm auf und der hinter ihm: drei junge Männer. Sie umringten mich.

«Brauchst du, Chef?», fragte der Erste wieder. Und dabei deutete er und endlich verstand ich, worauf er deutete: auf einen Fleck von Acrylfarbe auf meinem Mantel, den ich mir beim Öffnen der Tube zugezogen hatte.

«Brauchst du?», fragte er wieder. Sie fragten nach Arbeit: «Malen? Brauchst du?» Mit einem Kopfnicken deuteten sie auf einen parkenden blauen Kastenwagen, den sie offensichtlich für meinen hielten. Sollen wir dort einsteigen?, fragten sie mit ihren Handbewegungen.

Ich schüttelte den Kopf, und sie wandten sich mit wegwerfenden Gesten ab.

Der Wind blätterte eine Gratiszeitung über meine Schuhe. Ich bückte mich. Ich wollte den Artikel über die einbetonierten Kinder lesen, aber ich fand ihn nicht mehr. *Der Himmel öffnet alle Schleusen*, stand stattdessen auf der Titelseite. Eine dreijährige Kuh war im Stall vom Blitz in zwei Hälften gerissen worden. Ein Foto zeigte eine Bäuerin, die im Interview sagte, den Geruch von verbranntem Fleisch habe man noch stundenlang im Dorf gerochen. *Österreich*, schrieb die Zeitung, *erlebt jetzt die Sintflut.*

Es gab einen weiteren Brief. Als ich daheim das Licht andrehte, lag er auf den Heften der Kinder.

Ina schrieb nur wenige Zeilen. Sie wisse nicht, wie mit mir sprechen, wie mich wiedersehen. Um mir nahe zu sein, sei sie oft an die March gegangen, in der Dämmerung. Sie sitze mit dem Baby an der Bucht. Sie habe niemanden, schrieb sie, der ihr das verbiete, und auf den Rat der Ärzte höre sie nicht. Es sei immer noch kalt manchmal, eine schöne Kälte, die den Kopf frei macht, sie sei dann ganz ruhig und fest. Sie denke sehr viel an mich.

Sie schrieb den Namen unserer Tochter ganz zuletzt auf das Blatt, und ich sprach ihn einige Male aus. Es war keine Überraschung. Wir hatten uns schon lange auf diesen Namen geeinigt. Sie hatte nichts weiter über unsere Tochter geschrieben, auch keine Fotos geschickt.

Ich las alles noch einmal und weinte, bis ich nicht mehr konnte.

Erst dann sah ich, dass dem Brief etwas beigelegt war, eine Bleistiftzeichnung. Der Bleistift war nicht fixiert, sodass er unter meinen Fingerkuppen verschmierte.

Es war Ina. Sie war mit unserer Tochter im Arm auf dem Stuhl in der Fährkabine halb in den Schlaf gesunken, ihre Augen blickten erschöpft, aber glücklich, ins Nichts, eine stille Ordnung. Ich erkannte die Luke über ihrem Kopf, das Regal, den Tisch.

«Der Fährmann hat mich gemalt», schrieb sie auf der Rückseite.

Ich hob das Bild vorsichtig auf und pinnte es mit einem Reißnagel an die auf und ab klappende Tapete. Ich fühlte mich glücklich.

Am nächsten Morgen stellte ich das Moped vor Inas Wohnung ab. Ich stieg ab und lief die Stufen herauf bis zu der Sprechanlage.

Aber ihre Türklingel war mit einem weißen Streifen überklebt. Da stand das *Steiner* nicht mehr.

Ich lief zurück, um von der anderen Straßenseite hinauf in ihr Küchenfenster blicken zu können. Die Töpfe standen noch auf dem Fensterbrett, aber alle Blätter waren vertrocknet. Am Küchenfenster klebte die Plakette eines Immobilienmaklers.

Der Arzt erhöhte die Dosis. In einem Monat wolle er bestimmte Tests durchführen, aber bis dahin müssten wir es weiter probieren. Er schrieb mich weiter krank. Ich solle nicht arbeiten, sagte er und schob die Augenbrauen zusammen, dass es aussah wie ein einziger grauer, dicker Strich über seinen Augen. «Bleiben Sie zuhause!»

Am Rückweg in die Wohnung kaufte ich ein Kinderkeyboard. Aber so, wie ich zuvor an der Staffelei gestanden war, saß ich jetzt vor dem Keyboard. Ich schleuderte die Medikamente gegen die Wand. Später suchte ich sie auf dem Holzboden und steckte sie wieder in das Glas zurück.

Als ich mich umwandte, stand einer meiner Mitbewohner in der Tür. Er grinste.

«Kommst du heute mit?», fragte er.

«Wohin?», fragte ich.

Auch sein Freund war in der Tür erschienen.

«Heute musst du mitkommen», sagte er.

Sie lachten und standen dann beide links und rechts neben mir, wie zwei Pfleger.

«Wir gehen tanzen», sagten sie. «Und du wirst mit uns tanzen.»

Und das taten wir tatsächlich.

Wir tanzten in einer Fabrikruine unter den Stroboskopen, die nur alle Augenblicke die Köpfe der Tanzenden aus dem Dunkel aufblitzen ließen, sodass man nicht mehr sagen hätte können, welcher Kopf zu welchem Menschen gehörte. Ich hatte zehn Jahre nicht mehr getanzt, aber nun tanzte ich. Silberner Glitzer fiel von den Plattformen herab, während der Bass vom Brustbein abwärts das ganze Skelett zum Vibrieren brachte, man berührte und wurde berührt, und irgendwann war da eine Frau vor mir, von der ich nicht mehr erkannte, als dass sie eine Frau war, und etwas klopfte hinter den Tabletten in mich hinein, als sie ihre Hand an meine Brust legte und sich an mich drängte, und ich dachte, dass hier drinnen die Genitalien tanzten, während der Rest der Körper draußen Zeitung las, denn überall drückte Geschlecht auf Geschlecht bei dieser Musik, und es war gut, wie die Musik mir die Gedanken aus dem Kopf schwemmte: ein Kind, eine Frau, die Schreiben des Inkassobüros, und wie es klopfte, als ich die Erregung gegen die fremden Schenkel drückte, als die Bässe an die Schlüsselbeine hämmerten. Ich schrie auf vor Glück. Ich beugte mich zu ihr hinab, wie klein sie war!, küsste sie, ohne sie überhaupt wahrzunehmen, es war gar nicht möglich, ich sah ihr Gesicht immer nur für Sekundenbruchteile, sodass ich heute nicht mehr sagen kann, welche Augenfarbe sie gehabt hatte, wie ihre Haut ausgesehen hatte. Nur, wie sich ihre Lippen anfühlten und wie sie roch und wie gut es tat, meine Hand unter ihr Kleid zu stecken und auf ihre schweißnassen Brüste zu schieben.

Als wir nach drei oder vier Stunden draußen am Wienfluss standen, hing die Sonne schon ein Stück weit über den Bäumen und das Wasser dampfte. Ich sah die Frau an und sah, dass sie schön war.

«Kommst du noch mit?», fragte sie, und etwas brüllte laut auf und stampfte mit den Hufen, als ich sagte: «Nein, sicher nicht!»

Ich ging zu Fuß den ganzen Weg über den Donaukanal zurück in die Stadt bis hinaus zum Ring und an der Universität vorbei. An der Lerchenfelder Straße hörte ich die ersten Rollläden der Bäckereien hochrattern. Es war nicht mehr kalt. Ich musste mich nur ermahnen, vor Glück nicht laut aufzuschreien. Ich trug die Erregung nach Hause und machte Licht. Ich öffnete die Acryltuben, schmierte die Farbe auf den Keilrahmen und begann, sie mit der Spachtel zu verteilen.

Das erste Mal sah ich meine Tochter, als sie etwa einen Monat alt war. Es war ein regnerischer Vormittag, den ich in einem Internetcafé verbrachte. Während der Regen gegen das Fenster prasselte, spielte ich online Schach. In den vielen Vormittagen, die ich hier verbrachte, war ich mit dem Cafébesitzer bekannt geworden, einem Iraner, der es liebte, mir Verschwörungstheorien zu erzählen, wobei er immer betonte, dass er selbst nicht an diese glaube. Als ich mich in meinen E-Mail-Account einloggte, sah ich, dass Ina mir geschrieben hatte.

Ina schrieb liebevoll von der Schönheit der Augen dieses Mädchens, die so groß und so still seien wie meine. Und dass es Zeit brauche, aber dass ich sie beide bald sehen würde, sehr bald. Sie vermisse mich, schrieb sie.

Erst danach sah ich, dass sie ein Attachment mit dem Namen: *kind.jpg* angehängt hatte. Ich klickte auf das Attachment, aber der Computer konnte die Datei nicht öffnen.

«Gibt es ein Problem?», fragte der Besitzer.

Ich sah ihm zu, wie er sich auf die Seite eines kostenlosen Bildbearbeitungsprogrammes klickte. Er lud das Programm herunter, akzeptierte die AGBs und aktivierte das Produkt mit einem E-Mail, das ihm das Programm zusandte.

Als er mir später am Tresen den Ausdruck überreichte, legte er zwei Finger an meinen Ellenbogen. Man sehe die Ähnlichkeit der Augen, sagte er. Er strahlte vor Freude. Er gratuliere mir zu diesem schönen Mädchen.

Ich bedankte mich. Ich zahlte. Ich möchte ehrlich sein: Ich sah keine Ähnlichkeit.

Ich steckte den Computerausdruck ein und fuhr nach Hause im Gedanken, es später meinen Mitbewohnern zu zeigen, aber als ich endlich den Pinsel weglegte und aus meinem Zimmer in die Küche trat, war es bereits Nacht, und meine Mitbewohner schliefen. Ich hatte die Zeit übersehen.

Ich legte das Blatt mit dem Gesicht meiner Tochter auf den Schreibtisch. Ich strich die Falten aus dem Papier. Es war letztlich ein Mensch, den ich nicht kannte. Ich fühlte keinen Stolz über dieses Gesicht auf dem Blatt Papier.

Ich sah es auch am nächsten Tag an und am übernächsten. Aber in den folgenden Tagen wanderte es unter die Hefte der Schulkinder. Und eines Tages suchte ich es und fand, dass es unter meinen Schreibtisch gerutscht war, und eine Woche später suchte ich es wieder, und dann fand ich es nicht mehr.

Ich traf einen Mann auf der Straße, einen traurigen Mann. Er sprach mich an, wie mich immer die Menschen angesprochen hatten: so, als hätte im Gegenteil ich sie angesprochen. Er habe das Schreiben in meiner Hand bemerkt, sagte er, die Farbe des Papiers. Und es stimme doch, sagte er, es sei doch ein Schreiben des Amtes. «Man schreibt Ihnen doch von diesem Amt», sagte der Mann. «Ich irre mich doch nicht.»

Ich zeigte ihm den Brief, und er nickte. Ein Brief vom Amt. Der Mann hatte Recht. Ein Erlagschein über 358 Euro, und ich hatte vorerst die Hälfte der Mietrückstände unserer alten Wohnung zu bezahlen, zusätzlich zu meiner Miete hier über dem Kaffeehaus. Ich konnte mir noch nicht vorstellen, was das bedeutete. Ich überschlug nicht einmal die Zahlen, ich steckte nur den Brief zurück in den Umschlag. Es war ein heller Tag.

Ich wollte nicht mit dem Mann sprechen, seine Trauer stieß mich ab, aber nach einigen Schritten in Richtung meines Mopeds drehte ich mich wieder nach ihm um. Er war vor dem Eingangstor stehen geblieben und sah mir nach, und als wäre mein Umdrehen ein Zeichen, kam er jetzt näher. Er legte sogar die Hände auf den Lenker meines Mopeds, aus Verlegenheit, aus Verwirrung. Aber er sah mich genau an. Und es schauderte mich, wie er mich ansah.

Er sagte: «Auch ich habe mir das nicht gedacht.» Er beugte sich jetzt vor, um mich gleichsam von unten herauf anzublicken. «Sie haben das nicht gedacht, auch ich habe das nicht gedacht.» Und endlich sagte er: «Ich habe meine älteste Tochter nun seit vier Jahren nicht mehr gesehen. Es heißt, sie ist krank. Aber sie ist nicht krank.»

Nach jedem Satz machte er eine lange Pause. Er lächelte. Er kam aus einer anderen Welt.

Rufe er an, sei sie krank. Habe er das sogenannte Besuchsrecht, sei sie ebenso krank. Jetzt rufe er gar nicht mehr an. Er müsse jetzt 5000 Euro Strafe bezahlen, sagte er, wofür, wisse er nicht. Er vermute, seine Tochter habe etwas beschädigt, ein Auto vielleicht, vielleicht sei sie auch in eine Wohnung eingebrochen oder habe einen Zigarettenautomaten aufgebrochen. «Wissen Sie», sagte er, «sie ist jetzt schon siebzehn.»

Ich verhinderte, dass er seine Geldbörse aufschlug, um mir ein Foto zu zeigen, ich wollte das Gesicht dieser Tochter nicht sehen. Aber er sprach weiter. Er ließ mich nicht davonfahren.

Vor einem halben Jahr, sagte der Mann, sei seine Tochter im Krankenhaus gewesen, eine Operation, aber er wisse immer noch nicht, was für eine Operation. Man sage ihm nichts. «Ich habe sie doch nicht geschlagen», sagte er, er sagte es mit leiser, fester Stimme, mehr zu sich selbst, so wie er auch alles Vorangegangene mehr zu sich selbst gesagt hatte, auf seine grauen, wie verloren vom Lenker meines Mopeds hängenden Hände zu. «Ich habe sie doch nicht geschlagen.»

Jetzt lachte er und zog endlich die Hände vom Lenker. Er hatte genug von mir. Er hatte mir den Kopf vergiftet. Entschuldigend fasste er meine Hand. Ihn habe nur diese Farbe, sagte er, «die Farbe dieses Amtspapiers», wiederholte er, diese Farbe habe ihn aufmerksam gemacht. «Und es stimmt doch», vergewisserte er sich wieder. «Es ist doch der Brief des Amtes, nicht wahr? Ich irre mich doch nicht.»

Ich traf meinen sogenannten Bankberater und sprach über die sogenannte finanzielle Zukunft. Aber ich konnte auch diese Worte nicht richtig fassen. Nach einer halben Stunde stand ich wieder auf der Straße, den Geschmack von Kaffee noch im Mund und eine Broschüre in der Hand, die im Wind raschelte, auf der stand: *Genießen Sie die Vorzüge der besten Lösung.*

Ich fuhr zu meiner Mutter. Neben dem Topf mit Gulasch lagen zwei 100-Euro-Scheine. Ich saß eine Stunde bei ihr und wenn ihr kalt war, warf ich neues Holz in den Ofen. Sie strich mir übers Haar, wie sie das früher getan hatte, und dann saßen wir einfach da und hörten, wie die Holzscheite im Feuer zerrissen, und wie die Luft durch den Kamin fauchte. Unzählige Abende waren früher auf diese Weise vergangen. Als sie sagte, dass sie mich liebte, nahm ich das Geld und ging nach draußen.

Ich kaufte neue Keilrahmen. Ich kaufte Kohlestifte und Pinsel aus Marderhaar, Spezialmesser und allerhand Messer und Spachtel. Ich kaufte eine Flasche Côte du Rhône und stellte sie neben die Hefte der Kinder. Bis zum Morgengrauen war ich der glücklichste Mensch.

Dann waren da auch jene Tage, an denen mein Freund wieder plötzlich im Zimmer stand. Ich drehte mich um, da lehnte er an der Tür und lächelte. Er brachte Schokolade oder Rotwein und deutete durch das Fenster nach unten auf seinen Wagen, das hieß: Steig ein! Wir fahren fort. Es waren kurze Ausflüge, mit denen er mich aus dem Schlimmsten herausreißen wollte, wie er sagte. Er meinte damit, wie die Acrylfarbe von dem Rahmen auf den Boden herabtropfte, wenn ich betrunken vor der Staffelei niedersank, und wie meine Kleidung von der Farbe Flecken bekommen hatte. «Wie du immer dünner wirst. Du isst nichts mehr», stellte er fest.

Mein Freund sagte das Wort «Bratislava», und das war wie ein Befehl. Er zog mich durch das Stiegenhaus hinunter auf die Straße. Ich hatte nichts weiter zu tun als einzusteigen. Wie vor fünfzehn Jahren saß ich dann neben ihm im Carina, wie vor fünfzehn Jahren hörten wir Schlagermusik, zu der er neben mir leise mitsummte. Hier im Carina, dachte ich, war ich sicher.

Wir fuhren bei Kittsee über die Grenze. Selbst das ehemalige Zollgebäude war verschwunden.

Ich hatte die Stadt bei unserer Ankunft kaum wiedererkannt. Das linke Donauufer war mit modernen gläsernen Cafés aufgeschüttet worden, deren Besucher Tennisspiele und Motorsportrennen auf Flachbildschirmen verfolgten. Wo damals noch die havarierten Schiffe am Ufer rosteten, die irgendwann einmal Restaurants und Hotels gewesen waren, schossen jetzt Inlineskater vorbei und Securitys mit Schlagstöcken und Headsets patroullierten vor den gläsernen Büros.

In der Nähe des slowakischen Rundfunkgebäudes, das eine auf den Kopf gestellte Pyramide ist, stellte mein Freund das Auto ab. Aus dem Hauptpostamt, ein riesiges, düsteres Gebäude am Platz des Slowakischen Nationalaufstandes, in dem ich mit meinem Freund vor fünfzehn Jahren eine halbe Stunde angestanden hatte, um bei der missmutigen Frau hinter der Plexiglasscheibe unsere österreichischen Schillinge in slowakische Kronen umzutauschen, war eine Bank geworden, die ihr Foyer jungen Künstlern als Galerie zur Verfügung stellte.

Ohne zu wissen, wohin, gingen wir durch das von zwei Polizisten flankierte Martinstor in die Innenstadt. Wir waren keine fünfzig Schritte gegangen, als von links und rechts Kellner über das Kopfsteinpflaster auf uns zuliefen, um uns in ihr Restaurant zu locken.

«Es ist egal, wo wir essen», sagte mein Freund mit einem Seitenblick auf mich, «nur, *dass* wir essen ist wichtig.»

Nach drei Stunden in einem irischen Restaurant hinter dem Bratislavaer Franziskanerkloster, in denen wir mehr gegessen hatten, als mir überhaupt möglich erschien, stolperten wir aus dem Lokal. Wir hatten vorgehabt, den Kamzík zu besteigen und dort oben in einem Heurigen, der uns noch von früher bekannt gewesen war, Most zu trinken. In diesem Heurigen hatten wir damals spontan beschlossen, noch weiterzufahren in diesen uns so unbekannten Osten, bis an die ukrainische Grenze, um zu sehen, was uns so lange verschlossen gewesen war.

Wir schafften es aber gerade bis an den Hviezdoslav-Platz, wo wir vor der Statue von Hans Christian Andersen ins Gras und über eine halbe Stunde in ein atemloses Verdauungskoma fielen, vom Brüllen der Devotionalienhändler unter der Neuen Brücke eingehüllt. Wir hatten aber nicht einmal mehr Kraft genug, um die Köpfe danach zu drehen.

Als das Schlimmste vorüber war, stand ich allein auf. Die dunklen Nischen in der Stadtmauer hinter dem Martinsdom, wo wir damals auf eine Stricherszene aufmerksam geworden waren, waren nun zubetoniert worden. Man sah keine Menschen mehr, und auch in der *Kapitulská ulica*, in die ich mich an diesem Nachmittag verliebte, lief ich ganz allein über das Kopfsteinpflaster. Bis heute bin ich von der Schönheit dieser Gasse fasziniert, die keinerlei Geschäfte, Cafés oder Restaurants aufweist, nur lose gewordene Pflastersteine, links und rechts mittelalterliche, von Efeu umrankte Ruinen. Eine unheimliche Stille ist in dieser Gasse, die ich bis heute liebe.

Als ich an den Hviezdoslav-Platz zurückkehrte, war mein Freund nicht mehr dort. Ich fand ihn unter der Neuen Brücke bei den Devotionalienhändlern, im Gespräch mit einem Händler über eine Plakette mit kyrillischen Schriftzeichen gebeugt.

«Wozu kaufst du das?», fragte ich ihn.

Er trug die Plakette bis zu seinem Wagen unter dem Arm. Die Silhouetten von Arbeitern waren darauf abgebildet, im Hintergrund rauchende Fabrikschlote.

«Es gehört zu meinem Beruf», sagte er. Aber er winkte ab, er wollte sich nicht näher erklären. «Vergiss es», sagte er. «Das Wichtigste ist doch» – und hier schlug er mir mit der flachen Hand mehrmals auf den Bauch –, «dass du dich heute einmal wieder richtig vollgefressen hast.»

Der Tag mit meinem Freund in Bratislava hatte mich gerettet. Es war mir schon am nächsten Morgen wieder möglich gewesen, den Kühlschrank zu öffnen, eine Packung mit tiefgekühlten Wurstknödeln aufzukochen und deren Auf- und Abtauchen im aufwallenden Wasser zuzusehen. Es war mir möglich zu essen, den Abfall vor die Tür zu bringen und schließlich vor die Haustüre zu gehen, einen Nachbarn zu grüßen, Obst und Gemüse bei einem bulgarischen Händler einzukaufen.

An anderen Tagen fuhren wir nach Sopron oder ins Thayatal, nach Hirnsdorf, nach Aflenz oder für zwei Tage an den Fuschlsee.

Mein Freund öffnete die Tür zu meinem Zimmer, und wenn ich mich von der Staffelei zu ihm umdrehte, wusste ich, dass ich jetzt mit ihm hinunter in den *Carina* zu gehen hatte. Ich zog die Schranktüren auf und warf Kleidung zusammen. Ich sagte nur: «Bleiben wir über Nacht?»

Und diesmal sagte er: «Ja, wir bleiben über Nacht. Wir übernachten im Gebirge. Nimm dir warme Kleidung mit. Du wirst sie brauchen.» Und als ich schon in der Tür stand, legte er mir die Hand auf die Brust und deutete mit einem Finger zurück auf meine Staffelei. «Und nimm dir etwas zu zeichnen mit», sagte er. «Ich denke, es könnte dir gefallen.»

Wir fuhren ohne anzuhalten über St. Aegyd und Mariazell ins Gesäuse, einem Durchbruchstal in den Kalkalpen. Mein Freund warf die Wagentüren zu. Der Anblick der zwischen den Felswänden hindurchrauschenden Salza ließ ihn mit der Zunge schnalzen. Er hatte sich eine Wanderkarte auf sein Smartphone heruntergeladen. Nur mit unseren

Rucksäcken und dem Zelt stiegen wir in eine Klamm hoch. Wir waren etwa eine halbe Stunde gegangen, als ich bemerkte, dass ich keine Geräusche mehr hörte: Das Schäumen der Salza hatten wir längst hinter uns gelassen, da waren kein Vogelgezwitscher, kein Knacken der Baumstämme, keine Insekten, nicht einmal ein Luftzug. Ich räusperte mich, allein um ein Geräusch zu machen, und mir fiel auf, dass auch mein Freund sich jetzt räusperte, wie um nachzuprüfen, ob wir noch hörten, ob unser Gehör noch funktionierte, ob unsere Stimmbänder noch funktionierten, ob es überhaupt möglich war, in diese Undurchdringlichkeit hinein ein Geräusch zu erzeugen.

In dieser Stille gingen mir lange zuvor ausgesprochene Worte so durch den Kopf, als hätte sie mein Freund gerade eben erst ausgesprochen, «hier!», was er vor einer halben Stunde am Parkplatz ausgerufen hatte. Jetzt hörte ich es in meinem Kopf wieder und wieder, er sprach es immer wieder in meinen Kopf hinein, und als mich an einer Anhöhe, auf der er kurz gerastet und einen Blick über die nackten, eng aneinandergrenzenden Felswände zurückgeworfen hatte, ein irritierter Blick streifte, dachte ich, dass es ihm womöglich genauso erging. So wie mir eines seiner letzten Wörter durch den Kopf ging, ging auch ihm eines meiner letzten Wörter durch den Kopf, und wir drehten diese Wörter in unseren Köpfen, während wir lautlos hintereinander immer weiter in diese Klamm hineinliefen, immer höher, über nackte Felsplatten, Geröllhänge. Schweiß war ihm in sein Hemd gelaufen, ich beobachtete den Schattenwurf der Zeltstangen, die er auf seinen Rucksack gebunden hatte, auf dem Geröll vor seinen Füßen, sie ragten über seinen Kopf hinaus und auch meine Zeltstangen ragten über meinen Kopf hinaus. Ich konnte nichts sagen, und auch er konnte nichts sagen in dieser Klamm, und nichts und niemand schien Geräusche machen zu können.

In dieser Stille war kein Platz für die Gedanken an Ina und an das Kind.

Nach zwei Stunden gerieten wir auf ein Hochplateau. Ich konnte hören, wie auch mein Freund aufatmete, erleichtert darüber, der Enge nackter Felswände entkommen zu sein, über den Anblick einiger niedriger Ulmen. Schon vor langer Zeit war hier ein Bach über das Ufer getreten und hatte das anliegende Feld eines aufgelassenen Hofes überspült. Ein paar ausgewilderte Enten suchten zwischen den überhohen, schilfartigen Gewächsen nach Schnecken. Als sie uns bemerkten, hoben sie die Köpfe und schnatterten aufgeregt. Und gleich danach hörte ich meinen Freund über dieses erste Geräusch nach so langer Zeit vor Erleichterung auflachen.

«Wir sind hier», sagte er. «Die Poschenhöhe» – ich erinnerte mich, dass er dieses Wort auf der Fahrt mehrmals voller Lust ausgestoßen hatte –, «das ist es.»

«Das wolltest du mir zeigen?», fragte ich.

«Ja», sagte er. «Es ist für dich.»

Der Bach, ein Zulauf der Salza, hatte sich hier, etwa sieben Kilometer von der Ortschaft Wildalpen entfernt, in einem Hochplateau verflacht und in zahllose Arme geteilt. Auf einer der so entstandenen Inseln stellten wir das Zelt auf. Wir erwärmten eine Dose Gulasch auf einem Propangaskocher: alles wortlos, beinahe geräuschlos, und drehten die Köpfe, wenn eine der Enten schnatterte. Wir stocherten mit unseren Löffeln in der Blechdose und schlugen Decken über gegen die Kälte, und während mein Freund auf seinem Smartphone im Internet surfte, ging ich mit dem Skizzenblock auf das alte Bauernhaus zu, das eine Ruine war, wie ich mir vorstellte, eine Ruine, in der Enten wohnten. Aber noch bevor ich den Hof erreichte, blieb ich stehen. Etwa zehn Fische tummelten sich neben mir im flachen Wasser. Ich wusste, ich hätte jetzt weitergehen sollen, aber ich ließ mich auf den Kies herabsinken, ich warf meinen Schatten über die Fische, aber sie blieben dort im flachen Wasser. Ich blickte zurück auf das Zelt und auf meinen Freund, der dort saß und über etwas, das er im Internet las, lachte. Und dann blickte ich wieder auf die Fische im Wasser. Es waren Äschen.

Mit der bloßen Hand schlug ich eine heraus, ich überraschte mich selbst damit und lachte laut auf über den unerwarteten Erfolg. Die Äsche fiel zappelnd ans Ufer, und ich packte sie am Schwanz und schlug sie tot.

Ich schlug noch einmal mit der flachen Hand ins Wasser, ich wollte auch meinem Freund eine herausholen. Aber diesmal hatte ich kein Glück.

Und als ich wieder auf das Bachbett blickte, lag der Fisch, den ich zuerst herausgeschlagen hatte, an einer anderen Stelle. Er bewegte sich noch, öffnete die Kiemen, blähte sich auf. Ich packte ihn noch einmal am Schwanz und schlug ihn gegen den Felsen.

Ich lief ein Stück am Bachbett entlang, auf der Suche nach weiteren Fischen, aber sie hatten sich irgendwohin verzogen. Ich sah sie nicht mehr.

Als ich zurückkam, lag der Fisch erneut an einer anderen Stelle. Ich spürte, wie er sich in meiner Faust wand, er schlüpfte heraus und sprang am Kiesbett einige Male auf.

Ich fasste ihn noch einmal und drückte ihn mit einer Hand zu Boden, mit einem großen Stein schlug ich ihm auf den Kopf: einmal, noch einmal. Aber als ich ihn losließ, zuckte er wieder. Ich hatte ihm ein Auge eingeschlagen und das Maul verbogen. Eine Weile blickte ich auf das sich immer wieder öffnende Fischmaul, auf die sich unter meinen Fingern vor- und zurückwiegenden Kiemschlitze, und ich wusste, dass ich dabei war, in einen Albtraum einzuwilligen. Ich hätte den Fisch unmöglich noch essen können. Durch die Schläge waren die Bauchseite aufgeplatzt und ein Stück grüner Darmschlingen herausgerutscht.

Ich schlug noch einmal zu und noch einmal, und ich packte ihn am Schwanz und schlug ihn mit dem Kopf gegen den Felsen, ich ließ ihn fallen. Er bewegte sich immer noch.

Wie einfach und gedankenlos hatte ich in meiner Kindheit die gefangenen Fische erschlagen können, jetzt aber war es mir unmöglich. Ich fühlte jetzt nur das Entsetzen darüber, dass es mir nicht möglich war, diesen Fisch zu töten. Der Bauch war nun noch weiter aufgeplatzt, Teile der Darmschlingen hingen auf die Kiesel, ein leeres Auge blickte mir entgegen. Ich war ein grausames Tier, dachte ich und beschimpfte mich, packte ihn wieder, drückte ihn gegen den Kies.

Ich sah mich selbst wie von weit oben, und ich sah, dass ich dabei die Lippen bewegte, ruhig und besonnen wirkte das, als würde ein Kind einen Reim aufsagen, und ich sah, wie ich die Schläge ausführte, ganz bewusst schlug ich jetzt auf diesen Fisch ein, immer und immer wieder, sodass ich noch heute genau weiß, wie ich jeden dieser dreißig oder vierzig Schläge gegen den Kopf des Fisches ausgeführt habe, ich sehe es heute noch und könnte jeden einzelnen erneut ausführen. Ich sehe diese beunruhigende Stille in meinem Gesicht, und ich sehe dieses Kindergesicht, das einen Reim aufsagt, und ich sehe das Entsetzen darüber. Und endlich ließ ich ab und sah, dass ich den Fisch völlig zu Brei geschlagen hatte.

Ich weiß noch, wie ich ihn voller Ekel mit der Astspitze zu den anderen Fischen ins Wasser zurückstieß. Ich wollte zum Zeltplatz zurück, drehte aber bereits nach wenigen Schritten um, um den Fischmatsch noch weiter vom Ufer ins Wasser zu schieben, in der Hoffnung, die Strömung würde den Körper rasch davonspülen. Dabei zerfiel das Tier in mehrere Teile, die man kaum mehr für ein Lebewesen hätte halten wollen. Der Fischschwarm kehrte an die sonnige Stelle zurück. Die Mäuler schnappten nach den im Wasser treibenden Eingeweiden.

«Und was soll das bedeuten?», fragte der Freund am Zeltplatz.

Er schüttelte den Kopf und sah mich sehr ernst und vorwurfvoll an.

«Ich wollte uns zwei Fische braten», sagte ich.

«Nein, nein», antwortete er. «Jetzt hast du mir diese Geschichte erzählt», sagte er, «und du weißt so gut wie ich, warum du sie mir erzählt hast. Aber tatsächlich bedeutet es doch nichts.»

Er zog einen Korken aus der Rotweinflasche und schenkte mir in den Plastikbecher ein. Wir warteten, bis das Feuer heruntergebrannt war und die Sterne über den Flusslauf und die nackten, bleichen Felswände zogen. Wir rollten die Schlafsäcke auf und legten uns ins Zelt. Zweimal piepste das Smartphone meines Freundes auf, und er drehte sich neben mir herum und sah nach, bevor er wieder einschlief.

Ich schlief nicht lange. Im Gefühl, von irgendetwas geweckt worden zu sein, setzte ich mich im Schlafsack auf. Ich hörte das Rauschen des

Baches, die Sterne hingen ruhig über den dunklen Konturen der Felswände. Da sah ich, dass auch mein Freund aufgewacht war. In der Dunkelheit blickten wir dorthin, wo wir unsere Gesichter vermuteten. Da kam das Geräusch wieder. Etwas Großes, Schweres stapfte am Ufer entlang, wir hörten etwas in den Fluss eintauchen, es glitt hinein, und als es wieder herauskam, hörte ich das Wasser wie aus einem dichten Fell zurück in den Fluss laufen.

Wir hatten Angst, und es war schön, gemeinsam Angst zu haben.

Erst auf der Rückfahrt wurde mir klar, dass ich immer im Krankenstand auf Urlaub gefahren war: um Bärlauch und Holunderblüten zu pflücken, um Äpfel auf Holzspießen über dem Lagerfeuer zu braten, um die ersten Veilchen zu sammeln. Selbstverständlich hatte ich nie ein schlechtes Gewissen.

Als ich abends mit dem Rucksack voller Blüten und Beeren und Bärlauch in die Straßenbahn einstieg, griff ein fremdes Kind, das sich von seiner Mutter entfernt hatte, versehentlich nach meiner Hand. Die warmen Finger klammerten sich um meinen Zeigefinger. Es bemerkte den Irrtum gar nicht, ein pausbäckiger Bub von vielleicht vier oder fünf Jahren. Er sah nicht zu mir hoch, hielt sich fest, und auch ich ließ nicht los, bevor die Mutter ihn zu sich rief und er seinen Irrtum bemerkte.

«Gibt es etwas, das Ihnen Freude macht?», fragte mich der Arzt.

«Meinen Freund zu sehen», sagte ich.

Er sagte: «Dann sehen Sie ihn!»

Als ich schon aufgestanden war, reichte er mir plötzlich noch einmal die Hand und drückte mit dem Daumen gegen meine Knöchel und sagte: «Passen Sie auf sich auf!»

Und mit diesem Satz, dass ich auf mich aufpassen solle, und mit dem Rezept für die stärkere Dosis trat ich durch die schweren Flügeltüren nach draußen.

Meine Mitbewohner waren keine besonders guten Schachspieler. Sie berechneten gut, aber spielten ohne Kreativität, wie man einen Sack zuschnürt: ein Auftürmen aller Kräfte in eine Königslinie, bis diese unhaltbar wurde und zusammenbrach, danach mechanisches Abtauschen, während ich mich zumeist in haarsträubende, uneinlösbare Gambits verstieg.

«Es ist schön, dass du wieder sprichst», sagten sie. «Dass du wieder mit uns spielst.»

Während der Computer unsere Partien analysierte, verkochte ich Holunderblüten in den riesigen Kochtöpfen, die ich gekauft hatte. An manchen Tagen war der Geruch so intensiv, dass wir bei geöffneten Fenstern in die Turmendspiele zogen.

Auch ich saß bald halb nackt in der Küche.

Wir schenkten Kaffee aus der Thermoskanne aus, und wenn sie leer war, kochten wir neuen. Wir aßen Brote mit Holundermarmelade und Bärlauchsuppe. Wir sprachen über Turmendspiele und französische Eröffnungen und etwas, das sie *Frankenstein-Dracula-Variante* nannten, eine der *schärfsten* Eröffnungen, über die sie immer nur in den höchsten Tönen sprachen, da sie schwer berechenbar sei und zu größten Komplikationen führen könnte. Von der *Unsterblichen Partie* des jungen deutschen Gymnasiallehrers Anderssen, der 1851 Dame, beide Türme und einen Läufer opferte, um sein verdattertes Gegenüber schließlich mit drei Leichtfiguren mattzusetzen.

«Haben wir dir schon von Steinitz erzählt?», fragten sie, wenn ich an der Anrichte das warme Holundergelee auf drei Brote strich.

Sie liebten es, Anekdoten von Schachspielern zu erzählen.

Der austroamerikanische Weltmeister Steinitz war bekannt für seine außerordentliche Begabung für simultane Blindschachpartien. Es hieß, er habe in seinem letzten Lebensjahr bis zu fünfzig Partien gleichzeitig gespielt, ohne das Brett dabei sehen zu können. In den letzten Lebensmonaten habe er mehrmals die Vermutung geäußert, sein Genie sei auf besondere telepathische Empfangseinrichtungen seines Kopfes zurückzuführen. Steinitz sei schließlich von dem Gedanken besessen gewesen, sich mit allen ihn umgebenden Menschen in permanenten Blindpartien zu befinden. In der Psychiatrie habe er schließlich auch Gott selbst zu einer Blindpartie herausgefordert, diesem jedoch einen Bauern Vorsprung eingeräumt, um ihm eine Chance zu lassen.

Und sie telefonierten mit der Frau, die sich vor ihnen aus- und wieder anzog; und als sie einmal nicht kommen konnte, weil ihre Tochter mit Mittelohrentzündung im Bett lag, klappten sie den Laptop hoch, um die Videos anzusehen, auf denen sie sich aus- und wieder anzog, und wir sahen auch, wie wir selbst dabei dreinblickten: ernsthaft, als würden wir immer noch über ein Schachproblem nachdenken, mit aufgestütztem Kinn und zu schweren, dunklen Balken zusammengeschobenen Augenbrauen.

Und dann dachte ich nicht mehr an Ina. Ich traf meinen Bankberater, er erhöhte meinen Kontorahmen und gab mir die Bankomatkarte zurück, die tags zuvor eingezogen worden war. Ich ging wieder zur Arbeit. Ich unterrichtete, ich arrangierte ein Stück, das ich mit meiner Klasse zum Sommerfest singen wollte.

Vier

Es verging wieder eine Woche und ich hatte nicht an Ina gedacht, und dann noch eine.

Und dann geschah etwas. Und ich dachte wieder an Ina.

Auf meiner Fahrt von der Schule zurück nach Wien fuhr ich täglich an einem bestimmten Haus vorbei. Ich weiß nicht, wann mir dieses Haus zum ersten Mal aufgefallen war. Ich hielt dort an einer Ampel, und während ich auf Grün wartete, fiel mein Blick einmal auf eine Vitrine im Erdgeschoss. Ein zusammengerolltes Stück Papier lag dort verloren zwischen den Staubflusen, ein paar Büchern, die aussahen, als wären sie jahrzehntelang nicht mehr geöffnet worden. Und sonst nur ein einziges Wort, das in sogenannter grotesker Frakturschrift auf einen aufgestellten Pappkarton geschrieben war: das Wort *Heimat:* eine Wohnung im Erdgeschoss, die Aussicht auf den Raum dahinter war von einem blickdichten, ebenso ergrauten Vorhang verborgen.

Bis die Ampel auf Grün sprang, blickte ich auf dieses Wort *Heimat*. Dann fuhr ich weiter.

Aber am nächsten Tag hielt ich wieder an dieser Ampel. Und mit jedem weiteren Tag, den ich dort hielt, geriet eine bestimmte Vorstellung in meinen Kopf, die ich nur schwer wieder losbekam: die Vorstellung, Ina könnte dort hineingegangen sein. Das könnte genau der Verein sein, von dem Ina gesprochen hatte.

Ich dachte es auch am nächsten Tag, als ich dort hielt, und auch am übernächsten. Einmal sagte ich mir, es sei verrückt, anzunehmen, Ina wäre in dieses staubige Büro gegangen, würde unter dieser, wie ich sehen konnte, von Wasserschäden fleckig gewordenen Zimmerdecke sitzen. Wie ich wäre sie schon durch dieses Wort *Heimat,* allein durch die Frakturschrift, abgeschreckt worden; aber gleichzeitig wusste ich, dass sie von einem Verein gesprochen hatte, vor dem sie gestürzt sei. Das Haus war auch gar nicht so weit von ihrem Dorf entfernt. In einer Viertelstunde könnte sie dort hinfahren.

Ich stieg ab und schob das Moped an den Straßenrand und stand dann eine Zeit lang ratlos vor den Türklingeln. Auch hier nur das Wort *Heimat.* Sonst nichts. Unmöglich, dachte ich, dass Ina hier geklingelt hatte. Die Wohnung schien unbewohnt. Der permanente Missbrauch dieses Wortes hatte mich so verstört, dass ich hinter jedem, der es ohne Ironie in den Mund nahm, einen Geschichtsrevisionisten oder Nationalisten vermutete.

Ich drückte das Gesicht an die Scheibe und legte beide Hände an die Schläfen: An einer der schmutziggrauen Wände hing eine Landkarte, und ganz deutlich las ich dort den Schriftzug *Slowakei,* ebenfalls in den beklemmenden gotischen Lettern. Aber etwas stimmte nicht mit dieser *Slowakei*. Es dauerte einige Zeit, bis ich begriff, dass es die Form war, die mich irritierte. Die Form des Landes stimmte nicht. Ein schmaler Streifen an der March fehlte. Es war eine historische Karte.

Ich läutete, und sofort ging der Summer, ich trat ein. In einer offenen Tür stand eine ältere Frau. Ich sagte Inas Namen.

«Steiner», wiederholte sie, aber nicht wie eine Frage, und ich wiederholte: «Ja, Steiner.»

Es war ein kleiner Raum, der mit zwei Reihen von Schreibtischen vollgestellt war, überall Ordner mit Akten. Ein muffiger Geruch hing in der Luft. Auf den Fensterbrettern vergessene Untertassen mit eingetrockneten Kaffeeflecken, die so stark von Staub befallen waren, dass ich sie von außen gar nicht gesehen hatte.

Als ich eintrat, war mir kurz, als hätte sich in einem Nebenraum etwas bewegt. Ich konnte aber nur noch die Bewegung eines Schattens auf dem grüngrauen Linoleum erkennen.

«Es ist schon in Ordnung», sagte die Frau in diese Richtung.

Sie erklärte aber nichts weiter. Es beunruhigte mich, wie selbstverständlich sie mich am Ellenbogen berührte. Sie lächelte und fragte, halb zu mir herumgedreht: «Sie kommen doch von keiner Zeitung?»

«Nein», sagte ich, «keine Zeitung. Ich wollte eigentlich nur wissen, ob eine Ina Steiner hier gewesen ist.»

Sie hob den Blick und lächelte.

«Sie wollen doch sicher einen Kaffee», sagte sie.

Die Frau verschwand im Nebenraum, kam aber nur mit einer Kanne Kaffee zu mir zurück. Mit nach oben gedrehter Handfläche hieß sie mich gegenüber auf einer Sitzbank Platz nehmen, schenkte mir ein und sagte, es sei schön, dass ich gekommen sei. Sie strahlte auf eine eindringliche, gleichzeitig herzliche wie beunruhigende Art. Nicht viele junge Menschen kämen hierher auf Besuch, sagte sie, dabei habe sie junge Menschen sehr gerne.

«Ina», wiederholte ich, «Ina Steiner.»

Sie sah mich lange an und nickte dann ernsthaft. «Warten Sie», sagte sie.

Sie verschwand wieder, um gleich darauf mit einem Blech Kirschkuchen zu mir zurückzukehren. Sie stellte ihn mir hin, schnitt mir zwei Stück ab, legte das Messer dann aber so, dass der Griff zu mir deutete, und machte eine Geste, die hieß: Schneiden Sie ruhig weitere Stücke ab, wenn Sie möchten!

Ich brach ein Stück ab und aß, spuckte einen Kern auf den Tellerrand. Ich brach ein weiteres Stück ab und ließ es mit Kaffee weich und matschig werden, bevor ich es schluckte.

Wir waren ja noch Kinder! stand auf einem der Buchrücken in den Regalen, der Ordner daneben war mit dem Wort *Fotos*, der andere mit dem Wort *Dokumente* beschriftet.

Ich zog das Buch ein Stück weit aus dem Regal, aber nicht weiter als eine Fingerkuppe. Ich las den Klappentext. Dann schob ich es wieder zurück.

Die Frau hatte mich mit dem Kuchen allein gelassen und war zurück in den Nebenraum gegangen. Ich war nun sicher, dass sie mit jemandem sprach, ich hörte auch, wie sie das Wort «Steiner» aussprach, «jemand ist da wegen der kleinen Steiner». Eine männliche Stimme antwortete in einem Flüsterton, ich konnte aber nicht verstehen, was sie sagte.

Ich schnitt ein weiteres Kuchenstück ab und stand dann auf, um mit vollem Mund einen weißhaarigen Mann zu begrüßen, der ganz plötzlich mit einem Rollator aus dem Nebenraum auf mich zu humpelte – eine allzu seltsame Erscheinung: ein Mann mit weißen, streng an die Schläfen gekämmten Haaren, glatt rasiert, ein Ausdruck von Nervosität huschte über sein Gesicht, als mich sein Blick traf. Er gab mir die Hand und sagte, er käme aus *Pressburg*, und machte eine Handbewegung, die hieß: Hier, rutsch weiter hinein. Ich folgte. Umständlich ließ er sich auf der Sitzbank neben mir nieder und als er endlich den Kopf nach mir drehte, sagte er mit viel festerer Stimme, als ich dem Greis zugetraut hatte: «Ja, Steiner. Die war hier.»

Ob ich Journalist sei, wollte auch er jetzt wissen, und noch bevor ich Antwort geben konnte, hatte er mir seine große Hand mit den groben, kräftigen Fingern auf den Arm gelegt.

«Nein», sagte ich.

Er sah mich eine unangenehme Weile durchdringend an, bevor sich seine Lippen zu einem schmalen Lächeln aufbogen.

«Ich bin kein Journalist», sagte ich.

«Gut», sagte er.

Es sei nämlich wichtig, dass ich kein Journalist sei.

Als die Frau, die mir den Kaffee gebracht hatte, zu uns stieß – sie drückte sich einen Laib Brot an die Brust – fragte er: «Wann war der da?»

«Wer?», gab sie zurück.

«Der Journalist!», sagte er.

Sie wusste es aber nicht mehr. Auf jeden Fall sei schon einmal einer da gewesen, ein Journalist, ein junger Mann – er musterte mich –, jünger als ich womöglich, aber das könne man bei einem Gesicht wie dem meinen schwer sagen. Der Journalist habe nach einem bestimmten Namen gefragt, erzählte mir der Alte, «der kommt da einfach bei uns rein», sagte der Alte, «mit seinem Notizbuch und nennt uns einen Namen. Er fragt, ob ich den Namen schon einmal gehört habe!»

Der Alte musterte mich. Ich legte meine Hände links und rechts flach neben den Teller. Er blickte darauf, und auch ich blickte auf meine Hände. Dann nahm ich die Gabel und stach sie sofort in den Kirschkuchen vor mir, aß überhastet zwei, drei Bissen. Er schmeckte.

Natürlich, sagte der Alte, habe er sofort verstanden, worum es gehe. Der Journalist habe hören wollen, dass er den Namen kenne. Er habe aber sofort gesagt, dass er den nicht kenne. «Dem habe ich keinen Kaffee angeboten», sagte der Alte und lachte, und der Druck seiner Hand war fester geworden, als er sagte: «Ihnen schon!»

«Nein», sagte ich. «Ich bin kein Journalist. Ich bin Inas Mann.» Obwohl ich zu dem Zeitpunkt überhaupt nicht mehr davon überzeugt war.

«Sie sind Inas Mann?», fragte der Alte misstrauisch.

Ich hielt ein Stück Kirschkuchen auf der Spitze der Gabel dicht an meine Lippen.

«Ja», sagte ich. «Hören Sie, dieser Name interessiert mich gar nicht. Ich will nur wissen, ob Ina hier war. Steiner!»

Ich hörte, wie der Mann jetzt aufatmete, und auch die Frau, die mir den Kaffee gebracht hatte und immer noch die Kanne an ihren breiten Busen drückte, atmete auf und lächelte mich auf eine unangenehme Weise an, als hätte ich ihr einen Gefallen getan.

Aber anstatt mir auf die Frage zu antworten, sagte er: «Ich sage immer, man soll alte Menschen mit Respekt behandeln.»

«Ja», sagte ich, weil ich wusste, dass ihm das gefiel und weil der Kirschkuchen schmeckte. Mit einem guten Kirschkuchen fiel es mir leichter zu lügen. «Aber ich wollte doch nach Ina fragen», sagte ich.

Er sah mich streng an.

«Trinken Sie doch noch!», sagte die Frau und schenkte Kaffee nach, und während der Kaffee in die Tasse lief, blickte ich an ihm vorbei durch die Vitrine, ich hielt Ausschau nach meinem Moped. Es hätte mich beruhigt, es draußen auf der Straße zu sehen.

«Ich verstehe nicht», sagte der Alte, «warum man alte Menschen so behandelt. Ja, man muss reden», sagte er und sah mich an, «so wie wir reden» – dabei redete nur er –, «aber die Alten und Kranken soll man in Ruhe lassen.»

Er wollte meine Meinung wissen. «Ist das nicht richtig?», fragte er, aber er wartete nicht auf eine Antwort. «Essen Sie! Essen Sie!»

Er schenkte sich jetzt endlich selbst ein, brach ein Stück Kirschkuchen ab und aß. Aber nach einem Bissen drehte er den Kopf wieder zu mir her. Ich bemerkte, wie streng seine weißen Haare an die Schädelplatte gedrückt waren. Es sah aus, als seien sie in stundenlanger Arbeit geplättet worden, sie sahen gar nicht aus wie Haare, dachte ich, sondern ein Helm aus weißem Stahl.

«Sie sind der Mann von Ina Steiner?», fragte er noch einmal.

«Ja», sagte ich.

Er schob sein blank rasiertes Kinn in meine Richtung und sagte: «Natürlich habe ich den Namen gekannt.»

«Den von Ina?», fragte ich.

Er sah mich irritiert an. «Nein, den, nach dem der Journalist gefragt hat!»

Mit einer Handbewegung kratzte er mir das Wort von der Zunge, «jeder kennt den Namen», stellte er verschmitzt fest, «wissen Sie, wer das ist?» Er rückte wieder ab, seine Aufmerksamkeit richtete sich wieder auf den Kirschkuchen, und fast ins Leere hinein, zwischen zwei Bissen, sagte er: «Der war in Buchenau» – und bevor ich fragen konnte –, «als Aufseher natürlich!» Er lachte kurz und trocken. Jetzt liege der Mann im Altersheim. «Ein vierundneunzigjähriger ehemaliger Apotheker», sagte er. Und beim Wort Apotheker hatte er die Augenbrauen aufgerissen, «ein Apotheker!»

Er lächelte mich an. Er steckte sich Kirschkuchen in den Mund. Auch ich steckte mir Kirschkuchen in den Mund. Dann drehte er sich nach der Frau um und sagte: «Geh, gib ihm noch Kaffee. Und schneid ihm ein Brot ab. Er ist doch hungrig.»

Ich war von dem Alten im Laufe des Gespräches immer weiter an den Rand der Sitzbank gedrängt worden, er rückte dicht an mich heran, ich rückte fort, aber nach einer Weile spürte ich seine Oberschenkel wieder. Du sitzt jetzt an der Wand, stellte ich fest.

«Interessiert Sie dieses Buch?», fragte er.

«Nein!», rief ich.

Er hatte es aber schon herausgezogen.

«Es ist schön», sagte er, «wenn junge Menschen sich für Geschichte interessieren.»

Ich blickte nach der Tür und dann nach der Frau, die jetzt zum wiederholten Male – ich hatte vergessen, wie oft – aus dem Nebenraum zu uns herauskam. Sie tischte mir ein vorzügliches Erdäpfelgulasch mit zwei Scheiben Weißbrot auf, das ich sofort eintunkte und mir im Mund aufquellen ließ. Es sah nicht aus, als wollte der Alte Anstalten machen aufzustehen, mich hinauszulassen. Ich hatte kein Interesse an den vergilbten Fotos von Bratislava und der Ruine Devin aus den 1930ern, die er mit zahllosen Bemerkungen kommentierte: Hier oder dort sei er gestanden, es sei kalt gewesen, oder, im Gegenteil: heiß. Aber wenn ich zwischen zwei Löffeln Gulasch eine Frage stellte, die ich immer nur aus Höflichkeit stellte: «Sind Sie das etwa?», oder: «Ist das eine Elster da über der Kirche?», sagte ich mir selbst immer wieder: Du darfst jetzt nicht *Bratislava* sagen, du darfst nicht *Košice* sagen, aber von vielen Orten, die er mir zeigte, wusste ich nicht einmal den deutschen Namen. Ich sah abwechselnd dem Alten in sein flaches, blasses, gleichzeitig hochgradig angespanntes Gesicht, auf mein Gulasch und in das Fotoalbum, und immer wieder stellte ich Fragen, während mit jeder umgeblätterten Seite der Krieg näherrückte. Gleich würde es losgehen, dachte ich, jetzt schüttelten sich Präsident Tiso und Hitler in einer riesigen Menschenmenge schon die Hände, genau dort, wo ich erst vor ein paar Wochen mit meinem Freund mit vollem Bauch im Gras gelegen war, hingen jetzt die Hakenkreuzfahnen an der Bratislavaer Oper. Ich aß mein Gulasch.

Auch die Frau war zu diesem Bilderschauen herangerückt, ich blickte einmal zur Tür, dann wieder ins Fotoalbum, und man lobte meinen Appetit, und dass es noch mehr gebe. Ich wollte noch mehr.

«Wann war Ina hier?», fragte ich.

Wir tranken die dritte Tasse Kaffee. Ich biss von einem Schmalzbrot, das die Frau mit Schnittlauch garniert hatte. Sie hatte sich danach zu uns auf die Bank gesetzt, hinter den zwei sitzenden Alten war die Tür nun unendlich weit entfernt. Ich wusste, ich hätte nicht hierherkommen dürfen. Sie haben dich gefangen, um dich mit ihren Fotos zu quälen, dachte ich.

«Ina?», fragte der Alte.

«Ja», sagte ich. «Von ihr spreche ich doch schon die ganze Zeit: Ina Steiner!»

«Ja, die Steiner», sagte der Alte.

Man war sich nicht sicher. Der Alte sagte, Ina sei das letzte Mal vor etwa einem Monat hier gewesen. Die Frau widersprach aber gleich, und auch ein Mann, der ganz plötzlich wie der Alte zuvor aus dem angrenzenden Zimmer hereinkam und der mir als *Historiker* vorgestellt wurde, sagte, das sei unmöglich, und sie sei doch sicher erst vor zwei Wochen hier gewesen.

Nur über eine Sache waren sich alle drei einig: dass sie bei ihrem letzten Besuch gestürzt war. Man sei aufgesprungen, um der Schwangeren aufzuhelfen, aber Ina habe alles abgewehrt, «sie hat um sich geschlagen», sagte der Alte – immer noch lächelte er. «Wir haben uns Sorgen gemacht.»

Sie sei über etwas sehr irritiert gewesen, behauptete der Historiker, verwirrt, verbesserte der Alte. Sie sei dort draußen – man deutete durch das staubige Fenster – über die Schwelle gestolpert und hinaus auf die Straße gefallen und sei dort gelegen.

«Wie ist sie gestürzt?», fragte ich.

Man wusste es nicht.

Obwohl man angeboten habe, einen Krankenwagen zu rufen, «wegen des Ungeborenen in ihrem Bauch», wie die Frau jetzt in einem Anflug von Pathos sagte und dabei beide Hände flach links und rechts von einer übergroßen goldenen Gürtelschnalle an ihren eigenen Bauch legte, habe Ina alles abgewehrt. «Hysterisch», sagte sie mit einer Handbewegung, die wie eine Sense durch die Luft schnitt.

Ina habe sich mit ihrem Handy ein Taxi kommen lassen und sei bis zu dessen Eintreffen an einer Hausfassade gelehnt. Sie habe es abgelehnt, wieder hineinzukommen. Sie habe auf nichts mehr reagiert. Sie wollte nicht einmal einen Schluck Wasser trinken.

«Was ist denn mit Ina?», fragte die Frau jetzt. «Sie ist eine so liebe Frau. Wir haben uns immer so über ihre Besuche gefreut. Ich verstehe nicht, was vorgefallen ist.»

Sie habe nach ihrem Großvater und nach diesem Dorf Limbach gefragt. Aber niemand von ihnen habe Limbach oder ihren Großvater gekannt, nur den Namen Steiner, dessen Wein dem Alten ein Begriff sei. «Ich weiß aber, dass Steiner bei uns gedient hat», sagte er.

Ich bemerkte, dass er einen Notizblock in der Hand hatte.

«Bei uns?», fragte ich, und hatte schon bei der Frage ein ungutes Gefühl. Der Alte hatte einen Finger um den obersten Zettel auf dem Notizblock gewickelt, er umhüllte seinen Finger wie mit einem Mantel, und antwortete mir dann so rasch, dass seine Antwort noch an meine Frage stieß: «SS.»

Er lachte. Wie ich heute denken muss: vor allem über meine Überraschung. «Was haben Sie denn geglaubt?», fragte er. «Dass wir als Deutsche in der slowakischen Armee dienen?»

Das Telefon klingelte, ein altes Festnetztelefon mit Drehscheibe, das wie der ganze Raum aus der Zeit gefallen schien. Wir blickten alle vier gleichzeitig auf das alte Holzregal, das bis an die von Wasserflecken grau und grün eingefärbte Zimmerdecke reichte. Eine Zusammenstückelung von Zeiten, dachte ich jetzt beim Anblick des Raumes: die Bilder an den Wänden allesamt Verkitschungen einer Kindheitsheimat, über die wie in unsichtbarer Farbe geschrieben stand: für immer verloren. Handzeichnungen des Staatstheaters von Bratislava, einer Holzkirche in Banská Bystrica, dem Marktplatz von Levoča neben einer Unzahl von Soldatenfotos in Schwarz-Weiß.

Das Klingeln des Telefons zerriss das Lachen des Alten, er stand auf wie in Erwartung eines schweren Schlages. Immer noch saß ich an die Wand gedrängt, ich hatte zwei kleine Haufen von Kirschkernen an den Tellerrand gespuckt und mich die ganze Zeit ermahnt, nun nicht weiter zu essen, aufzustehen und unter irgendeinem Vorwand zu verschwinden. Ich wusste, ich würde nichts weiter über Ina erfahren, aber ich aß weiter und trank auch immer noch Kaffee. Du sitzt hier unter den Geschichtsrevisionisten, dachte ich, du lässt dir von den Kriegsverbrechern Kaffee nachschenken.

Während er sich die Faust der freien Hand in die Nieren presste, hob der Alte den Hörer ab. «Ist es denn schlimm?», hörte ich ihn fragen. Nach einer Weile wieder: «Du musst mir nur sagen: Ist es schlimm?» Immer wieder diese Frage, obwohl ich hören konnte, dass die Stimme am anderen Ende der Leitung alles Mögliche erzählte, einmal wie zu einem Weinen anstieg, wieder abfiel. «Ist es denn schlimm?», fragte der Alte und wechselte dabei Blicke mit der Frau und dem, der sich als Historiker vorgestellt hatte, auch mir, bis ich endlich verstand, dass er mit einem Kranken telefonierte. «Ich meine, ist es denn schlimm?», fragte er wieder, aber schien keine befriedigende Antwort zu erhalten. «Sag mir doch», sagte der Alte, «ist es schlimm?»

Nachdem er aufgelegt hatte, ruhte sein Blick lange Zeit auf dem Telefonhörer, den er mit einem leisen Klicken auf die Gabel gedrückt hatte. Mit hängendem Kopf schleppte er sich zu uns zurück auf die Bank. Er wechselte Blicke, und als er den Kopf schüttelte, fiel eine Schnur aus Schweißperlen von seinem Haaransatz quer über das Foto eines Pferdewagens.

«Es ist schlimm», sagte er.

Durch den Anruf war die Stimmung im Raum ganz plötzlich verändert. Dicht an mich herangerückt, war der Alte längere Zeit in dumpfes Schweigen versunken, wie unbeabsichtigt war seine Hand wieder auf meinen Ellenbogen herabgerutscht. Jetzt blickte er darauf, zog sie aber nicht weg. Es war nicht einmal unangenehm.

Man müsse reden, sagte der Alte. Das Schlimmste sei, dass er nicht sprechen könne, und deshalb müsse er sprechen. Es wäre mir pietätlos vorgekommen, jetzt wieder nach Ina zu fragen. Er zog ein Stofftaschentuch aus der Hosentasche, in das er sich laut schneuzte. Er hatte geweint, das war ihm deutlich anzusehen.

Mein Besuch freue ihn so sehr, sagte er, und wieder: «Man muss doch sprechen, man muss miteinander sprechen.» Und ich ertappte mich dabei, dass ich dachte: Vielleicht ist er dieser Aufseher?

Ich wusste, es würde jetzt nicht mehr lange dauern, und ich würde erfahren, womit er Ina aus dem Haus getrieben hatte, und er würde damit auch mich aus dem Haus treiben. Dieser Mann war voll grauenhafter Geschichten, dachte ich, und er würde sie noch in dieser Minute aus sich herausstülpen.

Ich sah, dass er immer noch diesen Notizblock in der Hand hielt, in seiner Nervosität hatte er wieder damit begonnen, ein Blatt davon auf und ab zu falten, als hätte er sich dort irgendetwas aufgeschrieben, und während er wiederholte, dass man doch sprechen müsse, unbedingt, das sei das Wichtigste, hatte ich die größte Lust zu erkennen, was er darauf geschrieben hatte. Ich war von der Idee besessen, er hätte dort etwas aufgeschrieben. Unter Vorwänden lehnte ich mich weit zu ihm hinüber, reckte den Hals, legte den Arm hinter ihm auf die Banklehne – er missverstand alle diese Gesten. Er faltete das Blatt auf und ab, sah mich darüber hinweg scharf an – mein Schweigen provozierte ihn – und immer noch fragte ich mich, was er Ina erzählt hatte, als er plötzlich dreimal hintereinander sagte: «Ich bin doch nicht zur SS gegangen, um die Juden zu erschießen, sicher nicht.»

Diesen Satz, dass er nicht zur SS gegangen sei, um die Juden zu erschießen, *sicher nicht,* wiederholte er noch zweimal im gleichen Tonfall. Die Frau und der Historiker, von dem ich nun sicher war, dass er tatsächlich kein Historiker war – die meisten der *historischen Artikel* in den Zeitschriften hatte er wohl selbst geschrieben –, schwiegen. Man hörte nur die Kaffeemaschine in der Abstellkammer im Raum nebenan. Sie fauchte. Es wurde offensichtlich weiterer Kaffee gekocht.

Der Alte faltete den Zettel auf und ab, sein Mund verzog sich, er hatte Tränen in den Augen, aber er lächelte.

Und endlich riss er den Zettel herab, um ihn neben sich auf den Tisch zu legen. Er hatte dort aber gar nichts hingeschrieben. Man sah nur die Spuren seiner Finger, die mit irgendeiner Salbe bestrichen gewesen waren. Er blickte auf das Telefon. Man müsse doch reden, sagte er, man müsse reden.

Aber ich redete nicht. Ich stand auf, drängte mich an ihnen vorbei. In einer grotesken Umständlichkeit rückten alle drei nur widerstrebend von der Bank, sodass ich endlich an ihnen vorbeikonnte und über den staubigen Teppich, der einmal rot gewesen sein musste, an die Tür, wo ich mich noch einmal umdrehte.

«Es liegt alles in der Jugend», sagte der Alte einen dieser Stehsätze, mit dem sich das Alter in der Jugend heimisch machen möchte. «Ist es eine Tochter oder ein Sohn?», wollte er wissen.

Jetzt griff er wieder nach dem Notizblock, faltete einen weiteren Zettel auf. Ich hatte ihm meinen Namen zu buchstabieren, «geben Sie mir doch Ihre Adresse. Ich schicke Ihnen dann regelmäßig unsere Zeitschrift zu.»

Ich nannte jene Adresse, die ich zuletzt vor neunzehn Jahren einem

Kontrollor der Wiener Linien angegeben hatte, ich nannte den dazugehörigen Namen, eine Telefonnummer, ich hätte ihm auch aus dem Stegreif ein falsches Geburtsdatum nennen können.

Er sagte: «Du trinkst doch ein Bier mit uns?» Dabei hatte ich schon den Mantel angezogen. Ich hatte die Türklinke in der Hand.

Ich trug ein Paket mit Zeitschriften, etwa zehn oder zwölf der letzten Jahre, und auch ein Exemplar des Buches *Wir waren ja noch Kinder!*, einen Sack mit verschrumpelten grünen Äpfeln, in Alufolie verpackte Kirschkuchenstücke – ich ließ mir alles mitgeben, ich wollte jetzt nur noch fort.

Ich sagte: «Nein, kein Bier, ich gehe.»

Er würde dann mit mir vor die Tür gehen, mir helfen, alles zu verstauen. Es sei gut, dass ich hier gewesen sei. Ich konnte das nicht verhindern. Er hinkte mit seinem Rollator an mir vorbei, mir voraus auf die Straße, wir gingen rasch und plötzlich völlig schweigsam nebeneinander auf dem Gehsteig, jeder von uns hatte beide Hände voller Tüten und Zeitschriften, ich sagte nur einmal: «Hier steht mein Moped», als wir direkt davor standen, und er blickte es an und sagte: «Ach, ja, da ist dein Moped», und ich hatte Angst, er würde sich das Nummernschild notieren. Wir legten alles in meinen Rucksack, er hatte Angst, die Kuchenstücke würden sich zerdrücken, er wolle einen Behälter holen. «Nein!», rief ich eine Spur lauter, als ich das gewollt hatte, und sah ihm schließlich nach, wie er über die Straße und in den Supermarkt hineinging. Er wollte einen Kasten Bier holen. Aber hinter den automatischen Schiebetüren drehte er sich nach mir um und winkte durch die Scheibe.

Viel später erst dachte ich, dass in dieser Stadt immer noch Opfer und Täter Tür an Tür wohnten, sie standen im Supermarkt hintereinander in der Schlange und spielten im Park miteinander Schach, sie warteten bei den gleichen Ärzten im Wartezimmer oder wählten sogar die gleichen Parteien.

Ich entsperrte das Moped, stülpte mir den Helm über den Kopf und fuhr so rasch wie möglich die wenigen Meter bis an die Ampel. Die Straße erschien mir plötzlich nicht mehr wie dieselbe Straße, die ich vor zwei Stunden befahren hatte. All diese Geschichten, die ich jetzt im Kopf hatte.

Ich klappte das Visier auf und drehte mich noch einmal um, in Angst, den Mann noch einmal zu sehen. Aber ich hörte nur das Piepen der Supermarktkassen und sah eine verschleierte Frau, die hinter den automatischen Schiebetüren eine Packung Klopapier in ihren Kinderwagen stopfte. Zwei Jugendliche mit dunkler Hautfarbe lehnten an der Supermarktmauer und saugten an ihren Energydrinks, und als sie meinen Blick bemerkten, machten sie eine Geste, die hieß: Du bist lächerlich.

Ich war über diesen Anblick unendlich erleichtert.

Es war mein einziger Besuch in diesem Verein, und lange wählte ich einen Umweg von und zu meiner Schule. Ich wollte diesen Mann in dieser Straße nicht mehr sehen.

Die Zeitschriften und auch das Buch, das er mir mitgegeben hatte, legte ich auf das Fensterbrett. Erst nach ein paar Tagen fiel mein Blick zufällig darauf, und ich schlug sie auf, aber ich war – obwohl ich Schlimmes befürchtet hatte – doch nicht auf das tatsächliche Ausmaß, in welchem hier Revisionismus an Kitsch klebte, gefasst gewesen. Starrköpfiger Rassismus neben Gedichten, in denen sich *deutsches Herz* auf *Abschiedsschmerz* reimte, Antisemitismus, Antislawismus – die unausgesprochene, aber aus jedem Satz heraustriefende Überzeugung, nach welcher die deutsche Sprache wertvoller sei als jede slawische.

Ich warf alles in den Mistkübel.

Immer, wenn ich jetzt in diesem Wiener Vorort an dieser Ampel hielt, ekelte es mich bei der Vorstellung, der alte Scharführer könnte mir mit einer Flasche Bier herauswinken, ich könnte mich plötzlich wieder an seiner Seite sitzen finden.

Aber ich dachte wieder öfter an Ina und an das Kind. Ich fuhr mit dem Kinderkeyboard, das ich gekauft hatte, zur Schule, ich klebte kleine Zettel mit den Namen der Noten auf die Tasten, ich arrangierte eine vierhändige Version von *My Hometown* von Bruce Springsteen für das

Sommerfest, übte mehrere Stunden mit drei Schülerinnen, die ich für musikalisch hielt, eine zweite Stimme ein. Wenn es glückte, lachte ich mit meinen Schulkindern, und wenn es schiefging, lachten wir erst recht.

Nachts kramte ich in den Zetteln auf meinem Schreibtisch. Ich öffnete Inas Briefumschlag und las den Namen der Tochter laut vor. Das erste Mal nach langer Zeit rief ich sie wieder an, ich hörte ihre Mailbox, ihre Stimme, ich vermisste sie, aber in keiner schmerzhaften Weise.

Die Temperaturen stiegen weiter. Eine Wespe summte ins Zimmer, erste Knospen brachen in den Zweigen. An einem sonnigen Tag saßen zwei Frauen in Burkas auf der Treppe im Hof und rupften Hühner. Ich hörte, wie sie sich leise unterhielten. Die Frauen steckten die Federn in große weiße Plastiktüten, aber einige schwebten auch bis hinauf an mein Fenster und blieben dort am Glas kleben. Ich zog eine ab und hielt sie in der Hand.

Da hörte ich, wie jemand die Tür aufzog.

Mein Mitbewohner stand im Türrahmen. Er zog die Hand von der Klinke und deutete mit dem Daumen hinter sich.

«Da ist jemand für dich», sagte er. «Eine seltsame Frau ist hier.»

Er zuckte mit den Schultern.

Eine Frau trat ein. Sie folgte dem ausgestreckten Arm meines Mitbewohners, blickte nur einmal kurz hoch und lächelte dankbar. An der Schwelle zu meinem Zimmer blieb sie stehen. Sie beugte sich unsicher über die Schwelle, bis ihre Halskette senkrecht von ihrem Hals baumelte.

«Sind Sie Martin?», fragte sie.

Sie trat aber nicht ein, sie richtete sich nur wieder auf.

Sie habe heute einen seltsamen Anruf erhalten, sagte sie.

Man sah ihr an, dass sie in Eile gekommen war, sie hatte sich nur einen Mantel über eine Jogginghose und einen grauen, viel zu großen Strickpullover übergezogen. Sie knöpfte die obersten drei Knöpfe ihres Mantels auf, hielt dann aber inne. Sie fasste sich an den Hals, ließ einen

Finger bis an die übergroße Halskette hinabgleiten, bis sich eine Fingerkuppe darin verhakte.

Sie sagte: «Mein Mann», aber schüttelte dann gleich den Kopf, fasste lächelnd nach ihrer Schläfe. Schon jetzt hatte sie einen Fehler gemacht und schämte sich. «Mein Ex-Mann», verbesserte sie sich, «also Inas Vater hat mich angerufen.»

Endlich trat sie über die Schwelle, nachdem ich sie mit Gesten mehrmals dazu aufgefordert hatte, sie stellte zuerst einen Turnschuh, dann den anderen so knapp vor die Schwelle, dass ihre Ferse diese noch berührte. Sie sah sich im Zimmer wie nach etwas um, an dem sie sich festhalten konnte, blickte auf die Kante meines Schreibtisches. Es war offensichtlich, dass ihr schwindelte, aber sie wagte nicht, sich weiter in das Zimmer zu begeben.

«Bitte», sagte ich, «setzen Sie sich doch!»

«Steiner», sagte sie, «mein Name ist Steiner. Ich bin –» und hier lachte sie kurz auf eine merkwürdige spitze Weise, als wäre das ein Scherz, «– ich bin Inas Mutter.»

Sie sah Ina erst auf den zweiten Blick ähnlich. Ina hatte dieselbe markante Stupsnase, dieselben festen Schultern, auch die Form ihrer Lippen erinnerte mich an Ina, aber die Bewegungen dieser Frau waren ungleich hektischer. Ihr Blick war der einer Flüchtenden. Wieder sagte sie: «Ein Anruf», und als ich ihr erneut den Platz auf der Couch anbot, sah sie mich nur lange an, bevor sie wagte, tatsächlich dort mit zwischen die Knie geschobenen Händen Platz zu nehmen.

Inas Mutter war nicht hässlich. Sie gefiel mir. Ich setzte mich neben sie und sah sie an.

Inas Vater habe sie heute angerufen, erst vor einer halben Stunde. «Er hat mich zwanzig Jahre lang nicht angerufen», sagte sie, «und heute ruft er mich an.» Sie sah zu mir auf, als sollte ich ihr das erklären. Das Flattern ihrer Augenlider vor den unruhigen Pupillen machte deutlich, wie viel Anstrengung es sie gekostet hatte, hierherzukommen, und dass sie Angst hatte vor dieser Wohnung. Sie lachte und zog jetzt die Lider weit auf. «Mein Mann sagt, Ina sei verschwunden», und sie hob die

Stimme am Ende, als hätte sie eine Frage gestellt. «Mit einem Kind», sprach sie weiter, und wieder klang der Satz wie eine Frage. «Ich frage ihn: Was für ein Kind?», sagte sie, «Und er sagt: Es gibt ein Kind. Und dass ich Großmutter bin. Großmutter!» – und jetzt brach sie in kurzes hysterisches Lachen aus, das sie sich mit ihrem Zeigefinger von den Lippen schlug. Als sie weitersprach, hatte sie beide Hände wieder zwischen ihre Schenkel gesteckt. Sie saß ganz ruhig da, nur ihr Oberkörper wiegte sich leicht hin und her. Sie blickte auf ihre eingeklemmten Hände: «Mein Mann fragt: Wo ist das Kind? Und ich sage: Bei mir ist sie nicht.»

Sie sah mich an, als warte sie auf eine Erklärung: Hast du meiner Tochter ein Kind gemacht? Hast du mich zur Großmutter gemacht? «Ihr Ex-Mann», sagte ich.

«Ja», sagte sie und lachte. «Mein Ex-Mann.»

Sie rückte jetzt etwas auf, ich bemerkte, dass sie nur halb auf der Couch saß, sie sah sich im Zimmer um, als suche sie nach einem Kind, nach ihrer Enkelin. Sie sagte: «Wie dunkel es hier ist», und wieder lachte sie und sagte: «Ist es nicht zu dunkel, um zu malen?», denn sie hatte die Leinwand entdeckt.

Sie bemerkte jetzt, dass sie den Mantel nicht ganz aufgeknöpft hatte. Sie knöpfte ihn auf und streifte ihn dann vorsichtig von den Schultern hinter sich auf die Couch.

«Morgens fällt das Licht gut ein», sagte ich.

Sie sah mich an, sie nickte. Sie begriff gar nicht, was ich gesagt hatte.

Ihr Ex-Mann hatte ihr gesagt, dass ich über diesem Café, «über diesem berühmten Café» wohnte. Eine Hühnerfeder war durch das Fenster zu ihr hereingeschwebt und auf einem ihrer Schulterpolster kleben geblieben. Sie hatte sie bemerkt, aber nicht gewagt, sie abzuzupfen. Ich tat es für sie, und sie bedankte sich, ich hielt ihr die Feder hin, sie nahm sie mir aus der Hand, aber wusste dann nicht, was sie damit tun sollte. Ich bemerkte, dass ich zu nahe neben ihr saß, dass mein rechtes Knie ihres berührte, aber es war nicht möglich, abzurücken. Die Couch war zu schmal. Ich hätte aufstehen und mich zurück an den Schreibtisch setzen müssen. Stattdessen legte ich meine Hand auf die Rückenlehne und roch ihr Parfum, das mich an eine Frau mit Lorgnon denken ließ. Auf seltsame Weise fühlte ich mich von ihr angezogen, auch auf eine sexuelle Weise, stellte ich irritiert fest.

«Wissen Sie, ich war noch nie in diesem Café», sagte sie und machte eine Geste. «Dabei ist es ein so berühmtes Café.» Das habe ihr Mann ihr gesagt, ihr Ex-Mann. Sie würde gerne manchmal in ein Café gehen, «in ein echtes Wiener Café!» Ihr Blick fiel jetzt durchs Fenster, durch das weitere Federn schwebten, man hörte auch wieder die Stimmen der Frauen draußen. «Wie das wäre», sagte sie, «sich einfach in ein Café setzen zu können, einfach dazusitzen» – und sie hob jetzt beide Arme in einer Geste, die hieß: Das ist die Welt! «Aber ich gehe ja nicht in Cafés», sagte sie und lachte. «Leider.»

«Sie wissen auch nichts von Ina?», fragte ich.

Sie sah mich überrascht an, als hätte ich sie erst dadurch wieder an den Grund ihres Besuchs erinnert.

«Nein», sagte sie und wieder lachte sie, und ich schob meine Hand ein Stück weit bis an die Schulterpolster ihres vollkommen aus der Mode geratenen Mantels. Ich wollte sie berühren. Sie folgte meiner Hand. Ich war sicher, dass es ihr nicht unangenehm war. «Wenn sie nicht hier ist …», sagte sie, immer noch meine Hand betrachtend.

Sie blieb sitzen und sagte lange nichts weiter, starrte nur mit zu einem verirrten Lächeln aufgebogenen Lippen auf die Federn, die durch das Fenster hereinschwebten. Sechs oder sieben Federn hatten sich in den Jalousien verfangen. Sie fing eine in der Luft und präsentierte sie mir wie ein Kind: «Eine Feder», sagte sie und lächelte und strich sie mit Daumen und Zeigefinger glatt.

Sie hatte nicht wieder geheiratet, auch den Namen Steiners hatte sie ja nicht abgelegt, erfuhr ich.

Die Dunkelheit und die Enge der Couch bedrückten mich, sodass ich vorschlug, nach unten ins Café zu gehen. «Kommen Sie!», rief ich, aber wieder entgegnete sie lächelnd, aber bestimmt, sie gehe nie in Cafés.

Es schien, als wäre dies das Einzige, was sie mit Bestimmtheit vorbringen konnte.

Von Inas Kindheit gab es viele Geschichten, die sie mir mehrmals erzählt hatte. Sie war stets davon überrascht, wenn ich ihr am Ende offenbarte, sie habe mir diese oder jene bereits erzählt. Es schien, als würde sie das jedes Mal vergessen. Manche Geschichten hatte sie mir nur zweimal erzählt, andere erzählte sie mindestens einmal im Jahr, und einige wenige erzählte sie alle paar Monate.

Das hier ist eine dieser Geschichten, die ich unzählige Male gehört habe.

Als Ina zehn Jahre alt war, kam sie eines Abends aus dem Zimmer. Sie schloss die Tür hinter sich und stellte beide Füße auf die oberste Sprosse der Treppe, die hinab ins Vorzimmer führte. Schreie hallten durch das Haus. Ihre Mutter hatte sich vor dem tobenden Vater im Badezimmer eingesperrt.

Sie hörte die Drohung ihres Vaters, er würde die Tür einschlagen. Sie sah die verzerrte Grimasse des Vaters, die Fäuste, sie hörte das Wimmern der Mutter hinter der Tür. Ina beobachtete alles. Sie wusste, sie durfte jetzt kein Geräusch machen.

Bei jedem Hämmern an der Türschnalle hörte sie, wie ihre Mutter hinter der Tür die Luft einzog: Einem Hämmern folgte ein Lufteinziehen. Sie hörte die Hilferufe ihrer Mutter, sie wusste nicht, wen sie um Hilfe rief: ihren Schwiegervater Steiner etwa oder dessen Frau? Oder rief ihre Mutter gar sie selbst um Hilfe?

Ina hatte mir einmal erzählt, das sei ihre größte Angst gewesen. Dass ihre Mutter sie selbst, die Zehnjährige, um Hilfe angefleht habe. Als Erwachsene machte dieser Gedanke sie so wütend, dass sie die Erzählung unterbrach, um leise vor sich hinzufluchen. Sie hasste ihre Mutter dafür, dass sie dachte, sie könnte sie um Hilfe angefleht haben. Ihren Vater hasste sie nicht.

Die zehnjährige Ina sah, dass ihre Großmutter – durch die Schreie ihres Sohnes aufmerksam geworden – zu ihrem tobenden Sohn vor die

Badezimmertür trat. Und auch Steiner selbst trat vor die Badezimmertür, hinter der sich ihre Mutter eingeschlossen hatte. Ihre Großeltern standen jetzt vor der Badezimmertür und schüttelten die Köpfe, aber nicht etwa gegen den Sohn war dieses Kopfschütteln gerichtet, sondern gegen die sich einschließende Mutter. Inas Mutter solle endlich damit aufhören, sich wie eine Wahnsinnige aufzuführen. «Du bist doch verrückt, dich da einzusperren!», rief Inas Großmutter neben den gegen das Türholz hämmernden Fäusten ins Badezimmer hinein, «du bist doch ganz verrückt!»

Sie verzieh ihrer Mutter die Schwäche nicht. Man dürfe unmöglich so schwach sein. Sie habe sich zum Opfer gemacht und sich als dieses Opfer wohlgefühlt, sagte Ina, als dieses Opfer immer sich selbst Rechtfertigung geschaffen für ihr Versagen. Das könne Ina ihr unmöglich verzeihen.

Inas Mutter entsperrte das Schloss. Sie öffnete die Tür, trat mit gesenktem Blick, den sie nur einmal nach den drei Türstehern hob, heraus, um sich zu entschuldigen. Sie sehe ein, das sei verrückt, sich im eigenen Badezimmer einzusperren, «ja, ich gebe zu, das war verrückt von mir.»

Und dafür hasste Ina sie noch mehr.

Der Außenstehende fragt sich, wie es sein kann, dass Inas Mutter nicht schon viel früher verschwunden ist. Es gibt doch Gesetze in Österreich, sagt der Außenstehende, es ist doch nicht erlaubt, seine Frau zu verprügeln. Jedes Gericht hätte ihr recht gegeben. Oder etwa nicht? Es wäre ein Leichtes, denkt der Außenstehende, das Kind an die Hand zu nehmen und an den Beeten vorbei, die nach Salat und Lauch duften, an den seit Jahren bekannten Zwiebelbeeten vorbei, am Hühnerstall, am Kaninchenstall, endlich durch die Holztore treten und hinaus auf die Straße, die Gasse hinunter an den Frauen vorbei, die Ribisel in große Plastikkübel abrebeln, an den Mauern entlang, auf denen im Sommer die Eidechsen zwischen den einbetonierten Glasscherben liegen, und dann weiter bis an den Bahnhof und dort mit dem Kind in einen Zug einzusteigen und zu einer Mutter ins Waldviertel oder zu einem Bruder nach Krems zu fahren. Was wäre leichter als das? Sie war doch nicht eingesperrt, sie konnte sich doch frei bewegen. Wieso diese jahrelange Qual auf sich nehmen? Warum immer wieder zurückkehren unter Selbstdemütigung, unter dem Verlust jeder Selbstachtung, immer wieder zurück zu Steiner und seiner Frau und seinem Sohn und zum Hof und damit zur Arbeit, immer wieder in das verhasste Haus, in die unausgesprochenen, aber überall auflauernden Geschichten der Frustration über den Verlust der Heimat, zurück in die Arbeit am Feld, in die Pflege des alten Steinerkörpers, in die allwöchentlichen ehelichen Vergewaltigungen.

So ein Außenstehender war ich.

Ich fragte Ina damals: «Wieso tut sie sich das an?»

Und Ina sagte: «Du verstehst es einfach nicht.»

Inas Mutter geht am ersten Tag nicht, und sie geht am zweiten nicht, und am dritten erscheint es ihr schon unmöglich, dass sie überhaupt daran gedacht hat, und sie schlägt ihrer Tochter ins Gesicht und erschrickt darüber und am vierten Tag schlägt sie ihrer Tochter wieder ins Gesicht, und sie erschrickt nicht mehr. Sie ist fünfundzwanzig, dann dreißig, und sie hat zugesehen, wie ihre Tochter nun selbst vor ihr ins Badezimmer geflohen ist, und sie hat gesehen, wie sie an die gleiche Badezimmertür geschlagen hat, und sie hat gehört, dass sie ihrer Tochter hinter der Badezimmertür zugerufen hat, diese sei verrückt, «sich da drinnen einzusperren! Das ist doch verrückt!», und sie erinnert sich und wird noch zorniger und schlägt noch zorniger gegen die Tür, weil sie sich selbst in dieser Tochter hinter der Tür hasst.

So hatte mir Ina das erklärt. Ich weiß nicht, ob sie recht damit hat.

Ich blickte auf Inas Mutter neben mir auf der Couch, die still dagesessen war, die Hände wieder zwischen die Schenkel geschoben, den Blick nur kurz wie unter Entschuldigungen lächelnd aufgehoben, wenn man sie ansah. Immer noch berührte ich ihre Schulter, ich streichelte sie über das Schulterpolster.

Ich stand jetzt auf und schlug noch einmal vor, hinunterzugehen. «Ich lade Sie auf einen Kaffee ein!», sagte ich. «Kommen Sie!» Ich schwärmte von der Stille an den Tischen unter uns, von der geistigen Anspannung, die an manchen Tagen an den Lesesaal einer Universität erinnere, und von den Zeichnungen des Karikaturisten an den Wänden, von der einzigartigen Ruhe im Garten unter den Kastanien. Aber wieder schlug Inas Mutter es aus.

Ich war ans Fenster getreten und hatte während meiner Ausführungen über die Vorzüge dieses Cafés ein paar Federn gesammelt, ich warf sie jetzt wieder zu den Frauen hinab, die über dieses Schauspiel die Köpfe hoben und lachten und mit dem Finger auf die zu ihnen in den Hof hinabschwebenden Federn zeigten.

Inas Mutter schüttelte sich jetzt wie aus einem Traum erwachend und sagte, sie wisse gar nicht mehr, warum sie eigentlich hier sei. Sie lachte und stand auf, um mir die Hand zu geben, und sagte: «Wenn Sie Ina sehen, grüßen Sie sie bitte von mir.»

An der Tür drehte sie sich noch einmal zu mir um und sagte: «Von ihrer Mutter» und lachte ihr Lachen, das ein unterwürfiges, entschuldigendes Lachen war, und ich dachte daran, dass Ina erzählt hatte, sie habe nie um sie gekämpft, sie habe Ina einfach auf dem Hof gelassen, sie habe sich davongeschlichen, und ich hörte den Hass gegen ihre Mutter in Inas Stimme.

Inas Mutter trug immer noch den Namen Steiners, und ich dachte, dass sie sich womöglich auch gar nicht hatte scheiden lassen, womöglich war sie immer noch die Frau von Steiners Sohn, immer noch eine Steinerfrau.

Ich hörte ihre Absätze auf den Stiegen nach unten. Durch die Tür, die sie halb hatte offen stehen lassen, zog der Geruch von Schimmel und Feuchtigkeit, der für die Stiegenhäuser der Wiener Altbauten so charakteristisch ist.

Ina hasste sie, aber ich dachte, dass man ihr die Leistung, tatsächlich aus der Steiner'schen Familie entkommen zu sein, hoch anrechnen müsse, eine Höchstleistung, dachte ich, nachdem ich die offen stehende Wohnungstür hinter ihr geschlossen hatte und wieder zurück in mein Zimmer gegangen war. Ihr Entkommen aus der Steinerfamilie war eine

Höchstleistung, die niemand, wie Ina erzählt hatte, für möglich gehalten hatte. Inas Mutter hatte die ganze Verachtung des Dorfes spüren müssen. Eine Frau, die ihren Mann und ihr Kind verlässt, wusste ich, wurde in Dörfern wie diesen gar nicht mehr als Frau betrachtet, das hatte ich selbst über Inas Mutter immer wieder hören müssen: dass sie entweder verrückt oder gar keine Frau mehr sei. Diese Schlussfolgerung war auch unzählige Male unter Inas Verwandten gezogen worden. Das gibt es doch nicht, hatte man immer wieder gesagt: dass eine junge Mutter ihre Tochter verlässt, und immer wieder hatte man das *zarte Alter* Inas erwähnt und zwischen den Männerfäusten an den Biertischen war über eine diffuse *mütterliche Verbindung* philosophiert worden, deren Durchtrennung nur einer verrückten oder einer ganz und gar unmütterlichen und damit unweiblichen Frau in den Sinn kommen könne. Der Steinersohn sei mit dem Kind alleingelassen worden. Er hatte das ganze Mitleid des Dorfes auf sich gezogen, Inas Mutter die ganze Verachtung.

Ich hörte die Absätze von Inas Mutter, auch ihre Schritte waren die einer Flüchtenden. Ich beugte mich weit aus dem Fenster, ich wollte sehen, auf welche Weise sie flüchtete, wie sie an den Burkafrauen vorbeilief. Es gab so vieles, was ich an Inas Familie nicht verstehen konnte. Und dann kam Inas Mutter und duckte sich unter den Grüßen der beiden Frauen, als hätten sie ihr Steine nachgeworfen, und als sie an ihnen vorbei war, warf ich das Fenster so abrupt zu, dass die Frauen zusammenzuckten.

Fünf

An einem der ersten warmen Frühlingstage verkündete der Direktor ein neues Schulprojekt. Das nächste Schuljahr sei, so sagte er, als das *Jahr der Toleranz* zu begehen. Er klopfte dabei mit einem Bleistift gegen seine Fingerknöchel und schritt zwischen Kaffeemaschine und Kopiermaschine hin und her, sodass das Geräusch seines an die Knöchel schlagenden Bleistiftes einmal von links, einmal von rechts ins Ohr drang. Er erwarte unsere Vorschläge, sagte er, wie man dieses *Jahr der Toleranz* begehen könne, wie man den Schülern diese Toleranz vermitteln könne. Er habe dabei an Plakate gedacht, sagte er, die man mit den Schülern erarbeiten und in die Gänge hängen könne, Sätze wie *Für mich ist Toleranz …* oder *Ich bin tolerant, weil …* «Sie wissen ja, wie wichtig Toleranz im täglichen Leben ist», sagte er.

Denselben Direktor sah ich zu Mittag auf dem Supermarktparkplatz der Bezirkshauptstadt. Ich hatte mir für den Nachmittagsunterricht bunte Kreide und Papierbögen besorgen wollen, da in der Schule nichts davon vorhanden war. Aber noch bevor ich den Helm abnahm, hörte ich die Stimme des Direktors, die eine schnarrende, nicht nur in den Klassenräumen, wie ich bemerkte, sondern selbst hier am Parkplatz alles durchdringende Stimme war, und beschloss instinktiv, auf dem Moped sitzen zu bleiben. Ich klappte nur das Visier hoch.

Ich beobachtete ihn.

Er war mit der Mutter eines Schülers ins Gespräch vertieft, die ihren Einkaufswagen bis vor den Kofferraum ihres Wagens geschoben hatte. Ihr Sohn hatte damit begonnen, die Einkäufe einzuräumen. Auf einen Fingerzeig des Direktors aber hatten Mutter und Sohn damit aufgehört. Der plötzlich aus der Sakkotasche herausschnellende Direktorenfinger ließ den Jungen zurückschrecken, über mehrere Parkplätze hinweg hörte ich deutlich, wie der Direktor jetzt über die Dreadlocks des Schülers sprach. «Es ist ja nicht nur ein ästhetisches Problem», hörte ich seine Stimme, er sprach nur mit der Mutter, ohne den Schüler vor ihm auch nur anzusehen, er sprach mit den Schülerhaaren und der Mutter, dachte ich. «Sondern auch ein hygienisches Problem.» Und er machte eine Pause, wandte sich wieder ganz der Mutter zu und sagte leise in verlogener Anteilnahme: «Auch ein sicherheitstechnisches, natürlich, das müssen Sie schon wissen.»

Auch die beschwichtigenden Handbewegungen der Mutter, die während seiner Ausführungen wieder begonnen hatte, ihrem Sohn beim Ausladen des Einkaufswagen zu helfen, hielten ihn nicht davon ab, nun von einem Unfall zu erzählen, der hier an dieser Schule vor zwei Jahren passiert sei.

Erst vor zwei Jahren, führte der Direktor aus, sei ein Schüler im Werkunterricht mit seinen Dreadlocks in den rotierenden Kopf der Standbohrmaschine im Werksaal geraten. «Es waren ganz genau solche Haare», hörte ich den Direktor sagen. «Der Schüler ist in diese Maschine gezogen worden», sagte er und langte dabei wieder nach den Haaren. Es war nun ganz offensichtlich: Am liebsten hätte er sie dem Jungen eigenhändig ausgerissen – er selbst war diese Standbohrmaschine. Durch die Umdrehungen der Maschine, sagte der Direktor, seien dem Jungen die Haare mitsamt der Kopfhaut vom Schädel gerissen worden. «Er hat sich regelrecht selbst skalpiert», sagte der Direktor.

Am nächsten Tag erschien der Junge kahlköpfig zum Unterricht. Er war wahrscheinlich noch in derselben Stunde von der völlig verängstigten Mutter rasiert worden. Die Schnittwunden des Rasieres auf dem Schädel waren deutlich zu erkennen. Und als ich meine Kollegen fragte, bestätigten sie mir sofort, dass sich im Werksaal dieser Schule nie eine solche Standbohrmaschine befunden hätte und auch unter den ältesten Kollegen kein solcher Fall einer Selbstskalpierung bekannt sei.

Das, sagte ich meinen Mitbewohnern, ist der Alltag in der Schule. Wir spielten die französischen und die schottischen Eröffnungen, und wenn sie gegen einander spielten, stand ich auf und ging an den Herd. Ich bewunderte jene, die das Wort *Toleranz* immer noch aussprechen konnten, die es nicht – wie ich – zynisch im Mund führten. Über dem Kopiergerät im Lehrerzimmer hingen Mitteilungen der türkischen und albanischen Eltern. Allein zur Belustigung der Lehrer hatte man sie kopiert und aufgehängt. Am fehlerhaften Gebrauch der Wörter richtete man sich auf, an ihnen gewann man Kraft. Auf diese Weise brachten wir nicht nur unseren Schülern bei, dass die deutsche Sprache ein erstarrtes System war, das sich vor allem durch die Vielzahl an Fehlermöglichkeiten auszeichnete. Während man sich außerhalb der Lehrerzimmer darüber einig war, dass es nie dümmere Lehrer gegeben hatte, war man sich im Lehrerzimmer immer darüber einig, dass es nie eine dümmere Generation gegeben hatte als jene, die wir zu unterrichten hatten. Die Bildung Österreichs hatte einen neuen Tiefpunkt erreicht, und schuld daran waren entweder die Ausländer, die unsere Sprache korrumpierten, oder SMS-Nachrichten, Twitter, moderne Medien überhaupt oder Computerspiele.

An manchen Tagen, erzählte ich, war die Stimmung im Lehrerzimmer eine unheimliche. Wenn aus der täglichen Frustration die böse Lust ausdampfte, wenn einer mit dem Einläuten der Pause die Tür zuschlug und dann noch einer, und beide wussten, worauf sie jetzt Lust hatten, und wenn einer dann diese Lust formulierte und plötzlich sagte: «Ja, dem und dem gehört eine ordentliche runtergehaut!» Und wenn er es sich vorstellte und die anderen Lehrer daran teilhaben ließ, die sich mit geschlossenen Augen an ihren Lehrertischen in diese Lust zurücklehnten wie in einen sie erwärmenden Sonnenstrahl. Er malte es sich aus und die anderen reichten ihm die kräftigen Farben dazu: «So musst du ihn schlagen», «Gegen den Heizkörper musst du seinen Schädel donnern!», «In die Klomuschel stecken!», «Unter die Tischbeine klemmen!» Und im Spaß, der immer Ernst ist, wurden gleich auch Teilnehmer zu diesem Mob gefunden: «Du könntest das tun, du bist ja pragmatisiert, oder du, du gehst ja eh bald in Pension.» Es waren kollektive Gewaltphantasien, die bedrohlich hochkochten, und je später im Schuljahr, desto länger dauerte es, bis endlich einer sagte: Naja, also alles was recht sei, aber es sei ja schon gut, dass die Kinder heute nicht mehr geschlagen würden, und ein anderer einfiel: Ja, schon gut, es sei ja nur Spaß, mein Gott, verstehst du keinen Spaß? Tut doch niemand was. Und bis sich alles in diesen vor Lust heißgelaufenen Lehrerköpfen wieder beruhigte.

«Die Lehrer», sagte ich, «beneiden den Schulwart, der eine geheime Macht in jeder Schule ist, denn im Unterschied zu ihnen darf er die Kinder beschimpfen. Er darf ihnen Gewalt androhen. Er darf sie anrempeln, er darf sie die Stufen hinabstoßen. Wir Lehrer dürfen es nicht.»

Ich stellte den Herd ab und trug drei Teller zu Tisch. Wir aßen Holunderkrapfen, und als ich später den Staubzucker sah, der aus den

Mündern zwischen die letzten verbliebenen Bauern und Könige herabgerieselt war, verbeugte ich mich vor Glück über diesen Anblick.

Auch Polizeieinsätze waren nicht ungewöhnlich. Kein Lehrer war auf diese Tatsachen vorbereitet worden. Aber als ich eines Tages durch das Tor in den Schulparkplatz einbog, blockierte ein Polizeiwagen die Einfahrt.

Ich stellte das Moped ab. Zwei Polizisten kamen mir auf dem Parkplatz entgegen. Sie waren so groß, dass ich den Schüler, den sie zwischen sich führten, zuerst gar nicht bemerkte. Sie grüßten, ich grüßte. Sogar der Schüler grüßte. Ich kannte ihn.

«Was ist passiert?», fragte ich.

Er wurde offensichtlich abgeführt, aber weder er noch einer der Polizisten gaben mir Antwort. Erst nachdem sie ein paar Schritte an mir vorbei zum Polizeiwagen gegangen waren, drehte einer der Polizisten den Kopf nach mir und fragte, ob ich Lehrer sei und hier arbeite, und als ich das bestätigte, sagte er nur: «Eine Frau» und ruckte mit dem Kinn in Richtung des Schuleinganges. Eine Menschenmenge hatte sich davor versammelt. Ein Krankenwagen war bis an das Schultor herangefahren, davor stand eine Kollegin, die sich die Hand an die Brust drückte. Sie war blass, man konnte sehen, dass sie hyperventilierte. Neben ihr steckten zwei Zivildiener des Roten Kreuzes ihre Hände in die Cargohosen. Ich verstand nur, dass «der sofort weg gehört!», und als sich unsere Blicke trafen, wiederholte sie in meine Richtung: «Der gehört doch sofort weg! Der gehört einfach weg!»

Der Schüler hatte einer Lehrerin im Zorn den Feuerlöscher nachgeworfen. Warum, konnte mir niemand sagen. Die Lehrerin war an den Schienbeinen getroffen zusammengebrochen und neben ihrem Lehrerpult liegen geblieben. Was man allerdings noch unheimlicher fand, war die Tatsache, dass so lange kein anderer Schüler Hilfe geholt hatte. Als der Direktor, durch die seltsame Ruhe im Klassenzimmer aufmerksam geworden, ins Klassenzimmer getreten war, waren alle Schüler immer noch in den Bankreihen gesessen. Auch der Täter. Der Feuerlöscher war an die Füße der Frau gerollt. Die Schüler hatten die jammernde Frau mehrere Minuten angestarrt, nur aus den Bankreihen heraus angestarrt, wie lange, konnte niemand sagen, aber auf die Frage des hereinstürmenden Direktors: «Wer?» sofort auf den Täter gedeutet.

Mein Weg zur Schule betrug jetzt eineinhalb Stunden, aber das störte mich nicht. Es war gut, wenn Zeit verging. Ich korrigierte mit Rotstift in den Schulheften. Auf zwei einberufenen Notfallkonferenzen führte ich Protokolle, von denen alle wussten, dass sie nie jemand lesen würde. Ich rollte eine Flipchart aus dem Direktorzimmer, um mit quietschendem Stift zuerst die Worte *Gewalt in der Schule* und schließlich die Vorschläge meiner Kollegen zu den *Tagen der Toleranz* zu notieren. Ich schlug das linke Bein über das rechte, und nach einer Viertelstunde das rechte über das linke. Aber alles, was ich früher gehasst hatte, weil es mir die Zeit aufgefressen hatte, half mir jetzt über ihr Übermaß hinweg. Eine Taube baute ihr Nest auf dem Fensterbrett im Lehrerzimmer, und wenn ich nichts zu notieren hatte, beobachtete ich das in so vielen Farben schillernde Taubenauge, das durch die Glasscheibe zu uns hineinblickte. Es gefiel mir. Ich hätte Lust gehabt, es zu malen. Abends rollte ich die Flipchart zurück ins Direktorenzimmer, ich drehte als Letzter das Licht im Lehrerzimmer ab und hörte das leise Schnarchen der Taube.

Nach und nach entwickelte sich ein Alltag aus meinem neuen Leben ohne Ina.

Wenn ich keine Zeit hatte, buken meine Mitbewohner auf mein Rezept hin Himbeerkuchen, der immer vorzüglich war. In meiner Abwesenheit stellten sie ein Stück neben die Schulhefte auf meinen Schreibtisch, ein Zettel lag daneben: *Genieß ihn! Wir haben ihn für dich gemacht!* Ich aß ihn abends oder nachts, wenn sie schliefen. Ich begriff überrascht, dass ich glücklich war.

Nachdem Ina fortgezogen war, hatte es keinen Sinn mehr, nach dem Unterricht zu unserer alten gemeinsamen Wohnung zu fahren. Ich versteckte mich nicht mehr hinter der Plakatwand, und ich wartete auch nicht einfach, in eines der unsinnigsten Gespräche in der nahen Trafik vertieft, um irgendwann das Licht in unserem ehemaligen Schlafzimmer an- oder ausgehen oder Inas schlanke Hand zu sehen, die die Töpfe mit dem Basilikum streifte oder das kurze, grelle Aufbrüllen eines Babys, von dem ich nie wusste, ob es tatsächlich mein eigenes war, durch das gekippte Fenster zu hören.

Ich sprach nie wieder mit dem Trafikanten. Ich parkte nie wieder mein Moped in dieser Gasse.

Ich verbrachte täglich etwa drei Stunden auf der Bundesstraße. Ich nahm einen Weg, der mich nicht an dem seltsamen Verein vorbeiführte. Ich tankte, saß für einen einzigen Zeitungsartikel und zwei oder drei Wohnungsinserate bei einem Kleinen Braunen im Gasthaus, ich studierte die Bilder von Einbrechern in den kleinformatigen Doppelseiten, die man kaum Zeitungen nennen kann, die Berichte von Tankdiebstählen, sogenannten Bettlerbanden, Betrügern aller Art, in die der Boulevard so verliebt ist. Eine Skizze der *Kriminalitätsimmigration* zeigte Österreichs Nachbarländer. Genau genommen zeigte es keine Nachbarländer, sondern *das Ausland*, das als solches dunkelgrau schraffiert und nicht einmal in einzelne Länder unterteilt war. Ein einziger großer, grauer, dunkler Osten war das, aus dem Eindringlinge – durch dicke Pfeile symbolisiert – ins Land einfielen. Alles stürmte über Mur und Raab und March und Thaya in unser Land hinein. Ich las diese Zeitungen fast täglich. Die Kellnerin legte sie mir hin, ich schlug sie auf, und nach einer halben Stunde schob ich sie von der leer getrunkenen Tasse weg und blickte durch die riesigen Fenster nach draußen.

Es war bald nicht mehr notwendig, ins Marchfeld zu fahren, dachte ich. Ich hatte vor ein paar Tagen um Versetzung nach Wien angefragt, und der Direktor hatte mir aufgrund des vorherrschenden Lehrermangels schon am nächsten Tag zusagen können. Ich riss ein Wohnungsinserat aus der Zeitung und steckte es ein, blickte auf die Uhr, aber es war immer noch viel Zeit. Ich bestellte Krautfleckerl, ein kleines Bier dazu, zum Schluss ein Stück Apfelkuchen und sagte mir, dass ich fortan nicht mehr ins Marchfeld fahren würde, das mich nun fast vierzig Jahre beheimatet hatte. Durch das große Seitenfenster blickte ich über die Zapfsäulen hinaus auf den Mais, der über mein Moped hinausgeschossen war. Es war der letzte Frühling, der letzte Sommer hier im Marchfeld. Der Gedanke machte mich glücklich.

Noch einmal sah ich auf die Uhr, ich wollte jetzt gleich hinausgehen, plötzlich ungeduldig, diese Landschaft zu verlassen. Ich verstand nicht mehr, wieso ich so lange hiergeblieben war. War das allein wegen Ina geschehen?

Ich blieb sitzen. Nur in Gedanken trat ich durch die Schiebetüren hinaus auf die Bundesstraße und lief am jüdischen Friedhof vorbei in dieses Dorf meiner Kindheit, in dem die Hunde bellten. Ich wollte in meinem Kopf nachsehen, was mir aus diesem Dorf bleiben würde, das ich soeben für immer zu verlassen beschlossen hatte. Ich ging den Kindheitsweg durch die Weinkellergasse hinab, aus der mir wieder der Geruch von Schimmel und feuchtem Ziegelwerk und Weinsäure entgegenschlug, an den Statuen der Weinheiligen vorbei bis zu meiner ehemaligen Volksschule hinunter, einem Block aus Waschbeton, und hinauf in die Klassenräume. Ich öffnete die Tür und saß dort in den Reihen und ließ mir ein Formular für meine Eltern mitgeben, das besagte, dass mir im Fall eines Atomangriffs Jodtabletten verabreicht werden dürften. Ich sang das Lied vom Affen und der Kokosnuss, das man uns beibrachte, und gleich auch vom Jauchzen im Tal, welches notwendig sei, sofern man sich aus der Heimat entferne – wir Kinder des Marchfeldes, die noch kein einziges Tal gesehen hatten, weil es hier so flach war, dass Napoleon 1809 eigens einen Hügel hatte aufschütten lassen, um die Schlacht am Wagram überblicken zu können, sangen dieses Lied und auch von der Heimat, die – in Glück und Not – zu lieben als innerstes Gebot im Herzen stünde. Neben dem Kreuz über dem Lehrerpult hing dabei das Bild jenes hochdekorierten ehemaligen Wehrmachtsoffiziers, der als österreichischer Außenminister während der Niederschlagung des Prager Frühlings die tschechischen und slowakischen Flüchtlinge an der Grenze zurückschickte. Jahrelang hatte ich auf das Kreuz und den auf gleicher Höhe montierten Mann geblickt, der es Mitte der 80er Jahre bis zum Bundespräsidenten gebracht hatte. In Artikel 12 des österreichischen Staatsvertrages von 1955 wurde Personen, die irgendwann einmal NSDAP-Mitglieder gewesen waren, verboten, im österreichischen Bundesheer zu kämpfen. Die Dreistigkeit Österreichs, ein solches NSDAP-Mitglied gleich zum Bundespräsidenten und damit zum Oberbefehlshaber der Streitkräfte zu wählen, hatten die Alliierten Österreich wohl einfach nicht zugetraut. Erst viel später, lange nachdem man sein Porträt aus dem Rahmen genommen hatte, um es durch das seines Nachfolgers zu ersetzen, hatte ich gelesen, dass seine Stimme auch auf die berühmte goldene Schallplatte der Raumsonde Voyager gepresst worden war. Neben Melodien von Mozart und Bach, Klopfgeräuschen, einem Vulkanausbruch und dem Bellen eines Hundes hörten die vermuteten Außerirdischen also ausgerechnet die Stimme dieses Mannes von *peace and friendship* sprechen.

Ich ging auf die Felder hinaus, auf denen sich damals noch keine Windräder drehten, durch das verkrüppelte Wäldchen, das man mitten in diese Steppe hineingepflanzt hatte, das jedoch auf den Sandböden nie hatte wachsen können und immer nur verkrüppelt geblieben war.

Ich blickte zwischen den Zapfsäulen hindurch auf den Horizont aus Mais und Sonnenblumenfeldern, auf die stillgelegten Bahngleise hinter den vom Wind aufgeblasenen Sanddünen und sah mich dort als Kind umherstreifen. Ich hatte es geliebt, mir in den ausrangierten Waggons der Nachkriegsbundesbahnen ein Stück Freiheit zu schaffen, nach der Schule das Fahrrad ins hohe Gras zu werfen und auf das Trittbrett aufzuspringen wie auf einen abfahrenden Zug, in einem Abteil die Beine übereinanderzuschlagen oder von Waggon zu Waggon zu gehen wie auf der Suche nach dem Speisewagen oder dem Schaffner. Wie oft war ich dort entlanggegangen, dachte ich, wie oft war ich in die ausrangierten, mit Hakenkreuzen beschmierten Eisenbahnwaggons gestiegen und hatte zwischen den Bierdosen und Plastiksäcken auf den zerschlissenen Sitzbänken Platz genommen, als würde ich auf die Abfahrt dieses Zuges warten, ich sprach dabei immer mit mir selbst und lachte und kannte die

Bedeutung der Zeichnungen und Nummern nicht, die man überall auf die Sitzbänke und Wände gesprayt hatte, und ich hatte keine Angst, wie ich sie heute beim Anblick dieser Zeichen und Nummern habe. Ich hatte damals nicht gewusst, wo ich mich befand.

Ich sah die verlassen im hohen Gras liegenden Gleisschwellen, über die ich in den düsteren Marchfelder Winternachmittagen stieg; wie oft war ich an den von Unkraut überwachsenen Stolleneingängen vorbeigegangen, an den Eisenbahnschranken, den letzten Mauerresten eines großflächigen Gebäudes.

Ich hatte diesen Ort immer betreten, ohne mir über seine Geschichte auch nur im Geringsten bewusst zu sein. Mit der Pietätlosigkeit eines Kindes war ich in diesen Ort immer mit größter Freude hineingegangen, die überwucherten Stolleneingänge und verrosteten Zäune und Eisenbahnwaggons waren für mich Ausdruck der größten Freiheit gewesen. Ohne es zu wissen, hatte ich als Kind in einem ehemaligen KZ gespielt. Während des Zweiten Weltkrieges waren hier die ungarischen und französischen Juden von den Bäuerinnen der umliegenden Höfe zur Zwangsarbeit auf die Felder des Marchfeldes geschleppt worden. Ich hatte von diesem KZ in meiner gesamten Schulzeit nichts gehört, und ich wusste, wie zornig und beklommen ich geworden war, als ich davon erfahren hatte.

Jetzt stand ich auf und bezahlte und trat hinaus in diese beginnende Ausgedörrtheit, in den Staub, der bereits unbewegt über den Feldern hing.

Bei einer alten Bäuerin neben der Straße kaufte ich zwei volle Fäuste grünen Spargel. Ich wollte ihn meinen Mitbewohnern zum Abendessen in der Pfanne braten. Ich klaubte zwei Zwiebeln auf, die auf einem riesigen Haufen am Feldrand auf die Verrottung warteten, und steckte mir jeweils eine in die Hosentaschen. Ich parkte das Moped vor meiner Schule. Ich drückte die Glastüren auf.

Im frisch gebohnerten Linoleum spiegelten sich die tiefhängenden Neonlampen, und es spiegelte sich meine Aktentasche, die ich immer mit mir herumtrug, und meine Hose spiegelte sich und mein Lehrergesicht. Der Anblick des unter die Achsel geklemmten Spargels und meiner von den Zwiebeln ausgebeulten Hosen reizte mich zum Lachen.

In der ersten Stunde schrieb ein Kind den Satz *Adam and Eve were the first humans* an die Tafel. Da dachte ich erst wieder an Ina. Ich trat einen Schritt von der Tafel weg und blieb dann lange einfach davor stehen, ich beobachtete die Szene so lange, bis ich schließlich auch mich selbst dabei beobachtete, als wäre ich als vollkommen Unbeteiligter durch die Klassentür hinzugetreten. Wie Ina, erinnerte ich mich, trat ich durch die Klassentür und sah dort, wie ein Mann und ein Kind an der Tafel standen, der Mann mit verschränkten Armen und lächerlich ernsthaftem Gesichtsausdruck, ich sah den Kreidestaub, der im Frühlingslicht auf Tische und Köpfe herabschwebte, der sich in den Haaren verfing, hörte das Schnaufen und Klagen über die Anstrengung des Schreibens, die tuschelnde Heimlichkeit in den Bankreihen. Und ich dachte, dass Ina doch Recht gehabt hatte: Es war bis in die letzte Geste hinein lächerlich, wie ich jetzt mit der Faust die fehlerhaften Buchstaben von der Tafel wischte und die richtigen einfügte, wie ich mir den Kreidestaub von den Händen klopfte und wie ich das Kind alles noch einmal aufsagen ließ und wie es alles nachquakte, was ich es sprechen ließ. Wie ich es zurück in die Bank schickte und wie später in den Bänken die Kinderköpfe auf- und abnickten, um diesen Satz in die Hefte zu schreiben, und ich hörte das Schrillen der Schulglocke, das immer ein grauenhaftes, menschenhassendes Schrillen ist, und sah, mit welchen Gesten ich die Schüler aus dem Unterricht entließ und hätte darüber aufschreien wollen oder davonlaufen.

«Wie geht es Ihnen?», fragte mich der Direktor im Lehrerzimmer. «Sie sehen müde aus.»

Ich legte den Spargel vor ihn auf sein Pult, als hätte das eine Bedeutung. Er blickte dort hin, aber er konnte nicht verstehen, was es bedeutete. Es hatte auch keine Bedeutung.

«Ich wollte Ihnen sagen, dass wir froh wären, Sie hierzubehalten. Die Eltern lieben Ihre musikalischen Einlagen beim Sommerfest. Aber ich verstehe Ihre Situation.»

Ich hatte natürlich keine Lust, ihm von Ina und dem langen Weg zur Schule und der Couch, auf der ich täglich schlief, zu erzählen.

Ich gab ihm nur die Hand und nahm den Spargel wieder, ging an ihm vorbei. Ich öffnete den Deckel des Kopiergerätes, aber das Schaben und Knattern der ersten Kopien, die durch die Maschine liefen, deprimierte mich, sodass ich mich einige Schritte von der Maschine entfernte. Erst der Anblick einer alten Weltkarte aus den Achtzigern, die zusammengerollt in der sogenannten *Geographenecke* lag, schien mich zu erleichtern. Ein Ausweg schien in dieser Weltkarte zu liegen. Ich trat näher, ich rollte sie auf, aber ich bekam den Gedanken erst zu fassen, nachdem ich die staubige Karte ganz aufgerollt und mit Händen und Füßen auf dem klebrigen Lehrerzimmerboden festgeklemmt hatte. Ich erinnerte mich an ein E-Mail, das ich Anfang des Semesters erhalten hatte. Es warb für den Lehreraustausch mit einer Partnerschule in Auckland, Neuseeland. Ich drehte mich um, denn ich glaubte, hinter mir etwas gehört zu haben, aber nur die Rauchtrichter drehten sich aus den Aschenbechern in die Zimmerdecke. In den Jahrzehnten hatten sie gelbe Flecken hinterlassen, sodass man schon durch einen Blick an die Decke sagen konnte, wo Raucher und wo Nichtraucher saßen. Auckland, dachte ich, während das Licht der Kopiermaschinen über meine schlampigen Vorlagen für die nächste Unterrichtsstunde zog. Ich konnte jetzt nicht weiter hier stehen, dachte ich und wandte den Blick ab, um durch das große Fenster im ersten Stock hinauszusehen, süchtig nach der Ferne, aber der Anblick der öden Felder, der Windräder bestürzte mich. Das Marchfeld blieb alles schuldig, dachte ich. Riesige Plakatwände flankierten immer noch die Bundesstraßen. Ein Parteichef im weißen Hemd stand mit verschränkten Armen vor einem herabgelassenen Schlagbaum. Hier ist Österreich, hieß dieser Blick, hier kommt keiner rein! Die Gefahr aus dem Osten – eine seit Jahrhunderten gepflegte österreichische Angst. Hier die Zivilisation, drüben die Barbaren. Ich wusste von Menschen, die nichts anderes als den Wiederaufbau des Eisernen Vorhangs verlangten. Diesmal – so hatte mir ein Polizist mit völlig ernstem Gesichtsausdruck gesagt – wolle er allerdings den Stacheldraht unter Strom setzen. Dies sei angesichts der *horrenden Flüchtlingsströme* und der durch diese *horrenden Flüchtlingsströme* entstehenden *horrenden Kosten* – die einzige Möglichkeit. «Was das jetzt kostet, hier mit Nachtsichtgeräten die Grenze zu kontrollieren!» Die anfängliche Erleichterung über den Fall des Eisernen Vorhanges war rasch jener xenophoben Bedrücktheit gewichen, die für dieses Land so charakteristisch ist.

Auckland, dachte ich und nahm die Kopien aus der Maschine und legte neue Vorlagen ein, nicht das Marchfeld. Ich drückte auf den Knopf und erinnerte mich, dass es nie meine Absicht gewesen war, hier im Geruch von kalt gewordenem Rauch und Kaffee, von verbranntem Staub und Kinderschweiß vor der Kopiermaschine zu stehen, die Aktentasche zwischen den Schuhen eingeklemmt, der tägliche Kampf mit Kollegen um dieselben Radiogeräte und Overheadprojektoren, die mir aus meiner eigenen Schulzeit noch bekannt waren.

Ich erinnerte mich an eine Lehrerin, zu der Ina und ich vor zwölf Jahren während unserer gemeinsamen Besuchschulwoche geschickt worden waren. Nachdem man sie in der ganzen Schule nicht hatte auffinden können, hatten wir sie schließlich am Abgang zu den Umkleidekabinen entdeckt. Sie hatte sich mit angezogenen Beinen auf eine der untersten Stufen ins Dunkel gesetzt und auf unser Erscheinen hin den Kopf gehoben, sie hatte aber nichts sagen und auf keine Frage antworten können, und es war ihr tatsächlich erst mit unserer Hilfe möglich gewesen aufzustehen, als sei sie krank oder verwundet. Nur ein Wahnsinniger, hatte ich damals gedacht, wollte diesen Beruf ausüben, jemand, der sich selbst hasste. Ich wusste, ich war zu schwach, um Lehrer zu sein, ich hatte nicht die Nerven, nicht die Resistenz gegenüber der täglichen Verführung des Zynismus. Ich wusste, ich würde eines Tages in den Zynismus hinüberkippen, und ich würde es nicht rechtzeitig merken, so wie viele meiner Kollegen ganz plötzlich der Verführung erlegen und hinübergekippt waren und sich dadurch selbst zu retten geglaubt hatten.

Und ich hörte wieder das Wort «Auckland», als hätte es dicht hinter mir jemand gesagt. Ich würde sofort und ohne zu zögern aufbrechen, dachte ich, ich würde nicht als Austauschlehrer, sondern als Feldarbeiter dorthin gehen, dachte ich. Es schien nun so ein Leichtes, das alte Marchfelder Lehrerleben zu verlassen und in ein neues, aufregenderes, erfüllteres Leben als Feldarbeiter hineinzukippen. Ich war an nichts gebunden. Seit mehr als einem Jahrzehnt unterschrieb ich befristete Jahresverträge, die mir erst Mitte August versicherten, im Folgemonat wieder Arbeit zu haben. Ich stellte mir bereits vor, wie ich auf einer neuseeländischen Zucchinifarm mit nackten Händen die Hühnerscheiße aus einem Kübel in die Erde drückte, und ich hatte den größten Gefallen an diesem Bild und begann an der Kopiermaschine leise zu lachen. Nicht nur das Marchfeld hatte ich zu verlassen, dachte ich, sondern ganz Österreich, und dass in der Trennung von Ina womöglich die größte Chance lag. Ich bin ja noch keine vierzig, sagte ich mir wieder, und dass ich jetzt zu gehen hätte. Es erschien mir als Wink des Schicksals, dass mein Bankberater mir in diesem letzten sogenannten Beratungsgespräch meinen Kontorahmen erhöht hatte, um mir Luft zu machen, wie er gesagt hatte. Mit diesem erhöhten Kontorahmen, dachte ich, würde ich mir tatsächlich Luft machen. Damit würde ich den Flug bezahlen, «morgen abfliegen», flüsterte ich mir selbst leise zu und erregte mich an diesem Zuflüstern, «heute zusammenpacken, morgen abfliegen», und dann «übermorgen Auckland», sagte ich. Die Vorstellung ließ mich erneut laut auflachen: als Feldarbeiter, nicht als Lehrer.

Es war ganz einfach, sagte ich mir. Alles im Marchfeld hatte mir zeitlebens das Wort «unmöglich» zugeflüstert, dachte ich, während ich immer noch kopierte, immer weitere und sinnlose Kopien machte: *Steig ein ins Schiff des Lebens* und *O Heimat, dich zu lieben,* – ich war längst in diesem Zynismus angekommen. Jetzt aber hörte ich ganz laut und deutlich das Wort «möglich» und erregte mich an diesem Wort. Ich hörte diese Worte immer wieder und wusste endlich, welche Stimme in meinem Kopf sie ausgesprochen hatte: Es war die Stimme meines Freundes. Seine Lippen hatten dieses Wort in meinen Kopf geblasen.

Während die meisten Menschen diesen wirren Aussteigerwunsch, alles zu verlassen und wegzugehen, *ganz einfach weg zu sein,* über zwei Bieren oder einer Cremeschnitte vor sich hin schwätzten und es tatsächlich nie aus ihrem *Grätzel* herausgeschafft hatten, hatte mein Freund immer alles getan, was er vorgehabt hatte. Das, was zuerst nur eine Idee gewesen war, in die er sich tagelang verkroch, hatte er umgesetzt.

Nach seinem Zivildienst wollte er ein paar Tage in einer bis zu diesem Zeitpunkt noch recht unbekannten Höhle im steirischen Gesäuse verbringen. Weg von den Funkverbindungen, hatte er mir gesagt, weg von Uniformen, vom Lärm der Straße, von Motoren überhaupt, von den Kranken und Sterbenden, den Verletzten, von den Befehlen der sogenannten *Ehrenamtlichen*, die es gewohnt sind, über jeden Zivildiener zu verfügen wie über ihr eigenes Dienstpersonal. «Ich werde drei Tage nur in der Höhle verbringen», hatte er mir gesagt, nur Petroleumlicht, besser aber: nur Dunkelheit, nur Essen aus der Dose, nur zum Scheißen aus der Höhle, nur: zum Wasserholen, nicht, um zu lesen oder etwas niederzuschreiben, nichts Fremdes denken, nur Eigenes, Ideen nachgehen in dieser Höhle. Das Marchfeld schloss die Türen, mein Freund aber öffnete sie, dachte ich. Allen, denen er von seiner Höhlenidee erzählt hatte, hatten diese Idee, ohne sie auch nur zu Ende anzuhören, für unmöglich gehalten, sie hatten alle möglichen Einwände, vor allem Sicherheitsbedenken gehabt; es war aber ganz einfach möglich gewesen, in diese Höhle zu gehen. Wie er es vorgehabt hatte, war er in die Höhle eingezogen und nach drei Tagen wieder dort herausgekommen, innerlich aber mit ganz neuen Ideen angefüllt, und seiner Natur gemäß waren das nur Ideen der Kleinkriminalität: bestimmte Spieltaktiken in Casinos, Internetbetrügereien, Missbrauch staatlicher Förderungen, Ideen, die sich um Briefkastenfirmen und Spekulationen drehten, um Hehlerei, Verkauf von selbsthergestellten Nahrungsergänzungsmitteln und E-Mails, in denen er zu Spenden für die siebenjährige Yelena aus Weißrussland aufrief.

Ich kopierte und klemmte die Kopien unter die Achsel, und wieder sagte ich: «Auckland» und das Wort «Abflug» und war von diesen Wörtern begeistert.

Es läutete und ich drückte die warmen Kopien an die Brust und öffnete die Tür und trat auf den Gang hinaus.

Da stand Ina in einem roten Kleid, das ich nicht kannte, und sagte nur: «Ich habe dich vermisst.»

Sie fasste so heftig nach mir, dass die Kopien aus meiner Hand fielen und den abschüssigen Gang hinabschlitterten: der Kopf von Mozart, dessen Kanons mir einmal die Androhung einer Disziplinarstrafe eingebracht hatten. Jetzt traten die Schuhe der Kinder auf seine Perücke. Sie spielten Fußball mit ihm.

«Du fragst nichts?», fragte Ina.

Wir gingen unter den niedrigen Neonlampen hinaus auf den Schulhof, dessen Wände mit Werbung für Fastfood und *coolen Sparkonten* plakatiert waren. Ich sammelte nicht einmal die Kopien auf.

Unter dem Klettergerüst, wo die aufgerissenen Packungen der Schokoriegel im Gras flatterten, fragte sie noch einmal: «Du fragst nichts?»

Ich legte meine Hand in ihren Nacken und hörte, wie es im Klassenraum erneut läutete, auf dieses Läuten deutete ich, gleich würde ich sagen müssen, dass ich nun zu gehen hatte. Gleichzeitig beobachtete ich diese Geste auch und dachte: So weit ist es also schon mit mir gekommen.

Ina ließ zu, dass ich sie an mich heranzog. Sie war schön und glücklich. Als ich ihre Schläfe küsste, schmeckte ich den Schweiß.

Ich sagte: «Du siehst gut aus», aber dann sagten wir für längere Zeit nichts. Wir wandten beide die Köpfe nach dem plötzlichen Kindergeschrei, die Schüler waren, nachdem ich nicht erschienen war, wieder aus meiner Klasse herausgelaufen, sie lachten und trieben mit ihren Schritten die Taubenschwärme von den Betonplatten, die zerknüllten Mozarts in den Fäusten.

«Ich muss jetzt zurück», sagte ich. «Kannst du eine Stunde warten?», fragte ich.

Sie nickte, sagte aber nichts.

Ich schob meine Hand bis hinauf auf ihren Hinterkopf, um die Wärme unter ihren Haaren zu spüren, und plötzlich dachte ich an das Kind. War da nicht ein Kind gewesen? Wo war das Kind? Und ich drückte die Knie zur Seite, als würde irgendwo zwischen meinen Schuhen und den weggeworfenen Müslipackungen im trockenen Gras ein Baby liegen können.

Sie stand auf und schüttelte den Kopf.

«Ich muss jetzt losfahren», sagte sie. Und sie ging einige Schritte vom Spielgerüst weg in Richtung Straße, aber drehte sich dann wieder um und sagte wie ins Leere hinein, dass sie jetzt alles genau wisse. Und wieder sagte sie: «Limbach». Ich weiß nicht, wie oft sie diesen Ort nannte. Sie müsse dort hinfahren, «vielleicht im Sommer», sagte sie zuerst, nachdem ich ihr die Frage nachgerufen hatte, dann aber – sie fasste nach meinen Händen, als ich sie von hinten an ihren Bauch schob – «so schnell wie möglich», «sofort». Sie habe sich nur verabschieden wollen.

Ich hörte, wie jetzt jemand nach mir rief, es war die Stimme eines Kollegen aus dem Lehrerzimmer, er musste mir gefolgt sein, er stand im Hofeingang und klopfte mit dem Zeigefinger auf das Display seiner Armbanduhr.

Ina sah ihn nur kurz an, wandte sich dann wieder an mich.

«Hörst du mir überhaupt zu?», fragte sie. «Ich muss dort hin!»

Und als ich anhob etwas zu sagen, schüttelte sie den Kopf und sagte: «Nein, sofort. Ich muss das Haus sehen, sonst gibt mir das keine Ruhe.»

Eine Weile stießen wir die trockene Erde mit unseren Schuhspitzen.

Wie nebenbei fragte ich: «Wo ist das Kind?»

Da riss sie sich aus der Umarmung, als hätte ich sie beleidigt. An ihrem Hintern klebte ein trockenes Kastanienblatt. Sie bemerkte meinen Blick und war fassungslos darüber, dass ich sie immer noch begehrte. Ina war schön, und ich hätte viel darum gegeben, meine Hand auf dieses Blatt legen zu dürfen.

Sie strich sich den Kleiderstoff glatt und nahm wie im Zorn meine Hand.

«Komm mit!», sagte sie.

Sechs

Ich ging nicht wieder zurück in die Schule. Der Druck von Inas Fingern ließ mich schneller gehen, bis wir schließlich nebeneinander herliefen, verwirrt lachte sie, und dann lachte auch ich.

Ihr Wagen parkte neben dem Gasthof. Sie öffnete die Autotür, klappte den Fahrersitz nach vorne. Da begriff ich erst, dass es ernst war. Hinter der Glasscheibe auf dem Rücksitz schlief ein Säugling in einem Kindersitz. Und Ina, die einen Schritt zurückgetreten war, deutete darauf, als wollte sie sagen: Hier! Hier hast du dein Kind!

Es hatte ein schönes Gesicht mit langen, weichen Wimpern. Und ich blickte darauf und dachte daran, wie oft ich mir diesen Moment vorgestellt hatte: Zum ersten Mal mein Kind zu sehen, und wie ich mir das vorgestellt hatte; jetzt aber blickte ich nur auf den Rücksitz und dachte nicht mehr als: Schau her, da liegt ein Kind. Als hätte es jemand hier in diesem Wagen liegen gelassen.

Ich dachte keine Sekunde daran, ob dieser Mensch mir in irgendeiner Weise ähnelte, ich hatte keine Lust, ihn in den Arm zu nehmen oder zu berühren. An meinem Schreibtisch hatte ich mir das immer wieder vorgestellt, aber jetzt stellte ich nur fest, dass da ein Säugling allein in einem Wagen lag und unter Inas Schlüsselgerassel die Augen aufschlug, verwirrt um sich blickte, bis Ina sich zu ihm hinabbeugte, um ihm eine weiße Stoffhaube vom Kopf zu ziehen.

«Du hast sie einfach hier im Auto liegen gelassen?», fragte ich.

«Es waren doch nur ein paar Minuten», sagte sie, «sie schläft doch.»

Sie musste sich weit ins Wageninnere beugen, um die Gurte am Kindersitz zu lösen. Die Handtasche rutschte dabei von ihrer Schulter, ein paar Münzen fielen auf den Asphalt. Ich hob sie auf, steckte sie zurück in ihre Tasche. Dabei berührte ich ihr Becken. Sie sah hoch. Für einen Moment war es das Lächeln einer Frau, die mich liebte.

«Du siehst sie nicht an», sagte Ina.

«Doch, doch, ich sehe sie an», sagte ich.

«Du siehst sie nicht an», wiederholte sie.

Es klang nicht vorwurfsvoll, wie sie das sagte. Sie wunderte sich auch überhaupt nicht darüber. Sie stellte es einfach fest.

«Findest du sie schön?», fragte sie und lachte.

Mit geschlossenen Augen lachte das Kind jetzt in ihren Armen, Ina drückte den haarlosen Kopf an ihre Lippen, gab dem Säugling Küsse auf Wangen und Schläfen, wischte ihm die Nase. Dabei summte sie eine Melodie, ein Kinderlied.

Ich hatte Angst, sie würde ihn mir in die Hände drücken. Aber sie hielt ihn mir nur hin, und als ich ihn nicht nahm, schnallte sie ihn zurück in den Kindersitz. Wir stiegen ein und zogen die Türen zu. Es war still, nur der Säugling fauchte leise und regelmäßig von der Rückbank, als würde er bald wieder einschlafen.

Ich fischte eine Tankstellenrechnung vom Armaturenbrett: fünfzig Liter Benzin und eine Wochenvignette für die slowakischen Autobahnen.

Eine Viertelumdrehung lang starrte ich auf den Sekundenzeiger, bevor ich zu Ina hochblickte. Beim Einsteigen hatte sie die Hände um das Lenkrad gelegt, es sah tatsächlich so aus, als würden wir gleich losfahren. Aber sie war in dieser Bewegung wie festgefroren. Über dem Schlot der verfallenen slowakischen Zuckerfabrik kreiste einer der ersten Störche des Frühjahrs.

«Wie war das?», fragte ich.

«Was?», fragte sie.

«Die Geburt.»

«Das willst du wissen?»

«Ja», sagte ich, «das will ich wissen.»

Als sie jetzt lachte und zwischen ihren gespannten Lippen die kleinen Zähne aufblitzten, war sie wieder jene Frau, die staunend durch das Burgtheaterfoyer geschritten war. Ich fasste nach ihrer Wange, sie küsste meine Finger.

«Was soll ich dir da erzählen?», fragte sie.

«Wie es war», sagte ich.

Einige Szenen des Videos, das man uns vor fünfzehn Jahren in der

Sanitätsausbildung gezeigt hatte, liefen in meinem Kopf ab. Ich stoppte das Band, warf es aus meinem Kopf heraus.

«Es war der schrecklichste Tag meines Lebens», sagte sie.

Sie lachte, sodass ich zuerst dachte, sie hätte damit einen Witz gemacht. «Nein, wirklich, das war es», sagte sie und lachte immer noch. «Es war der schrecklichste Tag meines Lebens.»

«Nach viereinhalb Stunden in den Wehen haben sie mir die Injektion in den Rücken gesetzt» – so begann sie, aber war dann lange still. Sie drehte sich nach dem Kind um, aber sagte nichts, sah es nur still vor sich hin lächelnd an. Sie startete den Motor, ließ ihn wieder ausgehen und war dann für lange Zeit ruhig.

Sie hatte sich trotz falscher Lage des Kindes gegen den Rat der Ärzte und damit gegen den Kaiserschnitt ausgesprochen. «Es war ein Fehler», sagte sie. Sie lachte wieder. Die Situation habe sich sehr rasch zu einer Katastrophe entwickelt. In aller Hektik habe man ein Tuch vor ihrem Gesicht aufgespannt. Über die Spiegelung in einer Monitorscheibe habe sie jedoch alles sehen können. Immer wieder habe sie die Augen geschlossen, um aus diesem Albtraum aufzutauchen, dann habe sie aber doch wieder hingeschaut, es wäre zu faszinierend gewesen, zu unvorstellbar, sagte sie. Durch die Narkose habe sie manchmal vergessen, dass sie es selbst war, die hier aufgeschnitten wurde. Sie habe einfach zugesehen und sich ab und zu vorgesagt: «Die schneiden mich. Die schneiden mich», weil sie es nicht hatte spüren können. Sie habe allem zugesehen und sei dann endlich in einen hohlen Wachtraum hineingestolpert.

Sie zog ihr Kleid hoch und zeigte mir eine etwa fünfzehn Zentimeter lange Narbe an ihrem Bauch, die ich mit meiner Fingerkuppe ertastete. «Das kannst du dir alles nicht vorstellen», sagte sie, vor Erleichterung, alles gut überstanden zu haben, immer noch lachend. Sie drehte sich wieder nach dem Kind um, streckte zwischen den Sitzen ihren Arm nach hinten, aber es schien jetzt tatsächlich ganz eingeschlafen. Es beruhigte sie, das zu sehen.

«Ich liebe sie», sagte sie. Sie sah mich streng an und sagte: «Ich liebe unsere Tochter.» Und ich war glücklich, dass sie *unsere* sagte, obwohl ich mich fühlte, als hätte ich damit nichts zu tun. Sie nannte den Namen, aber ich wollte ihn nicht aussprechen.

Wie Ina drehte ich mich jetzt nach dem Säugling um, aber ich beobachtete Ina, nicht den Säugling. Ich war glücklich über die eingekehrte Ruhe in ihren Augen.

«Es war dann alles ganz still», sagte Ina und sie machte eine lange Pause, sagte aber dann doch nur wieder: «Es war dann einfach alles ganz still.»

Der Wind wehte einen Zeitungsbogen über die Gräber. Die Rispen des wilden Weines, der an den Friedhofsmauern emporgeklettert war, trugen auch hier bereits weißgelbe Blüten.

Ich hatte mich wie selbstverständlich angeschnallt, und ich bemerkte, dass auch sie sich angeschnallt hatte. Während ihrer Ausführungen hatte sie mehrmals den Zündschlüssel wieder ins Zündloch gesteckt, aber nicht weit genug, um den Motor erneut anzulassen.

Mit dem Handballen wischte sie sich Tränen aus den Augenwinkeln, lachte und sagte, es sei wohl blödsinnig zu weinen. Sie küsste mich auf die geschlossenen Lippen. Sie habe mich sehr vermisst, sagte sie. Ich schob meine Hand auf ihren Oberschenkel und spürte, wie sich ihre Muskeln darunter spannten.

«Wovor hast du Angst?», fragte ich.

«Vor dem Kind», sagte sie. «Und ich weiß, dass du genauso Angst davor hast.» Und in einem Flüstern fügte sie hinzu: «Lass mich jetzt nicht allein.»

Wir fuhren nur wenige Minuten und hielten in einer Reihenhaussiedlung: grün gestrichene, um wenige Meter gegeneinander versetzte Wohnblocks, in deren Minigärten Planschbecken und blaue Trampoline standen – eine neue Siedlung etwas außerhalb des Dorfes, jedoch noch in Sichtweite des Gasthauses.

Ina entsperrte das Tor, das Licht im Stiegenhaus ging automatisch an. Sie öffnete ihren Briefkasten, der leer war.

An der Treppe nach oben legte ich meine Hand zwischen ihre Schulterblätter, sie blieb stehen, ich küsste ihren Nacken und stellte den Kindersitz mit dem schlafenden Säugling einfach auf die Stufen. Sie blieb ruhig, ich streichelte sie, und als das automatische Licht im Gang ausging, nahm ich das Kind wieder und wir gingen weiter.

Das ganze Haus roch nach Farbe und frischem Holz, nach Teppichkleber und Putzmittel. Vor ihrer Tür stand ein Kinderwagen. Sie zögerte, ich wusste, sie überlegte, ob sie mich einlassen sollte, und während sie noch mit schiefgelegtem Kopf nachdachte, wachte das Kind auf und brüllte: ein riesiger haarloser Schädel, an dem blaurot die Adern hervortraten.

Kein neuer Mensch ist schön, dachte ich.

Sie nahm es, drückte es an sich.

Dann trat sie ein, und ich folgte ihr.

Das Vorzimmer war mit hellem Laminat gedeckt, in den Ecken Bohrstaub in kleinen Häufchen. Bis auf ein Telefon im Eck und einigen Schuhen, die den Boden bedeckten, war das Vorzimmer leer. In der Wohnküche Regale, ein Schaukelstuhl, überall Verpackungskartons, Ikeaholz, Bücher in Kisten, ein Fernseher. Die Deckenlampen waren noch nicht angeschlossen.

«Manchmal verstehe ich nicht, was ich damit soll», sagte sie, und ich verstand erst nach einigen Augenblicken, dass sie das Kind in ihrem Arm meinte.

«Ich sehe es an, dann sehe ich wieder weg. Und da ist nichts dazwischen, verstehst du?»

Sie ging mir voraus in die Küche, die bis auf die Küchenzeile mit Herd und Kühlschrank leer war. Sie füllte einen Topf mit Wasser, drehte den Herd an. Inmitten des Raumes lag eine aufgebreitete blaugelbe Decke, auf der zwei Stofftiere saßen. «Du fragst nichts?», sagte sie, während ihre Schritte hallten und das Kind leise in ihrem Arm gluckerte, «du fragst nichts?», und ging wieder an die Küchentür, wieder ans Fenster, wieder an die Küchentür. Sie summte ein Kinderlied, das mir jetzt bekannt vorkam.

Ich hätte gerne gewusst, was sie dem Säugling zuflüsterte, als sie – die Augen auf mich gerichtet – den beinahe haarlosen Kopf an ihre Lippen drückte und mit ihm ans Fenster ging: «Das ist dein Vater», oder: «Sieh mal, da steht ein Mann», oder nur: «Ein Mann», «Jemand steht in unserer Küche!», und was sie ihm dort gezeigt hatte. Ich beobachtete Inas Hände, die mit jener kräftigen Vorsicht, die ich immer geliebt hatte, über den Flaum auf dem Schädel strich, und wie sich der Säugling unter den sanften Bewegungen ihrer Hand beruhigte, wie er lachte, als sie ihm Grimassen schnitt, und selbst Grimassen schnitt, sodass man kaum sagen konnte, wer wen imitierte. Sie öffnete das Fenster. Vom nahen Friedhof kam das Rauschen der Nussbäume. Im Gasthaus schleppte der Wirt die Sonnenschirme aus dem Speicher in den Gastgarten.

Von hier aus sah man bis ans Marchufer auf die Sandbänke, auf denen Wildgänse saßen, über irgendetwas aufschraken und über das Wasser tapsend aufstiegen und über die slowakische Fabriksruine hinwegzogen.

Ich hörte, wie das Baby in Inas Armen schluckte, und sie sah mich an, als wollte sie fragen, ob ich es halten wollte. Wollte ich es nicht zumindest berühren? Aber ich wollte nicht.

Ich fragte, was mit unserer gemeinsamen Wohnung geschehen war, nach den alten Möbeln, den antiquarischen Büchern und schließlich auch nach dem Klavier – einem ererbten Pianino mit Kerzenhaltern, dessen nusshölzerner Korpus im großen und Kontraoktavbereich in einzigartigem Klang vibrierte.

Sie hatte alles bereits aufgekündigt, und ich spürte, dass sie nahe daran war, alles Zurückgebliebene zu verschenken. «Du kannst es noch abholen», sagte sie, aber ich verhinderte, dass sie mir die Nummer des neuen Mieters aufschrieb. Ich dachte nur kurz an das Klavier und dann auch an Auckland, aber beides erschien mir jetzt wie ein Witz.

«Du hast noch kaum Möbel», stellte ich fest.

Ich ging von der Küche in ein großes, leeres Zimmer, das wohl als Wohnzimmer gedacht war. Auf einer Matratze lagen dort Inas Kleider, sie hatte mitten im Raum geschlafen, sie hatte kein Bett für das Kind, dachte ich. Im Badezimmer zog ich die Manschette der Waschmaschine fester an, ich bog die aus der Wand stehenden nackten Kabel nach oben. Ich suchte Isolierband, fand aber keines. In einem rasch zusammengeschraubten Regal aus weißem Pressholz lagen zwei Arbeitshandschuhe. Der Anblick machte mich eifersüchtig.

«Alles fasst du an», sagte Ina, als ich zu ihr in die Küche zurückkam, «als wolltest du es auf die Rückseite drehen.»

Das Kind war jetzt ruhig. Es sah uns nur an, nachdenklich, wie mir vorkam, und saugte dabei an seinem Zeigefinger.

Ina stellte den Herd ab, und ich sagte: «Warum?», und dann wieder: «Warum?», weil ich einfach nichts anderes wusste.

«Hör mir einfach zu», sagte Ina.

Es wunderte mich nicht, dass sie auch allein zur Fähre gegangen war, und das schon kurz nach ihrer Entlassung aus dem Krankenhaus. Aber diesmal nicht nachts, sondern tagsüber, ganz früh, bevor noch die Sonne über die Karpaten gestiegen war.

Sie sei mit dem Neugeborenen in der Trage über die Kette geklettert und an die Reling gegangen. Alles sei ruhig gewesen, sagte sie. Sie habe plötzlich ganz einfach gewusst, was zu tun sei.

Ina schüttete das warme Wasser in ein Fläschchen, und das Baby begann plötzlich zu lachen wie über einen Witz seiner Mutter, ein ganz erwachsenes Lachen, jedoch nur für einen Augenblick, und auch sie lachte, bevor sie sich mir wieder zuwandte und sagte, sie habe bis nach der Geburt warten wollen. Aber dann habe sie es nicht mehr ausgehalten.

Mit einem Löffel kratzte sie Reste von Babymilchpulver aus einer Packung. Sie überprüfte die Temperatur mit der Fingerkuppe, schraubte das Fläschchen zu. Es irritierte mich, wie sie den Säugling, der nicht trinken wollte, jetzt mit beiden Armen hochhob und schüttelte, aber zwischen ihren kräftigen Händen lachte das Kind und auch sie lachte dabei, und ich sah plötzlich, wie schön die beiden zusammen waren. Es war ja tatsächlich ein Mensch, den sie da in den Händen hielt. Ich hatte das bis zu diesem Zeitpunkt noch gar nicht richtig begriffen. Immer verging zwischen ihren Sätzen Zeit, in der sie unserer Tochter eine Grimasse schnitt, bis diese lachte, aber wenn sie sich mir wieder zuwandte, erinnerte Ina sich immer genau daran, wo sie in ihrer Erzählung stehengeblieben war. Und so war es auch jetzt. Sie lachte, und das Kind lachte und schlug mit den Händen vor sich auf die Decke.

Ina sah mich an und sagte:

«An diesem Morgen gehe ich ganz früh an die Reling. Der Fährmann hat noch mit keinen Fahrgästen gerechnet, er sitzt noch in seiner Kabine. Als er mich sieht, steht er auf und kommt auf mich zu. Er hat die Hand ausgestreckt. Dorthinein soll ich einen Euro legen für die Überfahrt, aber noch bevor er mich erreicht hat, bleibt er stehen. Er wird ernst und schließt die Hand zur Faust, er starrt. Ich weiß nicht, was es ist. Ich drehe mich um, aber da ist nichts. Hinter mir ist ja niemand. Nur eine Spinne, die sich zwischen zwei Relingstäben an ihrem Faden hinaufzieht. Schon will ich fragen: Was ist denn? Was siehst du denn da?

Und dann gehe ich einen Schritt auf ihn zu. Ich studiere sein Gesicht, ich will wissen, was es ist, und ich sehe: Der Fährmann blickt drein, als hätte er gerade etwas Fürchterliches gesehen. Ja, er muss etwas ganz Entsetzliches gesehen haben. So sieht nur ein Mensch drein, der das Fürchterliche geschaut hat, denke ich. Und ich will ihn schon fragen: Was ist es? Was siehst du denn so Fürchterliches? Und da begreife ich es endlich.»

Sie lächelte, als sie das sagte, sie bückte sich nach dem Fläschchen, das über die Anrichtenkante gerollt war, und sagte dann wie beiläufig, als sie wieder hochkam: «Ich bin es. Ich bin das Fürchterliche, das er sieht, verstehst du?»

Sie hielt dem Säugling das Fläschen hin, er saugte, über diesen Anblick lächelten wir beide. «Ich bin das Fürchterliche», wiederholte sie mir zugewandt und lachte. «Der Fährmann sieht mich an und sieht das Fürchterliche, er sieht den Säugling in meiner Bauchtrage und sieht das Fürchterliche. Wir sind das Fürchterliche.» Und dann lachend: «Er hat geglaubt, wir wollen ins Wasser gehen.»

Dann habe der Fährmann mit der anderen Hand nach ihr gefasst.

«Nicht wie ein Liebhaber», sagte sie, «das stellst du dir falsch vor, aber auch nicht sehr weit davon entfernt.» Die rußschwarzen Fingerkuppen habe er auf ihren Bauch gelegt, «hier!», sagte sie und zeigte es mir, sie schüttelte lachend den Kopf, «es war alles so verdreht!»

Nein, nein, habe sie gesagt und gelacht, wir wollen nicht ins Wasser. Sie habe auf den Fährmann gedeutet, der sie immer noch gehalten habe, «viel zu fest», sagte sie. Sie habe den Namen des Dorfes genannt: «Limbach, du bist ja aus Limbach», und der Fährmann habe sofort genickt. Und nachdem sie den Namen «Steiner» genannt und auf sich selbst gedeutet habe, sie sei eine Steiner, sie sei die junge Steiner, habe er wieder genickt und eine Geste gemacht, die hieß: Warte! Und sofort gedeutet: dort drüben. «Kirche», habe er gesagt, das Wort «Arbeit», das Wort «Hof», aber viel mehr Wörter seien ihm nicht bekannt gewesen. Mit seinen Händen habe er eine Bewegung gemacht, eine Bewegung, die sie anfangs nicht verstanden hatte, es habe ausgesehen, als würde er etwas herabreißen, mit beiden Händen habe er etwas herabgerissen, oder besser: herabgepflückt, sagte Ina. Diese Bewegung habe er auch in der Kajüte, in die er sie aus Angst vor der Kälte gebracht habe, wiederholt, sie war dort auf seiner Koje gesessen, unter seiner Decke, die noch warm von Schlaf war, und endlich habe sie verstanden, dass es Weinreben waren und Weintrauben, die er herabriss und in eine Butte auf seinem Rücken warf. Der Fährmann habe die Arbeit der Weinlese dargestellt und krachend aufgelacht, als Ina ihn endlich verstanden hatte. «Wein!», habe Ina ausgerufen, und der Fährmann habe dieses Wort zurückgegeben: «Ja, Wein! Wein!»

Sie sei womöglich eingeschlafen, er sei währenddessen an seinem Schreibtisch gesessen, «über seiner Zeichnung», sagte sie. «Er hat mich gezeichnet. An dieses Bild, das ich dir geschickt habe, erinnerst du dich doch?»

Ich erinnerte mich.

In der Zwischenzeit seien drüben die ersten Scheinwerfer der slowakischen Pendler über das Schilf gezogen, und er sei hinaus und habe den Motor angeworfen und sie seien schweigend und in seltsamer Stille, die nur durch das rhythmische Stampfen der Dieselmotoren unterbrochen worden war, über das Wasser gefahren, seine Hand sei wieder an ihrem Bauch gewesen. Wieder sagte sie: «Es war viel zu nahe. Aber es hat nicht weh getan.»

Der Fährmann habe sie nicht aus den Augen gelassen, er habe darauf bestanden, dass sie die Decke mitnehme, sie habe das Baby fest eingewickelt und an sich gedrückt, auf das Schlurfen des Wassers am Fährboden gehorcht. Am slowakischen Ufer seien die Fahrzeuge aufgefahren, und während der Fahrt zurück ans österreichische Ufer habe er sein Handy herausgenommen und auf das Display geklopft und wieder gedeutet: Er würde jemanden anrufen, und wieder diese Gesten der Weinlese gemacht. Diesen weinlesenden Mann, der Steiner gekannt hatte, würde er anrufen. Aber er wisse nicht, wann, und dann zuckte er mit den Schultern und machte ein Kreuzzeichen, das hieß: Vielleicht ist der auch schon tot. «Alt», sagte der Fährmann, «sehr alt.»

Ina hatte dem Fährmann ihre Nummer aufgeschrieben.

«Und jetzt warte ich», sagte Ina, «ich warte darauf, dass er mich anruft. Er hat es versprochen.»

Sie bat mich jetzt, die am Boden liegende Decke neu aufzuschlagen. Ich klemmte mir dabei die Stofftiere – einen Affen und ein Pferd – unter den Ellenbogen, und sie legte sich mit dem mit den Armen rudernden und glücklich vor sich hin glucksenden Säugling darauf.

«Weißt du, was sie mag?», fragte Ina mich. «Wenn ich nach etwas greife, was gar nicht da ist. Jetzt zum Beispiel.»

Mit weit aufgerissenem Mund tat sie, als fasste sie etwas aus der Luft und führte es mit großen Augen in der Hand. «Ich schenke ihr Tee ein», sagte sie. Sie führte alles pantomimisch vor: das Hinstellen und Zurechtrücken der Tasse, sie rückte Zucker- und Milchkännchen in die Mitte, hantierte mit einer Zuckerzange, schenkte ein. Unsere Tochter beobachtete das Schauspiel, verzog nur einmal die Augenbraue, es war die Mimik eines skeptischen Erwachsenen. «Ich gieße jetzt Blumen», sagte Ina, «ich ziehe mir ein Rüschenkleid über den Kopf, ich werfe Fische in ein Aquarium.»

In anderen Augenblicken sehe sie unsere Tochter an und sei von einem Moment auf den anderen davon überzeugt, dass sie sie vergiftet habe. «Das ist nichts, was ich erklären kann», sagte sie und lachte hilflos. «Ich habe einfach Angst.» Es sei vorgekommen, dass sie ihr das eben gereichte Fläschen wieder entrissen habe, von einem Augenblick auf den anderen. Sie sei aufgesprungen und habe die Milch ins Waschbecken geleert, minutenlang alles ausgespült. Dann wieder neues Wasser aufgekocht, ins Fläschen geleert. Aber die Vorstellung wiederhole sich auf absurde, auch komische Weise in ihrem Kopf. Manchmal müsse sie darüber lachen. Sie könne kaum dagegen ankämpfen. Sie wisse, dass das Unsinn sei, aber was helfe das?

Lange Zeit beobachteten wir das Kind, das unter halb geschlossenen Lidern nach uns linste, Augen und Mund plötzlich weit aufriss, um hustend zu lachen, es feixte, schnitt Grimassen.

«Es ist erstaunlich, wie sie lächelt, findest du nicht?», sagte Ina.

Die Abendsonne strich warm durch das Fenster auf die Decke. Ein kurzer Schrei ließ mich ans Fenster gehen und nach draußen blicken. Zwischen den mit Efeu bewachsenen weißen Friedhofsmauern rissen sich zwei Kinder von den Händen ihrer Mutter los und versteckten sich lachend hinter einem Grabstein. Ein Mann steckte die eben noch gefalteten Hände wieder in die Hosentasche, die Frau zündete sich eine Zigarette an und langsam schritten die beiden über den Friedhof auf das Gasthaus zu.

Irgendwo dort lag das Grab von Inas Großvater. Ich konnte mich nicht erinnern, dass sie es je aufgesucht hätte.

«Ich will dir etwas zeigen», sagte Ina. Mir fiel auf, wie breit ihre Hüften jetzt waren. Sie kramte in einer Umzugskiste unter dem Fenster, «warte noch! Hier!», und präsentierte mir ein Stück Holz. Sie habe auch das aus dem Müllsack, auch von Steiners alten Sachen. «Schau dir das an!», sagte sie. «Weißt du, was das ist?»

Ein dunkles Stück Holz, das einen eigenartigen, intensiven Geruch nach Vergorenem verbreitete. Es lag wie ein Knüppel in der Hand.

«Was ist das?»

«Der Bolzen einer Weinpresse. Man zieht damit das Gewinde der Spindelpresse an, um die Traubenmaische auszuquetschen.»

Sie war dem alten Steiner abgebrochen. Sie hatte das als Kind gesehen.

«Solche Szenen fallen mir plötzlich ein», sagte Ina. «Ich sehe Steiner, aber ich kenne ihn nicht. Ich gieße Öl in einen Topf, ich schneide Zucchini, und plötzlich sehe ich sein Gesicht auf dem Schneidbrett vor mir. Ich bin ein Mädchen. Er steht von der Küchenbank auf und geht hinaus, und ich gehe ihm nach. Er überquert den Hof, in dem noch Schnee liegt, und drückt das Gatter zum Hühnerstall auf. Von drinnen höre ich das wilde Gackern der Hühner. Als hätten sie Angst vor ihm. Und ich denke: Warum schreien die Hühner? Es lässt mir keine Ruhe. Ich folge ihm. Ich schiebe das Tor auf, er bückt sich über die Nester der Hühner, und ich weiß, er könnte mich jetzt auch nicht sehen, wenn er sich nach mir herumdrehte. Es ist so kalt, dass sein Atem dampft. In seiner Hand hält er ein rohes Ei. Ich weiß, wie sich diese frisch gelegten Eier anfühlen, wie sie nach dem Körper der Hühner riechen und nach Stroh und wie warm sie sind. An einer Hühnerbox schlägt Steiner das Ei auf, er reißt den Mund auf und lässt es sich zwischen den Zähnen in den Rachen laufen. Das Ei dampft, wenn man es aufschlägt, so warm ist es, und auch aus Steiners Mund dampft es heraus.»

Sie war im Lauf dieser Erzählung zu ihrer Matratze gegangen. Jetzt bückte sie sich nach etwas.

«Ich brauche deine Hilfe», sagte sie.

«Was ist es?»

Es war das Pferdekummet aus Steiners Küche. Auch ohne dass sie es erwähnte, wusste ich, dass auch das im Müll gelandet war. «Kannst du das montieren?», fragte sie. «Irgendwo liegt hier noch eine Bohrmaschine herum.»

«Wer hat dir geholfen?»

Sie stieß die Luft aus. «Das ist doch jetzt nicht wichtig. Kannst du mir helfen?»

Mit der Bohrmaschine vom Regal, in dem ich auch die Arbeitshandschuhe gesehen hatte, bohrte ich direkt über der Matratze zwei Löcher in die Wand. Ich verdübelte sie, schraubte einen Haken hinein und hängte das Pferdekummet ein. Es roch nach Stall, und man konnte sehen, wo der Hals der Pferde das Leder aufgescheuert hatte.

Als ich fertig war, standen wir davor und blickten es an.

«Soll ich nicht noch etwas montieren?», fragte ich.

Sie schüttelte den Kopf.

«Weißt du, ich brauche kaum etwas, und auch sie braucht nichts.» Mit diesem letzten Wort beugte sie sich zu unserer Tochter hinunter und küsste sie auf die Wange. «Sie ist glücklich, wenn sie mich hat. Wir können einfach so dasitzen. Solange ich ihr meine Aufmerksamkeit schenke und sie ihre Milch bekommt, ist sie glücklich. Abends liegen wir zusammen in der Badewanne, ich halte sie über meinem Bauch und schöpfe mit meiner Hand warmes Wasser über ihre Brust. Es scheint für sie so einfach, glücklich zu sein.»

«Für dich ist es schwer?», fragte ich.

Sie dachte eine Weile nach, bevor sie antwortete: «Weißt du, ich warte jetzt nur noch auf den Anruf des Fährmannes.»

Kurz dachte ich, sie würde weinen, aber sie atmete nur hastig ein und aus.

«Sie ist eingeschlafen», sagte ich.

Lächelnd blickte sie unsere Tochter an. Ina ließ es geschehen, dass ich meine Lippen auf ihren Mund drückte. Sie lächelte, aber löste sich dann bestimmt, bückte sich nach dem schlafenden Kind, öffnete ihm das Stoffjäckchen, zog ihm die Haube vom Kopf.

«Sie ist eingeschlafen», wiederholte sie flüsternd meine Worte in einem Tonfall, als wüsste sie gar nicht, was sie sagte. Ihr Blick fiel durch das Fenster – was war dort draußen? Ein Nest von Schwalben unter der Regenrinne des Kirchturmes, und ich erinnerte mich, wie sie mir in unserem Telefonat erzählt hatte, wie sie stundenlang nach den Schwalben sehe. Vier, fünf, sechs Vögel, zählte ich, die in dieses winzige Nest am gegenüberliegenden Kirchturm, aus dem nur die Kükenschnäbel herausragten, ein- und ausflogen.

Sie sah eine Weile nur den Vögeln zu, bevor ihr Blick wieder auf das schlafende Baby fiel. Sie knöpfte ihr die Hose auf, streifte sie ab und wickelte sie in eine Plüschdecke. Unsere Tochter schlief fest. Man sah, wie sich die Plüschdecke mit ihrem Atem hob und senkte.

Ina ging ins Wohnzimmer nebenan. Aus einem Haufen mit Wäsche neben der Matratze suchte sie ein Kleidungsstück heraus, die Tür hinter sich offen stehen lassend – ich hätte viel darum gegeben, ihr nachgehen zu dürfen, sie anzufassen, aber das erschien mir jetzt unmöglich. Wie sie dort bei halb herabgelassenen Jalousien auf einem einfachen Klappsessel saß und sich frisierte, sich den Zippverschluss ihres Kleides öffnete und nur einmal kurz nach dem Säugling zurückblickte, der ruhig neben mir schlief und im Schlaf winzige Speichelblasen zwischen den Lippen ausatmete; nur in BH und langen grauen Wollstrümpfen saß Ina dort, das neue Stück Kleidung noch in der Armbeuge. Sie blickte auf die Dämmerung, auf die Stare, die über die grauen Felder zogen, auf das Schilf, das sich im Wind streckte. Sie mochte die Nacht nicht, wusste ich, sie war ihr zu still. Endlich zog sie sich an, blieb aber, die Hand am Fenstergriff, noch stehen, um nach der Fähre zu sehen, die ihre letzte Fahrt aus Záhorská Ves aufnahm; ich wusste, sie beobachtete den Wagen des Fährmannes und hoffte auf das Klingeln ihres Telefons. Sie verfolgte das Aufleuchten der Straßenlaternen; ab und zu fuhr ein Wagen die Uferstraße entlang, die längste Zeit jedoch war es an beiden Ufern ruhig. Und dann ganz plötzlich Bewegung im Fluss wie das Einsetzen einer Flut, ein Rauschen, als die Fähre knirschend in den Schotter am Ufer stieß, das Knattern von Motorrädern, einzelne Stimmen, und ebenso plötzlich wieder die Stille, vom Schnappen eines einzelnen Fisches durchbrochen.

Als sie in die Küche zurückkam, hatte sie sich einen wärmeren Pullover anzogen. Auf meinen Vorschlag, jetzt noch hinunterzugehen, um den Fährmann abzupassen, wandte sie nur den Kopf ab, als hätte ich das Unmöglichste vorgeschlagen. «Er wird mich anrufen», sagte sie.

Sie schlug vor, etwas zu kochen. Ich mochte die Dunkelheit, in der sie am Herd stand, das milde Licht der Gasflammen, das Plätschern des Wassers, während draußen die Auwälder ins Dunkel fielen. Die March war nur noch ein graues Band.

Ich schnitt Zwiebel und Erbsenschoten und reichte sie ihr. Auf Fleisch habe sie seit der Geburt keinen Appetit mehr, sagte sie. Wir aßen. Später versuchte sie, das Baby zu stillen, aber es gelang nicht. Sie hielt das Baby zuerst an ihre linke, dann an ihre rechte Brust, bis der Säugling aufbrüllte. Sie sprach von Massagen und Entspannungsbädern, die ihr von der geistigen Schwester empfohlen worden waren. «Ich bin einfach keine Mutter! Ich habe nicht einmal Milch!», rief sie einmal laut. Alles, was ich sagte, schien sie nur noch wütender zu machen.

Aus der Flasche trank das Kind.

Sie lachte kopfschüttelnd. Es sei nicht leicht, allein, sagte sie.

Ich wusste nicht, warum sie das sagte.

«Nachts gelingt es besser», sagte sie. «Wenn wir allein sind.» Fast eine Stunde stille sie auf der Matratze liegend das Baby, bis es auf ihrem Bauch einschlafe. In dieser Stunde finde sie Zeit für Gedanken.

Wir hatten gegessen und ich spülte das Geschirr, während ich immer wieder auf das ins Dunkel zusammengesunkene Familienglück auf der Decke blickte. Als ich fertig war, saßen wir zu dritt dort, das Baby satt und zufrieden auf Inas Bauch eingeschlafen, volltrunken von Milch. Eine Stunde oder zwei Stunden waren das, in denen ich Inas Hand hielt und sie nur einmal aufstand, um das Kind zu wickeln. «Nein, hilf mir bitte nicht dabei!», sagte sie und lachte.

Ich dachte nicht mehr an die Schule.

Als ich ihr nachsah, wie sie im Badezimmer verschwand, hatte ich tatsächlich Hoffnung, sie würde mir erlauben, die Nacht hier zu verbringen. Ich könnte neben ihr und dem Kind auf der Matratze schlafen, ich könnte mit ihnen beim Frühstück sitzen, und wir würden am nächsten Morgen, der ein heller, warmer Frühlingsmorgen sein würde, den Kinderwagen am Marchufer entlangschieben. Ich hörte, wie sie den Klebeverschluss einer Windel aufriss, das Klappern des Mülleimers, und wieder dieses Kinderlied. Es ließ mir keine Ruhe, dass ich den Titel nicht herausfand.

Als sie aus dem Badezimmer zurückkam, sagte sie: «Es ist kalt geworden.» Sie drehte an den Knöpfen der Radiatoren und fragte nach der Uhrzeit und sagte dann: «Mein Gott, du musst doch zur Schule zurück.»

Sie machte Licht, und in diesem Licht, das aus den nackten Glühbirnen auf uns herabstrahlte, war alles verloren.

Ich nahm den Mantel vom Haken. Der Stoff hatte sich an der Heizung erwärmt. Durch die angelehnte Badezimmertür roch ich den markanten Geruch von frischem Säuglingskot.

«Ich habe übrigens noch Wäsche von dir gefunden», hörte ich ihre Stimme. «Ich habe sie gewaschen. Sie hängt im Badezimmer. Ich bringe sie dir.»

Das Baby lag nackt rücklings auf der Waschmaschine. Ina verklebte die neue Windel, stellte die Puderdose beiseite, wusch sich die Hände und nahm das frisch gewickelte Kind auf den Arm.

«Vielleicht kommst du morgen wieder», sagte sie. «Dann gebe ich sie dir.» Sie schlafe nicht viel, und das, obwohl das Kind kaum schreie. Es sei die meiste Zeit ganz still. Aber genau diese Stille unserer Tochter halte sie nicht aus. «Ihre Stille weckt mich», sagte sie. «Ich wache auf, und sie liegt mit offenen Augen neben mir auf der Matratze und sieht mich an. Das weckt mich.»

Ina folgte mir bis an die Wohnungstür, ich drückte die Tür auf und steckte die Hände in die Manteltaschen, als ich sie küsste und dem Säugling über den Schädelflaum strich.

Ich ging langsam Stockwerk für Stockwerk nach unten, jede Stufe auskostend. Erst im Erdgeschoss hörte ich, wie Ina die Tür ins Schloss drückte.

Unter den Laternen ging ich am Gasthaus, am Friedhof vorbei in Richtung der verlassenen Gleiskörper am Bahndamm. Es war kalt, aber diese Kälte tat mir gut. Ich wusste, dass ich nun mit einem Disziplinarverfahren zu rechnen hatte. Ich hatte auch meine Aufsichtspflicht verletzt. Ich überschlug, was meine Entlassung aus dem Schuldienst bedeuten würde, das zerknirschte Gesicht meines Bankberaters tauchte vor mir auf, ich sah die Schreiben der Inkassobüros, die ich an die Tapete gepinnt hatte. Und nur, weil ich ausprobieren wollte, ob noch etwas von der Verheißung darin war, sagte ich auch wieder das Wort «Auckland», aber nun tönte es mir nur wie Spott entgegen.

Die Schienen führten an dem Areal der ehemaligen Teerfabrik vorbei, das, seit ich denken kann, als dunkler, stinkender Fleck neben dem Dorf liegt. Obwohl kein Ziegelstein mehr an das einst riesige Gebäude erinnerte, war das Gebiet mehrfach eingezäunt. Nur der starke Geruch nach Teer, der auch jetzt noch deutlich durch die brüchigen Asphaltplatten in die Luft stieg, zeugte von der vergifteten Beschaffenheit des Untergrundes. An heißen Sommertagen war ich als Kind mit nackten Füßen in den warmen, weichen Teer gestiegen, und hatte meine Abdrücke im Boden hinterlassen.

Als ich dachte, meinen Namen gehört zu haben, drehte ich mich um. Man sah nur die Lichter der Häuser, die Straßenlaternen, deren Licht auf den feuchten Friedhofsmauern glänzte.

«Herr Fachlehrer!», rief jemand. «Herr Fachlehrer!»

Es war einer meiner Schüler. Er saß auf der Terrasse des Gasthauses neben dem Friedhof, und als ich die Hand zum Gruß hob, stand er auf und schob mir einen Stuhl hin, als hätte er auf mich gewartet.

Er rauchte und stieß den Rauch gegen die Hoflaterne, und als ich ihn erreicht hatte, warf er die Kippe in den Kies und gab mir die Hand. «Sie waren bei Ihrer Frau, Herr Fachlehrer», sagte der Junge.

«Ja», antwortete ich.

Er lächelte.

Ich hätte etwas sagen müssen wegen der Zigarette, aber bevor ich dazu kam, klopfte er eine für mich aus der Packung. Ich nahm sie. Er gab mir Feuer und lachte wieder, er beobachtete, wie ich den Rauch seiner Zigarette einzog. Es war meine erste seit vier oder fünf Jahren. Und sie schmeckte.

«Hat Ihre Frau das Kind bekommen?», fragte er.

«Ja», sagte ich.

«Und ist es ein Sohn geworden?»

«Es ist eine Tochter», sagte ich. «Wir haben eine Tochter bekommen.»

Ich fragte, ob er hier mit seinen Eltern wegen des Festessens wäre. Das Wort *Spanferkel* auf der Kreidetafel war mir aufgefallen: *Prasiatko.*

«Nein, keine Eltern», und noch bevor er sich erklärte, sah ich, dass er einen Wettschein ausgefüllt hatte. «Ja, Hunderennen», sagte er. Hier im Gasthaus könne man nun auch wetten.

Er erklärte es mir. Die Hunde liefen drei Runden lang hinter einem Plastikhasen her, in Amerika oder Australien, vielleicht aber auch sonst irgendwo – er wusste es nicht. Wenn sein Hund als Erster ins Ziel kam, gewann er fünfhundert Dollar. Auf seinem Smartphone, das neben dem halbvollen Aschenbecher auf dem Tisch lag, hatte er das Rennen verfolgt.

«Und?», fragte ich.

«Nichts», sagte er.

Er hatte 40 Euro verspielt, gab er zu.

Der Junge war mit seinen Eltern erst vor zwei Jahren aus Schwaz in Tirol hierhergezogen. Seine Eltern entstammten ursprünglich beide der Türkei, aber auf seine pechschwarzen Haare und seine bronzene Hautfarbe angesprochen, antwortete er im Dialekt des Tiroler Unterlandes: «Ich bin Tiroler», denn er kannte die Türkei gar nicht. Er vermisse die Tiroler Berge, sagte er dann, und dass er gerne Ski fahre.

Längere Zeit saßen wir einfach so da und rauchten, drückten die Zigaretten aus, auf seinem Smartphone verfolgte ich das Rennen, während er mir hier und da etwas über die Problematik des systematischen Wettens bei Hunderennen erklärte.

«Sie haben Ihre Tochter heute zum ersten Mal gesehen?», fragte er.

«Ja», sagte ich.

«Und?», er lachte. «Ist es ein schönes Baby?»

«Ich weiß nicht», sagte ich.

Und beide lachten wir.

Zwei Männer in weißen Uniformen kamen die Straße entlang, zwischen sich einen Einkaufswagen. Etwas rasselte, während sie gingen. Ich hatte irgendetwas hinzufügen wollen, aber konnte nicht weitersprechen. Flecken waren auf diesen Uniformen, Blutflecken, stellte ich fest. Einer fasste den Einkaufswagen vorne an den Rädern, um ihn über die Schwelle ins Gasthaus zu heben. Auf dem Metallgestänge lagen fünf oder sechs Ferkel mit offenen Augen. Sie waren nicht tiefgefroren, wie ich zuerst gedacht hatte, sie mussten frisch geschlachtet worden sein. Für das Fest, dachte ich, für das Spanferkelfest.

Lange nachdem die Männer hinter der Wirtshaustür verschwunden waren, traf uns der Geruch des Fleisches und nahm uns ein weiteres Mal die Worte.

Ich ging den ganzen Weg am Bahndamm durch die Dunkelheit zurück.

Als ich durch die Hoftore der Schule trat, pickte der Schulwart im Licht der Hoflaterne Papierfetzen aus dem Gebüsch. Er grüßte und machte einen Scherz über die späten Arbeitsstunden eines Lehrers. Fetzen meiner Kopien steckten auf seiner Müllzange.

Ich ging nicht einmal zurück ins Lehrerzimmer, sondern nur an mein Moped, startete und fuhr durch das Hoftor hinaus und vorbei an den Windrädern, die mit ihren Aluminiumarmen das letzte Licht vom Abendhimmel fegten.

Aber schon nach einigen Kilometern blieb ich stehen und stieg ab. Ich konnte plötzlich nicht mehr weiterfahren. Ich saß auf der Leitplanke in der Dunkelheit, den Oberkörper auf die Knie gestützt, bis sich meine Augen an die Dunkelheit gewöhnt hatten. Ich hörte das Knistern der Stromleitungen und das Stampfen der Erdölpumpen, die wie riesige gefräßige Insekten auf den Feldern saßen und ihre Köpfe in die Erde tauchten. Die ersten Sonnenblumenköpfe blühten bereits und schaukelten wie Wellen in einem dunklen Meer.

Als es piepste, nahm ich mein Handy aus der Tasche.

«Es geht nicht so, wie du es willst», schrieb Ina.

Nachts rief sie wieder an. Die Ampeln schwankten bereits heftig in den Halterungen, es roch nach Regen.

«Ich habe Angst», sagte sie.

«Wovor?», fragte ich.

Sie zögerte. Sie wolle mir etwas sagen, aber als ich sie fragte, was, sagte sie nur, der Mieter unserer alten Wohnung sei vorbeigekommen.

«Das ist es doch nicht», sagte ich.

«Doch», sagte sie, «das wollte ich dir sagen.»

Ich wusste, das war nicht die Wahrheit.

Der Mieter sei eine Weile im Vorraum gestanden, unsicher, und habe dann wegen des verbliebenen Klaviers gefragt. Ob er es entsorgen könne. Ich hörte, wie sie unter diesem Wort zusammenzuckte, weil sie erwartete, dass ich zusammenzucken würde.

«Ist das alles, was du mir sagen wolltest?», fragte ich.

«Nein», sagte sie.

Ich hörte, wie sie lange ausatmete. «Er hat auch noch etwas anderes vorbeigebracht: ein Notizbuch, ein Notenbuch.»

Wieder atmete sie lange aus, bevor sie sagte: «Du könntest kommen und es dir abholen.»

Ich hörte, wie sie etwas hinlegte. Es war offensichtlich diese *Erbsenauslöserkomposition*.

Im ersten Moment freute ich mich. Nicht über das Wiederfinden dieser Komposition, die natürlich wertlos ist, sondern weil ich dachte, es sei ein Vorwand, um mich zu sehen. Ich dachte, es sei ihr nur unmöglich zu sagen, dass sie mich wiedersehen wolle. In der Stille, die danach wieder in der Leitung herrschte, wälzte ich diesen Vorschlag im Kopf hin und her, während sie das Notizbuch mit meiner *Erbsenauslöserkomposition* in ihren Händen hin und her drehte, ich hörte, wie sie es aufblätterte und plötzlich laut auflachte: «Du hast ja keine einzige Note gesetzt!» Sie blätterte vor und zurück, schlug das Buch zu. «Lauter leere Notenzeilen sind das! Du bist so lange davor gesessen und hast nicht eine Note gesetzt?»

Und dann dachte ich, womöglich hieße es nur, dass sie jetzt alles von mir loshaben wollte, dass sie mir mit diesem Notizbuch auch den letzten Teil unserer Vergangenheit zurückgeben wollte, und ich sagte: «Ja, ich komme zu dir. Wann?»

Aber wieder sagte sie lange nichts. Sie überlegte und sagte dann nur: «Nein, das ist doch nicht gut.»

Und ich hörte, wie sie bei diesem Satz wieder vom Tisch aufstand und in ihrer Wohnung herumging und immer wieder Pausen machte, als würde sie sich umsehen und sich vorstellen, ich käme gerade zur Tür herein, und bei diesem Anblick feststellen, das sei kein gutes Bild, «nein, komm nicht zu mir», sagte sie.

Der Wind hatte die Blüten aus den Zweigen im Hof bis zu mir in den dritten Stock ans Fensterglas geweht. Erste Regentropfen klebten sie nun ans Glas.

Ina verbot mir, zu ihr zu fahren. Ich hörte, wie sie das Fenster zuschlug.

Ich fragte: «Ist da ein Sturm bei dir?»

«Nein, kein Sturm.»

Es erschien mir jetzt so einfach, mich auf der Couch wieder in den traumlosen, leeren Medikamentenschlaf einsinken zu lassen, aber aus Angst, etwas in ihrer Stimme zu versäumen, wollte ich die Augen nicht schließen.

«Wohin gehst du?», fragte ich.

«Ich gehe von der Küche ins Schlafzimmer», sagte sie.

«Gehst du ins Bett? Was machst du?»

Das an- und abschwellende Dröhnen eines Motors fesselte meine Aufmerksamkeit. Die Freier, die jeden Abend die Gablenzgasse auf- und abfuhren, ließen die Motoren aufheulen, um die illegalen Prostituierten auf sich aufmerksam zu machen.

«Wenn ich mit dir telefoniere», sagte Ina, «schalte ich mein Handy auf laut. Ich lege das Gerät in eine Einbuchtung neben mein Kopfkissen, ich schließe die Augen, und manchmal, wenn ich deine Stimme besonders schön finde, fasse ich versehentlich dorthin, weil ich mir ja vorstelle, dass dort dein Kopf liegt, dein Kopf», sagte sie, «und dass du dort sprichst, dass du dort atmest.» Sie lachte. «Aber wenn ich hinfasse, ist da nur das Gerät.»

Ich öffnete das Fenster und beugte mich so weit hinaus, bis die ersten fetten Regentropfen auf meinen Hinterkopf schlugen und von dort über meine Stirn hinabliefen. Der Sturm hatte einige Zweige aus dem nahen Park über die Straße geschleudert. Tatsächlich hatten die jungen Burschen Erfolg: Eine Prostituierte beugte sich in ein offenes Autofenster.

Durch den dichten Regenvorhang strichen jetzt immer wieder neue Lichter über die Häuserfassaden in die dunklen Hinterhöfe hinein, durch die vom Regen aufgepeitschten Äste.

Ich kratzte nasse Blütenblätter vom Fensterglas.

«Du könntest zu mir kommen», sagte ich.

«Hast du ein Bett?», fragte sie und lachte.

«Nur eine Couch», sagte ich.

Aber zu meiner Überraschung sagte sie zu. «Irgendwie wird es gehen.»

«Es ist über diesem Kaffeehaus», und ich nannte ihr den Namen des berühmten Kaffeehauses. «Wann kommst du?»

«Ich fahre gleich los», sagte sie. «Ich muss nur das Kind einpacken.»

Nach etwa einer Dreiviertelstunde sah ich ihren Wagen vom Gürtel einbiegen. Der Sturm war in die Stadt gezogen und schlug die offenen Fensterläden an die Hausmauern, schwere Tropfen klatschten an die Fenster. Ich lief hinunter. Starkregen hatte bereits eingesetzt und schwemmte Zeitungsfetzen in die Rinnsteine.

Die Sommerstürme in Wien sind wie Stürme in den Tropen. Sie kommen urplötzlich und ziehen innerhalb weniger Minuten über die Stadt hinweg. Sie knicken Bäume und Straßenlaternen um, verwandeln die Gassen in kleine Bäche.

Einige Schritte weiter kullerten schon Hagelkörner über den Gehsteig.

Ina hielt in zweiter Spur, aber hinter den verregneten Scheiben konnte ich ihr Gesicht nicht gleich erkennen. Sie stieg nicht aus und machte auch die Lichter nicht aus. Das ließ mich annehmen, sie wolle auf das Ende der schlimmsten Regenfälle warten. Beim Trommeln der Hagelkörner wartete ich unter der Markise, die im Sturm wie ein Motor zu knattern begann. Aber Ina stieg nicht aus. Ich weiß noch, dass ich ihr lachend und mit über den Kopf gezogenem Mantel durch den warmen Regen entgegengelaufen war. Ich schützte nur den Kopf vor den Hagelkörnern und wischte – an Inas Wagen angelangt – den Regen von der Scheibe, um sie endlich sehen zu können.

«Mach auf!», rief ich.

Aber sie machte nicht auf. Sie starrte mich nur an. Sie nahm die Hand vom Lenkrad, stellte jetzt die Scheibenwischer ab, dann auch die Scheinwerfer, sie starrte mich nur an, als hätte sie mich plötzlich durchschaut, etwas in mir erkannt. Ihr Blick glitt langsam von meinem Gesicht auf meine hin und her wischende Hand, sie studierte meine Hand und wich schließlich vor ihr zurück. Hinter den Regenschlieren beobachtete der Säugling vom Rücksitz aus die Hagelkörner, die gegen die Scheiben knallten. Auf mein Klopfen hin drehte er die Augen in Richtung meines Fingers, er sah mich an, interessiert, erstaunt, skeptisch. Er war verliebt in das Trommeln des Hagels auf dem Autodach. Wenn ich nicht wischte, verschwand alles hinter dem Regen, der wie Gelee über die Scheibe lief.

Als ich meine Hand auf die Türklinke legte, versperrte Ina die Türen.

Ich riss am Griff, rief irgendetwas, ich zog mein Handy aus der verklebten Hemdtasche. In der verregneten Scheibe war Inas Gesicht nicht mehr zu sehen, nur das Aufleuchten ihres Handys auf dem Armaturenbrett und dass sie es nahm und wieder hinlegte, und als ich wieder wischte, sah ich, dass meine eigene Nummer dort blinkte und mein Name und dass sie ihr Gesicht jetzt in ihren Händen vergraben hatte und ich sah, dass der Säugling alles beobachtete, mit wachen, intelligenten Augen, als wollte er ein Urteil abgeben. Er streckte die Finger nach den Hagelkörnern und mein Name hörte zu blinken auf.

Später dachte ich, dass ich doch besser geschrien hätte oder einen der Gartenstühle aus dem Café auf die Straße geworfen. Wie in Zeitlupe schob sich der Wagen hinaus auf den Gürtel. Ina stellte die Scheinwerfer wieder an, blinkte und bog ein und verschwand.

Sie war nicht zu erreichen.

Ich trocknete mir das Gesicht und warf die nasse Kleidung über den Stuhl. Nackt stieg ich unter die Bettdecke. Ich rief wieder an – und diesmal meldete sich eine slowakische Stimme. Sie sei nicht erreichbar – das verstand ich auch ohne Sprachkenntnisse. Ich ging ans Waschbecken, wo ich vor ihrem Erscheinen einen Apfel in den Abfluss geschält, aber nicht aufgegessen hatte, ich nahm ihn, biss einmal hinein, spuckte aus, und von dort weiter an die Couch, an den Schreibtisch. Ich nahm eine Tablette und erschrak über den Anblick meines nackten, kraftlosen Körpers im Spiegel. Ich steckte das Kuvert in die Manteltasche, zog es aber nur wenig später wieder heraus, um noch einmal den Namen dieses Kindes abzulesen, der mir plötzlich entfallen schien. Ich wollte auch von der Kälte lesen, der Kälte, die den Kopf frei macht.

Nach einer halben Stunde versiegte der Regen. Dichter Nebel hing vor den Reklameschildern. Die slowakische Stimme sagte wieder, Ina sei nicht mehr da, sie sei jetzt weg.

Ich spreche mit dem Fährmann, dachte ich. Das war mein einziger Gedanke. Ich spreche mit ihm, er weiß, wo sie jetzt ist. Er hat ihr Vertrauen. Ich fahre zu ihm.

Sieben

Ich bog falsch ab, war zu schnell. Auf dem Feldweg, den ich irrtümlich eingeschlagen hatte, fiel es mir schwer, den Lenker gerade zu halten. Die Straßen waren rutschig, und der Seitenwind drängte mich an die Leitplanke. Auch hier hatte der Sturm Äste von den Bäumen geknickt, aber aus den gekippten Fenstern kam bereits wieder das vertraute Schnattern der Fernseher, einzelne Schreie und das Aneinanderklirren von Weingläsern, Hundegebell, lachende Stimmen auf Terrassen.

Ich schluckte eine Tablette, aber diesmal war keine Wärme mehr darin. Es fühlte sich an, als würde mir die Haut in den Körper gezogen werden. Etwas, das von innen vorsichtig an mir zupfte und zog.

In der Nähe des aufgelassenen Bahnhofes zeichneten sich die Konturen der Schwarzstörche, die auf den rostigen Signaltürmen der Schienenstränge saßen, gegen den Himmel.

Als ich die March erreichte, war es vier Uhr früh. Ich stellte das Moped ab, ließ aber den Motor laufen.

Fetzen der Daubelnetze hatten sich im Gebüsch verfangen, im Schlamm steckte angeschwemmtes Plastik.

Dreimal rief ich nach dem Fährmann, ich musste mich räuspern, denn meine Stimme war nicht mehr als ein Keuchen. Im Schein des Mopedlichtes sah ich, dass das Wasser der March von Blütenstaub fast völlig bedeckt war. Immer wieder schnappten Fischköpfe danach, die die Blüten für zappelnde Insekten hielten. Ein plötzliches Schnarren und Meckern der Frösche kam aus der Dunkelheit, ein Quaken und Trillern.

Und dann sah ich Inas Auto. Sie hatte es etwas abseits der Fähre abgestellt, ganz in der Nähe der Plattform, auf der wir vor Jahren gesessen waren. Sie hatte die Türen abgeschlossen. Auf der Rückbank steckte der leere Kindersitz, ein paar Münzen auf den Stoffbezügen. Ich rief nach ihr, und dann wieder nach dem Fährmann.

Und dann antwortete jemand.

«Ja?»

Und obwohl ich gleich erkannt hatte, dass es die Stimme eines Mannes war, rief ich: «Ich bin hier!»

«Wo?», rief der Mann.

Es war eine junge Stimme.

«Hier», rief ich, «an der Fähre!»

Ein metallenes Klackern ertönte in der Dunkelheit. Im Gefühl einer plötzlichen Bedrohung starrte ich hinter mich. Jemand hob ein Gewehr, das spürte ich ganz deutlich, und unter dieser Bewegung erstarrte ich.

Ein Geruch stieg in meine Nase, der mir vertraut war: der Schweiß der männlichen Pubertät, mit dem ich täglich zu tun hatte.

«Was schreist du hier so rum?», rief jetzt eine andere Stimme.

Jemand fasste mich am Handgelenk, in der Dunkelheit konnte ich zuerst nichts sehen. Sie hatten keine Taschenlampen. Zwei Gestalten, die in der Dunkelheit auf mich gewartet hatten.

Gleich darauf aber sagte der erste wieder: «Jetzt lass das mit dem Gewehr, du Trottel!»

Und dann abwechselnd der, der mich am Arm hielt, und der, der mir zuerst auf meine Rufe geantwortet hatte:

«Ausweis her!»

«Jetzt lass ihn doch!»

«Passport!»

«Das ist doch einer von uns!»

Ich wusste nicht, ob es mich beruhigen sollte, dass beide in den Dialekten des Marchfeldes sprachen. Der feste Griff der fremden Männerfaust schmerzte an meinem Handgelenk, in beängstigender Anspannung zitterte sie. Zwei junge Burschen, verstand ich, laufen also hier nachts mit ihren Gewehren herum. Und endlich knipste einer eine Taschenlampe an und auch der andere, und beide leuchteten mir damit ins Gesicht, und sie leuchteten sich gegenseitig auf die Tarnuniformen und auf die Gewehre, die Lichtkegel flitzten über die schlammigen Grasbüschel.

So sah ich auch ihre Gesichter. Im ersten Moment dachte ich, es seien zwei Kinder. Einem zitterte das Gewehr in der Hand, der Lauf zielte irgendwo gegen mein rechtes Knie, und immer wieder legte der andere die Hand auf den Lauf und rief jetzt: «Das darfst doch net! Sei doch net so teppert! Das darfst doch net!», während der Schütze nur immer wieder das Wort «Ausweis! Ausweis! Ausweis!» auf mich einbrüllte, aber auf eine Weise, die klarmachte, dass er nicht mehr wusste, was er da brüllte, zehn Mal, fünfzehn Mal und auch noch einige Male, nachdem ich ihm panisch meinen Ausweis ausgehändigt hatte.

Er blickte lange darauf, aber schien zu nervös, um etwas lesen zu können. Er sagte immer nur: «Ich hab dir gesagt, da ist was!» zu seinem Kollegen und abwechselnd zu mir, dass ich die Goschen halten solle, «ich hab dir das gesagt!» und zu mir: «Halt die Goschen, halt einfach die Goschen!»

Auch sein Kollege drehte meinen Ausweis. Sie wussten nichts damit anzufangen.

Die Grenze wurde von achtzehnjährigen Grundwehrdienern bewacht, die aus ganz Österreich herangezogen wurden. Ihre Aufgabe war es, illegale Grenzübergänger zu fassen. Als 1989 der damalige österreichische Außenminister mit seinem ungarischen Amtskollegen den Stacheldraht des Eisernen Vorhanges durchschnitt, empfanden das große Teile der österreichischen Bevölkerung als Ausdruck der Annäherung an die Staaten des ehemaligen Ostblocks. Mit großem Pathos war dann unter dem Namen *Brückenschlag* auch eine erste Pontonbrücke über die March in die Slowakei errichtet worden. In den Zeitungen war von einem historischen Moment die Rede gewesen. Weit weniger Aufmerksamkeit aber erhielt die Tatsache, dass Österreichs Grundwehrdiener noch im gleichen Jahr in eigens errichtete Wachtürme an der March gezogen waren. Während die tschechoslowakischen Wachtürme eingerissen wurden, wurden auf österreichischer Seite neue errichtet. Statt der tschechoslowakischen Soldaten jenseits patrouillierten jetzt österreichische Soldaten diesseits der March und patrouillierten dort immer noch, seit zwanzig Jahren, und noch vier Jahre, nachdem die Slowakei dem Schengener Abkommen beigetreten war. Der Eiserne Vorhang, der nie als Bollwerk gegen eine Invasion, sondern nur in der Absicht errichtet worden war, die Migration aus dem Osten zu verhindern, war sofort nach seinem Fall in anderer Form in Österreich wieder aufgebaut werden. Und wieder aus diesem einzigen Grund: um die Migration aus dem Osten zu verhindern.

Ich folgte den Soldaten bis an ihr Zelt am Ufer. Ein Ofenrohr glühte dort in der Dunkelheit. «Es ist arschkalt», sagte einer der Burschen, sichtlich erleichtert darüber, keinem sogenannten Illegalen begegnet zu sein. «Dieser Scheißsturm!» Er hob die Hand, sagte aber nichts weiter.

Ich ging zur Fähre zurück, blieb aber an der Absperrung stehen und erinnerte mich an das Bekanntwerden einer Studie, die die Sinnlosigkeit dieses Grenzdienstes bestätigt hatte. Der Verteidigungsminister hatte jedoch auf der Fortsetzung bestanden, weil diese Patrouillen am ehemaligen Eisernen Vorhang, wie er schließlich mehrmals vor laufender Kamera zum Besten gab, das *subjektive Sicherheitsgefühl* der Bevölkerung erhöhten.

Ich sah den Soldaten nach, deren Taschenlampen jetzt weithin sichtbar waren. Lange noch hörte ich ihre Stimmen, sie stritten über die Rechtmäßigkeit des Einsatzes, einer der beiden brüllte auf den anderen ein. Dann war es ruhig. Nur manchmal hörte ich das Meckern der Frösche.

Ich konnte kaum glauben, dass diese mit halbautomatischen Gewehren durch die Dörfer streunenden Halbwüchsigen die österreichische Bevölkerung weniger verunsicherten als Flüchtlingsfamilien, die nach monatelangen Reisen hungrig und verwahrlost hier strandeten.

Wie damals im Februar war die Fährkabine offen. Die Petroleumlampe hing am Haken, ich zündete sie an, drehte die Flamme am Rädchen größer, das rußige Glas ließ nur wenig Licht durch.

Wie ein heimkehrender Arbeiter betrat ich die Kajüte, sofort setzte ich mich, seufzte, als wollte ich jemandem von meinen Tageserlebnissen erzählen, als stünde da jemand hinter mir. Ich drehte mich sogar um. Aber natürlich war da niemand. In der Thermoskanne schwappten Reste von Kaffee, zwei gebrauchte Tassen standen dort. Ich goss in beide Kaffee ein. Ich wollte hier auf den Fährmann warten.

An den Wänden hingen neue Filzstiftzeichnungen: Storchennester und tote Fische in Netzen. Im schwachen Licht konnte ich nicht alles erkennen. Ich stand auf und nahm selbst zwei Zeichenstifte aus dem Gurkenglas auf dem Regal.

An einem Haken in der Tür hing der schwarze Mantel des Fährmannes: Das Motiv dieses ins Halbdunkel gehängten Mantels gefiel mir.

Ich setzte einige Striche auf ein Stück Zeitungspapier auf dem Tisch, bevor ich plötzlich innehielt.

«Dieser Geruch», sagte ich.

Ich stand auf, schnüffelte. Ich musste gar nicht lange suchen. Im Mülleimer unter dem Tisch steckte eine in Plastiksäcke gehüllte alte Babywindel, von senfgelbem Kot verfärbt. Ich legte sie wieder zusammen, schob sie zurück. Ich war ruhig. Ina war also hier gewesen.

Die Müdigkeit griff jetzt nach mir, ein schweres Netz, das meine Glieder ruhig in der Koje hielt.

Ich leerte die letzten Kaffeetropfen. Die Wärme der Flüssigkeit tat mir gut, ich legte die Hände an die Kanne. *Fährbetrieb ab 5 Uhr* war auf dem Schild an der Kette gestanden. So lange wollte ich warten.

Wie von Ferne hörte ich das Motorenknattern meines Mopeds. Im Wellengang schwankte die Fähre leicht, Äste schabten am Kiel.

Die Bettdecke war durchwühlt und warm, als hätte eben noch der Fährmann darin gelegen, zerknüllte Taschentücher unter der Decke, ein Kugelschreiber, der das Kopfkissen verfärbt hatte.

Jede Minute konnte der Fährmann kommen, dachte ich. Ich stellte mir vor, was er sagen würde, fände er mich hier schlafend auf seiner Koje, und ich stellte mir vor, was ich ihn fragen würde, und dachte dann, dass er doch kein Deutsch sprach und die Polizei rufen würde. Und dass die Soldaten aussagen würden, sie hätten doch recht gehabt, ihnen sei es gleich so vorgekommen, dass irgendetwas mit mir nicht stimmte.

Ich rückte die Lampe weiter in die Tischmitte, denn ich mochte die Schatten an den Wänden nicht. Ich wärmte die Hand am Lampenglas, schob die Luke weiter auf. Der Geruch von fauligem Wasser und morschem Holz vertrieb den Gestank nach Säuglingskot.

Als ich das erste Mal mein Handy aus der Manteltasche zog, war es halb fünf. Ich hätte aufstehen müssen und den knatternden Motor meines Mopeds abstellen, stattdessen zog ich mir die Decke über. Hier war Ina mit dem Kind gesessen, dachte ich, aber ich wusste jetzt nicht mehr: war es ihr Schweißgeruch oder der des Fährmannes in der Bettdecke.

Da pochten Schritte an der Rampe, und ich zuckte zusammen. Ich schlug die Tür auf, schwenkte die Lampe: Eine Familie von Stockenten stand an der Rampe, der Schnabel der anführenden Entenmutter im

Licht der Lampe erleuchtet, dahinter sechs, sieben Küken. Sie drehten die Köpfe und watschelten dann die Rampe, die sie eben betreten hatten, wieder Richtung Wasser hinab. Mit einem leisen Rauschen glitt die Mutter hinein, hinter ihr die Küken.

Ein anderes Mal riss sich ein Fasan mit seinem markanten Doppelkrächzen aus dem Unterholz. Eine Krähe klopfte mit dem Schnabel ans Dach, eine Bisamratte schlüpfte ins Schilf. Ich schlief nicht. Ich erinnerte mich.

Steiner schlug am 14. Oktober 2009, ein halbes Jahr vor seinem Tod, gegen unsere Wohnungstür. Durch das Klopfen aufmerksam geworden, legte Ina den Löffel weg und ging ans Guckloch. Sie drehte sich zu mir herum, winkte mich heran. Dort draußen stand Steiner, ein Mann, den wir nicht mehr für möglich gehalten hatten. Ich erschrak.

Steiner hatte sich irgendwie von seiner Küchenbank aufgerafft und durch das Dorf bis zu uns geschleppt. Es war sicher ein Kilometer. Er stand dort draußen, das Kinn herausfordernd dem Guckloch entgegengehoben. Auf einer Seite seines Kopfes waren seine weißen Haare gekämmt, auf der anderen nicht – das sah seltsam aus.

Wir öffneten. Er drückte sofort die Tür auf und ging geradewegs an uns vorbei durch das Vorzimmer. Unter dem Türstock drehte er sich zu uns herum, als bemerke er erst jetzt, dass wir an der Eingangstür stehen geblieben waren. Er streckte den Daumen und deutete auf seinen Bauch und sagte: «Da ist was!»

Das waren seine ersten Worte. Ina sagte später, sie könne sich nicht erinnern, wann er davor zuletzt gesprochen oder was er da gesagt hätte. Womöglich seien dazwischen Jahre vergangen. Ina sah mich an und dann wieder auf Steiner, der jetzt geradewegs, als wäre all das Herumliegen auf der Küchenbank nur Theater gewesen, in unser Wohnzimmer ging, wo er sich ohne weitere Worte auf die Couch setzte. Er schloss die Augen und man konnte hören, wie er jetzt leise vor Anstrengung schnaufte. Ina folgte ihm als Erste. Zuerst wollte sie sich neben ihn setzen, zog sich aber dann einen Stuhl vom Esstisch heran. Sie legte beide

Hände in Steiners Schoß. Er blickte darauf. Und es war dann ganz laut und deutlich, als er sagte: «Da ist Blut in meiner Scheiße.»

Wir hatten Steiner insgeheim bereits für tot gehalten, er war einer, über den wir, wenn überhaupt, nur noch wie über einen Toten gesprochen, den wir nur noch als Toten gedacht hatten. Dieser Tote drehte jetzt die Kaffeeschale, die wir ihm gereicht hatten, in den Händen und sagte: «Ich wollte es dir sagen», und legte dabei einen Handballen auf Inas Knie. Er streichelte sie mit seinem Daumen. «Ich wollte es dir sagen», wiederholte er. Er wusste nicht, wem er es sonst hätte sagen sollen. Und ich weiß, dass ich schon damals dachte, dass er jetzt endgültig wie ein Toter aussah.

Noch in der gleichen Stunde fuhren wir mit ihm in die Ambulanz des Bezirkskrankenhauses. Vor dem Computer saß ein junger, gutaussehender Arzt. Als er aufstand, rollte sein Sessel noch ein Stück zurück. Der Mann ging aus dem Zimmer und kam mit einem älteren Kollegen zurück. Dann saßen beide auf diesen Sesseln vor uns, aber bald standen sie auf, um abwechselnd auf die Bilder der Koloskopie an den Wänden zu deuten, eine ganze Wand hatten sie damit ausgekleidet: ein riesiges Steiner'sches Höhlensystem. Und schließlich sagte der Arzt das, was er sich alleine nicht zu sagen getraut hatte: dass es nämlich ernst sei, und sofort sekundierte der zweite und sagte: Ja, ernst, es sei sogar sehr ernst.

Die Art, wie sie das sagten, machte mir sofort klar, dass Steiner zum Tode verurteilt war. Aber anstatt in sein Todesurteil einzuwilligen, glaubte er, sie mit Fangfragen davon abbringen zu können. Er bezweifelte die Aussagekraft ihrer medizinischen Diagnosen, die Standfestigkeit dieser jungen Leute, wie er sagte. Es könne doch unmöglich bereits so ernst sein. Vor einer Woche, sagte er, habe er doch noch gar nichts gespürt, vor einer Woche habe er es zum ersten Mal bemerkt, es könne also höchstens eine Woche alt sein und nicht Jahre, wie sie behaupteten. «Es kann doch unmöglich in einer Woche so etwas, wie Sie mir da behaupten, in mir wachsen, Herr Doktor.» Ausgeschlossen sei, dass es etwas Ernstes sei, denn er habe nie etwas Ernstes gehabt. Und dabei schlug er mit der Handkante gegen die Stuhllehne. Könne es nicht sein, schlug er vor, dass es nur ein Polyp sei? Er habe auch früher Polypen gehabt. Er liebte es jetzt, dieses Wort auszusprechen, dieses Wort brach dem Tod die Sense entzwei. Er wisse, dass so etwas seinem Vater einmal passiert sei, «Polypen», sagte er ganz zufrieden. «Ja, diese Polypen haben wir in der Familie.» Sein ganzes Manipulationsgeschick setzte er ein, um seinen Krebs zu einem Polypen und von diesem zu einem Nichts herunterzuhandeln. Auch Ina bemerkte sofort die Veränderung: Steiner lebte durch diese Verhandlungslust auf. Während wir gedacht haben, er könne gar nicht mehr sprechen, erzählte er jetzt Anekdoten seines Onkels aus Limbach, der einmal geglaubt habe, schwer krank zu sein, «Darmkrebs!» habe er sich eingebildet gehabt, aber dann doch nur Hämorrhoiden feststellen können. «Man muss immer bedenken», belehrte er die beiden Mediziner, «dass sich auch ein Arzt irren kann! Es besteht ja durchaus die Möglichkeit, dass sich auch ein Mediziner täuscht», sagte er, «darauf können wir uns doch einigen. Es besteht die Möglichkeit des Irrtums, immer besteht auch die Möglichkeit des Irrtums», sagte Steiner zufrieden, «auch unter den Medizinern.» Aber die Ärzte waren nicht bereit, einen Schritt zurückzugehen. Die Verhandlungen waren einseitig, wurden von ihnen diktiert. Dagegen wehrte sich Steiner. Das sei nicht gerecht, sagte er, dass man seinen Onkel einfach ignoriere. Er begann diesen Fall noch einmal in allen Details zu erzählen, auch, was dieser Onkel gegessen habe, wie er gelebt habe und wie ein Arzt, «ein junger Arzt, wie Sie beide welche sind!», diesen völlig falsch diagnostiziert habe. Irrtümer seien passiert und der vermeintlich Todkranke plötzlich als kerngesund erkannt worden. «Jeder hat doch einmal ein kleines Wehweh», sagte er und lachte versöhnlich, als könnte man sich nun per Handschlag darauf einigen, einfach wieder nach Hause zu gehen.

Aber mit den Ärzten war nicht zu spaßen. Der junge Arzt nahm jetzt die Bilder von der Wand und legte sie vor uns auf den Tisch, der alte hängte sie wieder hin. Jedes dieser medizinischen Albtraumwörter schlug jetzt von links und rechts in Steiner ein, dann stand einer vor, der andere hinter ihm. Sie sprachen mit der Sprache zweier Richter, die den

Angeklagten von der Schwere seines Verbrechens überzeugen mussten. Es war nicht zu übersehen, dass Steiners Starrköpfigkeit sie zornig machte. Deshalb sprachen sie lauter, gingen eindringlicher vor uns auf und ab, sie benutzten die schlimmsten und grausamsten Worte, die man ihnen in ihrem Studium beigebracht hatte, sie warfen Medizinlexika auf und deuteten auf immer schlimmere Krankheitsbilder. Das wird werden, sagten sie, und das wird werden, nur das, was sie eigentlich von allem Anfang an hatten sagen wollen, nämlich, dass Steiner bald tot sein würde, sagten sie nicht, immer nur, dass es schlecht aussehe, der andere: Sehr schlecht, es sehe sogar sehr sehr schlecht aus. Sie zeigten Bilder von Steiners Untergang.

Und unter den schrecklichsten Bildern knickte auch er, der Unsterbliche, schließlich ein.

Ich erinnerte mich daran, dass es plötzlich still im Besprechungszimmer gewesen war. Wir warteten, wie es weitergehen würde. Für einen Moment schien es, als wüssten die Ärzte auch nicht weiter, wie Schauspieler, die zu ihrer Souffleuse hinüberhorchten, starrten sie auf eine Seite des Raumes, an der sich die halb zugeschobene Tür befand, mit ihren Handballen auf den Knien, und auch Steiner blickte erwartungsvoll dort hin und auch wir blickten dort hin. Wir warteten auf das nächste Bühnenbild. Ich dachte, es wäre jetzt notwendig gewesen, Hoffnung zu geben, die Ärzte hätten jetzt sagen müssen, dass man das wieder hinbekäme. Wir werden Sie gesund machen, Herr Steiner, hätten sie sagen müssen. Aber ihr Studium hatte ihnen diese Idee verdorben. Sie wussten genau, wie es jetzt weitergeht mit diesem Körper, der vor ihnen saß, dass da nämlich nichts mehr weitergeht. Da war nicht mehr viel zu richten. Die ganze Wand hatten sie mit Beweismitteln vollgeklebt. Geschwüre, wo man hinsah, selbst ich konnte das erkennen. Man würde ihn jetzt operieren und dann weitersehen, sagten sie. «Was weitersehen?», fragte Ina. Sie hoben die Handflächen, als müssten sie sich ergeben. Womöglich weiter operieren, wie weiter, das müsse man sehen. Womöglich auch noch andere Teile herausoperieren, den Steiner aushöhlen, dachte ich jetzt.

Schon während meiner Zivildienstzeit war mir aufgefallen, dass Ärzte es nach einer gewissen Zeit im Krankenhaus gewohnt waren, den vor ihnen sitzenden Menschen nur mit seinen Dysfunktionen zu benennen. Sie sagten zu uns Zivildienern nicht: Die Frau mit der Schilddrüsenunterfunktion sitzt noch draußen am Gang, sondern: Die Schilddrüsenunterfunktion sitzt draußen am Gang, nicht: Die Frau mit der Hepatitis B bekommt noch Lamivudin, sondern: Die Hepatitis B bekommt Lamivudin, die Rissquetschwunde, der Scheideneinriss, die Speiseröhrenblutung. Und auch von Steiner sprachen sie so. «Ein Darmkrebs ist eine ernste Angelegenheit», sagten sie und deuteten auf Steiner, als säße dort ein Krebs und nicht ein Mensch, und nach zwei, drei Minuten, in denen einer der beiden nur dagesessen und in einer entsetzlichen Gelassenheit etwas in seinen Computer getippt hatte, hob er den Telefonhörer auf und sagte, ein Darmkrebs werde jetzt aufgenommen, «ja, ein Darmkrebs», die Station bekäme einen Darmkrebs, und blickte dabei auf Steiner, den Darmkrebs, und als Steiner etwas sagen wollte, waren beide schon von Richtern zu Gefängniswärtern geworden: «Hinsetzen!», sagte der eine, als Steiner hatte aufstehen wollen. Er hatte womöglich gedacht, er könne einfach nach Hause gehen. «Sie bleiben hier!», sagten sie. «Heute essen Sie nichts mehr. Sie werden sofort operiert!»

Es ging tatsächlich alles sehr schnell und genau, wie die Ärzte gesagt hatten. Sie operierten ihn, und bald darauf operierten sie ihn wieder. Das Wort *Metastasen*, das ich außerhalb meiner Zivildienerzeit kaum je gehört hatte, schlüpfte jetzt auch in alltägliche Gespräche, die ich mit Ina am Frühstückstisch führte, in Telefonate. Das Wort hatte plötzlich Einzug in unser Leben gehalten. Immer weitere Bilder wurden über die Tatsache gefunden, dass da etwas in Steiner wuchere und wuchere und bereits gewuchert sei.

Ina kümmerte sich in dieser Zeit sehr liebevoll um ihren Großvater. Sie fuhr mehrmals die Woche zu ihm, und wenn es spät wurde, schlief sie wieder in ihrem alten Zimmer, sie stand früh auf, denn ihr Großvater war es gewohnt, früh aufzustehen. Sie kochte ihm Brei aus Haferflocken und Bananen und saß bei ihm am Frühstück, sie diskutierte über die Tabletten, die er zu nehmen hatte, aber nicht nehmen wollte, und sie half ihm im ersten Morgenlicht die Sense zu dengeln, denn bis zuletzt legte Steiner Wert darauf, selbst damit das Unkraut vor der Einfahrt aus den Fugen zu kratzen. Dann stieg sie ins Auto und fuhr zu ihrem Tortenverkäufer nach Wien.

Aber es reichte nicht. Es war ganz offensichtlich, dass Steiner jemanden brauchte, der Tag und Nacht für ihn da war. Er konnte nicht mehr allein aufs Klo gehen, er konnte sich nicht mehr waschen. Als Ina ihn eines Tages eingekotet auf der Küchenbank liegen sah, organisierte sie unter Selbstvorwürfen eine Pflegerin, eine junge Mutter – ausgerechnet aus dem slowakischen Liptovský Mikuláš –, die nachts vor ihrem Laptop weinte, wenn sie ihren Kindern per Skype gute Nacht wünschte. Die Pflegerin warf Holzscheite in den Ofen und kochte für ihn, sie wusch ihn und stützte ihn, ohne zu murren, wenn er sich ganz plötzlich einbildete, draußen nach den Hühnern sehen zu müssen oder nach den Ziegen, oder wenn er sie nachts zu sich läutete, um irgendeiner Reparaturarbeit nachzugehen, die damit endete, dass er eine Minute lang keuchend mit dem Hammer in ihrem Arm hing, bevor er wieder auf die Küchenbank zurückfiel.

Steiner hasste sie. Er wollte keine Fremden in seinem Haus, nicht einmal im kleinsten Zimmer, und als sie nach nur einer Woche ihren Koffer hinter dem Klappbett hervorzog und draußen ins Auto stieg, sagte er, er sei froh, dass diese Schlange fort sei.

Er hatte eine weitere Frau aus dem Haus getrieben.

Nur Ina liebte ihn. Sie hatte längere Zeit nicht mehr an ihn gedacht, aber jetzt liebte sie ihn. Es war schwer, das zu begreifen.

Da ihr aufgrund ihres Werkvertrages kein Pflegeurlaub zustand, ließ sie sich krankschreiben. Aber als ihr Tortenhersteller anrief, um nachzufragen, wie lange sie denn noch krank zu sein vorhabe, sagte sie die Wahrheit: «Ich bin nicht krank», sagte sie, «ich muss mich um meinen sterbenden Großvater kümmern.» Das hatte zur Folge, dass sie nicht nur ihren Job verlor, sondern auch von der Krankenversicherung mit Rückzahlungen des ausgestellten Krankengeldes bedroht wurde.

Es schien ihr egal.

Ich bot an, ihr zu helfen, aber auch mich hasste Steiner.

«Komm trotzdem», sagte sie.

«Wie soll ich das machen?»

«Du kennst doch den Weg über den Hühnerstall», sagte sie.

Sie wollte, dass ich mich heimlich in Steiners Hof schlich. Ich nahm zwei Wochen Pflegeurlaub, in diesen zwei Wochen lotste Ina mich per SMS durch das Haus. Sie schrieb: «Wir sind jetzt im Badezimmer, du kannst in der Küche aufräumen.» Das tat ich. Sie schrieb: «Wir kommen jetzt in die Küche, kannst du inzwischen in die Apotheke fahren?»

In diesen Tagen sah ich Steiner nicht, aber ich hörte seine Klagen über die falsche Wassertemperatur, den Gestank der Salben, ich hörte ihn durch die angelehnte Klotür jammern und heulen, und ich hörte, wie Ina leise mit ihm sprach. Sie half ihm auf, wenn er fertig war, zog ihm die Hose hoch, drückte die Spülung für ihn. Dann drehte sie sich nach mir um und machte eine Handbewegung, die hieß: Verschwinde, er kommt jetzt raus.

Während ich dann Steiners Bettzeug wechselte, hörte ich, wie sie ihm in der Küche vorlas. Sie fing mit dem herumliegenden Bezirksblatt an, aber Steiner wollte keine Zeitungen, schon gar keine Nachrichten aus der sogenannten Welt hören. Er wollte auch nichts von Ehrungen Neunzig- oder Hundertjähriger wissen, es interessierte ihn nicht, wer im Dorf getauft oder gestorben war, wer geheiratet hatte, wessen goldene oder diamantene Hochzeit den Bürgermeister mit einer von Sprühkerzen besetzten Torte in die Häuser geführt hatte.

In der Trafik kaufte sie schließlich ein Kinderbuch. Es hieß: *Die Ente auf dem Bauernhof*. Und unter der Erzählung dieser Ente, die auf den Bauernhof kam und zusah, wie die Gerste geschnitten wurde, und die sich vor der Katze fürchtete, wurde ihr Großvater ruhig und schlief ein.

«Du liest ihm von der Ente vor?», fragte ich Ina, wenn wir abends erschöpft im Bett lagen. «Du fragst ihn: Soll ich dir heute wieder von der Ente vorlesen?»

«Ja, von der Ente», antwortete sie. Und sie sagte: «Ich bin per Sie mit ihm. Hast du das vergessen? Ich sage: Soll ich Ihnen heute wieder von der Ente vorlesen? Und er sagt: Ja, Ina, wenn wir draußen mit den Ziegen fertig sind, kannst du mir wieder von der Ente vorlesen.»

Steiner liebte die *Ente auf dem Bauernhof*.

In diesen zwei Wochen war ich der unsichtbare Geist in Steiners Haus. Als ich danach anbot, zumindest nach oder vor dem Unterricht mit dem Moped vorbeizukommen, schüttelte Ina den Kopf.

«Das ist nicht notwendig», sagte sie.

«Aber ich sehe doch, dass es notwendig ist. Du bist doch ganz allein mit ihm.»

«Nein», sagte sie bestimmt. «Es ist nicht notwendig.»

Und da verstand ich, dass auch sie meine Hilfe nicht mehr wollte. Sie wollte allein mit Steiner sein. Sie wollte ihn für sich haben.

Immer wieder fuhr Ina mit Steiner zu den Untersuchungen ins Krankenhaus und ins Blutlabor, wir hoben ihn in ihren Wagen, bevor ich weiter zur Schule fuhr. Auf merkwürdige Weise ruhig blickte sie dort auf die vorbeiziehenden jungen Ärzte, wenn ich sie nachmittags im Wartesaal abholte. Und wieder wucherte da etwas Neues, sagten die Ärzte, und wieder operierten sie.

Was sie nicht aussprach, wenn sie abends erschöpft von ihrem Käsebrot abbiss, es halb angebissen liegen ließ, um ins Bett zu fallen, war ihre Angst vor jedem Telefonklingeln. Sie hatte den Ärzten unsere Festnetznummer aufgeschrieben und zuckte bei jedem Klingeln zusammen. Sie hatte Angst vor den Zusammenfassungen der Ärzte, vor dem Wort *metastasierend*, vor dem Wort *Operation*, vor dem Satz, dass es jetzt *wirklich ernst* sei. Sie hatte Angst, die Ärzte könnten sagen, Steiner werde bald sterben. Aber das war nur die eine Seite. Ich wusste, dass sie ihren Großvater liebte, und wenn ich ihr auf den Kopf zugesagt hätte, was ich ihrem Gesicht ablas, wenn sie mit halb geschlossenen Augen den Telefonhörer an die Wange drückte, erschöpft, ein Stück Brot im Mund, auf dem sie zwischen den Monologen der Ärzte kaute, hätte sie alles abgestritten: Aber Ina hatte mindestens ebenso viel Angst vor den Schreckensmeldungen wie davor, die Ärzte könnten sagen, Steiners Zustand hätte sich gebessert, er hätte sich stabilisiert. Sie hatte Angst davor, Steiner würde sein restliches Leben lang ihre Hilfe brauchen, er würde sie für jeden Bissen Essen brauchen, für jeden Stuhlgang, jedes Mal, wenn er sich anzog, sie würde monate-, vielleicht auch jahrelang Steiners faltige Haut mit den bröckeligen Resten der selbstgemachten Kernseife waschen, sie würde ihn füttern und im Bett umwälzen.

Niemand außer ihr schien sich für Steiner zu interessieren. Ihr Vater blieb nun noch länger im Ausland. Er verpasste halb Osteuropa Fremdwährungskredite, die er als Sparformen verschachterte. Er kam nachts heim, aber mehr, als dass er Steiner die Hand auf die Schulter legte, war von ihm nicht zu erwarten. Im Gegenteil: Er aß, was Ina gekocht hatte, und ließ seine schmutzige Wäsche im Bad liegen.

Ich erinnerte mich daran, dass Ina einmal sogar ihre Zwillingstanten angerufen hatte. Für einen Nachmittag hatten sie sich in Sopron getroffen, sie war mit ihnen in einem englischen Restaurant gesessen, aber als sie abends zurückkam, sagte sie, man hätte gar nicht über Steiner gesprochen. Ihre Zwillingstanten hatten nur die Tauben auf dem Kopfsteinpflaster vor dem Café gefüttert, und als das Baguette aus gewesen war, das sie sich zur Zwiebelsuppe hatten kommen lassen, seien sie aufgestanden. Die Tanten hatten von ihrer Seite nicht angeboten, nach Österreich zu fahren. Sie hatten sich nicht für ihren Vater interessiert, und was sie über ihn gesagt hatten, waren Geschichten aus der Vergangenheit gewesen. Auch sie hatten über ihn nur wie über einen Toten gesprochen. Es war nur eine Frage der Zeit, bis der Tote in ihren Köpfen mit jenem noch lebenden Steiner verschmolz.

Nachts ließ sie sich warmes Wasser in die Badewanne ein.

«Sie haben nur die Tauben gefüttert», sagte Ina.

Ich tauchte eine Hand zu ihr ins Wasser, streichelte ihre Schulter. Sie legte ihre Stirn in meine Handschale und schloss die Augen.

Steiner spreche jetzt nichts mehr, sagte sie, er klage höchstens über Schmerzen, aber ohne Worte, nur in tierischen Lauten. Er gab ihr zu verstehen, dass sie verschwinden solle, dass sie ihn allein lassen solle.

Dieser einzige Mensch aus ihrer Familie, der ihr nahegegangen war, starb kurz nach Jahreswechsel. Und Ina und ich haben ihm beim Sterben zugesehen.

Am Morgen des 9. Jänner rief man uns an und kündigte seinen Tod an. Das ging ganz sachlich. Man rief an und sagte: «Steiner wird heute sterben.» Wenn wir ihn noch einmal lebend sehen wollten, sollten wir jetzt kommen, denn die Werte seien sehr schlecht.

Es war ein sonniger Morgen, frostig, aber die Sonne lag warm auf den Fensterscheiben. Wie in Grimms Märchen vom Gevatter Tod warteten die beiden Ärzte links und rechts vom Kopf des Kranken. Als wir eintraten, nickten sie uns zu, und noch bevor wir auf den still zwischen ihnen schlafenden Steiner blickten, wussten wir: Sie hatten wie immer Recht behalten.

Sie würden jetzt langsam die Medikamente, die ihn bis dahin noch am Leben gehalten hatten, absetzen, sagte mir einer der Ärzte. Man wolle ihm ein angenehmes, ein angstloses Sterben ermöglichen, denn angesichts des nahenden Todes hole fast alle Menschen die Panik. Das sei normal. Niemand will sterben, sagte der Arzt, auch wenn manche das glauben. Den Tod wollten viele, das Sterben aber niemand. Er habe das oft genug gesehen. Aufgrund eines speziellen Mittels würde es Steiner kurz auch noch einmal besser gehen. Er würde vielleicht sogar die Augen aufschlagen, und wenn wir Glück hätten, etwas zu uns sagen.

«Sie werden vielleicht Hoffnung schöpfen», sagte der Arzt zu uns – wir hatten bereits links und rechts des Sterbenden Platz genommen –, «und ich muss Sie bitten, keine Hoffnung zu schöpfen. Ich bitte Sie, haben Sie keine Hoffnung. Dieses Mittel wird ihn sanft in den Tod gleiten lassen. Alles andere ist unmöglich.» So sagte er es tatsächlich. «Wir machen das, damit er gut sterben kann.»

Wir saßen drei Stunden bei ihm im Zimmer. Nach etwa einer halben Stunde ging die Tür auf und Inas Vater trat ein. Es sah zuerst so aus, als wollte er sich nun ebenfalls zu Steiner ans Bett setzen, dann aber zog er einen Plastikstuhl unter dem Tisch hervor und saß dann etwa eineinhalb Meter von seinem sterbenden Vater entfernt mit übereinandergeschlagenen Beinen da. Das Manuskript, das er in der Tasche gehabt hatte und das ihm offensichtlich wichtig war, hatte er sich aus Pietät nicht vor unseren Augen aus der Tasche zu ziehen getraut. Etwas über *Basel* stand darauf, *Basel Drei*. Nachdem ich die Überschrift gelesen hatte, klappte er die Tasche zu und schlug die Beine andersherum übereinander. Er lächelte unsicher und deutete nur einmal auf Inas Schwangerschaftsbauch, als wollte er sich nach ihrem Zustand erkundigen, legte dann aber die Stirn in die Gabel zwischen Daumen und Zeigefinger. Ich war nicht sicher, ob er weinte.

Nach einer weiteren halben Stunde sagte er, er könne das nicht mitansehen. Er weinte und umarmte Ina plötzlich, was er kaum je vorher getan hatte, und wiederholte, er könne das einfach nicht ansehen. Ob sein Vater ihm das wohl verzeihen könne, dass er jetzt weggehe und erst zu dem Toten zurückkehre. Darauf wusste sie keine Antwort.

Ina weinte immer nur kurz und sehr heftig. Ich stand ab und zu auf, um uns neuen Kamillentee in Pappbechern aus der Spenderthermoskanne zu holen. Wenn ich nach zehn Minuten zurückkam, hatte sich nichts verändert. Ina beugte sich nicht über den Sterbenden oder hielt seine Hand. Das hatte sie nie getan. Sie sah ihn nur an, sie studierte sein Gesicht in angespannter Aufmerksamkeit. Auf Fragen reagierte sie lange nicht. Sie war in Gedanken weit von mir entfernt, und ich ließ sie dort.

Wir waren etwa eine Stunde bei ihm gesessen, als tatsächlich wieder Bewegung in ihn kam. Man sah es zuerst in einem leichten Zucken der Augenlider, auch die Lippen bewegten sich. Ich muss zugeben, es war sehr schwer, nicht doch Hoffnung zu schöpfen, denn tatsächlich sah es nicht viel anders aus, als würde ein Schlafender erwachen, wenn auch ein Schlafender, dem Beatmungsschläuche in die Nasenlöcher führten. Steiner hob sogar den Kopf ein wenig an, er öffnete die Augen, man konnte zusehen, wie sich sein Blick schärfte und er zuerst Ina, dann mich ansah und schließlich mit sehr heiserer Stimme fragte: «Habt ihr den auch gesehen?»

Was danach kam, war eine unscheinbare Geste, über deren Bedeutung wir uns nicht einig sind. Steiner streckte einen Finger von seiner auf der Decke liegenden Hand aus. Ich behaupte, er habe dabei auf Inas Bauch gedeutet. Ina behauptet, er habe auf mich gedeutet. Sein Satz beziehe sich also nicht auf das Ungeborene, sondern auf mich. Ihre Schwangerschaft habe er nicht bemerkt.

«Wen?», fragte Ina. «Wen gesehen?»

Er nannte einen seltsamen Namen. Ina sagte später, es habe wie «Herr Geilmann» geklungen, Steiner habe mich als den Herrn Geilmann betitelt, ich aber hatte nur das Wort «Herr» verstanden. Die Ärzte sagten später, wir sollten dem nicht zu viel Bedeutung zumessen. In die Wahrnehmung eines Sterbenden mische sich viel *Hirnmüll*, ein Feuerwerk der Synapsen. Auf jeden Fall hatte Ina nicht gewagt, ihrem Großvater zu widersprechen. Sie sagte: «Ja, den haben wir gesehen.»

Steiner hob den Kopf eine Handbreit vom Polster, er sah Ina fest und entschlossen an, dann wanderte sein Blick ein Stück weit von ihr fort. Er sah aus wie jemand, der ein Geräusch hört, sich aber über den Verursacher nicht klar ist. Aus dem offenstehenden Mund kam kein Geräusch mehr. Er sank zurück und endlich glätteten sich seine Gesichtsmuskeln. Er wachte nicht mehr auf.

Die Ärzte hatten den Zeitpunkt seines Todes sehr genau einstellen können. Ein Arzt erschien, ein weiterer, beide gaben uns die Hand, sprachen ihr Mitgefühl aus. Sie protokollierten, wie sie jetzt, nachdem die Hirnströme kein Signal mehr gaben, die lebenserhaltenden Maschinen abdrehten. Sie notierten, was sie taten, und obwohl sich das Bild des still mit herabgesunkenem Unterkiefer daliegenden Großvaters nicht geändert hatte, wusste auch ich plötzlich, dass Steiner tot war. Man ließ uns mit dem Leichnam alleine. Aber noch bevor die Tür zugefallen war, stand Ina auf. Sie wollte nicht hierbleiben. «Ich weiß nicht, was ich jetzt noch hier soll!», rief sie fast erbost. Und dass da niemand mehr sei. Sie deutete auf das Gesicht des Toten, «da ist nichts mehr», sagte sie. Und sie beugte sich noch einmal über den Leichnam, als ob sie dort noch etwas nachzusehen hätte. «Da ist nichts mehr», stellte sie aber fest. «Da ist niemand mehr. Wir können gehen.» Wo Steiner jetzt plötzlich hingekommen sei, konnte sie nicht sagen.

Wenn das Telefon klingelte, hob sie ab und erzählte mit gefasster, ruhiger Stimme, was geschehen war. Sie nannte das Datum von Steiners Begräbnis, sie erklärte, wie er gestorben war und dass es ein ruhiger, sanfter Tod gewesen sei, sie beantwortete Fragen zu seinem Krebs, zu seinem Darm, zu den Metastasen, sie erzählte, was er gesagt hatte, sie nannte mich den Herrn Geilmann, und manchmal lachte sie darüber, wenn sie diese Geschichte erzählte. Sie sprach über seine letzten Stunden, und wie man die Maschinen abgedreht hatte.

Jedes Mal legte sie auf und blieb dann noch eine Weile am Telefon sitzen. Sie rief im Gemeindeamt an und sagte, sie wolle den Tod ihres Großvaters bekannt geben. Sie nannte seinen Namen und sein Geburtsdatum, sie wartete in der Leitung, während man sie weiterverband, sie sagte noch einmal seinen Namen. Sie sagte: «Danke», wenn man ihr kondolierte, und verbeugte sich, als könnte der Mensch am anderen Hörer das sehen. Sie rief beim Friedhof an und fragte nach den Preisen für ein Grab, sie ließ sich Prospekte kommen, sie blätterte die Preislisten durch. Dann stand sie auf, putzte sich die Zähne, legte sich ins Bett, obwohl es draußen noch hell war. Sie lag dort, und wenn ich ihr das Essen ans Bett brachte, sagte sie, sie wolle allein sein. Wenn ich einige Stunden später klopfte, reichte sie mir den vollen Teller zurück durch die Tür.

Auf der Beerdigung trug Ina bereits ein schwarzes Umstandskleid. Die Totenwäscher hatten Steiner geschminkt und rasiert und ihm eine groteske Föhnfrisur gelegt, wie er sie selbst nie getragen hatte. Als wir die Aufbahrungshalle betraten, lag Inas Vater bereits längere Zeit mit beiden Armen über dem kleinen Glasfenster, hinter dem Steiners Gesicht war. Eine seltsame Verlegenheit war unter den Trauergästen aufgekommen, die sich hinter ihm versammelten und dann endlich durch das Spalier der Angehörigen schoben, jedem die Hand gaben, auch mich umarmten, und sich erst danach vorstellten, wer sie waren und wie sie mit dem Toten in Verbindung standen. Auch Inas Tanten waren mit ihren ungarischen Männern angereist, grüßten mich und Ina per Handschlag, sagten aber sonst nichts. Es war zu spüren, dass sie nicht hier sein wollten.

Es waren auch viele Volksdeutsche aus Wien und Augsburg darunter, die sich für diese Gelegenheit in viel zu enge Lederhosen gezwängt, ihre Trachten aufgebügelt und angezogen hatten, den jungen Mädchen waren die Haare kunstvoll geflochten worden – auch Ina hatte das versucht. Ohne die Hilfe ihrer Großmutter war sie aber gescheitert. Noch während der Aufbahrung hatte eine Gruppe mir unbekannter Menschen damit begonnen, karpatendeutsche Lieder an Steiners Sarg zu singen, aber schon bald hatten sie feststellen müssen, dass ihnen der Text entfallen war. Sie waren nur noch summend um den Sarg gestanden und hatten sich anschließend ohne weitere Worte ins Spalier der Kondolierenden gereiht.

Während die Verwandten ihre Zigaretten rollten, ging Ina einmal hinaus und zwischen den Grabreihen hindurch vor die Friedhofsmauern. Sie saß auf der Bank vor dem Gasthaus – nicht, um alleine zu trauern, wie man annahm, sondern – wie sie mir später erklärte –, um diesem *unerträglichen Wortgewäsch* zu entkommen, das – wie sie sagte – die Verlegenheit den Menschen aufnötigte. «Der, der da liegt», sagte sie mir, «ist nicht Steiner.» Sie konnte mit dieser Leiche nichts anfangen. Dass man sie dazu gebracht hatte, über eine Stunde mit dem Kind im Bauch neben dieser Leiche zu stehen, empfand sie als Unverschämtheit.

Steiner hatte in Limbach begraben werden wollen, sagte sie mir, wo alle Steiners seit Jahrhunderten in der Erde lagen, aber natürlich war das unmöglich gewesen. Wenn hier, hatte er zeitlebens ausrichten lassen, dann wolle er nur ein Holzkreuz, in Limbach im Familiengrab, in Österreich nur ein Holzkreuz. Gegen die Augsburger Verwandten aber, die große Spenden für das Begräbnis aufgebracht hatten, hatte Ina sich nicht durchsetzen können. Sie hatten ihm einen großen Marmorstein aufgestellt und seinen Namen wie zum posthumen Hohn in goldenen Buchstaben setzen lassen. Ein Steinmetz hatte sich die Arbeit gut bezahlen lassen. Womöglich war das der Grund gewesen, der den protestantischen Pfarrer, der aus Wien angereist war und dem Steiners Namen und Geschichte deshalb natürlich völlig unbekannt gewesen waren, dazu gebracht hatte, Steiner ein *großzügiges und offenherziges Mitglied der Gemeinde* zu nennen.

Über die gesamte Dauer des Begräbnisses, schon in der Aufbahrungshalle unter vier Augen und später im Leichenzug im Gespräch mit Inas Vater und dann vor dem offenen Grab vor der Gemeinde hatte der Pfarrer den Namen des Toten immer wieder falsch ausgesprochen. Aus irgendeinem Grund war er der Überzeugung, es mit einem gewissen *Steinmeier* zu tun zu haben. Niemand hatte ihn auf diesen Irrtum aufmerksam gemacht und niemand hatte den Pfarrer darüber aufgeklärt, wer dieser Steiner, den er für Steinmeier hielt, überhaupt gewesen war. Auch den hohlen Phrasen vom *heimgehen* und vom *Frieden finden*, die immer eine Beleidigung der Trauergäste sind, hatte niemand – aus Rücksicht auf den Pfarrer oder die Totenruhe – widersprochen. Nur als der Pfarrer großmundig davon sprach, Steiner habe hier in Österreich eine *neue Heimat* gefunden, hörte man, wie sich zwei oder drei Stimmen vor Entrüstung räusperten und wie jemand leise in Verzweiflung auflachte.

Ich sah auf die Uhr. Es war kurz vor sechs und die Haubentaucher schossen über das Wasser, drei oder vier Vögel, die mich mit ihrem *Köckköckköck* Rufen aus den Gedanken rissen. Ina war bereits fünf Stunden mit dem Kind fort.

Ich stand auf und öffnete die Luke. Auf den Spitzen der Karpaten glimmte das erste Licht. Die Schlote der verfallenen Fabriken davor waren starr und schwarz. Wenn ich nahe der Luke stand, prickelte der Morgentau an den Armen. Es würde ein heißer Tag werden.

Ich schob die Tür ein Stück weit auf, bis ich die Fischer sehen konnte, die in dicken Stiefeln und Regenmänteln rauchend die Daubeln erklommen, sie stiegen die Leitern hoch und öffneten die Vorhangschlösser an den Türen und standen dann – die Zigaretten im Mundwinkel – zwischen den Treppengeländern wie zwischen den Zinnen einer Burg. Sie richteten die Netze, die ihnen der Sturm zerrissen hatte.

Ich wollte nicht, dass sie mich entdeckten, also ging ich wieder in die Kajüte zurück und an die Luke, die im auffrischenden Wind mehrmals gegen die Wand geschlagen hatte. Am Wachhaus der ehemaligen Zollstation am gegenüberliegenden Ufer stellte ein Frau ihr Fahrrad ab. Sie nahm den Fahrradhelm vom Kopf und stieg ab. Auf der Suche nach dem knatternden Motorengeräusch sah sie sich um und winkte mir zu, als sie mich entdeckte. Sie hielt mich für den Fährmann.

Auf ihrem Kindersitz hinter dem Sattel saß ein Kleinkind von etwa zwei Jahren. Sie zog auch ihm den Helm vom Kopf, küsste es auf die zerzausten Haare, bevor sie es aus dem Sitz hob und es an der Hand bis unter das Dach des ehemaligen Wachhauses führte. Sie entsperrte die Tür, machte Licht, und als sie wieder ins Freie trat, schob sie Stellagen mit riesigen Gummibäumen über den brüchigen Asphalt: Orchideen, Lilien, Stiefmütterchen und Narzissen. Mit beiden Händen trug sie Blumenstöcke aus den ehemaligen Büroräumen, um sie neu zu ordnen. Dort, wo in meiner Jugend noch die Grenzpolizisten die geschmuggelten Salamistangen und Zigaretten aus den Schonbezügen der Österreicher herausgeschnitten hatten, verkaufte sie nun Efeu, Narzissen und Veilchen.

Halb sieben, dann sieben – keine Spur vom Fährmann. Unter den Augen der Fischer, die mich ob all der Zerstörungen aber nicht weiter beachteten, verließ ich die Fähre. Ein einzelner slowakischer Fahrradfahrer, dessen Lenker zu beiden Seiten mit überfüllten Einkaufstaschen behängt war, klappte auf mein Erscheinen hin den Ständer ein, aber ich gab ihm mit Handzeichen zu verstehen, dass ich nicht der Fährmann sei. Er rief mir etwas nach – ich wusste nicht, ob eine Beschwerde oder einen Gruß.

Ich fuhr ins Dorf zurück und die steile Gasse zu Inas Elternhaus hinauf. Ohne zu wissen, was ich dort eigentlich suchte, läutete ich, aber niemand öffnete. Ich blickte durch den Spalt im Holztor und erinnerte mich, wie ich vor zwölf Jahren hier gestanden und auf Ina gewartet hatte. Aber jetzt hörte ich hinter dem Zaun nichts mehr, Inas Vater hatte den Hof, auf dem früher noch die Hühner gescharrt hatten, zubetoniert, nur in der Mitte war ein quadratisches Loch – es schien, als wollte er tatsächlich einen Pool anlegen lassen. Der Maschendrahtzaun und auch die Scheune, in der Steiner in seinem Hunger auf warmes, frisches Eiweiß verschwunden war, waren fort, die Box mit Ziegen, der Kaninchenstall.

Bei anhaltendem Regen waren wir schon am Tag nach Steiners Begräbnis hier das letzte Mal hineingegangen. Inas erster Weg hatte über den vom Regen aufgeweichten Boden zum Hühnerstall geführt. Aber der war bereits leer gewesen. Auch die Box mit den Ziegen stand bereits leer, nur etwas Heu klebte noch am Boden, und in der Luft lag der Geruch der Tiere, der sich im Holz festgesetzt hatte. Wir gingen ins Haus, wo sie sich auf die Küchenbank setzte und erschöpft beide Hände auf ihren Bauch faltete. Sie schloss die Augen. Es war sehr still.

Obwohl ihr Vater sagte, es gebe dort nichts mehr, bestand sie darauf, die Treppe hinauf in ihr Zimmer zu steigen. Tatsächlich waren ihr Bett und ihr Schreibtisch verschwunden, sie klagte über den Verlust der Bücher, aber als ich sie fragte, was für Bücher, wusste sie es nicht. Ihr Vater gab keine Antwort auf ihre Frage nach dem Verbleib, er wiederholte nur, sie sei schwanger und solle hier nicht herumklettern. Nur noch das Kreuz hing an der Wand, in der Ecke stand ein leerer Kasten, für den er aber schon einen Käufer auf *eBay* gefunden habe. «Oder wollt ihr den haben?», fragte er.

Wir wollten ihn nicht.

Wir stiegen hinab, ich hinter Ina, die mich schalt, als ich sie stützen wollte, sie sei doch nicht krank. Wir gingen durch die Küche in Steiners Schlafzimmer, das völlig ausgekühlt war. Es war unschön mitanzusehen, wie die schwangere Ina sich dort aufs Bett kniete, um in den Kommoden Steiners alte Kleidung zu durchwühlen. Sie wolle sehen, ob man noch etwas verwenden könne. Obwohl ich sofort ablehnte, warf sie mir Hosen und Jacken und Unterhosen vor die Füße, «probier doch mal!» Auch ihr Vater lehnte ab. Er bückte sich nur einmal nach dem Haufen Kleidung, um ein Hemd über eine Stuhllehne zu breiten, und einmal hob ich eine Unterhose, die unter das Bett gefallen war, auf und streifte sie auf der kalten Bettdecke glatt. Ich rieb mir die Hände vor Kälte.

Ich konnte natürlich nicht begreifen, was das für Steiner bedeutet hatte: dieser Verlust, diese Vertreibung. Aber während Ina mehr und mehr Kleidung des Toten aufeinanderhäufte, auch Mäntel und Schnallen, Stofftaschentücher waren darunter, trieb mich die Kälte auf die andere Seite des Raumes, wo die Wand mit einfachen und kunstlos gemalten Ölporträts alter Männer und Frauen, offensichtlich Vorfahren der Familie, fast lückenlos bedeckt war. Ein Hobbymaler schien sie von ein und demselben Schwarz-Weiß-Foto abgemalt zu haben – kein besonders talentierter Hobbymaler, wie mir schien. Aber dort an der Wand glaube ich, etwas begriffen zu haben. Ein Spinnrad stand dort, auf das jemand sogar Wolle gespannt hatte, das Rad ließ sich noch drehen, wenn auch nur per Hand, denn die Antriebswelle war durchgebrochen. Auch die Tracht, die ich schon von den Volksdeutschen kannte, hing dort an einem schräg in die Ziegelmauer getriebenen Metallbolzen. Es wurde mir klar, dass Steiner versucht hatte, so viel wie möglich seines Damals und Drüben in das Hier und Jetzt Österreichs mitzuschleppen. Er hatte die Kleider, die er auf der Flucht getragen hatte, und die Kleider, die er mitgenommen hatte, nicht weggeworfen, sondern waschen und immer wieder flicken lassen. Vielleicht weil es ihn an ein Kindheitserlebnis erinnerte, hatte er das alte Spinnrad von einem Antiquitätenhändler gekauft, er hatte Bilder und Fotos gerahmt, auf denen die Kleinen Karpaten zu sehen waren, Felsüberhänge und Ansichten von Burgruinen, drei Menschen bei der Weinernte – diese Menschen waren Steiner natürlich unbekannt gewesen. Die bronzenen Gewichte einer reich verzierten Pendeluhr waren auf den Boden herabgesunken, ein Dreschflügel war an die Wand genagelt worden, auch Kopfbedeckungen, von denen Ina – ich erinnere mich – mir später gesagt hatte, sie entsprächen gar nicht der Tradition der Pressburger Karpatendeutschen, sondern jener aus dem Hauerland. Niemand in Steiners Heimat hätte je solche Kopfbedeckungen getragen, ebenso wenig die Tracht, die an die Wand gehängt worden war. Steiner pflegte eine Tradition, die es nie gegeben hatte.

Der ganze Raum strahlte Trauer, einen dunklen Kitsch aus, eine Unmöglichkeit.

Ich war vor Ina, die mir immer wieder Kleider des Verstorbenen an den Leib hielt, bis an eine schwere, mit gusseisernen Wappen beschlagene Holztruhe geflohen, von der das Doppelkreuz der slowakischen Fahne auf den Berggipfeln prangte. Auch in dieser Truhe war Kleidung, die roch, als wäre sie Jahrzehnte nicht gelüftet worden. In einer Holzschatulle fand ich altes Papier: Ich begriff erst später, was ich damals in Händen hielt: *Die volksdeutsche Familie Steiner wird über die im Rahmen der vom Reichsführer SS befohlenen Evakuierung von Limbach nach Wien in Kenntnis gesetzt.* Der Name Steiner in Handschrift eingefügt. Unterzeichnet: *Obersturmführer.*

Ein Ausweis der *Karpatendeutschen Partei* aus brüchigem Papier: zwei Hakenkreuze links und rechts eines vergilbten Fotos. Steiner war ein knollennasiger Jüngling mit wulstigen Wangen und straff nach hinten geglätteten schwarzen Haaren – offensichtlich eine Modefrisur. Ein einzelnes, abgegriffenes Buch: *So lebten sie im Reich!* in Frakturschrift – ein *Geschichtsbuch für die Volksschule*: arische Herrenmenschen, die mehr Platz in der Welt benötigten. Ich klappte es auf: Inas Vater hatte dort seinen Vornamen in krakeligen Blockbuchstaben auf die erste Seite geschrieben. Ich horchte jetzt auf, denn ich hörte ihn im Nebenraum. Er zerrte Möbelstücke über den Holzboden.

Weitere Fundsachen: eine Blechplakette mit einer Weintraube, darunter in Frakturschrift die Worte *Ich bin der Weinstock, ihr seid die Reben (Joh. 15, 1, 5)*, eine Anstecknadel eines Turnerbundes: *frisch, fromm, fröhlich, frei* als Motto in ein Hakenkreuz eingraviert, ein altes Foto, nur wenige Briefe, Kriegspost, allesamt unleserlich. Nazi-Esoterik: *Dein Ja zum Leibe*, Kapitel 1: *Sehnsucht nach Sonne und Licht*, Kapitel 3: *Freude am Leibe*, Kapitel 6: *Gut entwickelte Körper in schöner Haltung.*

Ich blätterte, nur ab und zu von Inas Rufen unterbrochen: «Hier noch eine Hose, hier, schau mal, ist das nicht noch hübsch?» Auch ihre Stimme war zu grell, dachte ich, und wie sie die Kleidungsstücke aus den Kommoden auf den Fußboden schleuderte, erschien mir übertrieben. Wieder hörte ich Inas Vater neben uns, wie er etwas zerschlug, etwas krachte, zersplitterte.

Erst dann bemerkte ich den großen schwarzen Müllsack, der direkt an der Truhe lehnte. Er war bereits halb voll. Ich weiß, dass das, was ich danach tat, nicht richtig war. Ich habe Ina nie davon erzählt, und würde sie mich darauf ansprechen, ich würde alles abstreiten und ihrem Vater die Schuld geben.

Sie war über dem Wühlen in Steiners Kleiderkasten in ein rhythmisches Keuchen gelangt, ihre ganze Aufmerksamkeit betraf diese Kleidungsstücke.

Ich beobachtete sie. Dann nahm ich Steiners Naziausweis und auch die Nazibücher und stopfte alles, möglichst ruhig und ohne den Blick von Ina zu nehmen, tief in den Müllsack.

Ich wollte hier nicht bleiben. Der Raum und die Ölbilder an den Wänden, all die Überbleibsel der Nazipropaganda stießen mich ab. Wieder hörte ich Ina ausrufen, sie hatte einen Gürtel gefunden, die Schnalle daran hatte ihr Interesse geweckt. Ich wollte es aber nicht sehen und ging zurück in die Küche und von dort nach draußen auf den Hof. Einige Schneeflocken fielen aus dem grauen Himmel. Ich fing eine mit der Hand und sah zu, wie sie schmolz, bevor Ina noch einmal nach mir rief und ich mich umwandte.

Sie stand in der Eingangstür, mit beiden Händen hielt sie den Müllsack auf. Sie schüttelte den Kopf. Sie war fassungslos. Als ich sie umarmte, schloss sie die Augen und sagte nur immer wieder: «In den Müllsack, alles in den Müllsack.» Sie riss die Augen auf, drehte sich aus meinen Armen heraus. «Schau dir das an!», sagte sie, «schau dir das an, was er wegwirft!»

Es war das Foto, das sie mir im Gasthaus gezeigt hatte.

Noch einmal läutete ich, aber niemand öffnete. Ich stieg auf den Mauervorsprung, um noch besser über den Zaun blicken zu können. Steiner hatte im Vorgarten Bohnen gesetzt gehabt, die sich in meiner Erinnerung am Fallrohr bis hinauf zu Inas Fenster gerankt hatten. Inas Vater hatte aber nicht nur den Hof, sondern auch diesen Vorgarten vor der Eingangstür zubetoniert. Teile des alten Holzgatters aus dem Ziegenstall lehnten noch am Zaun, im Wind flatterte die Plastikabdeckung, unter der Rohre verborgen waren, die vermutlich für den bevorstehenden Swimmingpool gedacht waren.

Ich steckte meine Hand in die Manteltasche und zog das Foto heraus. Warum ich es im Gasthaus eingesteckt hatte, wusste ich nicht: Steiner und seine Familie, Steiner vor den Reben, Steiner, der die um ihn versammelten Menschen gar nicht berührte, sondern nur die Arme über seiner Frau und seinen Kindern schweben ließ. Steiners Frau hatte sich das Jüngste auf den Rücken gebunden, sie sah drein, als wüsste sie gar nicht, was eine Kamera ist, und vielleicht wusste sie es tatsächlich nicht. Sie wollte zurück zu irgendeiner Arbeit, sah man, sie wollte nicht hier herumstehen. Zum ersten Mal fiel mir jetzt ein Karton mit Weinflaschen rechts neben Steiners Fuß auf, ein halbgefülltes Glas stand darauf, als hätte es jemand nur für kurze Zeit abgestellt. Jemand hatte eine Jacke über die Deichsel eines Pferdewagens geworfen. Ich hatte sie für Steiners Arbeitsjacke gehalten, aber jetzt sah ich, dass es eine Soldatenuniform war. War das eine SS-Uniform?

In Steiners Blick lag die bedrohliche Ironieresistenz eines rücksichtslosen Ehrgeizes, der Stolz des Wohlhabenden auf seine Güter, aus dem jene Sorge herauswächst, die im Alter oft zur einzig bestimmenden Kraft des Reichen wird: die Sorge um den möglichen Verlust dieses Reichtums. Eine Hand schwebte über seiner Familie, die andere deutete auf den Karton, der im Schatten der Deichsel stand, als wollte er dem Fotografen sagen: Deinen Wein, du vergisst deinen Wein!

Ich drehte das Foto um und wunderte mich in dem Moment, dass ich nicht zuvor auf diese Idee gekommen war. Jemand hatte mit der Hand ein Datum und den Namen *Limbach* hingeschrieben: *September '42.*

Inas Mailbox sprach wieder Slowakisch. Ich ging die Straße hinab, zurück zur Tankstelle, an der ich mein Moped abgestellt hatte. Zwei Mädchen lehnten dort neben den Kärchern der Waschanlage und rauchten.

Ich versuchte es noch einmal, und nachdem ich an Inas Wagen am Ufer abgestiegen war, versuchte ich es noch einmal. Zwei Frösche sprangen zwischen den Reifen heraus und verschwanden im Wasser.

Dann erst rief ich meinen Freund an.

Er hob sofort ab.

«Morgen komme ich zu dir», sagte er. «Oder soll ich gleich kommen?»

Ich kannte diesen Tonfall. Es hieß, dass wir fortfuhren. Mein Blick fiel auf den Rucksack, den ich vor mir abgestellt hatte. Es war nichts darin als die Schulhefte der Kinder mit ihren blauen und roten Umschlägen, keine Kleidung, nur meine Geldbörse.

«Du würdest jetzt sofort ins Marchfeld kommen?», fragte ich.

«Ja», sagte er, «das würde ich. Ist es wichtig?»

«Es ist sehr wichtig», sagte ich.

«Gut. Ich trinke nur noch schnell meinen Kaffee aus. Dann komme ich.»

Er würde schon in zwei Stunden kommen, ich solle einfach hier im Gasthaus auf ihn warten. Wir würden Ina nachfahren, es treffe sich gut mit seinen eigenen Plänen.

Ich fragte nicht, was er damit meinte.

Ich war in Gedanken an Ina zurück ans Gasthaus gegangen. Am Friedhofseingang aber blieb ich stehen. Die gusseiserne Figur eines Soldaten kniete dort mit gesenktem Kopf über einer Marmortafel, die Hände demütig gefaltet. Es waren die Namen der Gefallenen aus den Weltkriegen. Die Statue war mir oft aufgefallen, aber ich war nie auf die Idee gekommen, sie näher zu betrachten. Das Wort *Helden des Vaterlandes* fiel mir auf. Es war nicht schwierig herauszufinden, wer diese *Helden* hier waren, nicht etwa Widerstandskämpfer gegen das Naziregime oder jene, die Unschuldige vor der NS-Verfolgung geschützt hatten, sondern Soldaten der Wehrmacht und Mitglieder der Waffen-SS. Über ihren goldenen Lettern spreizte der Engel jetzt seine Flügel.

Ich schob das Friedhofstor auf und ging wie zuletzt Anfang des Jahres über die kiesbestreuten Wege. Ich hatte noch Zeit und wollte Steiners Grab sehen, das ich seit der Beerdigung nicht aufgesucht hatte. An den Friedhofsmauern hatte wild wuchernder Wein kleine Stücke aus dem Beton gesprengt, Gießkannen rosteten auf den kalkfleckigen Gittern der Pumpstationen. Auf einem der frischeren Gräber sprossen Stiefmütterchen. Auch der Gedanke, Ina könnte vielleicht am Grab ihres Großvaters gewesen sein und eine Grablaterne angezündet haben, begleitete mich, aber als ich Steiner imposantes und alles in allem doch geschmackloses Grab sah, wusste ich sofort, dass sie nicht hier gewesen war. Sie mochte Steiners Grab so wenig, wie sie seine Leiche mochte.

Vor einem Dreivierteljahr war die Grabplatte von einer Vielzahl an Kränzen überhäuft gewesen. Die Verwandten aus Augsburg und Rosenheim hatten große Geldmengen für dieses Begräbnis springen lassen. Jetzt aber prangte nur noch das Pathos der Unsterblichkeit vom schwarzen Marmor, der in den letzten Regenschauern bereits etwas Kalk angesetzt hatte. Auch das Glas in der Grablaterne war zerbrochen. Ich öffnete das kleine Türchen und nahm die Friedhofskerze heraus, um sie neu zu entzünden. Ich legte meine Hand an das Aluminium und wartete, bis es sich erwärmt hatte. Da bemerkte ich, dass der kitschige Kupferbeschlag, den man Steiners Grabplatte verpasst hatte – man hatte sich tatsächlich nichts Originelleres als eine stilisierte Weintraube ausdenken können –, verschwunden war. Man sah noch die Löcher, in denen die Platte an den Stein verschraubt gewesen war, aber jemand hatte sie mit einer Brechstange ausgehebelt und herausgebrochen.

Es war ganz offensichtlich niemandem aufgefallen. Niemand hatte Steiners Grab besucht. Ich war der Erste.

Teil II

Acht

Es war gegen zehn, als ich – von der Kälte zurück ins Gasthaus getrieben – von meinem Großen Braunen aufblickte. Wie unzählige Male zuvor von einem vorbeiziehenden Motorengeräusch aufgerüttelt, hob ich den Blick. Aber diesmal war es tatsächlich der Wagen meines Freundes, sein Toyota Carina, mit dem er mich so oft entführt und gerettet hatte. Der Schotter knirschte unter den Reifen, er zog die Handbremse.

Der Regen war nicht mehr als ein Kribbeln an den Wangen.

Wir stiegen ein und zogen die Türen zu, und als mein Freund den Motor anließ, sah ich ihn an und fühlte nichts anderes als das Glück eines Menschen, der die Gewissheit hatte, sich in der Nähe eines ihn liebenden Freundes zu befinden. Wie damals saß ich jetzt im Wagen neben ihm, dachte ich. Wie damals fuhren wir in den Osten. Er legte seine Hand auf den Schaltknopf und kuppelte ein. Ich warf meinen Rucksack auf die Rückbank.

«Jetzt kann es losgehen», sagte er und tippte dabei lachend auf die Scheibe. Dort klebte eine Wochenendvignette für die slowakischen Autobahnen.

«Kennst du den Weg?», fragte ich.

«Mein Gerät kennt ihn», sagte er. Er hob jetzt sein Smartphone hoch, er wollte es mir in die Hand legen, aber ich verhinderte das. Immer noch ekelt es mich vor diesen Geräten.

«Gib es zu!», sagte ich. «Du willst doch nicht nur mir zuliebe in die Slowakei.»

Grinsend schob er sein Smartphone in die Ablage im Armaturenbrett.

«Ich werde dich vielleicht mal alleine lassen», sagte er. «Du weißt ja ... im Osten gibt es für einen wie mich immer etwas zu erledigen.»

Er machte dabei eine seltsame Geste. Es war, als wäre etwas durch das Fenster zu uns hereingesprungen und säße jetzt hinter uns im Dunkel des vollkommen leeren und auffällig geräumigen Kofferraumes. Mein Freund lachte und schüttelte den Kopf.

«Wir suchen Ina», sagte mein Freund, «wir fahren ihr nach. Das ist alles.»

Als wir die Fährstation erreichten, lag die Fähre am slowakischen Ufer. Mein Freund schlug zweimal mit der Faust auf die Hupe, bis wir von drüben ein Geräusch hörten, als würde jemand zwei Eisenstücke aneinander schlagen – das Zeichen, dass man uns gehört hatte –, und gleich darauf das Stampfen der Motoren. Schwarzer, schwerer Rauch stieg über drei seitlich angebrachten Rauchfängen in die graue Wolkendecke.

Die ausgefahrene Rampe schob sich knirschend in den nassen Schotter. Wir fuhren auf, ließen uns einweisen. Ich reichte eine 2-Euro-Münze durch das Seitenfenster, aber als der Fährmann mir das Ticket durch das Fenster aushändigte, griff ich nach seiner Hand. Es war ein dunkler Arm mit schwarzen gekräuselten Haaren.

«Ina», sagte ich. «Ina Steiner. Eine Frau mit einem Baby. Gestern Nacht.»

Der Mann nickte. Ich ließ seine Hand los.

Zuerst war ich nicht sicher, ob er mich verstanden hatte, denn er ging einfach wieder an die Motoren, wendete die Schiffsschraube im Wasser. Er entknotete die triefenden Seile und warf sie links und rechts der hochfahrenden Rampe wie enthäutete Schlangen auf das Blech. Aber als er zu uns zurückkam, zog er meine Beifahrertür auf, ein Mann mit dunklen, sanften Augen. Er sagte nur immer wieder die Worte «ja» und «Frau», und machte eine Geste, die hieß: Da schlief ein Baby in ihren Armen. Er deutete auf sich, er war jetzt Ina, verstand ich, und er verhakte als Ina einen Fuß in dem Gestänge an der Reling und er hielt das Kind, so war Ina hier gestanden, und hier hatte sie sich nach ihm umgedreht, deutete der Fährmann, und er stand wieder als Fährmann vor mir neben den dumpf im Wasser wühlenden Schiffsschrauben und hatte Ina mit dem Kind in seine Kajüte geführt, weg vom Wasser. Die Worte «kaputt», «Kind», «Frau» hörte ich. Er hatte Angst gehabt.

Ina war mit dem Baby über das Wasser gefahren. Einmal hin, dann wieder zurück. Und später sei sie wieder hierhergekommen. Und dann sei jemand hier gewesen.

Ein Mann sei gekommen von hinter den Bergen und habe sie mitgenommen, die Frau und das Kind, erzählte der Fährmann. Und er streckte jetzt die Hand aus und zeigte: Dort hinüber sind sie, über diese Berge.

Er nickte zweimal und ging dann zurück an die Motoren. Über seinen Kopf hinweg schoss der Rauch aus den Auspuffen, im Stampfen der Dieselmotoren konnte ich nicht hören, was mein Freund sagte, als ich zu ihm zurückkehrte. Ich stieg nicht ein, sondern blickte ihn nur durch das offene Fenster an. Er lachte, als hätte er eben einen Witz gemacht, und weil ich nicht wollte, dass er seine Äußerung wiederholen musste, lachte ich mit.

Ein paar Radfahrer warteten in hautengen Trikots drüben auf die Fähre. Sie kamen vom *Weg des Eisernen Vorhangs*, wie ich an den Radkarten in ihren Händen ablesen konnte.

Wir rollten ans slowakische Ufer, mein Freund startete den Motor. Im Wachhaus brannte Licht. Als wir durch die ehemalige Zollstation fuhren, fiel mein Blick auf die Frau, die dort zwischen den Blumenstöcken am Schreibtisch vor ihrem Notebook saß. Ihr Kleinkind spielte mit zwei leeren Blumentöpfen.

Nach circa hundert Metern aber hielt mein Freund. Eine alte Frau mit Einkaufstüten drehte sich nach uns um, zwei zottige Hunde schlugen hinter den Gartenzäunen an, bellten aber nur ein- oder zweimal, bevor sie sich resigniert wieder in ihren Hundeboxen einrollten. Im Rückspiegel sah ich, dass auch die Blumenverkäuferin von ihrem Notebook aufgestanden und mit einem Topf Efeu in der Tür des Zollhauses den Kopf nach uns gedreht hatte.

«Warum halten wir?», fragte ich meinen Freund.

«Wir müssen uns doch orientieren», sagte er.

Er klipste sein Smartphone aus der Halterung und drehte es in weiten waagerechten Achterschleifen durch das Cockpit. Eine weibliche Stimme meldete sich. Sie verkündete, sie habe den Satelliten jetzt erfasst und dass wir vorsichtig fahren und uns anschnallen sollten.

Aber schon in der nächsten Stadt, in Malacky, hielten wir erneut. Mein Freund parkte gegenüber der großen Backsteinsynagoge am Straßenrand. Eine Bierdose steckte in einem Schuh. Wir stiegen aus, kauften Wasser und Weintrauben aus den Händen einer jungen Slowakin. Sie wog die Trauben auf einer Apothekerwaage ab und drückte Tasten auf einer mechanischen Rechenmaschine.

In der Nähe einer großen Ruine setzten wir uns mit den Trauben auf die Wartebank einer Busstation, ich aß zwei oder drei Beeren und schob meinem Freund eine zwischen die Lippen, während er mit einer Hand sein Smartphone hielt und mit der anderen Hand tippte.

Wir warteten, ohne dass ich wusste, worauf. Einmal stand mein Freund auf, las den Fahrplan. Zwischen seinen Backenzähnen zerplatzte eine weitere Traube, der rote Bus der *Slovak Lines* kam die Straße entlang, fuhr vorbei, und als wäre das unser Zeichen gewesen, standen wir auf und gingen zurück zum Wagen.

«Warum halten wir?», fragte ich.

Es war viel zu spät, das zu fragen.

«Wir suchen etwas», sagte mein Freund.

Auf dem Navigationsprogramm schlängelten sich die blauen Pfeile durch die virtuellen Kleinen Karpaten. Ich sah, wie er das Ziel neu eingab: *Limbach*, dann aber drehte er sich weg und sah mich seltsam an, während er weiter auf dem Display herumtippte. Er blickte einmal auf das Display seines Gerätes, dann auf die Ruine gegenüber.

«Was ist mit der Ruine?», fragte ich.

Er grinste nur.

Er ging mit dem Gerät vor dem Wagen auf und ab, immer wieder drehte er es in liegenden Achten. «Die slowakischen Karten sind nicht gut», sagte er, während er das Gerät höher und immer höher hielt, bis er schließlich auf Zehenspitzen von der Ruine bis zu den hohen, in Gelb- und Rottönen gehaltenen Backsteinmauern einer Synagoge lief und von dort wieder zurück und dabei das Gerät unter den tiefliegenden metallischblauen Wolken drehte.

«Haben wir sonst keine Karte?», fragte ich.

«Wir haben eine Karte», sagte er, und gleich darauf: «Scheiße!»

Er steckte es ein. Für einen Moment erschien er mir hilflos. Ohne sein Gerät, dachte ich, kann er dir nicht helfen. Er blähte die Kinderwangen auf, die langen Finger noch am Verschluss der Stofftasche, in der er das nutzlose Gerät verstaut hatte, und trat dann einen Ziegelsteinbrocken in die leere Busstation hinein.

Wir saßen bald wieder im Wagen, aber blickten nur auf das Anschwellen des Downloadbalkens auf seinem Smartphone.

«Geht es um die Ruine?», fragte ich.

«Es geht um das Internet», sagte er.

«Aber wir müssen doch einfach nur die Straße weiterfahren!»

«Hab doch Geduld!»

Wir aßen die restlichen Weintrauben, manchmal schellte ein eintreffendes E-Mail auf seinem Gerät und riss mich aus meinem Grübeln. Es war nicht das erste Mal, dass ich stumm neben meinem Freund saß und wartete, als wäre ich alleine, erinnerte ich mich.

Nach einer Viertelstunde knirschte ein weiterer Bus durch den Schotter und an uns vorbei.

Ich nahm mein Handy aus der Tasche, wählte Inas Nummer, aber ihr Handy war immer noch abgedreht. Ich stieß die Tür auf und sagte, ich würde eine Karte besorgen. «Sicher gibt es hier irgendeine Touristeninformation.» Mein Freund blickte nur kurz hoch, lächelte verächtlich, sah aber gleich wieder auf das Gerät.

Ich ging über die Straße und über das zerbrochene Kopfsteinpflaster auf die Synagoge zu und an der rissigen Außenmauer entlang bis an ein hohes Gittertor, das verschlossen war.

Auf einem Spielplatz gegenüber hingen zwei Kinder von einem

Klettergerüst. Ein junger Vater las – die Ellenbogen auf den Kinderwagen vor sich gestützt –, er lachte über etwas, blätterte, lachte wieder. Als ich an ihm vorbeiging, sah er hoch, aber vertiefte sich gleich wieder in seine Lektüre.

Auf dem Hauptplatz war eine Bühne errichtet worden, Instrumente warteten auf die Rückkehr ihrer Besitzer: eine Tuba, eine Oboe, dazwischen halbvolle Bierflaschen und Notenständer. Für irgendein Frühlingsfest waren Heurigenbänke auf das hellblaue Kopfsteinpflaster getragen worden, zwei Reihen links und rechts einer Heiligenstatue, aber es war niemand zu sehen. Erst nach einigen Schritten bemerkte ich die Musikanten, die sich etwas abseits in einem Verschlag zusammendrängten und einander mit Bierbechern zuprosteten.

Tatsächlich leuchtete das grüne I der Touristeninformation auf der Fassade eines schmutziggelben Bürgerhauses. Ich überquerte den Platz. Die Angestellte, eine Frau um die fünfzig mit hochgeschlossener türkiser Seidenbluse, hob den Kopf, als ich eintrat. Es roch nach Putzmittel und Kaffee. Sie grüßte nicht, sah mich nur an, und als ich auf Englisch sagte, dass ich eine Karte der Umgebung brauchte, zögerte sie einen mich irritierenden Augenblick lang, bevor sie sich geschickt, als wäre diese Bewegung eine, die sie täglich hundertfach ausführte, vom Schreibtisch abstieß und im Drehstuhl zu einem Regal hinter sich rollen ließ. Dort lagen mehrere Stapel mit Karten der Umgebung, hunderte, tausende Karten. Aber anstatt mir eine davon zu geben, legte sie nur ihre Fingerspitzen auf einen der Stapel, bevor sie mir wieder prüfend in die Augen sah.

«Sind Sie alleine hier?», fragte sie auf Deutsch.

Ich sagte: «Nein.»

Zwei übereinanderliegende goldene Halsketten erweckten den Eindruck eines überlangen Halses. Sie nickte wieder und legte ihre Hand auf einen anderen Stapel, aber zog immer noch keine davon heraus. Sie blickte durch die schmutzige Scheibe auf den Hauptplatz hinaus, der immer noch leer war. Die Musikanten schienen immer noch Bier zu trinken.

«Haben Sie kein Auto?», fragte sie.

«Doch», sagte ich, «Ich bin mit meinem Freund hier.»

«Und Ihr Freund … ist der so alt wie Sie?»

«Ja», sagte ich verwundert.

Was dann geschah, ergab im ersten Moment keinen Sinn für mich, denn sie zog die Hand vom Stapel zurück. Sie stieß sich wieder ab und ließ sich an ihren Schreibtisch zurückrollen, sie zog eine Schublade unter ihren Brüsten auf. Auch dort waren Karten der Umgebung.

Sie gab mir eine.

Der slowakische Tourismusverband der Region hatte die Karten der Umgebung nach verschiedenen Kriterien erstellen lassen. Man wollte die Kunden nach ihren individuellen Bedürfnissen und Interessen bedienen. Es gab eine Karte, die speziell für jene Touristen erstellt worden war, die mit ihren Kindern hierherkamen. Auf ihr waren Streichelzoos und Spielzeugläden eingezeichnet, Schauhöhlen und Treffpunkte für Floßfahrten, Hotels, die sich speziell den Bedürfnissen der Kinder widmeten, Restaurants, die kindergerechte Portionen anboten. Es gab auch eine spezielle Karte für Leute, die wegen der bekannten Weine hierherkamen. Sie fanden die Adressen von Winzern, die Kostproben ihrer Produkte zur Verfügung stellten, historische Presshäuser, Weinkeller, Museen des Weinbaues und Wanderungen, die durch die Weinberge führten. Auch die Kategorien Wellness gab es mit Thermalbädern und Peeling, Fußreflexzonenmassagen, Sauna sowie eine Karte für Naturliebhaber, auf der Wanderpfade und Schutzhäuser und Vogelbeobachtungsstationen eingezeichnet waren.

Auf meiner Karte waren Kussmünder und Herzen eingezeichnet. An den Rändern fand ich die Adressen verschiedener Bordelle, Telefonnummern von Begleitagenturen, Clubs und Laufhäusern. Eines davon pries sich mit einer speziellen Flatrate an und damit, täglich mehr als hundert verschiedene Frauen – *Mädchen*, wie es dort hieß – zur Verfügung zu stellen.

Mein Freund lachte. Ich kann nicht sagen, dass mir dieser Ausdruck gefiel.

«Die hat man dir im Tourismusbüro gegeben?»

«Ja», sagte ich.

Sein Smartphone zeigte nun neues Kartenmaterial. Die Hügel auf dem Display waren grüner und saftiger als zuvor, auf den Flüssen bewegten sich jetzt kleine Wellen. Eine neue Version machte das möglich, aber immer noch war der Satellit unerreichbar.

«Kannst du das Gerät nicht mal wegstecken?», fragte ich.

«Ich muss immer wissen, was los ist», sagte er.

«Und was ist los?», fragte ich.

Er strahlte. «Ich habe etwas gefunden.»

Er warf die Karte zurück auf die Ablage und stieß die Fahrertür auf.

Ich sah ihm nach, wie er an der Busstation vorbei über die Straße geradewegs auf die Ruine zuging. Auf halbem Weg drehte er sich nach mir um: «Komm doch! Komm!»

Die hohen Tore waren von silbernem Gestrüpp überwachsen und aus den Angeln gebrochen, man hatte Glasscherben auf dem Mauersims einbetoniert, zwischen denen jetzt Eidechsen hin und her flitzten. Ein Schild wies darauf hin, dass das Eintreten verboten sei, militärisches Sperrgebiet, interpretierte ich, aber auch dieses Schild war bereits von Rost zerfressen. Fensterscheiben und Türen der Ruine waren verschwunden, die weiße Farbe, mit der die kommunistischen Symbole übermalt worden waren, war verblasst, sodass Hammer und Sichel durchschimmerten.

«Was ist das?», fragte ich.

Er sah nicht von seinem Smartphone hoch, als er antwortete. «Ein ehemaliges Wachhaus», sagte er.

«Liest du das im Internet?»

«Ja», sagte er.

«Und was liest du da?»

«Kundenbewertungen.»

«Was für Kunden?»

«Wir», sagte er und lachte auf eine unangenehme Weise. «Wir sind die Kunden.»

Der leichte Regen vom Vormittag hatte wieder aufgehört, etwas Sonne brach durch die Wolkendecke über den Hügeln, eine kühle, angenehme Luft.

«Ich zeig dir was», sagte er, «du wirst staunen!»

Mein Freund war jetzt sehr glücklich.

Er schob vor mir die verrosteten Tore auf, das ging leichter als erwartet. Schwere Ketten, die die Schiebetüren verschlossen gehalten hatten, lagen zerschnitten im Schotter. Beim Aufschieben ratterte der Stift über den Untergrund, aber an den zerrissenen Pflanzenwurzeln konnte man leicht sehen, dass die Tore auch in jüngster Zeit öfter aufgeschoben worden waren. Mein Freund trat einen einzigen Schritt in das Areal hinein, aber noch bevor sich sein Blick nach der Innenseite der hohen Betonmauern hob, sah er wieder auf sein Smartphone.

«*Google Maps*», sagte er.

Er las eine Karte des Areals vom Display.

Verrostete Warnschilder steckten schief im Schotter: *Kein Zugang, Verbotenes Gelände*. An zwei Stellen führten Treppen in unterirdische Gänge, auch diese Zugänge waren mit Beton verschlossen worden. In einer Lagerhalle stapelten sich Autoreifen, eine Schuhsohle schwamm in einer Schlammpfütze. Nach einigen Schritten sprang mir das Porträt eines Schäferhundes ins Auge, ein bemaltes Blechschild, das über das Eingangstor geschraubt worden war.

«Was ist das?», fragte ich. «Wo sind wir hier?» Ich hielt ihn zurück. «Ich dachte, du hilfst mir Ina zu finden!»

Mein Freund war einige Schritte vorausgegangen, jetzt drehte er sich, die Faust in die linke Niere gedrückt, nach mir herum. Neben ihm lehnten Mann-Zielscheiben aus Pappe an den Außenmauern der Lagerhalle, mehrmals durchlöchert, ich trat mit dem Schuh dagegen, ein Stück brach ab.

«Wir holen Ina», sagte er, «aber wir wollen auch etwas Spaß haben auf unserer Reise.»

«Du siehst nicht aus, als hättest du Spaß», sagte ich.

«Wie sehe ich denn aus?»

Es sah aus, als hätte er Angst.

Der Weg führte zu mehreren Eingängen, die aber zubetoniert waren. Über einem davon bemerkte ich ein sozialistisches Wandrelief: ein halbnackter, muskulöser Mann mit starrem Blick und geschultertem Gewehr an der Fassade, neben ihm wieder ein Schäferhund.

«Hunde», sagte ich.

Und mein Freund sagte: «Ja, Hunde», abwesend: «Alles verschlossen!»

Er blickte von seinem Smartphone hoch, um sich zu orientieren. Dann blickte er wieder hin, wischte mit dem Finger hin und her, schob Zeige- und Mittelfinger auf das Display. Und endlich erhellte sich sein Gesicht. Er sah mich an und strahlte jetzt in tiefster Zufriedenheit.

«Ich hab's!»

«Was hast du?»

«Den Weg!», sagte er. «Hier», und deutete an der Lagerhalle vorbei. «Hier entlang.»

Ich konnte nichts erkennen. Der Weg, den er vorschlug, schien an einem verschlossenen Metalltor zu enden. Eine verwilderte Wiese lag dahinter. Er hebelte ein Zaungatter aus, es schien sich ganz leicht aus den Angeln heben zu lassen. Ein Weg schlängelte sich durch niedergetrampeltes Gestrüpp und führte an fünf vergitterte Stahlboxen heran, einige noch mit Stroh gefüllt, rot gestrichen. Ein ekelhafter Geruch ging vom Inneren der Boxen aus: Urin und Kot, verdorbenes Fleisch.

Wieder blieb mein Freund stehen und blickte auf sein Gerät. Ja, sagte sein Blick, hier waren wir richtig.

«Was ist das?», fragte ich.

«Eine Schäferhundestaffel», sagte er.

Unsere Blicke trafen sich.

«Eine ehemalige Schäferhundestaffel, natürlich», sagte er und lachte.

Er hatte das aus seinem Gerät herausgelesen. Und jetzt suchte er die Boxen ab.

«Und was hat das mit Ina zu tun?», fragte ich.

«Nichts», sagte er.

Ein Ton lag in seiner Stimme, den ich vergessen hatte. Er hatte sich etwas in den Kopf gesetzt und würde es durchführen. Ich konnte ihn nicht aufhalten.

«Hier», sagte er, «hier ist es.»

Und dann sah ich es auch.

Unter einem vernagelten Fenster stand ein Wagen mit laufendem Motor. Jemand ging dort auf und ab, gelangweilt, auf etwas wartend. Worauf wartend, fragte ich mich, bis ich verstand: auf uns wartete er.

Als wir uns näherten, blieb er stehen und sah uns an. Er hob die Hand zu einer Geste, ich wusste nicht: War es ein Verscheuchen oder Näherwinken?

«Wer ist das?», fragte ich.

«Ich habe keine Ahnung», sagte mein Freund. Er schluckte. In seiner Stimme lag wieder die Angst von vorhin, aber dringlicher, als wäre er jeden Moment zur Flucht bereit. «Ich kenne ihn doch nicht!»

Mit der gleichen Handbewegung kam der Mann uns entgegen, mit einer Hand winkte er, aber die andere legte er an seinen Gürtel. Ich sah mich nach meinem Freund um, der seinerseits eine seltsame Geste vor seiner Brust ausführte: Eine Hand schlug auf die leicht geöffnete Faust der anderen und flog davon. Auch die Hand des Mannes am Wagen schlug auf die Faust und flog davon. Was war das für eine seltsame Zeichensprache?

Wer ihn nicht kannte, hätte die zur Grimasse gespannten Lippen für Häme halten können. Aber das war nicht richtig. Mein Freund hatte jetzt große Angst, und als ich das erkannte, hatte auch ich Angst.

«Warte hier», sagte er ohne mich anzusehen, «Ich mache das für dich.»

«Für mich?», rief ich.

«Ja», sagte er, «für dich. Für wen sonst?»

Dann riss die Wolkendecke auf. Ein Streifen Licht fiel in den Kasernenhof, mit langen Schritten überquerte mein Freund den Platz, die Fäuste in die Taschen versenkt. Auf halbem Weg zum fremden Wagen blieb er stehen, als hätte er nur etwas nachsehen wollen. Wie ein ungeduldiger Junge wippte er auf den Zehenspitzen, fegte Ziegelbrocken mit der Schuhspitze über die Betonplatten, Plastikmüll lag dort und Metall, das dröhnend über ein in den Boden eingelassenes Gitter ratterte. Beide standen jetzt einander gegenüber, der Mann und mein Freund.

Da fiel eine Autotür zu. Jemand war ausgestiegen: eine Frau. Es fiel ihr nicht leicht, auf den hohen Absätzen über den Schotter zu gehen. Der Mann drehte sich nicht nach ihr um, sondern machte wieder diese Geste: Verschwindet!, oder: Kommt her! – ich wusste es immer noch nicht. Er rief etwas, aber von meiner Position aus waren das nicht mehr als zwei Silben, eine hoch, die andere tief, in die die Krähen auf den Feldern mit einfielen und der Wind, der das Tor in den letzten verbliebenen Angeln quietschen ließ, und ich hätte nicht sagen können, ob dieser Ruf für die Frau bestimmt war oder für uns.

Es war eine Frau mit kurzen, blonden Haaren, in einer Hand einen Lederrucksack, nicht sehr jung, wie ich zuerst vermutet hatte, um die fünfunddreißig, aber das war schwer zu sagen. In einem aufgeschlagenen Buch steckte noch ihr Zeigefinger. Schon aus einiger Entfernung sprach sie meinen Freund mit schnellen, unwirschen Gesten an. Und ich sah, wie mein Freund darauf reagierte. Ja, nickte er, jaja. Und auch die Frau nickte, und beide gingen über den Kasernenhof aufeinander zu, während sie nickten. Sie waren jetzt nur noch wenige Schritte voneinander entfernt. In der Mitte des Platzes blieb sie stehen und stellte den Rucksack ab. Das war wie ein Grenzstein im Schotter. Sie machte ein Eselsohr in ihr Buch und verstaute es in ihrem Rucksack. Dann blickte sie aus ihrer halb hockenden Position auf mich. Sie deutete. Und was ist mit dem da?, hieß ihr Blick. Und jetzt drehte sich auch mein Freund nach mir um, seine Geste hieß: Ja, da ist noch einer. Ich bin gar nicht allein. Und sie drehte sich nach dem Mann um, der immer noch am Wagen stand, und der deutete: Macht weiter, kein Problem, alles in Ordnung.

Sie kam bis auf wenige Schritte an mich heran. Sie streckte den Finger nach mir aus und blickte meinen Freund an. Jaja, das ist er, deutete mein Freund. Okay, deutete sie. Und als sie etwa fünf Schritte von mir entfernt stehen blieb, öffnete sie den Zipp ihrer Lederjacke, zerrte ihr T-Shirt aus der Jeans und zog es hoch bis über ihre nackten Brüste.

Ich blickte auf ihre Brüste, und dann blickte ich auf den Mann hinter ihr, der zu gehen begonnen hatte. Es waren schöne, wohlgeformte Brüste. Aber der Mann dahinter machte mir Angst. Er kam in unsere Richtung. Kein Problem, deutete er, aber in seinem Gürtel steckte tatsächlich eine Pistole, nun konnte ich es deutlich sehen: eine kleine silberne Pistole mit schmalem Magazin und längerem Lauf. Sie steckte einfach so in seinem Ledergürtel. Der Mann lächelte, als er meinen Blick darauf bemerkte. Jaja, hieß das, und er schien auf die Pistole zu deuten. So ist das hier bei uns. Wenn ich es mir aussuchen könnte, würde ich die Pistole nicht mitnehmen, aber es ist notwendig, weißt du.

Es war alles in Ordnung.

Die Frau hatte kleine Brüste mit daumennagelgroßen Brustwarzen, sie streifte jetzt ihr T-Shirt wieder darüber. Sie sagte etwas zu mir. Es klang wie: «Willst du den großen Hund?», aber das konnte sie unmöglich gesagt haben. Sie sprach es auch ganz ernsthaft aus. Wir hatten uns in einem seltsamen Viereck festgefahren: sie, der Mann mit der Pistole, mein Freund und ich. Wie in einem Mexican Standoff wechselten wir Blicke. Die Frau sah mich an, ich sah meinen Freund an, mein Freund den Mann mit der Pistole. Und der lachte und deutete: Das ist ja gar keine richtige Pistole. Ich habe sie ja nicht einmal gezogen. Und die Frau sagte: «Willst du den großen Hund? Willst du den großen Hund?» Sie sagte es, als wäre ich der begriffsstutzigste Mensch der Welt, und jetzt drehte sich auch mein Freund nach mir um und auch er blickte mich an, als wäre ich der begriffsstutzigste Mensch. Ja, jetzt sag es ihr doch, bedeutete er mir. Jetzt sag es ihr.

Seine Lippen schnappten nach etwas, das war das Wort.

«Hund», sagte die Frau, «ja, Hund» in slawischem Akzent, aber deutlich.

«Hund», sagte mein Freund, nein, das sagte er nicht. Und endlich verstand ich, dass es um ihren Mund ging. Ob ich den großen Mund wolle. Jetzt deutete sie es auch an, sie deutete und mein Freund deutete, und ich stellte mir vor, wie es aussah, wie wir hier reglos auf dem Kasernenvorplatz dieser ehemaligen Schäferhundestaffel des tschechoslowakischen Grenzschutzes standen und nicht einmal wagten, die Schuhe aus den Pfützen auf den trockenen Schotter zu stellen: ein ungleiches Viereck.

Erst nach einiger Zeit bemerkte ich, dass der Mann mit der Pistole zu laufen begonnen hatte, und auch mein Freund bemerkte es, aber formte wieder nur das Wort, und die Frau sagte es. Ich dachte jetzt aber nur noch an das Viereck und daran, wie eine Seite dieses Vierecks einknickte, wie es sich verzerrte, das Trapez würde irgendwann zerreißen, deshalb allein hoffte ich, er würde wieder stehenbleiben, aus Rücksicht auf die Geometrie. Der Mann rief etwas: kurze, harte Silben, wieder sagte die Frau «Hund», nein: «Mund», sagte sie, oder war es doch immer «Hund» gewesen, und ich hatte mich die ganze Zeit über verhört?

«Was willst du denn?», schrie sie mich an. «Du Schwein, du verdammte Drecksau! Was willst du denn?»

Sie hob die Hand. Und der Mann blieb stehen. Er war ganz ruhig. Er zog die Pistole aus dem Gürtel. Und er machte eine Geste, die hieß: Ich schieß euch alle tot, ihr Trottel. Die Frau lachte, und auch der Mann lachte. Es war auch zum Lachen. Sie sah mich an, interessiert, aufmerksam, sie schob sich eine Strähne aus der Stirn. Sie streckte Zeige- und Mittelfinger von sich. Das war eine scharfe Schere, die schnitt uns.

Ich atmete auf, als sie einen Schritt von uns weg machte, und als der Mann die Pistole wieder einsteckte, und als sie die Schlaufe ihres Rucksacks wieder über die Schulter zog, wagten wir endlich, unsere Schuhe auf andere Stellen im Schotter zu stellen. Mein Freund wandte mir den Kopf zu und sah mich an, als wäre ich der größte Idiot, und als wir beide wieder auf das seltsame Paar blickten, war die Frau zum Wagen zurückgekehrt. Was die beiden miteinander sprachen, war nicht zu hören, aber er hob jetzt die Hand, ob in grüßender oder verachtender Geste war nicht mehr zu erkennen, ein kurzes Lachen, zwei oder drei schnell hintereinander ausgestoßene gleiche Silben, die Slowakisch oder auch

Deutsch hätten sein können; womöglich hatte er uns auch gar nicht totschießen wollen.

«Du bist der größte Idiot, weißt du das?», sagte mein Freund und wischte sich die Stirn, und ich konnte sehen, dass er wie ich Angst gehabt hatte.

«Du willst noch einmal dort hinein?», fragte ich.

Ich konnte das einfach nicht fassen.

Mein Freund ließ mir seinen Wagenschlüssel in die Hand fallen.

«Nicht für lange», sagte er, «du kannst ja hier warten. Ich glaube, es war ein Missverständnis.»

Er drückte die Tür auf und als er schon zwischen den Toren stand, drehte er sich noch einmal um und sagte: «Eine halbe Stunde, nur eine halbe Stunde. Du kennst das ja.»

Ich sah ihm nach, bis er zwischen den Toren verschwunden war. Dann öffnete ich das Fenster und lauschte, bis seine Schritte, die schwer waren wie die eines Wanderers, im Kies nicht mehr zu hören waren.

Eine halbe Stunde, dachte ich. Tatsächlich kannte ich das.

Ich steckte den Schlüssel ins Zündloch und machte die Heizung an. Ich sah auf die Uhr, und nach zwei Minuten sah ich wieder auf die Uhr, und ich wusste sofort, dass dieses Auf-die-Uhr-Sehen ein Unglück war, aber ich sah wieder hin und steckte dann die Finger in die Belüftungsschlitze, durch die Wärme und Blätterreste in den Raum strömten, und ich dachte an Ina. Aber gleich gingen mir wieder diese Worte *Eine halbe Stunde* durch den Kopf, und ich erinnerte mich an die Reise, die ich vor fünfzehn Jahren mit meinem Freund gemacht hatte.

Wie oft war ich in diesen sieben Tagen so wie jetzt alleine im Wagen gesessen, dachte ich, für eine halbe Stunde. Wie oft war ich im Wagen sitzen geblieben, nachdem er – scheinbar zufällig – am Ufer des Stausees bei Liptovský Mikuláš ein einfaches Bauernhaus entdeckt und angesteuert hatte. Vor der leeren Scheune hatte er den Wagen abgestellt und mir so wie jetzt den Schlüssel dagelassen, war den Weg durch einen

Kräutergarten mit duftendem Thymian gestiegen und hatte sich in die tiefliegende Stube hineingeduckt, über seinem Kopf die Initialen *C+M+B* der sogenannten Heiligen Drei Könige in wackeligen Kinderbuchstaben mit Kreide aufs Holz gemalt.

Wieder sah ich auf die Uhr. Eine halbe Stunde, sagte er, immer eine halbe Stunde, und ich schloss die Augen und überlegte, ob er in eine der Schäferhundeboxen gehen würde, und laut sagte ich plötzlich: «Mein Freund in der Hundebox» und geriet darüber in Lachen. Ich knipste eine Tablette aus der Packung und stellte die Heizung stärker. Wie vertraut mir der Wagen war! Ich drehte das Radio an und suchte einen Sender, aber fand nichts als slowakische Schlager. Ich drehte den Lautstärkeregler ganz nach rechts und sang eine zweite Stimme über die Kadenzen.

Ich dachte an Ina. Aber Ina war ein leeres Gefäß. Ich sah sie nicht. Ich schlug vor Ungeduld auf das Lenkrad, ich fluchte auf die Rotlichtsucht meines Freundes, die mich immer angewidert hatte.

Wie oft hatte mein Freund – nachdem wir den Tag in Museen und zwischen Resten mittelalterlicher Stadtmauern verbracht hatten – nachts noch «auf ein kleines Getränk» das Hotelzimmer verlassen und war genau eine halbe Stunde später, eine grässliche Melodie summend, zu mir ins Bett zurückgekehrt.

Ich erinnerte mich an die alten Frauen unter der Autobahnbrücke in Trnava. Wir hatten den bekannten Feuerturm gegenüber des Trnavaer Stadttheaters bestiegen, der Pfarrer hatte uns auf unser Bitten hin den Schlüssel übergeben. Aus den schmalen, windigen Lichtlöchern hatten wir bis auf die Wolkenkratzer Bratislavas zurückgeblickt und über die dicht bewaldeten Karpatenhügel. Aber nur wenige Minuten später unter der Autobahnbrücke hatte sich mein Freund – von eindeutigen Handbewegungen der alten Trnavaer Prostituierten angezogen – an den Straßenrand lotsen lassen.

In einem Vorort von Košice waren an einer roten Ampel plötzlich nur in Unterwäsche bekleidete Mädchen aus neonrosa erleuchteten Schaufenstern zu uns herausgelaufen. Sie hatten lachend gegen die

Scheiben unseres Wagens geklopft. Während ich ihn gebeten hatte, weiterzufahren, war mein Freund natürlich stehen geblieben: *um sich zu unterhalten*, wie er das nannte. Ein grüner Lamborghini war knapp an uns vorbeigefahren und keine Minute später auf der anderen Straßenseite zurückgekommen, darin ein glatzköpfiger Mann mit Sonnenbrille, auf der Rückbank zwei Herren, die aussahen, als wollte man sie nicht näher kennenlernen, während mein Freund seine Verhandlungen über Praktiken und Preise, deren immer gleichen Verlauf ich bis heute nicht mehr hören kann, fortgeführt hatte. Seit dieser Woche, stellte ich fest, kenne ich die Vorlieben meines Freundes bis ins letzte Detail und weit über mein Interesse hinaus: Weil man doch – wie er sagte – schon von Beginn an, «noch im Wagen», alles klarmachen muss, um böse Überraschungen im Zimmer oder auf dem Parkplatz zu vermeiden. Der Ablauf wurde bis auf die Minute genau festgelegt, eine geplante Choreographie der bestellten Lust. Freier und Prostituierte sahen auf die Uhr und einigten sich, wie lange sie eine bestimmte Praktik ausführen würden, bevor sie zur nächsten übergehen wollten. Nein, solange nicht, sagte dann die Frau, und mein Freund sagte: Doch, doch, das brauche ich auf jeden Fall so lange. Ein Feilschen um Minuten, während ich schon vor dem Wagen auf und ab ging.

Diese Rotlichtsucht, dachte ich und warf das Handschuhfach zu, war mir immer zuwider gewesen.

Selbst in dem ehemaligen Luftkurhotel in der Hohen Tatra, das wir durch eine lebensgefährlich anmutende Seilbahnfahrt erreicht hatten, hatte er die Rezeptionistin auf ein Mädchen angesprochen: einfach so nach dem Abendessen, ohne die Stimme vor den anderen Gästen zu senken. Ob das möglich wäre. Und zu meinem Entsetzen war das ohne jede weitere Diskussion möglich gewesen. Das «Mädchen», eine etwa fünfunddreißigjährige Rumänin, hatte nach kaum einer Stunde mit ihrem Wagen auf dem Hotelparkplatz gehalten. In den 90er Jahren war jeder Österreicher ein Kaiser im Osten, und die unzähligen slowakischen Kronen, die so locker in der Tasche saßen, machten alles möglich. Und wieder war ich vor dem Hotelzimmer in der Lobby auf und ab gegangen und später hinaus und unter dem Surren der ein und aus fahrenden Seilbahnen ein Stück den Wanderweg bis hinauf auf ein Hochplateau, wo sich das Bachbett in eine Vielzahl glitzernder Arme teilte, bis an einen Bergsee. Im eiskalten Wasser waren die breiten Mäuler lachsgroßer Fische zu sehen gewesen. Ich hatte eine Hand in dieses Wasser getaucht und mich von den laut die Serpentinen hinaufkeuchenden Touristen nicht ansprechen lassen.

Menschen wie mein Freund, dachte ich, hatten Osteuropa nach dem Fall des Eisernen Vorhanges nur als Bordell und Einkaufszentrum begriffen, und sie waren nur aus diesen zwei Gründen dorthin gefahren.

«Es ist eine Lebenseinstellung», sagte mein Freund, «eine Sache der Kultur.»

Drei Schüler steckten hinter der Busstation die Köpfe zusammen und kamen mit glühenden Zigarettenspitzen wieder hervor. Ich sah ihnen durch den Rückspiegel nach. In einigem Abstand folgten die jüngeren mit bunten Schultaschen und hellen Stimmen.

Ich hielt nach meinem Freund Ausschau.

Ich drückte die Tür auf und stieg aus, sperrte ab. Vom Hauptplatz wehte es nun einige heimelnde Terzen der Blechbläser herüber.

Einmal mehr wählte ich Inas Nummer. Ich tat es automatisch und hielt dabei nicht einmal mehr das Handy ans Ohr.

Ich ging an der Synagoge vorbei, der Spielplatz war jetzt leer, ein Stift lag herabgerollt auf einem Kanaldeckel, die Klänge tauchten hinter den Mauern hervor, eine Polka, die das Dorf aus den Häusern an die Heurigenbänke gelockt hatte: Paare mit Bierkrügen und Tellern mit Grillwürsten, die Menschen unterhielten sich oder blickten mit bierseligen Augen auf die Musikanten, die sich ihrerseits bei jeder mehrtaktigen Pause nach den abgestellten Krügen bückten und sich über die Notenpulte hinweg zuprosteten.

Ich bestellte ein Bier an einem der Stände, aber die raschen, unsauberen Terzen trieben mich vom Hauptplatz fort und einer gepflasterten Seitengasse zu und weiter einen Wanderpfad hinauf, zwischen mehreren Reihen blühender und harzig duftender Kirschbäume hindurch: eine Landschaft, die mir auf beunruhigende Weise bekannt vorkam. Der

Name des Gipfels *Vampil* auf einem Wegweiser schien mich an etwas zu erinnern. Ich hatte bald einige Meter Höhe gewonnen und lauschte mit angehaltenem Atem, bis ich wieder das Schmettern der Blechbläser hörte, und dachte an den Freund und stieß in diesem Gedanken zornig das Wort «Hundestaffel» aus, und weil ich Lust am Aussprechen dieses Wortes gewann, sagte ich es bald zwischen zwei Schritten vor mich hin, das Wort «Hundebox», «mein Freund in der Hundebox», «mein Freund macht es in der Hundebox».

Ich stieg noch einige Meter hoch bis an den Aussichtsplatz gegenüber einer ausgebrannten Hütte. Nun war ich sicher, schon einmal hier gewesen zu sein, am Gipfel des *Vampil*. In der Hütte, deren Decke jetzt von den Spuren aufgeflammten Öls rauchschwarz gefärbt war, hatte ich mir eine Flasche Bier gekauft. In der größten Mittagshitze war ich schon damals, am letzten gemeinsamen Urlaubstag, hier hochgestiegen. Während mein Freund zwei Stunden in einem Club namens *Ishtar Energy* verbracht hatte: einer Mischung aus Sauna, Massage und biologischem Essen, wie er mir später im Wagen erklärte – in der Erinnerung an sein sanftes Ausatmen schüttelte es mich vor Ekel – Sex, Yoga und Entspannungstechniken, pseudobuddhistische Sprüche in englischer Sprache, die in Kleinbuchstaben auf die Wände gesprayt waren. In einem sogenannten Kristall-Energie-Raum waren die *Chakren* meines Freundes wieder *durchgängig* gemacht worden, mein Freund war *auf seine Mitte ausgerichtet* worden und anschließend mit einer Schale Weißwein und zwei Prostituierten in ein Wellenbecken gestiegen.

Wie damals setzte ich mich auf eine der Bänke, um von dort aus auf die Kirschbäume und den Hauptplatz hinabzublicken. Ich war der Spießer, dem es unmöglich war. Ich hätte viel darum gegeben, das zu ändern. Und mein Freund wusste das.

Die Musik war nur noch schwach zu hören, unterbrochen vom Aufjohlen und Applaudieren der Biergesellschaft.

An das plötzliche Auflachen einer Frau am Nebentisch erinnerte ich mich, hier war ich gesessen und hatte mich – durch dieses Auflachen neugierig geworden – nach dieser Frau umgedreht und war davon urplötzlich in eines der wertvollsten Gespräche gezogen worden. Die ehemalige Lehrerin entstammte Devínska Nová Ves, jenem slowakischen Dorf an der Grenze, in dem bereits wenige Jahre nach dem Fall des Eisernen Vorhanges ein deutscher Autohersteller ein riesiges Automobilwerk aufgezogen hatte.

Als ich sie nach der Zeit davor gefragt hatte, hatte ich erwartet, sie würde mir die Geschichten von den Schüssen am Eisernen Vorhang erzählen, von in den Stacheldrähten verhedderten und von Selbstschussanlagen angeschossenen Rehen, die aus Angst vor den Minen niemand zu befreien wagte, von Hunden und Suchscheinwerfern – davon waren die Zeitungen meiner Kindheit voll gewesen. Die nächtlichen Schüsse hatten mich geweckt und mich ans Fenster gelockt, als könnte ich durch das nächtliche Dunkel bis an die March blicken. Die Lehrerin hatte aber über meine Ausführungen nur gelächelt, und als ich sie fragte, was denn aus ihrer Sicht der Eiserne Vorhang gewesen sei, tatsächlich zuerst von einem Fußballspiel, von Musik, der staatlichen Oper, von elektronischen Geräten gesprochen.

«Ich habe», sagte sie, «bis zu meinem vierzigsten Lebensjahr von Österreich nichts *sehen* können.» Oft genug aber habe sie Österreich *hören* können, denn auf dem nahen Fußballplatz im österreichischen Wolfsthal sei jeden Sonntag gespielt worden. Die Lautsprecher hätten jedes Tor mit dem Namen des Schützen laut über die Grenze gerufen. «Diese Namen», hatte sie erzählt, «und der laute Ruf *Tor! Tor!* waren Österreich für mich.»

Immer noch spielte die Musik, ein Marsch, ich dachte an meinen Freund, dann aber an das Gesicht dieser Lehrerin, das mir genau in Erinnerung geblieben war. Mit geschlossenen Augen hatte sie einige der Namen, die aus dem österreichischen Lautsprecher immer wieder über die March an ihr Ohr gedrungen waren, aufgezählt: die Namen Karner und Prohaska und Richter, Niedermeier, Nowotny, «das war Österreich», hatte sie gesagt und ihre Lider, deren faltige Haut mit blauem Lidschatten bemalt gewesen war, immer noch geschlossen gehalten, «das waren die Österreicher.»

«Ich erzähle Ihnen eine Kuriosität», sagte sie. «Die Grenze ist, wie Sie wissen, voller Kuriositäten. Voll Grausamkeit natürlich, aber auch voll Kuriosität und auch voll grausamer Kuriosität.» Jeden Saisonbeginn, erzählte sie, habe der Trainer der Wolfsthaler Mannschaft einen Brief an die Österreichische Botschaft in Bratislava geschickt. Die Botschaft habe den Brief geöffnet, gelesen und an die slowakischen Grenzbeamten weitergeleitet. Abgesehen von den üblichen Höflichkeitsfloskeln schrieb der Wolfsthaler Trainer den Grenzbeamten nichts weiter als die Spieltermine seiner Mannschaft auf. Die slowakischen Grenzbeamten schickten einen höflichen Brief zurück, in dem sie den Erhalt des Briefes und der Termine bestätigten und die Österreichische Botschaft sandte den Brief an den Wolfsthaler Trainer weiter. Wenn an einem dieser Tage ein Ball über das Spielfeld geschossen wurde und über die Flussmitte und damit in den Kommunismus hineinflog, stieg einer der österreichischen Spieler in ein vertautes Ruderboot am Ufer. Unter Beobachtung der tschechoslowakischen Grenzposten ruderte er dann über die Flussmitte, fischte den Ball heraus und ruderte nach Österreich zurück. An allen anderen Tagen war das nicht möglich.

«Eigentlich», hatte mir die Lehrerin gesagt, «habe ich in meinem Leben kein einziges Fußballspiel gesehen. Immer nur gehört, über die March gehört.» Und ich erinnerte mich, dass sie bei dieser Bemerkung ihre Lederhandschuhe ausgezogen hatte – es war Sommer gewesen, aber hier oben immer noch kühl – und dass mir der Geruch ihrer Hautcreme in die Nase gestiegen war. Sie hatte ganz plötzlich meine Hand berührt und mir war diese Berührung angenehm gewesen.

In den Halbzeiten der Fußballspiele seien Werbedurchsagen über die March gespielt worden, Produkte, die sie sich immer nur aufgrund ihrer Namen habe vorstellen können, und als sie diese Jahre später in der Wiener Mariahilfer Straße selbst in den Schaufenstern gesehen hatte – sie hatte von Tricotronics und den ersten Gameboys gesprochen, von Schnurlostelefonen und bestimmten Schokoladensorten –, war ihr diese Mariahilfer Straße mit ihren leuchtenden Glasfassaden und Werbebannern wie der Inbegriff des Kapitalismus selbst erschienen.

Sie hatte mir eine Vanillezigarette angeboten, ich erinnerte mich an die amerikanischen Todesdrohungen auf der Packung, die mich während des Rauchens in Unruhe versetzt hatten.

Auf der Bank am Gipfel des Vampil war uns beiden der Schweiß auf der Stirn getrocknet, ich hatte gar nicht mehr auf die Uhr sehen wollen, um meinen Freund aus seinem *Ishtar Energy Club* abzuholen, die Lehrerin hatte mich vollkommen für sich eingenommen. Sie nannte die Orte an der March, an der sie noch in den Jahren vor ihrer Augenoperation – ein grauer Star, den man zu spät bemerkt und noch viel später operiert habe – mit dem Rad entlanggefahren war: auf dem *Radweg des Eisernen Vorhanges* sei sie zusammen mit ihrem Mann und ihren Töchtern gefahren. Sie sei einmal in einen dieser finsteren Bunker hineingegangen, in die klamme Kälte dort, sie habe durch das Schießloch hinausgesehen. Sie sei dort einfach mehrere Minuten zitternd gestanden.

Sie hatte ihr Glas Bier zur Seite geschoben und nicht weitergesprochen und aufgesehen zu mir und dann doch nur gesagt, ein junger Mensch könne sich das nicht vorstellen, «zum Glück», sagte sie, auch ihre Töchter könnten sich das nicht vorstellen, und wieder sagte sie «zum Glück».

So wie sie es damals getan hatte, schob auch ich jetzt meinen Pappbecher zur Seite. Ich saß am gleichen Tisch, bemerkte ich. Aus den Kirschbäumen unter mir zog ein harziger Duft herauf. Eine Familie mit zwei Kindern stieg den Weg zu mir herauf, der Mann trug ein Baby auf dem Rücken.

Ich nickte ihnen zu, als sie mich grüßten, und war dann wieder alleine. Das leise Wimmern des Babys – ich konnte nicht erkennen, war es aus Lust oder Schmerz – verklang zwischen den Bäumen, die Familie war über die Wiese gegangen, die Kinder – zwei Buben – schlugen mit Stöcken gegen die Gräser und waren dann hinter ihren Eltern in dem dichten Wäldchen verschwunden.

Absichtlich sah ich nicht auf die Uhr, nahm das Handy nicht heraus.

Die Lehrerin war dann aufgetanden und an die Theke gegangen, um ihre und meine Rechnung – zwei große Bier und ein Brot mit Knoblauch – zu begleichen. Sie hatte ihre türkisen Lederhandschuhe wieder aus ihrer Handtasche genommen. Ich sah sie auch jetzt dort an der ausgebrannten Holzhütte stehen. Sie hatte sich noch einmal nach mir umgedreht, auf meine Dankesworte nur die Hand gehoben, sie hatte schon die Hand zur Verabschiedung ausgestreckt, aber dann plötzlich gefragt: «Wollen Sie vielleicht mitkommen?»

Diese Worte «wollen Sie vielleicht mitkommen» hörte ich auch jetzt wieder, ich stand auf, aber natürlich war da niemand an der Theke. Ich warf den Pappbecher in den Mistkübel neben der ausgebrannten Hütte, hier waren Forellen aus dem nahen Teich gebraten worden, erinnerte ich mich.

«Wohin mitkommen?», hatte ich erwidert.

Die Lehrerin hatte mich ganz spontan zum Vorspielen ihrer jüngsten dreizehnjährigen Tochter mitnehmen wollen, ein sogenannter musikalischer Abend, «in einer halben Stunde in der Synagoge», hatte sie gesagt und hinunter über den Hauptplatz in Richtung der Synagoge gedeutet. Ein Konzert der Jugendmusik. Ihre Tochter habe eine Sonate von Alban Berg vorbereitet.

Am Weg hinunter hatten wir über Musik gesprochen, sie hatte mir von Lucia Popp erzählt, jener Opernsängerin, die in der ganzen Opernwelt bekannt gewesen war, die in den USA und in Europa gefeiert wurde, aber in ihrer Heimat, der kommunistischen Tschechoslowakei, als Republikflüchtige totgeschwiegen und mit Verhaftung bedroht worden war. «Ja, aus Záhorská Ves», hatte die Lehrerin gesagt, «jenes Dorf an der March, meine ich. Man will jetzt dort eine Fähre bauen.» Lucia Popp war im Jahr meines Zusammentreffens mit der Lehrerin – oder war es das Jahr danach gewesen? – gestorben, und ich erinnerte mich jetzt daran, dass ich damals die Idee gehabt hatte, bei nächster Gelegenheit in dieses Dorf und an dieses Geburtshaus heranzufahren, von dem mir die Lehrerin erzählt hatte. Ob es stimmte, dass an dem Geburtshaus jener Sängerin, die selbst Opernlaien wie mir ein Begriff ist, nicht einmal eine Plakette angebracht worden war. Aber auch das hatte ich nicht getan, stellte ich fest, und ging zwischen den Kirschbäumen hindurch hinunter, wie ich damals mit der Lehrerin hinuntergegangen war. Am Ende der Obstplantage hatte sie mich noch einmal gefragt, ob ich Lust hätte, ihre Tochter zu hören, Alban Berg in der Synagoge, ihr Klavierspiel, und ich hatte auf die Uhr gesehen und gesagt, dass ich zu gehen habe. «Mein Freund», hatte ich gesagt, und auch jetzt sagte ich: «mein Freund», obwohl natürlich niemand hier war. Ich hatte zu meinem Freund zu gehen gehabt und habe zu meinem Freund zu gehen, dachte ich, und schob den Hemdsärmel hinauf und sah, dass weit mehr als eine halbe Stunde, beinahe schon eine Stunde, vergangen war. «Wo ist denn Ihr Freund?», hatte mich die Lehrerin gefragt, als ich ihre warme Hand genommen hatte, und ich hatte Lust gehabt, ihr die Wahrheit zu sagen und mit ihr zu Alban Berg und nicht zu meinem Freund in den *Ishtar Energy Club* zu gehen, und jetzt, fast fünfzehn Jahre später, sagte ich ihr die Wahrheit, «mein Freund ist in der Hundebox», rief ich laut aus, während ich damals etwas von einer Bekannten gesagt und für meinen Freund gelogen hatte. Die Lehrerin war zu ihrer Tochter und Alban Berg gegangen, ich zu meinem Freund in den *Ishtar Energy Club*, dachte ich, und ging über den Hauptplatz. Immer noch spielten die Musiker ihre Polkas, einige Menschen waren aufgestanden und hatten sich ineinander verhakt, sie drehten sich auf dem Kopfsteinpflaster zu den schrägen Blechklängen. Ich hätte ihr schreiben müssen, dachte ich, denn sie hatte mir ihre Adresse auf einen sorgfältig aus ihrem Notizbuch herausgerissenen Zettel geschrieben, und als ich später diesen Zettel in meine Tasche steckte, hatte meine Hand nach ihrer Hautcreme gerochen. Ich hatte ihr aber nicht geschrieben, stellte ich fest. Womöglich war sie tot, dachte ich, und mir war elend bei dem Gedanken. Ich weiß nicht, wie ich auf diesen Gedanken gekommen war. Beim Anblick der Musikanten und der sich davor drehenden, lachenden Menschen, dachte ich ganz plötzlich: Diese Lehrerin ist dir weggestorben. Und ich wiederholte den Gedanken und sprach ihn laut aus und drehte mich plötzlich um, als ich dachte, angesprochen worden zu sein, ließ meinen Blick über die Gesichter der Anwesenden gleiten, aber niemand hatte sich mir zugewandt. Die Lehrerin ist dir weggestorben, und ich dachte jetzt an Ina und an das Kind und geriet in diesem Gedanken in Atemnot, ging, nein: rannte über den Platz, stieß gegen eines der sich drehenden Paare und lief in diese enge Gasse hinein, an der Synagoge vorbei und auf die Bundesstraße, ich hätte aufschreien wollen, als ich noch einmal, diesmal laut und deutlich, jemanden meinen Namen rufen hörte. Ich drehte mich – die Hand schon am Wagenschloss – um.

Da stand mein Freund hinter mir. Er keuchte. Und in seinem Gesicht stand großes Unglück.

Er wollte zuerst nicht sagen, was passiert war. Ich ließ den Schlüssel über das Wagendach in seine Hand schlittern, er fing ihn auf. Im Wagen programmierte er das Gerät neu, blickte aber mehrmals hoch zur Wachhausruine: zornig, enttäuscht? Es war nicht leicht, das herauszufinden. Ohne mich anzusehen oder auf das Navigationsgerät zu achten, das schon nach wenigen Metern laut aufschrie, alles sei falsch, fuhr er los.

Er sah verärgert aus, dachte ich zuerst, während ich später feststellte, dass er niedergeschlagen war. Ich fragte ihn, nachdem wir losgefahren waren, und dann wieder, als wir das Dorf verließen und auf einem holprigen Güterweg ausfuhren, aber er sagte nur etwas von fehlerhaften Kundenbewertungen, von Bewertungssystemen überhaupt, Irreführungen, schließlich: der Korruption des Internethandels im Allgemeinen.

«Hattest du keinen Spaß?», fragte ich.

Da drehte er mir den Kopf zu und lachte, und dieses Lachen war ein Stoß gegen die Brust.

«Spaß?», fragte er. Er stieg aufs Gas und überholte einen alten Lastwagen, auf dessen Verladefläche einige Roma saßen. Er steuerte geradewegs auf ein Wäldchen zu, in der Ferne einfache Häuser, in den brachliegenden Feldern steckten Schilder, die Baugrund versprachen: 80 Euro für den Quadratmeter.

Er fuhr eine Weile wortlos darauf zu, bevor er abrupt stehen blieb. Nicht, um mit dem Navigationsgerät auf- und ab zu gehen, wie ich zuerst dachte. Er stellte den Motor ab und sah mich lange an, bevor er sich dazu entschloss, mir die Geschichte zu erzählen.

«10 Euro», so begann er. «Ich habe 10 Euro bezahlt.» Er lachte trocken: «Wofür bezahlt man heute 10 Euro? Für 10 Euro kann man ja kaum mehr essen gehen. Sie aber hatte nicht mehr als 10 Euro haben wollen.»

Er war mit der jungen Studentin – er hatte das von dem Einband ihres Buches ablesen können – und hinter dem Mann mit der Pistole in die Ruine hineingegangen. «Es war ganz so, wie ich es im Forum gelesen habe», sagte er. Er hatte sich den genauen Ablauf im Internet durchgelesen. Es war ihm empfohlen worden.

«Die beiden sprechen nicht, er geht vor ihr, hält uns die Türen auf.» Er lachte jetzt. «Dass du das nicht sehen wolltest! Dieses Gebäude! Es war einigermaßen gut erhalten, hier und da standen sogar noch Tische, denen nur einzelne Beine fehlten, ein Stuhl, ein Plakat an den Wänden, das in Piktogrammen über Hygienevorschriften aufklärte. Ich habe nicht umsonst gedacht, es wäre etwas für dich. Du liebst diese Ruinen, das weiß ich.»

«Erzähl weiter», sagte ich.

Er nickte. Und erzählte weiter.

«Der Raum, den wir dann betreten haben, war tatsächlich das ehemalige Wachzimmer.»

«War das deine Idee?», fragte ich.

Ich wusste natürlich, dass das seine Idee gewesen war. Er lachte.

«Ja, natürlich. Deswegen war ich ja überhaupt auf die Internetseite gekommen. Sie hat mich gefragt: Welches Zimmer? Und ich habe geantwortet: Das Wachzimmer. Sie hat nur genickt und ihrem Freund zugerufen: das Wachzimmer – auf Slowakisch natürlich. Er hat gelächelt.

Lass mich erklären, wie es dort aussah. Sie hatten ein einfaches Bett hineingeschoben, vielleicht stand es auch schon vorher in einer der Häftlingszellen, die allesamt gut erhalten» – mehrmals sagte mein Freund jetzt die Worte «gut erhalten» –, «die allesamt gut erhalten waren», sagte mein Freund, «sicher hatten sie ein paar Deko-Sachen reingetan: die rostigen Handschellen zum Beispiel waren nicht echt, und die schmutzigen Klomuscheln hatten sie nachträglich in Eigenregie an die Wände gehängt, ich kenne diese Klos, die gab es damals noch gar nicht. Aber die

Zellen sahen gut aus, die Gitterstäbe – alles echt», sagte mein Freund, «der Schmutz an den Fliesen über den Waschschläuchen.»

Der Mann habe sich verabschiedet und zur Frau gesagt, er bleibe nebenan, sie hatten angenommen, er verstehe kein Slowakisch.

Und dann begann er wieder: «10 Euro! Mein Gott, 10 Euro», er riss dabei die Hände in die Luft und wieder suchte er den Vergleich mit anderen Gütern, die man für 10 Euro erwerben konnte: ein Friseurbesuch, eine Melange und ein Stück Torte im Café Sacher, ein Kinobesuch.

Im Rückspiegel sah ich den Lastwagen, den wir zuvor überholt hatten. Er scherte langsam auf die linke Straßenseite und zog stotternd an uns vorüber. Die Männer auf der Ladefläche fixierten Kübel mit Farbe, die ihre Kleidung und ein Stück der Ladefläche weiß gefleckt hatten, zwischen ihren Beinen.

Mein Freund sah ihnen nach, aber ohne Gedanken. Er war in seiner Geschichte geblieben und sagte: «Wir sind gleich an die Sache herangegangen», und ich verstand erst einige Augenblicke später, dass er meinte, er hätte mit der Frau im Wachzimmer zu kopulieren begonnen. «Du hast ihre Brüste gesehen, jeder weiß, dass das Brüste sind, die man anfassen muss. Ich schiebe ihr also die Hand unter das T-Shirt, aber sie zieht sie wieder heraus. Ich fasse ihr noch einmal unter das T-Shirt, und wieder zieht sie meine Hand heraus. Sie sagt, das sei nicht im Preis inbegriffen. Für die 10 Euro würde sie ihr T-Shirt nicht ausziehen, nicht einmal die Lederjacke.» Mein Freund war fassungslos. Für 10 Euro sei nur ihr Unterkörper erhältlich, habe sie ihm zu verstehen gegeben. Er durfte ihre Brüste nicht, nicht einmal ihren Bauchnabel berühren, ihre Schultern nicht, erzählte mein Freund. Nichts.

«Sie wollte noch einmal 10 Euro. Dann würde sie sich ganz ausziehen.» Dieser Punkt sei in den Verhandlungen nicht genau ausgehandelt worden. Er überlegte. Genau genommen sei das sein Fehler gewesen, gab er zu.

Er habe aber sofort gedacht, dass das nicht notwendig sei, und er habe das auch zu ihr gesagt: «Es ist nicht notwendig», und auch zu mir sagte er jetzt, als er diese Erzählung zum Besten gab: «Es war nicht notwendig.» Um die Not meines Freundes abzuwenden, war allein der Unterkörper der Frau ausreichend gewesen.

«Aus 10 Euro wollte sie 20 machen», sagte mein Freund. Er habe aber diese Forderung nach versteckten Kosten reklamiert und zurückgewiesen. Niemand im Forum habe von ähnlichen Vorfällen berichtet, sagte er, alle seien sehr zufrieden gewesen. «Ich aber bin unzufrieden», sagte er.

«Und weiter?», fragte ich. «Was hat dich so verärgert?»

«Du weißt», begann er dann, als wüsste ich es, «dass es bei mir nicht lange dauert.»

Und als wüsste ich es tatsächlich, sagte ich: «Ja, ich weiß.»

Aber bei dieser Sache habe es lange, sagte er, sehr lange gedauert. Er habe, kurz gesagt, die Lust verloren. Dazu habe sie ihn, als sie das bemerkt hatte, immer wieder aufgefordert, doch zu kommen. Es sei aber nicht möglich gewesen zu kommen. «Ich kann nicht kommen», habe er zu ihr gesagt und sagte es jetzt mir: «Ich kann nicht kommen! Ich stelle fest: ich kann nicht kommen, und sie sagt zu mir: doch, du kommst jetzt, aber schnell.» Ganz unverschämt, sagte er, habe sie auf die Uhr gesehen und gesagt, sie gebe ihm noch zwei Minuten, «in zwei Minuten kommst du!», und nach einer Minute habe sie wieder auf die Uhr gesehen und gesagt, es sei jetzt schon eine Minute vorbeigegangen. «Komm jetzt», habe sie ihn dabei immer wieder, aber auf eine völlig unerotische Weise aufgefordert, wie er sagte, «als wäre ich ein Uhrwerk». Und er habe dabei gedacht, dass er jetzt gehen würde. Hätte er nicht bereits gezahlt, sagte er, wäre er einfach gegangen. «Es war alles andere als schön», sagte er, «da war dieses Wachzimmer, aber alles in diesem Wachzimmer war plötzlich gegen mich», sagte er, «die schmutzigen Heizrohre, die Gitterstäbe, die Klomuscheln – alles, von dem ich beim ersten Anblick gedacht hatte, es wäre für mich, war nun gegen mich. Auch diese Frau war gegen mich. Aber ich habe bezahlt», sagte er und sagte gleich wieder, indem er die Hände in die Luft warf: «Ich habe doch bezahlt, ich hatte ja bereits bezahlt. 10 Euro. 10 Euro», und ich hatte Angst, er würde noch weitere Vergleiche finden. Er sagte aber nichts mehr.

Er war bis zum Ablauf dieser letzten Minute geblieben. Dann habe sie ihn weggeschoben und laut nach dem Mann gerufen, und dieser sei schon bei der letzten Silbe ihres Rufes in der Tür gestanden, grinsend.

«Es war nichts als eine Verschwendung», sagte er.

Er startete, fuhr aber nicht gleich los, sondern starrte eine Zeit lang vor sich hin, und als ich lachte, blickte er nur weiter ernsthaft vor sich und wiederholte: «Es war nichts als eine Verschwendung.»

Neun

Es war schon später Nachmittag, als wir Malacky endlich verließen. Ich konnte kaum glauben, dass wir so langsam vorankamen. Ich hatte die Karte mit den Herzen vor mir aufgefaltet, denn nachdem wir Malacky verlassen hatten, rief die Stimme aus dem Gerät plötzlich, wir hätten jetzt umzukehren und fünf Kilometer zurückzufahren, und ich hatte Angst, mein Freund würde dieser Stimme Beachtung schenken. Tatsächlich aber klipste er nur das Gerät wieder heraus und drehte es nach den Satelliten.

Auf eine merkwürdige Art war mir das Land vertraut, denn außerhalb Bratislavas hatten sich die Dörfer in diesen zehn Jahren wenig verändert. Ich erkannte die Kirche mit den kopflosen Wasserspeiern, an der wir einmal gehalten und eine Pizza gegessen hatten, den Hauptplatz, auf dessen Kopfsteinpflaster jemand eine halbvolle Weinflasche vergessen hatte und wo ich den Zettel mit der Adresse der Lehrerin vermutlich verloren hatte.

Vor etwa zwei Jahren, dachte ich, war ich das letzte Mal an sie erinnert worden. Damals war Devínská Nova Ves noch einmal in die Zeitungen geraten. In der Nähe des riesigen deutschen Automobilwerkes war ein Mann Amok gelaufen. Während der österreichische Boulevard die Falschmeldung des slowakischen Boulevards, es handle sich um einen fünfzehnjährigen Drogensüchtigen, der *im Rausch ausgezuckt* sei, sofort übernommen hatte, hatte es sich tatsächlich um einen achtundvierzigjährigen ehemaligen Grenzbeamten gehandelt, der mit dem veralteteten Gewehr des tschechoslowakischen Heeres sieben Menschen, darunter sechs Roma, erschossen hatte.

Überraschend schnell wurde es dunkel. Am Straßenrand saßen Habichte in den schwarzen Ackerfurchen und drehten uns die Köpfe nach.

Immer wieder blickte mein Freund nach dem Navigationsgerät, das zuerst vier Kilometer Distanz zum Ziel anzeigte, dann nur noch drei, und ich sagte: «Kein Bordell mehr, hörst du!», wenn er neue Destinationen eintippte. Ich hatte Angst, es wäre unausweichlich, die einmal angefachte Leidenschaft irgendwann zu stillen, aber er sah mich nur still an, und als er das nächste Mal fluchend hielt, waren wir an die Reaktoren des Atomkraftwerkes Bohunice herangefahren, an das Schreckgespenst meiner Kindheit, an der ersten Schranke vorbei, allein, weil das Gerät es uns so befohlen hatte, und hielten an den hohen, mit Überwachungskameras und Stacheldraht befestigten Mauern. Er programmierte das Gerät neu und das slowakische Sicherheitspersonal scheuchte uns mit einer Hand am Pistolenhalfter den Weg zurück.

«Weißt du übrigens», sagte mein Freund, «dass ich hier einmal eingesperrt war?»

Auf meine Frage, was genau er mache, gab er Antworten, die ich nicht verstehen konnte, und schließlich eine, die mich denken ließ, er verdiene sein Geld mit dem Einkauf von Sperrmüll. «Mein Geschäft ist es, gebrauchte Waren einzukaufen», verbesserte er mich, hauptsächlich Verlassenschaften oder Dinge, von denen niemand wusste, woher sie stammten, auch Dinge von zweifelhafter Herkunft, gab er zu. Deshalb sei er immer im Osten unterwegs, denn in den alten Bauernhäusern stünden immer noch Schätze, von dessen Wert die Bewohner gar keine Ahnung hätten, auch in den Romasiedlungen finde man einige *spannende* Dinge. Er kaufe fast alles und verkaufe auch fast alles. Besonders der Handel mit kommunistischen Devotionalien sei ein gutes Geschäft. Die Österreicher, besonders die Wiener, liebten kommunistische militärische Auszeichnungen, Gürtelschnallen von Generälen, Teile des Laufes eines BMP-1-Schützenpanzers, Stacheldrahtstücke, die er einem Schweizer Theaterwissenschaftler gegenüber einmal als *Original Eiserner Vorhang* deklariert hatte, Mützen oder Plaketten wie jene, die er gerade eben in der Wachstube gesehen hatte. «Das wäre es gewesen», sagte er, er habe aber wegen des Mannes nicht gewagt, sie mitzunehmen oder danach zu fragen. «Es war alles eine Verschwendung», wiederholte er.

Mein Freund hatte Mühe, sich finanziell über Wasser zu halten. Das las ich an seinem Gesicht ab. Seine Ideen hatten sich in all den Jahren nicht verändert, und ein Erfolg hatte sich nicht eingestellt.

«Ich bin kein Mörder oder so», sagte er. Die Vorstellung erheiterte ihn. «Mach dir keine Gedanken. Der Grund, warum man mich damals eingesperrt hat, war eine Kleinigkeit, eine Nichtigkeit.» Mein Freund sagte: Ein *Nichts*. «Eine Nacht in slowakischer Untersuchungshaft – wer kann das schon von sich behaupten?»

Ich nahm das Handy aus der Tasche, aber ich widerstand der Versuchung, Inas Nummer zu wählen. Ich löschte alte SMS, die mir Ina geschickt hatte, erschreckend Belangloses, das sich um Einkäufe, verschobene Arzttermine oder Verspätungen zum Abendessen handelte, und sah dann hoch, als unser Wagen langsamer wurde: das nächste Dorf.

Kleine Kanäle links und rechts der Straße, die die Vorgärten bewässerten, zwei Frauen standen auf Holzleitern in der Abendsonne und schnitten Holunderblüten in karierte Stofftaschen, während sie sich laut miteinander unterhielten. In einer Hofeinfahrt spritzten Funken auf die Betonplatten. Ein Mann schärfte mit nacktem Oberkörper ein Messer an einem Schleifstein.

Mein Freund war ein guter Fahrer, ruhig und besonnen trotz der vielen katastrophalen Überholmanöver, die sich um uns herum abspielten. Einmal drehte er das Radio an und suchte einen Schlagersender, er liebte diese Musik. Dadurch erfuhren wir, wie das ist: Liebe trotz großer Distanz.

Mein Freund verließ sich auf das Navigationsprogramm seines Smartphones, auf dem die blauen Pfeile durch die Wälder wanderten.

Manchmal wurden die blauen Pfeile grau und verloschen dann ganz und ein großes schwarzes Fragezeichen drehte sich auf dem Display.

«Das Gerät ist sich nicht sicher», interpretierte er das.

«Was ist mit der Karte?», fragte ich und hielt ihm das Papier mit den roten Herzchen hin.

Er wollte sie nicht. Mein Freund liebte sein Gerät.

Wir hielten am Ufer eines Badeteiches. Jakubov hieß der Ort. Männer saßen dort in Mänteln unter dem Vordach eines Bungalows und tranken Bier. Aus einer blassgrauen Wolkendecke nieselte sanfter Regen ins Wasser.

Wir hielten vor der frei stehenden Zapfsäule der nahen Tankstelle. Mein Freund gab das Ziel neu ein. *Limbach*, tippte er.

Meinten Sie Limbach in Pennsylvania, USA? (Entfernung: 7684,34 Kilometer), antwortete das Gerät.

Der Tankwart war einer der Männer auf den Klappstühlen am Ufer, ich hatte ihn für einen Touristen gehalten. Als er uns bemerkte, erhob er sich, machte im Stehen noch einen Zug – ein Brettspiel auf einem Campingtisch –, bevor er, den Kragen vor das Kinn gezogen, in Filzpantoffeln durch den Regen auf uns zu schlapfte. Wortlos drückte er den Zapfhahn in den Stutzen, einige tote Wespen vom letzten Sommer klebten hinter der Glasscheibe, wenn das Zählwerk sich drehte, zuckten ihre Leiber.

Ich stieg aus und sah im Vorbeigehen, dass in der Hemdtasche des Tankwartes drei Spielfiguren steckten, drei Pferde: ein blaues, ein gelbes, ein weißes. Nur die Köpfe blickten heraus.

Ich kaufte slowakische Zeitungen, Briefkuverts, einen Comicband, einen Tuschestift, Bleistifte und Papier und strich das Geld ein, das mir die Tochter des Tankwarts – zumindest vermutete ich, dass sie die Tochter war – auf den Tresen legte. Im Aschenbecher lag ein Haarband zwischen zwei Zigarettenstummeln. Ich hob es auf, warf es fort.

«Wir machen eine Pause», sagte mein Freund. Er sei müde vom Fahren.

Wir aßen wortlos zwei Stück Apfelkuchen, der vorzüglich war, und bestellten dann noch einmal. Der Regen trieb nun auch die übrigen Männer vom Ufer ins Tankstellencafé. An den Stehpulten schenkten sie Kaffee aus einer gläsernen Kanne in kleine Pappbecher. Auf eine Bemerkung meines Freundes blickten sie hoch und lachten, aber so, als hätte er einen misslungenen Witz gemacht.

Er sagte mir nicht, was er gesagt hatte. Irgendetwas über das Wetter, meinte er, und später saß er einfach bei halb geöffnetem Fenster da und streichelte sein Smartphone.

Mein Freund war ein Mensch, der andere Menschen ansprach. Er hielt es nicht aus, mit anderen im gleichen Raum zu sein, ohne nicht zumindest einen Satz gewechselt zu haben. Ich hingegen war jemand, der angesprochen wurde.

Wir hatten zu warten, worauf wusste ich nicht, aber es hatte mit dem Smartphone zu tun, irgendeine Nachricht, die man ihm zukommen lassen wollte. «Wir essen doch, es ist doch nicht ungemütlich hier», sagte mein Freund. «Eine kleine Pause schadet nicht.» Ich las vom Display, dass er etwas in einem Forum suchte und dabei immer wieder das Wort *Limbach* eintippte, *Limbach und Umgebung*, die Worte *Hotel*, und wieder *Limbach*, *Liebe*.

Die Bungalows waren bald vom Nebel verschluckt, am Ufer klackerten angespülte Äste an die Stegpfosten.

Eine Bö, die durch das Fenster kam, ließ uns zusammenfahren, mein Freund sah von seinem Gerät auf. Lächelnd, als würde er es nur mir zuliebe tun, rückte er es bis an den Rand des Klapptisches, nur so weit jedoch, dass seine Fingerspitzen es noch berührten. Und ich verstand, dass er schon vor drei Monaten, als ich in der Ruine auf der Poschenhöhe, in diesem Hof, in dem die ausgewilderten Enten in der ehemaligen Rauchkuchl wohnten, meine Zeichnungen angefertigt hatte, schon nach Angeboten im Osten Ausschau gehalten hatte, nach Verlassenschaften. Während ich meinen Notizblock vollskizziert hatte: Entengesichter, ein zerbrochener Tisch, unter dem die Enten nisteten, ich hatte eine Schüssel mit Nacktschnecken gesammelt, um die Enten damit unter einen rostigen Traktor zu locken, hatte mein Freund Hinweise auf Zwangsversteigerungen bekommen, womöglich auch auf Hehlerware. Und ich dachte jetzt an den Notizblock und konnte mich nicht erinnern, wo ich ihn nach meiner Ankunft in Wien hingetan hatte.

«Es ist nicht so, dass ich nie ernsthafte Beziehungen gehabt hätte», sagte mein Freund. «Aber eine Familie», begann er jetzt und schob sein Smartphone nun ganz an den Rand des Tisches. Er würde mir jetzt etwas erzählen, er kam mir dabei viel zu nahe, ich hätte aufstehen müssen, dachte ich, wie damals in dem vom Gestank unseres Wagens erfüllten Carport am Stausee in Liptovský Mikuláš hätte ich jetzt vor den nebelverhangenen Ufern des Jakubov'schen Sees aufstehen müssen. Aber wie damals blieb ich sitzen.

Natürlich gebe es da jemanden, sagte er, aber alles sei nicht so, wie ich mir das vorstelle, wahrscheinlich könne ich mir das alles gar nicht vorstellen. «Was einer Liebe nennt», so begann er seine Erzählung, um diesen Satz aber sogleich wieder abzubrechen, die Finger, die er eben wie zu einer Erklärung von seinem Smartphone gehoben hatte, wieder auf das Display zu legen. Ich beobachtete, wie er das Wort «Liebe» aussprach, mit weit vorgeschobenen Lippen, sodass ich ihm sofort Glauben schenkte. Aber schon einige Sätze später war ich mir nicht mehr sicher: Hatte er wirklich dieses Wort gesagt? Vor drei Jahren habe er eine Wienerin in Hernals kennengelernt. «Meine Asiatin», sagte er. Und ich beobachtete genau, wie er dieses Wort aussprach. Woher sie tatsächlich stamme, wisse er natürlich nicht.

«Es ist ganz einfach», sagte er – ich hatte ihn gefragt. «Alles ist im Grunde ganz einfach, ganz einfach und gleichzeitig immer auch unmöglich. Ich schreibe ihr ein SMS. Wenn sie antwortet, fahre ich zu ihr, wenn nicht, bleibe ich zuhause.»

Dann hielt er inne.

Die Männer an den Tischen trugen die orangenen Warnwesten der Forstarbeiter, ich hatte sie für Campingtouristen gehalten, dabei hatten sie, wie ich jetzt erkannte, das vom Sturm angeschwemmte Totholz, das die Badeplattformen und Bootsstege verstopfte, mit mannshohen Sapien aus dem See gezogen. Erschöpft hielten sie ihre gelben Helme in den Schößen, oberhalb und unterhalb ihrer Augen hatten die Schutzbrillen Abdrücke in der Haut hinterlassen. Einer machte jetzt eine Bemerkung, worauf sie sich umdrehten und durch die Glaswand auf den See blickten: ob sie die Motorsägen, die noch bei den Stämmen am Ufer lagen, aus dem Regen holen sollten – das verstand ich auch, ohne ihre Sprache zu kennen. Als die Kellnerin mit unseren Tassen an ihnen vorbeiging, ließ sie eine Bemerkung fallen, die müdes Gelächter hervorrief, nicht mehr als ein kurzes Aufatmen dieser zu einem einzigen ermatteten Organismus zusammengeschmolzenen Menschengruppe. Die Kellnerin trug Umstandskleidung. Sie musste im sechsten oder siebenten Monat sein. An unserem Tisch klopfte sie Zimt auf das Schlagobers in unsere Tassen, sie hatte ihren Hals mit Parfum besprüht, das einen eigenartig harzigen, süßen Duft verströmte, nicht unangenehm, und als mein Freund zu ihr hochsah, schien sie ihre Äußerung von vorhin zu wiederholen, woraufhin auch mein Freund wie die Arbeiter zuvor und auf genau die gleiche Weise auflachte und nach ein, zwei Stößen wieder in sich zusammensank.

Die Kellnerin habe gesagt, es sei ein Sturm im Haus, sagte mein Freund, und sie habe dabei auf ihren Bauch gedeutet. Ihr Bauch sei ein Haus und darin stürmte es.

Ich glaubte meinem Freund nicht. Er hatte all das erfunden, und ich sah, wie er sich bei dieser Geschichte in ein überhitztes Lachen hineinduckte.

Einer der Männer stand jetzt auf und trat in den Regen hinaus, er führte die Hand an die Krempe seiner Kappe und ließ die Tür hinter sich zuschlagen. Er ging zu den Motorsägen am Ufer.

Mein Freund fischte sein Smartphone vom Tischende, hielt es mit zwei Fingern vor mein Gesicht. Er wollte mir etwas zeigen: einen Ordner mit SMS, die er gespeichert hatte. *Yes, 7pm is okay* stand da. *Are you hungry?*

«Man liest das SMS und fährt hin», setzte er die Geschichte seiner *Asiatin* fort. «Man läutet und drückt die Tür ins Stiegenhaus auf.» Kalt und feucht sei es in diesem Stiegenhaus, erzählte er, ein Haus aus der

Gründerzeit, mit nikotingelbem Stuck an der Decke, ein Paternoster hinter schmiedeeisernem Gitter. «Man öffnet die angelehnte Tür. Man steckt einen 100 Euro-Schein in die staubige Porzellanvase am Küchenfenster», sagte er. «Das ist alles.»

Kleine Säckchen mit Rosenöl stünden überall in der Wohnung, ein Geruch, der ihn schon beim Eintreten gleichzeitig abstoße und anziehe, was überhaupt auf alles zutreffe, was mit ihr, seiner Asiatin, seiner Hernalserin zu tun habe, denn zwischen allem sei ja immer auch der Schimmel aus den feuchten Mauern, ein gewisser Ekel, das Fremde und das Vertraute. «Was Liebe ist, darüber kann einer wie ich nichts Richtiges sagen», sagte er, aber er glaube, dass es mit diesen Gegensätzen zu tun habe, weshalb alles auch ein Unglück sei. «Abenteuer und Vertrautheit», sagte er, «Reinheit und Verdorbenheit, Geilheit und Zärtlichkeit – deshalb ist alles ein Unglück.» Das sagte er wortwörtlich und leckte Schlagobers vom Löffel und legte ihn zurück und sah eine Zeit lang aus dem Fenster auf die graue, vom feinen Regen unruhig gewordene Wasserfläche des Jakubov'schen Sees.

Während einer längeren Beziehung zu einer Frau, die er sehr geliebt habe, womöglich immer noch liebte, fügte er rasch ein, habe er einmal mit dem Rotlicht, «mit dem Puffgehen», wie er es nannte, aufgehört. Er habe es ihr zuliebe getan. Sie sei damit nicht zurechtgekommen. Nach zwei Wochen habe er jedoch heimlich wieder angefangen. Er sei wieder zu seiner Asiatin gegangen, mit der er länger bekannt sei als mit seiner damaligen Freundin, und danach in das Laufhaus am Rudolfsheimer Gürtel, und schließlich wieder nach Ungarn und in die Slowakei. Er sei dadurch wieder im Reinen mit sich, sagte er, es sei ein wichtiger Teil von ihm. Er könne diesen Teil nicht einfach ignorieren.

Ich glaubte ihm, wie er das sagte.

Als er einen Schluck Kaffee nahm, schwamm immer noch Schlagobers auf der Oberfläche. Er schöpfte es mit seinem Löffel ab, ich tat das Gleiche – der Vorgang hielt uns einige Minuten beschäftigt. Wir taten es mit äußerster Präzision. Ich erinnerte mich daran, dass mir mein Freund auch damals schon von einer Prostituierten erzählt hatte, vor fünfzehn Jahren war er schon zu seiner Asiatin gegangen. Er hatte mir gesagt, er mache das nicht häufig und ich solle das nicht falsch verstehen, vor allem aber dürfe ich es seiner Freundin, einer Frau namens Michaela, die Tierärztin sei oder Kinderärztin oder irgendetwas – ich habe es vergessen –, nicht erzählen. Und schließlich hatte er mir mit der Geschichte aufgewartet, dass er auch sie für Sex bezahle. Nicht, wie ich vorschnell angenommen hatte, weil sie sich ihm sonst verweigerte, sondern um seine Lust zu steigern und – wie ich am Schluss seiner Ausführungen gedacht hatte – um überhaupt Lust empfinden zu können. Die Choreographie der Lust hatte mein Freund nicht nur mit den Prostituierten auf der Landstraße und in den Parkhäusern, in den Bordells und Laufhäusern ausgehandelt, sondern auch mit seiner Freundin im Schlafzimmer, lange bevor es zu Geschlechtlichkeiten kam.

Ich sah zu ihm hoch, als er wieder nach seinem Smartphone griff, es an-, aber gleich wieder ausschaltete und fortschob, und dachte, er sei der traurigste Mensch, er war verloren, aber auf eine ganz andere Weise, als ich es war.

Und weiter Kuchen, wir hoben nur die Hände wie Kranke, die nach dem Arzt rufen: zwei Stück eines Rhabarerkuchens, wie der vorangehende ausgezeichnet, dazu noch zwei Tassen mit jenem heißem Apfelgetränk, das man überall in der Slowakei erhält. Regen prasselte an die Fensterscheiben, der Wind blies den Geruch von fauligem Holz durch die aufgehende Tür, die der Mann, der die Motorsäge geholt hatte, gerade aufstoßen hatte. Mein Freund seufzte, rührte in der Tasse, obwohl dort nichts zu rühren war, und hielt beide Hände an die mit Bast überzogenen Henkel.

Die Rückkehr ihres Kollegen ließ die Arbeiter an den Tischen aufblicken, sie lasen die Uhrzeit von den blechernen Uhren an ihren Handgelenken, seufzten und legten die behaarten Fäuste zwischen die Biergläser, sprachen nur noch mit gedämpften Stimmen. Als sich die Kellnerin zu ihnen setzte, hatte ich plötzlich das Gefühl, einer von ihnen müsse der Vater des ungeborenen Kindes sein, aber zu jedem hielt sie Distanz und verscheuchte die Hände, die nach ihrem Bauch tasten wollten.

Ein Satellitenbild von *Google Earth* zeigte den Campingplatz mit der Tankstelle und den Jakubovschen See, an dem wir saßen. Wie wir saßen die Menschen im Café, aber dort war der Strand mit Schnee bedeckt, und Schlittschuhläufer zogen über den gefrorenen See.

Die Forstarbeiter schoben ihre Helme zur Seite und tauchten die Löffel in die Suppen. In der Dachrinne im Vorgarten glänzte die nasse gelbrote Schale eines Apfels aus dem grauen Nebelschleier.

Außerhalb der Ortschaften lagen erste Kürbisblüten zwischen den Ackerfurchen, zartgrüne Maissprösslinge, wild hochschießender Roggen, dann wieder schwarze Felder, die vom Regen ausgewaschen und mit grauen Stumpen überzogen waren. Falken schraubten sich aus dem Himmel herab.

Die blauen Pfeile schickten uns immer noch in die Irre, auf vermeintliche Abkürzungen, denen mein Freund konsequent und diskussionslos bis zur nächsten Routenberechnung folgte. An einem verfallenen Bahnhof wuchs Unkraut zwischen den Rädern rostbrauner Waggons, die bis über die Kante mit Zuckerrüben beladen waren. Ein Bahnwärter mit der roten Mütze der slowakischen Eisenbahnbetriebe bückte sich dort nach dem Stellgewicht, um es mit beiden Händen zu drehen. Dann wandte er sich nach uns um und rief laut über die Gleise. Immer geradeaus, deutete er, einfach die Straße weiter.

Vor der Scheune eines Bauernhofes schob eine Frau ihr Rad durch den Schlamm und sah uns staunend nach, denn irgendwo hinter ihrem Hof hatte das Gerät einen Feldweg gewählt. In den Traktorspuren stand Regenwasser. Von beiden Seiten schabte Gestrüpp so laut am Wagen, dass wir nicht mehr sprechen konnten, und als das Schaben verstummte, wussten wir beide nicht mehr, worüber wir hätten sprechen wollen.

«Dein Handy!», sagte mein Freund.

«Was ist damit?», fragte ich.

«Es läutet.»

Ich zog es heraus: eine slowakische Nummer. Ich hob ab.

Eine Frau nannte den Namen eines Hotels, den ich mir nicht merkte, und dann meinen Namen. Sie sprach Deutsch mit slawischem Akzent und so, als hätte sie es in Dresden gelernt. «Schön, dass ich Sie erreiche! Es geht um Ihre Anmeldung.»

«Welche Anmeldung?», fragte ich.

Sie lachte, als hätte ich einen Scherz gemacht. «Sie wissen, wir fangen pünktlich an.» Und wieder nannte sie meinen Namen. «Jaja, für das Seminar heute Abend», sagte sie. «Sie sind angemeldet.»

Ich sagte: «Ich bin nicht angemeldet.»

Aber die Frau lachte wieder im selben Tonfall.

«Ich wollte nur sichergehen, dass Sie unterwegs sind», sagte sie. «Es hat eine kleine Terminverschiebung gegeben. Der Seminarleiter steckt im Stau, deshalb beginnen wir heute erst um 20 Uhr. Schaffen Sie das?»

«Welches Hotel?», fragte ich.

Sie nannte mir wieder den Namen des Hotels – ein Hotel in Limbach. «Die ersten Teilnehmer sind ja schon eingetroffen. Sehr hübsch. Wir haben dann ja noch Zeit, alles zu besprechen, Sie bekommen alle Sicherheitsanweisungen bei uns. Machen Sie sich da keine Gedanken.»

Ich sagte nur: «Ich bin nirgendwo angemeldet» und die Frau lachte wieder, und in dieses Lachen hinein legte ich auf.

«Du hast mich angemeldet», sagte ich.

«Ja», sagte mein Freund.

«Was ist das für ein Seminar?», fragte ich.

Ich war fest entschlossen, mich auf keine Dummheiten einzulassen, «Ich werde nirgendwo hineingehen», sagte ich.

Er seufzte wie ein Arzt über die Äußerung eines unbelehrbaren Kranken, und, als hätte ich ihn mit meiner Weigerung zu schwer gekränkt, wandte er mir endlich den Blick zu und sagte: «Es ist richtig, auch wenn es dir falsch erscheinen wird. Du wirst sehen: In mir hast du einen Freund, vergiss das nicht.»

Das war alles, was wir davon sprachen. Ich verlor auch keinen weiteren Gedanken daran. Ich dachte an Ina und klickte mich durch Fotos, die ich mit dem Handy gemacht hatte – viele waren mir nicht mehr in Erinnerung gewesen: ein Bild von Ina in der Umarmung ihres Vater beim Leichenschmaus, im Hintergrund Kellner vor den geschmückten Tischen; oder eines von Inas Schwangerschaft: eine Monitorscheibe, die das Ultraschallbild des Fötus zeigte: mit zwölf Wochen, mit sechzehn Wochen, mit zwanzig Wochen – ein Mensch. Ich erinnerte mich, dass ich sie damals nach einer der Untersuchungen gefragt hatte, wie groß dieses Kind, dieser Mensch denn nun eigentlich sei. Ina hatte nie über die Untersuchungen sprechen wollen. Während sie eine Suppe aus roten Rüben zubereitet hatte, hatte sie zwischen zwei Umdrehungen mit dem Kochlöffel gesagt, es seien jetzt 300 Gramm. «Das ist etwa so viel» – und sie hatte dabei eine der roten Rüben vom Schneidbrett genommen und mir entgegengehalten.

Auch das Video des springenden Embryos ließ ich ablaufen, Inas Ausrufe: «Da, der springt! Es ist ja wirklich wie ...» – und wieder hörte ich nicht, womit sie diesen neuen Menschen verglichen hatte.

Als ich bemerkte, dass wir ein Ortsschild passierten, das wir schon einmal vor einer halben Stunde passiert hatten, legte ich das Handy weg und faltete die Karte auf.

«Schalt dieses Scheißgerät aus!», verlangte ich. «Wir verfahren uns!»

Zwischen den Orten hielt ich jetzt Ausschau nach den Bordellen hinter den Schallschutzmauern und an den Feldrändern, ich fuhr mit dem Finger auf der Karte unseren Weg nach. An den weit ausstrahlenden roten Lichtern konnte man sich leicht orientieren.

Dann sank die Sonne hinter die Berggipfel. Zwei Roma transportierten gestapelte Holzscheite auf einem Pferdewagen, zwischen ihren Fingern glühten Zigarettenspitzen aus der Dunkelheit. Beiden Tieren waren Wolldecken um den Bauch gebunden worden.

«Es kann nicht mehr weit sein», sagte mein Freund.

Er hatte die letzten Weintrauben aufgegessen und warf die leeren Reben durch den Fensterspalt. *Pezinská Baba* las ich den Namen der vor uns liegenden Bergspitze vom Display. «Zehn Kilometer höchstens», sagte mein Freund. «Dahinter liegt schon dein Limbach.»

Und wie er das sagte, irritierte mich.

In den Serpentinen heulte der Motor auf. «Nur noch diesen Hügel», sagte mein Freund. Er klopfte mit dem Fingernagel auf das Display: ein gelber Punkt war dieses Limbach. Mit zwei Fingern zoomte er es heran: alte Bauernhöfe mit eingedrückten Satteldächern, ein Marktplatz, leere Gärten, in denen nichts blühte, neben modernen Reihenhäusern, und schließlich ein Hotel gegenüber einer Ruine, auf dessen Parkplatz drei Wagen unter den Laternen standen.

«Es ist das einzige Hotel im Ort», sagte mein Freund.

Sofort stellte ich mir vor, wie Ina dort mit übereinandergeschlagenen Beinen saß, den Säugling auf dem Schoß. Sie hatte sich das T-Shirt hochgezogen, um ihn zu stillen. Über die Bemerkung eines Angestellten brach sie plötzlich in Lachen aus oder im Gegenteil: in Tränen. Sie warf im Zorn ihren Koffer zu Boden, war starr, glücklich, sie verschüttete absichtlich ein Glas Wasser, das man ihr gereicht hatte, sie stand auf, forderte das beste Zimmer, sie scherzte mit einem Angestellten und wickelte Bonbons, die sie zu Dutzenden einem Behälter auf dem Tresen entnahm, aus dem Papier.

Ich widerstand der Versuchung, nach Nachrichten zu sehen. Sie schreibt dir nicht mehr, sagte ich mir selbst ganz im Tonfall meines Freundes, und dabei schlug mein Herz heftig und schmerzhaft.

Knapp vor dem Gipfel des Pezinská Baba saß eine Frau am Straßenrand. Sie fror und schlug sich die Arme um die Schultern, um sich zu wärmen, und als sie uns sah, streckte sie fünf schmale Finger gegen das Scheinwerferlicht und lief uns ein Stück hinterher.

«Eine Frau», sagte ich.

Mein Freund blieb stehen.

In einer Armbeuge trug sie einen Korb, aus dem während ihres Laufens etwas herausfiel. Ihr heller Mantel war schmutzig von Erde.

Sie sagte etwas durch das heruntergelassene Fenster. Ihr Gesicht war in der Dunkelheit gar nicht mehr zu sehen, nur die Finger, die jetzt an der Seitenscheibe meines Freundes hochkrabbelten, kurzgeschnittene, von feuchter Erde bedeckte Nägel.

Und mein Freund sagte: «Das gibt es doch nicht!»

Sie wiederholte die Worte, die sie vorhin gesagt hatte, und mein Freund sagte wieder: «Das gibt es doch nicht», und beide lachten: Sie halb in Unsicherheit, wie mir schien, er laut und derb.

«Was ist passiert?», fragte ich.

Und es kam mir vor, als nicke er jetzt kurz, um dieses Nicken dann in eine seltsame Kopfbewegung umzulenken. Auch die Konturen eines Kopfes draußen machten diese Bewegung.

«Pilze», sagte mein Freund.

«Ja, Pilze», wiederholte sie in einem sehr amerikanisch anmutenden Englisch.

«Pilze», sagte er noch einmal. «Du sammelst Pilze.»

«Ja», wiederholte sie jetzt auf Deutsch, «Pilze!»

Sie war uns nachgelaufen, um uns Pilze aus ihrem Korb zu verkaufen, sie hielt einen ins Innenlicht, das wir in der Kabine angemacht hatten.

Hinter der Frau lehnte ein Fahrrad am Tisch, an dem sie gesessen war.

«Hattest du einen Unfall?», fragte ich. «Bist du verletzt? Warum stehst du hier in der Dunkelheit?»

Aber das verstand sie nicht, stattdessen dachte sie, ich interessiere mich für die Pilze. Sie pickte einen mit spitzen Fingern aus dem Korb und reichte ihn mir durch das Fenster, einen tatsächlich riesigen Herrenpilz, der feucht und kalt war und dessen Schwamm dem Druck meiner Finger nachgab, sodass mein Finger, ohne ihn zu zerbrechen, tief in das weiche, gummiartige Fleisch eindringen konnte.

Sie sprach jetzt wieder ihr amerikanisches Cowboyenglisch und sagte einen Preis, der viel zu hoch war, und lachte und streckte dann die Hand weit in die Kabine, um das Geld zu nehmen. Sie hatte sich an den

Händen aufgeschürft, und als ich sie jetzt auf Englisch erneut fragte, ob sie einen Unfall gehabt hatte, deutete sie auf ihr Fahrrad, das an der Heurigenbank lehnte, und sagte: «Ja, einen Unfall.» Ihr Reifen sei geplatzt und sie sei gestürzt.

«Willst du ins Dorf mitfahren?», fragte mein Freund. Auch er sprach Englisch mit ihr. «Wir fahren nach Limbach.»

«Ihr fahrt zum Seminarhotel», sagte sie.

«Welches Seminarhotel?», fragte ich.

Aber darauf reagierte niemand.

Immer noch war ihr Gesicht nicht zu sehen, nur ihre schmalen Finger, die jetzt ganz still von der Karosserie hingen, meinen Geldschein noch zwischen Daumen- und Mittelfinger eingeklemmt.

«Steig ein!», sagte mein Freund. «Du kannst dein Fahrrad ja später holen.»

Sie löste sich vom Fenster, ihre Schritte knackten draußen, ein, zwei, drei Schritte über abgefallenes Astwerk. Sie schien sich von uns zu entfernen. Vielleicht hat sie Angst vor uns, dachte ich. Und ich sagte: «Vielleicht hat sie Angst vor uns.»

«Sie hat Pilze gesammelt», sagte mein Freund, als wäre das eine Antwort.

Sie holte nur den Fahrradhelm aus der Dunkelheit und verschloss das Rad.

«Die ersten Pilze des Jahres!», sagte sie, als sie die Tür aufzog. Sie sprach mit mir. Ich hörte, wie sie sich auf der Rückbank den Mantel von den Armen streifte und sich die Hosenbeine mit raschen Handstrichen säuberte. Sie schnallte sich an. Ich drehte mich um. Es war die Frau, die ich im Zollhaus gesehen hatte.

«Ja», entgegnete sie nur, als ich sie darauf ansprach.

«Du verkaufst Blumen», sagte ich.

Und wieder sagte sie: «Ja, ich verkaufe Blumen, aber jetzt verkaufe ich Pilze», sie blickte durch die Seitenscheibe wie jemand, der eben ein Taxi bestiegen hatte und nun darauf wartete, dass der Fahrer endlich ausparkte. Und als sich unsere Blicke erneut trafen, deutete sie auf den vollen Korb mit Pilzen neben sich, als wollte sie sagen: Nimm doch noch mehr von den Pilzen! Ich habe doch noch viel mehr!

«Bist du verletzt?», fragte ich.

Ich versuchte ihren Blick im Rückspiegel zu finden, aber vielleicht hatte sie die Frage auch gar nicht gehört, denn der Motor hatte in einer letzten Serpentine hochgedreht, ich dachte: Hier ist sie gestürzt. Und wirklich sagte sie, als wir die Stelle passierten: «Hier, hier bin ich gestürzt.» Danach habe sie das Rad bis an die Heurigenbank hinuntergeschoben.

Den Rest der Fahrt war es still im Wagen. Die Frau saß ruhig auf der Rückbank, im Rückspiegel sah ich, wie sie abwechselnd durch das Seitenfenster nach draußen und auf ein Smartphone, das unter ihren Fingern matt aufleuchtete, blickte. Wir hatten den Gipfel erreicht, und in den Serpentinen, die hinab ins Tal führten, stachen die ersten Lichter aus der Dunkelheit. Ich erkannte die Anordnung der Häuser an dem Satellitenbild aus dem Navigationsgerät meines Freundes wieder: Limbach.

Im ersten Augenblick erschien es mir dunkel und leer. Die Ortstafel steckte schräg im Morast. Im Straßengraben lag ein Kühlschrank mit offenstehender Tür, in Zellophanhüllen verpackte Salatköpfe waren herausgerollt – kaum ein Ort, den ein Tourist anvisierte.

Ein kleiner Kanal lief an der Straße entlang durch die Vorgärten, verrostete Gitter, uralte Bauernhäuser mit eingedrückten Satteldächern, die ich auf dem Display gesehen hatte, seit langem unbewohnt, daneben hölzerne Scheunen mit weit offenstehenden Toren, in denen aber Traktoren und Anhänger warteten. Von einem Hausdach war der Kamin gestürzt und vor den vernagelten Eingangstoren zersprungen. Auch hier Spuren des Sturmes. Die Augen einer Katze leuchteten hinter dem Haufen aus Ziegelscherben hervor.

In einer der Kellergassen, durch die uns die blauen Pfeile schickten, waren zehn oder zwölf Weinkeller hintereinander in den Lössboden gegraben worden, ein Pappdeckel wies in deutscher Sprache auf Weinverkostungen hin, und man sah kleine Tischchen mit Gläsern in Kartonschachteln, auf denen vor wenigen Stunden noch Proben gekostet worden waren. Viele der Türen standen offen, die feuchten Stufen glänzten im Schein der Grubenleuchten. Der Geruch von Schimmel und Weinstein drang bis in unseren Wagen.

Die Frau blieb ruhig. Auf die erneute Frage, wohin wir sie bringen sollen, sagte sie, es sei egal. Sie könne dann zu Fuß gehen. Wir sollen ruhig ans Hotel fahren, sie würde von dort heimgehen. Es sei nicht weit.

Wir passierten Bauernhäuser, Weinpressen, Misthaufen, dann plötzlich eine Reihe moderner Einfamilienhäuser, in deren hölzernen Carports SUVs standen, sogenannte gepflegte Kleingärten mit Hecken und Plastikliegestühlen.

Von weitem sichtbar ragte der weiße Kirchturm mit dem hell erleuchteten Ziffernblatt aus der Dunkelheit, und als wir die Kirche, die aussah, als sei sie erst in den letzten Jahren renoviert worden, passierten, sah ich, dass in den verwahrlosten Schrebergärten rundherum Apfelbäume blühten und Felder mit Erdbeeren. Vor den schiefen Geräteschuppen lagen zahllose Blumentöpfe im Gras, und ausnahmslos waren die Grundstücke mit Stacheldraht gesichert.

Wir stiegen aus. Die Frau reichte zuerst mir, dann meinem Freund die Hand und bedankte sich, dass wir sie mitgenommen hätten. Sie wohne nicht weit von hier. Sie langte in den Korb an ihrer Armbeuge und reichte uns lächelnd zwei große Eierschwämme. Man könne Gulasch damit machen – sie sagte *stew*, aber Gulasch war, was sie wohl meinte. Dann bückte sie sich noch einmal in die offenstehende Tür, zog ihren Mantel von der Rückbank. Sie war gut gekleidet, sah ich jetzt im Licht der Laternen.

Mit zum Gruß hinter sich gestreckter Hand verschwand sie in Richtung der Ruine. Lange hörte man ihre Schritte auf dem Asphalt, dann nur noch das Knistern der Motorhaube unseres Wagens in der Dunkelheit.

In einer Pfütze, deren Oberfläche einer ihrer Schuhabsätze aufgewühlt hatte, spiegelte sich eine grüne Leuchtstoffröhre, die, zu dem Wort *Hotel* geformt an die Jugendstilfassade des Hotels angeschraubt worden war. Erst jetzt sah ich hoch: eine Villa mit hohen, reich verzierten Doppelfenstern, hinter denen sich schwere Kronleuchter vor mintgrünen Tapeten herabsenkten.

Eine doppelt gewundende Steintreppe führte hinauf in ein Foyer, zehn oder zwölf Stufen, der Eingangsbereich um die Drehtür von Bodenspots erleuchtet, dahinter roter Steinboden, marmorne Wasserwände.

An der Drehtür hing ein Zettel: *Seminarbeginn heute erst um 20 Uhr.*

«Was ist das für ein Seminar?», fragte ich.

«Du wirst es doch sehen. Nur Geduld!»

Er lachte. Er trug ein Sixpack Bier unter dem Arm. Woher er das hatte, wusste ich nicht.

Teil III

Zehn

Die Handschrift der Rezeptionistin zählte zu den schönsten Schriften, die ich je gesehen habe. Die Frau mit dem schwarzen Pagenschnitt ließ jeden Anfangsbuchstaben weit ausholen und in weiten Schleifen die anderen Buchstaben umspielen. Als ich an die Theke trat, hielten ihre Hände inne, und als mein Freund hinzukam, legte sie den Stift beiseite. Es waren Tischkärtchen, sah ich. Ein Mann, der dicht neben ihr gestanden war, aber geduckt, wie jemand, der etwas im Schilde führt, nahm die Kärtchen, zählte sie hastig ab, klopfte sie zu einem kompakten Bündel, bevor er – ohne nach uns aufzublicken – eilig verschwand. Auf den Steinplatten hallten seine genagelten Schuhe lange nach, er war ganz offensichtlich in den Keller gelaufen, unter uns schlug eine Tür auf, wieder Schritte. Und schließlich war es völlig still. Man hörte nur noch das Plätschern der beleuchteten Wasserwand hinter den Sofas.

Die Rezeptionistin und ich hatten einander lange nur angesehen. Erst mit dem Verhallen der Schritte dehnte sie die Lippen – das war ihr Lächeln.

«Ihr gehört zusammen», sagte sie sofort in ihrem seltsamen sächsischen Dialekt. Sie streckte beide Hände aus, als wollte sie mich und meinen Freund zusammenschieben.

«Ja», sagte ich.

Ich fragte nach Ina. Ich legte dabei meine Hand dorthin, wo die Tischkärtchen gelegen waren, ich berührte die Kappe ihres Stiftes mit der Fingerkuppe meines kleinen Fingers. Tatsächlich nannte ich Ina *eine junge Frau.* «Ist hier *eine junge Frau* abgestiegen?», fragte ich. Und dann sagte ich: «Sie heißt Ina. Sie hat ein Baby.» Dabei vollführte ich eine Geste, als wiegte ich dieses Baby in den Armen. Die Rezeptionistin sah aber gar nicht hin, sondern auf etwas über mir. Es waren drei Kohlmeisenküken, die im Kronleuchter mit offenen Schnäbeln schrien.

«Vögel», sagte sie und zeigte mit dem Zeigefinger darauf.

«Kohlmeisen», sagte ich.

Ich sah etwas zu lange dorthin, bevor ich mich wieder an die Rezeptionistin wandte.

«Ich glaube, dass Ina schon seit gestern hier wohnt», sagte ich.

«Heute sind sehr viele junge Frauen im Hotel», antwortete die Rezeptionistin. «Da kann ich unmöglich alle Vornamen kennen.»

Und dabei blickte sie wieder auf die Kohlmeisen im Kronleuchter, auch ich sah wieder hoch. Mutter Kohlmeise steckte den grauen, eingeschrumpelten Küken etwas in die Schnäbel, sie würgte, steckte in die Schnäbel, würgte wieder, steckte wieder etwas in die Schnäbel. Als sie abflog, schwankte die Lampe über meinem Kopf. Die Kohlmeisenmutter verschwand durch einen Spalt im Treppenhaus. Wieder hörte man das Piepen der Küken.

«Sie kommen doch zum Seminar?», fragte die Rezeptionistin.

«Nein, kein Seminar», sagte ich.

Ich bemerkte, wie sie von ihrem Drehstuhl nach einer digitalen Pendeluhr über dem Schlüsselbrett spähte.

Sie fragte mich nach meinem Namen, den ich ihr sagte, und sah auf ihren Computer und dann wieder nach der Uhr, und dann sagte sie sehr ernst: «Sie sind etwas spät dran. Wir können nicht auf jeden warten.»

Sie hatte lange, muskulöse Finger mit schmalen Nägeln. Mit diesen Fingern, dachte ich, hatte sie die Tischkärtchen geschrieben.

Sie schob mir ein Formular herüber. Ich schrieb meinen Namen hinein.

«Nur ein Doppelzimmer», sagte ich, und sie nickte, aber so, als hätte sie lediglich meinen Einwand zu Protokoll genommen. Ich habe keine Kraft gegen ihr Urteil, dachte ich, als sie das Formular an sich heran zog.

«Lehrer», las sie halb aus ihrem Stuhl vorgebeugt laut vor, die Unterarme auf dem Tresen abgestützt: Das hatte ich in die Spalte *Beruf* eingetragen, wie schon so oft zuvor, und sofort begann ein Drucker zu zittern.

Ich sei ja nicht der einzige Lehrer in der Gruppe, erklärte sie mir, es seien immer wieder Lehrer darunter, «Lehrer haben wir sehr häufig bei uns», sagte sie und immer wieder blickte sie dabei hinter sich auf die hässliche Pseudo-Pendeluhr und sagte: «Wir müssen uns beeilen! Wir dürfen nicht zu spät kommen!»

«Unmöglich! Ich bin nicht angemeldet!», sagte ich, aber sie schob alles beiseite. Es sei ja auch alles schon bezahlt, «kein Problem», sagte sie, «kein Problem.»

Sie holte jetzt tief Luft, schon gingen wir ein paar Schritte. Immer noch hatte ich die sinnlose Hoffnung, sie würde mich nun einfach an Inas Zimmertür führen, egal, was sie gesagt hat, dachte ich, sie wird dich jetzt einfach zu Ina führen.

Aber schon beim dritten oder vierten Schritt auf den Kellerabgang zu, in dem auch der Mann mit den Tischkärtchen verschwunden war, sprach sie wieder von den Seminaren.

Die Seminare erreichten Menschen aus allen Teilen Österreichs, erklärte die Rezeptionistin, die meisten stammten aus Niederösterreich und Wien, aber es seien auch schon Vorarlberger dabei gewesen, auch aus Regensburg und München kämen die Menschen. Die Sicherheit der Teilnehmer sei oberstes Prinzip, das wiederholte sie mehrmals, «es besteht kein Grund zur Beunruhigung. Kommen Sie», sagte sie und lachte, die Formulare unter die Achsel geklemmt. Ich hielt auch schon eine Broschüre in der Hand: *Sicherheitstipps für Ihr Wohlbefinden. Kapitel 1: Ihr persönlicher Sicherheits-Check. Verlassen Sie das Hotel nur, wenn es unbedingt notwendig ist.*

«Ich warte dann im Zimmer», sagte mein Freund.

«Du kommst nicht mit?», fragte ich.

Er war mit seltsam verbogenem Oberkörper am Tresen zurückgeblieben, es sah aus, als hätte ihn ein kräftiger Windstoß erfasst. «Nein», sagte er, «es ist dein Seminar.»

«Ich will kein Seminar», sagte ich.

Aber ich hatte keine Zeit mehr.

«Es *ist* dein Seminar», sagte er.

«Hier hinab», sagte die Rezeptionistin. «Dort finden Sie Ihre Freundin. Es geht in den Keller.»

In flackerndem Neonlicht stieg ich die Treppe hinab. Die Rezeptionistin hatte mich die Stufen hinabgeschickt, von oben gab sie mir Zeichen: Dort hinunter musst du jetzt gehen, und sofort gehorchte ich.

Ein Geruch hing im Kellerabgang, der von Stufe zu Stufe stärker wurde: schweißnasse Körper, Desinfektionsmittel, Deospray. Die Treppe führte in einer Halbdrehung hinab in das alte Kellergewölbe und damit in eine Dunkelheit, die sich nur alle paar Schritte durch gedimmte Halogenlampen, die an die roten, feuchten Ziegelmauern gebohrt worden waren, erhellte.

Die Buchstaben *Fitness* leuchteten am Ende der Treppe aus der Dunkelheit. Dorthin also musste ich. Schon nach diesen wenigen Stufen schien ich weit unter die Erde geraten. Das Lachen der Rezeptionistin, ein kurzes spitzes Aufstoßen, rollte von weit oben wie in einen Stollen zu mir hinab, vielleicht über eine Bemerkung meines Freundes.

Das Schloss einer schweren Doppeltür sprang unter meinen Händen auf. Es roch jetzt nach Harz und Honig. Ich schritt hindurch, ohne zu zögern.

Der Raum dahinter war dunkel. Ein langer, mit Pfützen bedeckter Gang, dessen Ende in der Dunkelheit nicht erkennbar war, feucht und heiß, zu beiden Seiten Saunakabinen, deren schwach glimmende Kohlebecken rote Schatten auf die Fliesenwände warfen. Einige Fliesen waren abgefallen, die Mauern dahinter schimmlig.

Ich fand keinen Lichtschalter.

Ich las die Schilder an den Wänden der Saunakabinen: *Ahorn,* stand da in mehreren Sprachen – *Javor* – *Maple,* in der gleichen Weise *Walnuss, Honig,* Handtücher lagen ausgebreitet auf jeder Saunabank, davor verwaschene Bademäntel an Haken, eine Schwimmhose, Blechrohre, die ohne ersichtlichen Zweck an der Decke entlangführten und irgendwo verschwanden. Heiße Luft schien in ihnen zu knistern.

Das Klatschen meiner Schritte in den Pfützen machte mich müde. Ich fasste mir an den Kopf und betastete die Schweißperlen, die innerhalb weniger Sekunden aus meiner Haut gequollen waren, ich fühlte mich schwindlig. Als ich mich umdrehte, konnte ich den Anfang des Ganges nicht mehr erkennen. Die Tür, durch die ich gekommen war, musste von selbst zugefallen sein. Ich hatte weiterzugehen, sagte ich mir, aber ich konnte kaum mehr einen Schritt machen.

An einem Wassertrog blieb ich stehen, ein Gesicht schwamm dort auf der Oberfläche. Was für ein Gesicht?, fragte ich mich, und taumelte von der Antwort getroffen zurück. Ich hätte dort nicht hinsehen dürfen, dachte ich. Ich stützte mich an den Fliesen ab, aber fand sie warm und feucht, auf eine beunruhigende Weise weich. Ja, die Fliesen gaben unter meinen Fingern nach, fand ich heraus, es sind ja doch keine Fliesen, dachte ich, was sind das für Fliesen, die man mit einem Finger durchstoßen kann? Ich blieb stehen, aber auch ohne meine Schritte klatschte etwas weiter in die Pfützen. Ich drehte mich um – wieder nichts zu erkennen: ein Klatschen wie von Schritten. Ich wusste, ich hatte mich jetzt nur auf die Fliesen zu konzentrieren. Eine weiche, schleimige Masse war das, in der Unvorsichtige versanken. Und tatsächlich glitt ich jetzt eine ganze Fingerkuppe tief in diese Fliesen hinein. Es waren keine Fliesen, sondern an die feuchten Ziegel geklebte Plastikfolie, die nur wie Fliesen aussah. Eine Handvoll Mauergestein fiel aus der Wand, als ich meine Finger hineinbohrte, feuchter Sand rieselte aus meiner Faust.

Und wieder hörte ich die Schritte in den Pfützen. Jemand ging dort im Dunkeln, räusperte sich und rief dann in dem mir so bekannten Dialekt Ostösterreichs: «Hier entlang! Kommen Sie!»

Es war ein Mann im weißen Sakko, die breite, schweißige Stirn glänzte im Licht der Halogenstrahler, die er angestellt hatte. Sein Kopf war viel zu groß. Ein Kind mit Hornbrille, dachte ich sofort, das mich dort zu sich heranwinkte und jetzt auf mich zutrat, jeden Schritt so auf die Fliesen gesetzt, als müsste auch ich ihm nun entgegeneilen.

«Kommen Sie!», rief er. «Wir warten schon auf Sie! Sie haben die falsche Tür erwischt!»

Seine Hand war kräftig, ich hatte es für eine Begrüßung gehalten, tatsächlich war es jedoch ein Zurechtrücken. Hatte er zuerst noch meine Schulter gehalten, so glitt diese Hand nun bei jedem gemeinsamen Schritt weiter in meinen Nacken hinauf, bis sich sein Daumen wie ein stumpf gewordener Nagel in meinen Hinterkopf bohrte. Er zog mich mit sich.

«Die anderen warten schon», sagte er, «Sie hatten Ihr Handy auf lautlos gestellt, wir haben angerufen, dreimal haben wir angerufen!»

Wie um die Vorwürfe zu unterstreichen, erhöhte er jetzt den Druck seines Daumens. «Seien Sie froh, dass ich mich nach Ihnen umgesehen habe!», sagte er.

Im Licht sah ich, dass der Gang viel kürzer war, als ich angenommen hatte. Ich hätte doch nur einfach weiterzugehen brauchen.

«Zwanzig Uhr drei», sagte er vorwurfsvoll und sah auf die Uhr, ein übergroßes Gerät aus Metall, das sein Handgelenk verunstaltete. «nein, zwanzig Uhr vier!»

Er drückte die Tür auf, eine schwere Sicherheitstür, er musste mit aller Kraft dagegenpressen. Eine ehemalige Kraftkammer lag dahinter, von drei, nein: vier Spots ausgeleuchtet, kalter Schweiß und Plastikgeruch. Bis auf zwei Rundgewichte in der Ecke waren alle Geräte entfernt worden, aber die Wände waren noch vollständig von Spiegeln ausgekleidet, sodass sich unsere Körper darin ins Unendliche und Kleinste spiegelten. Da war ein Zwerg in weißem Sakko, dachte ich und sah ihn an, und der Mann daneben, das war ich.

«Ich denke, man hat Ihnen schon alles erklärt?», sagte der Fremde. «Sie wissen, worum es geht.»

Wieder fasste er mich am Nacken. «Gehen Sie doch weiter! Sie sind zu langsam! Kommen Sie!»

Ich wusste gar nicht, wohin.

«Ich will nicht, dass Sie mich so anfassen!», rief ich und schlug ihm die Hand fort. Er blickte auf seine Hand, schüttelte dann aber nur den

Kopf wie über eine widersinnige Bemerkung. Ich war abgeführt, dachte ich.

«Hier hinein!», rief er plötzlich so laut, als stünde ich jetzt weit von ihm entfernt. Er stieß eine letzte große Doppeltür auf. Er lachte.

Und in einer letzten Kraftanstrengung seines Daumens stieß er mich durch die offenstehende Tür.

Es war ein größeres Kellerzimmer. In drei Reihen saßen Männer, nicht mehr als zehn, wie Schüler, die von ihrem Lehrer einen Augenblick allein gelassen worden waren. Ein Tisch war frei geblieben. Dort musste ich mich hinsetzen, wusste ich. Aber ich zögerte noch einen Augenblick. Ein seltsam atemloses Murmeln strömte aus den Mündern dieser Männer.

Ich sah jetzt, dass sie unruhig waren. Begleitet von schlagartigen Handbewegungen wechselten sie kurze, heftige Worte, urplötzlich rissen sie die Arme von den Tischplatten, um sich gestisch die Kehlen durchzuschneiden, tatsächlich aber waren das Freundlichkeiten. Das verstand ich erst, als ich zwischen ihnen zu sitzen kam. Denn sie lobten gegenseitig ihre Hemden und Uhren, sie verglichen Preise und Geschäfte, in denen sie günstig, sehr günstig, wie einer neben mir sagte, eingekauft hätten. Hier gleich im Einkaufszentrum in Pezinok, das ich selbst vom Hügel aus gesehen hatte, dritte Etage, «spottbillig», sagte der Mann jetzt. Offensichtlich hatte man ihn auf seine Krawatte angesprochen, eine Groteske, die ihm unter dem nervösen, dicht von rötlichen Haaren bewachsenen Kehlkopf baumelte.

Es waren die Dialekte des Marchfelds, mit der auch meine Schulkinder sprachen. So riefen sie, während ihre Arme hochschnellten, die Namen der Habsburger Kaiser und Kaiserinnen aus, dachte ich, die Namen der Weinviertler Dörfer und Bäche, Gesteinsvorkommen, die Namen von Landeshauptleuten und Bürgermeistern, alles warfen sie aus den Reihen mir, ihrem Lehrer, entgegen: die Blätter der Laubbäume und die Tiere des Franz von Assisi, *Hört, hört, das klingt wie Jagdgesang!* im dreistimmigen Kanon, die Erzählung von dem Föhn in der Badewanne und der toten Frau darin.

Mein Rücken schmerzte – es war der Stuhl. Er war viel zu klein, tatsächlich ein Kinderstuhl. Und auch mit den Tischen stimmte etwas nicht. Ich fuhr mit der Hand unter das Tischtuch: Es waren Schulbänke, über die man einfach weiße Tücher geworfen hatte. Auf ein Kärtchen aus Karton hatte die Rezeptionistin mit ihrem Filzstift meinen Namen gesetzt – ein rotes Herz, daneben die Kontur einer Frau, genauer gesagt waren es nur Frauenteile: kein Kopf, kein Oberkörper, nur Beine und Becken, keine Füße.

Ich verstand, dass man auf etwas wartete. Und wieder fand ich in meinem Kopf die irre Hoffnung, Ina würde jetzt plötzlich durch diese Doppeltüre vor uns treten, mit dem Baby im Arm. Womöglich hatte ich irgendein Geräusch von mir gegeben, denn mein Sitznachbar, ein etwa fünfundvierzigjähriger Mann mit langen rotblonden Haaren, drehte mir jetzt den Kopf zu. Er nickte, als wollte er etwas bestätigen, er trug einen Lodenmantel, als wäre es hier unten eiskalt. Er sah wieder weg, aber dann sprach er mich doch an.

«Ich komme schon seit Jahren nach Limbach», sagte er.

Innerhalb weniger Augenblicke lag seine auf und ab hüpfende, mit einem Netz aus Sommersprossen überzogene Hand auf meinem Tisch. Er beugte sich aus seinem Kinderstuhl zu mir heraus – ein Mann mit ironischen Stirnfalten, die Augen von einer eindringlichen Sanftheit, aber voller Unruhe. In der freien Hand hielt er einen jener Strohhüte, die man den Touristen in den Hotellobbys der Karibischen Inseln auf die Köpfe drückte. Tatsächlich stand dort auch das Wort *Cuba* und dass die Revolution nun endlich stattfinden müsse. Er knöpfte seinen Lodenmantel auf und zupfte an seiner gelben Krawatte, als würde sie ihn plötzlich würgen. «Früher bin ich nur zum Essen *herüber*gekommen», erzählte er. Überhaupt, nichts als essen müsse er *herüben*, kaum fahre er über die Grenze, greife eine Unersättlichkeit nach ihm, die sich auf alle Bereiche erstrecke. Er lachte und sah mich an, als müsste ich ihn nun nach der Beschaffenheit dieser Unersättlichkeit fragen. Ich schwieg und blickte ihm scharf ins Gesicht. Er missverstand mich. «Jaja», sagte er, «ich fahre schon seit Jahren hierher, alle paar Wochen und immer hierher nach Limbach! Es ist ein Hotel nach meinem Geschmack», sagte er, «ein gutes Hotel, ein Vier-Sterne-Hotel, und das in diesem Dorf!» Er sitze oft Stunden nur in seinem Hotelzimmer, sagte er, nur manchmal besuche er Seminare, wenn etwas dabei sei, das ihn interessiere. «So wie heute. Als ich es gelesen habe, dachte ich sofort: Du musst dort hin, in dieses Seminar. Du musst dich anmelden!»

Er ließ mich selbst gar nicht zu Wort kommen, das störte mich aber nicht, denn ich hätte nichts mit ihm zu reden gewusst. Ich nahm nur das Kärtchen mit meinem Namen und den um diesen Namen herum drapierten Frauenteilen vom Tisch und stellte es wie eine Sperrmauer vor seine Sommersprossenhand.

Natürlich könne man die Situation heute nicht mit den Neunzigern vergleichen, setzte er dessen ungeachtet fort, in den Neunzigern, sagte er, als man sich noch mit halber Brieftasche quer durch die Speisekarte hatte fressen können. Ein Glas Wein für 20 Kronen, ein Schnitzel für 50. Ob ich wisse, wie viel das heute wert sei. Ich wusste es, aber trotzdem sagte er: «Ein bisschen mehr als ein Nichts ist das!» Die Kaiser aus Österreich führten ihre Brieftaschen aus. Ich wartete jetzt nur noch auf die Worte *Gratislava* und *Fressburg*, aber er sprach sie nicht aus, noch nicht, wie ich mir sagte. «Alles ist aber auch heute immer noch günstig», sagte er, «in den Dörfern», schränkte er ein und gleich: «Sehr günstig, spottbillig!»

Der mir so verhasste Dialekt meiner Heimat kam nun immer deutlicher zum Vorschein. Ich hätte ihn zurechtweisen müssen, aber ich stellte nur wieder dieses Schild hin, das er mit seinen raumfordernden Gesten mehrmals umgeworfen hatte. Immer noch könne man sich hier in Limbach rauf und runter fressen, sagte er, «einmal rauf, einmal runter, verstehen Sie?», und er begann dabei zu lachen, er wollte mich mit diesem Lachen auf seine Seite ziehen, sein spitzer Zeigefinger glitt dabei vom Krawattenkopf bis zu seinem dicht mit rotblonden Barthärchen bewachsenen, wild auf und ab hüpfenden Kehlkopf, in jedes Atemholen, jedes nachdenkliche Innehalten rammte er nun sein «Verstehen Sie? Verstehen Sie?» und schüttelte den Kopf über mein Unverständnis und lachte und ließ seine Hand schließlich einfach auf meinem Ellenbogen liegen.

Tatsächlich war es ja mein Freund gewesen, der diese Redewendung von *Gratislava* und *Fressburg* zuerst benutzt hatte, erinnerte ich mich, in diesem Lokal in Bratislava, in das er mich erst vor wenigen Wochen entführt hatte. Bratislava war aber mittlerweile alles andere als gratis. Ich wusste von mehreren Pressburgern, die aufgrund der absurden Mietpreise ins Marchfeld gezogen waren, um von dort aus in ihre Heimatstadt zu pendeln.

Ich sah auf die Uhr. Es war kurz vor acht.

«Ich suche jemanden», sagte ich.

«Aber ja», antwortete der Mann versöhnlich. «Das ist doch selbstverständlich. Deswegen sind wir doch hier!»

«Für Sie ist es das erste Mal», sagte der Rothaarige, «das sehe ich Ihnen an. An Ihrem Blick sehe ich das. Schon bei Ihrem Eintreffen war mir das klar. Sie sind nicht zu Ihrem Vergnügen hier, das sehe ich.» Er nahm seine Hand weg. «Sie meinen es ernst, das sehe ich. Und, mein Gott, jetzt sitzen Sie hier und fürchten, dass es vielleicht falsch war, hierhergekommen zu sein. Ja, Sie sehen sich das hier an und denken: Mein Gott, was tue ich hier? Vielleicht haben Sie einmal etwas im Fernsehen über diese Seminare gesehen. In einem von diesen Privatsendern? Damals haben Sie nur den Kopf darüber schütteln können. Aber jetzt sind auch Sie so geworden, jetzt sitzen Sie hier und blicken auf sich selbst herab in einem Ekel, der Sie schaudern lässt.» Wieder stieß er mir seinen Finger entgegen, er erschoss mich mit diesen Gesten und lud durch und feuerte erneut. «Früher hielten Sie Leute wie uns für Barbaren, nun müssen Sie sich selbst dafür halten. Aber ich kann Ihnen mit Gewissheit sagen: Es ist völlig richtig, dass Sie hier sind.» Er machte eine kurze Pause, in der er sich zurücklehnte, die Lider halb über die Augäpfel gesenkt, und mit zufriedener Miene feststellte: «So anders sind Sie nicht!»

Er lehnte sich nun weit in den Kinderstuhl zurück und streckte die Beine, als wollte er ein Nickerchen nehmen. Mit den Spitzen seiner Lederschuhe stieß er dabei seine Tasche unter der Bank um. Zu meiner Überraschung fielen Notenblätter heraus, eine Stimmgabel, die durch den Aufprall leise auf dem Steinboden zu klingen begonnen hatte. Seine Rede hatte offensichtlich geendet und wie zum Zeichen nahm er auch seinen Hut und ließ ihn auf das Tischtuch vor sich fallen, als finge er damit eine Spinne.

«Ich wünschte, es wäre auch für mich noch möglich, alles zum ersten Mal zu erleben», sagte er. «Es wie Sie zu sehen.»

Ich wollte ihn auf das Notenpapier ansprechen, aber in dem Augenblick bückte er sich und sagte von unter dem Tisch zu mir herauf: «Es ist nicht leicht, allein zu sein, aber das wissen Sie ja.»

Das ließ mich das Kärtchen, das er mit seinem Handballen zerdrückt hatte, wieder vor seine Hand stellen, ein Wegweiser: Verschwinde!

Er sah mich lange an, genau genommen sah er nur meine Hand an, ich bemerkte seinen Blick und sah ebenfalls meine Hand an, ich sah abwechselnd zu ihm, der meine Hand ansah, und meine Hand an, und schließlich sagte er: «Ihre Finger», um dann tatsächlich nach meiner Hand zu greifen. Er wolle wetten, dass ich irgendwann einmal ein Instrument gelernt habe, «nur Finger, die von klein auf trainiert werden, legen diese Muskeln an», sagte er.

Ich sagte: «Sind Sie Komponist?» und deutete auf die Notenblätter, die aus seiner Tasche gefallen waren. Seine Gesichtszüge hellten sich auf.

Der Mann hatte mehrere Jahre an einem Linzer Musikgymnasium unterrichtet. Ich sagte ihm, dass ich in einem solchen maturiert hätte, und als ich auf die Frage, worüber ich maturiert hatte, den Namen Satie erwähnte, sprach er über einen Artikel, den auch ich kürzlich, anlässlich des achtzigsten Todestages des Komponisten, in einer Tageszeitung gelesen hatte. Er wollte aber nicht von Satie sprechen. «Es gibt etwas, das viel interessanter ist als Satie», sagte er, «sagt Ihnen das Wort *Mikrotonalität* etwas?»

Er erklärte es mir. Es handelte sich dabei um ein System der Harmonik, das sich Intervallen bediente, die kleiner als Halbtonschritte waren.

Der rothaarige Komponist war schon als Kind auf seine außergewöhnliche Begabung für alles Musikalische aufmerksam geworden. Während er mit geschlossenen Augen auf der Wohnzimmercouch gelegen war, seien ihm von seiner älteren Schwester Töne am Klavier vorgespielt worden. «Wie heißt dieser Ton?», habe sie gefragt, und er – von Geburt an mit absolutem Gehör ausgestattet – habe zur Antwort gegeben: «Es ist das große Gis, es ist das dreigestrichene H, es ist das kleine F!» Eines Tages, erzählte der Rothaarige, habe ihn seine Schwester in die Irre führen wollen. Sie schlug Töne an und sang dann einen Ton, der sich zwischen zwei Klaviertasten befand. «Wie heißt dieser Ton?», habe sie ihn neckisch gefragt, wohl wissend, dass es darauf keine Antwort gab. Der Ton befinde sich irgendwo zwischen einem kleinen F und einem Fis, habe er zur Antwort gegeben, er könne ihn nicht benennen, er sei etwas tiefer als ein Fis, aber viel höher als ein F. Es sei etwas dazwischen, das keinen Namen habe.

Auf diese Weise, so der Rothaarige, sei er auf die Mikrotonalität gestoßen worden, auf die musikalische Welt dazwischen, «eine Zwischenwelt!», rief er begeistert aus, und sie habe ihn sein Leben lang begleitet und fasziniert.

Ob ich je die Kompositionen von Alois Hába oder Iwan Wyschnegradsky gehört hätte, was ich natürlich verneinen musste. Ich hatte die Namen noch nie gehört. Aber ich mochte, wie er nun von den Möglichkeiten, den Freiheiten dieser Musik sprach. Wyschnegradsky, der 1979 verstorben war, habe sein ganzes Leben lang mit solchen Mikrointervallen, also Intervallen zwischen Halbtonschritten, herumprobiert, «Dritteltöne», sagte der Rothaarige, «Sechsteltöne», «Zwölfteltöne», «Zweiundsiebzigsteltöne». Ausgestattet mit einem vorzüglichen absoluten Gehör sei der Russe jahrzehntelang von der Idee besessen gewesen, ein Klavier zu bauen, auf dem diese Mikrointervalle gespielt werden könnten. Man hätte ihn für einen Verrückten gehalten, als er begann, selbst Klaviere umzubauen, er habe verschiedene Variationen von Klaviaturen ausprobiert, mit denen es möglich gewesen sei, Vierteltöne oder Achteltöne zu spielen, habe zwei, drei, schließlich vier Klaviaturen übereinander gelegt, eine Unzahl von Saiten und Hämmern. Die Idee, dass es möglich sein müsse, ein solches Klavier zu bauen, habe ihn jedoch verrückt werden lassen, sagte der Rothaarige.

«Wyschnegradsky komponierte auf zwei Konzertflügeln, die im Vierteltonabstand gegeneinander verstimmt waren», sagte er, und dabei zog er jetzt sein Smartphone aus seiner Sakkotasche und legte es zwischen uns auf die Schulbank, «ich komponiere auf meinem Smartphone. So ist das.»

«Haben Sie etwas, das Sie mich anhören lassen können?»

Er hatte auf diese Frage gewartet und schmatzte satt, als er seine Komposition vorführte.

Beide lagen wir – die Köpfe dicht aneinandergedrückt, sodass ich seine buschigen roten Augenbrauen an meiner Stirn spürte – über seinem Smartphone. Er ließ seine Komposition von Anfang bis Ende durchlaufen, bevor er zu einer bestimmten Stelle zurückspulte, in der er es – wie er sagte – gewagt habe, von der Grundstufe nicht auf die fünfte, sondern auf die fünfeinviertelte Stufe zu gehen und von dieser nicht auf die vierte, sondern auf die vierdreiviertelte, und von dort auf die sechste und weiter auf die siebeneinhalbte Stufe, was eine geradezu körperliche Qual sei, wie er sagte. «Hören Sie, wie es Sie hier zur Grundstufe zurückzieht», sagte er und lachte vor Begeisterung. Es war ihm aber ganz ernst damit. Viel stärker, als der gewöhnliche Leitton von der siebenten Stufe zur Auflösung dränge, dränge jener Ton, der statt eines halben doch nur einen Viertelton mehr davon entfernt sei, aber auf eine andere, schmerzhafte Weise, sagte er. «Nur noch einen Viertelton von der Auflösung entfernt», rief er laut aus und spielte mir die entsprechende Passage etwa drei- oder viermal hintereinander vor, «von der Auflösung entfernt», sagte er, «von der Erlösung.»

Wir hörten seine Komposition noch ein weiteres Mal, ich bat ihn, das etwa fünfminütige Stück bis zum Ende nicht mehr durch weitere Reden zu unterbrechen. Er hielt sich daran, schien aber beleidigt, denn er steckte das Smartphone danach sofort ein und blickte sich nach der Tür um, die immer noch geschlossen war, und ich wusste, er würde jetzt nicht mehr von Musik reden.

«Ich habe übrigens gesehen, dass Sie nicht alleine gekommen sind», sagte er dann.

Durch das angelehnte Kellerfenster deutete er auf den Wagen meines Freundes auf dem Parkplatz. Frischer Regen nieselte sanft gegen das Glas. «Ihr Freund. Warum ist er nicht hier?»

Ich blickte auf die Uhr. Obwohl erst eine Viertelstunde vergangen war, kam es mir vor, als wäre ich nun schon seit Stunden von meinem Freund getrennt. Während ich hier hinabgestiegen war, würde er mit dem Sixpack oben im Hotelzimmer vor dem Fernseher sitzen. Er würde sich allein vor dem Fernseher betrinken. Ein ungutes Gefühl beschlich mich bei der Vorstellung, ihm ins Zimmer nachzufolgen und zu ihm ins Bett zu steigen. Wenn er schon schläft, sagte ich mir, werde ich leise die Tür hinter mir zuziehen, ich werde ins Badezimmer schleichen, werde die Bettdecke vorsichtig anheben.

«Ist er verheiratet?», fragte der Rothaarige.

«Nein», antwortete ich.

Es war jetzt zwanzig nach acht, und nichts schien darauf hinzudeuten, dass das Seminar beginnen würde.

«Ich fürchte, Sie haben mich ganz falsch verstanden», sagte ich, «Ich suche hier nur meine Frau», und sofort dachte ich, dass er wieder alles falsch verstehen würde. «Ina», sagte ich, «sie heißt Ina.»

Ich erwähnte Inas Beruf und dann den samtenen Flaum auf dem Kopf des Säuglings, «drei Monate», sagte ich, «nein, vier.» Ich wusste es gar nicht. Ich wollte auch von Steiner beginnen und dem Haus, den Karpatendeutschen, aber der Rothaarige hob nur die Augenbrauen. Seine roten Härchen waren ineinander verzahnt und borstig, kleine Hautschüppchen waren ihm in die Wimpern gerieselt. Jetzt, wo wir nicht mehr von Musik sprachen, ekelte es mich wieder vor ihm.

«Sie irren sich», sagte er nur.

Und als ich ihn noch einmal auf die Vierteltonmusik ansprach – ich wollte ihn nach Abzügen seiner Komposition fragen – schüttelte er nur den Kopf. Er wich noch weiter zurück und wiederholte: «Sie irren sich. Lieber Herr, Sie irren sich.»

Während dieses Gesprächs war das Murmeln der Männer an den übrigen Tischen lauter geworden. Ich bemerkte den gleichen Zettel, den ich an der Drehtür gesehen hatte, an der Doppeltür vor uns, «Seminarbeginn 20 Uhr», aber ich kam nicht dazu, noch einmal auf die Uhr zu sehen. Ein Geräusch, als würde ein Riegel weggezogen werden, erschallte, ein metallisches Krachen, und dann das Aufatmen der Männer, als würde jeder von ihnen jetzt atemlos nur noch ein Wort vor sich hinflüstern: «Jetzt», «jetzt», «jetzt». Die schwere Tür war nichts anderes als ein Garagentor, das sich nun knirschend und ratternd nach oben zog, ja, ein Garagentor, sagte ich mir, wir sitzen hier in einer Garage, sie haben uns in eine dieser dunklen Garagen gesetzt. Ich entdeckte jetzt auch die Werkstattgrube zwischen den Tischreihen, die man nur mit Holzbrettern und Teppichen zugedeckt hatte, stieß man mit dem Fuß dagegen, konnte man alles deutlich erkennen, und hier war auch der Geruch nach Benzin und Öl, hier die Kanister mit Schmierfett, Lacke und die Aufhängungen für Winterreifen.

Das Tor rastete ein. Es war lange still. Dann hörte man die Stimmen.

Es waren zehn Frauen. Sie trugen lange Abendkleider, die Haare hochgesteckt, Stiefel mit hohen Absätzen: ein grotesker Anblick, wie sie in unsere Garage hineinstaksten, auf unsere Schulbänke zu. An einer Werkbank, die mit einem Seidentuch überworfen war, blieben sie stehen. Neben dem Bolzen des Schraubstocks, der von dem Tuch zwar verhüllt, aber dessen Umrisse deutlich erkennbar waren, lag Obst in kristallenen Schalen, Ananas und Mangoscheiben. Niemand rührte etwas an. Eine der Frauen strich über die Ränder der Glasschale, man hörte vorsichtiges Flüstern, das Klackern unsicherer Schuhabsätze – man konnte sehen, dass die meisten von ihnen es nicht gewohnt waren, in solchen Schuhen zu laufen. Im Gespräch klipsten sie Zigaretten aus glitzernden Etuis, die ihnen unbekannt schienen, sie rauchten und schnippten die Asche zu Boden, berührten Kleidersäume, legten die Handballen auf die unbedeckten Schultern ihrer Kolleginnen – alles mit den Gesten von Laienschauspielern, jedes Lachen eine Spur zu laut, die Schritte zu vorsichtig, jedes vorsichtige Flüstern sofort als Regieanweisung zu durchschauen. Sie zückten Handys, um Nummern einzuspeichern, drückten die Wangen aneinander und schossen Fotos und summten leise zu den Melodien von Vivaldi und Shakira, die aus ihren Geräten kamen.

Es waren erbärmliche Schauspieler, oder es waren geniale Schauspieler, die erbärmliche Schauspieler spielten.

Erst nach einiger Zeit ließen sie ihre Blicke aus den Unterhaltungen heraus an unsere Tische schweifen, aber immer auf eine Weise, als wäre da gar nichts und als würden sie nur über etwas, das sie gehört hatten, nachdenken. Sie lachten, stachen mit gelben Plastikgabeln in Mangoscheiben, hielten Orangen und Äpfel in ihren Händen, die sie später wieder zurücklegten.

Eine stand abseits und sah mich an.

«Diese hier», flüsterte mir der Rothaarige mit vorgehaltener Hand zu, als wäre er in einen Gottesdienst geraten – er lachte vorsichtig, als hätte er mich durchschaut –, «diese hier sieht ja wohl nicht unbedingt wie Ihre Frau mit dem Säugling aus?»

Die Frau, die zwischen den Buffettischen auf mich zukam, war natürlich nicht Ina. Es war eine Frau Mitte dreißig mit schmalem Gesicht und dünner, gerader Nase, groß gewachsen, im blauen Sommerkleid, das locker von ihren Schultern fiel. Sie fröstelte, das sah ich. An der Montagegrube blieb sie stehen, schüttelte den Kopf, sie lachte über die gefederten Siphonreinigungskabel, die man dort vergessen hatte. Auch sie schien sich auf eine sympathische Weise plötzlich der Groteske bewusstzuwerden und hätte wohl Lust gehabt, aus diesem Schauspiel auszusteigen.

Wortlos streckte sie mir die Hand entgegen. Sie setzte sich mir gegenüber in einen der Kinderstühle, die eine natürliche Körperhaltung verhinderten. Mit zwei Fingern nahm sie das Glas, stellte es jedoch gleich wieder hin, als wollte sie wieder gehen. Sie sagte etwas, das wie ein Name klang, also sagte ich auch meinen, und sie sah mich an, lachte ungläubig und sagte – in starkem Akzent: «Nein, das ist nicht ganz richtig so.»

In der plötzlichen Stille war das Aufperlen der Sektblasen überdeutlich zu hören. Ich bemerkte, dass sich auch an den anderen Tischen Frauen niedergesetzt hatten, Orangenschalen fielen auf die weißen Tischtücher, man stieß an, entzündete Zigaretten.

Die Frau sah sich jetzt lange um, als würde sie noch nach jemand anderem suchen, ihr Gesicht ist mir nicht mehr in Erinnerung, nur noch das Bild ihres Hinterkopfes, die mit glitzernden Nadeln zu einem Dutt hochgesteckten rotbraunen Haare. Sie grüßte hinter sich, ich konnte nicht erkennen, wen sie grüßte, dann blickte sie mich wieder an, aber so, als würde sie in einem Wartesaal von ihrem aufgeschlagenen Buch zu einem Eintretenden hochsehen.

Sie sagte, sie sei siebenundzwanzig, sie liebe es zu wandern, sie liebe Musik und Kinder und die Natur.

Dann hielt sie inne. Ich wusste nicht: War das Schauspiel?

Sie habe zwei Kinder, sprach sie weiter, in einem kleinen Dorf in der Nähe einer Stadt, von der ich noch nie gehört hatte. Sie hatte Fotos ihrer Kinder mitgebracht, ein Foto, das ihren Hund zeigte, eins von ihrem Haus und einer Schule. Sie sah auf und lächelte. Ich wollte meinen Freund verfluchen.

«Es ist ein Irrtum», sagte ich. «Ich bin hier ganz falsch. Es tut mir leid.»

Aber auch sie nickte nur wie über einen Einwand, durch den man nur noch fester Gewissheit über sein Urteil erlangt, und sagte, sie liebe es auch zu kochen. Und wieder schob sie ihre schlanke Hand in ihre Handtasche und legte mir Fotos vor: zwei Katzen, die sich in einem Haufen Stroh nebeneinandergerollt hatten, reife Brombeeren, ein Kuchen, angeschnitten, alte Menschen (ihre Großeltern). Sie erzählte jetzt Geschichten von diesen Großeltern, und dann erzählte sie vom ersten Schultag ihrer Tochter.

Ihre Finger glitten dabei vom Glas über das Tischtuch, mit ihren Nägeln zog sie die Vertiefungen unter dem Stofftuch nach, dort war die

Einbuchtung für die Stifte der Schulkinder, dort das Tintenfass, ich erkannte alles sofort. An solchen Tischen war auch ich in meiner Schulzeit noch gesessen. Dann schob sie die Hand noch ein Stück weiter bis zu meiner Hand, die sie nahm und zu sich hinüberzog.

«Bitte, hilf mir», sagte sie.

Ich sah meine Spiegelung im Kellerfenster, ein Mann mit schiefgelegtem Kopf war das, der zwischen diesen Schultischen stand. Die Frau, die jetzt alleine am Tisch zurückgeblieben war, wirkte gefasst, so als hätte sie gar nichts anderes vermutet, sie steckte ihre Fotos ein wie ein hausierender Spannteppichverkäufer seine Musterkärtchen, ich dachte: Du setzt dich später noch einmal zu ihr. Du wirst ihr Geld geben, dachte ich, du wirst deinem Freund aufs Maul schlagen.

In den Lampenschalen am Weg nach oben starben die Fliegen, daran hatte sich nichts geändert, und immer noch tschilpten die Kohlmeisen in der Lampe über dem Rezeptionstresen.

«Hier ist Ina nicht!», rief ich in die Rezeption hinein. «Bitte helfen Sie mir!»

Aber es war niemand hier. Der Drehstuhl der Rezeptionistin zeigte in Richtung des Restaurants.

Drei-, viermal schlug ich auf die Klingel am Tresen. Dann klappte ich selbst die Tresenklappe hoch. Mit einem Knistern erwachte der Computermonitor der Rezeptionistin aus dem Standby-Modus, schwaches Licht, das nur langsam heller wurde, eine hellblaue Bildschirmmaske. Da war eine Liste mit Namen, das heutige Datum. Es waren die Namen der Teilnehmer des Seminars: zehn Männer.

Auf dem Mousepad prangte der Name einer großen österreichischen Bank, auch auf den Kugelschreibern, den Bleistiften. Ich scrollte durch die Namen auf dem Bildschirm bis zu meinem eigenen herab. Jemand hatte heute Nachmittag ein Doppelzimmer für mich reserviert. In einem Kästchen, das mit *účasť na semināri* bezeichnet war, war ein Häkchen gesetzt. Das Zimmer war für drei Tage gebucht worden. Mein Freund musste das getan haben.

Lange starrte ich auf die schreienden Kohlmeisen über meinem Kopf. Es waren fünf dicht aneinandergedrängte Küken, mit glatten, daumengroßen Körpern.

Inas Name tauchte in der Reservierungsliste nicht auf.

Ich wählte ihre Nummer. Ich hörte die Ansage der slowakischen Telefongesellschaft bis zum Ende, legte auf. Auf der Treppe nach oben knisterte der Teppich wie elektrisch aufgeladen. Hinter einer der Pressspantüren hörte ich das Rauschen eines Radios, die Tür war nur angelehnt, ein Mann sagte: «Da ist nichts zu machen», und als ich die Tür ein Stück aufschob, saß dort ein Putzmann mit einer Tüte Kartoffelchips vor dem Fernseher, Staubsauger und Putzkübel zu seinen Füßen. Er bemerkte mich nicht. Der Fernseher sprach, nicht der Putzmann.

Ich hatte Nummer sechs, das letzte Zimmer am Gang. Mit der Schlüsselkarte öffnete ich vorsichtig. Ich schob die Tür nur ein Stück auf, sodass ich mich durch den Spalt zwängen konnte, bevor ich sie leise wieder hinter mir zuzog. Im Luftzug rasselten die herabgezogenen Jalousien, die den Raum abdunkelten. Tatsächlich lief der Fernseher, aber der Ton war abgestellt. Ein Homeshopping-Kanal flimmerte auf dem Bildschirm und warf etwas Licht über den blaugrauen Spannteppich bis über den Fußteil eines Bettes, in dem sich die Füße meines Freundes unter der Decke wölbten.

Ein seltsamer Geruch lag im Raum. Ich entdeckte die Ursache dafür nicht sofort. Da stand eine Spraydose neben dem Fernseher, ein Desinfektionsmittel, die Mündung noch feucht.

Ich blickte zurück zu meinem Freund, man sah nur die Füße im Licht. Er atmete ruhig, mit angewinkelten Beinen schlief er auf die Seite gedreht unter der Bettdecke, die Hände zwischen die Knie geschoben. Eine Zehe blickte unter der Decke hervor.

Vor dem Bett schimmerten einige leergetrunkene Bierdosen bläulich im Licht des Fernsehers. Ich wollte mich nur leise bewegen, jeden Schritt vorsichtig machen, an ihm vorbei, die Decke vorsichtig anheben, vorsichtig darunterschlüpfen. Vielleicht würde ich ihn gar nicht wecken müssen, dachte ich. Er darf meine Anwesenheit gar nicht erst merken.

Auch die Oberfläche meines Nachtkästchens war feucht von Desinfektionsflüssigkeit, das Glas im Bilderrahmen darüber, die Bettpfosten.

«Bist du wach?», flüsterte ich.

Ich erhielt keine Antwort, aber seine Augenlider zuckten im Schlaf, die blassen, breiten Lippen hatten sich aufgebogen, als wäre er tatsächlich in einen sanften Traum gesunken. Ja, da liegt er also, dachte ich. Immer noch war er mein Freund. Und ich dachte: Du rührst ihn besser nicht an. Du legst dich einfach neben ihn. Du vergisst, was du jetzt im Kopf hast.

Ich öffnete den Gürtel meiner Hose, ließ sie einfach neben das Bett fallen, zog die Schuhe aus, alles geräuschlos. Den Fernseher würde ich laufen lassen. Ich durfte jetzt nicht noch einmal dort hingehen. Ich stellte die Schuhe neben das Bett, hob die Decke an, um mich zu ihm zu legen.

Da riss er plötzlich die Hand hoch.

Er traf mich am Hals. Ich taumelte zurück.

«Nein!», schrie er. «Nein!»

Seine Schultern waren heiß und ließen sich kaum niederdrücken.

Seine Stirn schlug zweimal gegen das Bettgestell. Das ist alles, was ich darüber sagen kann. Ich erinnere mich nur an den Moment, in dem ich mich voller Sorge über ihn beugte. Viel zu lange lag er still da, bevor sich seine Lippen schmatzend öffneten, wie es Erwachende zu tun pflegen. Sein Brustkorb dehnte sich hörbar, er streckte die Fäuste gegen die Bettpfosten. Und noch aus dem Schlaf heraus pfiff er leise eine abfallende Quart, bevor er mit fest an die Zähne gespannten Lippen die Lider aufschlug.

Er sah mich lange an, als wollte er sich an einen Traum erinnern, der ihm in dem Moment entfallen war, und als er die Hände vom Gesicht hob, war das Pfeifen noch in seinem Mund, aber in seinen Augen nicht mehr.

Im Fernseher verkaufte man jetzt Amulette aus Rosenquarz. Ich wollte aufstehen, aber er hielt mich zurück.

«Lass ihn laufen», sagte er. «Bleib bei mir!»

Er richtete sich auf.

«Haben wir gekämpft?», fragte er. Er suchte nach seinem Traum, aber fand ihn nicht mehr. Sein Blick fiel auf eine Bierdose, die er vom Teppich fischte und scheppernd im Abfalleimer versenkte.

«Hast du Ina gefunden?», fragte er mich.

Immer noch lag er da in der Pose eines Überwältigten, eines Opfers, er streckte die Hand nach dem Nachtkästchen aus, machte Licht. Auf dem Teppichboden lagen Kissen. Es sah tatsächlich aus, als hätten wir gekämpft.

«Nein», sagte ich, «Ina ist nicht hier.»

Ich ging ins Badezimmer. Ich massierte meinen Kehlkopf dort, wo seine Finger mich erwischt hatten. Das Schlucken verursachte mir Schmerzen.

«Ein eigenartiges Seminar», sagte ich von dort. «Gib zu, dass du mich dort angemeldet hast.»

Ich spülte mir den Mund und stellte dann das Wasser ab. Die Stille irritierte mich. Ich blickte durch die offenstehende Badezimmertür nach draußen, um festzustellen, was er tat, aber er lag nur weiter im Bett, einen Arm ließ er baumeln, mit dem anderen betastete er sein Gesicht.

«Was ist das für ein Hotel?», fragte ich ihn.

«Ein ganz gewöhnliches Hotel», antwortete er.

Ich ließ wieder kaltes Wasser über meinen Kehlkopf laufen.

Als ich zurück ins Zimmer trat, stand er nackt vor mir, nur mit seiner Armbanduhr bekleidet.

«Lass uns nach unten gehen», sagte er. «Es ist ja alles inklusive.»

Ich blickte auf ein fingernagelgroßes Muttermal auf seinem unnatürlich blassen Brustkorb. Bei jedem Atemzug konnte man sehen, wie sich die Rippen dehnten, und während er mit den Bewegungen eines alten Mannes in den Bademantel schlüpfte, blickte ich auf sein Geschlecht, das lang und dünn war wie ein Stück Schnur.

«Es gibt hier eine riesige Wellness-Landschaft», sagte er. «Es kostet uns nichts.»

Der Whirlpool war zu klein für uns beide, aber die unvermeidlichen Berührungen waren mir nur anfangs unangenehm. Für einen Moment rutschte die Anspannung der letzten Monate von mir ab. Die hellgrünen Wände waren mit womöglich idyllisch gemeinten Naturszenen bemalt: links und rechts zweier Säulen, die die Eingangsseite des Raumes umfassten, wuchsen blühende Zweige auf der Mauer, ein Weg schlängelte sich dort entlang bis zu einer Kapelle. Auch die Zimmerdecke war mit Ästen bemalt. Keine Menschen, nur diese Kapelle auf der Lichtung.

Neben dem Whirlpool warf eine große gelbe Kerze, die uns die Rezeptionistin angezündet hatte, warmes Licht in die Schaumblasen, und als ich ins Wasser tauchte, pulsierte der Bass von Jean Michel Jarres *Equinoxe* aus einem Unterwasserlautsprecher bis in meinen Kehlkopf.

«Glaubst du», fragte mein Freund, «dass deine Ina ahnt, dass wir ihr nachfahren? Ich meine, wenn du sie triffst – wird sie überrascht sein?»

Der Bereich um sein Auge war bereits angeschwollen, es wirkte, als wolle er jetzt immerzu lächeln. Ich musste mir ins Gedächtnis rufen, dass er es nicht tat.

Er stützte seinen Handballen auf meinem Knie auf, als wäre es sein eigenes. Ein Irrtum, dachte ich, aber er ließ die Hand dort. In diesem Whirlpool waren wir zu einer Masse zusammengekocht.

«Natürlich weiß sie das», antwortete ich. «Es ist nicht das erste Mal.»

Nach Steiners Tod war Ina oft bei geöffnetem Fenster auf dem Sims gesessen. Sie blickte hinaus in den Vorgarten, und ich wusste, sie dachte an Steiner, aber wenn ich sie darauf ansprach, verneinte sie das und zog sich nur die Decke fester um die Schultern. Wenn ich gekocht hatte, setzte sie sich zu mir und aß wortlos. Dann stand sie auf, um die Teller in die Spülmaschine zu stellen und nur wenige Augenblicke später saß sie wieder auf dem Sims. Sie ließ ein Bein in die Wintersonne baumeln, und wenn der Wind ein paar Schneeflocken auf ihre Strümpfe wehte, fand ich, dass das sehr schön aussah.

Ich fragte sie: «Woran denkst du?»

Sie sagte, das wisse sie nicht.

Sie langte in eine Schüssel mit Schokoladencrackern, die sie zwischen ihren Schenkeln fixiert hatte. Ihre Fingerkuppen waren mit geschmolzener Schokolade bekleckert, auch ihre Mundwinkel.

Es kam vor, dass sie plötzlich vom Sims rutschte und die Wagenschlüssel vom Tisch nahm.

«Wohin fährst du?», fragte ich.

«Ich weiß es nicht», war ihre Antwort.

An vielen dieser Abende fuhr sie die Bundesstraße Richtung Wien und bei Süßenbrunn auf die Autobahn. Ihr Telefon war dabei abgeschaltet. Ich erreichte sie nicht. Sie sagte später, sie höre dabei keine Musik, kein Radio, sie denke auch nicht.

«Was tust du dann?», fragte ich.

Und sie sagte: «Ich bete. Ich bete dafür, dass alles Sinn ergibt.»

Der Gedanke, dass alles, was sei, miteinander zusammenhänge, beruhige sie. «Dass etwas da ist, das alles zusammenhält», sagte sie.

Sie dachte dabei nicht an ein konkretes Wesen, nur an etwas, das über ihr sei und groß und gut, etwas, das immer da sei, genau könne sie das nicht sagen. Es sei etwas da, sagte sie, zu dem sie bete.

Es war ihr ganz ernst damit.

Während sie fort war, spülte ich das Geschirr. Ich säuberte die Küche, korrigierte über einem Glas Rotwein die Hefte der Schüler auf dem aufgeräumten Küchentisch. Ich wusste, sie war dann für eine oder zwei Stunden fort.

Nur an einem einzigen Abend kehrte sie nicht zu mir zurück. Später, erzählte ich meinem Freund im Whirlpool, zwei schlaflose, sorgenvolle Nächte und unzählige unbeantwortete Anrufe später, erfuhr ich, wo sie gewesen war.

Sie war auch diesmal auf die Südautobahn gefahren mit dem Ziel, gleich an der nächsten Ausfahrt wieder ab- und über die Tangente auf die Wagramer Straße zurückzufahren. Sie sah die Ausfahrtsschilder, sie reihte sich rechts ein. Aber als an diesem Abend die Ausfahrt am rechten Straßenrand erschienen war, war sie nicht abgefahren. Sie sagte, es sei ihr einfach unmöglich gewesen, den Wagen in die Ausfahrt zu steuern. Sie fuhr einfach weiter.

An der nächsten Ausfahrt wiederholte sich das. Jedes Mal habe sie sich rechts eingereiht und gedacht, sie würde abfahren. Es habe sich alles wiederholt: der Gedanke abzufahren und umzukehren sei noch in Wiener Neustadt und in Hartberg und in Gleis und in Graz und in St. Andrä und in Völkermarkt und noch in Klagenfurt in ihr gewesen. Sie müsse umkehren und zurück, habe sie ständig gedacht und sei über der Unmöglichkeit, diesen Gedanken auszuführen, in Tränen ausgebrochen, sie habe ein Kind im Bauch, habe sie sich gedacht, sie sei meine Frau.

Und immer war sie weitergefahren.

Erst am Ossiacher See in Kärnten war es ihr gelungen abzufahren. Sie stellte das Auto an eine Tankstelle am Seeufer. Sie ließ sich den Schlüssel für die Toilette geben, entsperrte die Klotür und übergab sich mehrmals in die Muschel. Sie aß Reiscracker und trank Mineralwasser. Sie zog ihr Handy aus der Tasche und blickte darauf.

Sie sagte, sie habe genau gewusst, dass sie mich jetzt anzurufen hätte. Sie habe unendlich lange, wie sie sagte, auf das graue, leere Display geblickt, aber es sei ihr unmöglich gewesen, die Kraft zu finden, um das Gerät anzuschalten.

In einem noblen Hotel ließ sie sich ein Zimmer geben. Sie zog die Tür zu und warf ihren Rucksack aufs Bett, ging dann aber gleich wieder aus dem Zimmer hinaus und an den See und in ein Internetcafé, um mir zu schreiben, aber auch dort sofort wieder hinaus. Sie sei mehrmals die Strecke ans Ufer und zurück zum Internetcafé gegangen. Sie habe mehrmals ihr Handy aus der Tasche gezogen und wieder eingesteckt.

Ina hatte mir nicht sagen können, was sie an diesen zwei Tagen getan hatte. Sie sprach nur wiederholt vom Gang an den See, von der Beobachtung der alten Menschen an den Uferpromenaden, von einem Kellner, der ihr ein Kompliment zu ihrem Kleid gemacht habe und dafür gesorgt hatte, dass man ihr koffeinfreien Kaffee servierte.

Am Abend des dritten Tages hörte ich ihren Wagen draußen im

Schotter knirschen. Sie stieß die Wagentür auf und stieg aus, aber sah sich im Garten um, als käme sie bei einem Fremden auf Besuch.

Sie sagte, sie sei froh, wieder hier zu sein.

Sie umarmte mich und als ich mich lösen wollte, spürte ich, wie der Druck ihrer Hände fester wurde.

Während ich kochte, saß sie wieder auf dem Fenstersims wie vor zwei Tagen, und starrte hinaus in den Vorgarten, und als ich sagte, es sei jetzt fertig, wir könnten essen, rutschte sie herab. Wir aßen und dabei schob sie ihre Hand über den Tisch, bis sie meine erreichte.

Immer wieder, stellte ich jetzt fest, hatte ich mich der Illusion hingegeben, die Schwierigkeiten seien plötzlich vorüber, mit einem Anruf, durch die von ihr geäußerte Bitte zurückzukehren, durch das Geräusch ihres Wagens, der nachts vor dem Fenster hielt. Nichts Gutes ist an der Hoffnung auf ein harmonisches Miteinander, die mich jedes Mal nach diesen Ausbrüchen befiel. Sie verlängerte nur die Fallhöhe.

Noch am gleichen Abend, noch während des gemeinsamen Essens, während wir uns die Hände hielten, fiel ein Bild von der Wand. Es war kein besonderes Bild – ein Foto, das ich von einem Kamel in der Nähe eines Vulkans in der Stadt El Médano gemacht hatte. Auf diesem Foto saß Ina auf dem Rücken des Kamels. Ich mochte ihren Gesichtsausdruck, der die Erinnerung an diesen Urlaub auf so angenehme Weise verfälschte.

Als es an diesem Abend von der Wand rutschte, blickte Ina lange auf die Stelle, an der es gehangen hatte. Sie ließ die Gabel, die sie eben in die Hand genommen hatte, wieder sinken.

Ich sah, dass sich dabei wieder etwas in ihr veränderte, ich wollte es aufhalten, gerade eben schien mir das Glück zurückgekehrt, nun sah ich, dass sie sich wieder einem Gedanke widmete, der sie während der gesamten Fahrt beschäftigt hatte. Sie stand auf, bückte sich. Sie sammelte zwei größere Scherben auf und legte sie auf den Esstisch neben ihren Teller. Sie sah mich an, und ich wusste, dass sie mich liebte. Und dann sagte sie: «Ich kann unmöglich dieses Kind haben.»

«Und weiter?», fragte mein Freund im Whirlpool.

Er streichelte mein Knie. Das war angenehm. Seine Stimme war tiefer als meine eigene. «Wie ging es weiter?», fragte er. «Was hast du gemacht?»

«Nichts», sagte ich. «Ich habe eine Mistschaufel geholt und die Scherben zusammengekehrt.»

Ina sah mir zu, wie ich das tat. Dann stand sie vom Tisch auf und ging ins Vorzimmer. Ich sah ihr nach, wie sie aus dem Vorzimmer zu mir zurückblickte. Ich sollte sehen, dass sie jetzt in den Mantel schlüpfte, dass sie ihr Handy in der Manteltasche verstaute, ich sollte sehen, wie sie darauf die Uhr ablas, ich sollte selbst die Uhr ablesen. Ich tat es: Es war schon nach Mitternacht.

Ich hörte, wie die Tür ins Schloss fiel. Ich warf die Scherben in den Mistkübel, ich stellte Schaufel und Besen zurück. Ich blickte auf mein Handy und rief sie an, aber natürlich nahm sie nicht ab. Ich musste es trotzdem versuchen. Sie legte Wert darauf, und die Vorwürfe danach wären gerechtfertigt. Wir hätten alles neu regeln müssen.

Ich legte das Handy weg. An den Doppelfenstern unseres Küchenfensters wuchsen Eisblumen.

Je länger ich zögerte, je weniger ich auf das Spiel eingehen wollte, desto größer war die Gefahr, in die sie sich begeben musste. So waren die Regeln, das wusste ich. Und ich zögerte absichtlich. Ich öffnete den Geschirrspüler und räumte das restliche Besteck ein, das Ina liegen gelassen hatte, ich stellte das Wasser an und spülte die Pfanne aus, trocknete sie ab. Ich erinnere mich, dass ich dabei zu pfeifen begonnen hatte, wie um mich selbst über meine Sorge hinwegzutäuschen, wie schwierig es war, ruhig zu bleiben. Ich war stolz darauf, sogar einen Artikel in der *Neuen Zeitschrift für Musik*, den ich – wie das meine Gewohnheit war – während des Kochens begonnen hatte, zu Ende gelesen zu haben. Erst dann sah ich noch einmal auf die Uhr, stellte fest, dass Ina bereits eine Viertelstunde fort war, und schlüpfte in den Mantel.

Draußen war frischer Schnee gefallen. Auf den Zaunpfosten vor unserer Wohnungstür lagen Blumenköpfe, Schneeglöckchen, sicher zehn oder sogar fünfzehn, nebeneinander in einer Reihe. Es war Inas Gruß an mich. Auch ich habe mir Zeit gelassen, hieß das. Und sie wollte, dass ich das sah. Ich nahm die Schneeglöckchen und steckte sie in die Manteltasche. Die Knospen waren kalt und hartgefroren. Sie musste einige Zeit danach gesucht haben, denn hier im Vorgarten, sah ich, wuchsen sie nicht.

Als ich nach einer ganzen Stunde heimkam, kratzten die ersten Tagespendler bereits den Frost von den Autoscheiben. Ich öffnete die Tür. Ina hatte sich einen Stuhl ins Vorzimmer gerückt und dort im Dunkeln auf mich gewartet. Sie legte beide Hände an ihren Bauch, sie hatte geweint, jetzt lächelte sie. Sie sagte, sie habe nur kurz rausmüssen, nur die Kälte mache ihr den Kopf frei.

Ina zog sich aus und ging ins Schlafzimmer, und als ich mich später an ihren Rücken drückte, führte sie meine Hand unter ihr Hemd auf ihren Bauch, sodass ich spüren konnte, wie sich unser Kind bewegte.

«Ina ist verrückt», sagte mein Freund.

«Ja», sagte ich, «es ist leicht, so etwas auszusprechen. Man spricht das Wort aus und schiebt es damit weit von sich. Aber wenn sie nicht hier im Hotel ist, wo ist sie dann?», fragte ich.

Es dauerte, bis mir mein Freund antwortete. Wie ich zuvor war er mit dem Kopf ins Wasser getaucht, und ich überlegte, welchen Eindruck wir auf einen Fremden machen würden, wenn wir so eng aneinanderlagen, vier Schenkel im blubbernden Schaumwasser.

Als er wieder hochkam, lief das Wasser dampfend von seiner Glatze. Der Bluterguss sah nun noch schlimmer aus als zuvor, es kümmerte mich, ihn geschlagen zu haben, wenn auch – wie ich mir sagte – in einem Missverständnis.

«Sie ist sicher hier», sagte er. «Es gibt doch nur dieses eine Hotel.»

«Aber ich habe doch auf dem Computer der Rezeptionistin nachgesehen. Sie ist nirgendwo gebucht!»

«Vielleicht ist sie unter anderem Namen hier abgestiegen. Oder mit jemandem zusammen gebucht?»

«Mit jemandem zusammen gebucht?»

Er winkte ab.

«Wir werden sie finden», sagte er. «Ein Fremder betritt ein solches Dorf nie, ohne die Aufmerksamkeit seiner Bewohner zu erregen. Wenn sie nicht hier im Hotel ist, so hat sie jemand gesehen. Eine junge, schöne Frau mit einem Säugling! Wir werden morgen ins Dorf gehen, ich frage nach ihr. Du brauchst keine Sorge haben.»

Mit einem Klicken ging die Tür auf. Die Rezeptionistin brachte Eiswasser in zwei Gläsern auf einem Tablett, an den Rändern steckten Zitronen. Als sie das Tablett am Beckenrand abstellte, rutschte der Träger ihres Kleides von ihrer Schulter. Sie bemerkte die Verletzung im Gesicht meines Freundes, fragte aber nicht danach.

«Haben Sie Ihre Freundin gefunden?», fragte sie mich. «Haben Sie alles erledigen können?»

Wir nahmen einen Schluck Eiswasser. Sie beobachtete uns vom Beckenrand aus und sprach dann zu meinem Freund über die Reservierung des Zimmers. Offensichtlich hatte er mit ihr einen Rabatt ausgehandelt.

«Wir sparen also zwanzig Prozent, wenn wir die drei vereinbarten Nächte bleiben?», versicherte sich der Freund.

«Wenn Sie eine ganze Woche bleiben wollen ...», begann sie, aber der Freund winkte ab.

«Nein, so lange bleiben wir nicht. Nur übers Wochenende», und in meine Richtung: «Wir bleiben ja nur solange, bis wir Ina gefunden haben.»

Die Art, wie er ihren Namen aussprach, gefiel mir nicht. Es war, als würde er sie damit zwischen zwei Anführungszeichen schieben.

«Bis wir Ina finden», sagte ich und sprach ihren Namen völlig normal aus, so wie ich ihn liebte.

«Ja, Ina», wiederholte er, und es war genau derselbe Unterton wie zuvor.

«Du hast noch etwas zu kaufen», vermutete ich.

Er lachte.

Die Schritte der Rezeptionistin hinterließen feuchte Spuren auf den Fliesen. Sie zog die Tür zu und man hörte wieder die Musik, die aus den Lautsprechern ins Wasser strömte.

Mein Freund fasste jetzt nach seiner Verletzung, schüttelte dann aber den Kopf wie über ein lästiges Insekt an seiner Stirn. Ich erwartete Sätze wie *Es ist nicht schlimm* oder *Du hast mich zum Krüppel geschlagen.* Tatsächlich aber begann er jetzt, von Geld zu sprechen, das ich ihm schuldig wäre.

«Wir rechnen das alles später ab», sagte er, und als hätte nicht er, sondern ich dieses Thema aufgeworfen. «Lass das doch jetzt mit dem Geld», warf er ein, «sprechen wir jetzt nicht über Geld!» Tatsächlich aber sprach er die ganze Zeit davon.

Während ich im Keller gesessen sei, habe er die Preislisten studiert. Er rechnete jetzt laut vor, was wir morgen essen würden und was mich das kosten würde: zwei Semmeln, Orangensaft, Marmelade, zwei Scheiben Käse, Schinken. Der erste Kaffee sei inkludiert, verbesserte er seine Rechnung, aber ich würde einen zweiten trinken, wusste er und addierte ihn dazu. Ich würde mehr Käse als Schinken essen, kein Müsli, keine Säfte.

Seine Hand strich dabei über die Innenseite meiner Schenkel, ein seltsamer Ausdruck lag auf seinem Gesicht, der mich warnte.

Ich wich zurück. Aber er stellte nur die Düsen im Whirlpool an.

«Ist das nicht herrlich?», fragte er. «Ist das nicht herrlich, wie wir hier liegen? Zu diesem Preis! Wellness ist hier inklusive.»

Er erzählte auch von den Preisen für Hauptspeisen, von Knödeln mit Sauerkraut und Wiener Schnitzel und Palatschinken mit Nüssen und Schlagobers und heißen roten Früchten.

Aber einen Moment später sprang er aus dem Whirlpool.

Er stand plötzlich heftig atmend neben dem Becken, die Hände um die Einstiegsgriffe gekrallt, das Gesicht vor Ekel verzerrt. Schaumklumpen tropften von seinen unbehaarten, dürren Beinen auf die Fliesen hinab. Er starrte auf etwas im Wasser.

Ich sah es nicht sofort.

Ich fragte: «Was ist? Was siehst du?», nicht sicher, ob es nicht ein Scherz war.

Aber dann sah ich es auch. Es war zum Lachen.

Zwischen den Schaumblasen schaukelte ein gebrauchter Tampon. Es musste durch den Druck der Düsen an die Oberfläche gespült worden sein.

Abends schnürte ich den Rucksack auf, leerte Notenblätter und Kohlestifte in das schmale Rundlicht der Tischleuchte neben dem Fernseher, einzelne Münzen, die slowakischen Comics, die ich an der Tankstelle gekauft hatte, und schließlich die Hefte der Kinder, die ich mitgenommen hatte. Während mein Freund schlief, verbesserte ich die Mitschriften unter dem schmalen Lichtstreifen. *Mitochondrien sind die Kraftwerke der Zelle* – ich konnte mich nicht erinnern, so einen Satz auf die Tafel geschrieben zu haben. Ich markierte zwei Rechtschreibfehler und fand es einmal mehr verwundlich, dass ich seit der Pensionierung des letzten Biologielehrers vor drei Jahren nun Biologie unterrichtete. Ich unterrichtete auch Physik und Geschichte. Vor allem bedeutete das, dass ich mir am Tag vor dem Unterricht Wikipedia-Artikel zu Gemüte führte. Aber nicht weniger als meine Schüler hatte auch ich die größten Probleme damit, mir zu merken, was die Kepler'schen Gesetze aussagten, woraus eine Zelle bestand, was im Westfälischen Frieden beschlossen worden war. Ich klickte mich durch sogenannte *Lehrerseiten* im Internet und fluchte, wenn ich mir nachts um ein Uhr früh nicht merken wollte, was Mitose, was Meiose war, warum Anionen zu einer Anode, Kationen zu einer Kathode wanderten. Wer ist Dareios III. und was hat er getan?, fragte ich mich. Ich hatte das nie gelernt.

Ich unterrichtete im Wissen, von meinen eigenen Gegenständen gar keine Ahnung zu haben. Ich sprach darüber, verstand aber nichts davon, und immer wusste ich während des Unterrichtes: Wenn mich ein Schüler auch nur irgendetwas fragte, wüsste ich keine Antwort zu geben. Ich unterrichte mit dieser Angst, durch solcherlei Fragen bloßgestellt zu werden, gleichzeitig unterrichtete ich aber auch in der Lust, durch solche

Fragen bloßgestellt zu werden, den Skandal vor meinen Schülern aufdecken zu müssen, dass ich selbst gar keine Ahnung davon hatte, was ich an die Tafel schrieb, keine Ahnung davon, was ich abprüfte, was ich benotete.

Ich war der Mann mit der Kreide, dachte ich, während ich ein Heft zuschlug und das nächste auf, den Rotstift mit erschreckender Selbstverständlichkeit durch die Mitschriften führend, ich war derjenige, der sie dazu brachte, diszipliniert alle paar Sekunden die Köpfe nach meinen eigenen fehlerhaften Tafelschriften zu heben und alles in ihre Hefte zu übertragen. Ich verbesserte ihre Mitschriften, obwohl es doch immer meine eigenen Sätze waren, die ich verbesserte, und benotete ihre *ordentliche Mitschrift* mit Plus- und Minuszeichen am Seitenende.

Ich schlief gut und fest wie immer in Gesellschaft meines Freundes. Ich wachte nur einmal auf, weil ich dachte, etwas gehört zu haben, und hob den Kopf aus dem Kissen, aber es war nur eine Katze, die von den feuchten Dachschindeln zu uns hereinblickte und später über die Regenrinne – man hörte ihre Pfoten auf dem Blech – wieder verschwand.

Es war sechs Uhr, als mich das Knistern der Jalousien in einem aufkommenden Wind weckte. Ich schlug die Decke zurück und ging ans Fenster, um die Stelle zu suchen, an der nachts die Katze gesessen war, aber natürlich war da nichts mehr. Über Nacht hatte der Regen aufgehört.

Die Sonne hing knapp über dem Weinberg und stieß die Schatten der blühenden Weinreben als messerscharfe Konturen auf die Erde – ein strahlender Morgen ohne Wolken. Der Himmel war klar, die Luft feucht und frisch.

Ich zog die Vorhänge weiter auf, bis das Morgenlicht hell über das Gesicht meines schlafenden Freundes floss, der darin ein friedlicher, schöner Mann geworden war. Er hatte aber nicht mehr geschlafen, sondern war still neben mir gelegen und hatte mich beobachtet.

«Ich bin hungrig», sagte er sofort.

Das Hämatom an seiner Wange war kaum mehr zu sehen.

Wir gingen hinunter ins Restaurant und setzten uns an einen Tisch nahe am Fenster, durch das man auf mehrere Terrassen eines Weinhügels blickte. Ohne nach unseren Wünschen zu fragen, stellte die Kellnerin uns zwei Teller hin, auf denen fettige, mit Käse gefüllte Omelettes schwitzten, aufgeschnittene Salamischeiben, weiches Weißgebäck mit Marmelade. Dazu brachte sie Malzkaffee. Sofort langte ich zu und hielt erst nach einer Weile inne.

«Du isst nicht», stellte ich fest.

Er wirkte bedrückt. Wie zur Antwort zückte er sein Smartphone und schüttelte es vor meinen Augen, um mir anzudeuten: Das ist es, was mich quält. Hier ist der Böse, und ich verstand, dass er auf ein Angebot wartete.

Er hatte gehofft, nachts vom Eintreffen dieses Angebots geweckt zu werden. Aber nichts hatte ihn geweckt. «Wie du weißt, war mein Schlaf ausgezeichnet», sagte er. «Neben dir habe ich geschlafen und bin aufgewacht, und niemand hat angerufen.»

Diesmal waren es Fahrräder, «drei Fahrräder aus Aluminium» – er nannte mir die Marke, «hier in einem Schuppen sollen sie stehen». Er deutete in unbestimmte Richtung auf den Pezinská Baba, dessen Weinreben im Lauf des Gespräches in immer helleren, kraftvolleren Farben strahlten. «Man kauft sie und montiert sie auf den Wagen», sagte mein Freund. Das war die Geschäftsidee des Freundes: «Ich werde diese Räder für 200 Euro verkaufen und dann für die 200 Euro wieder andere Räder kaufen und sie für 400 Euro verkaufen und so immerfort kaufen und verkaufen, bis ich ein großes Vermögen erwirtschaftet habe.» Es könne aber auch leicht sein, dass er doch noch überraschend fortmüsse, und er machte eine Geste, die hieß: Das Gerät schellt und befiehlt, ich springe auf und laufe zum Wagen. Dann lächelte er und sagte: «Es ist gut, dass du mit bist.» Ich missverstand das zuerst, denn, was er meinte war, dass es besser sei, nicht alleine im Wagen zu sitzen, sollte er die Räder doch noch bekommen. «Drei Räder für drei Personen im Wagen», sagte er, denn die Fragen der Sonderkommission seien oft lästig. Die Zivilstreifen lauerten mit Nachtsichtgeräten auf den nächtlichen Feldwegen, verdeckt von Sonnenblumenköpfen.

Der Gedanke, jemand sei ihm mit den Rädern zuvorgekommen und der Schuppen, den er sich voller Reichtümer vorgestellt hatte, sei bereits leer, quäle ihn: Die versprochenen Fahrräder seien bereits fortgekauft, auch die Lampen.

«Lampen?», fragte ich.

«Ja, Lampen. Warte, hier!»

Er zeigte mir ein Bild auf seinem Smartphone. Sein Zwischenhändler, den er immer nur *Kontakt* nannte, habe ihm neben den Fahrrädern auch Lampen versprochen, Jugendstil-Hängelampen. Und dann zeigte er mir auch Bilder von Sportschuhen, originalverpackten Bohrmaschinen und Nahrungsergänzungsmitteln, Bilderrahmen, Rasenmähern. Als ich fragte, wie denn das alles zusammenhänge, sagte er, es hänge nicht zusammen. Er kaufe alles und verkaufe alles. «Vor allem aber diese Fahrräder!», rief er aus, und er nannte jetzt wieder die Summen, die er dafür in Wien bereits fix zugesagt bekommen hätte, und die enorme Spanne, mit der er gerechnet habe.

In den Neunzigern, erklärte mir mein Freund, sei der Osten das Paradies der Antiquitätenhändler gewesen. Man kaufte Jugendstillampen, Biedermeiermöbel, alte Telefonapparate aus den Händen der Unwissenden zu einem Spottpreis und verkaufte sie in Wien oder Zürich zu einem Vielfachen! So etwas gelinge nur noch selten, sagte mein Freund, aber immer noch gebe es Unwissende, die Ottomanen, alte Schreibmaschinen, Grammophone aus den Geräteschuppen ihrer geerbten Elternhäuser zu Spottpreisen herausverkauften. Er hatte von einem Mann gehört, der sich ein ganzes Einfamilienhaus mit einer einzigen solchen Fahrt finanziert hatte. Solche Geschichten faszinierten meinen Freund.

«Und diese originalverpackten Dinge?», fragte ich.

Sein verlegenes Grinsen bedeutete mir, dass es sich tatsächlich um Hehlerware handelte, die in Österreich gestohlen und später wieder nach Österreich verkauft wurde.

«Ich verkaufe es nur», sagte er und wischte die Bilder mit seinem Daumen vom Display seines Smartphones. «Woher es stammt, geht mich nichts an.»

Er aß nichts und nippte nur einmal an der Tasse mit Malzkaffee, und während ich weitere Portionen von Thunfischsalat und gebackenem Olivenbrot orderte, tippte er auf seinem Smartphone. Höchst konzentriert erschoss er kleine Schweine mit einer Steinschleuder. Es war ein Computerspiel, in dem es darum ging, den richtigen Abschusswinkel und die richtige Spannung der Gummibänder einzuschätzen. Wenn er es gut gemacht hatte, explodierten die Schweine und die Hühner tanzten vor Freude um die Leichen herum. Er griff nach dem Salzstreuer, zog ihn aber nur ein Stück näher an seinen Teller, hob das Glas, trank. Kurz sah ich ihn etwas auf seinem Smartphone eintippen: das Wort *Scheiße* in einem E-Mail, und kurz darauf erneut das Wort *Scheiße*, das er an ein Unternehmen mit dem Namen *New Solutions* schickte. Und bald erschoss er wieder Schweine.

Wie am Tag zuvor ging ich an die Rezeption: Ob es möglich wäre, nur die Zimmernummer zu erfahren oder eine Nachricht zu hinterlassen, auf Inas Zimmer anzurufen, aber die Rezeptionistin legte nur den Kopf schief. Sie beobachtete mich, und das brachte mich auf die Idee, mich selbst zu beobachten: Wie das aussah, als ich ihr jetzt die Finger um das Handgelenk legte.

Das sah nicht gut aus.

«Es ist unmöglich», sagte die Rezeptionistin.

Die Küken piepsten wieder über mir in der Schale, der Gedanke, ich hätte sie erschreckt, bekümmerte mich. Jetzt zählte ich nur noch fünf.

«Aber sie ist meine Frau», sagte ich.

Ich hörte, wie jemand an mich herantrat, ich kannte diese Schritte, und da war auch schon die Hand meines Freundes. Er hatte noch Semmelkrümel in den Mundwinkeln und zog eine seiner Augenbrauen hoch, die ihm bis an den Nasenrücken wuchsen.

Es habe gute Gründe, warum man hier nicht einfach die Zimmernummern herausgeben könne, sagte sie und seufzte und beugte sich dann zu mir, sprach in einem unangenehmen Beschwörungston. In den sieben Jahren, in denen sie hier arbeite, habe sie vieles gesehen.

Und in einer Weise, als schlüge sie mir damit die Faust gegen den

Kehlkopf, sagte sie jetzt: «Sie ist ja nicht alleine gekommen. Es war ein Mann bei ihr.»

Sie hängte eine Schlüsselkarte, die ich vom Schlüsselbrett gewischt hatte, wieder auf.

«Ein alter Mann?», fragte ich, weil das mein erster Gedanke war.

«Ja, ein alter Mann», sagte sie. Ihre Fingerspitze kreiste um die Schlüsselkarten, bis sie unter einer schweben blieb. Es war Nummer sieben. «Die beiden sind auch nicht mehr hier», sagte sie. «Dann kann ich es Ihnen ja doch sagen.»

Die beiden seien heute früh abgereist, es sei nicht lange her, vielleicht eine halbe oder dreiviertel Stunde, «etwas überraschend», sagte sie, dann: «völlig überraschend», aber das Zimmer sei schon im Voraus bezahlt worden. Nicht Ina, sondern der Mann habe das getan.

«Der Mann», wiederholte ich. Ich weiß nicht genau, warum ich das tat, aber sie nickte und sagte: «Ja, der Mann.»

Und sie machte jetzt eine Bewegung, die hieß: Ich ziehe hier nur die Kreditkarte durch den Slot. Ich drucke nur die Rechnung aus.

Die beiden hätten kaum miteinander gesprochen. Sie seien eine lange Zeit hier auf der Couch gesessen, diese Zeitschrift – sie deutete darauf – habe er aufgeschlagen, und später andere slowakische Zeitungen, während sie einmal mit dem Kind auf der Toilette verschwunden sei.

Durch das Fenster habe sie den beiden nachgesehen. «Es sind dann immer nur zwei Scheinwerfer, die in der Dunkelheit irgendwohin verschwinden.» Und sie zuckte mit den Schultern und lächelte: Mehr sei das nicht.

Auf der ersten Treppenstufe klebte ein aufgebrochenes Ei. Es war aus dem Nest gefallen. Ein klebriger Embryoflügel zwängte sich durch die Schale, bewegte sich, blieb starr, bewegte sich wieder.

Ich stieg nach oben. Die Tür mit der Nummer sieben stand einen Spalt weit offen. Ich schob sie auf, trat ein.

Auch in diesem Zimmer lief der Fernseher: Zwei Füchse liefen vor einem Kaninchen davon. Die Tiere entstammten einer bekannten deutschen Zeichentrickserie, die ich zuletzt vor zwanzig Jahren gesehen hatte. Der Fuchs sagte: «Dort ist der Eingang!», aber die Kaninchen lachten nur böse. Ich sah dem etwas länger zu, als ich gewollt hatte, denn auf dem Kopf des Fuchses klebte Flüssigkeit. Genauer gesagt klebte die Flüssigkeit auf dem Flachbildschirm, dort, wo der Kopf des Fuchses war. Sie lief langsam über die Glasscheibe, und wenn man der Spur der klebrigen Flüssigkeit hinauffolgte, gelangte man zu einem Löffel, den jemand auf diesem liegen gelassen hatte. Etwas weißes Pulver klebte daran. Ich hob ihn hoch und legte ihn wieder hin. Er roch nach Milchpulver. Das war alles.

Auf dem großen Doppelbett strich ich über das zerwühlte Laken. Ich pulte ein kurzes, gekräuseltes Haare aus dem Frottee und legte es mir auf die Handfläche.

Als ich an die Rezeption zurückkam, stand mein Freund noch am Tresen. Er sprach laut über irgendeinen Wahnsinn, aber ich wusste nicht, was für einen Wahnsinn. Er sprach womöglich über seine Käufe und Verkäufe, über die Unzuverlässigkeit der Zwischenhändler. Dabei wiegte er seine Hüften vor der Rezeptionistin, und als er mich sah, sagte er, als würde er einfach im selben Gedanken weitersprechen: «Wir dürfen jetzt nicht zu schnell handeln, und auch nicht zu langsam. Wir müssen es im richtigen Tempo tun.»

Das Ziepen der Kohlmeisen wurde plötzlich ganz laut.

Er verhinderte, dass ich mein Handy aus der Tasche nahm.

Ich weiß nicht, was mich beruhigte. Vermutlich die Einsicht, dass Ina unmöglich mit einem ihr vollkommen unbekannten alten Mann eine Affäre begonnen haben konnte. Aber ich spürte die Schamhaare, die dort im Frottee gesteckt waren. Ich hätte sie mir nicht auf die Handfläche legen dürfen.

Während die meisten nur sich selbst das Unmöglichste zutrauen, traute ich mir in dieser Hinsicht überhaupt nichts zu. Nur Ina traute ich dieses Unmöglichste zu. Ich kannte sie und wusste, wie sie sich urplötzlich in eine Verliebtheit hineinstürzen konnte. Ich dachte jetzt an einen älteren Mann, in dessen Auto ich sie vor etwa fünf Jahren gesehen hatte. Es war die Art, wie sie ihre Arme über die Kopfstütze des Fahrersitzes legte, die mir damals sofort klargemacht hatte, dass sie seinen Wagen gut kannte. Sie war es gewohnt, in diesem Wagen zu sitzen. Es war nichts schlimmer gewesen, als zu sehen, wie wohl sie sich in diesem Wagen fühlte, wie sie dort glücklich war und wie sie auf irgendeine Bemerkung hin lachte, als er mit zwei Getränkedosen aus der Tankstelle zu ihr heraustrat. Es war ein Lachen, von dem ich ganz ernsthaft angenommen hatte, nur ich könnte es aus ihr herauslösen.

Da sei *etwas gewesen*, erklärte sie später. Ich fragte: Was? Aber das wusste sie nicht.

Sie war aus dieser Affäre ganz plötzlich zu mir zurückgekehrt, nicht unter Tränen oder Entschuldigungen, sondern mit der Erklärung, sie habe das eigentlich nicht gewollt. Es sei mehr aus einer Trägheit des Widerstandes entstanden und nicht weiter von Bedeutung.

Ich liebe sie, dachte ich. Das war mein einziger Gedanke.

Mein Freund brachte mich zurück in den Speisesaal. Unsere Teller standen noch dort. Er sagte: «Da ist nichts» und meinte damit den alten Mann, aber ich dachte: ein Mann, ein alter Mann, und schon lief ein Film in meinem Kopf.

«Du musst ruhig sein», sagte mein Freund, «du musst alles ruhig tun, die Gedanken ruhig im Kopf führen.»

Er ermahnte mich jetzt, mir nichts vorzustellen, und lachte mich aus, als ich ihm sagte, was ich mir vorstellte, und ich lachte mich selbst aus und fasste nach den Tischkanten und wäre am liebsten irgendeinen Kirchturm hinabgesprungen, nur um diesen Bildern zu entkommen.

«Du bleibst hier», sagte mein Freund.

Er würde in der Zwischenzeit noch einmal nachfragen, der Name des Mannes müsse registriert sein, sagte er. Ihm gelinge das besser als mir, «die Höflichkeit», sagte er, «die Geduld ist es, die solche Geheimnisse freilegt.» Aber ich sah genau, dass seine Finger, noch während er diesen Satz aussprach, zu einem 100-Euro-Schein in seiner Hemdtasche glitten. Er sagte: «Wir finden den Mann.»

Der Speisesaal hatte sich mittlerweile etwas gefüllt. Ich erkannte einige der Österreicher, die abends zuvor mit mir im Keller gesessen waren. An der Theke saß auch der Rothaarige, und neben ihm ein blonder Bub von etwa elf Jahren mit hübschem Gesicht, der auf ein weißes Zeichenblatt malte. Der Rothaarige war in eine Zeitung vertieft, aus der er nur ab und zu zufrieden zu dem Jungen aufsah. Ich hätte aufstehen und ihm die Hand geben wollen, ich hätte ihn wieder auf seine Komposition ansprechen können, sie noch einmal hören.

Ich versuchte mich an die Melodie zu erinnern, aber es gelang mir nicht, die Vierteltonintervalle in meinem Kopf zu setzen. Ich sah, dass der Rothaarige mit seinem Strohhut auf die Tischkante klopfte, wie das Schlagen eines Pendels, nein, wie ein Metronom, dachte ich. Er klopfte das Metrum mit diesem Strohhut, und als ich das dachte, hörte ich auch die Melodie seiner Komposition. Er spielte sie dem Jungen vor. Der Junge malte, den Kopf ab und zu wie ein Taucher über die Wasseroberfläche hebend, bevor er sich wieder in seine Zeichnung hineinstürzte.

Durch die Fenster fiel jetzt warmes, grelles Morgenlicht. Ich zog mein Handy aus der Tasche und dachte: Jetzt wirst du dich lächerlich machen.

«Ich weiß, wo du bist», schrieb ich, aber zum Glück löschte ich das wieder, ohne es abzuschicken. Aber gleich darauf beschimpfte ich Ina und war weinerlich, ich flehte sie an, schrieb von sexueller Gier, dann wieder in Heuchelei über das Kind, das ich zum ersten Mal *unseres* nannte, *unser Kind: Wo hast du unser Kind hingebracht?* Es war beschämend, und ich war jedes Mal erleichtert, wenn ich es geschafft hatte, eine solche Botschaft wieder zu löschen, ohne sie abzuschicken.

Aus einer Laune heraus bestellte ich eine Flasche Weißwein, die die Kellnerin mir kommentarlos neben die Kaffeekanne stellte. Der Gedanke, Weißwein zu trinken und dabei die Komposition des Rothaarigen zu hören, besänftigte mich. Ich schenkte ein und sah mich nach meinem Freund um, der im Gespräch mit der Rezeptionistin seinen Hintern mal in die eine, dann in die andere Richtung drückte.

Ich folgte den Intervallen, der Erstaunlichkeit der Mikrotonalität, die nur im ersten Augenblick an missgestimmte Saiten denken ließ. Der Rothaarige ließ dasselbe Stück wieder und wieder vor dem zeichnenden Jungen ablaufen, ich erkannte ein Motiv, das sich gegen Ende verdichtete und schließlich beidhändig aus dem Kontraoktavbereich über die Klaviatur nach oben rauschte.

Die meisten Gäste gingen nach dem Frühstück gleich wieder in ihre Zimmer. Sie aßen, wischten sich den Mund, stürzten noch im Stehen eine zweite Tasse Kaffee hinunter und ließen die Stühle beim Aufstehen nach hinten kippen: junge Familien mit Kindern, deren grelle Regenjacken darauf hindeuteten, dass sie zum Wandern hierhergekommen waren, ältere Paare. Immer wieder begann ich SMS an Ina zu schreiben, aber ermahnte mich, sie nicht abzuschicken. Nichts von Liebe, dachte ich, du darfst ihr nichts von Liebe schreiben, und löschte und dachte dann: nichts von Eifersucht und löschte auch das wieder.

Ich blickte zur Rezeption und stellte fest, dass mein Freund verschwunden war.

Nach dem dritten oder vierten Glas schlitterte eine Brille über den Boden neben mir. Eine Hand hob sie auf.

Ich blickte hoch.

Ein alter Mann sprach leise, aber eindringlich mit einer Frau. Wie sie sich das vorstelle?, fragte er.

Der Mann bückte sich, setzte sich die Brille auf. Die beiden saßen am Tisch hinter mir. Ich hatte sie nicht bemerkt. Der Raum hatte sich geleert, die Buffettische waren schon geräumt, stellte ich fest, die letzten Frühstücksgäste verschwunden. Auch der Rothaarige und der Junge waren fort.

Ich trank und legte das Handy nicht aus der Hand. Ich löschte Fotos, die ich vor Monaten gemacht hatte: ein Storch, der letztes Frühjahr auf unserem Hausdach gelandet war, Ina auf einer Sandbank auf Teneriffa, über ein Buch gebeugt, ich sah mir noch einmal das Video von dem hüpfenden Embryo an, bevor ich auch das löschte. Eine Aufnahme zeigte Ina nackt auf unserer Couch, ihre Haut im orangenen Licht der einfallenden Herbstsonne.

Ich trank zu viel und zu schnell.

«Ich weiß nicht, was du erwartest», sagte der Mann am Nebentisch. «Es ist alles kaputt!»

Ich hörte ihn jetzt plötzlich wieder ganz deutlich. Immer trat zwischen seine Sätze eine Stille, die nur vom Zittern der Kühlschränke hinter der Schanktür unterbrochen war, von leisen Schritten aus dem Foyer. «Eine Ruine», sagte der Mann. Er suchte nach etwas in den Taschen seines Mantels, fand nichts. «Aber wenn du willst, bringe ich dich hin. Du wirst das Haus sehen, du wirst es sehen, heute Nachmittag! Ich bringe dich dorthin! Ich will, dass es dir gutgeht», sagte der Mann, und dann sagte er: «Entsetzlich!» Immer wieder sagte er jetzt nur dieses eine Wort, das er auf eine Weise aussprach, die mich aus meinem Weinglas herauszog, «das ist alles entsetzlich», sagte der Mann, manchmal auch: «Das ist alles nur noch entsetzlich» oder einfach nur: «Entsetzlich!»

Es war auch die Geste, mit der er ihre Hand streichelte, die mich aufmerken ließ. Ich betrachtete es aus den Augenwinkeln und schließlich drehte ich mich ganz nach den beiden um und wusste plötzlich, dass ich jetzt erschrecken musste. Aber wie die morgendliche Erinnerung an einen Traum, den man erst im Laufe der ersten Wachsekunden wieder zu fassen bekommt, war da noch nichts.

Und dann geschah es. Das Baby schrie. Sie stand als Erste auf, drückte es an ihre Brust. Sie schüttelte den Kopf, lachte und hielt es ihm hin, als wollte sie sagen: Was ist das nur? Was soll ich damit?

Auch er stand auf und rückte die Stühle zurecht. Ganz langsam ging das vor sich. Der Mann zog seinen Mantel von der Lehne, «frierst du?», fragte er und sie gab keine Antwort. «Du wirst vielleicht noch frieren», sagte er. «Bis in den Juni hinein ist es kalt hier auf dem Pezinská Baba», sagte er, «dieses Haus da oben: eiskalt». Sie ließ sich von ihm voranschieben, und dabei senkte sie den Kopf wie in eine Flüssigkeit hinein. Sie küsste das Baby, das nicht aufhörte zu schreien.

Ich kann heute nicht mehr verstehen, warum ich nicht reagierte, denn ich wusste, ich hätte ihnen jetzt entgegentreten müssen. Und das sagte ich mir auch damals schon. Nach allem, was du gesehen hast, sagte ich mir, musst du ihnen jetzt entgegentreten, aber stattdessen drückte mich die Verwunderung nur weiter in dieses Weinglas hinein. Ich liebte dieses Bild, wie sie das Kind an sich drückte und ganz plötzlich über eine Bemerkung des Mannes auflachte. Ich führte nur das Glas an die Lippen, um mir das anzusehen.

Meine Frau mit einem anderen Mann – das war auch interessant.

Durch das Fenster sah ich die beiden dann auf den Parkplatz hinaustreten. Sie hatten mich nicht bemerkt. Der Mann stieg zuerst in den Wagen, ein klappriger grüner Lada, dessen Lichter flackernd angingen. Der Motor sprang an. Ina saß vorne und hielt das Baby auf ihrem Schoß, um ihm etwas zuzuflüstern. Das war es also, dachte ich: das Geräusch der zuschlagenden Wagentüren, von dem die Rezeptionistin gesprochen hatte, das Knirschen der Reifen im feuchten Schotter.

Es war schön, Ina zu sehen.

Elf

Ich ging an die Rezeption, aber dort war mein Freund nicht. Auch die Rezeptionistin war nicht mehr da.

Ich stieg in mein Zimmer hoch. Ich rief ihn an. Er hob nicht ab. Womöglich hatte er das Angebot doch noch erhalten, dachte ich.

Mein Blick fiel über die Hefte der Kinder, die ich am Abend zuvor korrigiert hatte, dann auf die Notenblätter.

Das Geräusch eines startenden Motors zog mich ans Fenster, aber natürlich war das nicht der alte Mann oder mein Freund.

Ich wusste nicht weiter. Den Rucksack um eine Schulter gehängt, blieb ich am Fenster stehen. Der Sturm vor ein paar Tagen hatte Erdschlieren auf den Schindeldächern hinterlassen, die in den letzten Tagen zu merkwürdigen Mustern eingetrocknet waren. Eine enge Gasse führte zwischen den Häuserfronten zu einem Marktplatz, auf dem Männer große Planen von ihren LKW abspannten. Die Sonne warf etwas Licht auf das Kopfsteinpflaster. Ich öffnete das Fenster, beugte mich heraus.

Ein Mann stand dort zwischen zwei Marktständen gegenüber der Kirche und rauchte, und im ersten Moment dachte ich, es sei der Mann, den ich eben mit Ina beim Frühstück gesehen hatte. Aber natürlich irrte ich mich.

Der Mann drückte seine Zigarettenkippe in einem Blumenkasten aus, er winkte einen vorüberziehenden LKW vorbei, bevor er den Marktplatz überquerte. Er trug ganz gewöhnliche Kleidung, eine blaue Windjacke, die er bis unters Kinn zugezippt hatte, aber die Art, wie man ihn grüßte, ließ mich sofort denken, dass es sich nur um den Pfarrer handeln konnte.

Etwa auf der Hälfte des Weges zur Kirche bemerkte er mich. Er hob die Hand nach mir. Es war kein Winken. Pass auf!, hieß seine Geste, pass auf, sonst fällst du noch aus deinem Luxushotel, du armer Idiot!

Es war kurz nach sieben, als ich das Hotel verließ.

Ein LKW fuhr dicht an mir vorbei und reversierte dann in den Hintereingang eines Lebensmittelgeschäftes, eine Frau trug Obststeigen heraus, Säcke mit Zwiebeln, und ein Mann, der Eis aus einer Kiste auf die Straße geschüttet hatte, blickte zu mir hoch, als ich vorüberlief. Rollbalken ratterten hoch, ein Schulbus zog am Bewässerungskanal entlang.

Frauen in Kopftüchern nickten mir grüßend zu, eine sprach mich an und lachte, als ich ihr ein Zeichen machte, dass ich sie nicht verstünde. Es waren Bauern aus der Umgebung, die hier neben asiatischen Kleiderhändlern ihre Erdäpfel verkauften. Sofort dachte ich daran, Skizzen der Szene zu machen, ich kaufte Schokolade und zwei Birnen aus der Hand einer jungen Slowakin, steckte sie ein, ich ließ den Rucksack von der Schulter rutschen, um die Kohlestifte herauszusuchen, als vom nahen Kirchturm die Glocken die Messe einläuteten.

Eine von Bachs Toccaten saugte die Menschen durch die offenstehenden unverzierten Holztüren ins Gebäude. Jetzt erst sah ich die Frakturinschriften am Turm: *Eine feste Burg ist unser Gott* stand dort tatsächlich auf Deutsch, und sofort erinnerte ich mich an Inas Erzählung, dass im Inneren hunderte Male der Name Steiner in eine Marmorplatte eingemeißelt sei.

Ich packte alles wieder ein und ließ mich nun selbst von der Orgel durch die schweren Holztüren in die Kirchenbänke ziehen. Beidseitig des Kirchenschiffs waren die Wände mit Baugerüsten verstellt, von einer Marmorplatte und Steiner'schen Namen war nichts zu sehen. Nur der Altar stand frei – es war aber nicht mehr als ein einfacher Tisch, über den ein weißes, mit einem blauen Fischsymbol besticktes Tischtuch geworfen war, die Stufe, an der die Gläubigen ihre Hostien empfingen, war mit einfachen Plüschkissen belegt.

Ich nahm auf einer der hinteren Bänke Platz, fröstelnd rieb ich die Hände aneinander und drehte mich dann in Erwartung einer breiten Kirchenorgel um, aber anstelle der Pfeifen saß nur eine junge Frau an einem einfachen elektronischen Keyboard.

Ich hatte nie zuvor eine Messe besucht, und natürlich verstand ich nicht, was der Pfarrer sagte, als er mahnend an seinem Altar hin und her lief, aber wenn die Orgel einsetzte, schlug ich das Liederbuch auf und folgte den slowakischen Worten der bekannten Melodien, die über den Staub und den Geruch von Mörtel und Zement hinweg ertönten. Jetzt spürte ich auch den Alkohol und folgte mit halbgeschlossenen Lidern den Präludien und Gebeten, die von der Gemeinde im Dialog mit dem Pfarrer gesprochen wurden. Ich hörte, wie der Pfarrer aus der Bibel vorlas und wie er mit brüchiger Stimme die ersten Takte durch das Mikrofon vorgab, bevor die Gemeinde ihm respondierte.

Obwohl ich es nicht vorgehabt hatte, stand ich auf, als man vorne die Hostien verteilte, und ging an den Altar, kniete mich auf eines der Kissen und ließ mir von den stark nach Zigaretten riechenden Fingern des Pfarrers ein Brotstück in den Mund schieben. Auch von dem Wein trank ich und ließ mich segnen und dachte daran, was Ina über ihren

Glauben gesagt hatte und wie sie sich etwas vorstellte, das groß war und stark, und ich war plötzlich ganz sicher, dass es mir nie möglich sein würde, an irgendetwas zu glauben.

Nach der Messe wartete ich draußen am Tor. Ich wollte den Pfarrer nach Steiner fragen, nach den eingemeißelten Namen, vor allem aber wollte ich ihn fragen, ob er wusste, wo Steiner gelebt hatte, denn ich war mittlerweile davon überzeugt, Ina sei mit dem Alten im Lada an die Ruine herangefahren. Ich studierte die Aushänge für Passacaglien und Seelsorgedienste im Vorschiff der Kirche, Bach und Monteverdi, ich überquerte die Straße, um erneut die deutsche Inschrift von der *festen Burg* lesen zu können, die – wie ich jetzt sah – auch auf Slowakisch an den Turm gemalt worden war, darunter das Datum des Kirchenbaus: *1802*.

Der Pfarrer kam nicht.

Nach einer Viertelstunde zog ich das Handy heraus und stellte den Ton wieder an, entrüstet darüber, nichts empfangen zu haben. Mit dem Handy in der Hand lief ich einige Schritte zwischen Beeten, deren rosa und blaue Blüten hell in der Sonne leuchteten, hindurch, vorbei an steinernen Heiligenfiguren und Grabplatten verstorbener slowakischer Kleriker, und bis an den Friedhof, dessen hinterer Teil – wie ich über die Friedhofsmauern erkennen konnte – stark überwuchert war. Der Anblick gefiel mir. Ich wollte dort zwischen den verwilderten Gräbern Schokolade und Birnen essen und auf den Pfarrer warten.

Ich hatte Hoffnung. Nichts war verloren, sagte ich mir, als ich das Friedhofstor aufschob und zwischen den neueren Gräbern aus den 70er und 80er Jahren hindurchlief, die zwei Birnen und die Tafel mit Schokolade in der Hand, von denen ich immer noch nichts gegessen hatte. Ein frisches Grab mit Blumenschleifen fiel mir auf, eine slowakische Inschrift, einige Schritte weiter lehnte der Sargversenker an der Mauer, die Gurte von frischer, feuchter Erde beklebt.

Ich bemerkte jetzt auch wieder eine Katze, die im Schlaf die Pfoten nach den sonnigen Grasbüscheln streckte. Ich hockte mich vor sie hin. Das Bild stimmte mich glücklich.

Ich war in Gedanken an Ina bis in den hinteren Teil des Friedhofes gegangen und dann durch ein Tor, das in der Erde eingerastet war und sich nur schwer aufdrücken ließ. Zwei Grabreihen zogen sich weiter einen sanften Hügel hinauf. Der Geruch von Holunder, der in großen Sträuchern die Grabreihen umrankte, stieg mir in die Nase. Knöchelhoch wuchs hier das Unkraut zwischen den Gräbern, eine zerbrochene Frauenfigur beugte sich weinend über einen Toten. In deutscher Sprache plötzlich die Buchstaben: *Mutter, siehe deinen Sohn, Sohn, siehe deine Mutter!* Der Ausdruck im Gesicht der Frau zeigte den Augenblick des Erkennens, noch kein Schrei, nur das ungläubige Starren der Augen, erst in der Sekunde danach würde der laute Schmerz einsetzen.

Beim Anblick der deutschen Inschrift fragte ich mich, ob Ina hier gewesen war und die Gruft der Steiners gesucht hatte. Ich überlegte, wo sie entlanggegangen war. Wie mich, sagte ich mir, zieht sie dieser oder jener Grabstein an, den Engel mit dem gezogenen Schwert wird sie sich ansehen, sagte ich mir, die auf die Grabplatte herabgesunkene Frauenfigur im Nachtkleid.

Ich passierte nun auch Gräber mit ungarischen Inschriften, Soldatenfotos, die in die verwitterten Sockel eingearbeitet worden waren, von Unkraut fast vollständig verschluckt, verrostete Grabzäune. Dann wieder deutsche Inschriften: *Es schweigt der Sturm, du bist im Hafen, vorüber ist des Leidens Nacht. Du hast gekämpft und bist entschlafen, dein Gott hat dich zur Ruh' gebracht.* Neben schmucklosen Gräbern, die allein mit Blechkreuzen markiert worden waren, stachen mir jetzt auch gewaltige Gebilde aus weißem Marmor ins Auge, wie ich sie sonst nur in Südeuropa gesehen hatte. Ich blickte in zahllose im Ausdruck der Fassungslosigkeit aufgerissene Augenpaare, auf vor Schmerz gesenkte Häupter, zwischen denen Amseln hüpften.

In einem Glaskasten lag die Nachbildung eines Leichnams: ein Mann im langen Mantel – dieselbe Musterung hatte ich auf der Tracht in Steiners Totenzimmer gesehen. Verkrümmt wie in unruhigem Traum hatte der Sterbende den Unterarm an die Stirn gezogen, das Gesicht mit den zusammengekniffenen Augen halb vom Stoff verdeckt. Es sah aus, als wolle er etwas abwehren, was ganz plötzlich über ihn gekommen war.

Gleichermaßen fasziniert wie erschrocken von dem Anblick dieses Mannes, stellte ich fest, dass die Gesichtszüge mit größter Genauigkeit angefertigt worden waren, der Ausdruck eines Unwillens, ein ungläubiges Aufwachen in einen Albtraum, dachte ich. Dann schrak ich zurück.

Neben dem Kopf des Mannes lag eine Katze und starrte mich an. Der Anblick kam so überraschend, dass ich im ersten Moment tatsächlich dachte, man hätte also auch die Katze dieses Mannes nachgebildet. Aber das Tier hob jetzt den Kopf und blinzelte. Sie hatte sich im lichtdurchfluteten Glaskasten niedergelegt und war wohl durch meine Selbstgespräche aufgewacht.

Sie sprang hoch und schlug sich den Kopf an der Glasdecke. Sie sprang noch einmal, sah mich an und hatte Angst, und wieder schlug sie sich den Kopf, bevor sie endlich durch eine zerbrochene Glasscheibe, die ich zuerst nicht bemerkt hatte, flüchten konnte.

Wacholderbüsche, wilder Wein und blühender Holunder schlossen diesen Teil des Friedhofes blickdicht nach allen Seiten ab, und abseits vom Summen der Insekten und Blätterrauschen schienen auch kaum Geräusche bis hierher durchzudringen.

Und dann fiel mir noch etwas auf: die Vielzahl von Katzen.

Der ganze hintere Teil des Friedhofes war von Generationen von Katzen bevölkert: zehn, elf, zwölf, nach der fünfzehnten hörte ich zu zählen auf. Sie hatten sich zwischen die von Brennnesseln und Schafgarbe überwucherten Grabsteine zurückgezogen, eine einäugige Katze mit schwarzem Fell huschte unter dem halb ins weiche Erdreich eingesunkenen Grabstein hervor, hinter den aufgebrochenen Toren einer Familiengruft saßen gleich vier Wildkatzen nebeneinander auf einer Grabplatte und drehten die buschigen Köpfe nach mir.

Der Weg war an dieser Stelle so stark von Gestrüpp überwuchert, dass ich über eine Reihe von Grabplatten zu gehen hatte, die selbst kaum mehr unter dem Efeu erkennbar waren. Das Rascheln von Nagetieren, die unter meinen Schritten davonsprangen, gab mir zu verstehen, dass hier wohl schon lange niemand mehr gegangen war.

Ich kletterte über eine eingestürzte Friedhofsmauer und stapfte einige Zeit durch kniehohes Gestrüpp.

Hohe, von Efeu fast vollständig umrankte Stelen flankierten das, was einst ein Weg gewesen war. In Stein gemeißelte Berufe der Toten: *Polizeikomissär* las ich, *Bürger und Fleischhauer, Pfarrer der evangelisch-deutschen Gemeinde, bürgerlicher Weingärtner, diplomierter Apotheker.* Der Weg führte weiter auf einen Platz, der fast vollständig im Schatten lag. Die Zweige gewaltiger Bäume hatten sich hier zu einem düsteren Dach ausgewachsen. Ein hoher Gedenkstein erinnerte an die gefallenen *Helden des Weltkrieges.*

Ich drängte einige weit aus der ursprünglichen Heckenform herausgewachsene Ligusterzweige zurück und stand dann vor der Gestalt eines Babys. Mit der Haltung eines Erwachsenen hatte es den Kopf ein Stück angehoben, zwei winzige Hände am Sarg abgestützt, die Augen vorwurfsvoll, auch nachdenklich aufgerissen: *Ein Kind unter einem Stein, nun Herr, was soll mich jetzt noch trösten?*

Ein paar Gräber weiter tanzten ein Mann und eine Frau auf einem Grab, er in der Galauniform der slowakischen SS, die mir noch von einem Foto aus dem sogenannten Heimatverein in unangenehmer Erinnerung war – sogar die Kragenspiegel waren ausgemeißelt worden –, sie mit ondulierter Frisur. Sie reichten einander lächelnd über dem gemeinsamen Grab die Hand. Er war einen Schritt zwischen ihre Füße getreten, im Schwung bauschte sich ihr Kleid. Sie trug auch tatsächlich ein Hochzeitskleid, sah ich jetzt, und jene Haube, die der Bräutigam – wie Ina mir erzählt hatte – am Hochzeitstag nach dem ersten Tanz seiner Braut auf den Kopf setzte. Sie lächelten, und nichts anderes als Entsetzen lag in diesem Lächeln. Bei einem Bombenangriff auf die Ölraffinerie in *Pressburg* waren beide 1944 gleichzeitig ums Leben gekommen, entnahm ich der Inschrift. Und endlich sah ich, was ich, ohne mir darüber vollständig bewusst zu sein, die ganze Zeit gesucht hatte: *Steiner.*

Die Sonne fiel jetzt heiß auf das Gras, eine plötzliche Müdigkeit ließ mich im Schatten eines Baumes Platz nehmen. Einige Wurzeln hatten die Grabplatte, auf der ich saß, durchstoßen und gebrochen. Es war warm, und ich genoss den Anblick der Katzen, die träge in der Sonne zwischen den Toten entlangschlichen und sich immer wieder nach mir umblickten. Ich brach die Schokolade auf und war sofort von fünf klagenden Katzen umringt, die abwechselnd von dem Stück Schokolade, das ich neben mich auf einen Grabstein gelegt hatte, leckten. Nur eine ließ sich streicheln, die anderen waren die Nähe von Menschen ungewohnt und zuckten zurück, sobald man die Hand ausstreckte.

«Steiner», sagte ich laut. Es war der Name Inas, die ich liebte, aber es war mir doch ein verstörender, ein unangenehmer Name geworden, dachte ich, und ich wusste, dass der Name auch Ina selbst bisweilen verstörend und unangenehm erschien. Ich erinnerte mich an eine Aussage, sie habe Verwandten, die sie als Kind geliebt hatte, als Erwachsene *nicht einen einzigen Blick schenken* wollen, und ich verstand erst jetzt, dass sie damit deren politische Welterklärungsformeln gemeint haben mochte, die nicht weit von der ihrer Großmutter ankerten. «Steiner», sagte ich und hatte damit auch eine Katze verscheucht, und ich blickte noch einmal auf die doch nur geschmacklose Darstellung der zerbombten Tänzer vor mir und steckte mir das letzte Stück Birne in den Mund, stand auf und trat auf eine der fast vollständig mit Efeu überwachsenen Grüften dahinter zu und bis an die von der Gewalt des Astes aufgebogenen Tore. Ich zögerte und drehte mich einmal nach den Katzen um, die sich über den Rest meiner Schokolade, die ich liegen gelassen hatte, hermachten, und trat dann hindurch und las die Namen auf den horizontal in die Wandnischen geschobenen Särgen: ein Mann und seine Frau, zwei Söhne, die im *Weltkrieg* gefallen waren, ein früh verstorbenes Kind, eine junge Tote.

Ich hatte Recht behalten. Auf jeder Platte, die die Sargnischen abdeckte, derselbe Name: *Steiner*.

Ich hatte die beiden Vornamen der getöteten Tänzer notiert und ihr Geburtsdatum und auch das jenes Babys, dessen Blick ich nicht ertragen konnte, aber schon nach wenigen Schritten, die mich wie auf der

Flucht von der Steiner'schen Gruft wegführten, gab ich das Vorhaben, den Pfarrer auch danach zu befragen, wieder auf.

Ich hörte das Geschrei zweier Katzen, die irgendwo im Gebüsch kämpften, ein Hase, den ich aufgescheucht hatte, sprang über zwei Grabplatten und zitterte später in einem Nest aus sonnigem Gras an einem Eisentor. Und dann, in einem Teil des Friedhofes, der weniger überwuchert war, plötzlich ein neuer Grabstein aus dem Jahre 2002: *In der Heimat den Frieden gefunden* stand dort, zwei, drei weitere sogenannte Zurückgekehrte: *In der alten Heimat ein Fremder geblieben.*

Ich ließ den Zettel mit dem Namen des Babys einfach zwischen die Grabreihen flattern und sah zu, wie ein Windstoß ihn ins Gebüsch fegte, und dachte, dass mich Inas Verwandte nichts angingen, nur sie selbst.

Ich ging zur Kirche zurück, aber das schwere Holztor war jetzt verschlossen. Die Frau am Marktstand, der ich zuvor die Birnen abgekauft hatte, bot mir jetzt Feigen zum Probieren an, aber ich lehnte ab und lachte, als sie mir ungefragt eine in die Tasche steckte.

Ich drehte mich um. Jemand klopfte mit dem Fingernagel gegen eine Scheibe. Auch die Frau mit den Feigen hatte sich herumgedreht.

Sie reckte den Kopf und fasste nach meiner Hand, um damit über ihren Obststand hinweg auf ein bestimmtes Fenster hinter dem Kirchhof zu deuten. Eine Hand lag dort auf einer fast zur Gänze beschlagenen Butzenscheibe und klopfte noch einmal, dann war sie verschwunden.

Es war ein altes Gasthaus, in dem eine junge Kellnerin Pizzaboxen mit dem Zeigefinger aufriss, um sie in einem Schnellbackofen aufzubacken. Durch die kleinen Fenster fiel nur wenig Licht, es roch muffig, nach feuchtem Holz und kaltem Rauch. Die Kellnerin zog eine Bierkiste unter der Theke hervor, und als sie aufstand, um einem Mann am Tresen zwei Flaschen zwischen die Fäuste zu stellen, sah ich die Aufschrift auf ihrem T-Shirt: *Working Slave 2.0.*

Bei meinem Eintreten hatten sich drei oder vier wässrige Augenpaare auf mich gerichtet. Ich erkannte einige Leute aus dem Seminar. Aber sie sprachen nicht über die Frauen, wie ich vorschnell angenommen hatte, sondern über das Wetter, über die Kälte, diese einzigartige Kälte hier im Tal, die in den Augäpfeln schmerzt, und dann ebenso plötzlich über die Stiefmütterchen auf den Beeten im Kirchhof gegenüber, die ihnen wie mir aufgefallen waren. Sie waren vom Frühstück direkt hierher gegangen und schienen die sieben Stunden bis zur Fortsetzung des Seminars hier unter den Flachbildschirmen verbringen zu wollen.

Ich musterte ihre Hände, die sich im Rhythmus ihres Lachens oder der Musik und dann einer Erzählung von einem Wetterumschwung, der einen das Leben kosten konnte, bewegten. Die Hand, die ich zuvor an einer der Butzenscheiben gesehen hatte, gehörte nicht dazu.

Ich schlug das Angebot aus, mich zu ihnen zu setzen, «später», rief ich. «Ich suche jemanden.»

«Wen?», fragten sie.

Aber noch bevor ich antworten konnte, hörte ich wieder das Geräusch, das Tippen eines Fingernagels gegen die Butzenscheibe, oder war es doch mehr ein Kratzen?, und ich drehte mich um und sah den Pfarrer, der auf einer Holzbank tief in einen von den Lampen gänzlich ausgesparten Winkel des Gasthauses hineingerutscht war. Er nickte mir zu und zog die Hand von der Scheibe. Ja, ich bin es, deutete er mir an, der geklopft hat, gekratzt hat. Er trug einen Wollpullover mit Norwegermuster, eine Packung zerbeulter Zigaretten lag vor ihm auf der Tischfläche.

Es dauerte, bis er von der engen Holzbank herausgekrochen kam – ein alter, ein sehr alter Mann. Er gab mir die Hand, fasste meinen Ellenbogen.

«Sie sind doch Österreicher», sagte er sofort und auf Deutsch, aber in einem auffälligen Akzent, der mich an jemanden erinnerte, ich wusste aber nicht, an wen. Und dann hob er das Kinn ein Stück, das hieß: Setzen wir uns dort drüben ans Licht, unter die Lampe.

Ich erzählte ihm die ganze Geschichte von Ina und ihrem Großvater, von der schwierigen Geburt unserer Tochter, von der Wildsau an der

Grenze, wie wir auf die Fähre geklettert waren und Ina dort die Supermarkt-Rechnung gefunden hatte.

Er unterbrach mich nicht, fasste nur einmal nach den Hautlappen an seinem von weißen Bartstoppeln bewachsenen Hals.

Als die Kellnerin kam, bestellte ich eine Pizza mit Meeresfrüchten, allein, weil ich sehen wollte, wie sie den Karton mit ihrem Zeigefinger an einer Seite aufriss und die tiefgefrorene Pizza in den Backofen schob.

«Steiner», sagte der Pfarrer sofort, als ich geendet hatte. Immer noch berührte mich sein Finger, auch wenn seine Hände ruhig waren, so hatte er doch seinen Zeigefinger auf meinem Ellenbogen liegen gelassen. Und es fiel auch ihm jetzt auf und er hob den Kopf und sah mich an und sagte: «Sprechen Sie weiter», und wieder erinnerte mich der Dialekt an jemanden.

«Ich habe längere Zeit nicht mehr Deutsch gesprochen», versetzte er, ohne dass ich die Frage ausgesprochen hatte, «in der Schule gelernt», sagte er. Und er sah jetzt durch die fast vollständig beschlagene Butzenscheibe hinaus auf den Marktplatz. Mit dem Handrücken wischte er den Küchendampf, der sich als Fettschlieren abgesetzt hatte, von der Scheibe – das war das Geräusch, das Klopfen, das Kratzen. Er deutete irgendwohin nach draußen. «In einer Schule, die es nicht mehr gibt.»

Er senkte jetzt den Kopf wie in einer Erschöpfung, die schwere Gedanken verursachen. Sein Blick wanderte wieder zurück zu den speckigen schwarzen Holztischen, zwischen seine dort ausgestreckten Arme, als wäre dort irgendetwas. Für zehn oder fünfzehn Sekunden verharrte er so, aber als ich ihn noch einmal fragte, ob er etwas von Ina wisse, einer jungen Frau, hob er sofort den weiß behaarten Schädel und sagte: «Ina, ja!»

«Sie war bei Ihnen?»

«Ja, Ina», sagte er, «Ina Steiner.»

Es fiel mir auf, wie er diesen Namen Steiner aussprach – als würde es ihn dabei würgen.

«Ich habe gleich gewusst, wer Sie sind», sagte er, «schon, als ich Sie in Ihrem Hotelfenster gesehen habe. Und als ich Ihnen die Hostie in den Gaumen legte, dachte ich: Das ist der Mann dieser Steinertochter, der da vor dir kniet. Das ist er.»

«Natürlich kenne ich den Namen», fuhr er fort, «natürlich kenne ich Steiner», es klang jetzt so, als würde etwas sehr Schweres zu Boden fallen.

«Wissen Sie», sagte der Pfarrer und richtete jetzt den Blick scharf auf mich, «dieser Name bedeutet uns nichts Gutes. Steiner bedeutet uns nichts Gutes.»

Jeder im Dorf habe früher diesen Namen gekannt, dieser Name, sagte der Pfarrer, sei in seiner Kindheit der bekannteste gewesen. Steiner sei sehr arbeitsam gewesen, fleißig, sagte der Pfarrer und konnte dann nicht weitersprechen, denn hinter seinen Worten, so schien mir, lauerten Begriffe, die er nicht aussprechen wollte: der Begriff des Geizes, dachte ich, der Begriff des Leuteschinders. Jene Strenge, die mich schon auf dem Foto, das Ina mir im Gasthaus gezeigt hatte, bedrückt hatte und dessen Züge ich an schlechten Tagen auch in Inas Gesicht wahrzunehmen glaubte.

«Ich werde heuer dreiundachtzig», sagte der Pfarrer und lachte und sah mich an, als erwarte er, ich würde sagen, wie gut er sich gehalten habe. Er hatte sich aber nicht gut gehalten, stellte ich fest. Das Nikotin hatte die Wangen verfärbt, es lag ihm unter der Haut.

Ich zog das Foto jetzt aus der Tasche und legte es dem Pfarrer hin, und er nahm es, ließ es aber sofort wieder fallen und schob es zu mir zurück. Steck es lieber gleich wieder ein, hieß diese Geste. Es war ihm anzumerken, dass er etwas zurückhielt, was er hätte sagen wollen. Stattdessen sagte er nur: «Ja, das ist der Steiner.»

«Also gut», begann er jetzt wie von etwas Unausweichlichem, das er nun endlich hinter sich bringen wollte.

Er stand auf und zog mich fort. Er stieß die Tür auf, meine Andeutung, ich hätte noch für die Pizza zu bezahlen, wischte er mit einer Handbewegung weg. Später, hieß das, später.

Seine Windjacke, in die er seine Zigaretten gesteckt hatte, knisterte draußen im Wind.

Wir gingen über die Straße, da lag eine der Katzen in einem Betonrohr im Kanal und schlief. Der Wind wehte das Geräusch einer Fahrradklingel über die Straße. Die Helligkeit täuschte über die Kälte hinweg, die auch jetzt noch – es war fast Mittag – über dem Marktplatz lag.

«Ich zeige Ihnen den Namen», sagte der Pfarrer. «Ich zeige Ihnen den Steiner, so, wie ich ihn auch Ihrer Frau gezeigt habe.»

Auf dem kleinen Friedhof an der Kirche wuchsen Veilchen und die Stiefmütterchen, von denen die Österreicher im Gasthaus gesprochen hatten. «Kommen Sie», sagte der Pfarrer. Er hatte es jetzt eilig. «Kommen Sie!»

Er zog einen langen Schlüssel aus seinem Wanderrucksack, den er bei sich trug. Mir war das zuvor nicht aufgefallen, er hatte auch eine Thermosflasche um den Bauch gegürtet. Der Pfarrer hatte sich womöglich nur im Gasthaus für eine Wanderung stärken wollen, dachte ich, was hatte er dort gegessen? Mir fiel nichts ein. Er schüttelte nur den Kopf.

Ohne Orgelspiel war der Innenraum der Kirche nicht mehr als ein kleiner, schmuckloser Raum. Die Plastikfolie, mit der der Steinboden ausgekleidet war, fiel nun deutlicher auf, auch die Gerüste, die an den Seiten bis an die Decke ragten und von Bauplanen verdeckt waren, Kabelrollen und Eimer, der Geruch von Staub und Mörtel wie in einem Rohbau. «Bauarbeiten», sagte der Pfarrer nur. Es würde nun alles renoviert. Endlich sei das Geld vorhanden. «Die EU», sagte der Pfarrer. Auch einige Vereine hätten Geld gespendet, und ich fragte nicht näher, welche Vereine das waren.

Er ging mit mir an den Kirchenbänken vorbei und an der linken Seite unter den von Bauplanen fast gänzlich verdeckten Mosaikfenstern bis an den Altar und blieb dort stehen. Man sah jetzt: Es war tatsächlich nur ein einfacher Tisch mit einem übergeworfenen Tuch, ein paar der Ikeakissen, auf denen wir noch vor einer halben Stunde für die Hostien gekniet waren, lagen noch vor dem Altar, in einer einfachen Kommode bemerkte ich auch den Messwein, Servietten, angebrochene Packungen mit Oblaten, Plastikbecher und ein paar Geschirrtücher.

«Hier», sagte der Pfarrer, «hier haben Sie Ihren Steiner.»

Er bückte sich und zog dann ein Stück Bauplane zur Seite.

Auf einer Fläche von etwa zehn Quadratmetern waren bis an die schmale, schmucklose Kuppel Namen in eine schwarze Marmorplatte gemeißelt worden. Steiner, las ich, überall Steiner. Schon 1802, mit dem Bau der Kirche, habe das begonnen, erklärte der Pfarrer, die Steiners hätten sich mit ihrem Geld auf diese Wand hinaufgespendet: unzählige Johannes Steiners, Markus Steiners, Matthias Steiners, Lukas Steiners, immer wieder die gleichen biblischen Vornamen.

«Keine Frauen?», fragte ich.

Der Blick, der mich traf, zeigte mir, dass der Pfarrer das für eine ganz dumme Frage hielt. Er schüttelte aber nur den Kopf und deutete dann auf zwei der Namen, die sich direkt über seinem Kopf in der von Bohrstaub beschmutzten Marmorplatte befanden. Dieser oder jener Urgroßonkel oder Urgroßvater oder Großvetter sei im Ersten Weltkrieg gefallen, einem anderen sei im *Pressburger* Bahnhof von einer einfahrenden Lokomotive der Fuß abgetrennt worden. Ich wusste: Im gleichen Tonfall eines Fremdenführers hatte der Pfarrer auch Ina das erzählt.

«Wann war Ina hier?», fragte ich.

«Gestern», sagte er.

Und dann bückte er sich hinab zum letzten Namen, der auf der Höhe seiner Knie in die Platte gemeißelt worden war, und sagte: «Und hier haben Sie Ihren Steiner.»

Es war ein Name, auf den man früher überall hier im Dorf gestoßen war, ein Name, der früher dieses Dorf ausgemacht hatte, sagte der Pfarrer, «aber Ihr Steiner», sagte der Pfarrer und deutete auf den letzten in den Marmor geschlagenen Namen, «war kein guter Mensch», und schwieg dann wie in Ärger darüber, dass er es nun doch ausgesprochen hatte. Ein schmuckloses Holzkreuz hing ganz in der Nähe an der Wand, ich hätte Lust gehabt, es zu berühren. Der Pfarrer, der mich beobachtete, sagte: «Ein fleißiger Bauer, Ihr Steiner, und sparsam: Wenn etwas billig zu kaufen war, kaufte er es.»

Er machte aber gleich eine Handbewegung, die mir andeutete, er würde nicht näher auf diese scheinbar banale Feststellung eingehen. Es irritierte mich, wie er das gesagt hatte.

Wir traten jetzt hinaus auf den Kirchhof, der Beton hatte sich in der Sonne endlich etwas aufgewärmt. Von hier aus ahnte man tatsächlich nichts von der Größe des Friedhofes, man hätte die deutschen Gräber jahrzehntelang übersehen können, dachte ich, und dann dachte ich, dass man sie wohl tatsächlich so lange übersehen hatte.

«Ich zeige Ihnen noch etwas», sagte der Pfarrer. «Kommen Sie!»

Immer wieder sah er nun zu mir zurück, ob ich ihm wohl folgte, und ließ mich dann ein Stück auf den Steinplatten, die an der Kirche vorbeiführten, vorausgehen. Er nickte mir zu, wenn sich unsere Blicke trafen, in einen Gedanken hineinsinkend, von dem ich ahnte, er habe etwas mit diesem letzten Satz über Steiners Kaufbereitschaft zu tun.

Der Duft von blühenden Veilchen lag in der scharfen, kalten Winterluft, auch Krokusse brachen durch die Erde in den Beeten. Auf der Straße hörte man einen Pritschenwagen vorbeifahren, der Geruch von verbranntem Diesel und überreifen Äpfeln ließ mich kurz stehen bleiben, das Geräusch hochfahrender Rollläden, das Quietschen der Kurbeln und immer wieder einzelne durch die Gassen gerufene Silben, Lachen, das Zusammenstoßen von Gläsern. Es war jetzt elf Uhr, dachte ich und Ina war seit mehr als drei Stunden mit dem alten Mann verschwunden.

Am Eingang eines Häuschens an der Rückseite der Kirche lagen mehrere Schuhe auf einem Schuhabstreifer. Das war das Haus des Pfarrers. Er drückte die Tür auf, sie war unversperrt, und streifte die Schuhe von den Füßen, und noch bevor er eintrat, drehte er sich streng nach mir um, streckte den Finger aus und hieß mich, es ihm gleichzutun.

In Socken betraten wir eine Wohnküche, die mit billigen Pressspanholzmöbeln eingerichtet war. Sofort schlug mir jener Geruch entgegen, den ich zuletzt in den Altersheimen gerochen hatte: jene Mischung aus Malzkaffee und medizinischer Seife, Waschmittel, fetten Hautcremes.

Beim Eintreten wurde mir bewusst, dass ich einer weiteren irren

Hoffnung erlegen war, nämlich jener, dass Ina hier in der Wohnung des Pfarrers auf uns gewartet hätte.

«Ich suche Ina», sagte ich dem Pfarrer, der die Windjacke ausgezogen und über die Lehne eines wackeligen Holzstuhls gehängt hatte.

«Ja, das haben Sie gesagt.»

Obwohl ich ihn mehrmals gebeten hatte, es nicht zu tun, befüllte er den Filter einer Kaffeemaschine. In einer mir unverständlichen Geschäftigkeit betonte er, es sei nichts hier, was er mir zu essen anbieten könne, bis ihm schließlich doch etwas einfiel und er – während ich an einem Küchentisch aus weißem Kunststoff Platz nahm – für mehrere Minuten in einem Treppenabgang verschwand. Mit einem gefrorenen Plastikbeutel, den er offensichtlich aus einer Tiefkühltruhe im Keller geholt hatte, kehrte er zurück. «Weihnachtsbäckerei», sagte er. Ich konnte ihn nicht davon abbringen, sie in der Mikrowelle aufzutauen.

Während die Sekunden auf dem Gerät abliefen, sahen wir einander nur an, bis ich seinen Blick, der etwas Durchdringendes hatte, nicht mehr aushielt und aufstand und einige Schritte an der Vitrine entlangging.

«Ihre Frau hat mir schon letzte Woche geschrieben», sagte der Pfarrer. Es gefiel mir nicht, wie er mich beobachtete. «Es ist ihr sehr wichtig», sagte er. «Und ich will Ihnen sagen, was ich ihr gesagt habe.»

Er winkte mich jetzt an einen älteren Sockel-PC auf einem der vor zwanzig Jahren üblichen Computertische heran. Er schaltete einen kleinen Röhrenmonitor an, der sofort heftig flimmerte und mir bewusst machte, mit welcher Selbstverständlichkeit man früher stundenlang in ein solches Flimmern hineingeblickt hatte. Ein großer, alter Scanner mit abgebrochenem Deckel stand neben einer Reihe alter, in Leder gebundener Bücher. Noch bevor ich fragen konnte, sagte er nur das Wort: «Kirchenbücher.»

Alle Unterlagen scanne er ein, sagte der Pfarrer, für die Nachwelt, denn er werde ja bald sterben, und dann sei da nichts mehr.

«Ich habe auch etwas geschrieben über die Zeit früher» –, eine Chronik von Limbach, angefangen mit dem Mongolenangriff der *Goldenen Horde* im Jahre 1241, dem fast alle Einwohner zum Opfer gefallen waren. Um die Angriffe einzudämmen, sei der damalige ungarische König Bela IV. auf die Idee gekommen, deutsche Siedler ins Land einzuladen und ihnen weitreichende Rechte zuzugestehen.

«Wo ist diese Chronik?», fragte ich.

Ich hatte den Teller mit den Vanillekipferln zum Computer mitgenommen und hielt ihn zwischen uns, sodass wir uns beide davon bedienen konnten. Die Kekse waren noch gefroren und schmeckten nach nichts.

«Ihre Frau hat sie», sagte er. «Ich habe sie ihr geborgt.»

Für die deutsche Bevölkerung interessiere sich hier niemand, sagte er, und wieder sah er mich lange an und sagte dann, es sei seltsam in dieser Sprache zu sprechen, «auf Deutsch».

«Ich bin vor fünfundsiebzig Jahren hier zur Schule gegangen», sagte er.

Durch die Brillengläser, in denen sich das Flimmern des alten Monitors spiegelte, sah er mich lange an, ein verlorenes Lächeln auf den Lippen, als hätte er vergessen, weshalb er mich zu sich eingeladen hatte. «Wenn Sie dort an der Fassade kratzen und die Farbe abschlagen, würde irgendwann das deutsche Wort *Volksschule* erscheinen», und er lachte und sagte, dorthinein, in diese *Volksschule* sei er als Kind gegangen, und würde man dann weiter kratzen, sagte er, erschiene das Wort *Škola*, und dahinter das Wort *Általános iskola*. Im Wechsel der Regierungen, er sagte: *im Wechsel der politischen Verrücktheiten* war das Gebäude zuerst auf Ungarisch, dann auf Slowakisch, auf Deutsch und schließlich wieder auf Slowakisch beschriftet worden. Vor etwa fünf Jahren, mit dem Bau der neuen Schule, sei alles ganz sich selbst überlassen worden und verblasst. «Sie wohnen doch im Hotel, nehme ich an?», fragte er herausfordernd und knetete sich die Hände, was ein eigenartiges Knacken bewirkte. «Dann haben Sie es ja gesehen. Das Gebäude gegenüber, ja, in diesem Gebäude bin ich zur Schule gegangen. Es verfällt, und alles, was noch drinnen ist, wird herausgestohlen. Die Leute treten am hellichten Tag durch die Hintertür ein und stehlen, was sie brauchen können. Eine Schande!»

«Sie sind also …», sagte ich, als ich endlich verstand, an wen mich sein Deutsch erinnert hatte, aber noch bevor ich den Satz zu Ende bringen konnte, nickte er und lächelte, und als schüttelte er dabei verwundert den Kopf, sagte er: «Ja, ich bin Karpatendeutscher.»

Er war nach 1945 im Land geblieben, obwohl sein Name bereits auf den Deportationslisten gestanden war. Die Krankheit seiner Mutter, mit der er seit dem Tod seines Vaters alleine gelebt hatte, hatte die Ausweisung verhindert.

Er hatte seit dem Tod seiner Mutter nicht mehr Deutsch gesprochen. Er atmete tief ein und lächelte und sagte sofort, es tue ihm wohl, wieder Deutsch zu sprechen, aber gleich darauf sagte er, dass mit dem Sprechen dieser Sprache Erinnerungen wiederkämen. Es sei die Sprache, in der er mit seiner sterbenden Mutter gesprochen habe, die Sprache seiner Kindheit, eine vergangene Sprache.

Er sah mich lange an, und ich wusste, ich hätte ihn jetzt etwas fragen müssen. Aber ich fragte nichts, hielt seinem Blick stand, bis er die Hand ausstreckte und nach einem Vanillekipferl griff, das er sich langsam zwischen die Lippen führte.

Er wiederholte: «Ihre Frau hat mich angerufen, schon vor einer Woche.»

Einmal vor einer Woche und dann vorgestern noch einmal und gestern noch einmal, bevor sie plötzlich hier hereingekommen sei. Er deutete auf die Eingangstür und sagte: «Ina», als stünde sie jetzt dort.

Ich drehte mich nach der Tür um. Dann blickte ich ihm wieder ins Gesicht.

«Ja», sagte ich.

Er nahm noch einen Keks vom Teller, den ich ihm hinhielt, und forderte mich auf, selbst wieder zuzugreifen, «essen Sie doch! Das muss doch weg!».

Er habe für sie auf seinem Computer die Taufiisten nach ihrem Großvater durchgesehen.

Er wollte mir jetzt erklären, wie er alles eingescannt habe, ich hatte ihn zu loben, und ich lobte ihn. Alle Taufiisten seit dem Jahr 1850 seien jetzt durch seine Arbeit im Internet frei zugänglich, sagte er.

Er wies mich an, selbst die Computermaus zu nehmen, ich hatte mich dicht neben ihn zu stellen und mich immer wieder über ihn zu beugen. Ich klickte auf das Symbol mit einer Lupe, auf das er mich hinwies, wodurch sich nacheinander die Scans der alten, zerfledderten Seiten auf dem Bildschirm aufblätterten, und immer wieder lobte ich, wie er all das eingescannt, wie er sich die nötigen Treiber aus dem Internet heruntergeladen und sein Virenschutzprogramm aktualisiert hatte. Schließlich fand ich den Namen von Inas Großvaters klar und deutlich in Kurrentschrift auf ein ergrautes, an mehreren Stellen eingerissenes Blatt gesetzt: ein Name mit Geburts-, aber ohne Sterbedatum, und den Namen der Großmutter daneben und auch die Namen von Inas Vater und ihren zwei Tanten, und der Pfarrer nickte plötzlich und drängte mich in plötzlicher Erregung vom Tisch: «Jetzt haben Sie ihn ja gefunden», rief er, und ich wusste, er wollte diese Namen nicht mehr sehen.

«Wissen Sie, wo dieser Hof steht?», fragte ich. «Ich glaube, dass meine Frau dorthin gegangen ist.»

Ich erzählte: Ein alter Mann saß heute Morgen mit meiner Frau im Hotelrestaurant beim Frühstück. Seine Brille schlitterte über den Boden, und später warf er seinen Mantel über Inas Schultern. «Ich glaube, dass meine Frau und das Kind in diesem Haus sind», sagte ich.

«Ihre Frau mit dem Säugling?»

«Ja», sagte ich.

«Sie hat ein Baby?»

Es beunruhigte mich, dass er das nicht wusste.

Ich streckte die Hand aus, dort spürte ich immer noch die grauen Schamhaare, ich wischte sie weg.

Natürlich kannte er den Hof Steiners. Oben am Hügel, sagte er, aber da sei nichts mehr. «Sie ist nicht dort», sagte er bestimmt. Der Hof sei bereits seit langem aufgelassen, immer noch würde dort Wein angebaut, natürlich, «aber das Haus, das Sie meinen, gibt es nicht mehr. Es ist eine Ruine.»

Ab und zu, sagte er, höre man Stimmen von dort oben, er glaube, es würden Partys gefeiert werden, auch Lagerfeuer sehe man von unten. Und alle zehn Jahre stiegen Verrückte dort hinauf, sagte er, mit Schaufeln, die nach einem Schatz suchten.

«Nach einem Schatz?», fragte ich.

Er lachte.

Der Pfarrer war im Laufe seiner Erzählung aufgestanden und an die billige Eckbank und die karierten Plüschpolster dort zurückgekehrt. Wir aßen Vanillekipferl und er stand einmal auf, holte die Kaffeekanne und schenkte nach und saß mir dann gegenüber und sagte: «Sie wissen nichts von der Vertreibung, nicht?»

«Nur, was Ina mir erzählt hat», sagte ich.

Er trank gierig, stellte die Tasse geräuschvoll vor sich.

«Und von wem hätte sie ihr Wissen?», sagte er. «Wer hätte es ihr erzählt? Steiner etwa?»

Es sprach den Namen aus, als würde er dabei ausspucken.

«Hitler hat den Deutschen hier gesagt, sie würden nur ausgesiedelt werden», begann er. «‹Evakuiert› hieß das in der Nazisprache: ‹zwei Wochen›, sagte die Propaganda. Die drohende Niederlage einzugestehen war ja unmöglich. Da haben die deutschen Bauern hier alles Wertvolle, das sie besaßen und nicht mitnehmen konnten, in aufgelassene Stollen getragen, in einem Sack in den Brunnen hinabgelassen oder irgendwo vergraben. Sie dachten» – er lachte – «sie würden nach dem Krieg einfach wiederkommen und alles ausgraben.»

Aber er winkte ab, noch bevor ich etwas sagen konnte. Er hielt mich für einen Schatzsucher. «Vergessen Sie das!» Es sei dort oben alles schon längst umgegraben. Er sagte: «Dort ist nichts mehr.»

Er hielt auch Ina für eine Schatzsucherin, sie noch viel mehr als mich, dachte ich.

Noch während des Krieges hätten sich hungrige Frauen und Greise mit Seilen um den Bauch in die verschütteten Brunnen in den ehemaligen deutschen Höfen hinabgelassen, sie hätten die Dachkammern durchwühlt und die Planken in den Ställen herausgerissen. Alles sei durchwühlt worden. «Dort ist nichts.»

«Die meisten deutschen Bauern», sagte der Pfarrer, «sind tatsächlich nach dem Krieg wieder auf ihre Höfe zurückgekehrt. Aber das Bild, das sich ihnen bot, trieb ihnen die Verzweiflung in die Köpfe. Ihre von den Behörden versiegelten Höfe fanden sie mit aufgebrochenen Schlössern vor, in jedem Raum das gleiche Bild: aufgezogene Schubladen und Wäsche auf dem Boden.»

«Wäsche?», fragte ich.

«Ja, Wäsche, Schmutzwäsche.»

Zwischen ihren eigenen Kleidungsstücken fremde Unterwäsche, Soldatenunterwäsche. In manchen Fällen sei gar nichts weggekommen, die russischen Soldaten hätten nur die Unterwäsche getauscht, frische aus den Schränken der Bauern herausgenommen und ihre eigene liegen gelassen. «Wegen der Läuse», sagte der Pfarrer. Bevor sie noch nach Schnaps oder Geld oder nach Speck suchten, suchten sie nach frischer Unterwäsche, um die Läuse loszuwerden.

In der Hoffnung, ihr Vieh, das wochenlang allein geblieben war, wiederzufinden, durchsuchten die Bauern den Wald, und fanden die Kadaver bis aufs Gerippe ausgeschnitten auf den Straßen vor ihren Höfen. Eine Kuh sei bei ihrem Erscheinen brüllend vor Schmerz mit entzündetem, bis zum Bersten gefüllten Euter aus dem Wald gelaufen.

Das waren die Geschichten, die mir der Pfarrer erzählte. Von den Armbinden, die sie tragen mussten: ein großes *N* auf grünem Grund, das für *Nemec* – Deutscher – stand. Nicht erst in den Tagen, als man die Massengräber im nahen Nové Město, dem deutschen *Neustadt,* aushob und darin die Leichen von fünftausend von den Nazis ermordeten Romakindern fand, lieferte sie diese Kennzeichnung plötzlicher Aggression aus. «Die Bauern», sagte der Pfarrer, «verstanden die Welt nicht mehr, Steiner verstand die Welt nicht mehr. Nachbarn, denen sie nie feindlich gesinnt gewesen waren, zwangen sie mit Knüppeln und vorgehaltenen Gewehren, ihre Verstecke preiszugeben.»

Und dann die Deportation, sagte der Pfarrer. Fast alle dieser Rückkehrer seien nur wenige Wochen nach Kriegsende vertrieben worden, ganz gleich, ob es sich tatsächlich um Nazis oder um Mitläufer handelte, auch bekennende Sozialisten, sogar Widerstandskämpfer seien auf den Deportationslisten zu finden gewesen. Auch der berühmte *Schöne Náci*, ein – wie es in allen Reiseführern Bratislavas zu lesen war – *Pressburger Original* in Frack, Zylinder und Lackschuhen, der den Damen mit einem *Küss' die Hand, gnä' Frau* Blumen überreicht habe und dem man beim Fischertor ein prominentes Denkmal gesetzt hatte, war in ein Lager zur Deportation gebracht worden.

«Und Grotesken», sagte der Pfarrer, und er sah jetzt zu mir hoch, eine Geschichte war ihm eingefallen, und er wiederholte: «Grotesken, die einem das Herz aufreißen.»

Ich hatte das nicht hören wollen, ich war aufgestanden und vor den Augen des Pfarrers, der mich still beobachtete, vor der Vitrine auf und ab gelaufen. Es beunruhigte mich, wie er mich ansah. Mehrmals sagte ich jetzt nur: «Ina, wo ist Ina?» Ich wusste, er würde mir nun irgendeine dieser grausamen Kriegs- und Nachkriegsgeschichten erzählen. Ich war schon bis unter den Türrahmen der Wohnküche gegangen, der zur Haustür führte, in der Hoffnung, ihn wieder auf Ina und Steiner und den Hof bringen zu können, aber in seinem Gesicht lag die Rücksichtslosigkeit, mit der die Verwundeten ihre Geschichten erzählen, um sie loszuwerden, und als er noch einmal das Wort «Groteske» sagte, drehte ich mich nach ihm um und kehrte wie verurteilt zu ihm ins Wohnzimmer zurück.

«Nehmen Sie doch», sagte er, und ich nahm noch einen der halb tiefgefrorenen Kekse, deren Teig, sobald er geschmolzen war, wie Sand auf der Zunge lag – ich konnte es gar nicht hinunterschlucken –, ich schenkte Kaffee nach und war dann still.

Es war die Geschichte einer deutschsprachigen Familie, die hier über mehrere Generationen ein Schuhgeschäft geführt hatte. Der jüdische Vater hatte sich taufen lassen und gemeinsam mit seiner Frau auch die Kinder im protestantischen Glauben erzogen. Auf diese Weise war der Pfarrer als Kind mit der jüngsten Tochter im Konfirmationsunterricht bekannt geworden, als auch die neu gegründete klerikal-faschistische Slowakei ganz nach dem Vorbild ihres deutschen *Beschützerstaates* damit begonnen hatte, ihre jüdische Bevölkerung nach und nach zu entrechten und auszurauben. Die Eltern des Mädchens erhielten Formulare, in die sie ihre Besitztümer einzutragen hatten. Vor den Augen der versammelten Familie schleppten zwei Makler den Sekretär ihres Vaters und das Klavier ihrer Mutter aus dem Wohnzimmer und luden sie auf einen Lastwagen.

Trotz der Diskussion darüber, ob die zum Christentum konvertierte jüdische Bevölkerung nicht davon ausgenommen werden sollte, wurde schließlich auch diese Familie deportiert. Die deutsche Regierung stellte eine Rechnung und die Slowakei leitete diese Kosten an die Betroffenen selbst weiter: Eine sogenannte *Ansiedelungsgebühr* von 500 Reichsmark pro Familienmitglied musste bezahlt werden. Die Familie hatte die Kosten für ihre Deportation und Vernichtung selbst zu bezahlen.

Der Pfarrer hatte mir die Geschichte bis zu diesem Punkt ganz ruhig erzählt, während ich noch an der Schwelle zum Wohnzimmer gestanden war, ich hielt mich am Türrahmen fest, und der Pfarrer beobachtete abwechselnd meine Hand, mit der ich mich festhielt, und meine Augen. Es war sonst kein Geräusch mehr im Zimmer.

Der Pfarrer erzählte mir, wie seine Bekannte mit ihrem Vater nach dem Krieg nach Limbach zurückgekehrt war. Die beiden standen vor der Tür ihres ehemaligen Hauses. Im gleichen Moment, in dem der Vater unten an die Tür seines eigenen Hauses klopfte, klappte oben ein Fensterladen zu. Sie blickten hoch, konnten aber jetzt niemanden mehr sehen.

Sie traten ein. Sie sahen sofort, dass das Haus bewohnt war. Die Zimmer waren ausgeräumt, Möbel und Bilder verschwunden, die Bohlen aus dem Fußboden gebrochen. Sie sahen fremde Kleidung auf dem Boden.

Im ehemaligen Geschäftsraum, in dem früher die Schuhe in mehreren Etagen ausgestellt gewesen waren, standen jetzt Feldbetten. Ganz in der Nähe der Tür saß eine junge Frau. Mit einem Krug Wasser benetzte sie die Lippen eines Mannes, der mit seinen Armen, die nur noch Stümpfe waren, über der Bettdecke ruderte. Sie kamen näher, der Mann schrie auf. Sie blieben stehen, der Mann schrie immer noch.

Da blickte die Frau hoch.

Sie sah wohl einen Mann und dessen Tochter, aber sie erkannte die beiden nicht. Eine Behörde hatte der Ausgebombten hier ein Feldbett für sich und ihren verkrüppelten Vater zugewiesen. Sie blickte nur fragend hoch.

Und der Vater sagte: «Das hier», und er sah sich dabei im Zimmer um – es war kaum mehr zu erkennen, dass hier ein Schuhgeschäft gewesen war –, «das hier ist mein Haus.»

Er sprach Deutsch. Das war seine Muttersprache.

Er sah, wie die Frau vor ihm vom Feldbett aufstand und näher kam, und er sah, wie auch von den anderen Feldbetten Menschen aufstanden. Er bemerkte, wie die Augenbrauen der Frau im Zorn zu zittern begannen.

Sie antwortete ihm auf Slowakisch: «Ihr Nazis habt mir den Mann zerschießen lassen, ihr nehmt mir nichts mehr weg.» Sie schimpfte über die Dreistigkeit der zurückgekehrten Karpatendeutschen, die sie für den Krieg und den Naziterror und damit auch für die Verkrüppelung ihres Vaters mitverantwortlich machte, sogar noch Forderungen nach der einzigen Bleibe, die sie sich mit so vielen anderen Ausgebombten teilte, zu stellen.

Auch aus den oberen Zimmern waren jetzt Bewohner des Hauses die Steintreppe heruntergepoltert: sechs, sieben Frauen in Nachtkleidern, mit Kindern an den Händen.

Dem Vater blieb nichts anderes übrig, als den Manschettenknopf zu öffnen. Er krempelte den Hemdsärmel hoch.

Angesichts seiner Tätowierung ließen sie von ihm ab und blickten vor sich zu Boden, beschämt, aber auch hilflos. Vielen der in den ehemaligen Verkaufsraum herabgeströmten Frauen konnte man ansehen, dass sie einen bestimmten Gedanken im Kopf hatten, und sie schämten sich für diesen Gedanken. Eine ältere Bewohnerin hatte die beiden jetzt erkannt und nannte dreimal hintereinander den Namen der Zurückgekehrten, ohne dass irgendjemand anderer etwas sagte. Auch der Vater antwortete nichts, seine Tochter nichts. Die Art, wie die Alte es ausgesprochen hatte, machte ihm deutlich, dass niemand sich über diese Rückkehr freute, im Gegenteil. Sie alle hatten diesen Gedanken im Kopf, und dieser Gedanke lautete: Ausgerechnet diese beiden haben überlebt. Von allen, die in den Konzentrationslagern umgekommen sind, müssen ausgerechnet diese beiden wieder zurückkommen und uns unsere einzige Bleibe streitig machen.

Wir waren beide, durch diese Geschichte verstört, im gleichen Moment aufgestanden, jetzt setzten wir uns wieder. Ich stand aber gleich darauf wieder auf, und sofort folgte mir der Pfarrer. Er warf einen angebissenen Keks zurück auf den Teller, auf dem sich eine Pfütze aus geschmolzenem Eis gebildet hatte.

«Das Geschäft war übrigens gar nicht weit von hier. Wollen Sie es sehen?», fragte der Pfarrer.

Natürlich wollte ich das.

Er stand auf und wir gingen zur Haustür, wo wir – er sich links, ich mich rechts am Türpfosten haltend – in unsere Schuhe schlüpften. Es erschien mir ganz verrückt, dass wir uns jetzt die Schuhe anzogen, beide mit dieser Geschichte im Kopf, und später im vormittäglichen Sonnenlicht über den Kirchhof zurück- und dann am Gasthaus vorbei in eine Gasse hineingingen. Er sagte jetzt nichts mehr. Man hörte laute Stimmen vom Marktplatz, das Klirren von Flaschen auf einem Wagen, der über das Kopfsteinpflaster rollte, und ich blieb einmal stehen, um mir die Szene, von der er gesprochen hatte, auf der Straße vorzustellen, aber natürlich war mir das nicht möglich. Einer wie ich, dachte ich, kann sich das nicht vorstellen.

Nach einigen Häusern blieb der Pfarrer stehen.

«Jetzt sind wir doch zu weit gegangen», sagte er. Er drehte sich um. Es müsse doch hier sein. Er ging an ein Haus, das wir eben passiert hatten, zurück, aber drehte gleich wieder um, hier müsse es gewesen sein, ja, hier doch. Er sei lange nicht mehr hier in dieser Gasse gewesen. Und er blieb jetzt direkt vor dem Schaufenster eines Handygeschäfts stehen, das Haus müsse hier – er deutete hartnäckig –, hier gestanden haben, aber er war sich nicht sicher. Er wusste es nicht.

Kopier- und Telefonwertkarten lagen in der Auslage, Handys und verschiedene Hüllen, auf blauen Leuchtdioden blinkte der Schriftzug *Internet*. Der Händler hinter der Theke, ein Südeuropäer mit schwarzen, fein ausrasierten Augenbrauen, hob den Kopf und lächelte und bedeutete uns: Kommt rein, kommt rein!

Wir gingen zurück, aber der Pfarrer nahm eine andere Route, die über den Markt führte. Hier duftete es nach Äpfeln, die man auf Steigen ausgebreitet hatte.

«Leute wie Steiner kommen ihr ganzes Leben nicht wieder auf die Beine», sagte der Pfarrer und sah mich an: «Es stimmt doch», sagte er, «oder irre ich mich.» Aber er wartete nicht auf Antwort. Die unverhohlene Verachtung für Steiner dröhnte jetzt deutlich in seiner Stimme.

Wir hatten den Markt überquert, ich wunderte mich über die Schnelligkeit, mit der der Pfarrer über das Kopfsteinpflaster lief, die Hände in den Taschen seiner dunklen Hose, in weiten Schritten.

Es seien doch vor allem Frauen und Kinder gewesen, die nach dem Krieg in Güterwaggons zusammengetrieben und über die Grenze nach Niederösterreich geschafft worden waren. Um die Vertreibungen zu rechtfertigen, hatte Beneš den zurückgekehrten Deutschen *passive Kriegsverbrechen* vorgeworfen. «Meine Mutter», sagte der Pfarrer, «eine passive Kriegsverbrecherin, ich, ein passiver Kriegsverbrecher!»

«Wissen Sie übrigens», fragte der Pfarrer, «nach welchen Kriterien man vorging, um zu bestimmen, wer Deutscher war und wer nicht? Es wird Sie verblüffen!»

Er drehte sich nach mir um, nicht aber, um auf mich zu warten, sondern um sich die Windjacke über seinem Norwegerpullover zuzuzippen. Er sah nach der Sonne, die nun hinter einer schmalen Wolke verschwunden war. Sofort fiel Kälte zwischen die eng stehenden Häuserfronten. Die Gasse stieg etwas an, gesäumt von Hofeinfahrten ehemaliger Weinhäuser, deren Einfahrten nun vernagelt waren.

«Die Beneš-Regierung hat sich die Kriterien von niemand anderem als von den Nazis selbst abgeschaut», sagte der Pfarrer. «Von den Nürnberger Gesetzen.» Jeder, der unter den Nazis als Deutscher galt, also drei deutsche Großväter aufweisen konnte, habe nun auch unter den Gesetzen Beneš' als Deutscher gegolten, sagte der Pfarrer. «Diese Geschichte ist voller Absurdität», sagte der Pfarrer. Er lachte, aber doch in einer Verzweiflung. Und trotzdem seien auch jüdische Namen auf diesen Transportlisten gewesen. Er wisse das. Der deutsche Name, die deutsche Sprache sei das Ausschlaggebende gewesen. Man habe das Deutsche fortschaffen wollen, die sprachliche Minderheit. «Aber davon erzählt Ihnen Ihr Steiner nichts?», fragte er mich jetzt provozierend.

Er sagte: «Steiner erzählt die Geschichte nicht und sein Sohn erzählt sie nicht, und dadurch geht diese Geschichte immer weiter bis in Ihre Frau hinein. In der Stimme Ihrer Frau», sagte der Pfarrer, «liegt diese Geschichte, die Geschichte, die sie gar nicht kennt. Die tödliche Geschichte, die Frustration, die tödliche Frustration. Sie fragt danach, aber man erzählt ihr nichts: aus Scham», sagte der Pfarrer. «Oder irre ich mich?»

«Welche Scham?», fragte ich.

Er lachte, und als wollte er sich über meine Sprache lustig machen, imitierte er meinen Tonfall: «Welche Scham?»

Wir hatten – als wären wir auf einer Wanderung – die enge Kellergasse verlassen, und liefen nun am Fuß des Weinhügels entlang, vorbei am Areal einer Polizeischule, das von hohen Mauern und Videokameras umrahmt war. Er ging vor mir her, ein kleiner, dünner Mann mit Rucksack, der den Radfahrern gedankenvoll nachsah, der jeden Schritt energisch aufsetzte, als gelte es nun, einem Ungeheuer entgegen zu treten, und später dachte ich: Wir waren einem Ungeheuer entgegen getreten. Wir sprachen jetzt nicht mehr. Ich wusste nicht, ob er meine Begleitung überhaupt guthieß. Er war in jenen stillen, unheimlichen Zorn geraten, der mir von Steiner bekannt war, in dieser Unheimlichkeit, dachte ich, war Steiner auf der Küchenbank gelegen, und ich dachte darüber nach, ob es wahr war, was er gesagt hatte: dass die Geschichte in Ina sei. Man müsse die Geschichte erzählen, hatte der Pfarrer gesagt, sonst gehe man davon kaputt.

An einer Straßenbiegung schienen drei Kinder auf Fahrrädern auf uns gewartet zu haben, fuhren aber klingelnd davon, als wir sie erreichten. Ich fühlte, dass ich den Pfarrer mochte, und es tat mir leid, wie wir nun schweigend nebeneinander und hintereinander gingen. Ich hatte das Gefühl, dass er nicht wusste, was mir Ina bedeutete, dass er mich und Ina immer noch für Schatzsucher hielt. Ich holte ihn ein und erzählte, wie ich Ina kennengelernt hatte, wie sie mit mir Mangos und Ananas gegessen, und wie wir uns verabredet hatten. Ich erzählte auch von diesem ersten Nachmittag auf Steiners neuem Hof an der March, als Steiner auf der Küchenbank gelegen war, und von der Großmutter, die mir nur als scheußlicher Mensch in Erinnerung ist.

Aber er sah während meiner Erzählung kaum auf und hob dann den Kopf und blickte zu mir zurück, als hätte er gar nicht bemerkt, dass ich etwas gesagt hatte. Er war ganz in einem schrecklichen Gedanken, sah ich, aber blickte mich herausfordernd an und blieb plötzlich stehen. Im gleichen Moment nahm ich den Duft wahr.

«Dieser Duft!», sagte ich.

Und er sagte: «Ja, Sie riechen es.»

Er kam von den Obstbäumen hinter einem verbogenen, löchrigen Maschendrahtzaun, der an das Grundstück des Polizeiareals angrenzte, in drei Reihen Bäume mit strahlend weißen Blüten. Der Pfarrer sah mich an, er sagte nur: «Marillen, das sind Marillen», auf eine Weise, als wäre es das Schmerzvollste. Gleichzeitig lächelte er, er sah mich an und ich begriff es nicht, es war nichts Besonderes an diesen Bäumen, dachte ich, aber ich erinnerte mich an die Erzählungen der Steiners und erzählte sogar lachend von dieser mir so liebevoll erscheinenden Schwärmerei eines Kindheitsglücks. Ich erzählte es lachend in dieses erstarrte Pfarrergesicht und stockte dann ganz plötzlich, als ich mich an den Satz des Pfarrers erinnerte, dass Steiner etwas kaufte, wenn es billig war und er es brauchen konnte.

«Steiner hat diesen Garten damals gekauft», stellte ich fest.

«Ja», sagte der Pfarrer, «und wissen Sie auch, wer der ursprüngliche Besitzer war?»

Ich sah ihn an und dann wusste ich es.

Der Pfarrer hatte mich absichtlich hierhergeführt.

Wir blickten dann beide im gleichen Moment – von dem Duft angezogen – über den Maschendrahtzaun, der an mehreren Stellen aufgebogen war, auf die weiß blühenden Zweige. Ein Schuppen mit aufgebrochenem Tor stand an einem Ende des Grundstücks, ein paar Bierflaschen im hochgewachsenen Gras.

Wir drehten einander wieder die Köpfe zu, und ich hatte das Gefühl, der Pfarrer wollte mir noch etwas über seine Kindheitsfreundin erzählen und wie er hier mit ihr unter den Marillenbäumen gespielt oder sie geküsst hatte – so stellte ich mir das vor –, aber er sah mich nur längere Zeit an und schob dann den Daumen unter die Schlaufe seines Rucksacks.

«Wo ist der ehemalige Steiner'sche Hof?», fragte ich ihn.

Ich blickte auf die nächstbeste Hügelkuppe, auch er blickte dorthin, schüttelte aber den Kopf.

«Sie glauben wirklich, dass Ihre Frau dorthin gegangen ist?», fragte er. Er folgte meinem Blick. «Dort nicht», sagte er. Er zeigte es mir. «Aber es führt kein guter Weg dorthin.»

Einige von Weinreben dicht bewachsene Terrassen zogen sich den Hügel hinauf. Man sah moderne Umzäunungen, Schuppen, in denen Traktoren standen, Schläuche und Bewässerungssysteme. Von einer Ruine keine Spur.

«Was will sie dort?», fragte der Pfarrer.

Ich wusste es nicht.

«Ich bitte Sie», sagte ich – ich dachte jetzt wieder an Ina und an den fremden Mann, ich hatte zu viel Zeit verloren, mir diese alten Geschichten des Pfarrers anzuhören –, «sagen Sie mir, wie ich dorthin komme!»

«Ich werde Sie nicht hinführen!», sagte er.

Aber nach zwei Schritten blieb er stehen.

«Aber vielleicht haben Sie recht und sie ist dort.»

Er deutete hinter uns auf eine Abzweigung, die zwischen den Feldern entlang zu der Kuppe führte.

«Hier diesen Weg entlang», sagte der Pfarrer. «Am Fuß des Hügels führt die Staffeltreppe hinauf.»

«Die Staffeltreppe?», fragte ich.

«Eine Treppe zwischen den Terrassen.»

«Und die führt zu Steiners Hof?»

Dass ich ihn auf Steiner angesprochen hatte, erschien mir jetzt wie ein Verbrechen. Ich hatte ihn damit verärgert, ich hatte ihn in eine ihn quälende Geschichte hineingetrieben, dachte ich.

«Steiners Hof!», rief er aus, «Ja! Dort oben!»

«Sie sprechen diesen Namen aus», sagte der Pfarrer, «und in der Art, wie Sie ihn aussprechen, merke ich, dass Sie keine Ahnung von diesem Namen haben. Sie sollten diesen Namen nicht noch einmal aussprechen.»

Dann kam er näher und gab mir die Hand. Ich wusste, es bedeutete, dass ich jetzt zu gehen hatte. Er wollte allein sein, er wollte seine Wanderung alleine fortsetzen, ohne diese Fragen. Verschwinde!, hieß das.

Er ging nicht sofort. Sein Blick ruhte eine Weile auf meinem Gesicht, ein ernster, verbitterter, strenger Blick, der sich jedoch etwas glättete, als er sagte, er wünsche mir viel Glück bei der Suche nach meiner Frau. Er sagte das in einem Tonfall, der mir noch lange im Kopf blieb. «Ich hoffe», sagte er, «dass Sie Ihre Frau finden. Gehen Sie!», sagte er, «und erzählen Sie ihr, was ich Ihnen erzählt habe!»

Nach zehn Minuten sah ich die Abzweigung, von der der Pfarrer gesprochen hatte. Frisch aufgeschütteter Kies verlängerte hier die Straße weiter in Richtung des Weinberges. Ein englisches Unternehmen hatte sich mit einer Holzfirma niedergelassen. Hinter einem automatischen Sperrgitter blau-gelbe Baracken, ein parkähnliches Areal mit Bäumen, Blumenbeeten und Plätzen und sauber gepflasterten Zufahrtsstraßen. Im hinteren Teil wurden Baumstämme verladen, alle Augenblicke lieferten LKW neue Stämme, die mit Kränen auf Förderbänder abgeladen wurden und unter höllischem Kreischen von den Sägeblättern riesiger Schneidmaschinen zerschnitten wurden.

Eisenpflöcke markierten neue Grundstücke entlang der Straße, ein Rohbau war bereits errichtet worden, das Knirschen einer Zementmischmaschine. Nach einigen hundert Metern endete die frisch aufgeschüttete Straße, ein vom Regen aufgeweichter Feldweg führte weiter Richtung Weinberg, und man sah jetzt einige Fabrikruinen, die von hochgewachsenem Gestrüpp verdeckt waren. Ein alter Peugeot ohne Nummernschild parkte vor der Einfahrt, die verbogene Motorhaube schloss nicht mehr, es war auch gar kein Motor mehr drinnen. Autofelgen, durch deren Löcher kniehoch Gras wuchs, rostige Badewannen, zerbrochene Blumentöpfe, in denen vor Jahren etwas gewachsen war, das längst vertrocknet und tot in der bröckeligen Erde steckte, rostige Waschmaschinen, ein Matratzenrost flach im Gras, eine umgedrehte, rostige Baggerschaufel, die offenbar als Hundehütte diente, und kaum hatte ich das bemerkt, kam auch schon einer heraus, was mich wunderte, denn ich hatte überhaupt nicht damit gerechnet, dass jemand hier lebte. Das Tier bellte aber nicht, sondern machte nur ein paar Schritte auf mich zu, ein altes sandfarbenes Tier, das den Kopf hob. Aus den Augenwinkeln sah ich, dass sich hinter einem Fenster Spitzenvorhänge bewegten, und gleich ging das Fenster auf und ein Mann sah zu mir heraus. Aber auch er sagte nichts, sondern stützte die Unterarme auf das Fensterbrett und sah mich nur an, und ich nickte ihm zu und ging weiter, während er mich einfach so ansah, auf eine unheimliche Weise ruhig.

Wieder hörte ich die Fahrradklingel und wandte mich um. Ein Kind folgte mir lachend, nein: die zwei Kinder von vorhin. Ich legte zwei Euro in die Hand des Mädchens, das auf dem Gepäckträger saß, es trug nur ein T-Shirt und Unterhosen, obwohl der Wind hier draußen noch stärker war. Es steckte das Geld ein, der Junge sagte etwas, sie fuhren weiter, klingelten weithin hörbar über die Felder.

Nach einigen Schritten eine weitere Ruine einer größeren Fabrik, in deren Eingangstorbogen Wäsche auf eine Leine gespannt war und im Wind flatterte. Ein Mann, der zwischen den nackten Mauern gestanden war, sah mir nach, und als ich schon vorbei war, lief er mir nach und wollte etwas verkaufen. Er hatte einen Bilderrahmen unter den Arm geklemmt, den er mir immer wieder in die Hand drücken wollte. Ich nahm ihn nicht. Er ging lange einfach hinter mir her, still, und nur, wenn ich mich nach ihm umdrehte, beschleunigte er seine Schritte, um mir wieder den Rahmen in die Hand zu drücken.

Ich dachte nun nur noch an Ina.

Der Feldweg endete an einer neuen, mit Stacheldraht bewehrten Mauer. Sie war auch mit Videokameras gesichert, sah ich, als verberge sich dahinter großer Reichtum und nicht jener von blühenden Disteln überwucherte Feldweg, den ich entlanggekommen war. Ich stieg auf den Mauervorsprung, sodass ich durch den Stacheldraht die blühenden Weinreben, die sich über den ganzen Hügel auf mehreren Terrassen und in exakten Parallelen ausdehnten, sehen konnte. In der Ferne zogen mehrere moderne Traktoren zwischen den Weinstöcken entlang, der Geruch von Mulch wehte zu mir herüber. Aber auch von hier aus sah man nichts von einer Bauernhausruine, einer Treppe durch die Terrassen. Ich ließ mich hinabgleiten.

In der Hoffnung, irgendwo ein geöffnetes Tor zu finden, folgte ich der hohen Mauer und blieb schließlich stehen und blickte über die Felder und Ruinen den überwucherten Feldweg entlang zurück in Richtung des Kirchturmes. Von den Häuserdächern erschallte Hundegebell.

Die Felder waren bereits von kleinen Halmen durchbrochen und glänzten fett im Regen des Vortages, Getreide, man konnte aber noch nicht sagen, welches. An einer Stelle stand das Wasser so tief, dass Enten darauf schwammen.

Die Mauer schien sich noch kilometerweit hinzuziehen. Es gab keinen Weg hinauf auf den Weinberg.

Ich kehrte um. Ich fühlte mich niedergeschlagen. Ich passierte dieselben Fabrikruinen erneut, aber ließ mich nicht mehr ansprechen. Der Mann, den ich zuvor gesehen hatte, leerte einen Eimer mit einer Flüssigkeit, die aussah wie Urin, in den Bach. Später rief jemand nach mir, eine Frau mit einem Baby im Arm lief mir auf dem Feldweg nach, in einem eigenartigen Singsang ging sie etwa hundert Schritte hinter mir her und streckte die Hand aus, sooft ich stehen blieb und mich nach ihr umwandte. Ich gab ihr ein paar Münzen, sie steckte sie ein, bat um mehr. Sie hielt dabei nicht inne in ihrem Gesang, der ein schöner Gesang über den Feldern war.

Es war gegen eins, als ich nach Limbach zurückkehrte. Ich war müde und hungrig, aber die Vorstellung, mit den anderen Seminarbesuchern im Gasthaus zu sitzen, stieß mich ab. Wie in den österreichischen Dörfern wuschen auch hier die Männer samstagsvormittags ihre Autos, um mir mit in die Hüften geschobenen Fäusten nachzublicken. Filialen österreichischer Banken waren in blaue Metallcontainer eingezogen, Nagelstudios und Massagesalons, dazwischen auffällig bunte Statuen von Heiligen auf Steinsockeln, die über den Verkehr blickten. Die Luft war erfüllt vom Geruch in der Sonne aufgeheizter Tujenhecken, man hörte das Tackern von Rasensprengern.

Ich war unbewusst auf den weithin sichtbaren Kirchturm zugelaufen, jetzt bog ich ab, denn ins Hotel zurückzukehren erschien mir wie das Eingeständnis einer Niederlage. In stummer Hoffnung, durch irgendeinen Zufall plötzlich auf den richtigen Weg zu stoßen, womöglich sogar auf ein Schild, das dorthin wies, ließ ich mich treiben.

Ich geriet in eine Kellergasse, die mich an meine Kinderzeit erinnerte, mehrere Kellereingänge waren mit Brettern vernagelt oder gleich zubetoniert, aber hier strömte der vertraute Geruch von Schimmel und Löss aus dem feuchten Kellerabgang, Gelächter und das Klirren von Gläsern. Breite Tore führten ins Innere eines Hofes, dahinter Körbe mit Brot und Käse, die für die Weinverkostung vorbereitet worden waren. Als ich vorbeikam, keuchte eine ältere Frau mit Kopftuch auf den engen, feuchten Stiegen, die in den Weinkeller führten, aber als sie mich sah, sprach sie mich an und wies in den Hof. Ich sollte mitgehen und einen Schluck probieren.

Ob sie Deutsch spreche, fragte ich.

Sie zögerte einen Moment. Aber dann schüttelte sie energisch den Kopf und winkte einer Frau um die vierzig, ihrer Tochter, wie man leicht an ihrem Gesicht erkennen konnte.

Ich hielt schon ein Glas in der Hand und trank, und tatsächlich war es ein ausgezeichneter Wein.

Sie spreche leider nur wenig Englisch, sagte ihre Tochter. Aber ich könne gerne probieren. Man verschicke die Flaschen auch per Post.

«Steiner», sagte ich.

Sie hatte den Namen natürlich nie gehört.

«Das klingt nach einem deutschen Namen», sagte sie und sah sich verlegen nach ihrer Mutter um.

«Ja», sagte ich, «das ist auch ein Deutscher. Seine Familie hat hier früher gewohnt.»

Ich blickte jetzt auf die hölzernen Erker über unseren Köpfen, denn ein Kopf war dort erschienen und blickte zu uns hinunter.

«Nein, ein Deutscher hat hier nie gewohnt», sagte sie.

Sie lachte – irritiert über diese Idee.

«Ausgerechnet Deutsche sollen hier gewohnt haben?», fragte sie. «Welcher Deutsche zieht denn hierher in so ein Dorf?» Rumänen gebe es, die in der Fabrik arbeiteten, und ein paar Polen, und viel zu viele *gipsies*, die gar nichts täten. Aber Deutsche! «Wieso glauben Sie, dass hier Deutsche gewohnt haben?»

Und sie streckte die Hand aus, das hieß: Hier ist doch nichts.

Auch davon hatte mir der Pfarrer erzählt: wie nach dem Sommer 1945 mit den Bewohnern auch deren Sprache verschwand. Die Straßennamen waren einfach ins Slowakische übersetzt worden: die *Kreuzgasse* wurde zur *Križná ulica*, der *Uferweg* zu *Nabrežná ulica* – ganze Dörfer verloren ihre deutschen Namen. *Deutsch-Eisgrub*, das die Slowaken vor 1945 *Nemecký Grob* nannten, hieß plötzlich *Vel'ký Grob*. Auch den Namen des Dorfes Limbach, der tatsächlich auf das deutsche Wort Linde zurückgeht, hatte man durch *Hliník*, also «Aluminium», – ein Hinweis auf die Verhüttungen – ersetzen wollen.

Ich setzte das Glas ab und ging durch die breiten Hoftore hinaus und von dem blechernen Straßenschild draußen an der Lehmmauer gegenüber, das mich auf diese Gedanken gebracht hatte, die Gasse entlang.

Die Geschichte Steiners, dachte ich, war übermalt worden, nicht nur sein Hof, sondern auch der Name seines Hofes war ihm genommen worden, der Name der Gasse. Seine Heimat existierte nicht einmal mehr als Name. Und ich dachte jetzt daran, dass mir der Pfarrer erzählt hatte, sogar die Grabsteine der Deutschen wären aus dem Dorf geschafft worden, weshalb der größte Teil des alten Friedhofes tatsächlich leer stand und von Gestrüpp kniehoch überwuchert war, wie ich gesehen hatte.

Der Hunger trieb mich nun doch zum Marktplatz zurück, ich hatte mich einfach an dem hellen Turm zu orientieren, dessen Inschrift von der *festen Burg* aus einer Reihe von verfallenen Bauernhäusern herausragte.

Aus den Fenstern einer nahen Schule, einem modernen Gebäude in der Nähe des Marktplatzes, kam das helle Schrillen der Glocken, und das Lachen der Kinder, das mich immer beruhigt hatte. Ich versuchte zu begreifen, was dieses Verwischen seiner Kindheits- und Erwachsenenjahre für jenen zornigen, unheimlichen Steiner auf der Küchenbank bedeutet hatte und für Inas Vater und für Ina selbst.

An einem Marktstand kaufte ich gebratenen Fisch und führte, die Ellenbogen am Tresen aufgestützt, einmal den Fisch, einmal eine Flasche Bier an den Mund, während die Müdigkeit sich an meine Beine klammerte.

Als ich zurück auf den Hotelparkplatz kam, war es sechzehn Uhr, schon jetzt fiel Schatten von den Weinbergen. Am Parkplatz drehte ich mich im bestimmten Gefühl um, beobachtet zu werden. In der verlassenen Schule gegenüber wehte ein zerrissener Vorhang im Luftzug. Der Wind blies Staub aus der Fensterzarge. Ich wartete, aber es rührte sich nichts.

Die Hotellobby war leer, auch die Rezeptionistin war verschwunden. Auf dem Boden lagen rote und grüne Bonbons verstreut, die aus der Glasschale an der Theke gefallen sein mussten. Ein Stück der Eierschale steckte in einer Bodenfuge, und gleichzeitig fiel mir jetzt die Stille auf. Ich hob den Kopf und sah, dass auch das Nest in der Lampenschale weggebracht worden war.

Ich ging nach oben, zog mich aus, aber stand bald wieder vom Bett auf. Ich ging hinunter ins Restaurant, aber auch hier war niemand. Der Hut des rothaarigen Komponisten lag noch auf der Theke, ein Buntstift in der Krempe, gelb wie die Farbe seiner Krawatte. Ich hatte Lust gehabt, die Zeichnung des Jungen anzusehen, aber er hatte sie mitgenommen. Es war nur möglich, selbst den Buntstift in der Hand zu halten und ein oder zwei Kreise auf die Theke zu malen, und dann fünf Notenlinien und die ersten Takte einer Melodie, die mir noch von der Messe im Kopf klang und die ich erst durch das Niederschreiben los wurde.

Durch die Pendeltüren blickte ich in die Küche und trat dann ein und ging zwischen den blankgescheuerten Töpfen hindurch. Ab und zu zitterte einer der gewaltigen Kühlschränke. Ich fand ein paar Krümel Brot, die ich zwischen den Backenzähnen zermahlen konnte, mit diesem Geschmack von Kümmel auf der Zunge hätte ich jetzt einschlafen können, wusste ich, nicht im Hotelzimmer, sondern hier in der Küche.

Und ich wäre eingeschlafen, hätte mich nicht das Piepsen eines eintreffenden SMS geweckt. Ich holte mein Handy heraus. Es war Ina.

«Habe dich gesehen», stand dort. «Ich bin gegenüber bei der Schule», schrieb sie. «Es ist wichtig, dass du sofort kommst.»

Ich lief aus der Küche, an der Rezeption vorbei durch die Drehtür hinaus. Aber auf der Steintreppe blieb ich stehen. Ich hatte mein Handy die ganze Zeit nicht aus der Hand gegeben, ich dachte: Du antwortest ihr besser sofort. Aber dann las ich Inas Nachricht noch einmal. Etwas war seltsam daran. Ich las das SMS zweimal, dreimal, viermal, bevor ich begriff, was mich irritierte.

Ina hatte sich einige Male vertippt. Das war ungewöhnlich.

Man hätte jetzt alles langsam machen müssen. Diese Worte meines Freundes sagte ich mir jetzt vor, und ich versuchte auch, seine Stimme dabei zu imitieren, so, als würde mein Freund und nicht ich selbst mir diese Worte zuflüstern. Mehrmals ermahnte ich mich jetzt, alles langsam zu machen, «die Gedanken langsam im Kopf führen», sagte ich, weil mir dieser Ausspruch meines Freundes ins Gedächtnis gekommen war.

Die ehemalige Schule war noch nicht lange verlassen, ein altes, feuchtes Gebäude aus Waschbeton mit niedrigen Räumen.

Einige Krähen sahen von den rostigen Dachrinnen auf, als ich den Steg über den Kanal überquerte. Sie kauten an einem Stück einer Einkaufstüte, die sie von einem der Büsche gerissen und auf die Dachrinne hinaufgeflogen hatten. Ein loses Stück Blech, mit dem man das lecke Pultdach notdürftig geflickt hatte, klappte im Wind auf und ab.

Auf dem ehemaligen Schulparkplatz flatterte ein zwischen die Torpfosten gespanntes altes Hemd, ein Kübel mit schmutzig-schaumigem Wasser stand vor dem Eingang, ein herausgefallener Schwamm, der den Beton nass gefärbt hatte, als hätte sich eben noch jemand hier gewaschen.

Auf den Betonplatten stoben die Tauben vor meinen Schritten davon, von der Kinderwippe hing ein schwarzer Müllsack mit Kleidungsstücken, Fetzen von Plastik und Papier hatten sich überall in den Hecken verfangen.

Das Bild, wie der alte Mann Ina mit seinen Handbewegungen vom Restaurant an mir vorbei und durch das Foyer hinaus auf den Parkplatz geführt hatte, stieg mir jetzt in den Kopf. Ich versuchte zu erkennen, wie diese Hand an Inas Rücken gelegen war, als er ihr die Tür zu seinem Wagen öffnete. Hatte er sie geschoben? Hatte er sie gestützt?, fragte ich mich.

Der Haupteingang war mit Brettern vernagelt worden. Ich lief am Gebäude entlang. An der Rückseite fand ich einen Kellereingang, der allein von einem Berg aus Verpackungsmüll blockiert zu sein schien. Unter den Schalen aus Hartplastik raschelte es. Ich sah gerade noch, wie der fleischig-knotige Schwanz einer Ratte zwischen zwei Plastikflaschen verschwand. Ich trat die ersten Plastikbecher beiseite, immer in Erwartung, plötzlich von dem Tier angesprungen zu werden, mit Händen und Füßen schaufelte ich den Eingang frei, und als ich fertig war, war von einer Ratte nichts mehr zu sehen.

Auch dieser Kellereingang war ursprünglich zugenagelt gewesen, aber jemand hatte die Bretter aufgebrochen und zur Seite geräumt.

Durch drei schmale Luken, die ganz geblieben waren, fiel etwas Licht in den Raum, sodass ich Fußspuren auf dem Sportbelag sehen konnte. Die einst weiße Decke war von Rauchspuren verschmutzt. Eine Regentonne war durch die Tür hineingerollt und als Ofen verwendet worden, in einem Einkaufswagen türmten sich Kleidungsstücke: ein mit Motoröl verschmierter Kinderpullover, überall Müll und Staub, Asche, Holz, angekohlte Stoffstücke und Metallteile, Kanister mit Lacken, Zigarettenpackungen, Flaschen, in einer Blechschüssel Seifenstücke und eine Bürste. Ich zählte alles auf, bevor ich endlich begriff, dass die Ruine bewohnt war. Ich konnte sehen, wo die Bewohner entlanggegangen waren, wo sie sich ihr Essen wärmten, wo sie die Wäsche aufbewahrten. Sie tranken Fruchtsäfte und kochten Tee, sie lasen in Büchern und malten mit Asche auf die nackten Mauern.

Einige Schritte später stand ich in völliger Dunkelheit. Nur Inas Nachricht leuchtete. Wenn das Display sich verdunkelte, tippte ich erneut gegen eine Taste, aber das Licht reichte nicht einmal bis an den Boden. Etwas Weiches ließ mich zurückschrecken, ich vermied es nachzusehen, wogegen ich getreten war.

Erst im Stiegenhaus, in dem der Geruch nach Feuchtigkeit und Moder mich zwang, durch den Mund zu atmen, fiel wieder Tageslicht durch die leeren Fensterzargen. Ich kam schneller voran, stieg die von tausenden Kinderschritten abgeschliffenen Treppen hoch. An einer Stelle war die Fassade abgebröckelt, der Türstock lag frei. An den Dachbalken klebten verlassene, von weißgrünem Schimmel in groteske Gebilde verwandelte Schwalbennester, Kotstreifen von Mardern, dazwischen Papier, sogar Plastikhüllen ehemaliger Schulhefte. Ich hob ein Stück auf, blies den Erdstaub vom Papier: Teile des slowakischen Alphabets, ein Datum von 1994. Ich fuhr mit einer Fingerkuppe die runden Schriften nach und ließ das Papier plötzlich fallen, als stünde jemand dahinter.

Aber natürlich war da nichts.

Da waren Taubenfedern, die an meinen Sohlen klebten, und Äste, auf die ich versehentlich getreten war. Braune Gewächse rankten sich durch die leeren Fensterzargen bis an die Dachschindeln hoch, sah ich,

Pflanzen mit fleischigen Blättern, die bei Berührung eine stinkende, graue Flüssigkeit erbrachen. Alles war davon verklebt. Da war das tierische Knistern, das sich in dunkle Ecken zurückzog, wenn man danach Ausschau hielt, das Rascheln in Papierhaufen, das Klopfen in den verbliebenen Heizungsrohren, die nach der Demontage der Heizkörper aus den Wänden ragten.

Die Tür in das Klassenzimmer stand offen. Wie von selbst ging ich hinein, als würde ich das Klassenzimmer meiner eigenen Schule betreten.

Verschmierte Kreidereste auf dem Boden, hier oben fielen noch letzte Strahlen der Nachmittagssonne ins Zimmer.

An den Rändern standen sogar noch einige Tische, die, wie um einen der gefürchteten Sesselkreise zu bilden, zur Seite geschoben waren. Karten aus dem Geographieunterricht lagen zusammengerollt auf dem Boden, als wären sie eben zur Seite gelegt worden: Rohstoffe der Welt, politische Systeme, die es nicht mehr gab, heute gescheiterte Staaten, Länder, die nicht mehr existierten. Auch diese veralteten Karten waren mit dem seltsamen Pflanzensaft zusammengeklebt, sodass der Karton beim Auseinanderrollen einriss.

Als wollte er das Menschsein ausleuchten, hatte jemand das Wort *fuck* in den Staub auf dem Spiegel über dem Waschbecken gezogen, daneben das Wort *love,* das Wort *death.* Eine Flasche Mineralwasser stand dort. Sie war angebrochen, das Wasser sah noch frisch aus. Jetzt drehte ich mich nach der Tafel herum. Ein slowakischer Satz, den mir mein Freund später mit: *Mein Vater wohnt in einem großen Haus* übersetzen würde.

Da waren sie wieder, dachte ich, die Buchstaben der Kinder und die grünen und roten Umkreisungen der Endungen und die Schwammspuren an der Tafel und der Geruch nach feuchtem Kreidestaub.

Ich machte einen Schritt darauf zu. Im gleichen Moment kam ein Geräusch hinter mir. Und plötzlich begriff ich, dass jemand hier war, direkt hinter mir.

Aber es war nicht Ina.

In der Tür, durch die ich eben hereingekommen war, stand der alte Mann, der mit Ina beim Frühstück gesessen war. Völlig außer Atem stützte er sich an den Türrahmen, er konnte kaum den Kopf heben. Wie zur Umarmung streckte er mir die andere Hand entgegen, blieb aber heftig atmend stehen und wartete, bis ich ihn erreicht hatte.

Ohne etwas zu sagen, blickte er mich an. Dann ging er an mir vorbei in das Zimmer hinein. Er sah sich um und ließ dann seinen Mantel über eine Stuhllehne fallen, dabei rutschte ein brauner Papiersack ein Stück weit heraus und der Griff eines Messers. Auch Inas Handy. Und wie durch dieses Geräusch dazu verleitet, drehte er sich zu mir um.

«Es tut mir leid», sagte er nur.

Auch er sprach Deutsch, aber es überraschte mich mittlerweile nicht mehr, die Alten in diesem Dorf Deutsch sprechen zu hören. Er zog einen zweiten Stuhl für mich unter dem zerkratzten Tisch heraus, immer noch keuchte er, und ich begriff, dass er mir durch das Schulgebäude nachgelaufen war. Er hatte wohl auf der Straße auf mich gewartet, ich hatte ihn aber übersehen. Er hatte mir in die Dunkelheit durch den Turnsaal folgen müssen, an den Schlafsäcken und Kochstellen der Obdachlosen vorbei bis hier hinauf. Er schien mir verwirrt, er wollte von etwas sprechen, aber sein Blick fiel auf den braunen Papiersack, der aus seiner Manteltasche gerutscht war: eine, nein zwei Topfengolatschen waren darin. Er ließ sie aus dem Papiersack auf den Saum seines Mantels rutschen, wo er sie in Stücke schnitt. Ich erinnerte mich jetzt auch an den Stand am Marktplatz, an dem er sie gekauft hatte.

«Es ist das Handy deiner Frau», sagte er. «Das hast du schon richtig erkannt.»

Seine Stimme war von einer unangenehmen Heiserkeit. Er nahm meine Hand, die er nicht losließ, bis ich mich ebenso wie er auf den Kinderstuhl gebuckelt hatte. Wieder saß ich auf einem dieser Kinderstühle, dachte ich. Eine große Traurigkeit, nein eine Verzweiflung, dachte ich, lag in seinem Blick. Er rückte Inas Handy näher an mich heran, als wollte er sagen: Hier, deine Frau. Seine Finger rochen nach der Süße des Staubzuckers.

Tatsächlich hatte er schöne Augen, warm und dunkel, aber sie stachen auf eine unangenehme Weise aus seinem von mehreren Stirnnarben entstellten Gesicht heraus.

«Ja, ich habe an dich geschrieben», sagte er.

Immer wieder hielt er mitten im Satz inne, weil ihm die richtigen Worte nicht mehr einfielen, aber immer, wenn ich ihm helfen wollte und seine Gesten, mit denen er etwas aus der Luft fischte, zu Worten machte, schüttelte er den Kopf und beendete selbständig seine Sätze.

Er sagte: «Du kennst das Gerät. Es ist ihres. Und glaub mir, ich habe es nicht gerne getan!»

Ich wusste nicht, was ihm zuerst entgegenwerfen. Auf alles schien er sich eine Antwort zurechtgelegt zu haben; bevor ich noch ein Wort gesagt hatte, legte er die kräftigen Finger um meinen Oberarm, zog mich in seinen Atem hinab: «Ich werde erzählen!», sagte er, «du hast es jetzt falsch im Kopf! Sie liebt dich. Alles andere wäre verrückt zu denken. Da gibt es keinen Zweifel!»

Er suchte nach den richtigen Worten, aber ich dachte immer nur: Er wird dir jetzt mit einer Lügengeschichte kommen, ich blickte abwechselnd in sein hässliches Gesicht und auf die Scheiben von Topfengolatschen auf seinem Mantelsaum, lass dir jetzt keine Lügen erzählen, sagte ich mir. Ich wollte ihn anspringen, tatsächlich dachte ich daran, ihn zu überwältigen, und er wusste, dass ich so dachte. Sein zuckriger Zeigefinger drückte nun auf Inas Handy, vielleicht um meine letzte Nachricht zu lesen, sie wegzudrücken oder zu löschen. Er hinterließ auch hier einen Ring aus Staubzucker auf dem Display, der nur langsam von dem immer noch rasendem Atem dieses gewaltigen Mannes zerblasen wurde.

Ich sah, dass er weinte. Es machte mich still.

«Ich weiß, was du denkst», sagte er.

Aber anstatt zu erzählen, griff er wieder nach der Topfengolatsche. Diesmal riss er sie mit zwei Fingern in Fetzen, anstatt sie wie zuvor zu zerschneiden, er fuhr mit der Hand in die Manteltaschen. Tatsächlich bissen wir – beide einem plötzlichen Heißhunger verfallen, der mir alle Fragen austrieb – in die Süße dieser Topfengolatschen, wir leckten den

Zucker ab und wir sahen einander an, während wir das taten. Immer wieder blickte er sich um, «dieses Zimmer», rief er verwundert aus, und er sah mich an, als wollte er mich etwas fragen. Er kaute, schluckte, aber vergaß dann, schnitt weitere Streifen ab, legte das Messer beiseite, sah mich an, als erwarte er etwas, lächelte. Seine Verwirrung steckte mich an.

«Sie ist eingesperrt», begann er ganz plötzlich, und ich fuhr ihm an den Kragen: «Was meinst du?», und ich hätte ihn gerne erwürgt, als er einfach wiederholte: «Sie ist eingesperrt, sie ist im Haus eingesperrt, in der Ruine.»

Er löste sich ganz leicht aus meinem Griff. Es kostete ihn gar keine Anstrengung. Er stand auf und ging einige Schritte durch den Raum, klopfte den Zucker von der Hose. An der leeren Zarge blieb er stehen und sah nach drüben in eines der Hotelzimmer. Ein Windstoß fuhr ihm in die leeren, wie lose graue Fäden an seinem kleinen Schädel hängenden Haarbüschel. Sonnenlicht lag jetzt auf seinem Gesicht.

«Ich erzähle alles von Anfang an», sagte er. «Das ist das Beste.»

Unter seinen groben Fingern brachen noch weitere Ziegelstücke aus der Zarge, und ich dachte plötzlich, wie leicht er jetzt auf die Straße hinausfallen könnte. «Der Mann auf der Fähre hat mich angerufen», sagte er.

Dann wandte er sich um, als würde er einem Tier nachsehen, das in die alten Zeitungsblätter geschlüpft war, tatsächlich war ja überall dieses tierische Knistern und Rascheln.

«Ja, der Mann auf der Fähre», wiederholte er schnaufend. «Wenn er Frühdienst hat, schläft er dort. Er ist aufgewacht, weil es so still war.» Er sah mich an. «Es ist die Stille, die einen weckt, verstehst du?»

Immer noch hatte ich Lust, diesen alten, hässlichen Mann durch das Fenster auf die Straße zu werfen.

«Der Fährmann hat die Decke zurückgeschlagen», erzählte er weiter, «und ist nach draußen auf die Ladefläche gegangen. Da stand deine Frau. Du weißt, sie war auch vorher schon bei ihm. Sie liebte diese Fähre. Aber diesmal war sie nicht allein. Da war der Säugling vor ihrer Brust in einem Tuch.»

Er machte jetzt einen Schritt auf mich zu, aber er führte den Schritt nicht aus, sondern stellte den Fuß gleich wieder neben den anderen. Er formte eine Geste – es sah aus, als wollte er etwas straffziehen.

Er wandte sich jetzt von der Zarge ab, ging von der Helligkeit zurück ins Dunkel, ich beobachtete die Schatten, die auf seinen Gesichtsnarben auf- und abtauchten, er setzte sich wieder zu mir und blies mir seinen Zuckeratem auf die Wangen. Wie schwarze Tautropfen hingen Melanome an seinen Wimpern.

«Steiner», sagte er, der Name habe ihn sofort wachgerüttelt. «Der Fährmann rief mich an und sagte *Steiner*, und er sagte, eine Frau sei hier bei ihm mit einem Baby und einer Verzweiflung, die ihn ängstige. Die Frau hieße Steiner, und ob ich kommen könne. Sie wolle mit jemandem sprechen, der Steiner gekannt habe, eine Verrückte. Und ich habe Steiner gekannt.»

«Diese Stille, in der alles laut wird», sagte er. «In dieser Stille wird jeder Atemzug zu einem Schrei, jeder Schritt dröhnt, als würde man in seinem eigenen Kopf auf Kieselsteine treten.»

So habe der Fährmann gesprochen.

«Ich bin sofort gefahren», sagte der Mann. «Der Sturm hatte große Äste auf die Straßen geworfen, ich hatte Angst vor dem Wasser, das in den Serpentinen stand.»

Er sah mich an und dann weg und sagte vor sich hin: «Steiner», und dann: «Steiners Enkelin» oder «ein Steinermädchen», «eine Steinerfrau». Er schüttelte den Kopf.

«Deine Frau wartete schon unter dem Dach des ehemaligen Zollgebäudes, als ich ankam, auf den aufgesprungenen Betonplatten, das Baby fest an sich gedrückt. Eine Verrückte, habe ich bei ihrem Anblick sofort gedacht. Etwa zwei Uhr nachts, vielleicht drei. Das Licht der Fähre lag auf dem Wasser und der Wind blies darüber, sodass es sich kräuselte.» Und plötzlich sagte er: «Jede Selbstmörderin, die dich so von der Seite ansieht, will nur eines wissen: ob du ihr nachspringst.»

Beim Wort *Selbstmörderin* hatte ich ihn am Mantel gefasst, er blickte auf meine Hand und auch ich blickte auf meine Hand.

«Kein Selbstmord», rief ich etwas zu laut aus. Ich mochte nicht, wie er Ina zweimal während seiner Ausführungen eine Verrückte genannt hatte, immer wieder hatte man Ina eine Verrückte genannt, allein, weil man ihr nicht zugehört hatte.

«Warte!», sagte er.

Er habe nur zu ihr gesagt: Komm mit! Und sie sei ihm sofort zum Wagen gefolgt, er habe ihn gestartet und bis Limbach hätten sie kein weiteres Wort mehr gesprochen.

Er stand jetzt auf, er klopfte sich wieder Staubzucker aus dem Hosenstoff, streckte dann die Hand aus, die ich nahm und die klebrig war, aber nicht auf unangenehme Weise.

«Podobný», sagte er.

Das war sein Name. Ich nannte ihm meinen, und er nickte, setzte sich wieder, und für eine Weile starrten wir nur auf die Stücke von Topfengolatsche zwischen uns auf dem Mantelsaum, bevor er sich aufrichtete und mich wieder anfasste. Auch das war nicht unangenehm. In seinem Blick las ich, dass ich mich jetzt näher um ihn hätte kümmern müssen, wer er war, aber ich fragte nichts, sah ihn nur an und nach etwa einer Minute, in der mein Griff zuerst bis zur Schmerzhaftigkeit fest und dann im Gegenteil so leicht geworden war, als wäre unter seinem Mantel keine Gegenkraft mehr, setzte er sich wieder und sank in sich zusammen.

Während der Fahrt habe Ina versucht das Kind zu stillen, erzählte er, aber das sei nicht möglich gewesen. Ich versuchte, mir das vorzustellen, ich fragte, wie sie das Baby gehalten habe, er zeigte es mir, aber ich schüttelte den Kopf, er beschwor mich, «du kannst es dir nicht vorstellen», sagte er. Er habe nicht angehalten, erzählte Podobný, auch nichts gesagt. Sie seien ganz still nebeneinander im Wagen durch die Orte gefahren, als gebe es eigentlich gar nichts zu besprechen. «Da war dieses schreiende Kind», sagte Podobný, «aber ich habe mich daran gewöhnt. Man hört es nur anfangs, irgendwann hört man es nicht mehr.»

Nachdenklich kratzte sich Podobný mit der Faust am Kinn. All diese spinnenförmigen Melanome, die sich bei seinem Lächeln bewegten, machten mir Angst. Er wischte Teigkrümel vom Tisch.

«Und dann?», fragte ich.

«Ja, dann», sagte er.

Aber es dauerte, bis er weitersprach. Das Wort *eingesperrt* lag jetzt in meinem Kopf, ich blickte auf Podobnýs Lippen und dachte, er würde dieses Wort jetzt sagen müssen, weil ich so stark daran dachte. Ich hatte auch das Gefühl, dass er an dieses Wort dachte: Ina sei eingesperrt, «deine Frau ist eingesperrt», aber er wischte nur den Tisch mit seinem Ärmel ab und stand dann auf, um seine großen, haarigen Hände auf die Lehne seines Kinderstuhles fallen zu lassen. Alle Möbel hier waren auf irgendeine Weise beschädigt, dachte ich. Alles, was hiergeblieben war, war wertlos. Der Pfarrer hatte Recht gehabt.

Auch ich stand jetzt auf, von der grässlichen Unruhe, die dieses Wort *eingesperrt* in mir verursacht hatte, aus dem Stuhl gestoßen.

Er fuhr mit einem slowakischen Satz fort, den er einmal wiederholte, von der Lehne nach mir aufblickend.

«Was sagst du?», rief ich.

«Ein Krankenhaus», sagte er jetzt auf Deutsch. Er habe an ein Krankenhaus gedacht, sagte Podobný jetzt und lachte kurz, aber völlig unüberzeugend. Auf den letzten Kilometern hierher nach Limbach sei dieser Gedanke, mit Ina und dem Baby in ein Krankenhaus zu fahren, in ihm herangewachsen, in den letzten Serpentinen habe er immer an ein Krankenhaus gedacht. Aber an der Ortseinfahrt sei er stehen geblieben und habe sie bei laufendem Motor angesehen, und sie habe ihn angesehen. Und er sei froh gewesen, als sie von selbst vorgeschlagen habe, ins Hotel zu gehen, um dort eine Nacht zu bleiben. Nicht nachts *in ihrem Zustand*, sagte er, durch den Ort irren.

«In welchem Zustand?», fragte ich.

Er schüttelte den Kopf. Er konnte es mir nicht erklären.

Sie habe eingewilligt, erst am nächsten Morgen und mit ihm gemeinsam auf den Hof ihres Großvaters zu gehen, noch nicht gleich, habe sie zugesagt, erst morgen. Es sei schon spät.

Sie seien gemeinsam ins Hotel gegangen. Die Rezeptionistin im Seminarhotel habe ihnen ohne Weiteres ein Doppelzimmer gegeben. Er habe es bezahlt.

Ina sei vor ihm ins Zimmer gegangen und habe sofort alle Vorhänge zugezogen. Nachdem sie sich mit dem Baby auf das Bett gelegt habe, habe er sie alleine lassen wollen, er habe auf das Baby an ihrem Bauch gedeutet und gesagt, dass sie es womöglich wickeln müsse, da habe sie plötzlich laut aufgelacht, «über meine Hand», sagte Podobný.

«Was meinst du?», fragte ich.

Er knöpfte seine Hemdsärmel auf. Er streckte mir die Hand entgegen. Durch die Fensterzarge fiel etwas Sonnenlicht darauf.

«Hier, meine Hand», sagte er.

Ina habe die Worte *haariger Vater* gesagt. «Haariger Vater», sagte Podobný jetzt, er habe das nicht richtig verstanden. Vielleicht verstehe er es auch jetzt noch nicht richtig. Sie habe ihn immer wieder «haariger Vater» genannt.

Ich betrachtete die Haare auf seiner Faust und jene, die unter seinem Kapuzenpullover hervorsprossen. Du bist doch ein haariger Vater, habe sie gesagt und später: «Du bist *mein* haariger Vater, jetzt bist du mein haariger Vater», ja, sie habe ihn *ihren* haarigen Vater genannt.

Ich lachte jetzt, verschluckte mich, stieß mit der Faust gegen die Tischplatte.

«Haariger Vater», sagte ich, davon gequält, diese Worte einige Male in dichter Abfolge hintereinander ausstoßen zu müssen. «Und weiter?», fragte ich.

Als er die Hand auf die Türklinke gelegt habe, um sich zu verabschieden, sei sie plötzlich mit dem Baby vom Bett aufgesprungen. «Bitte bleib hier!», habe sie gesagt. Sie habe Angst. «Wovor?», habe er gefragt. Und sie: «Vor dem Kind.» Sie wolle jetzt nur nicht allein mit dem Baby sein. Sie habe auf die Balkontür geblickt. «Du glaubst doch nicht etwa, dass ich irgendwann heute Nacht aufwachen und dort hinausgehen und hinunterspringen werde?», habe sie gefragt.

«Ich habe sofort wieder an das Krankenhaus gedacht, dass ich jetzt dort anrufen muss», sagte Podobný, «dass ich jemanden holen muss.»

«Und was hast du gemacht?», fragte ich ihn.

Ich spürte, dass ich einem Schwindel nahe war. Ich war infolge meines Lachens aufgesprungen und ein paar Schritte an die Zargen auf das Schattenmuster zugegangen. Es hätte mir gutgetan, mich wieder hinzusetzen, dachte ich, es hätte mir gutgetan, Podobný aus dem Fenster zu werfen. Aber ich hielt mich wie Podobný zuvor an der leeren Fensterzarge fest und blickte hinaus in Richtung des Hotels. Ich zitterte, und als Podobný neben mich trat, bemerkte ich, dass auch er zitterte.

Er habe Ina nichts weiter zu antworten gewusst, sagte er. Er habe nur die Hand von der Klinke genommen, ganz langsam und den Mantel von seinen Schultern auf den Boden fallen lassen. «Ja», habe er nur geantwortet, «ja, das glaube ich.»

Die Sonne lag jetzt warm auf unseren Händen und im Gesicht. Für einen Augenblick hatte ich die Augen geschlossen, aber schrak dann wie aus einem Albtraum heraus hoch und sah Podobný neben mir an, auf dessen Gesicht ein verirrtes Lächeln lag, das er zu einem viel früheren Zeitpunkt aufgesetzt, dann jedoch wie auf dem Gesicht vergessen hatte. Ich sah mich jetzt selbst mit ihm hier im ehemaligen Klassenzimmer der verlassenen Schulruine, ich beobachtete mich, wie ich mich vorbeugte, um durch die leere Fensterzarge wieder aufs Hotel zu blicken, und wie Podobný sich jetzt löste.

Der Wind fuhr raschelnd in die Zeitungsblätter auf dem Gang, es wirkte laut wie ein plötzlich aufziehender Sturm, dazwischen Podobnýs Schritte. Vielleicht hätte ich ihm danken müssen, aber als ich etwas sagen wollte, gelang es mir nicht, es in angemessener Lautstärke zu sagen, sodass er es nicht hören konnte, sondern nur den Kopf schieflegte, um mich zu ermuntern, es noch einmal lauter zu sagen. Aber es war mir nicht mehr möglich.

Ich dachte, es sei jetzt nur noch möglich, mich oder Podobný aus dem Fenster zu stürzen, einmal dachte ich, er müsse aus dem Fenster fallen, dann wieder, ich müsse jetzt aus dem Fenster fallen.

Von hier aus sah man gut ins Restaurant hinüber, man bereitete das Mittagessen vor, trug Porzellankrüge mit Eiswasser an die Tische, faltete Tischtücher.

Hier hatte ich die beiden heute früh bei Tisch gesehen.

Es kam vor, dass er plötzlich Slowakisch sprach und mich verwundert ansah, wenn ich ihm nicht folgen konnte, er vergaß, dass ich ihn nicht verstand, aber sprach dann plötzlich wieder Deutsch, ohne das zuvor Gesagte zu wiederholen.

«Was hast du gesagt?», fragte ich ihn.

«Ach so», sagte er. Aber es dauerte, bis er sagte: «Ja, ja, du hast uns gesehen.» Und ich war sicher, dass es nicht das war, was er zuvor auf Slowakisch geäußert hatte.

Er erzählte, was Ina sich heute früh vom Buffet genommen hatte, einen Apfel, aus dem sie nur ein einziges Stück herausgeschnitten hatte, einen Teller mit Haferflocken und Joghurt. «Danach stand sie auf und ging mit dem Kind aufs Klo», sagte er. «Aber schon nach wenigen Sekunden kam sie wieder.» Es geht ja nicht, habe sie gesagt. Es geht nicht. Immer wieder diesen Satz. Er wiederholte ihn jetzt selbst mindestens vier- oder fünfmal: «Es geht ja nicht, es geht ja nicht», sagte er. Und er sah mich an, als erwarte er eine Entgegnung.

Ina sei in der WC-Tür gestanden, habe gar nicht geweint, sondern nur den Kopf geschüttelt. Auch in das Kopfschütteln der Kellnerin hinein, zu den anderen Gästen an den Tischen, den Österreichern, wie Podobný abschätzig sagte, habe sie immer gesagt: Es geht ja nicht. Auf Fragen habe sie gar nicht geantwortet, sondern immer nur diesen einen Satz gesagt.

Sie sei nur einige Schritte von der Tür weggegangen, aber gleich darauf wieder stehen geblieben, sie habe aus dem Fenster geblickt, dann auf das Kind, das sie an ihren Bauch gebunden hatte.

«Hast du sie nicht bemerkt?», fragte er. «Hast du deine eigene Frau mit dem Baby nicht bemerkt?»

«Wir sind aufgestanden und draußen in den Wagen gestiegen», sagte Podobný. Sie habe vor der von ihm aufgehaltenen Tür gezögert, dann die Hintertür aufgezogen und sei hinten eingestiegen wie in ein Taxi. «Ich habe Pulver an der Tankstelle gekauft.»

«Pulver?», fragte ich.

Er überlegte: «Ja, Pulver», sagte er. «Pulver für das Baby.»

Ich riss mich jetzt los. Im hinteren Teil des Klassenzimmers standen sogar noch Bücher in Umzugskartons.

Das Wort *Psychiatrie* fiel mir ein, und ich blickte hoch und sah, dass Podobný im gleichen Moment ebenfalls zu mir hochsah, als hätte er dieses Wort ausgesprochen. Er schüttelte den Kopf. Er schnitt jetzt wieder Stücke aus der Golatsche.

«Deine Frau ist jetzt in diesem Haus», sagte er.

In einem deutschen Buch fand ich Handzeichnungen von Sperlingen und Amseln: *Brehms Thierleben. Band Eins. Vögel sind Weltenbürger* – man hatte das deutsche Buch hiergelassen, und ich zog es heraus und warf es auf den Boden. Ich kniete mich hin und blätterte durch die alten Seiten, und ich hob die Hand, als wollte ich damit sagen: Ich habe genug gehört, lass mich jetzt in Ruhe mit deinen Geschichten.

Aber er sagte sofort wieder: «Sie ist eingesperrt. In Steiners Hof hat sie sich eingesperrt.»

Ich hörte, wie er jetzt weiterging, aus der Helligkeit am Fenster zu mir nach hinten, das Licht glitt von seinem Körper herab wie eine helle Decke, ich wollte gar nicht mehr hinsehen, sondern hörte nur auf das Knistern seiner Schritte auf dem Zeitungspapier.

«Sie ist in der Dachkammer. Sie hat sich eingesperrt. In der Ruine.» Er stieß mit dem Schuh gegen den Umzugskarton, ob Absicht oder nicht, konnte ich nicht sagen. Er warf einen Blick über die Bücher, die ich durcheinandergebracht hatte, schichtete eines um.

«Mit dem Kind», sagte er.

Aus den Augenwinkeln sah ich, wie er jetzt weiter Richtung Tür ging, als wollte er mich mit meinen Büchern im Raum zurücklassen. *Band Zwei* las ich. *Niedere Thiere. Der Kreis der Würmer. Eine neue Welt des Lebens thut sich vor uns auf, aber nur vor den Augen derjenigen, welche eifrig suchen.*

Mit der Zungenspitze ertastete ich ein Stück Topfengolatsche zwischen den Zähnen. Darauf biss ich jetzt so fest, dass mir ein peitschender Schmerz in den Zahn fuhr.

Immer wieder sagte Podobný jetzt das Wort *Dachkammer*, aber so, als wäre das gar nichts Besonderes.

«In der Dachkammer?», fragte ich, und sofort bestätigte er: «Ja, in der Dachkammer.»

«Was ist dort oben?», fragte ich.

«Nichts», sagte er.

«Und was tut sie dort?»

«Ich weiß es nicht. Es ist ja deine Frau. Wir haben den Hof heute Vormittag besucht», sagte er, «erst vor ein paar Stunden.»

Ina habe darauf bestanden, als Erste durch das Hoftor zu gehen. Er habe Angst vor der unsicheren Statik des Gebäudes gehabt, aber schließlich seien sie hinein, sie sei mit dem schlafenden Säugling im Arm in die ehemalige Stube, in der nur noch ein rostiges Ofenrohr aus der Wand hing, durch die große Knechtkammer. Immer wieder habe er sich über die Statik des Gebäudes geäußert. Er habe vorgeschlagen zurückzugehen. Abwechselnd habe er vorgeschlagen, zurück in den Wagen zu steigen und zu sich nach Hause zu fahren, und sich über die unsichere Statik geäußert. Sie habe sich nur nach ihm umgedreht. «Das ist unser Haus», habe sie gesagt. Das habe geklungen, sagte Podobný, als hätte es Steiner gesagt. Und vor seinen Augen sei Ina dann die Leiter zur Dachkammer hochgestiegen. Er habe sie nicht abhalten können. Auf den ersten Stufen habe sie ihn vor Zorn angebrüllt, später nicht mehr. Sie habe sich oben umgesehen, ihre Schritte habe er deutlich über sich hören können. Und wieder habe er von der unsicheren Statik gesprochen, dass sie durch die Decke brechen könne. Das Gebäude ist alt, habe er gesagt, du brichst mit dem Kind durch die Decke. Jetzt immer lauter und eindringlicher: Du brichst mit dem Kind durch die Decke. Ihr Gesicht sei dann wieder in der Luke erschienen. Sie habe das Baby auf den Dachboden gesetzt, ihn nur noch einmal angesehen und dann ganz plötzlich die Luke zugeworfen, ohne weitere Worte. Das Geräusch des vorgelegten Riegels habe er zuerst nicht ernst genommen. Auf Rufe habe sie nicht mehr geantwortet. Es sei finster dort oben, wisse er. Und kalt.

Ich unterbrach ihn jetzt. Ich warf das Buch mit den Würmern und

Raupen zu. Ina würde sich nicht umbringen, sagte ich. «Es reicht mir jetzt mit deinen Geschichten!»

Ich packte ihn an den Oberarmen, die weich waren und keinen Widerstand boten. Ich konnte meine Finger tief in den Mantel hineinbohren, und er lächelte auf eine seltsame Weise, die mir unbehaglich war.

«Ina bringt sich nicht um!», sagte ich.

«Ja», sagte er.

Er war während dieser Erzählung immer wieder von mir an die leere Fensterzarge und zurück und an die Tür und wieder zu mir zurück gelaufen. Als hätte er die Geschwindigkeit nicht mehr drosseln können, stand er jetzt viel zu nahe bei mir. Er stieß mich fast um, so dicht trat er an mich heran. Erst dann habe er bemerkt, dass er immer noch ihr Handy bei sich trage.

«Woher hast du ihr Handy?», fragte ich.

«Sie hat es mir schon auf der Fahrt gegeben.»

«Warum?»

«Sie meinte, ich solle dir schreiben, sie könne das nicht. Sie wisse, dass sie dir schreiben müsse, es sei eine Qual, das zu wissen. Aber sie könne das nicht, hat sie mehrmals gesagt. Alles, was sie schreibe, sei unrichtig. Sie schreibe einen Satz und lösche ihn gleich danach wieder, und das seit mehreren Stunden. Es mache sie wahnsinnig. Bitte, habe sie gesagt, schreib du ihm.»

Sie habe ihr Handy aus der Tasche gezogen und ihm gereicht und erleichtert aufgeatmet, als er es genommen habe, froh, es los zu sein.

Das habe sie noch gesagt. Auf die Frage, was er, Podobný, mir denn schreiben solle, habe sie zu weinen begonnen. Das sei alles.

Er hielt jetzt Inas Handy hoch, steckte es aber gleich wieder ein und sagte, wir müssten jetzt sofort dorthin fahren. Er bringe mich hin. «Wir gehen jetzt zu Steiners Hof. Vielleicht hat sie aufgemacht.» Und er sah mich an, und was er nicht sagte, war: Vielleicht hat sie sich bereits umgebracht.

Er lief voraus. «Jetzt komm schon!», hörte ich seine Stimme. «Jetzt komm schon!»

In der Dunkelheit des Treppenhauses sah ich ihn nicht mehr. Ich rief ihm nach: «Ina bringt sich nicht um, du kennst Ina nicht.»

Ich hörte seine Schritte, er stieß gegen etwas, es schien, als wäre er gestürzt. Seine Schritte waren die eines Jungen. «Kein Selbstmord!», brüllte ich ihm nach und dachte gleichzeitig, dass man diesen Ausruf auch im Hotel gegenüber hatte hören müssen, rief aber noch einmal: «Kein Selbstmord!» Und ich bildete mir ein, dass eine der Serviererinnen an den Frühstückstischen den Kopf nach der Schulruine drehte.

Ich war plötzlich nicht mehr sicher. Wir glauben, die Menschen, mit denen wir jahrzehntelang in denselben Zimmern wohnen, zu kennen, dachte ich, wir glauben zu wissen, wozu sie fähig sind, bis wir sogar glauben, jede einzelne der ihnen möglichen Handlungen voraussehen zu können. Und plötzlich tun sie etwas, mit dem sie alle – womöglich sogar sich selbst – vor den Kopf stoßen.

Erst auf der schmalen Brücke holte ich Podobný ein. Er war stehen geblieben, um eine Insulinspritze aus seiner Manteltasche zu ziehen. Er krempelte sein Hemd hoch und stach sich die Injektion in seine graue, dicht behaarte Bauchfalte.

Knapp nach der Tankstelle führte uns ein unscheinbarer Trampelpfad in Sichtweite der Polizeischule in die Nähe des Weinberges. Auf meinen Hinweis, der Pfarrer habe mir einen ganz anderen Weg beschrieben, schüttelte Podobný nur den Kopf.

Erst viel später, als er keuchend auf einem Schotterweg, der sich mehrere hundert Meter steil zwischen großen Birken den Berg hinaufzog, um Luft rang, meinte er: «Den Weg zur alten Staffeltreppe auf den Weinberg gibt es nicht mehr.» Er sei von einer Mauer des neuen Agrarkonzerns versperrt. Ein belgischer Konzern habe das gesamte Weinbaugebiet gekauft. «Es ist gar nicht schwierig, zu Steiners Ruine zu gelangen. Du musst nur dem Wanderweg folgen, der in Richtung der Schutzhütte auf *tri brasty* führt. Merkst du dir das?»

Das sei einer der Gipfel in den Kleinen Karpaten.

Er hatte kaum Luft genug, um auf die Markierungen, die deutlich vom Grau der Stämme herausstachen, zu deuten. «An einem Bach geht man am Bachbett entlang», sagte er. «Warte!»

Er schleppte sich weiter, bis er nach einigen hundert Metern stehen blieb. «Hier, ja hier», und zeigte auf die Spuren im Matsch. «Das Wild nimmt den gleichen Weg wie der Mensch!»

Der Waldboden war mit weiß blühendem, duftendem Bärlauch bedeckt. Der Schrei eines Greifvogels, gefolgt von einem zweiten, ließ mich zwischen den alten, dicht aneinanderstehenden Birkenstämmen hochblicken, aber nichts war zu sehen.

Der Anstieg hatte Podobný viel Kraft gekostet. Ein Ast hatte sich an einem seiner Schuhe verfangen, er hatte aber nicht die Kraft, um sich danach zu bücken. Mit schief herabhängendem Mundwinkel stand er vor mir, sodass ich meinte, er würde jeden Augenblick umkippen und liegen bleiben. Ein fingerlanges Birkenkätzchen hatte sich in dem flusenartigen Haargeflecht an seinem Kopf verfangen. Die Hände zitternd ausgestreckt – eine missglückte Geste, mit der er mich auf die Wildschweinspuren hatte hinweisen wollen –, starrte er mich an.

«Sollen wir rasten?», fragte ich ihn.

Aber er schüttelte sofort den Kopf, spuckte festen Schleim auf die Farnblätter zu seinen Füßen und deutete dann mit dem Kinn.

Es war das erste Mal, dass ich Steiners Hof sah.

Und mein erster Gedanke war, dass ich Ina und das Kind unverzüglich aus dem verfallenen Lehmbau zu schaffen hätte. Wir standen noch in etwa viertelstündiger Entfernung. Einige Serpentinen führten weiter durch den Birkenwald hoch und dann über eine baumlose, nur von einigen größeren Felsbrocken besetzte Grasebene. Aber auch von hier aus erweckte die Ruine bereits den Eindruck, als könnte sie jeden Moment einstürzen. Ein Sturm hatte das Satteldach eingedrückt, ein Fensterstock war aufgebrochen, die Dachrinne davor hing in der Mitte abgerissen bis in den Hof herab.

Das Hundegebell wurde jetzt lauter. Ich drehte mich gerade noch rechtzeitig um, als ein ganzes Rudel vor uns aus dem Unterholz schoss, keine zwanzig oder dreißig Meter entfernt, graue, abgemagerte Tiere, die

die Zungen weit zwischen Schneidezähnen und Reißzahn heraushängen ließen. In der Mitte des Feldweges biss eines der Tiere in einen plastikverpackten Salatkopf, der aus irgendeinem Grund hier gelandet war und schleppte ihn mit sich.

«Die Hunde», sagte ich.

Aber Podobný nickte nur, und als ich ihn fragte, ob er sie nicht auch gesehen hatte, keuchte er nur und wiederholte: «Hunde, ja, Hunde.»

Er hatte seine Spritze wieder aus der Manteltasche gezogen, zog sein Hemd hoch, und während er die Injektionsnadel in seine Bauchfalte einführte, sah ich den Hunden nach, die bereits hinter uns zwischen den blühenden Veilchen über die Lichtung liefen.

«Bist du sicher, dass wir nicht noch rasten sollen?», fragte ich.

Aber Podobný schleppte sich weiter, als ginge es um sein Leben.

Teil IV

Zwölf

Als wir Steiners Hof erreichten, war außer Podobnýs gierigen Atemzügen nichts mehr zu hören. Die gesamte Außenmauer war mit Graffiti und Zeichnungen besprayt. Einige Schritte vor dem Hofeingang, der gut erhalten war – nur das Tor selbst war aus den Angeln gebrochen –, stützte er sich keuchend gegen einen der großen Felsbrocken, die hier zur Wegbegrenzung verwendet worden waren. Er drehte sich nach mir herum, wartete, bevor er ans schief hängende Tor ging, unsicher den Blick auf den Torbogen gerichtet. Er fasste es mit beiden Händen, hob es in der letzten verbliebenen Angel an. Das Holz knirschte über Erde und Unkraut. Man sah ihm an, dass er nicht gerne eintrat.

Beim Durchqueren der Hofeinfahrt stieg Podobný auf ein Stück Blech, das Scharren ließ ihn kurz zusammenfahren. Er sah sich um, schien aber nicht zu bemerken, was dieses Geräusch verursacht hatte. Er wartete auf mich, ängstlich, wie mir schien, verstört. Ein einzelner zahnloser Rechen war an der Toreinfahrt montiert, als hinge er seit Jahrzehnten hier, von anderen Geräten zeugten nur noch die Haken an der Wand.

«Hier also», sagte ich.

Der ganze Innenhof war von derselben dickfleischigen Pflanze überwuchert, die ich auch schon im Schulgebäude gesehen hatte. Die biegsamen Äste hatten sich im Laufe der Jahre unlösbar ineinander verknotet, manche waren abgestorben, aber aus dem toten Holz waren wieder neue gesprossen. Ich bückte mich nach einem der glänzenden, etwa handtellergroßen Blätter. Jene ekelhafte Flüssigkeit, die ich schon von der Schulruine kannte, erbrach sich auf meine Fingerspitzen, ein süßlich-fauliger Geruch, der sich sofort tief in die Lunge legte und sich erst nach einigen Atemzügen von Zunge und Gaumen verflüchtigte.

«Wir müssen jetzt vorsichtig sein», sagte Podobný.

Vom Tor aus führte ein Arkadengang aus Ziegeln um den überwucherten Hof, der – wie mir schien – erst später angelegt worden war. Er führte zu mehreren niedrigen Räumen mit kleinen, etwa einen halben Meter tief in den Lehmmauern sitzenden Doppelfenstern. Die meisten davon waren verschwunden. In der Mitte des Hofes steckte ein Taubenschlag schief im Morast und war bis auf eine Mauer herabgesunken, im hinteren Teil des Hofes wild wuchernde, blühende Hollerbüsche, von grauem Gestrüpp verschlungene Baumstämme, die in regelmäßigen Abständen gepflanzt worden waren, sodass ich an ehemalige Obstbäume dachte. Was sie getragen hatten, war natürlich nicht mehr zu erkennen – sie waren längst von den Pflanzen erstickt worden. Ein verfallener Kaninchenstall lehnte am Tor, aufgebrochene Drahtkästen für Geflügel, in denen noch Stroh lag.

Auch die Arkaden waren besprayt worden, aber das schien schon Jahre zurückzuliegen, denn die Graffiti waren verblichen und von Moos und Flechten überwachsen. Ein Sturm hatte vor langer Zeit einen Holztisch umgekippt, das Holz war modrig und faul, in den Scherben einer tönernen Pflanzenschale glänzten einige fleischfarbene Wurzeln der seltsamen braunen Pflanzen.

«Hier», sagte Podobný nur und deutete. «In der Dachkammer.»

Ich hatte nicht erwartet, Ina so rasch wiederzusehen. Für einen Moment war ich erleichtert. Ich hob den Kopf, da stand sie hinter einem schmalen, schmutzigen Glasfenster, das Gesicht zur Seite gedreht. In der Dachkammer, dachte ich, sie ist tatsächlich in der Dachkammer. Die Fenster waren nur schmale, graue Schlitze, hinter denen Ina die Lippen wie im Selbstgespräch bewegte. Ich muss zugeben, dass sich auch mir im ersten Moment der Gedanke aufdrängte, sie sei nun tatsächlich verrückt geworden. Sie ging auf und ab, das sah man, alle paar Sekunden tauchte ihr Gesicht im schmalen Fenster auf, sie bewegte die Lippen, aber erst, als Podobný sagte: «Sie singt!», blickte ich wieder hin und blieb stehen und sah es.

«Sie singt», wiederholte ich erstaunt.

«Ja», sagte er, «sie singt.»

«Was singt sie?»

Soweit ich mich erinnern konnte, hatte Ina nie gesungen. In der Badewanne hatte sie leise vor sich hingesummt.

Ich konnte die Blicke nicht vom Fenster abwenden, in dem ihr Gesicht erschien, verschwand, wieder erschien.

«Von drinnen hörst du es besser», sagte Podobný. «Wir müssen erst hinein gehen.»

Er führte mich weiter in den Arkadengang. An einer Stelle hatte jemand gezielt Ziegel entnommen. Überall, sah ich, war dem Hof Substanz entnommen worden: Fenster und Dachrinnen waren ausgebaut worden, ein Stück Heizungsrohr lag abgeschnitten im Gestrüpp, an einer Stelle war Metallschrott gesammelt und aufgehäuft, aber offensichtlich im Arkadengang vergessen worden, sodass wir über den vollkommen verrosteten Schrott klettern mussten.

Ich bemerkte einige Gruben im Innenhof, die aber in den Jahren wieder von der mir unbekannten Pflanze zugewachsen waren, ausgerissene und aufgetürmte Planken. Ein Eichhörnchen saß zwischen einigen Tonscherben. In regelmäßigen Intervallen bückte es sich in die Scherben hinein, die unter dieser Bewegung wackelten und leise klirrten – neben dem Wind, der durch den Arkadengang heulte, für einige Augenblicke das einzige Geräusch.

Man konnte Podobný ansehen, dass er das Gebäude nicht ohne Angst betrat. Er seufzte, blickte über die Traufe hoch auf das Dach, dem an mehreren Stellen Dachschindeln fehlten. Aber schließlich schob er die Eingangstür auf, die nicht viel mehr als ein breites, mit Beschlägen verstärktes Brett war. Unter dieser Bewegung zerrissen geräuschvoll einige Pflanzenstiele, die bis unter den Türspalt herangewachsen waren. Auch das Holz am Türrahmen war morsch und stank. Ein matschiges Stück fiel herab.

Er war gerade erst eingetreten, als er sich sofort wieder zu mir umdrehte, mit gebücktem Oberkörper hustete er, und dann drehte auch ich mich herum und hustete. Der Geruch von Feuchtigkeit und Schimmel erschien im ersten Moment unerträglich, der Körper wehrte sich. Nach einer Weile aber spürte ich, wie der Druck in der Lunge nachließ, ich richtete mich auf, und auch Podobný atmete wieder ruhig – die Handballen an den Kniescheiben –, als wollte er sagen: Und hier ist sie mit dem Baby hineingegangen.

Das Erste, was ich sah, war ein etwa einen halben Meter breites Netz aus Spinnweben, das die Nische eines Ofenloches überspannte und im Luftzug sanft zitterte. Der Ziegelboden davor war mit einfachen Brettern ausgelegt, nur der Bereich, wo der Ofen gestanden war, ausgespart, davor eingetrocknete Ölflecken auf einem schmutzigen, zusammengerollten Teppich, auch Wachs, das knirschend unter Podobnýs Schritten brach, Spuren von Erde und Gras, die durch die Tür ins Haus geblasen worden waren, Zeitungen, faulende Blätter, Äste, Unmengen von Plastikmüll, zerbrochene und vom Regen blankgewaschene Schindeln. Durch Lücken im Dach fiel etwas Licht in den Raum. Sobald man die Wände berührte, glänzte Feuchtigkeit an den Fingerspitzen.

Am Ende des Ganges führte eine hölzerne Leiter nach oben bis an eine Luke. Sofort ging Podobný darauf zu. Ja, dort oben, nickte er. Hier hat sie das Kind hochgetragen.

Ich legte die Hand an die Sprosse, die feucht, aber stabil war. Ich kletterte hoch bis an die Luke.

«Sie wird nicht aufmachen», hörte ich Podobný.

Er wollte wieder hinaus, dachte ich, er blickte zu mir hoch und dann weiter auf ein Loch im Dach über sich. Er hatte Angst, der Wind würde ihm eine Dachschindel an den Kopf wehen.

Ich klopfte, horchte auf irgendein Geräusch, eine wahrnehmbare Bewegung über mir. Nichts. Podobný blickte von der unteren Leitersprosse zu mir hoch und ging dann an die Tür zurück, wo ich ihn nicht mehr sehen konnte. Dort, wo er gestanden war, warfen die fehlenden Schindeln einen Lichtfleck auf die schmutzigen Holzbretter. Es sah aus wie ein kleines Kreuz. Podobnýs Schritte strichen irgendwo draußen über ein Büschel Gras, und lange Zeit war es das Einzige, was man hörte.

«Ina», rief ich.

Aber es war wieder Podobný, der plötzlich wie aus weiter Entfernung sagte: «Hörst du das?»

Ich hielt den Atem an. Nichts.

«Du musst ganz still sein», sagte er. «Hör nur!»

Da war mir, als hörte ich zwischen dem Fauchen des Windes in den Rohren etwas, eine Stimme, eine Melodie.

«Was ist das?»

«Sie singt», sagte Podobný.

Er stand plötzlich wieder dicht unter mir an der Leiter. Der Lichtfleck lag nun auf seiner Schädeldecke. Er hob jetzt den Kopf, schirmte die Augen ab. Mit einer Hand hielt er sich an einer Sprosse, ich konnte spüren, wie er zitterte. Mit seinem Zittern zitterte die ganze Leiter, auf der ich stand. Ich verstand plötzlich, wie oft er am heutigen Tag hier schon gestanden hatte, genau an dieser Stelle, eine Hand an der Sprosse, klopfend, rufend und zitternd vor Angst nach Inas Geräuschen lauschend.

«Ich kann mich nicht erinnern, dass Ina früher gesungen hat», sagte ich.

«Ja», sagte er.

Ich konnte ihn nicht lange ansehen, denn das Licht blendete auf seiner Haut.

«Du hörst ja, wie sie singt», sagte er.

Es war eine einfache pentatonische Melodie, vier oder fünf Töne, die sie so langsam hintereinander intonierte, dass ich die Melodie erst nach einiger Zeit begriff. Sie hatte kein Talent, oft verfehlte sie die Töne, schrammte durch unsaubere Terzen und Quarten das ganze Motiv um Halbtonschritte hinab, aber weil sie es ständig wiederholte, bekam ich eine Vorstellung davon. Ich notierte die Melodie im Kopf.

«Es klingt wie ein Kinderlied», sagte ich. «Nein, ein Schlaflied.»

Wieder war Podobný unter der Leiter verschwunden.

«Bleib hier!», rief ich.

Ich hörte ihn eine Zeit lang nicht mehr, dann tauchte er wieder unter mir auf, und jedes Mal so plötzlich, dass es mich erschreckte: eine im Lichtfleck blendende Schädeldecke. Ein Mensch in Angst, dachte ich. Ein Zitterer.

«Du lächelst?», fragte ich.

«Es ist das Lied», sagte er.

Er hatte Angst, aber er summte jetzt mit Ina mit, die die ganze Zeit über sang, aber in so langsamem Tempo, dass ich mich ermahnen musste, acht zu geben, es für eine zusammenhängende Melodie zu halten.

Er lachte jetzt unter mir, gleichzeitig zitterte er.

«Gib doch acht auf die Leiter!», rief ich.

«Entschuldige», sagte er.

Aber er hörte weder auf zu zittern noch zu lachen.

«Du lachst?», fragte ich, und noch einmal, lauter, zu der unruhigen Schädeldecke unter mir hinab: «Du lachst?»

«Es ist das Lied», sagte Podobný. «Ich kann nichts dafür, es ist das Lied!»

Er stieg jetzt eine Stufe zu mir hinauf, obwohl unmöglich Platz genug für uns beide auf der Leiter war. Er kletterte so weit hoch, bis sein Kopf auf der Höhe meiner Füße war.

«Hörst du, wie ich mitsumme?», fragte er.

«Ja», sagte ich, «das höre ich.»

Er wollte weiter hinauf, wie von diesem Lied angelockt. Aber ich ließ ihn nicht weiterkommen. Ich wusste, ich würde ihn mit den Schuhabsätzen von der Leiter treten, wenn er mir zu nahe kam.

«Ina», rief ich.

Er lachte höhnisch, dachte ich, aber gleich darauf dachte ich: Er lacht, weil ihm sonst nichts bleibt. Wer ist das unter mir, fragte ich mich jetzt, und ich wusste, ich hätte ihm diese Frage schon viel früher stellen müssen. Ich beobachtete ihn, wie er jetzt – wie von meinen Blicken hinabgejagt – wieder in den Fleck aus Licht hinabkletterte. Er schlug die Hände vor seinem schmalen Brustkorb zusammen, riss den Mund auf. Er lachte und breitete die Arme aus, als hielte er jemanden an den Händen. War er nun auch verrückt geworden? Er setzte einen Fuß zur Seite, drehte sich, die Hände ausgestreckt, setzte wieder einen Fuß, drehte sich, hoppelte drei, vier Schritte zur Seite, drehte sich. Es dauerte eine Weile, bis ich es begriff: Podobný tanzte. Er hielt etwas, nein: jemanden an den Händen. Ein Kind, dachte ich, als ich auf seine Finger blickte, Podobný hielt ein Kind an den Händen, er drehte sich und auch das Kind drehte sich. Er tanzte Ringelreihen mit dem Kind auf den knackenden Brettern vor der noch offenstehenden Eingangstür, durch die der Wind den beiden Staub und Blätter vor die Füße warf. Er lachte jetzt lauter – ich wusste nicht, ob vor Freude oder in einem beginnenden Weinen, stieß kurze, slowakische Wörter aus, dann deutsche, die wie «Mein Gott, mein Gott» klangen. Er tanzte mit diesem Kind, ich dachte: ein fünfjähriges, ein sechsjähriges Kind, und dann dachte ich: Es ist Inas Vater, mit dem er tanzt. Er tanzte mit dem Steinerkind. Und er blickte dabei zu mir hoch, aber er sah mich gar nicht an, sondern summte die Melodie lauter, und endlich sang er selbst. Er unterstützte Inas Gesang, der von oben, aber nur schwach, durch die Luke drang, und sang von unten, und ich stand auf der Leiter dazwischen. Es war ein Kanon.

Es war wieder dieser Dialekt der Karpatendeutschen, den ich nur schwer verstehen konnte und der mich an Inas Großmutter denken ließ und an den schrecklichen Nachmittag vor dem Guglhupf. Hatte sie ihr dieses Lied vorgesungen?

«*Hentan Strauch laaft a Maus, geht se dremil fressen,*

woat ich beas mein Voota soogn, dea buat se dadreschen», sangen Podobný unter mir und Ina über mir. Es kam mir vor, als fordere sie Podobný heraus. Er lachte, und bald lachte auch ich, so absurd war dieses Bild des alten Podobný unter mir, der mit dem unsichtbaren Kind, dem unsichtbaren Inavater auf den Holzbrettern dieser Ruine tanzte, und Inas Stimme hinter der Luke trieb ihn an.

Dann blieb er stehen und starrte ängstlich an mir vorbei auf die Luke. Etwas war dort oben umgefallen. Der Säugling brüllte.

«Ina», rief ich.

Ich starrte aber nur in Podobnýs Gesicht, das plötzlich wieder voller

Angst war. Ich konnte nicht wegsehen. Und dann kam wieder Inas Summen.

Von einem Vater also, sagte Podobný später, der eine Maus erschlug, die sich am Getreide zu schaffen gemacht hatte, von einer Mehltruhe, die zerschlagen worden war, von einer zerbrochenen Pfanne mit Fett, von hungernden Kindern, die nach Nahrung schrien. Von Kieselsteinen, die statt Fleisch im Topf kochten.

Ich saß jetzt bei Podobný auf den Holzbrettern unter der Luke. Ich spürte die Feuchtigkeit, die sich aus dem Holz in der Kleidung festsaugte.

Ich wusste, dass Ina uns hören konnte, es gab keinen Grund, das zu verbergen.

«Ina, du hörst mich», sagte ich, und wie zur Antwort sang sie wieder eine Silbe, und dann noch eine. Es war schwierig, dem Text zu folgen, wenn Podobný nicht mitsang. Man hörte jetzt auch, wie sie über uns hin und her ging. Fünf Schritte in eine Richtung, über unsere Köpfe hinweg. Bei jedem zweiten Schritt sang sie einen Ton, und das Baby brüllte und beruhigte sich lange nicht. Ich stand auf, kletterte noch einmal hoch, ich schlug mit der Faust gegen die Luke, aber hielt plötzlich inne, als ich mich an die Erzählung ihres an der Badezimmertür rüttelnden Vaters erinnerte, an das Luftanhalten ihrer Mutter dahinter, an ihr stilles Beobachten auf der Treppenstufe. Ich zuckte zurück. Ich hielt die Faust still und öffnete sie schließlich.

Da war ein Spalt in der Luke, durch den ich einen Finger stecken konnte. Ich kletterte wieder hinunter, hob eine der Zeitungen auf, die hier überall herumlagen und rollte sie zusammen. Ich schob sie – ohne etwas darauf zu schreiben – durch den Spalt in die Luke. Ich hätte zumindest ein Wort umringeln können, dachte ich später, oder einem der slowakischen Politiker eine Brille auf die Nase malen.

Ich hörte, wie Ina jetzt aufstand und sich danach bückte, das Rascheln des Papiers. Ich war mir nicht sicher, ob da nicht ein leises Auflachen hinter der Luke erklang. Ina war vielleicht auch froh, dass ich hier war, dachte ich. Ich stellte mir vor, dass sie gleich die Luke öffnen würde, in meinen Ohren war das Geräusch des Riegels, der sich aus dem Verschluss löste, ihr Lachen. Es wäre alles ein Witz gewesen. Aber das Baby schrie und zerstörte mir diesen Gedanken.

«Sag etwas!», verlangte ich.

Aber nur das Holz knarrte. Ihre Schritte führten nur eine Handbreit über meinen Kopf hinweg in den hinteren Teil der Dachkammer. Dort blieb sie stehen.

Podobný folgte mir nach draußen. Wir gingen unter den Arkaden in den überwucherten und mit Altmetall und Glasscherben vermüllten Hof, an einem eingebrochenen Gebäude vorbei, das einmal ein Stall gewesen sein mochte. Wir traten Schrott und Altmetall von den Arkaden hinab ins Gestrüpp, im Nachhinein erschien es mir ungehörig, wie lange wir das taten. Wir hatten währenddessen nicht gesprochen, und als er plötzlich wieder damit anfing, kam es mir vor, als störte er damit einen natürlichen Ablauf.

Er erklärte, ein von dichtem Gestrüpp umrankter Haufen aus morschem Holz sei früher eine Laube gewesen. An einem Drahtnetz seien die Weinreben zu einem natürlichen Dach emporgeklettert.

Es war schwer, sich das vorzustellen.

Ich zog sofort das Foto aus der Manteltasche – es war tatsächlich die Laube, die man dort auf dem Foto sah. Ich zeigte es Podobný, er schenkte dem Foto aber nur einen flüchtigen Blick, vor allem, wie er Steiner ansah, fiel mir auf.

Ein anderer Haufen, den wir passierten, der eine Schweinebox gewesen war, sei früher noch nicht dagewesen, der Stall anders, «das ist neu», sagte er, und zeigte dabei auf Ruinen. Eine eingebrochene Ziegelmauer, die quer durch den Hof lief: neu, ein paar Bretter matschiges Holz – eine Scheune? – neu, ein Glashaus, in dessen Gerüst noch Scherbenreste steckten.

«Du willst Ina sehen?», fragte er mich.

Er lächelte auf eine Weise, als hielte er mich mit diesem Satz fest in seiner Faust.

«Ja, natürlich», antwortete ich.

Und als er jetzt lachte und seine gelben Zahnstummel bleckte, erinnerte ich mich nur zu deutlich daran, wie ich ihn in der Schulruine aus dem Fenster hatte werfen wollen.

Er führte mich durch das Gestrüpp bis zur Hinterseite des Hofes. Ich wusste: Überall hier war er auch heute Vormittag mit Ina gegangen. Er hatte ihr alles gezeigt wie mir. Im schlammigen Boden drohten die Schuhe steckenzubleiben. Er blickte hoch, und auch ich blickte hoch. Tatsächlich sah ich Ina von dieser Stelle aus besser als zuvor. Ein Stück des Dachs war an dieser Stelle eingedrückt worden. Irgendetwas, vielleicht ein fallender Baum, hatte einen etwa einen halben Meter breiten Spalt ins Mauerwerk gerissen. Dahinter ging Ina auf und ab und sang. Das konnte man sogar hören, und als ich schließlich den Kopf Podobný zuwandte, der dicht neben mir stand, sagte er nur: «Ja, es ist kalt dort oben. Vor allem nachts.»

Ich wusste nicht, was er vorhatte, als er jetzt vor mir ächzend in die Hocke ging und mit seinen Fingern in die feuchte, klebrige Erde zwischen unseren Schuhen stach. Es sah aus wie ein Kind, das mit Matsch spielen wollte, aber er kam dann traurig und mit einer Handvoll davon wieder hoch. Wir blickten beide darauf.

Ich fragte: «Was hast du jetzt vor?»

Er sagte: «Wir holen sie da raus.»

Und noch mit der letzten Silbe dieses Satzes schleuderte er den Matsch in den Mauerspalt hoch. Ich dachte: Als wollte er ein Tier verscheuchen.

«Bist du verrückt?», rief ich.

Ich stieß ihn nieder. Er fiel ins Gras und jammerte.

Vom Geräusch der gegen die Mauern schlagenden, feuchten Erde aufgestört, hatte Ina innegehalten. Sie sah sich um, konnte aber den Grund für das Geräusch nicht erkennen. Sie bückte sich nach etwas (nach dem Baby? War es getroffen?). Dann erst wandte sie den Kopf.

Ich hielt es im ersten Augenblick für ein Lächeln. Sie war tatsächlich im Mauerspalt stehen geblieben. Beide Hände hatte sie jetzt auf die aufgerissene Holzverschalung gelegt. Sie erschrak über die Feuchtigkeit und zog die Hände zurück. Man sah auch, wo der Wind in ihre Kleidung fasste.

Ich weiß, dass ich später öfters gedacht hatte: Vielleicht hat sie dich nicht erkannt. Es war dunkel hier unten im Hof. Sie hat dich nicht gesehen. Sie hat dich für Podobný gehalten.

Aber ich weiß, dass ich mir das einrede.

Sie legte drei Fingerkuppen an das Blech einer Dachrinne, die von der Traufe gerissen in den Spalt hing. Man hörte sogar das Ticken ihrer Fingernägel, oder waren das doch wieder nur die Eichhörnchen, die ihre Zähne in die Wurzeln versenkten? Ina strich sich eine Strähne aus den Augen, sie fuhr sich noch einmal ins Gesicht, um die Feuchtigkeit von ihrer Stirn zu wischen. Dabei fiel ihr Blick auf mich. Ich wollte etwas sagen, zögerte aber und trat dann nur noch einen Schritt auf sie zu, als sie sich sehr schnell, aber so deutlich, dass es keinen Zweifel geben konnte, mit der Fingerspitze über ihren Hals fuhr. Das hieß: Wenn du reinkommst, schneide ich mir die Kehle durch. Sie drehte den Kopf, vielleicht nach dem schreienden Säugling oder nach einer Spinne, die sich vom Türbalken über ihrem Kopf abseilte. Und verschwand. Wir sahen sie nicht mehr.

«Oder hatte es geheißen: Ich schneide dem Baby die Kehle durch?»

Podobný hatte darauf keine Antwort. Ich hatte ihm diese Frage auch gar nicht gestellt. Er sah mich nur so an.

Der Anblick einer nahen Kinderschaukel, die unter einem abgestorbenen Ast zwischen zwei Bäumen hing, überraschte mich. Mir war plötzlich klar, dass Ina heute Vormittag mit dem Säugling im Arm dort geschaukelt hatte, von ihm beobachtet. Podobný hatte die Schaukel im Ast verknotet und das überhängende Geäst abgebrochen. Er hatte es für sie getan. Sie hatte ihn darum gebeten. Sie war mit dem Säugling aufgesessen und hatte die Pflanzen mit ihren Füßen aus der Erde gerissen.

Podobný war traurig.

Er erwähnte jetzt eine Psychiatrie in der Nähe, ganz beiläufig geschah das, während er mit der Faust weitere Pflanzen und Äste von den abgestorbenen Bäumen riss. «Hier ganz in der Nähe liegt übrigens eine psychiatrische Station des Philippe Pinel», sagte er.

Im gleichen Moment husteten wir unter dem Gestank der brechenden Blätter. Ich half ihm, eine Zeit lang knickten wir wortlos die letzten störenden Äste und Blätter aus der Schaukelbahn, als wäre das jetzt das Allernotwendigste. Als wir fertig waren, setzte sich Podobný tatsächlich auf die Schaukel. Ich setzte mich zu ihm aufs feuchte Holzbrett, wir stießen uns ab und streckten und knickten die Beine, um Tempo zu gewinnen. Ich dachte jetzt nur noch daran, dass Ina uns durch den Spalt von ihrer Dachkammer aus beobachten konnte und wie das aussah: der greise Podobný und ich, wie wir auf der an die Äste gebundenen Schaukel saßen.

Ich studierte die Fassade des Hauses und überlegte, wo man zu Ina hochklettern könnte, ob die verbliebene Dachrinne mein Gewicht tragen würde. Man hatte sich viel Mühe bei der Dekoration des Hauses gemacht. Weiter oben, außer Reichweite der Plünderer, war die Dachrinne noch mit kleinen Blechfiguren verziert worden, und auch die Windrose über dem ein Stück weit ins Dach gesunkenen Kamin drehte sich immer noch nach verschiedenen Tieren, die die Himmelsrichtungen symbolisierten. Ein Pferdekopf lag einem Löwenkopf gegenüber. Welches Tier für den Morgen, welches für die Nacht stand, war mir nicht bekannt. Aber dieser Anblick schärfte das Bild, das dieser Hof einst geboten haben musste: gepflegt, hübsch.

Podobný legte eine Hand auf meinen Oberschenkel. Ich wusste nicht, ob um mich zu beruhigen oder sich daran festzuhalten. Der Anblick des Dachträgers aus diesem Blickwinkel machte mir Angst, er konnte jeden Moment ganz einfallen und Ina und das Baby unter sich begraben.

Wir schaukelten immer höher, bis die Äste zu krachen begannen. Dann bremste Podobný ab und sprang wie ein Junge von der schwingenden Schaukel ab. Auch ich hüpfte heraus. Die zähen, widerborstigen

Ranken machten jeden Schritt zur Stolperfalle. Beide verfingen wir uns mit den Schuhspitzen, fielen ins Gestrüpp.

Jede Sekunde war ein Hämmern in den Schläfen. Wie auf ein Geräusch hin, hoben wir die Gesichter aus dem Matsch und blickten hoch, aber Ina kam nicht wieder.

Ich hätte jetzt die Tür aufbrechen müssen, dachte ich. Wenn ich die Augen schloss, sah ich mich aufstehen und in die Ruine hinein und unter die Luke gehen, ein Gegenstand fehlte mir, und ich öffnete die Augen und sah, dass Podobný, der bei ständigem Frösteln wieder dicht an mich herangerückt war, die Faust öffnete. Darin lag ein Schraubenzieher, und ich dachte, dass ja auch Podobný bereits versucht hatte, die Luke zu öffnen. Hier, nimm ihn, bedeutete er mir, versuch es! Auch er war mit dem Schraubenzieher die Leiter hochgestiegen, aber hatte ihn dann nur auf der obersten Sprosse hingelegt und war minutenlang oben gestanden und mit dem Schraubenzieher wieder heruntergestiegen und wieder zu seinem Platz am Fenster, gleich neben der Eingangstür, zurückgekehrt. Ich sah ihn mit dem Schraubenzieher, und ich sah mich mit dem Schraubenzieher, und das war unmöglich, verstand ich. Auch ich würde es nicht tun, dachte ich, und ich würde auch keinen Arzt anrufen, dachte ich, denn ich kannte die psychiatrischen Ärzte und war immer vor den psychiatrischen Ärzten zurückgeschreckt. Ina nicht den psychiatrischen Ärzten überlassen, dachte ich, unser Kind nicht den psychiatrischen Ärzten überlassen, und ließ den Schraubenzieher, den ich – aber doch nur, als interessierte mich seine Verarbeitung, es war ein guter, alter Schraubenzieher – aus Podobnýs Hand genommen hatte, wieder hineinfallen, und er schloss die Finger darum und nickte.

Ich wollte allein sein. Ich ging in den Hof unter die Arkaden und zu dem Haufen Metall dort. Ich schob die Hand zwischen einige widerborstige Ranken, die ihn überwuchert hatten, riss daran und bückte mich schließlich nach einem rostigen Metallzylinder. Eine Blechplakette war daran geschraubt worden, die ich mit dem Nagel meines Zeigefingers – nicht mit dem Schraubenzieher Podobnýs! – löste. *Traubenblut bringt frischen Mut* war dort auf Deutsch ins Blech geprägt worden: ein blutroter Alkoholikerschädel vor einem vollen Weinfass, stilisierte Trauben, Betrunkene unter einem Tisch. Und als hätte jemand aus dem Metallhaufen etwas gesagt, wandte ich mich jetzt danach um. Da lag auch ein rostiges Rohr am Zylinder.

«Du willst wissen, was das ist?», fragte Podobný.

«Ja», sagte ich.

Es war ein Gerät, das man sich wie einen Rucksack umhängte, um per Handpumpe Gift über die Reben zu spritzen: «Vitriol», sagte Podobný. Nur noch die rostige Lanze war davon übriggeblieben, die er jetzt vor sich herschwenkte, und bei dieser Bewegung strömte noch ein scharfer Geruch aus dem Rohr.

Er warf es ins Gestrüpp und rieb sich die giftige Flüssigkeit in die Hose.

«Und woher weißt du das?», fragte ich.

Ohne aufzusehen antwortete er: «Ich habe doch hier gearbeitet. Ich war einer von Steiners Knechten. Wusstest du das nicht?»

Podobný erzählte. Die Laube war jetzt frei von allen Pflanzen, sodass wir die Füße ausstrecken konnten.

Steiner sei ihm noch gut in Erinnerung. Podobný war noch sehr jung, als ihn sein Vater, ein slowakischer Kleinhäusler, das erste Mal hierher zur Weinlese geschickt hatte. Auf meine Frage, wann das gewesen sei, wusste er es nicht zu sagen, er streckte nur die Füße aus, bis er, halb liegend, auf den feuchten und zweifellos unangenehm kalten Erdboden gesunken war, und als ich weiterfragte, ob denn Krieg gewesen sei, sagte er einmal: Ja, es sei Krieg gewesen, aber nur einige Augenblicke später: Nein, es sei noch kein Krieg gewesen. Er wusste es nicht und schüttelte den Kopf darüber. Es sei eine ganz gewöhnliche Kindheit im Dorf gewesen. Meine Zwischenfragen wischte er beiseite.

«Lass mich doch einfach erzählen», sagte er.

Das Wichtigste bei der Weinlese, sagte er, sei die Auswahl des richtigen Partners.

An diesem dunklen, aber ungewöhnlich warmen Herbstmorgen war das ganze Dorf zur Weinlese auf den Hügel bestellt worden. Die letzten Tage über hatte man immer wieder das Knallen der Peitsche gehört, ein Weinberghüter drehte seine Runden, um die Stare von den reifen Beeren zu vertreiben. Aber nicht nur gegen die Vögel wurde die Peitsche gerichtet. Das unbefugte Betreten eines Weinberges wurde streng bestraft. Ein Weinberghüter sei so etwas wie der Dorfpolizist gewesen, sagte Podobný.

Zur Weinlese schwärmt das ganze Dorf auf den Hügel. In Zweiergruppen stehen sich die Pflücker gegenüber, einer vor, einer hinter der Rebe, und bis zur Mittagshitze blickt man nur auf seine Hände, die unter die dicken Weinblätter fahren, Traube für Traube abschneiden und in die abgestellte Butte werfen. Eine Stunde Pause unter den Arkaden, aber keine Zeit, um ins Dorf zurückzukehren. Kalte Mahlzeit, die von den Frauen gebracht wird. Dann bis zum Einbruch der Dunkelheit weiter.

Den ganzen Tag über verbringt man mit demselben Menschen und in einer Nähe, sagte Podobný, die außergewöhnlich ist. Er habe viele Menschen allein dadurch kennengelernt, dass er mit ihnen auf Weinlese war. Geheimnisse würden vor allem auf der Weinlese anvertraut, sagte er, während der vielen Stunden, bis die Butte hinabgetragen und abgesetzt und in den Pferdewagen ausgeleert und danach wieder aufgebunden werden kann. Sie sei so schwer, dass niemand sie sich alleine auf den Rücken heben könne.

«Man sucht sich einen Menschen, der gute Geschichten erzählen kann», sagte Podobný. «Das ist das einzige Kriterium. Wenn du dir einen Langweiler suchst, ist der Tag unerträglich. Besser einen Schwächling als einen Langweiler.» Eheleute bilden ein Paar, Männer und Kinder.

«Und weißt du, wer mein Partner war?», fragte er.

Ich wusste es.

Steiner sprach nicht. Auf der Staffeltreppe stieg er mit der vollen Butte vor Podobný hinab, während dieses Absteigens und Aufsteigens habe Podobný nur auf die Steiner'schen Schweißflecken geblickt, die sich an dem breiten, wuchtigen Rücken gebildet hätten. Steiners Schweiß, sagte er, den er durch den schweren Geruch der reifen Trauben hindurch riechen habe können. «Es war nicht richtig unangenehm», sagte er.

Steiner lobte die schnellen, geschickten Hände Podobnýs, er lobte, wie er ihm die schwere Butte auf den feuchten, warmen Rücken band, dass sie fest und gerade saß.

Aber auch nachdem er mit der ersten vollen Butte die Staffeltreppe bis zum Pferdewagen hinabgestiegen und mit der leeren wieder zurückkehrt war, hatte Steiner kein Wort verloren, während des ganzen Tages nicht gesprochen.

Da habe Podobný zu erzählen begonnen.

«Ich habe gehört», habe er gesagt, «es gibt hier in der Nähe eine blutrünstige Gräfin, hier ganz in der Nähe hat sie auf einer Burg mit dem Namen Schächtitz gelebt. Eine Blutgräfin, die ihre Zofen mit Eiswasser und feurigen Lanzen gequält und im Blut ihrer ermordeten Dienerschaft gebadet haben soll.» Ein Junge aus dem Nachbardorf hatte Podobný das einmal erzählt.

Mit einem einzigen Blick brachte ihn Steiner zum Schweigen. Er solle doch lieber arbeiten und nicht erzählen. «Spar dir die Kraft für deine Hände. Später kannst du immer noch erzählen. Jetzt ist dafür keine Zeit.»

Ich stand jetzt auf und entfernte mich einige Schritte von der eingestürzten Laube, an der wir saßen, um über die Mauer, die von der seltsamen Pflanze dicht bewachsen war, den Hügel hinabzublicken. Immer noch wuchs hier der Wein. Das Logo der belgischen Agrargesellschaft prangte von einem der hohen Einfahrtstore, durch die Traktorenspuren ins Areal führten, und dahinter standen die Reben im Abendlicht.

Als der Kirchturm schlug, sah ich auf die Uhr, es war jetzt achtzehn Uhr, und ich drehte mich zu Podobný um, der wie ich nach dem Schlagen der Kirchturmuhr den Hals gereckt hatte.

Ich wartete, dass er vorschlug, wieder ins Dorf zurückzukehren, um einen Arzt oder eine Leiter zu holen, damit wir durch den Riss in die

Dachkammer gelangen konnten. Die Abendsonne ließ seine Haut rötlich schimmern, sein Lächeln machte mich wütend. «Das Licht», sagte ich – er drehte den Kopf –, «es wird bald dunkel werden.»

Er nickte.

Und dann erzählte er einfach weiter.

Podobný kommt schon im darauffolgenden Frühjahr wieder auf Steiners Hof. Sein Vater schickt ihn dorthin. Er hat gehört, Steiner sei hart, aber fleißig. Das gefällt ihm.

Die Erde im Frühjahr ist hart und brüchig, sie zerbricht unter den Fingern. Podobný hat Angst vor den Pferden, die zwischen den Reben die Pflüge ziehen, tagelang jätet er Unkraut. Einmal schläft er vor Erschöpfung irgendwo auf dem Hügel ein und erwacht erst nachts vor Kälte. In der Dunkelheit einer mondfinsteren Nacht irrt er stundenlang zwischen den Reben umher, die seinen Körper überragen, bis er auf den Hof zurückfindet.

An manchen Tagen drängen sich die Tagelöhner in der Knechtkammer, in der es nur einen Ofen gibt, auf Pritschen aneinander, ein riesiges Areal muss gepflügt werden, auch aus den Nachbardörfern kommen Frauen und Männer, und alle schlafen, dicht aneinandergedrängt, oben in der Dachkammer. (Hier drüben, deutete er mir mit seinem Fuß.) Selbst im Frühjahr sind die Nächte eiskalt und die Decken dünn. Die Arbeiter trinken Schnaps und vergessen die Wochentage, aber die meisten Knechte bleiben nicht lange. Sie verschwinden alle eines Tages, wohin, weiß man nicht. Man fragt: Kommt der nicht mehr? Und immer heißt es: Nein, der kommt nicht mehr.

Podobný erzählte mir, wie man im Frühjahr die Stöcke in den harten Boden schlug, um die überschweren Reben daran anzubinden, vom Auswerfen der Netze gegen den Vogelfraß, vom Schwefeln der Weinfässer im Keller und vom Veredeln der Triebe in der Waschküche.

«Was einer wie du ständig von der Politik hören will!», schimpfte er.

Ich hatte ihn nach den Nazis gefragt und nach dem Krieg, aber das überging er. «Hör doch auf mit dem Krieg!»

Es war kalt. Wir froren. Er stand auf, aber doch nur, als wolle er meinen Fragen entkommen, klopfte sich den Mantel ab. Es war jetzt halb sieben geworden, ein letzter Sonnenfleck lag noch auf meinen Beinen. Im Laufe von Podobnýs Erzählung war er an der Mauer entlanggewandert, wir mussten jetzt öfter aufstehen, um nachzurücken.

Das sei, woran er sich erinnern könne, erzählte Podobný. «Du willst etwas von den Nazis hören?»

Ich hatte gar nicht mehr mit einer Geschichte gerechnet. Er war stumm neben mir gesessen und hatte beobachtet, wie die Sonne über den Saum seines Mantels wanderte. Jetzt sah er mich an und lächelte.

Eines Abends sei ein LKW ins Dorf gefahren, erzählte er. Mit deutschem Kennzeichen. Etwas sehr Außergewöhnliches. Niemals zuvor sei ein Auto aus Deutschland hierher ins Dorf gefahren. Und als es später hieß, es seien sogar Beamte, deutsche Beamte in diesem LKW ein deutsches Ministerium habe diesen LKW zu ihnen geschickt, habe man – wie Podobný das ausdrückte – vor Neugierde nicht mehr gerade stehen wollen.

Immer wenn Podobný erzählte, erzählte er zuallererst vom Wetter, er beschrieb, dass die Wolken an diesem Morgen von einem vergangenen Nachtsturm außergewöhnlich schnell über den Pezinská Baba trieben, dass Feuchtigkeit in der Luft prickelte. Ein Sonntag. Die Männer saßen nach dem Kirchgang im Wirtshaus, erhoben sich nur, um die Kegel umzuscheiben, die Podobný wieder aufstellte – ein Zuverdienst. Er fasste nach zwei Kegeln, als er das Tuckern eines schweren Motors hörte und ans Fenster ging. Der LKW parkte neben dem Gasthaus. Ein Mann stieg aus, dann noch einer. Männer mit breiten, ernsten Gesichtern, die sich – kaum ausgestiegen – auf dem Marktplatz umsahen, als hätten sie Angst, im falschen Dorf gelandet zu sein. Sie gingen am LKW entlang, schnürten die Ladeluke auf und öffneten sie. Der LKW war voll beladen. Etwas blitzte metallisch aus dem Dunkel heraus.

Auch die anderen Gasthausbesucher standen jetzt am Fenster und beobachteten die Szene. Die beiden Männer hoben zwei Kartons aus dem LKW heraus. Sie schlossen die Ladeluke. In der nächsten halben Stunde sah man sie mit diesen Kartons unterm Arm durchs Dorf gehen. Es waren Flugblätter darin, die sie mit Reißzwecken an die Strommasten und Zäune pinnten. Es fiel auf, dass sie sie in manchen Geschäften verteilten, an anderen gingen sie vorbei. Sie legten ein Flugblatt beim Bäcker in die Vitrine, aber nicht beim Schuhhändler, im Luftkurhotel, aber nicht beim Arzt. Das System verstand man nicht. Aber am Nachmittag berichtete man sich, dass diese Zettel auch in den anderen Dörfern der Umgebung hingen, in Schattendorf und Sankt Georgen und in Modern und in Bösing.

Natürlich hatten sie auch ein Flugblatt ins Wirtshaus gelegt, in dem Podobný die Kegel aufstellte.

Jeder junge Mann und jede junge Frau solle sich am Samstagabend im Gasthaus einfinden, stand darauf. Nichts weiter. Podobný fischte den Zettel unter den Händen der Kartenspieler hervor. Auch er war ein junger Mann. Er steckte den Zettel ein, dann ging er zurück zu den Kegelbahnen, um die Kegel wieder aufzustellen, die die Männer umgescheibt hatten. Und dann zog er den Zettel wieder heraus. Es war eine Einladung, dachte er, aber irgendwie las es sich doch auch wie ein Befehl.

«Wann!», rief Podobný jetzt dazwischen, «wann! Immer fragst du: Wann! Ich weiß nicht, wann. Hör doch auf, nach Jahreszahlen zu fragen!» Es sei in jedem Fall Frühjahr gewesen, und er sei am nächsten Samstagabend tatsächlich wieder in das Gasthaus gegangen. Eine riesige Schlange habe sich vor der Tür gebildet, links und rechts davon zwei Hakenkreuzfahnen, davor die Männer, die mit dem LKW gekommen waren.

Sie kontrollierten die Leute, die sich in einer Schlange anstellten: Arbeiter aus den Fabriken, die sich saubere Hemden und Hosen angezogen hatten, Holzarbeiter und Handwerkerlehrlinge, Bauernburschen, Knechte von den Höfen, Mägde und Näherinnen aus den Fabriken, Töchter von reichen Bauern, die Zimmermädchen aus den Luftkurhotels in Harmonia: eine aufgeregte, unruhige Menge, die zäh ins Gasthaus quoll. Die Männer aus Deutschland blickten den Eintretenden in die Gesichter. Dann ließen sie sie durch. Es kam vor, dass sie Menschen wegschickten. Warum, wusste Podobný nicht. Er kam an die Reihe, sie sahen ihm ins Gesicht. Einer der Männer schob sich den Zeigefinger unters Kinn. Dann winkten sie ihn durch.

Man hatte die Tische aus dem Raum getragen und den Raum mit Girlanden und Laternen geschmückt, die über den Köpfen der dichtgedrängten Menschen an Seilen gespannt waren.

Eine einzelne Stimme rief mehrmals das Wort: «Ruhe! Ruhe!» An einem Ende des Raumes hatte man Bierkisten zu einer Art Podest aufeinandergestapelt. Dort stand einer der Männer, aber er hatte sich in der Zwischenzeit ein seltsames Kostüm angezogen. Er trug Lederhosen und einen Hut mit Gamsbart. Um seinen Bauch hing ein Akkordeon, und man konnte sehen, wie er unter der Hitze schwitzte. Die Menge applaudierte, manche lachten.

Er sah aus wie eine Witzfigur, dachte Podobný, es war eine Parodie! Tatsächlich, sagte mir Podobný, habe er anfangs gedacht, man hätte die Menschen zu einem Kabarettabend zusammengerufen. Der Mann würde sein Akkordeon spielen und dabei Lieder singen, in denen er sich über die bayrische Wesensart lustig machte – keine ungefährliche Sache.

Der Mann griff in die Tasten seines Akkordeons und spielte einen Tusch. Die Menschen im Gasthaus johlten. Der Mann wischte sich den Schweiß von der Stirn. Es sah nicht so aus, als wäre er gern hier.

Aber es war kein Kabarettabend, erzählte mir Podobný.

Die Männer waren tatsächlich von einem deutschen Amt hierhergeschickt worden, von einem Amt aus München.

«Wir wissen wohl», so begann der Mann jetzt eine Rede, «wie sehr unsere deutschen Brüder unter dem tschechischen Joch gelitten haben. Aber auch über die derzeitigen Entwicklungen ist man im Reich sehr besorgt.»

Was für Entwicklungen?, dachte Podobný und er sah sich um und sah in den ihn umgebenden Gesichtern, dass sie sich das ebenfalls fragten. Aber gleich erhielten sie die Antwort. Der Mann mit dem Akkordeon machte sich Sorgen um das Leben der Karpatendeutschen, und auch das Amt, das ihn hierhergeschickt hatte, machte sich Sorgen. Das ganze Deutsche Reich machte sich Sorgen. Und erst dann wurde er präziser.

«Die große Anzahl von Verbindungen zwischen Slowaken und Deutschen, die hier herrscht», sagte der Mann, das mache ihm und allen anderen Sorgen: deutsche Kinder, die nicht nur slawische Namen trügen, sondern auch unter slawischen Kindern aufwüchsen, die slawische Traditionen pflegten, die schon besser Slowakisch als Deutsch sprächen. Deutsche Kinder bei slowakischen Lehrherren, unter slowakischen Lehrern, slowakische Bräuche, alles untragbar, sagte der Mann auf der Bühne, alles eine Schande. Er sagte: «Deutsch ist Deutsch und muss Deutsch bleiben» und dass nur ein Deutscher ein Deutscher sei, Slowaken hingegen seien einfach Slowaken. Diese Tautologien leuchteten ein. Heimat sei Heimat.

Schweiß hatte sich in der Grube zwischen seinen Schlüsselbeinen gebildet, eine Unmenge an Schweiß. «Hier, dieses Liederbuch!», rief er aus und hielt ein Büchlein hoch. Er schlug es nur kurz auf und las dann einige Liedernamen vor, die vor allem von der Partnersuche, von krähenden Hähnen und der Heuernte handelten, man kannte diese Lieder, auch Podobný kannte sie, aber bei jedem dieser Titel, die er laut herausbrüllte: *Kaum kraht da Hohn die Moargenstund* oder *Sog, Maderl, mogst an Edlknobn oda mogst an Schuista hobn?*, schlug der Mann mit dem Handrücken gegen die Notenblätter, musikalisch gesehen seien das keine deutschen Lieder, sondern alles Slawenlieder, Slawentänze. Alles sei falsch, unterbrach der Mann aus München die Proteste der Limbacher, dies seien traditionelle, bekannte Volkslieder. Man kleide sich undeutsch, man tanze undeutsch, man spreche undeutsch. Er zählte jetzt ein paar Wörter auf, die ihm und dem Amt in München nicht deutsch genug seien. Limbach sei ein deutscher Ort. Und wieder folgte eine Unzahl von Tautologien: Limbach sei Limbach, ein Deutscher sei ein Deutscher, die Heimat sei die Heimat.

Das Amt in München habe deshalb ein Programm zur Förderung deutscher Kultur, deutscher Lebensweise, deutscher Sprache, deutscher

Tradition ins Leben gerufen. Deshalb sei er hier, und mit den Worten «Wir werden jetzt tanzen» stiegen vier weitere Männer auf die Bierkisten. «Wir werden tanzen wie Deutsche!»

Sie schleppten eine Tuba und eine Zugposaune auf die Bühne, eine Oboe. Fünf Musiker standen jetzt dort, alle in Kniestrümpfen, wie der Erste sie getragen hatte, und Lederhosen, mit Gamsbarthüten auf den Köpfen und ledernen, am Rücken gekreuzten Hosenträgern über den weißen Hemden. Obwohl die Männer immer wieder behauptet hatten, das seien karpatendeutsche Traditionen, konnten sich nicht einmal die ältesten Limbacher daran erinnern, dass sie je solche Kleidung getragen hätten. Aber da ein deutsches Amt behauptete, es seien ihre Traditionen gewesen, dachten wohl manche, es seien womöglich tatsächlich ihre Traditionen gewesen, sie hätten in den letzten Generationen einfach alles vergessen. Wir waren wohl wirklich zu lange den slawischen Einflüssen ausgesetzt, wie anders hätten wir diese Traditionen unserer Ahnen so schnell vergessen können. Siebenhundert Jahre unter slawischem Einfluss! Eine Schande, dass wir das vergessen haben.

Sie tanzten. Jeder junge unverheiratete Mann tanzte mit einer jungen unverheirateten Frau, aber ohne Musik. Die Musiker auf den Bierkisten zeigten die korrekten Schritte im Trockentraining vor: Einer klatschte die Hände auf die Oberschenkel, einer hakte sich am anderen ein, sie drehten sich, und unter ihnen im Saal drehten sich die jungen Bauerntöchter und Bauernsöhne und die Arbeiter aus den Fabriken und die Dienstmädchen und die Köche und Tagelöhner drehten sich und schlugen sich auf die Schenkel und auf die Fersen, und sie lachten, und alles erschien ihnen das Unmöglichste.

An diesem Tag lernten die Karpatendeutschen Zweifach- von Dreifachschritten zu unterscheiden, sie liefen in Reihen aufeinander zu und tauschten die Partner, und später stolperten sie auch zur Musik. Sie hätten einen sogenannten Zwiefachen erlernen sollen, sagte Podobný, also einen Tanz, der ständig zwischen Dreiviertel- und Zweivierteltakt wechselt: Walzerschritte, dann Polkaschritte: eine Unmöglichkeit für jene, die diese Tänze nicht gewohnt sind.

«Unsere oide Katt'», sang der Musiker oben von den Bierkisten herab, *«mecht a no, a no»* und er brüllte es herab gegen das Gelächter der Tanzenden, *«kriagt oba koan, kriagt oba koan!»*

Es sei unmöglich gewesen, erzählte Podobný, sich gegen dieses Gelächter Respekt zu verschaffen.

Auch Podobný tanzte. Er sagte, es sei der seltsamste Abend seiner Jugend gewesen, obwohl mehr als siebzig Jahre dazwischen lägen, könne er sich an alles ganz genau erinnern. Er tanzte mit einem Mädchen. Und dann erkannte ihn der Bäcker, dem seine Mutter gegen eine geringe Gebühr den selbstgemachten Brotteig zum Backen brachte. «Was machst denn du hier?», fragte der Bäcker. Und immer mehr drehten sich jetzt nach ihm um: Was macht denn der hier?, fragten sie. Und nach einer kurzen Diskussion stand Podobný draußen vor den Türen des Gasthauses.

Es war das erste Mal, dass er von irgendetwas ausgeschlossen wurde. Er sagte, es sei ihm bis zu diesem Zeitpunkt gar nicht bewusst gewesen, irgendwie anders zu sein, denn er habe einmal Deutsch, einmal Slowakisch gesprochen, im Elternhaus Slowakisch, auf der Straße Deutsch, mit Steiner Deutsch, mit seinen Freunden Slowakisch. Er sei Slawe, habe man ihm gesagt, aber er habe nicht begriffen, wie es dazu gekommen sei und warum so plötzlich.

«Rosmarin», sagte Podobný jetzt. Sogar der Name des Wirtshauses war gleich geblieben. Ich war dort mit dem Pfarrer gesessen, und als ich Podobný das erzählte, sagte er: «Ja, Rosmarin! Es ist dort, wo du gesessen bist, die Fassade war anders, auch ein anderer Boden, aber hinten den Saal, den gibt es immer noch.» Der heutige Besitzer habe dort eine Diskokugel aufgehängt und die Fenster verdunkelt. Jaja, sagte er auf meine Frage: dort, wo sich heute die Dorfjugend näher kam, habe er damals unter den Hakenkreuzen getanzt. Er lachte bei dieser Erinnerung.

Ich blickte auf die Schatten der Mauer, die sich schon weit über das Gestrüpp spannten. Es war kalt.

Steiner, erzählte mir Podobný, das war ein Mann, der nachts um halb drei aufstand, um in völliger Dunkelheit die Weinstöcke mit Kupfervitriolgift zu besprühen, ein Mann, der wie ein Gespenst im Mondlicht auf den Feldern auf und ab ging, im Lodenmantel, den er sich über das graue Nachthemd warf, der die Peitsche knallte, um die Stare zu vertreiben, selbst nachts. Ein Mann, der seinen Kindern die Schule versagte, um sie – sobald sie auf zwei Beinen gehen konnten – hinter den stampfenden, riesigen Pferden herzuschicken, damit sie die übriggebliebenen Kartoffeln einsammelten, das Unkraut jäteten, mit Sensen hantierten, die sie kaum halten konnten. Diskussionen mit dem Dorflehrer waren kurz und knapp. Inas Vater würde Bauer werden, erklärte Steiner, und später den Hof übernehmen. Was sollte er in einer Schule Wichtiges für sein Leben lernen?

Podobný sei bis zur Herbstlese auf dem Hof geblieben. «Es sind jetzt siebzig Jahre her, vielleicht sind es siebenundsechzig oder auch nur fünfundsechzig, aber eines weiß ich noch genau –» er erinnerte sich an eine Szene in der Stube beim Frühstück.

«Ich sehe, du isst ein Stück Brot», habe Steiner eines Morgens zu seiner Frau bei Tisch gesagt. Sie verstand das zuerst nicht, sondern sah nur zu ihm auf, im Kauen innehaltend und in jener Vorsicht, die sie sich in den vielen Jahren mit ihm angeeignet hatte. Sie legte das Stück Brot weg, von dem sie eben abgebissen hatte.

«Aber es ist in Wahrheit doch mein Stück Brot», sprach Steiner weiter.

Er sah aus wie ein Mann, der sich in einen ihm sehr angenehmen Gedanken betten will.

«Du isst ein Stück Fleisch», sagte Steiner weiter, «aber es ist in Wahrheit doch mein Stück Fleisch.»

Alles gebe es doch nur durch ihn, und er sah sich dabei im Raum um, man konnte sehen, wie er sich in diesen Gedanken verliebte.

«Du sitzt doch auf meinem Stuhl», fiel ihm auf, «du isst doch von meinem Tisch, du führst doch im Grunde meine Gabel in den Mund.»

«Was meinst du?», fragte seine Frau. Das war Inas Großmutter.

«Nun», sagte Steiner, «ist es nicht so, dass ich das Schwein gekauft habe?»

«Ja, das ist so», sagte seine Frau.

«Dass es also mein Schwein ist, das ich von meinem Geld gekauft habe?»

Er wartete jetzt nicht mehr auf Antwort, bevor er weitersprach. Er war zu verliebt in diesen Gedanken.

«Und ist es nicht so», führte er fort, «dass du dieses Schwein nie hättest selbst kaufen können, wenn ich es nicht gekauft hätte? Kann man nicht sagen: Ohne mich gäbe es dieses Schwein nicht, ohne mein Geld und ohne mich, der es ausgibt, und also gäbe es auch das Fleisch nicht, von dem du isst, und das Fleisch, von dem die Kinder essen und das Fleisch der Knechte, und es gäbe auch keinen Tisch und kein Haus, keinen Hof, nichts gäbe es, wenn es mich nicht gäbe?»

In diesem größenwahnsinnigen Gedanken habe er sich sichtlich wohlgefühlt, sagte Podobný. Alles sei doch im Grunde von ihm abhängig, wiederholte er, und er sah sich dabei immer wieder im Raum um wie einer, der sich für einen Philosophen hält, über die schweigenden Knechte und Familienmitglieder ging sein Blick. Wahllos sprach er jetzt Knechte an: «Du sitzt ja auf meinem Stuhl», sagte er und sprach seine Tochter an: «Du schläfst ja in meinem Bett», «du isst von meinem Teller», «du trinkst meinen Wein!»

Und dann blickte er auf seine Kinder und es war noch ein viel heißerer Gedanke in ihm. «Ich habe euch gemacht», sagte er seinen Töchtern und seinem Sohn, er stützte die Fäuste auf den Tisch, als er das sagte: «Ich habe euch gemacht», und zu seiner Frau sagte er: «Stimmt das nicht? Habe ich nicht auch diese Kinder gemacht?» Und auch dem Kleinsten, das noch in der Wiege lag, sagte er diesen Satz jetzt vor, bis dieser Gedanke, von ihm gemacht und erzeugt worden zu sein, allen schwer und drückend in die Köpfe gestiegen war. Eines nach dem anderen hatte die Gabel neben den Teller sinken lassen.

Da erhob sich seine Frau vom Tisch. Sie legte die Hände sorgsam links und rechts neben ihren Teller, bevor sie Steiner ansah und sagte, sie verbitte sich solche blasphemischen Reden am Tisch. Bei allem Respekt vor ihm, sagte sie, aber nicht er, Steiner, sondern allein der Herrgott habe alles gemacht.

Darauf sah Steiner seine Frau nachdenklich an. Sie schwiegen eine Weile, aber keiner wagte, die Gabel wieder in die Hand zu nehmen, auch Podobný nicht. «Was ist der Ursprung?», fragte Steiner sich, «woher ist das, was ist?»

Und dann blickte er auf und hatte seine Synthese zwischen dem Herrgott seiner Frau und seiner eigenen Allmachtsphantasie gefunden. «Ja», sagte er, «der Herrgott hat es geschaffen, das stimmt. Er hat die Früchte wachsen lassen, aber ich habe den Wein daraus gemacht. Schau dich doch um!», sagte er und stand jetzt seinerseits auf und deutete durch das schmale Fenster nach draußen: «Was sind das nur für prachtvolle Weinreben!», und dann drehte er sich wieder zum Tisch um und sagte: «Was sind das für prachtvolle Kinderköpfe!», und wieder hinaus und immer deutete er dabei auf etwas: «Was ist das für prachtvolles Vieh im Stall, was für prachtvolle Stühle, auf denen wir sitzen, was für prachtvolle Brote, in die wir beißen!» Er habe dabei gleichzeitig liebevoll, zärtlich und abschätzig die Köpfe von Inas Vater und seinen beiden Schwestern getätschelt.

Diesen Kerngedanken, so Podobný, habe er den Anwesenden, die während dieser Ausführungen nur in einer gespenstischen Stille auf die Tischplatte starrten und sich selbst die Mundgeräusche versagten, mehrmals an diesem Tag und mit einem Gesichtsausdruck, der nahe an der Verrücktheit war, klargemacht. Podobný hatte sich das bis zum jetzigen Tag gemerkt.

Auch die Kinder, sagte Podobný, hätten während dieser Ausführungen am Tisch auf eine ganz unnatürliche Weise geschwiegen, jedes Aufspringen und Fragen und Lachen, das Kindern doch so natürlich sei, war ihnen abgewöhnt. Es war grauenhaft, so Podobný, diese Kindergesichter anzusehen, die doch gar keine Kindergesichter waren, sondern Gesichter, die aussahen wie die von Greisen, sagte er. Greisengesichter und Greisenblicke seien das gewesen, sagte er jetzt unter der Laube, und gleichzeitig habe er an diesen Greisengesichter der Kinder sein eigenes gesehen, denn auch jeder der Knechte, mit denen er am anderen Tisch in der Ecke gesessen war, habe sich unter den Reden des Steiners gebuckelt, als würde er Schläge empfangen.

«Es liegen fast siebzig Jahre zwischen heute und diesem Ereignis», wiederholte Podobný jetzt, «ich habe danach auf vielen Höfen gearbeitet, ich hatte böse und gute Bauern und gute und böse Vorsteher, ich habe vieles vergessen, und vieles liegt mir falsch im Kopf, aber das», sagte Podobny und sah mich fest an, «diese Blicke der Steinerkinder an diesem Tag, die habe ich nicht vergessen. Die Gesichter der Steinerkinder waren keine Kindergesichter. Es waren Greise.»

Wenn Steiner ein Zimmer betrat, betrat auch immer die von ihm ausgehende Stille diesen Raum, sagte Podobný, Steiner trat ein, und die fürchterliche, von ihm ausgehende Stille trat ein. Steiner wollte immer wissen, was hinter verschlossenen Türen geschehe, sagte Podobný, verschlossene Türen habe Steiner gehasst, immer habe er den Verdacht gehabt, hinter verschlossenen Türen geschehe Müßiggang, geschehe zu langsame oder falsche oder gar keine Arbeit. Und deshalb habe er jede vor ihm verschlossene Tür im Hof sofort aufgerissen. Mit dem plötzlichen Türaufreißen zog immer auch diese Stille ein, wo gelacht worden war, lachte niemand mehr, auch wenn er nur *hereinschaute,* wie er es nannte, die Tür also nur hastig einen Spalt aufschob, um zu sehen, warum so gelacht wurde – nach diesem *Hereinschauen* lachte niemand mehr.

«Hast du Ina das erzählt?», fragte ich. «Womöglich bist du der Einzige, der ihr von ihrem Großvater erzählen kann.»

Er sah zu mir hoch, und dann wieder zu ihr. «Soll ich ihr solche Geschichten erzählen?», fragte er mich.

Wir blickten jetzt wieder hoch. Man sah sie aber nicht.

Er zuckte mit den Schultern, aber ohne Ernst.

Ich nahm mir vor, alles aufzuschreiben, um es Ina eines Tages vorlesen zu können.

Es gab noch mehr und immer grausamere Geschichten, während denen ich jetzt aufstand, um unter der Dachkammer nach irgendwelchen Geräuschen zu lauschen. Entbehrungen der Kinder, «eine heutige Kindheit kann man damit nicht vergleichen», sagte Podobný, die täglichen Belehrungen über einzuhaltende Sparmaßnahmen, weniger Brot essen, habe Steiner bei jeder Gelegenheit gesagt, weniger Schmalz verbrauchen, weniger Ölschmiere auf die Wagen, weniger Heu für die Kühe, weniger Schwund in der Weinlese. Die Vorgänge an sogenannten Schlachttagen: nackte, schweißige Männerkörper, die das tote Schwein über die Wanne hievten, um es dort ausbluten zu lassen, von der Luft, die «voll Männerschweiß und Blut und dem Geruch der Gedärme» war, vom Gerassel der Ketten, an denen das Tier kopfüber hing. Podobný stand von der Laube auf, ging einige Schritte durch das dichte Gebüsch, um nach vorne, auf eine Scheune, deren Dach eingestürzt war, zu deuten, wie man dort gestanden war, wie der Schweiß von den nackten Oberkörpern in die Wanne gelaufen war, erzählte er, und wie das Blut in die Wanne lief und wie den Kindern von dem warmen Geruch, der bis in die Dachkammer aufsteigt und sich auf den Gaumen legt, übel geworden sei. Der Geschmack dieser sogenannten Schlachtsuppe, die Steiners Frau mit Zwiebeln und Knoblauch aus dem noch warmen Schweineblut in der Wanne anrührte, und wie man auch die Kinder, die vor Ekel aufschrien, zum Verzehr der hellroten Brühe, in der gestocktes Blut neben Fett- und Fleischklumpen schwamm, nötigte. Die Aufzählung körperlicher Strafen, etwa jenes mir nur noch dem Namen nach bekannte *Scheitelknien*, mit dem Steiner seine Kinder immer dann bestrafte, wenn er selbst keine Zeit für persönliche Gewalt gehabt hatte. Die Erzählung vom leisen Wimmern der Kinder, die auf dem Holzkeil, der sich schmerzvoll in die Haut und dann in den Gelenksknorpel hineinbohrte, bis zu dreißig Minuten zu knien gehabt hatten. Steiner, der mit dem plötzlichen Aufreißen einer Tür die ordnungsgemäße Durchführung der Strafe kontrollierte, der Knorpel hatte so auf dem Keil zu liegen, dass sich dieser durch das Eigengewicht des Körpers zwischen Unter- und Oberschenkelknochen bohrte.

«Es war nicht möglich, mit den Kindern zu sprechen», sagte er und ich war dabei mit ihm in die Laube zurückgekehrt, ich setzte mich neben ihn, nicht ohne noch einmal zur Dachkammer hochzusehen.

«Das ist nichts, was ich Ina erzählen könnte», sagte er.

Die Dämmerung war nun von hauchdünnen Cirrusbögen durchschossen. Im Halbdunkel unter den Arkaden sah man die Eichhörnchen über die Fliesen jagen, sobald sie das kniehohe Gestrüpp erreichten, verschwanden ihre Körper und tauchten später auf einem der verdörrten Bäume wieder auf. Wir sahen jetzt auch eine Katze, die bereits seit einiger Zeit auf der Mauer zu liegen schien, denn erst als die Turmuhr vom Tal herauf sieben schlug, hob sie den Kopf, sodass ich sie bemerkte. Und als Podobný aufstand und die Handgelenke drehte, bis sie krachten, legte sie den Kopf wieder auf die Vorderpfoten, den Blick nach der Sonne gerichtet, als warte sie auf das Einfallen der Dunkelheit.

Ich wusste sofort, dass Podobný jetzt gehen würde. Er sah mich an, kam einen Schritt auf mich zu, und gleichzeitig blickten wir beide noch einmal zu Ina hoch. Es war aber nichts zu sehen, und noch bevor ich etwas Gegenteiliges hätte vorschlagen können, sagte er: «Ich gehe zurück ins Dorf. Ich muss den Wagen holen. Ich habe ihn bei der Schule gelassen. Kommst du mit?»

«Wohin?», fragte ich.

«Zu mir. Ich hole den Wagen. Wir müssen meine Tochter vom Einkaufszentrum abholen.»

Mir fiel auf, dass er jetzt nicht noch einmal zu Ina hochblickte, aber auch ich blickte nicht noch einmal hoch.

«Deine Tochter?», fragte ich.

Da waren wir schon durch das Hoftor gegangen.

«Ich glaube, du kennst meine Tochter», sagte er.

Bei einbrechender Dunkelheit stiegen wir ins Dorf ab, das von einigen Straßenlaternen nur dürftig ausgeleuchtet war. Der Pezinská Baba warf nun seinen Schatten auf das Dorf, und sofort spürte ich auch die Kälte, von der Podobný gesprochen hatte. Im Gegensatz zu den mir bekannten Gebirgsdörfern, in denen die Dunkelheit früh über die Bergkuppen und damit über die Dächer zieht, blieb Limbach auch noch lange nach Sonnenuntergang in seinem seltsamen Dämmerzustand, einem orange- und violett- und grünfarbenen Lodern, das von der tiefliegenden Wolkendecke hinter der Bergkuppe reflektierte.

Als wäre er nie mit Ina von dort weggefahren, stand Podobnýs Wagen auf dem Parkplatz des Hotels.

Wir stiegen ein. Die Heizung blies Staub und kleine Blätter auf meine Hände, die ich dicht vor das Gebläse hielt, um mir die Haut zu wärmen. Podobný bedachte dieses Frösteln mit einem Blick, der mir unverständlich blieb. Er klappte zweimal die Augen zu, und beide Male hatte ich die irre Vorstellung, er könnte damit auch die Melanome, die ihm am Augenlid wuchsen, abschütteln. Vielleicht waren das Vorwürfe, durch mich und meine Frau in eine Sache hineingezogen worden zu sein, die ihm nicht behagte, vielleicht einfach Sorge.

Wenn er im grünen Lada nach dem Schaltknüppel fasste, strich sein behaarter Handrücken über mein Knie, er schaltete das Autoradio an, wählte aber keinen Sender, sondern ließ es einfach rauschen. Einzelne Silben, die ich lange nicht und dann plötzlich sehr deutlich verstand, tönten aus den Boxen in den Seitentüren: Ein österreichischer Nachrichtensprecher, dessen Stimme man im ganzen Land kennt, warnte vor den Auswüchsen einer Krise. Er sagte nicht, welche Krise, immer nur *die Krise*, die jetzt alle treffen werde, da seien sich die Experten, die ebenso namenlos blieben, einig, eine finanzielle, eine gesellschaftliche, eine ökologische, eine demokratische Krise. *Die Krise* würde alles verändern, sagte er. Er sagte nicht, was, und in der nächsten Gasse waren seine Worte wieder zu einem diffusen Rauschen auseinandergeflossen, das jeden Beginn eines Gespräches verdarb. Podobný schaltete, ich wich zurück.

Ich machte eine Bemerkung über die Kälte, die mir selbst unsinnig erschien, aber ich dachte, es sei notwendig, jetzt nicht zu schweigen. Er antwortete einsilbig. Aber als er später selbst etwas über den Wagen sagte, dass der alt sei und eigentlich nicht mehr zugelassen, war ich es, der ihm einsilbig entgegnete.

Limbach erschien mir jetzt abweisend, leer, menschenlos. Ich war froh, mit Podobný im Wagen zu sitzen, als ein junger Mann im Tarnanzug vor uns aus einer Seitengasse über die Straße stolperte. Podobný bremste scharf ab. Der Mann trug einen dieser Pullover jener Marke, die von den neuen Rechtsextremisten, deren Läden ich jetzt auch an vielen Orten in Österreich gesehen hatte, getragen wurde.

Der Mann fiel mit dem Oberkörper auf die Motorhaube. Es war ein zutiefst trauriger Anblick, wie er sich langsam hochstemmte und uns missmutig, wie aus einem Traum heraus, betrachtete. Als wir an ihm vorbeizogen, klopfte er an die Seitenscheibe, hinter der ich saß, ich zuckte unter diesen Schlägen zusammen. Er rief uns etwas nach, und irgendetwas, das er uns nachgeworfen hatte, knallte hinter uns auf die Straße.

Podobný schüttelte nur den Kopf, und wieder sagte er etwas über die Straßen, deren Schlaglöcher seit Jahren nicht aufgeteert waren, und wieder antwortete ich einsilbig.

Ich hatte Lust, etwas zu sagen, um den Vorfall vergessen zu machen, von der eigenartigen Dämmerung, die diese Farben auf die Hausdächer und bis in die Straßen hinein malte, aber ich ließ es, als ich ein vergilbtes Zeichenblatt bemerkte, das auf dem Deckel des Handschuhfachs vor meinen Knien klebte. Es war mit zwei Klebestreifen befestigt. Ich hob es näher ans Licht. Im ersten Moment dachte ich, es sei eine Kinderzeichnung, aber die Naivität der Darstellung – zwei Menschen an einem Fluss, ein kleiner Junge und ein Riese, der etwa dreimal so groß war – erschien mir von der Genauigkeit mancher Details durchbrochen: Während die Köpfe beider Figuren einander völlig ähnlich waren – dieselben Kreise ohne Nasen oder Augenbrauen – waren Hände und Münder auffällig realistisch gezeichnet.

«Ich habe heute Morgen einen Jungen beim Frühstück gesehen», sagte ich.

Und jetzt erinnerte ich mich auch an Podobnýs Bemerkung, seine Tochter sei mir bekannt.

«Ja, das war er», sagte er.

Er warf einen Blick auf die Zeichnung, die ich etwas näher ans Licht gehoben hatte.

«Das ist ihr Junge. Er hat das gemalt.»

«Du hast gesagt, deine Tochter sei mir bekannt?»

Er lachte. «Sie verkauft Blumen in der ehemaligen Zollstation an der March. Gestern Nacht habt ihr sie in die Stadt mitgenommen, weil sie einen Platten hatte.» Er wartete, bis ich seinen Blick erwiderte, und sagte dann: «Du und dein Freund.»

Ich studierte die Zeichnung.

«Der Mann bist du?», fragte ich, und deutete auf den Mann auf der Zeichnung, und ich sagte es noch einmal in das Rauschen des Nachrichtensenders hinein, und noch einmal, aber Podobný sah nicht mehr hin. Er schaltete.

Ich erinnerte mich daran, wie wir die Radfahrerin am Vortag aufgelesen hatten. Ich dachte an die Pilze und an die Hehlerei meines Freundes, an seine Rotlichtsucht – wie lange schien das zurückzuliegen!

Wir fuhren die gleiche Strecke, die ich nachmittags mit dem Pfarrer gegangen war, hier die Polizeistation, dort die mit Stacheldraht verzäunten Obstgärten, aus denen das Bellen der Hunde kam, tiefe Schlaglöcher – jedes davon wie ein Faustschlag ins Rückgrat. Die Abgase eines LKW, dem wir längere Zeit gefolgt waren, bogen sich unter den Wischerblättern zu langgezogenen, schwarzen Parabeln auf der Windschutzscheibe. Zwei Arbeiter teerten die Straße unter einem Flutlicht und winkten uns langsam vorbei. Große Hangars der Agrargesellschaften flankierten die hohen Sonnenblumenfelder, zwei Pferde, die still auf einer Weide grasten, reckten die Köpfe nach unseren Scheinwerfern.

Ich drehte mich um, aber natürlich war von Limbach nichts mehr zu sehen, auch die Kirche mit ihrem hell erleuchteten Turm war verschwunden. Nichts als still unter den Farben liegende Felder, moderne Silos, auf deren Dächern rote Punkte blinkten, Wassertürme. Im Gefühl, ich müsse sofort aussteigen und zurück zur Ruine gehen, hatte ich die Hand an die Türklinke gelegt, es erschien mir wie ein Verbrechen, mich immer weiter von Ina zu entfernen, aber schon an der nächsten Ampel war es wieder ganz still in mir und ich sank in den Sitz zurück.

«Es ist nicht mehr weit», sagte Podobný, der mich von der Seite, immer mit einer gewissen Vorsicht, wie ich dachte, ansah. «Das Einkaufszentrum ist dort drüben.»

Podobný stellte den Motor ab, zog den Zündschlüssel und saß dann einfach da, eine Hand noch am Lenkrad, die andere auf seinem Oberschenkel. Es war so leise, dass man das Quietschen einer Rolltreppe hören konnte, die zwei Stockwerke miteinander verband. Wenn die automatischen Türen aufschnalzten, sah man ein älteres Paar unter tiefliegenden Halogenstrahlern in Wühlkisten kramen. Sie hielten einander Stoffe vor die Körper, probierten Schals und gehäkelte grüne Mützen. In der oberen Etage verkaufte ein Sicherheitsunternehmen Tresore und Schlösser, ein großes Plakat mit der bekannten Darstellung eines Einbrechers mit Brechstange und tief in die Stirn gezogener schwarzer Mütze. Als das Paar etwas unbeholfen auf die Rolltreppe stieg und die Frau den Mann stützen musste, erinnerte mich das an Ina.

Podobný saß stumm neben mir. Es wäre jetzt unmöglich gewesen, ihn anzusprechen. Ab und zu hielt er mit vorgeschobenem Kinn nach seiner Tochter Ausschau, aber wenn sich unsere Blicke kreuzten, verzog er die Lippen zu einem überhasteten Lächeln.

Im angrenzenden Park schob ein Mann einen mintgrünen Kinderwagen über das Gras, während die junge Mutter neben ihm eine Decke zusammenwarf. Drei Schwäne paddelten hintereinander durch den Weiher: ein englischer Garten um eine Wasserburg. Eine Frau rief nach den Kindern, die zwei Pfauen bis an eine Weide nachgejagt waren. Ein Mann lag dort in Embryostellung, die Hände zwischen die nackten Kniescheiben geklemmt. Und als die Pfauen auf der Suche nach Futter die Schnäbel in das neben ihm liegende Billasackerl steckten, wachte er auf und ballte die Faust, und die Pfauen schlugen aufgeregt mit den Flügeln und verschwanden.

Der Mann hatte nur noch einen Fuß.

Podobný sah auf die Uhr und kurbelte das Fenster herab.

Eine volle Minute verging, las ich von der Uhr, und als eine Brise durch die Blätter im Park fuhr und sie weit über den Zaun bis auf unsere Frontscheibe warf, dachte ich wieder an Ina und wie kalt es dort oben in der Kammer war, und dann blickte ich auf Podobný und fragte mich, ob er annehme, sie würde vielleicht die ganze Nacht in der Dachkammer bleiben wollen, und ich fragte mich, ob ich das selbst annahm. Ich versuchte mir vorzustellen, wie sie dort mit dem Baby liegen könnte. Dann wieder eine Minute, ich griff nach dem Radioknopf, fand aber keinen Sender, drehte ab. Durch den Spalt im Fenster kam jetzt der Geruch von Gummi aus der nahen Autowerkstatt und das Geräusch hydraulischer Hebebühnen.

Einige junge Männer lehnten an einer Verkehrsinsel am Parkplatz und auch am Zaun zum Park. Wie auf ein Zeichen hoben sie alle zur gleichen Zeit die Köpfe nach einem rückwärts einfahrenden LKW. Sie stemmten Warenkisten aus der Heckklappe: Kisten mit Kleidung und Mixern, Toastern, Paletten mit Zuchtparadeisern und Sonnenblumen.

Nach zehn Minuten erschien der Verkrüppelte, den ich zuvor im Park liegen gesehen hatte, in der Nähe der automatischen Eingangstore, ich sah jetzt, dass sein Bein nicht abgetrennt, wie ich gedacht hatte, sondern abgefault war. Ich hatte als Sanitäter einmal einen solchen abgefaulten Fuß an einem Obdachlosen gesehen, und ich erinnerte mich an den Gestank des faulenden Fleisches und wie der herbeigerufene Notarzt die Hände über der Brust zusammengeschlagen hatte und wie er den Verkrüppelten darüber beschimpfte. Der Stock, mit dem der Mann seinen überraschend schnellen Schritt stützte, war tatsächlich nichts anderes als ein Ast. Auf dem Gehsteig angelangt, warf er die Kappe vor sich auf den Beton. Er ließ sich rücklings auf den Bordstein fallen, landete hart, saß aber dort keine Minute, bis ein Mann mit Sonnenbrille und einem riesigen Hund zu ihm hinaustrat. Er stand dicht – wie ich jetzt sah –, viel zu dicht vor dem Bettelnden, und er sprach mit dem Hund und erst dadurch sprach er mit dem Bettelnden, indem er den Hund ansprach, sprach er den Bettler an, und auch ohne die Sprache zu verstehen, war für jeden Anwesenden zu verstehen, welche Art von Liebenswürdigkeit er dem Mann an der Gehsteigkante zuflüsterte.

Es dauerte, bis der Bettler alles eingesammelt, was er gerade erst ausgebreitet hatte: seine Kappe, seinen Stock, sein Billasackerl, und an uns vorbei zurück in den Englischen Garten humpelte.

Als die Wagentür aufging, schrak ich hoch. Ich war eingeschlafen. Podobný stand draußen, eine Hand am Griff der geöffneten Tür, und mit ihm im Gespräch war die Radfahrerin, die mein Freund und ich tags zuvor auf dem Pezinská Baba angetroffen hatten. An ihren Beinen lehnte ein Sack mit Holzpellets, den sie im Supermarkt gekauft hatte und nach dem Podobný eben griff. Sie wechselten ein oder zwei Sätze auf Slowakisch, sie küsste Podobný auf die Wange, und erst dann, nachdem er auf mich gedeutet hatte, duckte sie sich in den Wagen hinein, lachte und streckte mir die Hand entgegen und sagte, sie heiße Eva, während Podobný den Sack mit den Holzpellets in den Kofferraum warf und der Wagen unter diesem Gewicht merklich einsackte.

Sie stieg hinten ein, ihre Hände hatten nach Holz und Tabak gerochen.

«Dich hätte ich nicht erwartet», sagte sie nur auf Englisch zu mir und lachte.

Als Podobný das Gaspedal durchdrückte, quoll blauschwarzer Rauch durch eine Ritze in der Bodenplatte. Eva lehnte sich etwas nach vorne, um ihre Hände auf Podobnýs Schulter zu schieben, er griff lächelnd nach hinten, nahm ihre Hand, ließ sie erst los, als er schalten musste.

Wir fuhren auf die Bundesstraße zurück, aber nicht an der Ampel links Richtung Limbach, wie ich erhofft hatte, sondern weiter auf den Gipfel des Pezinská Baba zu, der immer noch so hell im Abendlicht strahlte, dass Podobný die Sonnenblende herabklappte. «Wir holen Evas Rad», sagte er, «bevor es ganz dunkel wird.» Es stehe seit gestern Nacht bei dem Restaurant oben am Gipfel.

Ein Seitenblick traf mich: «Ich weiß schon, woran du denkst. Aber wir können jetzt nichts machen.»

Evas Korb lag noch neben dem Rad. In einiger Entfernung machten sich zwei Rehe darüber her und hoben die Köpfe ins Scheinwerferlicht, als wir knapp davor am Restaurant hielten, rückten aber nicht ab.

Podobný zog die Handbremse, stieg aus, beugte sich aber noch einmal in den Wagen, um dem Seitenfach ein Paar Handschuhe zu entnehmen. Er wechselte ein paar Sätze auf Slowakisch mit seiner Tochter. Mit ausgestrecktem Zeigefinger zog er einen Kreis auf seinem Handrücken, bevor er sich an Evas Rad zu schaffen machte.

Eva und ich blieben einen Augenblick zu lange im Wagen sitzen, und als ich mich schließlich, durch irgendetwas in meinen unruhigen Gedanken aufgeschreckt, nach ihr herumdrehte, bemerkte ich, dass sie mich schon längere Zeit beobachtete.

«Mein Vater hat es mir erzählt», sagte sie nur.

Ich nickte, und sie nickte, und das schien alles, was es darüber zu sagen gab.

Podobný drehte das Fahrrad um, um das Hinterrad von der Achse zu nehmen, ich sah erst jetzt, dass es ein Elektrofahrrad war. Auf einen Zuruf stiegen wir beide aus. Er forderte Eva auf, eine Schüssel aus dem Kofferraum zu holen und an der Hundetränke mit Wasser zu füllen. Zumindest vermutete ich, dass er das zu ihr sagte, denn sie ging zum Kofferraum und holte die Plastikschüssel heraus, offensichtlich wollte Podobný an Ort und Stelle den Schlauch wechseln.

Ich folgte ihr an den Kofferraum des Lada.

«Ich habe die Zeichnung deines Sohnes gesehen», sagte ich. «Es ist eine außergewöhnliche Zeichnung. Die Hände und Münder sind sehr detailliert für einen Jungen seines Alters.»

Als ich ihren Sohn erwähnte, blieb sie kurz stehen, die Schüssel an ihren Mantel gedrückt.

«Er zeichnet im Hotel», sprach ich weiter. «Er sitzt bei einem rothaarigen Mann und zeichnet.»

Sie lachte, als würde sie erst jetzt verstehen.

«Bei dem Musiker, meinst du?»

Sie hatte *musician* gesagt.

«Komponist», sagte ich, während wir mit der Schüssel weiter zwischen den Heurigenbänken auf einen Brunnen zuliefen. Jaja, sagte sie, als ich das Wort *quartertone* ausgesprochen hatte, sie nickte dazu, als hätte sie dieses Wort schon öfter gehört.

«Es ist ein Freund der Familie. Wenn er endlich eine Frau finden würde», sagte sie und lachte, «aber dann kommt er wohl nicht mehr so oft hierher.» Er bringe Zeichenmaterial für ihren Jungen, der es liebe, zur Vierteltonmusik zu zeichnen. «Ich weiß auch nicht», sagte Eva und lachte, «ich hasse diese Musik. Sie ist dissonant. Sollte die Kunst uns nicht auch Hoffnung geben?»

Mit einer Handbewegung verwarf sie den Gedanken aber gleich wieder.

Wir hatten nun den Brunnen erreicht, ich pumpte, während sie die Schüssel unter den Hahn hielt, aber lange kam nichts, man hörte es nur in den Rohren röcheln und als schließlich das Wasser herausspritzte, traf es Evas Schuhe und sie sprang lachend davor zurück.

«Kann es sein, dass ich dich schon an der March gesehen habe?», fragte ich Eva.

Etwas Wasser war in ihre Augenbrauen gespritzt, sie griff danach und blickte dann auf ihren Zeigefinger.

«Ja», sagte sie, «mit meinem Jüngsten, am Freitag war ich dort.»

Sie vertrete dort ihre Schwester, der der Laden gehöre, aber es sei wenig Kundschaft. «Ich sitze dort mit meinem Notebook und stehe nur auf, um nach dem Jüngsten zu sehen», es sei egal, wo sie ihre Arbeiten machte, solange sie ihr Notebook mithabe, und noch bevor ich sie fragen konnte, ruckte sie etwas mit ihrem Kinn nach vorne und sagte: «Ich bin Wissenschaftlerin.»

Das Wort ließ sie selbst auflachen, und wie zur Erklärung sagte sie, sie habe sich bei diesem Wort immer missmutige, grauhaarige Männer in weißen Mänteln vorgestellt, nie hübsche Frauen wie sie selbst, «aber ja, das bin ich», sagte sie. «Ich bin Biologin.»

Jetzt im Frühjahr sei sie gerne an der Au. Durch die jahrzehntelange Menschenlosigkeit hätten sich in dem Grünstreifen um die Grenzflüsse

Thaya und March Pflanzen und Tiere angesiedelt, die in anderen Gegenden vom Aussterben bedroht seien. Sie nannte jetzt immer wieder Namen, um kurz darauf hinzuzufügen: «Das ist ein Vogel» oder: «Das ist eine Pflanze», «Das ist ein Säugetier» – die lateinischen Bezeichnungen, die sie in einem akzentbehafteten, aber sonst einwandfreien Englisch nannte, waren mir natürlich nicht geläufig. Sie gab auch Beschreibungen der genannten Lebewesen, auch eine Schildkröte war darunter, die – in ganz Europa fast ausgestorben – sich hier seit sechzig Jahren ungestört vermehren habe können. Und kürzlich habe man eine Schlange entdeckt, die in Mitteleuropa nur noch extrem selten vorkomme, die aber vor einhundertfünfzig Jahren einmal hier heimisch gewesen sei. So etwas sei außergewöhnlich. Der Eiserne Vorhang habe die Menschen jahrzehntelang aus der Region ferngehalten, und ja, wenn man so wolle, habe der Eiserne Vorhang, wenn auch nur in dieser Hinsicht, seine gute Seiten gehabt.

Ein Geräusch ließ sie jetzt aufsehen, aber es war nur Podobný, der fluchte, weil das Fahrrad umgefallen war, und der sich hustend über einige blitzblaue Disteln beugte. Hier oben war es immer noch ausreichend hell, um bis zum Wagen zu sehen.

Ich trug nun die Schüssel mit Wasser zurück, ich spürte, dass ich Evas Ruhe mochte und ihre sanfte Klugheit, mit der sie immer wieder über meine naiven Zwischenfragen zu Populationen, den Bedingungen, die diese ermöglichten, lachte.

«Und dein Beruf?», fragte sie.

«Lehrer», sagte ich. «Ich unterrichte auch Biologie.»

Sie lachte.

«Du solltest das nicht unterrichten», sagte sie bestimmt, aber freundlich, und sofort gab ich ihr Recht.

Ich stellte die Schüssel mit Wasser vor Podobný hin, der sich vor dem auf Sattel und Lenker ruhenden Fahrrad hingekniet hatte, neben ihm der Elektromotor, den er bereits ausgebaut hatte. Es war offensichtlich, dass er noch lange nicht so weit war, den schadhaften Schlauch im Wasser nach dem Riss untersuchen zu können. Er war gerade dabei, das

Hinterrad auszubauen, was angesichts der Vielzahl an Kabeln nicht leichtzufallen schien. Meine Hilfe lehnte er sofort ab. Ich hätte ihm auch nicht viel helfen können.

Es könne noch zehn Minuten dauern, sagte er zuerst auf Slowakisch, als hätte er vergessen, dass ich das nicht verstehen konnte. Erst Eva übersetzte für mich, und später sagte er, «noch zehn Minuten», und ein andermal, «noch fünf! Ich habe es gleich!» Tatsächlich aber dauerte es viel länger, sodass wir bald auf der Leitplanke saßen, etwas zu nahe aneinander, wie ich dachte.

«Dann haben wir ja noch Zeit», sagte sie und drehte sich nach etwas um, ich konnte nicht erkennen, was, etwas die Böschung hinab, aber mit einer Geste bedeutete sie mir, still zu sein: «Vielleicht haben wir ja Glück! Komm mit!»

Und schließlich erhob sie sich vorsichtig, stieg über die Leitplanke und tauchte unter den silbernen Birkenästen, die bis knapp über die Leitplanke hingen, in den Wald hinab. Sie machte nur zwei oder drei kurze Schritte, bevor sie wieder auf dem abschüssigen Waldboden stehen blieb, die Hände vornüber am Abhang aufgestützt. Und wieder fluchte Podobný hinter uns, und Eva sah mich an – sie war glücklich und sagte: «Wir nehmen die Abkürzung! Sei jetzt bloß leise!» und hielt mit einer Hand die Birkenzweige von meinem Gesicht, damit ich ihr folgen konnte, um dann rücklings vor mir auf allen Vieren die Böschung hinabzuklettern, die von blühendem Heidekraut bedeckt war. Der Schrei eines Raubvogels ließ mich kurz aufblicken, zwei oder drei Habichte, die sich über unseren Köpfen in die orangefarbenen Cirruswolken schraubten. Dann hatten wir ein flacheres Stück erreicht.

Eva war ein paar Schritte vorausgegangen, eine Kapelle stand dort auf einer Lichtung, die Mauern ringsum waren mit Votivtafeln verkleidet. Anrufungen: *Dăkujeme matke Márii, V'daka Márii pre vašu pomoc.* Es mussten hunderte sein. Dann sah ich, dass die Gittertür der Kapelle offen stand. Eva hatte sich – eine Hand an dem Tor – hineingeduckt und sich dabei nach mir umgedreht. Sie lächelte, aber in einer Aufgeregtheit, die ihr eine jugendliche, fast mädchenhafte Schönheit gab. Sie war jemand, der es genoss, anderen Menschen Schönes zu zeigen. Sie stand da in der Tür, und ich blickte plötzlich auf ihren Mund, auf ihre Lippen, sie schien meinen Blick zu bemerken, für einen Moment standen wir so, bevor sie zur Seite trat, sodass ich in die Kapelle eintreten konnte.

«Hierher kommen sie», sagte sie, und immer noch erklärte sie mir nicht, wer oder was hierher kam.

Der Innenraum war leer, abgeblätterter Verputz, alles feucht, Schimmel, der in weißblauen Schwämmen an den Ziegeln klebte, man konnte ihn auch in der Luft schmecken. Wir standen bis zu den Schuhsohlen im Wasser, das durch eine undichte Stelle durch das Mauerwerk gesickert war. Eva deutete auf etwas darin. Ein Laich war in mehreren Ringen um den etwa faustdicken Standsockel der Maria gelegt worden, aber bereits verlassen, denn hunderte Kaulquappen tummelten sich an der glitzernden Wasseroberfläche. Aber nicht das war es, was Eva mir hatte zeigen wollen.

«Sie ist hier», flüsterte sie und gab mir plötzlich die Hand, die wie alles an ihr angenehm war, und drückte einmal fest gegen meine Fingerknöchel, das hieß: Beweg dich jetzt nicht mehr.

Ich sah lange nichts. Ich wusste auch nicht, wohin ich hätte sehen sollen. Ich blickte einmal auf die Kaulquappen, die sich im Wasser tummelten, dann auf den leeren Sockel der Statue, um den der Laich gelegt war, auf Evas angespannte Gesichtszüge, auf ihre Lippen, auf die sie vor Anspannung biss. Ich versuchte ihrem Blick zu folgen, aber dort, wo sie hinblickte, war nichts, nur das Wasser, das durch ein Loch in der Mauer sickerte.

«Hier», flüsterte sie.

Sie fasste mit einer Hand nach meinem Kinn, mit der anderen nach meiner Stirn. Sie richtete meinen Kopf aus.

Und dann sah ich es.

Es war zuerst nur ein Kopf von der Größe eines Daumens. Das Tier, von dem ich anfangs gar nicht wusste, was es war, blickte starr durch einen Spalt im Mauerwerk ins Innere der Kapelle. Nach mehreren Minuten, in denen wir völlig ruhig geblieben waren – ich hatte sogar das heftige Keuchen und den Hustenreiz unterdrückt, den der Schimmel in der Luft verursachte –, registrierte ich zuerst nur das Knistern eines rauen Körpers auf den Steinplatten, die ins Wasser führten. Der Kopf bewegte sich und eine Schlange kroch aus dem Mauerspalt. Eine Schlange von enormer Länge, ich wollte es fast nicht glauben, zwei Meter, schätzte ich.

Sie schlängelte sich bis an die Pfütze heran und verharrte dort wieder lange vor den ruhig im Wasser schwimmenden Kaulquappen, bevor sie plötzlich mit ruckendem Kopf drei oder vier Kaulquappen gleichzeitig aus dem Wasser schnappte. Sie verschlang sie, drehte den Kopf und verschwand mit ebenso bedächtigen Bewegungen durch ein anderes Loch im Mauerwerk.

«*Elaphe longissima*», sagte Eva, als wir wieder allein waren. Ich musste mehrmals nachfragen, bis ihr das Wort *aesculapian snake* einfiel. «Sie kommen hierher, um sich an den Steinen aufzuwärmen. Im Sommer sieht man noch viel mehr.»

«Die sogenannte Natur», begann sie jetzt, «ist nichts als Verschwendung. Die Natur geht in einem Ausmaß verschwenderisch und rücksichtslos mit Leben um, das jede Vorstellungskraft sprengt.»

Sie sprach jetzt von ihrer wissenschaftlichen Arbeit, dabei zeichnete sie eine Parabel in die Luft und nannte den Namen eines Tieres. Ich fragte: «Was für ein Tier?», aber sie lachte nur: «Nein, nein, kein Tier, du verstehst das ganz falsch.»

Ich wusste nicht, wovon sie gesprochen hatte.

Die Abendsonne fiel auch hier in ihren kräftigen Violett- und Orangetönen durch die Fenster und warf bizarre Schatten unter Evas Nase.

Ich beobachtete, wie sie jetzt aufstand und die Zigarettenkippe an der Mauer ausdrückte und in ihrer Hosentasche verstaute. Sie ging vor mir nach draußen. Ein drehbarer Leuchter stand dort vor dem Tor, den ich zuvor in der Aufregung nicht bemerkt hatte, abgebrannte Kerzen auf mehreren Etagen, an den Birkenstämmen ringsum waren Nägel eingeschlagen, vermutlich von Marienbildern, die dort gehangen waren.

«Ich bin kein religiöser Mensch», sagte sie, wie durch diesen Anblick dazu gereizt. «Ich fange damit nichts an.» Der Ausdruck Schöpfer, *creator*, ärgere sie. Wenn neunundneunzig Prozent aller Lebewesen, die je existiert hatten, bereits wieder ausgestorben waren, wie könne man da von einem Schöpfer, geschweige denn von einem guten Schöpfer sprechen. Ein halbwegs intelligenter Baumeister hätte alles mit viel weniger Aufwand besser machen können, es sei einfach nicht wahr, dass die Natur perfekt konstruiert sei. Nahrungsaufnahme und Atmung über das gleiche Organ zu regeln – sie griff sich dabei an den Kehlkopf –, das sei einfach unpraktisch und widersinnig.

Dennoch war sie fasziniert von der Natur. Auf dem Weg zurück Richtung Heurigenstation und zu Podobný machte sie mich auf verschiedene Spinnennetze in einem umgestürzten morschen Baumstamm aufmerksam, sie zeigte mir die Verschiedenheit der filigranen, perfekten Konstruktionen: Radnetze, Trichter- und Röhrennetze, sie deutete auf Pilze, die an der morschen Rinde wucherten. Eva hatte das Talent, Schönheit an Orten zu finden, an denen ich diese nicht vermutet hätte. Plötzlich war da ein Tier auf ihrer Handfläche, ein winziges grünes Insekt, nicht größer als ein halber Fingernagel. Ein Tier, das ich sicher hunderte Male zuvor genervt von der Haut gewischt hatte, es war mir einfach nicht aufgefallen, aber da war sie wieder: die Schönheit des Details. Sie machte mich auf die langen Beine des Insekts aufmerksam, auf die Eleganz, mit der sie sich an den schmächtigen Leib drückten, die leuchtende grün-weiße Musterung des Kopfes. Überall tauchte jetzt etwas auf, das ich noch nie gesehen hatte, und fast immer war es klein und unscheinbar, sodass mir bald alles wie ein Wunder erschien, durch das ich bislang unachtsam geschritten war: winzige Spinnen mit schwarz-weißgestreiften Leibern, die Eva aus dem Gras zwischen den Votivtafeln hob, sie machte mich auf die Form der Beißwerkzeuge aufmerksam, die mir bis jetzt immer entgangen waren, auf die weit hervorstehenden Augen, und sie erklärte, wie sich diese von denen anderer Spinnen unterschieden. Wie goldener Schnee erschienen mir plötzlich die Ginsterblüten, die aus den Zweigen auf uns herabflatterten und innerhalb weniger Minuten den ganzen Boden bedeckt hatten. Sie kam jetzt auch auf die

Mathematik zu sprechen, die sich in der Natur auf so vielfältige Weise zeige, sie sprach von den nach mathematischen Gesetzen angelegten Blütenblättern. Die Naturgesetze seien in der Sprache der Mathematik verfasst, sagte sie, in der abstrakten, nicht in der numerischen, worunter ich mir natürlich nichts vorstellen konnte. Kiefernzapfen, Spinnennetze, die Löcher in den Astgabeln, die Augen einer Stubenfliege – alles sei letztlich Mathematik, sagte sie, und sie würde deshalb viel eher an die Mathematik als an einen Schöpfer glauben.

Meinen Vorschlag, an einen Schöpfer zu glauben, der allein die Mathematik geschaffen habe, nichts sonst, lehnte sie lachend als absurd ab. Die Naturwissenschaft sei keine Religion, und ich hätte nichts von dem, was sie gesagt habe, verstanden.

Wir waren in diesen Ausführungen, denen ich tatsächlich nur schleppend hatte folgen können, bis an die Straße und zum Parkplatz des Heurigen zurückgekehrt.

Und plötzlich schrak ich wieder beim Gedanken an Ina und das Baby auf. Es überkam mich von einem Augenblick auf den anderen. Ich blickte zu Podobný, der uns – das Fahrrad stolz neben sich herschiebend – entgegenkam. Aber bevor er uns erreicht hatte, wandte ich den Kopf wieder Richtung Böschung. Ein anderes Gebäude fiel mir ins Auge, und ich lief die Böschung hinab auf einen der Bunker zu, die man vor sechzig Jahren in den Abhang hineinbetoniert hatte. Ich wusste, beide, Podobný und sie, sahen mir jetzt nach, wie ich mich dort durch den schmalen Eingang in die völlige Dunkelheit zwängte, vielleicht in demselben Drang, von dem mir die Frau am Vampil erzählt hatte, und ich fragte mich, was die beiden wohl von mir denken würden. Auch ich lief jetzt in diesen Bunker hinein und blickte durch das Schussloch, das nicht größer war als ein Daumennagel, hinaus auf die von Birken gesäumte Lichtung mit der Kapelle, auf der ich mit Eva gesessen war. Aber schon nach wenigen Augenblicken zog ich den Kopf wieder zurück und verharrte – ich weiß nicht, wie lange – in dieser Position vor dem Schussloch, das die einzige Lichtquelle für diesen Bunker war. In dieser Dunkelheit dachte ich an Ina und an die Spinnen und die goldenen

Ginsterblüten und Fliegenaugen in meinem Kopf und ich dachte daran, wie ich vor elf oder zwölf Jahren mit Ina am Ufer der March dicht an dem Ginsterstrauch eingeschlafen war. Ich hatte beim Einschlafen Inas Hand gehalten und war – diese Hand immer noch haltend – erst nach drei Stunden wieder aufgewacht. Der Wind hatte uns und unsere Picknickdecke und die leeren Tupperdosen während dieser Zeit fast vollständig mit jenen goldenen, warmen Blüten bedeckt.

Dreizehn

Eva fuhr los. Sie gab mir die Hand und sagte, sie hoffe, mich nicht durch die vielen biologischen und schließlich auch mathematischen Ausführungen gelangweilt zu haben, was ich sofort verneinte. Ihr Blick streifte auch den in die Böschung betonierten Bunker, aus dem ich erst einige Minuten zuvor wieder herausgekrochen war. Sie wollte etwas darüber sagen, sagte aber nichts.

Fast lautlos verschwand sie, von Podobný und mir beobachtet.

«Wir müssen jetzt zu Ina zurück», sagte ich.

«Ja, sofort», antwortete er. Er steckte die Handschuhe zurück ins Seitenfach, stieg ein und blickte dann auf seine Hände, die von Öl befleckt waren. Er sah sich um, fand aber kein Papier, um sich abzuwischen.

Er sprach wieder Slowakisch, sah mich an, bevor er sich erinnerte.

«Wir müssen noch kurz zu mir nach Hause», übersetzte er.

«Warum?», fragte ich.

Ich hörte die Panik in meiner Stimme, deshalb wiederholte ich die Frage sofort: «Warum?» – und wieder lag die gleiche Panik in dieser Stimme.

«Wir müssen dafür sorgen, dass es ihr gutgeht dort oben», sagte er, und bei dem Wort oben deutete er mit dem öligen Zeigefinger durch die Wagendecke.

Die Abendtablette enthob mich ein Stück meines Körpers. Vom

Rücksitz aus beobachtete ich, wie ich auf dem Beifahrersitz saß, und ich beobachtete auch Podobný, der zu mir herüberlangte, um im Handschuhfach nach einem Papier zu suchen. Aber auch dort war nichts.

Podobný wohnte in einem der neuen Reihenhäuser, die ich tags zuvor gesehen hatte: helle Fassaden in sogenannten freundlichen Farben. Auch er hatte einen winzigen Garten, in dem ein Kugelgrill und eine Kinderschaukel standen.

Er warf die Tür zu und ich war mit mir allein. Ich beobachtete mich, wie ich das Fenster herunterkurbelte, und ich wusste, dass ich mich selbst dabei beobachtete. Ich sah, wie ich bei offenem Fenster im Versuch, meine Beobachtung damit loszuwerden, eine Melodie intonierte, die Musik, dachte ich, rettet mich aus der Beobachtung. Aber diesmal hatte ich damit keinen Erfolg.

Ich löste den Gurt, stieg aber nicht aus, sondern drehte das Radio an, suchte einen österreichischen Sender, hörte Nachrichten: Eine griechische Prostituierte war tot in einem Waldstück aufgefunden worden, verkohlt, offensichtlich sei ihr Körper zuvor in Brand gesteckt worden, außerdem wolle Österreichs Nationalmannschaft das Qualifikationsspiel gegen Liechtenstein aggressiver angehen als zuletzt, und kurze Regenschauer würden nachmittags über der Hauptstadt niedergehen.

Ich weiß nicht, wie viele Minuten vergingen. Ich war auffällig ruhig, sah ich, ich fühlte keinen Schmerz, ich sah mir nur ruhig zu.

Ich nahm die Zeichnung von Evas Jungen in die Hand, und später griff ich ins offenstehende Handschuhfach, aber außer weiteren Kinderzeichnungen gab es dort nichts. Ich warf sie zur Seite und erlebte, wie dieses Zur-Seite-Werfen der Kinderzeichnungen mich ein Stück weit näher zu mir zurückbrachte, ich blätterte eine weitere auf, warf sie zur Seite, eine dritte, warf sie zur Seite. Evas Junge hatte Wolken gemalt, in denen Schwerter steckten, und Bäume mit großen Ohren – nicht alles war gelungen. Ich sah wieder auf die Uhr und auf die Nacht, die hier im Tal schon schwer über den Dächern lag. Und ich wollte mich jetzt ganz in mich zurückdrücken, ich beschloss, die Tabletten nicht mehr zu nehmen.

Und dann fiel mein Blick auf Inas Handy. Podobný musste es dort hingelegt haben. Ich holte es heraus. Ich löste die Tastensperre und öffnete den Ordner mit den eingegangenen Nachrichten, ich spürte die Scham, als ich das tat, und hätte Lust gehabt, sie mit weiteren Tabletten zu ersticken, und in diesem Bewusstsein der Scham und mit heftigem Pulsschlag, einer aufstürmenden Eifersucht gleichermaßen wie einer diffusen Angst vor etwas, das ich an ihr die ganze Zeit hätte übersehen können, öffnete ich die erste Nachricht. Aber es war meine eigene. Und auch alle anderen Nachrichten waren von mir. Es gab keine längeren Anrufe unbekannter Nummern, keine verdächtigen SMS, nur eine Unzahl von Entwürfen, die sie nie abgesendet hatte und in denen sie davon schrieb, wie sie mich vermisste und dass sie mich liebte. *Ich kann dir das doch nicht schreiben* hatte sie einmal eingetippt und das SMS nicht abgeschickt, *ich quäle dich, und du wirst es nicht verstehen.*

Auf ein Geräusch hin legte ich das Handy hastig zurück, aber es war nur ein vorbeipolternder Lastwagen mit Holzstämmen und gleich dahinter ein Kind auf einem Fahrrad, das mir das Gesicht zuwandte und mehrmals klingelte, vielleicht jenes, das ich auch tagsüber schon gesehen hatte.

Ich sah mich um, ob Podobný nun endlich wieder aus dem Haus kommen würde, bevor ich auch Inas Internetverlauf durchstöberte, ich klickte auf den Link zu einem *Youtube*-Video und sah drei alte Frauen, deren Hauben ich sofort als die der Karpatendeutschen identifizierte. Die Alten sangen das Lied, das auch Ina gesungen hatte, von den hungernden Kindern und den vom Vater erschlagenen Mäusen in den Mehlkisten. Neben den zwei Frauen zwei etwas jüngere Männer, die wie sie Weingläser hielten, eine Gesellschaft von Karpatendeutschen, dachte ich, «unser letztes Treffen in Pressburg im Jahr 2008» stand unter dem Video. Die zweite Strophe sang nur noch eine der Frauen, dann war nur noch Summen, Lachen. Die Kamera schwenkte auf einen voll besetzten Tisch in einem Kellergewölbe eines Gasthauses, Geräusche von Besteck und Geschirr, und schließlich ein blondes Mädchen, das mit einer Schleife im Haar ins Bild lief und das Video abrupt abbrach.

Danach lange nichts. Ich saß einfach im Wagen, Inas Handy in der Hand. Die nächtliche Dorfesstille, die ich seit meinen Kindertagen kannte. Ich begann die Melodie nachzusummen und dachte, dass man dieses Lied als Kanon hätte singen müssen, es war in der Struktur eines Kanons gebaut. Das plötzliche Knattern eines Mopeds, auf dem drei Teenager saßen, unterbrach die dörfliche Stille. Der Dritte klammerte sich mit den Füßen an der Vorderradnarbe fest und lehnte sich rücklings gegen den Lenker, alle drei ohne Helm, ohne Licht, hell auflachend, jubilierend. Ihre Ausgelassenheit spendete mir Trost.

Podobný kehrte erst nach langer Zeit zurück. Er stand plötzlich in der aufgezogenen Fahrertür, einen Karton gegen die Brust gedrückt. Von meiner sitzenden Position aus sah ich Podobnýs Gesicht nicht, nur seine hellen, mit dunklen Haaren überzogenen Hände, die in der Dunkelheit immer mehr auf die Rückbank warfen. Ich drehte das Kabinenlicht an: Behälter mit Saft, Mineralwasser, Taschentücher, Verbandszeug.

Endlich stieg er ein. Das Kabinenlicht warf einen ungesunden Gelbton auf seine Wangen, in dem seine Melanome noch deutlicher herausstachen. Er lächelte nervös. Wie ich hatte er Angst um Ina.

Er startete den Motor, griff dann aber plötzlich nach hinten in den Karton und hielt mir irgendeine Packung mit Keksen hin. Ich wusste nicht, was er von mir erwartete. Er warf die Packung zurück in den Karton und fuhr sofort los.

«Wir müssen jetzt an Ina denken», sagte er.

Er bog auf die Bundesstraße und sagte es noch einmal, als hätte er vergessen, dass er es gerade eben schon gesagt hatte. Der Motor starb ab, er startete ihn erneut.

Wir waren schon wieder auf den Serpentinen, als er behauptete, Ina sei unberechenbar, was ich sofort verneinte. Er ging darauf aber nicht mehr ein. Er hustete wegen der Abgase im Wagen und trat das Gaspedal durch, und seine zur Schau gestellte Angst, in der er die Serpentinen mit aufjaulendem Motor hochraste, steigerte meine noch weiter.

Ich sah jetzt, dass er auch einen Schlafsack zwischen Rücksitz und Rückbank geworfen hatte.

«Ina wird dort schlafen?», fragte ich ihn, «in der Dachkammer? Mit dem Baby? Ist das möglich?»

Er sagte: «Wir wissen es nicht. Wir müssen damit rechnen.»

An der Tankstellte stellte Podobný den Wagen ab. Wir stiegen aus und trugen den schmalen Karton und den Schlafsack, auf den mit schwarzem Marker das Wort *Eva* geschrieben war, über die Straße. Schweigend folgten wir den Markierungen an den Bäumen. Ich horchte nur auf Podobnýs Atem, der mir Sorgen machte, und beobachtete den Strahl seiner Taschenlampe, der vor uns über die Wurzeln glitt, und als er einmal das Wort «verrückt» in einer Weise aussprach, als spuckte er dabei aus, widersprach ich ihm nicht. An der Brücke klappte er einen der Kartons auf.

«Ich muss etwas essen», sagte er.

Er riss zwei Müsliriegel auf und aß mit abgewandtem Gesicht.

Wir erreichten Steiners Hof bei nahezu vollständiger Dunkelheit. Wir stellten die Kartons und den Schlafsack unter den Torbogen, aber zögerten dann beide. Schließlich trat ich keuchend als Erster hindurch und stürzte noch im Eintreten über eine der Wurzeln. Podobný stand hinter mir, als ich mich nach ihm umdrehte. Er streckte mir die Hand entgegen, um mir aufzuhelfen. Obwohl ich inständig gehofft hatte, er würde es nicht tun, warf er mir jetzt doch wieder das Wort «verrückt» hin, um sich dann im Windschutz der Mauer den Mantel zu öffnen und die Injektion in den heftig an- und abschwellenden, behaarten Bauch zu drücken.

Ich trat als Erster ein. Podobný, dessen Konturen sich im Türrahmen gegen den nächtlichen Himmel abzeichneten, wartete lange keuchend unter dem Rahmen. Wie von einem plötzlichen Geräusch erschreckt, zog er hastig die Luft ein. Er richtete den Lichtstrahl auf etwas, dann auf etwas anderes: einen Balken, einen Fleck auf der Mauer. Tatsächlich Schritte, und ich hatte das Gefühl, ich müsste es nun aussprechen, das Wort «Schritte» also aussprechen, schnelle Schritte, dachte ich, Laufschritte, aber ich sagte nichts, sondern hob nur wie er den Kopf.

Dann knallte etwas zu Boden und wir liefen hin und kamen gerade noch rechtzeitig, um das Knirschen des Riegels über unseren Köpfen zu hören. Ina hatte sich wieder in der Dachkammer eingeschlossen.

Mit einer seltsamen, gar nicht zu ihm passenden Geste legte Podobný seinen Arm um meine Schulter, sagte aber dann nichts, sondern verfolgte nur das Knarren der Schritte über unseren Köpfen mit dem Lichtkegel der Taschenlampe.

Ich nahm ihm die Taschenlampe jetzt ab. Ich leuchtete die Zeitungen an, die die Zugluft durch den Raum trieb. Ich ging weiter ins nächste Zimmer, dessen Holzboden mit Marderkot und Blättern und Plastikmüll bedeckt war. Mit dem Lichtkegel suchte ich die Wände ab und fand eine Öffnung im Dach, an der früher einmal ein Rauchabzug gewesen war, die Wand davor vom Rauch völlig geschwärzt. Ein Ofenrohr ragte noch aus der Wand, Flecken von einstigen Wasserschäden, von denen das Mauerwerk aufgequollen war. In feuchten Klumpen war der Lehm herausgeronnen. In einer Ecke stand etwas, das ich zunächst für Müll gehalten hatte, das tatsächlich aber ein Teil eines morsch gewordenen Küchenregals war, in dem sogar noch Schubladen steckten, und als ich mich dort hinkniete und das Licht der Taschenlampe darauf richtete, konnte ich sogar die Beschriftungen wie *Erbsen* oder *Zucker* oder *Bohnen* lesen. Das Geräusch, als ich eine der Laden aufzog und wieder zuschob, erinnerte mich daran, dass man bei diesen Regalen noch in meiner Kindheit von einem sogenannten *Hungerkasten* gesprochen hatte, und ich sagte das Wort «Hungerkasten», oder «ein Hungerkasten» und später: «Da ist sogar noch ein Hungerkasten» laut vor mich hin, während ich aufstand und weiter durch den Raum ging, der sonst leer war. Ich erinnerte mich dabei an die Erzählung Podobnýs von Steiners Größenwahn, ich überlegte, wo Steiner gesessen war, um seinen Kindern ihre Erschaffung zu erklären, wo die Knechte, wo Inas Großmutter.

Ein Windstoß riss die Tür auf, um sie gleich darauf wieder zuzuziehen, und ließ mich in meinem begonnenen Selbstgespräch innehalten. Der Luftzug hier fuhr einem ganz plötzlich unter die Kleidung und genauso plötzlich wieder hinaus, sodass man wie verwundert stehen blieb und im ersten Moment dachte, von etwas angefallen worden zu sein.

Ich hörte jetzt wieder Schritte, es war aber Podobný, der sich – durch meine Selbstgespräche angelockt – doch noch in den Raum vorgewagt hatte. Mit dem Lichtkegel machte ich ihn auf den Hungerkasten aufmerksam. Als er ins Licht trat, sah ich ihm an, dass er etwas sagen wollte, vielleicht erzählen, wie er hier in der Küche mit Steiner gesessen war, auf Stellen im leeren Raum deuten: Hier der Tisch mit den Knechten, dort jener mit Steiner und seiner Familie, aber im selben Moment ertönte von oben wieder ein einzelner Ton, so überraschend, dass Podobný hinter mir einknickte. Ich hatte zunächst gedacht, er sei von etwas angefallen worden, er war aber nur auf etwas ausgeglitten. Ich richtete den Lichtstrahl auf seine Schuhe. Ein zusammengerollter, zerrissener Schlafsack lag dort, den er mit dem Rist wegtrat, Glasflaschen und Verpackungsmüll von Lebensmitteln. Jemand hatte einige Stücke Holz von draußen hereingetragen und erst kürzlich unter dem Rauchabzug verbrannt. Zigarettenkippen, Bierdosen. Ich bemerkte jetzt auch die an die Wände gesprayten Botschaften von Anarchie und Staatszerstörung, die mich an meine eigene Jugend denken ließen. Auch ich war ja von den Ruinen, den ausrangierten Zügen, den leerstehenden Zuckerfabriken in Dürnkrut und Jedenspeigen angezogen gewesen. Ich hatte in diesen Ruinen ein erstes Zuhause gefunden, ein erstes Gefühl der Freiheit.

Podobný summte leise die Melodie von Inas Gesang mit. Ina hatte eine schöne, klare Stimme. Sie hatte das Lied lange eingeübt. Nun trug die Melodie.

Wir trugen die Kartons und den Schlafsack bis unter die Luke. Mehr aus Pflichtbewusstsein schlug ich gegen das Holz. «Wir können nichts tun», hörte ich zum wiederholten Mal Podobnýs Worte, die mich wütend machten.

Wie am Nachmittag kletterten wir über das Gestrüpp bis zur ehemaligen Laube, um dort nach Ina zu sehen, und ich glaube, wir hatten beide auch wieder die Idee, feuchten Schlamm zu ihr hinaufzuschleudern, aber stattdessen saßen wir lange auf der Schaukel, die noch in den Bäumen hing, und rieben uns die Arme vor Kälte.

Auch ich sah ein, dass es zu gefährlich war, weiter in das Haus vorzudringen. Im Raum hinter der ehemaligen Küche war einer der Dachbalken gebrochen und hatte einen Teil des Daches einsinken lassen. Alte Vogelnester klebten dort in den Verstrebungen: Konstruktionen, die sich im Licht der Taschenlampe wie Spinnweben ausnahmen. Die Bodenbretter waren von den kleinen Kotkügelchen der Fledermäuse bedeckt. Ich blieb im Türrahmen stehen, richtete den Kegel auf ein Klopfen über mir. Der Wind ließ eine lose Schindel hin und her wippen wie in einem Spiel, und etwas knackte gefährlich in einem der verbliebenen Träger, sodass ich rasch in die Küche zurückkehrte.

Ich überlegte, wie alt das Haus wohl sein mochte und wer es gebaut hatte. Durch die leere Fensterzarge sah ich Podobný zu, der verloren unter den Arkaden stand und sich immer wieder nach dem Eingangstor umdrehte.

Ein halber Mond hing zwischen den Wolken. Ich spuckte aus, fasste mir an die Zunge, da ich glaubte, von etwas befallen zu sein, während Podobný zurück zur Laube ging, ich konnte sehen, wie ihm das Gestrüpp zu schaffen machte. Ich hätte Lust gehabt, den Garten zu erneuern, diese fetten Pflanzen zu roden, den Hof zugänglich zu machen. Ob Ina daran dachte? War das ihr Plan? War sie deshalb hier? Um den Hof wieder in Besitz zu nehmen? Als Jugendlicher hatte ich einmal mit einer Motorsense arbeiten müssen, an dieses Geräusch des unter den Rotorblättern aufspritzenden Holzes dachte ich jetzt, ich erregte mich daran. Innerhalb weniger Stunden hätte man wieder einen Durchgang vom Hoftor bis zum Eingangstor schaffen können, stellte ich mir vor, und ich dachte, dass man auch den Weg zur Laube freiräumen und diese neu errichten müsste, die abgestorbenen Obstbäume im hinteren Teil des Hofes umsägen, dachte ich, die Mauern niederreißen und neu setzen. Das rief ich Ina durch die verschlossene Luke zu, sie wollte diesen Hof haben, dachte ich, und ich sah, wie Podobný von der Laube zurückkehrte und sich nach mir umblickte, aber er sah nicht, wo ich stand. Er rief nach mir, aber ich ignorierte ihn und sagte zu Ina, wenn alles fertig sei, würde ich mit ihr draußen im Hof sitzen, ich erklärte ihr, wo und vor allem auch *wie* wir dort sitzen würden. Ich würde auch die Obstbäume neu setzen und veredeln, und ich erklärte ihr jetzt, wie die Blütenblätter neuer Marillenbäume im Frühjahr durch die Arkaden segeln würden.

Ich riss mich vom Fenster los und ging zurück in den Raum, in dem der Dachbalken herabgestürzt war und rief, hier sei alles abzureißen, diesen Raum, sagte ich, komplett abreißen. Immer noch hatte ich mich nicht beruhigt, mein Blick glitt an den feuchten, im Schein der Lampe glitzernden Lehmmauern herab auf die zerbrochenen und völlig verschmutzten Bretter in der Küche, die man durch helle Lärchenbretter hätte austauschen lassen können, diese Mauer, sagte ich und schlug dagegen, könne man stehen lassen, die andere niederreißen, das alte Ofenrohr herausreißen, die alten Doppelfenster ersetzen und abdichten, Stromleitungen verlegen, dachte ich, in die Mauer verlegen, aber dann: auch diese Mauer einreißen. Den Raum vergrößern. Größere Fenster, mehr Licht!, dachte ich.

Als ich mich herumdrehte, stand Podobný dicht hinter mir. Er war durch mein Geschrei herbeigerufen worden. Er wischte sich die Brille an seinem Hemd sauber, setzte sie auf und sah mich sehr genau an.

«Ein junger Mensch ist doch ganz anders», sagte er.

Ich folgte Podobný zurück zur zerstörten Laube. Er setzte sich, stand aber gleich wieder auf.

«Was ist?», rief ich.

«Fledermäuse», sagte er.

Sie schossen aus der Dachkammer heraus in den Abendhimmel. Ich dachte daran, dass Ina wie ich Fledermäuse liebte, und stellte mir vor, wie sie diese nun beobachtete.

Podobný saß wieder auf der Schaukel. Er schaukelte, und in der Dunkelheit sah das so aus, als säße dort tatsächlich ein Kind.

Podobný saß einfach nur da, die Hände auf den Knien. Ohne die Füße vom Boden zu heben, schaukelte er sanft vor und zurück, in irgendeinen Gedanken versunken, er schlug sich die Mantelschöße einmal über die Oberschenkel, dann fester um die Brust, zitterte geräuschvoll auf diese für ihn so typische Art, die mich an das Hecheln eines Hundes erinnerte. Ich sah abwechselnd zu ihm und hoch zur Dachkammer, ob dort Licht im Fenster zu sehen war. Ich zielte mit der Taschenlampe darauf und stellte mir vor, wie ich Ina damit ins Gesicht traf, ich zielte auf Podobnýs Füße, die knapp über dem Gestrüpp hin und her schaukelten, auf die Schnüre, an die sich seine Hände klammerten. Sooft ich gehen wollte, schob er seine Hand aus den Manteltaschen, um mich zu berühren, auf eine Weise, als tastete er blindlings nach etwas auf meinem Arm.

Die Kirchturmuhr schlug aus dem Dorf zu uns herauf, acht Mal, und Podobný sagte: «Acht Uhr», und als ich darauf nichts antwortete, wiederholte er: «Es ist jetzt acht Uhr» und räusperte sich, sagte aber nichts weiter.

«Wie lange ist sie jetzt dort oben?», fragte ich.

Podobný gab keine Antwort, und ich war mir kurz darauf nicht mehr sicher, ob ich den Gedanken überhaupt ausgesprochen hatte. Ich ging einer Erinnerung an ein Gespräch mit Ina nach, ich weiß nicht mehr, wann ich es geführt habe, aber es musste schon kurz nach unserem Kennenlernen auf der Pädagogischen Akademie gewesen sein. Ina hatte mir erzählt, sie habe in ihrer Kindheit ihr größtes Glück in einem Versteck hinter der Treppe, die zu ihrem Zimmer hinaufführte, gefunden. Noch lieber als auf der Treppe sei sie hinter dieser Treppe gesessen, genauer in einer Nische hinter dieser Treppe, oft stundenlang gesessen, es sei der einzig sichere Ort gewesen, hatte sie gesagt, denn nur dort sei sie vor den Befehlen des Vaters sicher gewesen und von dort aus habe sie alles, auch das scheinbar Ereignislose, beobachten können. Sie hatte es mir bei meinem Besuch in Steiners Haus nicht gezeigt, aber ich hatte im Vorbeigehen diesen Platz sofort erkannt. Es war ein dem Benutzer der Treppe völlig uneinsichtiger und dunkler Hohlraum gewesen. Sie hatte es sich dort eingerichtet, sagte sie, sie habe dort eine Kindheit haben können.

Und ich dachte, dass sie auch jetzt aus der Dachkammer alles beobachtete und mir und Podobný auf der Schaukel zwischen den wuchernden Bäumen zusah.

Ich leuchtete Podobný ins Gesicht, er hob die Hand vor die Melanome an den Wimpern. Ein Käfer hing ihm in den Haaren, ich hatte Lust, ihn dort krabbeln zu sehen. Er fegte ihn weg und stand auf und sagte, er werde jetzt gehen. Es sei alles idiotisch. Er schimpfte auf Ina und nannte sie erneut eine Verrückte und sagte mehrmals, aber ohne auch nur aufzustehen oder gar einen Schritt in Richtung Tor zu setzen, er werde jetzt gehen. Ich beobachtete ihn. Er saß lange völlig still da, in einen Gedanken versunken. Dann sprang er so hastig auf, dass die Schaukel hinter ihm wegflog, und stürzte wie auf der Flucht über das Gestrüpp und die Arkaden zum Tor hinaus.

«Es ist gefährlich, den Weg bei völliger Dunkelheit zu gehen», sagte er. «Wir müssen jetzt sofort hinab ins Dorf, sonst wird uns die Nacht *überfallen.*» In all seinen Gesten spürte ich aber seine Unentschlossenheit. Auch er wollte Ina nicht gerne allein lassen. «Deine Frau ist ja völlig verrückt», sagte er, und wie gefährlich es in der Ruine sei. Er nannte jetzt auch Fälle aus Zeitungen, die er sich – wie ich sofort erkannte – in dem Moment ausdachte: Jugendliche, die in solchen Ruinen begraben, erschlagen und verkrüppelt worden waren.

Er schrieb mir seine Telefonnummer auf und reichte mir dann den Schlafsack, rief aber, sobald ich ihn nahm: «Du willst hier bleiben? Welchen Sinn hat das? Du setzt dein Leben aufs Spiel? Warum?» Und er sah sich wieder auf diese ängstliche Weise nach der Ruine um, als warte er, dass sie jeden Moment einstürzte.

Ich erzählte ihm, dass ich in meiner Jugend oft in solchen Ruinen gewesen sei, von der alten Zuckerfabrik in Dürnkrut und der Kanalisation unter dem Wienkanal, ich erwähnte auch die Ruine in der Poschenhöhe, in der ich doch erst vor kurzem mit meinem Freund gewesen war. Auf alles schüttelte er nur den Kopf, als hätte er es jetzt auch bei mir mit einem Verrückten zu tun.

Wir waren beide schon durch das Tor hindurch nach draußen getreten, als er plötzlich sagte, Ina würde sicher vernünftig sein, und dabei lächelte, kein Mensch könne dort bleiben. «Sie hat doch ein Kind bei sich! Einen Säugling!» Und daraufhin lachte er, als wäre damit alles zum Guten gewendet. «Sie *kann* doch gar nicht hierbleiben.» Aber einen Augenblick später verzog sich sein Lächeln, es steckte ihm schief im Gesicht wie eine aus den Angeln gehobene Tür.

Ich erinnere mich noch deutlich an das immer leiser werdende metallene Aneinanderschlagen seiner Mantelschnallen, das seinen Weg ins Dorf hinab begleitete, und dass ich dieses Geräusch vom Hoftor aus verfolgte, bis es fast völlig verstummt war, aber schließlich immer wieder noch zwischen den Baumkronen zu mir nach oben zu dringen schien. Wie lange man hier oben alles hörte! Und dann diese völlige Stille, mit der ich plötzlich allein war, und wie ich ein paar Schritte auf das Hoftor zumachte, aber gleich wieder stehen blieb und umdrehte und zurückging, um das metallene Klappern noch einmal zu hören, als könne es meine Rettung sein. Aber ich hörte es nicht mehr.

Das Erste, was ich zurück in der Ruine tat: Ich bückte mich und durchsuchte das Zeitungspapier in unmittelbarer Nähe. Ich hatte eine irre Hoffnung, Ina hätte womöglich etwas aufgeschrieben und durch den Spalt fallen lassen. Aber sie hatte nichts aufgeschrieben.

Ich suchte mir eine Position unter der Luke, von der ich dachte, ich könnte sie einige Zeit aushalten, warf den Schlafsack auf den Boden, rollte ihn aus und stellte den Karton mit den Keksen und Säften, die Podobný für Ina zusammengesucht hatte, neben mich. Bald darauf riss ich die erste Packung mit Keksen auf – es waren Vanillekekse einer slowakischen Traditionsbäckerei –, die Marke ist in Österreich unbekannt. Ich schob mir gleich drei Stück davon in den Mund und aß hastig, ohne viel zu kauen, und hustete, nahm aber gleich wieder drei Stück und dann noch einmal zwei. Ich las die Hinweise auf der Packung, die auch auf Deutsch geschrieben waren, dass das Produkt auch Reste von Meerestieren und Schnecken enthalten könne. Ein Stück meiner Kindheitsfreiheit lag in den Geräuschen dieser Ruine. In der Hoffnung auf deutsch-

oder zumindest englischsprachige Lektüre wühlte ich durch die überall im Raum verstreuten Blätter. Alleine das Rascheln und das Kreisen des Lichtkegels hätte Ina aufmerksam machen müssen, dachte ich, und ich horchte auf und lauschte. Genau so, wie ich unter ihr hin und her ging, ging sie über mir hin und her, dachte ich, blieb ich stehen, blieb auch sie stehen. Sie hätte hören müssen, wie jetzt die Holzbretter ächzten, als ich mich mit einem Fetzen Papier, auf dem ein dreiteiliger Comicstrip von *Garfield* abgedruckt war, auf dem Schlafsack niederließ. Ich breitete mich in dem Schlafsack aus und bemerkte dann, dass ich Inas Handy immer noch bei mir trug. Ich hatte es in Podobnýs Wagen eingesteckt und holte es jetzt heraus. Ich überlegte, das Lied der Karpatendeutschen Frauen wieder abzuspielen, stand dann aber auf und rief sehr laut: «Ich habe dein Handy hier!» Meine Stimme überraschte mich. Es war nicht jene leise und brüchige Stimme, zu der sie für gewöhnlich in derlei Situationen verkümmerte, sondern herrisch, unsympathisch – ich kannte diese Stimme nicht –, und ich hatte Lust, sie noch weiter auszuprobieren.

Ich kletterte zu ihr hoch und rief noch einmal, während ich mit der Faust dagegen klopfte: «Dein Handy! Dein Handy!», wie in einem interessanten Irrsinn, dachte ich. Ich schob es durch den Spalt, durch den ich schon nachmittags die Zeitungsblätter geschoben hatte, und hörte, wie es in der Dachkammer irgendwo auf die Bretter fiel. Und ich hörte, wie Ina es aufhob, ich sah, wie das Displaylicht aufleuchtete, sie hatte also sofort danach gegriffen, und ganz deutlich hörte ich, wie sie jetzt sagte: «Danke» und davonging.

Ich stieg die Leiter weiter hinab und ging bis in die ehemalige Küche und weiter bis zu dem Raum mit dem eingestürzten Dachträger, der riesig war und einmal der Stall gewesen sein musste, denn im Lichtkegel glänzten noch die in der feuchten Mauer befestigten Eisenringe, an denen die Tiere festgebunden worden waren, die Kotgrube davor war mit Unmengen von Plastikmüll und matschigen Papierresten gefüllt.

Ich schrieb Nachrichten an Ina auf meinem eigenen Handy und lief damit vom Stall wieder bis unter die Luke. Ich fürchtete mich vor den Nachrichten, die ich geschrieben hatte. Ich durfte jetzt nichts Falsches schreiben, wusste ich.

Ich ließ das Handy absichtlich unter der Luke neben dem Schlafsack liegen, denn es machte mich verrückt, immer und immer wieder nach Antworten zu sehen, ich hatte jetzt acht zu geben, sagte ich mir und ging wieder in die ehemalige Küche und ließ den Lichtkegel am Rauchabzug hinaufklettern, der völlig schwarz und weiter oben an einer Seite mit Moos bedeckt war.

Ich berührte einen der Eisenringe im Stall und hatte plötzlich Angst vor einem Einsturz und lief wieder hinaus auf den Hof. Dort lag ein mit Geröll zugeschütteter Brunnen unter dem Gestrüpp, den ich bislang nicht bemerkt hatte.

Am Hoftor, wo ich – als suchte ich dort etwas – die Nägel an der Wand begutachtete, an denen früher einmal Spaten und Sensen gehangen sein mochten, bückte ich mich nach dem Stiel eines Spatens – vom herabgewaschenen Lehm hatte das Holz eine gelbliche Farbe angenommen –, als mir plötzlich mein Handy wieder einfiel und damit der Gedanke, Ina könnte mir in der Zwischenzeit geschrieben haben. Sosehr ich mich bemühte, den Gedanken zurückzudrängen – es war nicht möglich. Wie damals im Kinderzimmer fürchtete ich mich davor, Inas Nachrichten zu finden, und lief zurück in die Ruine und bückte mich nach dem Handy und fand keine Nachrichten und war über diese Tatsache am Boden zerstört.

Es waren keine zehn Minuten vergangen, und ich hielt es jetzt bereits nicht mehr aus. Ich wusste, ich war nahe daran, verrückt zu werden.

Was mich vorerst rettete, war ein Computerspiel, eine kleine Schlange, die Steine fraß, oder waren das Früchte? Sie fraß sich durch drei Level, bevor sie die Zähne in die eigenen Schuppen schlug, sie verdaute sich selbst und alles war ein Unglück.

Ich schaltete das Spiel aus und sah auf die Uhr. Ich wusste, ich würde nicht durchhalten. Diesmal würde Ina siegreich sein.

In der ersten halben Stunde hatte ich noch Hoffnung, sie würde mir schreiben, sie hätte mir auch durch die Luke Zettel zustecken oder ganz einfach zu mir hinabrufen können, aber ich dachte sofort: Wenn sie etwas von sich gibt, wird sie schreiben, sie wird nicht hinabrufen. Aber sie schrieb nicht. Es erschien mir wie eine Verpflichtung, immer wieder zu ihr hochzusteigen und zu klopfen, ich erinnerte mich sogar daran: Jetzt musst du wieder zu ihr hochsteigen, dachte ich, du hast vergessen zu klopfen. Sie wartet darauf. Später beließ ich es dabei, einfach etwas in die Dunkelheit über meinem Kopf zu rufen, oft fragte ich nur: «Was hast du gesagt?», als hätte sie etwas gesagt, oder ich sagte: «Das ist ja ungeheuerlich!» und lachte, als hätte sie einen Witz gemacht.

Ich hatte keine Angst, Ina könnte sich dort oben etwas antun. Das war mir der entfernteste Gedanke.

Ich reckte den Kopf, um durch das schmale Fensterloch über die Gartenmauer aufs Dorf zu blicken, der Anblick irgendeines beleuchteten Fensters oder gar des Kirchturms hätte mich beruhigt, aber es war unmöglich, von hier aus irgendetwas zu sehen.

Es schlug neun, und ich hatte meinen Rekord deutlich verbessern können, die Länge der Schlange ließ sich nur handhaben, indem ich ihren Körper in mehreren Windungen über den Bildschirm legte. Ich horchte auf, und auch Ina schien aufzuhorchen, denn ich hörte etwas von oben und dann auch ihre Schritte, und das Tier biss sich in den Schwanz, und plötzlich – ich hatte das vergessen! – brüllte unser Baby.

Ich nahm ein Stück Zeitungspapier und schrieb: «Schreib etwas darauf!» und schob es durch den Spalt. Ina lachte hinter der Luke – ein warmes, herzliches, schönes Lachen. Ich stieg zu ihr hoch, um mein Auge an den schmalen Spalt zu drücken.

«Ha!», rief ich laut, «ich sehe dich!»

Aber ich sah nichts.

Vierzehn

Ich hielt es nicht aus. Nach einer weiteren Viertelstunde verließ ich den Hof. Es war schwierig, aber gerade noch hell genug, die Farbmarkierungen an den hohen, wie aus der Dunkelheit aufleuchtenden Birkenstämmen erkennen zu können, sodass ich das Dorf ohne Umwege erreichte. Der Weg war mir vertraut.

Limbach war leer, mehr Tiere als Menschen in den Gärten zu sehen: Hühner, die hinter den Maschendrahtzäunen der Einfamilienhäuser zwischen den Blumenbeeten liefen. Auf mein Erscheinen hin wurden sie neugierig und beobachteten mich. Auf einem Hügel grasten zwei Schafe und hoben die Köpfe, um mir durch den Stacheldrahtzaun nachzublicken, und als ich einige Minuten später ein offenstehendes Hoftor passierte, lief ein Hängebauchschwein grunzend zu mir heraus. Und überall Hunde, die sofort anschlugen, die Pfoten an die Gitterstäbe gelegt, mir nachbellten und verstört in diesen viel zu engen Zwingern auf und ab liefen, während sich die Schattenarme und Schattenköpfe ihrer Besitzer auf den hellen Vorhangstoffen bewegten.

Erst in der Nähe der Kirche traf ich auf Menschen. Der Geruch von Sauerteig hing in der Luft, Ingwer und Melonen. Zwischen den Ständen gurrten Tauben auf dem Kopfsteinpflaster und stellten mit aufgeplusterter Kehle den Weibchen nach.

Auf dem Markt war es ruhig geworden. Ein einzelner Verkäufer schöpfte im Schein eines Flutlichtes Kraut aus einem großen Holzfass. Mehr aus Verlegenheit, von dem Verkäufer angesprochen worden zu sein, ließ ich mir eine Plastikschale herausschöpfen. Ich stach die Plastikgabel, die man mir dazu gereicht hatte, hinein, aß mit plötzlichem Heißhunger. Am Kirchturm drehte ich mich nach der Hotelfassade um, aber zögerte, als die Rezeptionistin in der Drehtür erschien. Mit dem Daumennagel streifte sie einen weiteren selbstklebenden Zettel auf der Glasscheibe glatt. Hinter ihr schoben Kellnerinnen Speisewägen mit gebrauchten Tellern und Gläsern durch das Restaurant.

Ich wählte die Nummer meines Freundes und sprach ihm auf die Mailbox. Ich wusste, dass ich zusammenhangslos von der Ruine und von Ina erzählte, die sich mit dem Baby dort eingeschlossen habe. Wenig später rief er zurück, und ich erzählte ihm alles noch einmal, aber er führte jetzt eine Kommunikation, wie er sie womöglich auf einem seiner Geschäftsseminare gelernt hatte. Mit Zwischenfragen wollte er für mich das Gesagte zusammenfassen, fasste aber immer alles falsch zusammen, sodass ich ständig dabei war, die Ansichten, die er von meinen Gedanken im Kopf hatte, zu korrigieren, was mich traurig und zornig zugleich machte. Ich hörte, dass er im Auto saß, er hatte wohl ein gutes, ein vorzügliches Geschäft gemacht, dachte ich und ich geriet bei diesem Gedanken, der doch nichts Neues für mich hatte, in Raserei. Mein Freund war immer nur an seinen Geschäften interessiert gewesen, an seiner Hehlerei, und ich dachte: Er ist ja nicht dein Freund, während ich weiter mit dem Kraut in der Plastikschüssel durch den von mehreren Flutlichtern erhellten, aber fast leeren Marktplatz lief. Ich warf ihm das vor: «Du bist immer nur an deinen Geschäften interessiert!»

Außer dem Mann mit dem Sauerkraut war nur ein Schausteller auf dem Marktplatz zurückgeblieben, genau gesagt zwei Männer, die sich in einem Kostüm zu einem Riesen vernäht hatten. Ich lief, das Handy immer noch an der Wange, an dem Riesen vorbei, der sich mit einer Rose grüßend zu mir hinabgebeugt hatte, ich sagte nichts mehr, auch mein Freund sagte nichts mehr. Ich hatte ihn durch meine Vorwürfe zum Schweigen gebracht. Ich entfernte mich jetzt immer weiter vom Hotel, ich war daran vorbeigelaufen und lief auch über den Marktplatz und in eine Seitengasse hinein und stand plötzlich wieder vor dem Hängebauchschwein.

Erst der Anblick des Schweines brachte mich zur Vernunft.

«Es tut mir leid», sagte ich, «ich wollte nur wissen, wann du zurückkommst?»

Ich hörte, wie er tief ausatmete.

«Erst nachts. Ich bin schon auf dem Weg, aber vor Mitternacht komme ich nicht. Ich sehe dich nachts», sagte er, «du siehst mich erst morgens, denn du schläfst tief und du wirst nicht aufwachen. Du wirst morgens aufwachen, und ich werde neben dir liegen.»

Ich hatte gerade aufgelegt, als mich ein Kind ansprach.

Es war ein Junge von etwa zwölf oder dreizehn Jahren, mit wachen, intelligenten Augen. Er war mir über den leeren Marktplatz nachgelaufen. Seine Kleidung war mit weißem Staub bedeckt, auch seine Hände. Was ist das für Schmutz?, dachte ich bei seinem Anblick.

Der Junge sagte etwas und lachte, und dann sagte er es noch einmal. Er ging mir nach, zupfte mich am Ärmel, bis ich eine Münze in seine Hand fallen ließ, die er sofort einsteckte, aber sofort zupfte er wieder an meinem Ärmel und deutete, als wollte er sagen: Du! Du bist es! Dabei lachte er schwer, und wieder fiel mir der weiße oder grauweiße Staub an seinen Armen auf. Es war auch gar kein Lachen eines Kindes, dachte ich, auch sein Gang war zu breit.

Ich blickte mich um. Außer uns beiden war niemand auf dem Kopfsteinpflaster.

Mit zwei Fingern steckte ich mir Weißkraut in den Mund – ich hatte die Gabel irgendwo verloren –, kaute, steckte die Dose wieder ein und drehte mich dann wieder nach dem Jungen um, der mich interessierte. Er warf die Arme, als wären sie ihm zu groß geraten.

Wir waren wieder in einer der Kellergassen gelandet, neben den mit Grubenlampen ausgeleuchteten Abgängen leuchteten die Worte *Ausschank! Verkostung! Gratis!* auf Pappschildern. Ich überlegte, eine Flasche zu kaufen, aber sah dann das Kind dicht hinter mir in der Spiegelung eines Schaufensters. Es war auch gar kein Kind, mehr ein Halbwüchsiger, ein hochgeschossener Jugendlicher, der die Fäuste in den Taschen seines Sweaters ballte, der mir in der Glasscheibe die Zähne zeigte.

Wenn ich stehen blieb, blieb auch der Jugendliche stehen. Ich drehte mich nach ihm um – er grinste. Ich spürte, wie mir das Herz im Hals schlug, als er eine Faust aus dem Sweater zog.

Es war ein Stück Kreide, das er mir in die Hand drückte.

Ich steckte sie ein. Er zeigte auf meine Tasche, ich holte sie wieder heraus und beide blickten wir wieder auf das Stück Kreide auf meiner Handfläche.

«Was ist?», fragte ich, obwohl er das natürlich nicht verstehen konnte.

Er deutete auf die Kreide, dann auf mich.

Wir standen jetzt in der Nähe der Abzweigung, an der ich mich an diesem Nachmittag vom Pfarrer getrennt hatte, bei den flatternden Plastikplanen der Rohbauten an der neu angelegten Straße.

Der Junge schüttelte den Kopf.

Er zeigte auf mich und dann wieder auf sich selbst, und schließlich fasste er mich am Ärmel. Er zog mich ein Stück die Straße entlang bis unter eine Straßenlaterne. Er deutete auf den Asphalt: Dort waren Kreidestriche, er hatte die Umrisse einer Person auf die Straße gezeichnet. Er zog den Kapuzenpullover aus, warf ihn neben sich auf die Straße, und als er sich vor mir hinlegte, begriff ich, dass es seine eigenen Konturen waren. Er hatte seine eigenen Konturen auf die Straße gemalt. Jetzt wollte er, dass ich die Konturen seiner Füße nachzog, dort, wo er selbst nicht hingekommen war.

«Ok», sagte ich.

Ich hockte mich hin. Die Berührung seiner Füße ließ ihn hell auflachen, zu heftig und laut, ich sagte etwas über seine Füße, was er nicht verstand, aber er lachte darüber, als hätte er es verstanden.

Ich hatte auch seinen Kopf nachzuzeichnen und seine Arme, die er ausstreckte. Er wollte aussehen wie eine der Leichen in den amerikanischen Filmen. Ich malte ihm noch Patronenhülsen dazu und die Lage einer Axt, was ihn zu immer schrillerem Lachen reizte. Er wollte noch mehr, aber es war kalt, und er stand auf, und wir musterten beide die Kontur des Mordfalles auf dem Asphalt und waren zufrieden. Er hatte sich halb in der Kontur aufgesetzt, um sie zu überblicken: Ich bin das, deutete er auf sich, und ich sagte: «Ja, du.» Und er deutete auf die Pistole und lachte und war von der Idee begeistert, dass ich ihn damit erschossen hatte. Und ich zeigte ihm, wie ich die Axt in ihn gerammt hatte, und er lachte und rammte sich selbst die Axt in den Körper, taumelte und fiel auf ungemein geschickte Weise wieder genau in seine Kreidekontur hinein.

Dort lag er mit geschlossenen Augen.

Erst ein dumpfes Schnaufen rüttelte ihn auf, er schlug die Augen auf, und im gleichen Moment drehte auch ich mich nach dem Schnaufen um. Keine zehn Schritte von uns entfernt schoss das Rudel Hunde aus dem Gebüsch. Die Tiere überquerten die Straße, nur eines blieb stehen und senkte den Kopf in eine leere Pizzaschachtel, während es mich mit verdrehten Pupillen ansah. Man hörte deutlich das Kratzen der Zunge am Karton. Er schleckte zwei-, dreimal über die leere Schachtel und verschwand dann mit den anderen beinahe lautlos unter den Straßenlaternen.

Der Junge hatte alles, ohne auch nur den Arm aus den Kreidekonturen zu heben, beobachtet. Er lachte, und auch ich lachte.

Er wollte mich irgendwo hinführen. Er fasste mich an der Hand.

«Ich muss in die andere Richtung», sagte ich.

Dort hinauf, zeigte ich ihm, wo ich mit Podobný gegangen war, auf diesen Berg, zu Steiners Hof hinauf.

Darauf schüttelte er nur sehr ernst den Kopf, als wollte er sagen: Es ist unmöglich. Und wie um diese Bewegung noch zu unterstreichen, zog er die Münze, die ich ihm zuvor gegeben hatte, aus der Tasche, drehte sie aufmerksam in seiner freien Hand, hielt sie mir vor die Augen und steckte sie mir in die Hosentasche zurück.

Der Junge war ganz ernsthaft. Bis zu den ersten Reihenhäusern ließ er meine Hand nicht mehr los. Ich folgte ihm ohne Widerspruch. An einem Garten, hinter dessen einfachem Bretterzaun Rauch aufstieg, blieb er stehen, durch die hohen Hecken sah man Menschen auf weißen Plastikstühlen, der Geruch von gebratenem Fleisch zog herüber.

Der Junge ging an die Haustür und öffnete. Er streifte sich im Eintreten die Schuhe ab. Ohne darüber nachzudenken, folgte ich ihm einen Gang entlang, in dem zahlreiche Schuhpaare übereinanderlagen. Ich lief an einer gewundenen Holztreppe vorbei über geknüpfte Bastteppiche, trat hinter ihm in eine Küche, in der ein benutztes Schneidbrett lag, Knoblauchschalen. Der Junge steckte sich vor mir eine Tomate aus der Gemüseschale in den Mund. Mit den Ellenbogen drückte er eine Terrassentür auf und trat hinaus in den Garten.

Erst unter den Gartenleuchten erkannte ich, dass es der Junge war, der im Hotel gezeichnet hatte.

Eva, seine Mutter, und Podobný saßen dort und ein glatzköpfiger Mann, den ich nicht kannte und den ich sofort als seinen Vater erkannte. Eva blickte zuerst auf den Jungen, dann auf mich, bevor sie heftig zu lachen begann. Dabei fiel ihr eine Hühnerkeule, an der sie gegessen hatte, ins Gras.

«Er hat dich hergebracht?», fragte sie auf Englisch.

Sie stellte den Pappteller ins Gras neben sich, suchte nach der Hühnerkeule, fand sie aber nicht mehr, sie war ins Dunkel gefallen. Ich grüßte auch Podobný, er nickte, erwiderte aber auf meine Worte nichts. Knapp hinter ihm zwischen zwei Bäumen bewegte sich eine Wiege, die er mit einer Schnur hin und her schaukelte.

Aus einem nahen Schuppen waren zwei Hühner heraus und durch das hohe Gras auf uns zugelaufen. Eva fischte eines aus dem Gras, setzte es sich auf den Schoß und streichelte es, und auch ihr Mann, der mir sympathisch war, griff nach dem anderen, und eine Weile hörte man jetzt nur das zufriedene Knacken der Hühnerkehlen, während die Tiere mit geschlossenen Augen in den Schößen ihrer Besitzer saßen. Ich hätte Lust gehabt, selbst eines im Arm zu halten, und sah mich um. Es war aber keines mehr hier.

«Hier, iss doch», sagte Evas Mann.

Ich nahm eine Hühnerkeule vom Grill und tunkte sie in Ketchup.

Ich hatte Evas Mann während des Essens von Ina und von meinem Lehrerberuf erzählt, über das Unterrichten von Musik in Schulen, die nicht einmal eine Bongo oder ein Metallophon besaßen. Er schien sich für Musik zu interessieren, und ich hatte ihm schließlich, auch, weil ich von den Bierflaschen, die wir achtlos hinter uns ins Gras warfen, betrunken war, von meiner *Erbsenauslöserkomposition* erzählt, als er nur den Namen Schostakowitsch aussprach und dabei seine Plastikflasche vor sich auf den Boden stellte. «Wir sollten jetzt Schostakowitsch hören», schlug er vor, «wir sollten jetzt sofort Schostakowitsch hören.»

Er war Tontechniker beim slowakischen Rundfunk. Während er mich zurück ins Haus führte – über die Holztreppe hinauf durch das Kinderzimmer des Jungen und durch Evas Arbeitszimmer, in dem außer einem Laptop und einem einfachen Tisch und Stuhl nichts war –, sagte er mehrmals, er sei seit Jahrzehnten ein großer Bewunderer Schostakowitschs.

Wir gingen in ein Zimmer, das er sofort als sein Studio bezeichnete, einen weiß gestrichenen Raum, dessen Türen mit dickem Schaumstoff ausgepolstert waren. Nur, um mir den Klang vor Ohren zu führen, sagte er, wolle er mir Schostakowitschs 7. Sinfonie auflegen, nur für einen Augenblick. «Du interessierst dich doch für Musik», sagte er, «du wirst es doch hören. Du hast doch gute Ohren.»

Ich erinnere mich, dass er zuerst den Lautstärkeregler zurück-, dann aber weiter und weiter aufgedreht hatte, sodass mich die Sinfonie schließlich auf eine weiße Couch niederdrückte. Er hatte mir zunächst nur die ersten paar Takte vorspielen wollen, ich war aber für die Dauer des ersten Satzes und dann noch für den zweiten Satz und auch den dritten Satz und das Finale geblieben. Evas Mann hatte mich sofort verstanden und alle Türen zu diesem Musikraum verschlossen und schließlich alle Fenster verdunkelt – womöglich hatte er auch selbst diese Vorliebe – und war dann aus dem Zimmer geschlichen, um mich dort in völliger Dunkelheit allein zu lassen. Jeder Gedanke an Ina und das Baby war von Schostakowitschs musikalischer Gewalt vertrieben worden, nur Schostakowitsch war in diesem Raum, sonst nichts.

Unter dem Druck der Klänge schlief ich auf der Couch ein. Erst nach zwei Stunden schlug ich wieder die Augen auf. Es war aber nichts zu sehen, und ich hörte auch nichts. Ich war in die völlig Stille, in die akustische Einsamkeit, die hinter den schallschutzgepolsterten Türen solcher Räume herrscht, aufgewacht, stellte ich fest, gleichzeitig in die völlige Dunkelheit. Nichts konnte in diesen Raum eindringen.

Erst nach einiger Zeit stand ich auf, um mit ausgestreckten Händen im Raum umherzuirren, bis ich die Schnüre der herabgelassenen Rollläden zu fassen bekam. Ich zog sie hoch und erblickte zuerst Eva und ihren Mann, der seinen Kopf auf ihre Schulter gelegt hatte, beide in ein Gespräch versunken, wie es schien, betrunken.

Ich zögerte lange, bis ich mich dazu entschließen konnte, das Fenster zu öffnen, um die Geräusche wieder zu mir in diesen Raum hereinzulassen und den Grillgeruch.

«Willst du nicht auch hier schlafen?», fragte Evas Mann.

Wie noch in einem Traum stand ich vor ihnen. Mein Handy zeigte zehn Uhr abends.

«Ich ziehe dir die Couch aus», sagte er. «Du kannst auch weiter Schostakowitsch hören, die ganze Nacht, wenn du möchtest. Aus diesem Raum dringt nichts nach außen.»

Und Eva sekundierte: «Was hat denn das für Sinn, jetzt noch dort hinaufzugehen?»

Ich ließ mir noch eine Flasche Bier öffnen, aber trank nur einen einzigen Schluck, bevor ich sie hinstellte und ganz plötzlich – ich glaube sogar: ohne mich zu verabschieden – aus dem Garten ging und unter den Laternen den Weg Richtung Weinberg einschlug.

Ich schaltete die Taschenlampe ein und suchte nach den Markierungen an den Bäumen. Wenn ich eine gefunden hatte, sprach ich mir gut zu. Ich leuchtete den Vogelscheuchen, die mit flatternden Hemden zwischen den Reben standen, in die Gesichter. Einigen hatte man sogar Zeitungen in die Hände genagelt. Ich weiß nicht, was mich darauf brachte, vielleicht war es mein eigenes Lachen, aber plötzlich erinnerte ich mich an den Abend mit Ina und dem Baby in der Küche ihrer neuen Wohnung. Ich erinnerte mich an ihre Vorstellung, sie habe dem Baby Gift ins Fläschen gefüllt, und dass darin auch eine gewisse, sie erleichternde Komik sei. Ina riss die Windel auf, wischte die ausgekotzte Milch von den Lippen unseres Kindes – ich sah es jetzt deutlich vor mir: Es langweilte sie, sah ich, sie zuckte die Schultern zu diesem Menschen. Wozu dieses Kind?, und in diesem Schulterzucken lag auch die Verachtung gegen jene Frauen, die als Mütter plötzlich von nichts anderem mehr sprechen zu können schienen als von ihren Kindern – ob sie durchschliefen oder nicht, ob sie etwas gesagt hatten und was sie gesagt hatten, was sie in den Mund genommen hatten, was sie aßen –, als seien sie selbst durch diese Kinder verschwunden. Als seien sie selbst immer schon nur die Maschine gewesen, um dieses Kind zu erschaffen. «Ich weiß nicht, was ich damit soll» – an diesen Satz dachte ich jetzt und daran, wie sie mir dabei lachend unser Baby entgegengedrückt hatte, als hätte es tatsächlich irgendein Außenstehender plötzlich zu ihr hereingetragen wie ein unbestelltes Paket.

Ein Fuchs schrie, es klang wie der Schrei einer Frau. Es riss mich aus meinem Gedanken.

Ich lachte vor Erleichterung laut auf, wenn ich eine neue Markierung gefunden hatte.

Es war gegen elf, als ich erschöpft und glücklich im Torbogen von Steiners Ruine stehen blieb. Ich lehnte einige Atemzüge lang lachend vor Freude an der Mauer. Einige Fledermäuse jagten im Schein den Arkadengang auf und ab.

Ich suchte mein Handy und schrieb Eva, dass ich gut angekommen sei. Sie antwortete sofort, ihr Mann habe sein Angebot wiederholt. Ich solle umkehren und bei ihnen die Nacht verbringen. *Es wird gutgehen*, schrieb ich.

Erst dann trat ich in die Ruine ein. Ich stieg zur Luke hoch, klopfte und sagte: «Ina, ich höre dich.» Da war mir, als lachte sie laut auf, aber im gleichen Moment kam ein Geräusch von oben, als polterten Kohlestücke in ein Ofenloch, Schritte und plötzlich das Wort: «Martin?»

«Was hast du gesagt?», fragte ich.

Ich knipste die Taschenlampe wieder an und leuchtete durch den Spalt in der Luke. «Was hast du gesagt? Ina?»

Wieder Lachen. Lange nichts mehr, und dann nur noch ein dumpfes Heulen wie aus einem Ofenrohr.

Wieder setzte ich mich in die ehemalige Küche, breitete den Schlafsack aus und zog ihn zu, stand dann aber wieder auf und fischte eine Zeitschrift vom Boden.

Ich hatte Glück. Es war ein Exemplar des österreichischen *Playboy*, abgegriffen und das Papier wellte sich vor Feuchtigkeit, aber es war noch gut lesbar. Ich schlug ihn auf und las ein Interview mit einem bekannten britischen Schauspieler, und blätterte weiter und stieß schließlich auf einen Artikel, der meine Aufmerksamkeit fesselte. Er handelte von jener Bar in Bratislava, von der mir mein Freund auf unserer Hinreise vor fünfzehn Jahren erzählt hatte, jener Club, in dem er *auf seine Mitte ausgerichtet* und anschließend mit zwei bulgarischen Prostituierten intim geworden war. Es war ein Interview mit der Betreiberin, einer slowakischen PR-Frau im weißen Blazer, die aus ihrem Selbstbräunergesicht von einem Porträtfoto lächelte. Ihr Bordell, das sie immer nur *Ishtar Energy* nannte, feierte offensichtlich irgendein Jubiläum. Das Konzept habe sich durchgesetzt und sei von Erfolg gekrönt gewesen, sagte sie. Auf die Frage, was denn ihr *Ishtar Energy* eigentlich darstelle – «Ist das ein Bordell? Ist das ein Club?» –, sagte sie, es sei als eine Quelle der Regeneration im Sinne der babylonischen Tempel zu verstehen. Sie zitierte tatsächlich aus einem sumerischen Liebesgedicht die Göttin Ishtar: *Meine Vulva ist voll der Begierde wie der junge Mond.* Die Prostituierten in ihrem *Isthar Energy* seien wie jene Ishtar, die morgens als Jungfrau geboren wird, abends jedoch als Hure in die Betten ihrer Liebhaber steigt. Ihr Ziel sei es, dass sich ihre Kunden und auch Kundinnen genau so fühlten, als begegneten sie keiner Prostituierten, sondern tatsächlich einer Göttin der Lust. Es sei eine religiöse, bis ins Tiefste erfüllende Erfahrung sexueller Energie, ja sexueller Heilung. So, wie dieser Tempel in Uruk ein Ort *heiliger, religiöser Handlungen* gewesen sei, so soll auch ihr neuer Tempel in Bratislava 6000 Jahre später ein Ort *heiliger, religiöser Handlungen* sein. Und ja, sie meine das völlig ernst. Sie nannte jetzt auch die Zutaten dieser *heiligen, religiösen Handlungen,* von denen mir auch mein Freund bereits erzählt hatte: biologisches Essen, Kundalini, Massagen, Heilbäder. Seit fünfzehn Jahren bewähre sich dieses Konzept, und sie sagte: «Die Lust, das ist die neue Freiheit der Menschen. Man muss das einfach begreifen!»

Ich las dieses Interview mit dem größten Vergnügen. Dann aber beunruhigten mich die Schatten der Fledermäuse, die alle paar Sekunden sehr nahe und lautlos am Fenster vorbeiflatterten, und ein Rascheln, das sich während meiner Lektüre langsam bis zur Tür in die ehemalige Küche vorgetastet, dann aber dort in den Zeitungshaufen verebbt war, womöglich ein Marder.

Als Kind hatte ich ganze Nachmittage in der lustvollen Suche nach Hinterlassenschaften in den Ruinen verbracht. Ich hatte mir dabei Geschichten ausgedacht, wie etwa eine zerschlissene lederne Geldbörse, in der sich nichts weiter befand als ein Fetzen Papier, dorthin geraten sei, wer sie verloren hatte. Ein mehrmals verknicktes Foto eines Strandhauses – an der Rückseite noch die Selbstklebefolie eines Fotoalbums – hatte mich stundenlang beschäftigen können.

Aber es war etwas anderes, einige Stunden in einer Ruine zu verbringen, oder darin zu übernachten. Die Geräusche der Nacht in diesen Ruinen können einen Menschen verrückt machen, wusste ich. Man schreckt aus dem Schlaf, und es ist vollkommen still. Aber man weiß: Etwas hat einen geweckt. Man versucht sich zu erinnern. Was war das für ein Traum eben? Habe ich von einem Geräusch geträumt? Man schreckt hoch im Bewusstsein, etwas Großes habe sich neben einen geschlichen und stehe nun keinen Schritt weit entfernt. Hier, dieser Schatten vor mir, ist, was sich an mich herangeschlichen hat. Man sucht die Taschenlampe, schaltet sie an, um mit immer neuem Erstaunen festzustellen, dass dort, wo man etwas gehört hat, nichts ist.

Ich legte die Zeitschrift weg und griff nach der Taschenlampe, die ich während meiner Lektüre einfach auf den Schlafsack gelegt hatte. Aber ich forschte dem Geräusch noch nicht nach, sondern leuchtete zunächst durch die leere Fensteröffnung nach den Fledermäusen, und ging erst dann bis zur Türschwelle in die Küche, wo ich nachmittags den *Hunger-*

kasten gesehen hatte, und weiter zum Stall. Ich wollte nach dem Tier sehen, das dort herumgeschlichen war, und ich wusste, es war gefährlich, sich so früh auf dieses Spiel einzulassen, denn natürlich war dort nichts. Der Lichtkegel fiel über den Plastikmüll und das nasse Papier, über die Kotspuren, verklebte Taubenfedern.

Und dann weinte ein Kind, und ich zuckte zusammen.

Ich rollte den Schlafsack auf und legte mich hin. Ich knipste die Taschenlampe aus, aber schon wenige Augenblicke später wieder an und richtete den Strahl in die Dunkelheit. Ich beobachtete die winzigen, im Luftzug aufgewirbelten Staubteilchen, die sich auf den blauen Thermoüberzug meines Schlafsackes senkten. Ich hörte Bewegung. Ich stand auf und ging durch die ehemalige Küche bis in den Raum mit dem eingebrochenen Dachbalken, einem Schaben oder Knarren folgend, das ich in der ehemaligen Kotrinne vermutet hatte, das jedoch, wie ich feststellte, über mir war, in der Dachkammer.

Zurück an meinem Schlafsack blieb ich verdutzt stehen. In der Dunkelheit hatte ich gedacht, direkt unter der Luke zu liegen, als ich aber jetzt den Strahl der Taschenlampe gegen die Decke richtete, sah ich, dass ich den Schlafsack nicht weit genug von der Eingangstür in den Raum gezogen hatte. Die Leiter in die Dachkammer war etwa zehn Schritte von mir entfernt, die Sicht dorthin verdeckt: eine große Plastikplane, die sich im Türrahmen verfangen hatte. Ich fasste nach ihr und zog sie weg, um zur Luke blicken zu können, und hatte die Faust noch im harten, von Erde und Schmutz überzogenen Plastik vergraben, als ich mir – noch bevor ich diesen Gedanken tatsächlich im Kopf hatte – sagte, dass ich mich jetzt nur nicht verrückt machen lassen dürfe.

Ich warf die Plane zur Seite, kehrte zu meinem Schlafsack zurück und fragte mich, ob ich schon Anzeichen von Verrücktheit an mir erkennen könne. «Bin ich verrückt?», sagte ich plötzlich laut in die Dunkelheit, und es ekelte mich vor meiner Stimme in der Dunkelheit, genauso, wie es mich beruhigte, sie zu hören.

Kurz dachte ich auch, ich hätte die Möglichkeit, einfach zurück ins

Hotel hinabzugehen. Ich schloss die Augen, um mir das vorzustellen: Die Tür ins Hotelzimmer aufzudrücken und zu meinem schlafenden, glücklich von seinen Geschäftsreisen zurückgekehrten Freund unter die Decke zu schlüpfen. Jetzt würde er bereits zurück sein, las ich von der Uhr ab. Er wartete doch nur eine Viertelstunde von mir entfernt im Tal auf mich!

Raschelnd war wieder etwas neben mich getapst, ein gleichmäßiges Geräusch, in dem ich jetzt etwas wie «raff», «raff», «raff» zu hören glaubte. Aber natürlich war da kein Körper mehr, sobald ich den Lichtstrahl darauf richtete, nichts: nur die Bretter und der Müll darauf, und ich bemerkte erst jetzt, dass ich laut das Wort «Aufhören!» ausgerufen hatte und noch einmal «Aufhören!», bevor ich darüber selbst erschrocken war. Im nächsten Moment brach ich in Lachen aus. Mehrere Tauben flatterten auf. Sie hatten sich hinter einem der Dachbalken eingenistet. Sie hatten dort geschlafen und waren von mir geweckt worden.

Ich horchte auf ihr leises Glucksen in der Dunkelheit.

Ina ging jetzt wieder in der Dachkammer hin und her. Natürlich war auch sie durch mein Geschrei geweckt worden. «Es tut mir leid», rief ich hinauf, «die Tauben!» Dieses Wort *Tauben* erschien mir aber ganz unpassend zu sein. Das Kind weinte. Ich hörte, wie sich ihre Schritte der Luke näherten, womöglich wollte sie ihr Ohr von oben an die Luke pressen, um nach mir zu lauschen. Ich zippte den Schlafsack auf, stieg zu ihr hoch. So, wie ich jetzt unter ihr stand, stand sie über mir, beide mit unseren Ohren an der Luke, sie oben, ich unten. Ich hätte jetzt etwas sagen müssen, aber wieder sagte ich nur ganz plötzlich das Wort «Tauben!» und dann: «Leg dich jetzt schlafen!», womit ich mich selbst meinte, nicht Ina.

Aber sie war es, die mir antwortete: «Ja, Martin, ist gut. Wir werden schlafen.»

Ich knipste wieder eine Tablette aus der Packung, eine von meinem Neurologen so genannte *Notfalltablette*. Ich konnte mich aber auch damit nicht von dem Gedanken lösen, von Ina beobachtet zu werden.

Es war gegen zwei Uhr, als ich hinaus auf den Arkadengang ging, mein Schritt war langsam und sicher. Ich fühlte mich unbeschwert.

Ich ging dorthin, wo ich nachmittags mit Podobný unter der Laube gesessen war. Ich wollte von dort zu Ina hochsehen, aber als ich die Laube erreichte, wusste ich, dass das nicht der Grund gewesen war, warum ich meinen Schlafsack verlassen hatte. Ich wollte nicht nach ihr sehen. Ich wollte mich dort in die Laube setzen, wo ich nachmittags die Vitriolspritze gefunden hatte, ich wollte mich dort zwischen die Ranken auf die nackte Erde knien, wo ich die Wurzeln mit Podobný ausgerissen hatte, ich wollte die Hand zwischen die Ranken schieben und die Fingerkuppen in die feuchte Erde schieben, ich wollte nach etwas graben.

Ich grub nach Zeichenstiften.

Waren da nicht Dutzende von Zeichenstiften gewesen, fragte ich mich, heute Nachmittag noch Dutzende, und jetzt sollte ich keinen einzigen mehr finden? Wie war das möglich?

Ich war nicht hierhergekommen, um nach Zeichenstiften zu graben. Es war ein Traum, wusste ich zuletzt noch und grub weiter, und es waren keine Stifte, die ich dort fand, sondern ein Büschel schwarzer Haare, das unter der Erde lag. Ich wischte die Erde fort und wachte auf und war schweißgebadet und schrie und griff nach der Taschenlampe und leuchtete. Und da war nichts.

Fünfzehn

Und dann stand Ina plötzlich an der Leiter. Mit der Handschale schirmte sie das Licht meiner Taschenlampe ab. Ich musste eingeschlafen sein, ich hatte sie nicht gehört. Sie ging langsam vom Licht geblendet auf mich zu, lächelte, aber der Lichtstrahl quälte sie.

Und als wäre es das Gewöhnlichste, stieg sie zu mir in den Schlafsack.

Ich hatte sie monatelang nicht mehr berührt, ich war es einfach nicht mehr gewohnt, meine Hand an ihre Brust zu legen.

«Warum kannst du denn nicht schlafen?», fragte sie.

Mir fiel erst jetzt auf, dass sie das Kind nicht mitgenommen hatte, sie hatte es oben liegen gelassen, dachte ich, ich störte mich aber gar nicht an diesem Gedanken, sondern sah sie nur an und schob meine Hand unter ihr T-Shirt.

Ich sagte: «Ich habe geträumt, das ist alles.»

«Du hast geschrien», sagte sie. «Mach doch das Licht aus!»

Ich machte es aus.

Ich wollte ihr nicht erzählen, was ich geträumt hatte. Es war nichts weiter als ein Haarbüschel, ein Büschel mit schwarzen Haaren, einige waren mir an den Fingerspitzen kleben geblieben.

Ich spürte die Wärme von Inas Haut, ihre Hand, die sofort meine Finger umschloss.

«Was hast du geträumt?», fragte sie.

«Ich will es nicht sagen.»

«Erzähl es mir», bat sie. «Ich bitte dich.»

Ich richtete mich wieder auf. Ein Geräusch von draußen oder der Marder, der in den Zeitungen wühlte.

«Aber es muss Licht sein!», sagte ich und wollte nach der Taschenlampe greifen.

«Kein Licht», sagte sie.

«Dann kann ich es nicht erzählen.»

Sie machte ein Geräusch, das hieß: Es kümmert mich nicht, deine Geschichte. Ich spürte, wie sie sich jetzt an mich drückte und nach mir fasste, mich streichelte, und ich beugte mich über sie und küsste sie und war glücklich, wie einfach alles plötzlich war. Und kurz dachte ich auch, dass da über uns ein Baby liegen müsste, ich stellte das ganz einfach fest. Über uns: ein Kind, so wie man morgens die Nebeldecke vor dem Fenster feststellt. Auch die Tauben waren jetzt aufgewacht. Sie schnauften und schnarchten, um das Kind zu bewachen.

Es war ein Glück, meine Hände unter Inas Achseln zu schieben.

Ich hörte sie lachen.

Ich lachte mit. Wir waren glücklich.

Aber Ina lachte noch, nachdem ich längst aufgehört hatte.

Deshalb fragte ich sie: «Warum lachst du?»

«Deinetwegen», sagte sie.

Ich verstand es nicht.

Ich dachte wieder an das Baby und hatte plötzlich eine schreckliche Ahnung. Ich wollte aber nicht aufstehen. Ich konnte auch nicht danach fragen. Ich hörte das Flattern der Tauben über unseren Köpfen und das Gurren, und ich dachte, dass das Flattern und Gurren irgendwie mit dem Kind zusammenhängen müsse.

Ina streichelte meine Wange.

Sie machte «Schhh!», aber es klang doch wie ein Flügelschlag.

Sie sagte: «Erzählst du mir jetzt, was du geträumt hast?»

Ich erzählte es ihr.

«Ich habe geträumt, dass ich in der Nacht aufstehe», sagte ich.

«So wie du jetzt aufstehst?»

Ich war tatsächlich aufgestanden, um nach den Tauben zu sehen. Ohne Licht war aber nichts zu sehen gewesen. Ich wollte nicht zu weit weggehen.

«Ja», sagte ich, «so wie jetzt. Ich stehe auf und mache die Taschenlampe an.»

Ich zeigte es ihr. Ich schaltete sie tatsächlich an und beleuchtete den Weg vom Schlafsack bis zur Luke und weiter durch die leere Eingangstür nach draußen. Das Licht erstreckte sich bis zur Gartenlaube. Es lag dort ganz ruhig und schwebte über den Wurzeln.

Ich sagte: «Ich war an der Laube. Aber als ich von dort zurückkomme, stehst du plötzlich hier an der Leiter. Du hast gelacht.»

«Aber das habe ich doch auch.»

Sie war ganz ruhig und streichelte meine Knöchel. Dann wandte sie den Kopf in Richtung des kleinen Fensters, das fast völlig dunkel war.

«Was hast du dort draußen gesucht?», fragte sie.

«Stifte», sagte ich. «Zeichenstifte. Solche», sagte ich.

Und ich schob meine Hand in die Tasche, um sie herauszuholen. Ich hatte aber keine eingesteckt.

«Du hast keine eingesteckt», stellte sie fest.

Sie lachte jetzt sehr laut und unangenehm, und wieder hörte ich die Tauben über uns gurren, und wieder hatte ich eine Ahnung, was dort oben mit dem Kind passiert sein musste. Ich wusste, ich hätte jetzt aufstehen und die Leiter hinaufsteigen müssen. «Die Stifte hast du doch auf der Fähre gefunden, nicht hier», sagte sie.

Ich wachte auf und wusste, ich war im Traum in sie eingedrungen, und schrak hoch und neben mir legte sich ein Trapez aus Morgenlicht auf die Fugen der Bodenbretter.

Eine Taube gurrte hinter mir und lief ein paar Krallen weit bis ans Licht, und dann eine zweite und eine dritte.

Immer noch hatte ich so eine Ahnung und ging in dieser Ahnung ans Fenster, aber dort war nichts. Es tat gut, die Strahlen der Sonne zu spüren, in diesem Licht fand ich den verwilderten Garten vielmehr romantisch als bedrohlich. Es erschien mir verrückt, dass ich gestern die Idee gehabt hatte, das Gebüsch zu trimmen und die Bäume neu zu setzen.

Wieder gurrte es hinter mir. Ich drehte mich um. Noch mehr Vögel waren in den Raum getappt. Sie pickten an den Zeitschriften, in denen ich gelesen hatte, und ruckten die Köpfe, und einer flatterte hoch und verschwand durch die Luke.

Da begriff ich erst, dass sie offen stand.

Ich kletterte hoch. Oben war nichts.

Durch die Löcher im Dach fielen seltsame Schattenrisse über die Holzbretter, die vom Taubenkot fast vollständig weißgrau und mit Federn beklebt waren. Und sofort dachte ich, dass es unmöglich war, anzunehmen, Ina hätte hier mehrere Stunden oder sogar eine ganze Nacht verbracht. Der Raum war so niedrig und von mehreren Dachverstrebungen geteilt, dass ich mich nur gebückt an den Dachschrägen entlang hangeln konnte. Ein kleiner Teppich lag auf den Brettern, die einstmals hübsche Musterung von Staub und Taubenkot unkenntlich geworden.

Ich duckte mich vorsichtig von Dachverstrebung zu Dachverstrebung. Ich konnte mir kaum vorstellbar, dass hier früher Dutzende von Knechten aneinandergedrängt geschlafen hatten.

An einer Stelle etwas weiter hinten, etwa fünfzehn Schritte von der Luke entfernt, lag eine zerwühlte Decke, ringsum Verpackungsmüll von Keksen und Sandwiches, eine saubere Plastikflasche mit Wasser und ein Plastiklöffel, eine aufgerissene Packung mit Feuchttüchern, drei Packungen verknoteter gebrauchter Windeln. Ein einzelnes Babysöckchen.

Auf ein Geräusch hin wandte ich mich um und blickte plötzlich in die Augenpaare von etwa dreißig Tauben, die dicht nebeneinander auf einer der Verstrebungen saßen. Sie ruckten die Köpfe, und wie auf ein Zeichen hin hoben sie gleichzeitig ab und flatterten durch das Loch im Dach hindurch nach draußen.

Ich wollte Eva anrufen, aber dachte dann, es sei zu früh: erst fünf, die Sonne gerade erst aufgegangen. Ohne den Schlafsack mitzunehmen, lief ich am Bach entlang, aber aus irgendeinem Grund musste ich die Abzweigung zurück auf den Wanderweg verfehlt haben. Ich lief weiter und weiter am Bachbett entlang, stolperte über ein Stück Draht und stellte plötzlich fest, dass ich zwischen den grauweißen Weinreben auf einer ins Erdreich geschlagenen Treppe den Hügel hinablief. Auf der Staffeltreppe, dachte ich, auf Stufen aus Lehm und Holz und Stein, vorbei an den Strohpuppen, die ihre Zeitungen lasen und lachten und heulten und mir empört nachblickten. Terrasse für Terrasse lief ich nach unten. Ich sagte mir, Ina sei vor Kälte ins Hotel gegangen, und sagte es mir laut vor, und ein paar Schritte weiter erlag ich der Versuchung zu denken, Ina sei meinetwegen ins Hotel abgestiegen, um mich dort aufzusuchen, sie sei schon am Nachmittag hinuntergegangen oder nachts, ohne mich in Steiners Ruine zu bemerken, und sie werde dort unten in der Lobby auf mich warten. Sie habe nach mir gefragt, aber man habe ihr über mich ebenso wenig Auskunft geben können wie mir über sie. Dieser Gedanke beschleunigte meine Schritte noch weiter.

Die Stufen war so eng, dass ich Mühe hatte, Platz für meine Füße zu finden. Zwischendurch führte der Weg tiefer in den Berg hinein, sodass ich mich links und rechts an der feuchten Erde, die anfangs hüfthoch, später bis zum Hals hochragte, abstützte, etwa einen Meter tief unter der Oberfläche. Hier war Podobný mit Steiner mit der leeren Kraxe hinauf und mit der vollen wieder hinabgestiegen, dachte ich und drehte mich um und blickte durch den langen Schacht hoch in Richtung Gipfel. Ich konnte nur erahnen, was es bedeutete, mit Steiner in diesem schmalen Schacht allein zu sein. Lehmig-gelbes Wasser trat zwischen den Holz- und Steinverkleidungen, die den Schacht auskleideten, aus und lief vor mir die Treppen hinab. Mein Atem hallte in diesem Schacht wie in einer Höhle.

«Ist das ein Hund dort vor mir?», hörte ich mich plötzlich ausrufen. Ich hatte Angst, ihnen im Schacht zu begegnen. Sie hatten auf mich keinen bösartigen Eindruck gemacht, aber hier in diesem Schacht, dachte ich, und maß jetzt die Enge des Schachtes aus – er war nicht einmal schulterbreit –, wollte ich ihnen nicht begegnen.

Die Sonne kletterte weiter über die Brüstung, bis sie endlich zu mir hineinfiel, die Wärme war schon in den Stoff gedrungen, als die Treppe endete und ich aus dem Schacht stieg und mich herumdrehte. Irgendwie war ich hinter die hohe Mauer geraten, die mich tags zuvor vom Betreten der Staffeltreppe abgehalten hatte.

In einem Waldweg stand der Nebel knietief über den Farnen und sickerte in meine Hosenbeine. Es war weit weniger kalt, als ich angenommen hatte. Nur in Steiners Ruine lauerte diese Kälte, dachte ich. Nur auf Steiners Hof fror man, hier in den Reben nicht, hier im Wald nicht.

Ich drückte die Klingel, die mit dem Wort *Recepcia* beschriftet war, etwa zehn oder zwölf Mal, bis hinter den Glasfenstern der Drehtür die Halogenleuchten zu funkeln begannen. Ich hörte Schritte, und einige Augenblicke später tauchte das verschlafene Gesicht der Rezeptionistin im Fenster auf. Sie öffnete die Tür, aber so, als wäre ich ein Fremder, der sich im Haus geirrt hätte oder ein Bettler, der nach Nahrung fragte, und sagte, noch bevor ich danach fragen konnte, dass meine Frau, «die Frau mit dem Baby», nicht hier gewesen sei. Und dabei lachte sie und beugte sich etwas zur Seite, als hätte sie eine heftige Bö gestreift. «Niemand ist hier», sagte sie – nicht unfreundlich, nur überrascht –, «aber kommen Sie doch herein, kommen Sie! Es ist früh. Sie sollten hier draußen nicht so herumschleichen.»

Wir gingen zusammen an die Theke. Sie musterte mich von der Seite. Ich sähe kaputt aus, das war ihr Wort gewesen. Sie fragte aber nicht, wo ich gewesen sei. Ich folgte ihr einfach hinter die Theke und durch den Vorhang in den Raum dahinter, wo sie auf einem weißen Sofa Platz nahm. Ich sah, dass sie dabei gewesen war, sich zu betrinken, und darüber eingeschlafen war. «Holen Sie sich ein Glas!», sagte sie nur. «Hier, die Spüle!» Ich nahm eines aus dem Abwasch, spülte es ab. Sie schenkte mir ein, und ich saß dann neben ihr auf dem zerknitterten Leintuch. Die Rezeptionistin hatte Kekse gegessen und eine DVD über das Liebesleben der russischen Zarin Katharina gesehen, wie ich einer Hülle auf dem Couchtisch entnahm: ein Himmelbett war darauf abgebildet, dessen Baldachin von den drei Buchstaben des Wortes *Sex!* getragen wurde.

«Wissen Sie», antwortete sie, nachdem wir längere Zeit nur an den Gläsern genippt hatten. Sie beendete ihren Satz aber nicht. Sie hatte sich nur einen Schlafrock über das Nachtkleid geworfen, um mich ins Hotel einzulassen, sah ich, jetzt blickten wir beide auf ihren nackten Oberschenkel, bis sie die Wolldecke darüberschlug.

«Wissen Sie», begann sie wieder, «es ist eigentlich ein ganz normales Seminarhotel.» Ich hatte sie gefragt, wie lange sie schon hier arbeite.

Sie zog die Decke jetzt ganz über sich, ich hatte aufzustehen, damit sie sie unter meinem Hintern wegziehen konnte, und dabei lachte sie und ließ dann den Kopf auf die Armlehne sinken, sodass ich ihr Gesicht nicht mehr sehen konnte. Es gebe ganz verschiedene Seminare: Yogakurse und Partys, bei denen allen Teilnehmern Fremdwährungskredite verschafft würden, Gewinnspiele im Schneeballeffekt, Flirtseminare, Seminare, in denen Verkaufsstrategien vermittelt würden oder verschiedene Führungsstile genauso wie Werbefahrten, auf denen man alte Leute nötigte, irgendwelche Matratzen oder Kaffeemaschinen oder Magnetresonanzkissen zu kaufen. «Einmal sind es nur alte Männer», sagte die Rezeptionistin, «dann wieder nur alte Frauen, dann alte Männer und Frauen, dann nur junge Männer, dann nur junge Frauen – das ist ganz verschieden.» Sie erzählte mir jetzt auch von grotesken Verkleidungen, in denen Gäste erschienen seien: eine Gruppe moldawischer Frauen, die sich als bayrische Bauernmädchen verkleidet hätten, «in Dirndln», sagte sie, zwölf junge Männer aus Russland in den Uniformen der Stormtroopers, die eines Tages durch die Drehtür zu ihr hereinmarschiert seien, mit Plastikwaffen und Atemgeräten – alles wurde bezahlt. Und sie machte eine Geste mit der freien Hand, die hieß: Ich ziehe einfach nur die Kreditkarten durch den Schlitz, das ist alles. Sie lachte.

Sie richtete sich nur auf, um zu trinken, und als ich sagte, dass mir das Seminar im Keller seltsam vorkomme, sagte sie: «Sie wissen ja, welches Seminar Sie gebucht haben.» Sie stieß mit mir an und wir tranken. Lange Zeit sagte sie dann nichts mehr.

Sie war müde, aber als ich aufstand, um mich zu verabschieden, fragte sie, ob ich nicht Lust hätte, mir mit ihr die DVD weiter anzusehen, «bleiben Sie hier, oben wartet doch niemand auf Sie!», und dieser Satz, dass oben niemand auf mich warte, bedrückte mich. «Doch», sagte ich, «mein Freund wartet dort.»

Sie schüttelte aber sofort den Kopf: «Nein», sagte sie, «niemand. Haben Sie keine Hoffnung. Er ist nicht zurückgekommen.» Sie verzog den Mund zu einem Lächeln, das mir später frivol erschien. «Bleiben Sie hier», sagte sie, «leisten Sie mir Gesellschaft!»

Wir sahen die Betten der Katharina und Gemälde ihrer Liebhaber. Anfangs übersetzte mir die Rezeptionistin die russischen Erklärungen des Sprechers aus dem *Off* ins Deutsche, wer also etwa Katharinas größte Liebe gewesen sei: Potemkin – und ja, das sei derjenige, von dem es hieß, er habe – um den wahren Zustand der neueroberten Krim zu verbergen – Dorfattrappen aus bemalten Kulissen errichten lassen. Die Rezeptionistin übersetzte, dass Katharina die Große wild und leidenschaftlich gewesen sei, und immer mehr und immer wildere Liebhaber gebraucht, ja, verzehrt habe – die Rezeptionistin sagte: gegessen, «der Sprecher hat gesagt: Katharina hat ihre Männer gegessen.» Dabei jubelte sie.

Später war sie müde. Ich saß einfach neben ihr auf dem Sofa und Katharina verzehrte Potemkin und danach Alexander Dmitriev-Mamonov und Fürst Platon Alexandrowitsch Subow und schließlich sogar eines ihrer Lieblingspferde, was von einem Hobbyhistoriker und Hobbystallburschen mit ernster Miene vor der Kamera bestätigt wurde, während im Hintergrund ein Pferd unruhig im Stall auf und ab stampfte. Katharina fiel um und war tot, und ich stand auf und zog die Decke über die Schultern der Rezeptionistin, die über dem aufregenden Liebesleben der Zarin eingeschlafen war und leise schnarchte.

Der Steinboden der Lobby reflektierte jetzt grell im Morgenlicht, als ich todmüde nach oben in mein Zimmer ging.

Ich schob die Zimmertür auf und machte Licht. Ich wollte nicht denselben Fehler machen wie beim letzten Mal. Aber sofort sah ich, dass die Rezeptionistin recht gehabt hatte – das Bett war nicht benutzt worden, die Tür zum Badezimmer geschlossen.

Mein Freund war von seiner Geschäftsreise nicht zurückgekehrt.

Durch das angelehnte Fenster strömte die warme Morgenluft. Ich schob es zu und setzte mich aufs Bett, stand aber gleich wieder auf, als ich im Schrank die schwarze Hose bemerkte, die meinem Freund gehörte. Er hatte sie vergessen.

Ich probierte sie an, aber mein Freund ist viel schmaler um die Hüften als ich. Ich dachte an Ina, legte die Hose zurück und ließ mich aufs Bett fallen. Ich wählte noch einmal ihre Nummer und gleich darauf die Evas und dann die meines Freundes und dachte, dass es nichts Deprimierenderes gebe, als die Stimmen von Menschen zu hören, die nicht hier seien. Ich ging dabei mit meinem Handy ans Fenster, in der stillen Hoffnung, dort Ina zu sehen, die das Hotel betrat oder das Auto meines Freundes auf dem Parkplatz, und ich blickte auf die Reifenspuren im Kies und wusste nicht mehr weiter.

Ich hörte das Gurgeln der Badewannenabflüsse aus den Nachbarzimmern links, später rechts von mir. Handtücher wurden quietschend von Haltern gezogen, Fenster geöffnet. Ich setzte mich an den Schreibtisch und schrieb auf, was mir durch den Kopf ging: *Ich bin hungrig* oder *Ich höre den Schotter knirschen*. Ich hatte die Idee gehabt, Podobnýs Geschichten über Steiner auf dem Hotelnotizblock aufzuschreiben, ich schrieb aber nur den Titel *Podobnýs Geschichten über Steiner* nieder, während die Sonne sanfte helle Streifen an die Fenster malte. Eine Katze schrie draußen laut und gleichzeitig sehr nahe auf. Ich hielt nach ihr Ausschau, fand sie aber nicht.

Es war jetzt sechs geworden. Ich warf mich aufs Bett, aber es gelang mir nicht einzuschlafen. Ich nahm die Fernbedienung vom Nachtkästchen, schaltete den Fernseher ein. Ich suchte den Pornokanal, während ich immer noch, als wollte ich einschlafen, vor mich hin blinzelte, blickte auf die auf und ab wippenden Brüste der Pornodarstellerinnen, und als die Katze wieder aufschrie, hielt ich sie für eine Figur aus dem Traum, in den ich halb hineingetaucht war. In meinem Traum dachte ich an Ina und an die verführte Zwillingsschwester aus dem Film und an die Brüste jener Frau, mit der ich vor einigen Wochen getanzt hatte, und ich dachte an die Schenkel der Rezeptionistin und auch an das Pferd Katharinas der Großen und lachte aus dem Traum heraus, bis ich in der Realität wieder die Augen aufschlug. Aber die Onanie ist eine ernste Angelegenheit.

Mein Freund war der Ansicht, sich an der Pornographie zu befriedigen, sei in etwa so, als würde ein Ausgehungerter versuchen, sich durch die Beobachtung von Menschen in einem Restaurant zu sättigen. Er hielt die Pornographisierung unserer Gesellschaft nicht nur für eine soziale, sondern vor allem auch für eine geistige Gefahr und hatte mich mehrmals davor gewarnt, die Befriedigung an Fernsehgeräten oder Computermonitoren als ausreichend anzusehen. Dieser Fehler würde heute überall gemacht.

Ich zupfte ein Taschentuch aus einem Spender vom Nachttisch.

Als mein Handy klingelte, nahm ich das Gerät vom Nachttisch und ließ es wieder sinken: Es war der Direktor meiner Schule. Ich schlug mir an die Stirn: «Heute ist doch Montag!», rief ich aus, aber durchschaute mich sofort mit dieser gespielten Geste des Entsetzens darüber, dass ich den heutigen Dienstbeginn vergessen hatte. Es waren noch drei Wochen bis zum Beginn der Ferien, und ich hatte mich diesmal nicht einmal mehr krankgemeldet, sondern war einfach gefahren. Die Stimme des Direktors auf meiner Mailbox klang ratlos, verwirrt. Er hatte das nicht von mir erwartet. «Wo stecken Sie?», fragte er lachend, es klang, als erwarte er, dass ich noch während dieses Satzes die Tür zu seinem Direktorenzimmer aufstoße, um mich zu entschuldigen, eine Ausrede für mein Verschlafen suchend. Dieses *Wo stecken Sie?* klang noch einige Male hier im slowakischen Hotelzimmer nach, im Badezimmer unter dem Wasserstrahl der Dusche und später, als ich mich abtrocknete, sah ich, dass ich einen weiteren Anruf versäumt hatte. «Melde dich, sonst bist du weg», sagte einer meiner Kollegen auf meiner Mailbox, besorgt, gleichzeitig lachend, «ruf mich einfach an, wir machen das schon. Wir erfinden etwas. Aber du musst sofort anrufen, sonst schmeißen die dich raus!» Ich hörte das Läuten der Schulglocke im Hintergrund – es war jetzt genau sieben Uhr fünfundvierzig, las ich vom Display.

Der Fernseher zeigte jetzt knapp bekleidete Blondinen, die mit ihren Autos im Schlamm festsaßen, und man sah, wie der Schlamm von den durchdrehenden Reifen aufspritzte und auf ihre weißen T-Shirts und in ihr Gesicht. So etwas hätte meinem Freund gefallen, dachte ich.

Die Rezeptionistin sagte, ich solle mir keine Gedanken über das Verschwinden meines Freundes machen. «Ich verrate Ihnen ja kein Geheimnis, wenn ich Ihnen anvertraue, dass Ihr Freund nicht zum ersten Mal hier ist», sagte sie.

Sie hatte die Flasche Rotwein hinter die Theke gestellt.

«Es ist ja alles bezahlt», sagte sie, wie sie es schon so oft gesagt hatte. Der Gedanke, dass sie noch vor wenigen Stunden mit dem Kopf auf der Sofalehne neben mir eingeschlafen war, brachte mich zum Lächeln. Man hörte jetzt das Rollen der Servierwagen aus dem Frühstücksraum: Gebäck und Orangensaft in großen Kannen wurden in den Raum gefahren, gekochte Eier, gebratener Speck.

«Nach dem Frühstück will Sie jemand sprechen», sagte die Rezeptionistin.

«Wer?», fragte ich und drehte mich nach ihr um.

Sie sah jetzt gar nicht mehr so aus wie die Frau, mit der ich die DVD über Katharina die Große gesehen hatte.

«Die Seminarleitung», sagte sie. Sie zuckte die Schultern. «Sicherheitsfragen.»

«Was für Sicherheitsfragen?»

Die Broschüre hatte ich immer noch nicht gelesen. Sie gab mir eine weitere, die ich zu der ersten in die Manteltasche steckte.

«Es wird wichtig sein, sonst hätte man mir nicht aufgetragen, Sie zu benachrichtigen. Und vergessen Sie nicht», rief sie mir nach – ich war bereits in den Frühstücksraum eingetreten –, «das Seminar beginnt heute wegen des EM-Qualifikationsspiels der österreichischen Fußballnationalmannschaft schon um vierzehn Uhr!»

Ich ging in mein Zimmer. Unter den Augen der Putzfrau, die mit heulendem Staubsauger im Vorraum wartete, packte ich meine Sachen zusammen, warf Kohlestifte und die Schulhefte der Kinder in den Rucksack, die Toilettesachen. Die Hose meines Freundes ließ ich im Schrank. Im Bad zog ich mich aus, um vor dem Spiegel meinen Rücken und meine Arme zu inspizieren. Mit einer Pinzette entfernte ich eine Zecke von meinem linken Oberarm und spülte sie im Klo hinunter.

Ohne zu wissen, wohin ich jetzt eigentlich gehen wollte, stieg ich die Treppe hinab. Der Seminarleiter stand am Tresen. Im Gespräch mit ihm neigte die Rezeptionistin ihren Pagenkopf, als wollten ihr seine Worte nicht ganz einleuchten. Das Heulen des Staubsaugers verebbte gerade rechtzeitig, sodass sich das Wort «Saublöd!» des Seminarleiters in einer auch für ihn überraschenden Lautstärke vernehmen ließ. Bei meinem Anblick erschrak er. Ich wusste sofort, dass er damit niemand anderen als mich gemeint hatte. Er versuchte seine Entgleisung mit einem Lächeln zu überspielen. «Ach, hier!», sagte er und streckte die Hand aus.

Ich nahm seine Hand nicht. Aber er packte mich mit beiden Händen an den Schultern. Als wollte er mich begleiten, lief er einige Schritte neben mir in Richtung Drehtür. Aus den Augenwinkeln beobachtete ich seine stolpernden Schritte, seine Schuhe waren ihm zu groß oder zu klein, alles an ihm war aus der Form geraten, stellte ich fest. Er war tatsächlich für seinen Körper völlig falsch gekleidet.

Knapp vor der Drehtür hielt er mich fest.

«Warten Sie, mein Gott, so warten Sie doch!»

Nicht nur sein Gesicht war das eines Kindes, bemerkte ich, sondern sein ganzer Körper, seine Schultern, die Trichterbrust im offenen Sakko. Angetrocknete Tränenflüssigkeit klebte ihm in den Augenwinkeln.

«Es ist doch alles bezahlt», imitierte ich diesen Lieblingssatz der Rezeptionistin. «Ich kann doch jetzt gehen!»

Er hob die Hand: «Übereilen Sie das bitte nicht!»

Ich sah, dass er eine Mappe unter die Achsel geklemmt hatte. Er klappte sie jetzt auf, ich wollte es aber nicht sehen.

Die Sicherheit seiner Kunden sei dem Unternehmen ein großes Anliegen, sagte er, aber ich dachte wieder: Da steht ein Kind vor dir, auch seine Hände, die nichts hielten, die leeren Handschalen bei jeder Gelegenheit nach oben gedreht, als hätte man ein Geldstück hineinzuwerfen.

«Kann ich gehen?», fragte ich und ärgerte mich sofort darüber, mit dieser Frage in die Rolle des Verurteilten eingewilligt zu haben.

Es ekelte mich davor, wie er jetzt seine Finger ineinanderfaltete und gleich wieder auseinanderhakte, wie er sie immer wieder ineinanderhakte und auseinanderfaltete, während er jetzt von der Sicherheit in den Seminaren sprach, von einem bestimmten Sicherheitszertifikat, «einem internationalen Zertifikat» – das Wort *international* schien ihn einige Zentimeter wachsen zu lassen –, mit dem sein Unternehmen zuletzt ausgezeichnet worden sei. «Aber lassen Sie sich ruhig Zeit», sagte er, ein spitzer, ungelenker Mund, zu groß, «jeder Mensch hat doch das Recht auf Glück, finden Sie nicht?», und schließlich: «Ihr Freund will sich um Sie kümmern, und Sie stoßen ihn weg! Ich glaube, das ist nicht fair.»

Meinen Gegenworten nickte er nur freundlich zu, als hätte ich tatsächlich nichts gesagt, sodass es mir so erscheinen musste, als hätte ich wirklich nichts gesagt. Spreche ich?, fragte ich mich und sah im Gesicht des Seminarleiters, dass er sich wie ich diese Frage stellte: Spricht er?, fragte er sich. Und auch als ich den Namen meiner Tochter nannte und sagte, sie sei am Siebenundzwanzigsten im Göttlichen Heiland in Wien zur Welt gekommen, es habe Komplikationen gegeben, aber beide, Mutter und Kind, seien wohlauf, «es geht ihnen gut» – ich wusste nicht, warum ich ihm all das erzählte. Er nahm nur die Brille ab.

«Das ist doch allein Ihre Sache», sagte er. «Das geht uns doch nichts an. Aber wenn Sie jemanden ausführen, bedenken Sie meine Ratschläge: Gehen Sie nicht gemeinsam an den Geldautomaten. Wenn Sie mit Kreditkarte bezahlen, kontrollieren Sie die Rechnung, bevor Sie unterschreiben. Lassen Sie niemanden Ihre Unterschrift sehen. Sprechen Sie nicht über Ihre finanzielle Situation. Wenn Sie ausgehen, bestimmen Sie, wohin Sie gehen. Aber ich rate Ihnen: Bleiben Sie hier im Hotel. Ihr Hotelschlüssel ist Ihr Sicherheitsbrief. Er schützt Sie.»

Er schob seine Hand unter den linken Sakkoflügel, er betrachtete sie, bevor er sie mir entgegenreichte. «Hier», sagte er, «meine Visitenkarte.»

Auch auf ihr war der verstümmelte Frauenkörper zu sehen: kein Kopf, keine Füße. Ich verließ das Hotel, ohne sie ihm aus der Hand zu nehmen.

«Ja, du kannst vorbeikommen», sagte Eva. «Aber ich muss bald los.»

Sie beschrieb mir den Weg zu ihrer Wohnung, den ich mir nicht gemerkt hatte. Nebenher sprach sie in Kopfstimme und auf Slowakisch zu ihrem jüngsten Sohn, der wohl in ihrer Nähe durch die Küche krabbelte. «Ich habe jetzt keine Zeit, aber komm einfach vorbei!»

Durch den Duft nach ausgebackenen Krapfen und Melonen ging ich über den Marktplatz, das Kirchtor war jetzt verschlossen, die Kellergassen, in denen ich tags zuvor nach Steiners Ruine gefragt hatte, leer.

Obwohl ich Zweifel gehabt hatte, fand ich den Weg sofort. Nachdem niemand auf mein Läuten reagierte, drückte ich die Tür auf und hörte schon im Vorzimmer, dass jemand duschte. Ich rief zweimal, aber niemand antwortete. An der Holztreppe rief ich noch einmal, beide Hände am Geländer. Mir kam es vor, als stelle jemand kurz die Dusche ab, aber gleich darauf rauschte sie wieder.

In der Küche ruhte ein kleiner Berg aus Mehl auf einem Schneidbrett, in dessen Krater ein rohes Ei schwamm. Davor saß der Junge. Er blickte hoch. Ich sagte zweimal nur das Wort: «Mama?» Er deutete auf das Duschgeräusch im Nebenraum.

Ich nickte, setzte mich ihm gegenüber. Er hatte aus einer Schüssel Schokoladeflocken gegessen, jetzt hielt er inne, den Löffel noch in der Hand, und blickte auf, als im Badezimmer nebenan etwas zu Boden fiel und eine Stimme fluchte.

Er sah mich lange einfach nur an und stand dann auf, um mir eine Schüssel aus dem Schrank zu holen. Er füllte sie mit den Schokoflocken, die auf dem Tisch standen, er holte Milch und reichte mir einen Löffel.

«Danke», sagte ich.

Er nickte wieder.

Während wir die Schokoladeflocken schlurften, starrten wir auf das Ei, das zwischen uns im Krater des Mehlberges schwamm. Es bewegte sich, wenn man die Hand fester auf die Tischplatte fallen ließ.

Man hörte jetzt, wie Eva das Wasser abstellte. Sie nahm das Handtuch vom Haken, trocknete sich ab, man hörte, wie der Hosenstoff über ihre nackten Beine streifte, wie sie den BH schloss und ein T-Shirt überstreifte. Es war ganz unmöglich, nicht daran zu denken, aber ich blickte dabei immer nur auf den Mehlberg, der durch unser Klopfen schon viel flacher geworden war, und auf das Ei, das nur durch die Adhäsion am Überlaufen gehindert wurde. Und als Eva schließlich mit tropfnassen Haaren zu uns in die Küche kam, blickte auch sie zuerst auf den Mehlberg, bevor sie mich begrüßte und sich dann zu ihrem Jungen hinabbeugte, um ihn auf den Scheitel und schließlich im Übermut auch mich auf die Wange zu küssen. Sie trug ein weit ausgeschnittenes T-Shirt, das darübergestreifte Hemd hatte sie noch nicht zugeknöpft. Wassertropfen glänzten an ihren Schlüsselbeinen, fielen herab, als sie an den Kühlschrank trat und die Butter hinausstellte. «Ich mache Apfelkuchen», sagte sie nur. Sie wusch sich die Hände, trocknete sie ab, und ich wusste, sie würde im nächsten Moment mit den Fingern ins Mehl fahren, als sie innehielt und auf ein Geräusch hin den Blick hob.

Jemand schrie. Auch ich hörte das. Ich blickte auf Eva, und sie blickte auf mich, die Finger bereits gespreizt, um damit ins Mehl zu fahren. Jemand schrie. Auch der Junge blickte von dem im Mehlkrater schwimmenden Ei auf. Es beunruhigte mich, diese Überraschung auch in seinen Augen zu sehen, und wieder schrie etwas, und ich dachte endlich: Ein Kind schreit, und kam aber nicht dazu, noch irgendetwas anderes zu denken, denn die Tür sprang auf und alle drei starrten wir im gleichen Moment auf Evas Mann.

Er hatte die Tür mit dem Ellenbogen aufgedrückt und sah sich suchend in der Küche um, als er mich bemerkte. «Hier», sagte er, «deine Tochter!» Er trug sie auf dem Arm. Und noch einmal: «Hier.»

Ich nahm sie ihm ab. Ich nahm wahr, wie leicht sie war und wie warm und wie sie roch, wenn sie den Mund öffnete, und wie lange und gebogen ihre Wimpern waren und wie sich das anfühlte, als sie im Zorn die winzigen Füße gegen meinen Bauch stieß.

Er sei wie jeden Tag früh aufgewacht, sagte Evas Mann, und sei so leise wie möglich aufgestanden, um die neben ihm schlafende Eva nicht zu wecken, und habe sich in die Küche gesetzt. Er sei zuerst an die Kaffeemaschine, dann aber habe er – ohne recht zu wissen, warum – durch das Küchenfenster geblickt und gesehen, dass über Nacht einige Kleidungsstücke von den Wäscheständern auf der Terrasse herabgefallen seien, auch Wäscheklammern. Er sei noch im Morgenmantel hinausgegangen, um die Wäsche von dem Steinboden aufzuheben und wieder aufzuhängen. Dann aber sei ihm das seltsam vorgekommen, die Art, sagte er, wie die Wäsche herabgefallen sei, und dass der Wind das unmöglich so getan haben könnte. Es habe vielmehr so ausgesehen, als hätte eines der Kinder die Wäsche herabgezogen.

Er habe sie wieder aufgehängt und dann zurück in die Küche gewollt, denn es sei kalt gewesen. Aber dann sei ihm aufgefallen, dass eines der Wäschestücke im Gras in der Nähe des Hühnerstalles liege, und er sei hingegangen, um es aufzuheben. Und bei dieser Gelegenheit sei ihm aufgefallen, dass auch die Gartenstühle irgendwie anders aussahen. Er habe sie zurechtgerückt und sei dann intuitiv, wie er sagte, bis zum Hühnerstall gegangen und habe den Riegel vom Tor gezogen.

Und dort sei sie gelegen.

«Deine Frau», sagte er und lachte, «ich habe zuerst gedacht, du wärst vielleicht von der Ruine zurückgekehrt, man sah ja nur eine Gestalt unter der Hühnerstange im Stroh, über und über mit Hand- und Leintüchern zugedeckt.»

Er habe erst dann das Kind gesehen, das Ina in unzählige Handtücher gewickelt und tatsächlich in eine Hühnerbox neben sich gelegt hatte, «in das Stroh», sagte er und schüttelte den Kopf, Ina habe das Kind aus der Babytrage heraus und in die Hühnerbox gelegt – und dabei deutete er auf meine Tochter, die über seinen auf sie zuschießenden Zeigefinger erschrak, aber dann lachte: über das Wort *chicken box*, wie ich dachte, über das auch ich lachte. *She put your daughter in the chicken box*, sagte Evas Mann, und ich lachte, und auch meine Tochter lachte. Noch vor allem anderen habe sie ihm gesagt, dass sie die Eier zuvor vorsichtig aus der Box genommen habe, nichts sei zerbrochen, sie habe ihm die Eier sofort überreichen können, in die blanke Hand habe sie ihm die Eier gelegt, und er habe die Eier – es waren zwei – in der Hand gehalten und habe dann einfach nicht mehr weitergewusst.

Ein Buch sei aufgeschlagen neben ihr im Stroh gelegen, darin habe sie wohl gelesen.

«Was für ein Buch?», fragte ich.

«Zusammengeheftete Zettel.»

Ina hatte die Chronik des Pfarrers gelesen, in der Ruine und hier im Hühnerstall. Und ich dachte: Während ich den *Playboy* gelesen habe, hat sie in der Chronik gelesen, sie hat das Kind gestillt und in der Chronik gelesen. Während ich bei Einbruch der Dunkelheit in die Ruine hinaufgegangen bin, ist sie ins Dorf hinuntergegangen.

Die ganze Zeit lachte meine Tochter, sie war in das Wort *chicken box* verliebt, das ich ihr nun ständig ins Ohr flüsterte, mit beiden Fäusten hielt sie sich an meinen Zeigefingern fest und drehte dann die Pupillen nach einem Geräusch, das der Junge für sie machte: ein Ploppen in seinem Mund.

Ina habe zuerst ins Hotelzimmer gehen wollen, erzählte Evas Mann, die Dämmerung habe sie überrascht. Sie hätte sich gerne in eine Badewanne gelegt, mit dem Baby in der Hotelbadewanne, so habe sie sich das vorgestellt, aber die Rezeptionistin hatte auf ihr Klingeln nicht reagiert. Podobnýs Haus war ihr als die einzige Möglichkeit erschienen.

«Wo aber ist Ina jetzt?», unterbrach ich Evas Mann.

Er sah mich an, und dann sah er zu Eva, und Eva sah zuerst auf den Mehlkrater und dann zu mir, und man hörte nur noch die Ploppgeräusche des Jungen und das begeisterte «Arararararar» meiner Tochter, die während dieser Ausführungen mit beiden Armen ruderte.

«Sie ist auf einer Burg», sagte Evas Mann.

Sehr ruhig sagte er das. Ina habe gesagt, sie sei in einer Stunde wieder zurück. Sie wolle das Kind hierlassen, denn bei dem, was sie jetzt vorhabe, könne es nicht mit. Sie habe es ihm in die Arme gedrückt, es werde schlafen, habe sie behauptet. Es sei aber noch, während sie sich die Schuhe zugebunden habe, wieder aufgewacht und habe zu weinen begonnen. «Sie ist jetzt schon zwei Stunden weg», sagte Evas Mann. «Mit Podobný.»

Er wechselte einen Blick mit Eva.

«Podobný ist bei ihr?», sagte sie. Ihre Finger schwebten immer noch gespreizt vor dem Mehlberg. Die Vorstellung, ihr Vater sei mit der Verrückten los, gefiel ihr nicht. Sie mochte Ina nicht.

«Welche Burg?», fragte ich.

«Eigentlich ist es eine Burgruine», sagte er. «Warte, ich zeige dir, wo sie ist.»

Wir hatten ihm ruhig zugehört, jetzt stand er auf, und auch ich stand auf, und als hätten wir es so vereinbart, folgten wir ihm alle hinaus auf den Gang und die Holztreppe hinauf. Ich trug das Baby im Arm, dessen Leichtigkeit mich immer noch erstaunte – konnte ein Mensch so leicht sein? –, hinter mir Eva und der Junge. Aber als wir Evas Zimmer erreichten, klemmte sich Eva nur ihr Notebook unter den Arm und ging damit wieder nach unten.

In der Küche klappte sie es auf. Sie war sich nicht sicher, wo sich diese Burgruine befand, «hier in der Nähe», sagte sie, «ganz sicher, aber ich muss im Internet nachsehen, wie man dort hingelangt».

Eine viel zu lange Zeit warteten wir still hinter Eva, die sich durch Fotos dieser Burgruine klickte, Beschreibungen ihrer Geschichte aus dem 13. Jahrhundert, welcher Graf sie warum gebaut hatte, wer dort hingerichtet worden war, und später Seite für Seite Landkarten, *«it is called the White Stone Castle»,* sagte sie. Sie konnte sich aber nicht vorstellen, was Ina dort suche, und auch ihr Mann konnte es nicht, sie sei aber sicher, dass es mit Inas Großvater zu tun haben müsse. Steiner, sagte Evas Mann – mit welcher Selbstverständlichkeit auch er bereits diesen Namen aussprach!

Er wandte sich als Erster vom Bildschirm ab. Er sagte etwas zu Eva, sie nickte. Er hatte ihr wohl vorgeschlagen, einstweilen selbst mit dem Kneten des Teiges anzufangen. Das rhythmische Aufschlagen des bröckeligen Teiges auf der Tischplatte begleitete uns in den nächsten Minuten. Als meine Tochter darüber in heftiges Weinen ausbrach, trug ich sie in Evas Zimmer hinauf. Ich erinnerte mich, was Ina mir über die Vorlieben unserer Tochter erzählt hatte. Ich setzte sie auf eine zusammengefaltete Decke aufs Sofa und imitierte, wie ich mir am Waschbecken die Hände wusch, und sagte dabei: «Ich wasche mir die Hände am Waschbecken», und ich sagte: «Jetzt werfe ich Holzpellets in den Ofen», aber ich warf keine Holzpellets in den Ofen, ich zeigte ihr auch, wie ich einen Nagel in die Wand schlug und eine Porzellanvase aus feuchtem Ton formte, ich strich die Wände mit ziegelroter Farbe an. Und allem sah das Baby zu, und ich war froh, dass es nicht mehr schrie, denn ich hatte vor nichts mehr Angst, als dass es plötzlich zu schreien beginnen könnte.

Zurück in der Küche wärmte ich Wasser auf dem Herd. Einen Finger im warmen Wasser, blickte ich Eva über die Schulter, wie sie zum wiederholten Male die Wörter *Biely Kameň* in ein Forum für Wander- und Naturfreunde eintippte. Ich wischte meiner Tochter einen langen Speichelfaden aus dem Mundwinkel, las die Rückseite der Packung mit Milchpulver und streute schließlich zwei Messlöffel in das handwarme Wasser, als Eva plötzlich rief: «Hier, hier ist es!» Sie habe einen Weg dorthin gefunden. Es sei gar nicht so kompliziert. «Eine halbe Stunde vielleicht, nicht mehr. Warte, ich drucke es dir aus.»

Eva half mir, die Babytrage anzulegen. Ich fixierte das Baby darin und zog ihm die Haube seines Stramplers über den Kopf. Dabei drückte ich meine Lippen auf die schwarzen, gekräuselten Kopfhaare und küsste es. Es roch gut.

Im Badezimmer fand ich eine Packung mit Windeln, die ich aufriss. Ich nahm drei oder vier heraus, steckte sie in meine Manteltaschen, Eva sagte, das würde wohl reichen. Auch das Fläschchen mit Babymilch, das ich ohne sie auf dem Küchentisch vergessen hätte, reichte sie mir. Während ich mir vor dem großen Garderobenspiegel die Schuhe band, sah sie mich an und sagte, ich solle auf mich und das Baby aufpassen, und als ich zu ihr hochblickte, lachte sie. «Man sieht dir an, dass du mit Babys nichts anzufangen weißt. Aber du liebst sie. Alles andere kommt dann von selbst.» Sie streckte die Hand nach einer unter der Haube hervorgerutschten Haarsträhne und fragte: «Wie heißt sie?» Das Baby war eingeschlafen und als wir alle den Atem hielten, konnte man hören, wie sie ruhig ein- und ausatmete.

Bei der Verabschiedung umarmte mich Eva, als wüsste sie, dass wir uns nicht wiedersehen würden, ihr Mund roch nach dem Apfel, den sie zuvor gegessen hatte. Sie küsste mich auf die Wange, auch ihr Mann küsste mich auf die Wange, «bring mir meinen Vater zurück!», bat sie eine Spur zu ernsthaft und blickte mich dann an, als wolle sie noch etwas sagen, bevor sie lächelnd, aber überraschend energisch die Tür vor mir zudrückte.

Obwohl ich immer Angst davor gehabt hatte, mit dem Kind allein zu sein, spürte ich nun nichts mehr davon. Ich tastete nach dem Kinderkopf hinter mir und faltete die Wegbeschreibung auf, die Eva mir ausgedruckt hatte. Dann ging ich los.

Teil V

Sechzehn

Ich erreichte die Stelle am Bachbett, wo die Abzweigung zu Steiners Ruine führte. Im matschigen Ufer waren die markanten Fußspuren der Wildschweine zu sehen, die hier ans Bachbett gegangen waren, um zu trinken. Ich war überrascht, wie einfach alles gegangen war. Ich trug das Kind auf dem Rücken wie einen Rucksack und mit der Zeit kam es mir auch gar nicht mehr anders vor, als hinge dort ein Rucksack, nicht ein Kind. Nur manchmal spürte ich, wie es im Halbschlaf die Finger an meinen Nacken legte. Dann griff ich danach und es schlief wieder ein.

Am hölzernen Brückengeländer stellte ich die Trage mit dem Baby ab und erinnerte mich bei dieser Handbewegung an die Erzählung Inas, ihre Großmutter habe sich ihren Vater schon eine Woche nach der Geburt wieder auf den Rücken geschnallt und sei mit ihm aufs Feld gegangen. Sie habe ihm einen mit Wein getränkten Stofffetzen in den Mund gesteckt. Das Baby habe dadurch im Schatten geschlafen und sei ruhig gewesen.

Obwohl ich die Schwärmerei junger Eltern immer als unverhältnismäßig abgetan hatte, erschien mir der Anblick des schlafenden Babys nun selbst von nicht zu beschreibender Schönheit, und ich war froh, die Tabletten nicht mehr genommen zu haben. Ich werde sie nie wieder nehmen, dachte ich.

Ich folgte dem Wanderweg weiter über den Kamm Richtung Svätý Jur, das – wie mir der Pfarrer erzählt hatte – die Deutschen früher *Sankt Georgen* geheißen hatten und das wie Limbach ein bekanntes Weinbaudorf gewesen sei. Immer wieder musste ich daran denken, dass da, wo ich jetzt ging, auch Steiner gegangen war. Steiner hatte seine Ruine verlassen und war in diese Burgruine gegangen.

Ich passierte die vernagelten Fenster eines Gasthauses, ein Muster vom Schatten der Zweige schimmerte auf dem Weg.

Zwei alte Frauen mit Nordic Walking Sticks kamen mir entgegen, grüßten, sagten etwas, das ich nicht verstand. Etwas über das Baby, vielleicht, dachte ich, dass die Haube auf seinem Kopf zu warm sei oder im Gegenteil: zu kalt. Vielleicht aber war es auch nur ein freundlicher Gruß oder ein Entzücken über die Form der Augen. Ich nickte nur und sprach den Namen *Biely Kameň* so gut aus, wie ich es vermochte, und sie nickten: Jaja, diese Ruine, schienen sie zu sagen, die kannten sie, wussten aber nicht, wo das war. Irgendwo dort über dem Dorf sei diese Ruine, bedeuteten sie mir, aber es war ihren Gesichtern anzusehen, dass sie selbst noch nie dort gewesen waren.

Ein Specht hämmerte so laut gegen das Holz über mir, dass das Baby in der Trage über mein Erschrecken aufwachte. Ich sah hoch und beobachtete den Schnabel des Spechts, der gegen den Stamm schlug, und später stellte ich die Trage ab und sah das Baby an. Es schrie. Ich nahm es und hob es hoch, ich sang ein Piratenlied, das ich zuletzt bei der Sommerfeier meiner Schule mit meinen Schülern einstudiert hatte: Die Piraten suchten einen Schatz, aber sie wussten nicht, wo der war. Das Baby schien diesen albernen Song zu mögen. Vielleicht mochte es auch, wie ich vor ihm tanzte. Ich wickelte es in die Decke und legte es ins Gras, das warm war, ich hörte, wie die Fichtenzapfen über mir in der Sonne aufknackten.

Ich nahm eine frische Windel aus der Manteltasche, öffnete die alte, die sich mit senfgrünen, flüssigen Exkrementen vollgesaugt hatte, legte eine neue an. Eva hatte mir auch diese Handgriffe gezeigt.

In Svätý Jur stieg ich die alte Dorfstraße hoch, die von großen Hoftoren gesäumt war, groß genug für Fuhrwerke. Vor den meisten Lehmhäusern standen PKW, ein Mann um die vierzig blickte hinter seinem Maschendrahtzaun hervor, machte Bemerkungen über den Säugling auf meinem Rücken.

Auf einem großen Platz, der von dem barocken Rathaus dominiert wurde, ruhte ich mich im Schatten der Pestsäule aus. Ich faltete den Computerausdruck wieder auf. Eva hatte mir erklärt, ich müsse von hier aus die Abzweigung auf eine gut ausgeschilderte Langlaufloipe, die bis zu den nördlichen Weinbergen Bratislavas führte, erwischen.

Ich fütterte das Baby, aß ein Wurstbrot, das mir Eva mitgegeben hatte, und stand später an der nackten Ziegelmauer einer verfallenen zweistöckigen Synagoge, deren hohe Rundfenster mit Brettern vernagelt worden waren. Das weitläufige Grundstück war völlig mit Gestrüpp verwildert, das runde Eingangstor ebenso vernagelt. Ich war nur durch den Hinweis auf dem Computerausdruck aufmerksam geworden, ich hätte sie sonst nicht erkannt. Der Elektrodraht zum Türsummer war aus der Fassung gerissen, das Kärtchen unbeschriftet.

Ich wusste, dass ich die Abzweigung zur Burgruine versäumt hatte, ging zurück zur Pestsäule und weiter, der Landstraße aus dem Dorf hinaus folgend, weiter am Flusslauf, wo Wäsche vor einfachen Holzhütten wehte. Selbst ein alter Mann, der mich in gebrochenem Deutsch ansprach, wusste nicht, wo die Ruine war. Sie sei wohl irgendwo dort im Wald, beteuerte er, aber wie man dort hinkam, wusste er nicht. «Die Türme sieht man», sagte er, «hier!» und begleitete mich bis an jene Stelle. Wir suchten beide den Hang über uns ab und entdeckten endlich die Trümmer zwischen den Baumstämmen. Es sei aber nichts Besonderes dort, sagte der Mann. Ich solle doch lieber ins Wirtshaus gehen, das sei mehr etwas für junge Leute, und dabei streckte er die altersfleckige Hand nach dem Kopf des Babys aus.

Ich verließ die Straße, kletterte den Hang bis zu einer Schotterstraße hinauf, die ich von unten gesehen hatte. Einige jugendliche Roma lehnten an Motorhauben und rauchten. Als ich ihnen den Namen der Burg nannte, warfen sie wie auf Kommando ihre Zigarettenkippen in den Schotter. Auch sie kannten die Burg nicht.

Die Straße endete an einem aufgeschütteten Schotterberg, aber als ich darüberkletterte, sah ich, dass ein Hohlweg, der womöglich einmal dem Transport von Baumstämmen gedient hatte, an einem Bildstock vorbei durch den Wald führte. Als ich die Türme zwischen den Baumstämmen sah, lachte ich vor Freude auf. In der Kälte des Hohlwegs wachte das Baby auf und schrie, ich stellte die Trage hin, aber es wollte nichts trinken.

Ich war nun schon in Sichtweite der hohen Türme, die dicht von Moos und Ranken bewachsen waren. Man sah auch, wo ein nachträglich in den Abhang geschlagener Weg aus Holzplanken über die Böschung in die Burg hinaufführte, als plötzlich jemand rief.

Ich nahm das Baby und stieg einige Stufen die Treppen hoch. Jemand antwortete.

Ich kam nur langsam voran. Gruben im Erdreich, die von entwurzelten Bäumen stammten, klafften tief unter dem hochgewachsenen Gebüsch. In einem Torbogen, der als Einziges in diesem Teil erhalten geblieben war, klebte ein Bienennest.

Und wieder hörte ich die Stimmen.

Ich erreichte die letzte Stufe und stand dort, wo vor Jahrhunderten einmal der Burghof gewesen sein mochte.

Und dort sah ich Ina. Sie rief. Ihr Anblick ließ mich sofort stehen bleiben.

Das Erste, was mich an ihr verwunderte, war ein Seil, das sie sich um die Hüften gebunden hatte. Sie rief, nein: Sie brüllte auf einen Mann ein, der sich unter ihren harten Worte duckte. Es dauerte, bis ich begriff, dass es sich um Podobný handelte.

Er hielt still das Ende des Seils fest, während Ina sich von ihm entfernte und dabei das zwischen Ellenbogen und Hand aufgewickelte Seil abrollte. Sie schritt auf einen waagrechten Spalt in der unter Geröll und Erde kaum mehr wahrzunehmenden Außenmauer zu. Der Spalt war vermutlich einmal ein Fenster zu einem Raum gewesen, der sich im Laufe der Jahrhunderte fast bis zur Decke mit Erde gefüllt hatte. Das Seil spannte sich. Podobný hielt es mit beiden Fäusten fest. Sogar von meinem Standpunkt aus konnte ich sehen, wie unglücklich er dreinblickte. Ina duckte sich, setzte einen Fuß in den Spalt, sie bückte sich noch tiefer hinab, tauchte dann mit geducktem Kopf in den Spalt hinein und war darin verschwunden.

Es war ganz verrückt, dass ich ihr, ohne eine Sekunde zu überlegen, mit dem Baby folgte. Noch bevor Podobný mich auch nur bemerkt hatte, duckte ich mich ebenso in den Spalt hinein – er war nicht tiefer, als wäre man durch irgendein Kellerfenster eingestiegen.

Nach wenigen Schritten öffnete sich der Raum etwas, sodass man aufrecht zwischen den Säulen und herabgefallenen Steinen der ehemaligen Überdachung gehen konnte. Es war ein größerer, quadratischer Raum der Burg gewesen, womöglich der oberste Teil des ehemaligen Bergfrieds, dessen Boden früher einige Meter tiefer gelegen haben musste als jetzt. Durch das Fenster, durch das wir eingestiegen waren, fiel nur wenig Licht auf Moose und Pilze, die auf den Steinen wuchsen und von denen ein intensiver Geruch nach Feuchtigkeit ausging. Bei jedem Schritt rieselte Erde von oben hinab, aber die Angst, die Decke könnte einfallen und mich, Ina und das Kind begraben, wurde mir erst viel später bewusst. Auch hier bedeckte Fledermauskot in großen Mengen die Erde. Die Tiere wohnten hier wie in einer Höhle.

Ina war ein Stück vorausgegangen. Ich sprach sie an und sie drehte sich um. Ich konnte sie aber in der Dunkelheit nicht mehr gut sehen. Ich sah nur, wie sich das Licht ihrer Helmlampe auf mich richtete. Ihre Schritte näherten sich rasch.

«Bist du das, Martin?», rief sie – ich wusste nicht, ob erfreut oder zornig. «Hast du das Kind mit?», schrie sie. «Bist du verrückt?»

Sie schlug mir zweimal mit der Hand ins Gesicht, bevor sie sich zu mir beugte, um den Kopf des Kindes zu küssen und uns beide zu umarmen.

Später lehnten wir draußen im Schatten. Der Turm in unserem Rücken war im Laufe der Jahrhunderte immer tiefer vom Erdreich verschüttet und mit der Umgebung verschmolzen, dass es fast den Anschein erweckte, er selbst bilde eine Art von Lebewesen.

Ina wollte zu einer Erklärung ausholen, aber als das Baby schrie, nahm sie es mir wortlos aus dem Arm. Sie zog sich das T-Shirt hoch, um es zu stillen, während Podobný, der in einigem Abstand auf etwas zu warten schien, und ich einander zuerst an- und dann aneinander vorbeiblickten.

«Es ist schön, dich zu sehen», sagte ich zu Ina.

«Ja», sagte sie und schob für einen Moment ihre Hand an meine Wange, bevor sie sich wieder dem Baby widmete.

Es war seltsam, wie lange wir nicht sprachen, wie wir zu dritt im Schatten saßen. Auch Podobný kam mir seltsam vor. Er trug eine blaue Stoffjacke, in deren Taschen er seine Fäuste steckte, um sie gleich darauf wieder herauszuziehen. Er hatte das Seil aufgerollt, aber schien nicht recht zu wissen, warum er hierhergebracht worden war. Es gefiel mir nicht, wie Ina zuvor mit ihm gesprochen hatte. Es war die Art, wie die Häuslbauer mit den Männern vom Bauarbeiterstrich sprachen. Man drückte jemandem 10 Euro in die Hand und schickte ihn ungesichert auf die Dächer oder ohne Atemschutz mit Sandstrahlgeräten zu beschmierten Hausfassaden. Ich hatte das oft genug gesehen.

Sie zog sich ihr T-Shirt wieder herab, wischte sich die Brust mit einem Taschentuch. Ich freute mich, dass sie jetzt offensichtlich genug Milch hatte.

«Was ist es, was du hier suchst?», fragte ich.

«Wir suchen das, was Steiner hier versteckt hat.»

Ich lachte. Sie lachte nicht. Und auch Podobný lachte nicht.

«Du suchst einen Schatz?», fragte ich ungläubig.

Die Erzählung des Pfarrers fiel mir wieder ein.

Sie nickte.

Sie sah sich nach einem Platz um, wo sie den Säugling hinlegen konnte, und als sie keinen geeigneten fand, zippte sie sich die Jacke vom Körper und warf sie vor sich ins Gebüsch. Sie war verwundert, als ich ihr eine Windel aus meinem Rucksack reichte.

Ich weiß nicht, wer ihr den Tipp mit der Burgruine gegeben hatte. Vermutlich hatte sie Podobný stundenlang mit der Frage nach einem Ort gequält, an dem Steiner noch etwas versteckt haben könnte. Ina glaubte, dass Steiner, dem nichts wichtiger war als sein Reichtum, sein Hab und

Gut, schlauer hatte sein wollen als die anderen Bauern. Sie glaubte – und sie hatte wohl Gründe, das zu glauben –, er habe seine Wertgegenstände nicht auf dem eigenen Grund, sondern irgendwo anders versteckt. Steiners Hof sei der erste gewesen, den die Dorfbewohner geplündert hatten. Innerhalb kürzester Zeit hatte man in den von Unkraut erblühenden Äckern zu graben begonnen, hatte die Kotrinnen in den Ställen aufgerissen, man war sogar in die Kamine gekrochen. «Steiner hatte Geld», sagte Ina, «das wusste jeder. Sie wussten nur nicht, wo er es hatte. Er war einfach zu schlau.»

War das Stolz in ihrer Stimme?

«Steiner wollte abwarten, bis die Plünderungen vorbei waren», erzählte Ina, «er wusste: Irgendwann würde sich eine neue Regierung bilden, man würde die Deutschen vielleicht unterdrücken, aber man würde ihnen nicht einfach ein Gewehr vorhalten können, um sie auszurauben.»

Damit hatte er auch recht gehabt. Er hatte nur nicht damit gerechnet, dass man alle Deutschen einfach aus dem Land vertreiben und ihnen die Rückkehr auf immer versagen würde.

Es gab nicht viele Geschichten, die Ina aus dieser Zeit wusste, aber eine hatte man ihr erzählt. Das war die Geschichte von einem Sack mit Goldschmuck und Silberbesteck, den ihre Großmutter am Abend vor der Evakuierung in ein Tuch gewickelt und in einen Stollen getragen haben soll. «Wohin?», hatte sie damals gefragt.

«Wohin?», fragte sie auch jetzt.

Sie warf Podobný diese Frage hin. Er hob die Arme, als lege sie mit einem Gewehr auf ihn an. Er wusste es nicht.

Ich ließ mir von Podobný das Seil geben. Ina band es sich erneut um den Bauch. Während Podobný die ganze Zeit über nur den Kopf schüttelte, löcherte sie ihn mit der Frage, wo in der Ruine Steiner etwas versteckt haben könnte. «Wo würdest du etwas hier verstecken?», fragte sie.

Er schüttelte den Kopf.

«Überlege doch! Wenn du Steiner wärst», aber er schüttelte wieder nur den Kopf. Sie fragte wie in einem Verhör und ließ dann, als er keine gefällige Antwort ausspuckte, von ihm ab.

Wir ließen ihn mit dem Baby alleine. Er blickte es an, verstört, irritiert.

Zuerst dachte ich, es sei irrsinnig, Steiners Goldschatz zu suchen. Aber als wir beide durch den Spalt eingestiegen waren und die ersten Schritte in der Ruine machten, kam es mir plötzlich vor, als sei es nicht ausgeschlossen, hier unten etwas zu finden. Wie in diese Ruine ließ ich mich auch in diesen Gedanken immer tiefer hineinsinken, vor allem in den Gedanken, *was* er versteckt haben, was einer wie Steiner besessen haben könnte.

Nach etwa fünf Metern, die von Inas Stirnlampe gut ausgeleuchtet waren, fiel das Erdreich stark ab. Sie zog sich das Seil fester um den Bauch, und ich ließ sie etwa drei oder vier Meter einen Abhang aus Geröll und Müll hinabgleiten. Ich beobachtete das Licht ihrer Stirnlampe, das an den nassen Mauersteinen auf- und abtauchte, dann ruhig blieb. Ich hörte ihre Schritte, sie hatte offensichtlich ein weiteres Gewölbe erreicht. Daran, wie zielstrebig sie ging, verstand ich, dass sie den Weg schon kannte. Sie war schon einige Male hier unten gewesen. Einige Durchgänge schienen dort noch erhalten zu sein, aber ich sah Ina bald nicht mehr, nur noch ihr Licht. Ich verstand auch gar nicht, wie sie vorging. Sie verschwand in einem steinernen Durchgang, kam wieder darunter hervor, die Räume dahinter schienen fast alle verschüttet, sie blickte zu mir hoch, sagte: «Nichts» oder «Ich versuche es jetzt mal hier», bevor sie in einem anderen verschwand.

Nach etwa einer Stunde, in der sie fluchend unten auf und ab gelaufen war, zog ich sie wieder zu mir hoch. Sie hatte nichts gefunden, und ich bezweifle, dass überhaupt etwas da war. Vielleicht hatte man diese Erzählung vom versteckten Gold überhaupt nur in die Welt gesetzt, um den Schmerz der Vertreibung noch größer zu machen, um dieses Opfer, als das man sich empfand, noch deutlicher hervorzustreichen.

Wir kletterten nach draußen. Podobný hatte sich über den Säugling gebeugt, bei unserem Auftauchen richtete er sich aber sofort wieder auf. Ina nahm ihm das Baby aus dem Arm, löste den Knoten ihres Seils und ließ es an ihren Hüften ins Gras rutschen.

«Nichts», sagte sie mehr zu sich selbst als zu Podobný, der unter dieser Bemerkung wie unter einem Schlag zusammenzuckte.

Eine Zeit lang saß Ina ruhig mit dem Baby im Schatten des Turmes. Sie zog ihr T-Shirt hoch, um das Baby zu stillen, sie schien nicht zu bemerken, dass es ihrer Brustwarze auswich. Ihre Wimpern flatterten, sie ruckte mit dem Kopf, wie um diesem Flattern auszuweichen.

Dann heulte sie los.

Sie heulte so heftig, dass ich anfangs gar nicht verstand, was sie sagte, und als ich es verstand, war ich empört.

«Du hast es gestohlen!», rief sie.

«Das ist doch Blödsinn!», sagte ich.

Aber Podobný saß ruhig da. Er stand auf, entfernte sich aber nicht, sondern blickte auf sie herab, während es ihr nicht mehr möglich war, ihm ins Gesicht zu sehen.

«Nichts gibt es mehr, nichts!», rief sie.

Ich half ihr, den Säugling wieder in der Trage auf ihrem Rücken festzuzurren, wo er – die Stirn in Inas Nacken gedrückt – einschlief.

«Was jetzt?», fragte ich und ergänzte gleich darauf: «Bitte, lass uns heimfahren!»

«Du verstehst nicht», antwortete sie.

Und dann tat sie etwas, von dem ich wusste, dass es sie noch viel größere Überwindung kostete als die Reise mit dem Kind hierher.

Sie rief ihren Vater an.

Ich kann mich nicht erinnern, dass sie das jemals, abgesehen von den obligatorischen Geburtstags- und Weihnachtstelefonaten, getan hätte. Sie zog ihr Handy aus der Jackentasche, schon an der Weise, wie mich ihr Blick streifte und wie sie sich von mir wegdrehte und ein, zwei Schritte mit dem schlafenden Baby auf dem Rücken auf einen der anderen Türme zuging, wusste ich, dass sie ihn anrufen würde und dass das ein einziger Schmerz war.

Er vermutete einen Unfall oder etwas Schreckliches, ich hörte, wie er: «Was ist denn los?» sagte, und wie sie weinte, denn wieder hatte sie sich einer sinnlosen Hoffnung hingegeben. Wieder war am anderen Ende der Leitung nicht jener Vater, den sie erhofft hatte, und ich dachte: Er spürt diese Enttäuschung ebenso.

Sie war stehen geblieben, die Sonne im Gesicht, jetzt ging sie weiter. Über einige herausragende Steine und Baumwurzeln war die Spitze des Turmes leicht zu erreichen, sie kletterte hoch. Es dauerte nicht lange, bis ihr vor Zorn die Lider zufielen. Sie beschimpfte ihren Vater so laut, dass wir es unten hören konnten, dabei weinte sie, und ich stellte mir vor, dass ihr Vater die ganze Zeit über nur: «Du bist hysterisch! Du bist hysterisch!» dazwischenrief und im gleichen Augenblick auf die teuren Gebühren im Ausland verwies. Auch der Säugling bewegte jetzt den Kopf auf ihrem Rücken, hinter Inas Kopf tauchte der Säuglingkopf auf, irritiert über die plötzliche Lautstärke, über die weinende Mutter. Er würde bald zu schreien beginnen.

Ich hörte, wie Ina mehrmals das Wort «Liebe» sagte, «du liebst ja niemanden außer das Geld», und ich stellte mir vor, wie Inas Vater mit der Handkante auf den Küchentisch schlug, wie ich es einmal gesehen hatte, «die Liebe ist da!», hörte man seine Wort jetzt deutlich durch den leichten Wind und das Summen der Insekten, «es ist einmal klar, die Liebe ist da, das muss klar sein», auch er brüllte, bei jedem Wort setzte er einen Handkantenschlag, vielleicht war er auch aufgestanden.

«Weißt du, wer hier bei uns ist?», fragte Ina, und dazwischen hörte ich jetzt tatsächlich, dass ihr Vater das Wort «hysterisch» ausrief. Sie sagte: «Podobný.»

Bei diesem Wort kam sie wieder zu uns herab, man sah deutlich, wie sie versuchte zu verheimlichen, dass sie geweint hatte, ich dachte: Sie will etwas von ihrem Vater, aber ihr Vater kann es ihr nicht geben.

Sie reichte dem völlig verdatterten Podobný ihr Handy. Der hielt es sich ans Ohr, sagte aber nur das Wort: «Bitte», das wie ein Gnadengesuch klang, und dann unter dem auffordernden Nicken Inas noch einmal: «Guten Tag, Herr Steiner.»

Etwas passierte, mit dem ich nicht gerechnet hatte. Podobný hielt sich das Handy ans Ohr, den Blick fragend auf Ina gerichtet. Wir wussten ja, dass sich die beiden kannten, ich dachte daran, wie der jugendliche Podobný mit dem Kind getanzt hatte. «Jetzt sag doch was!», fuhr Ina ihn an, «sag doch was!» Aber er sagte nichts, sodass ich zunächst annahm, Inas Vater würde die ganze Zeit sprechen. Was ich erst später begriff: Auch Inas Vater sagte nichts.

Podobný stand auf, ging zu Ina zurück. Er nahm das Handy vom Ohr, hielt es noch eine Weile unschlüssig vor sich, bevor er es ihr zurückreichte.

«Hallo?», sagte sie, und noch einmal: «Hallo?» und ließ dann das Handy sinken, steckte es ein und ging hastig an uns vorbei.

Ihr Vater hatte aufgelegt.

Ina ging einfach los. Sie wusste, wir würden ihr folgen. Sie hatte bald danach wieder ihren Vater angerufen und dann noch einmal, und in der Nähe des Hauptplatzes in Svätý Jur hatte er endlich abgehoben. Ich wusste nicht, was gesprochen wurde, nur dass Ina weinte und dass auch ihr Vater weinte, während Podobný und ich verlegen auf unsere Füße starrten, als Ina an einer Hofeinfahrt zurückblieb, erschöpft vor Wut und Trauer, die Sonne grell im Gesicht. Ich wäre froh gewesen, ihr den brüllenden Säugling abnehmen zu können, aber als ich ihr das vorschlug, lehnte sie entrüstet ab.

Als ich sie fragte, schüttelte sie nur den Kopf und meinte, er habe ihr diesmal etwas erzählt, aber immer wieder gesagt, dass dies nicht die rechte Zeit sei. Aber immerhin habe er etwas erzählt.

«Über Podobný?», fragte ich.

Sie sah mich erstaunt an.

«Nein, nichts über ihn», und wir blickten jetzt beide zu ihm, und ich spürte, wie wenig er sie interessierte.

An der verfallenen Synagoge blieb sie kurz stehen. Es schien mir, als wäre dort irgendeine Geschichte, die sie eben von ihrem Vater erzählt bekommen hatte, passiert, aber als ich sie fragte, sagte sie, nein, sie habe nur an etwas denken müssen. Sie sagte aber nicht, woran.

Ohne dass wir uns darüber geeinigt hatten, folgten wir den kleinen grünen Wegweisern in Richtung Bahnhof, an offenen Hoftoren, hinter denen Kaffee ausgeschenkt wurde, hinab, durch eine Unterführung, in der ein schwarzer Salamander unter einem Haufen Blätter lag.

Zu dritt betraten wir die kleine Bahnhofshalle. Es war kühl und muffig. Als die Tür hinter uns zufiel, räusperte sich Podobný demonstrativ und trat mit ausgestreckter Hand einen Schritt auf sie. Er gab ihr die Hand, die er dreimal schüttelte, und dann gab er auch mir die Hand, legte seine zweite darauf, sagte aber nicht mehr viel. Ich wusste, ich hätte noch etwas sagen müssen, ihm danken – das wäre das Mindeste gewesen. Es war eine Verabschiedung, als wären wir nur zufällig im Wirtshaus in ein Gespräch geraten. Er trat nach draußen und als er an der Ampel stand, betete ich, er würde sich noch einmal umdrehen, damit ich ihm wenigstens mit einer Geste meine Dankbarkeit zu verstehen geben könnte. Aber die Ampel sprang auf Grün, er überquerte die Straße und verschwand.

Ina hatte sich zu einer dicken Frau am Schalter herabgebeugt. Auf Deutsch kaufte sie – mich mit einem Seitenblick streifend – zwei Tickets nach Wien, und sie sagte, dass sie auch ein Baby habe, ob das etwas koste, hier, sehen Sie, sagte sie und drehte sich dabei vor dem Schalter, damit die Frau das Baby auf ihrem Rücken sehen konnte. Die Frau am Schalter lachte und winkte, obwohl der Säugling in den letzten Minuten wieder eingeschlafen sein musste.

Wir traten auf den Bahnsteig, sahen nach den Abfahrtstafeln und fragten schließlich eine Fahrdienstleiterin, die händisch die Bahnschranken für einen einfahrenden Güterzug herunterkurbelte, wo denn der Zug nach Wien abfahre. Sie verwies uns auf ein paar Waggons auf einem Abstellgleis, und auf unsere Nachfrage fügte sie hinzu, ja, das sei der Zug nach Österreich, wir könnten ruhig schon einsteigen, der Zug fahre aber erst in einer Stunde. Die Lok werde erst angehängt.

Ich zog die Tür auf. Es war ein Waggon, wie sie zu meiner Kindheit auch bei uns in Österreich benutzt worden waren, mit großen Kofferablageflächen und Gaslichtern an der Decke.

Wir nahmen Platz, und während Ina sich das Baby auf den Schoß setzte, zog ich das Fenster herunter. Eine tiefe Trauer ging jetzt von Ina aus. Ich wusste nicht, wie ich ihr hätte helfen können. Innerhalb kurzer Zeit sank ihr Kopf auf die Rückenlehne der alten, zerschlissenen Lederbank zurück. Die Luft war stickig und schwer von den einfallenden Sonnenstrahlen. Beide, sie und das Kind, schliefen.

Siebzehn

Als der Schnellzug nach Bratislava an uns vorbeizischte, drückte der Zugwind für einen Moment etwas frische Luft zu uns in die Kabine. Ich sah einer Katze zu, die an einem verlassenen Gleis zwischen den Schienen schlief. Die Fahrdienstleiterin kurbelte die Schranken wieder hoch.

Inas Handy läutete erneut. Sie öffnete die Augen, schien im ersten Moment verwirrt, sie blickte auf das Baby, dann auf mich, und begriff erst dann, dass es ihr Handy war, das läutete. Sie holte es heraus.

«Mein Vater», sagte sie.

«Stell laut», sagte ich.

«Wieso?»

«Ich will das mithören.»

Sie tat es, hob ab, aber meldete sich gar nicht. Wir hörten ihren Vater weinen. Sie sagte mir später, sie habe ihn vor diesem Tag erst zweimal weinen gehört, und beide Male aus Rührseligkeit. Er weinte etwa eine halbe Minute lang, es war grauenvoll, das mit anzuhören, und ich wusste, Ina überlegte, einfach den Anruf wegzudrücken. Er schluchzte laut. Dann fing er sich, räusperte sich.

«Bist du da?», fragte er. Noch einmal: «Ina? Bist du da?»

«Erzähle!», forderte sie ihn auf.

Steiner will tatsächlich das Vieh aus dem Stall holen. Er will es vor dem LKW bis über die March nach Österreich hertreiben. Die Soldaten verbieten es. Er besteht darauf, ein Schwein auf den LKW zu treiben, zumindest ein Schwein. Die Soldaten verbieten es. Ein paar Gänse, wenigstens ein paar Enten – aber alles wird verboten. Steiner lädt es auf, die Soldaten laden es wieder ab. Er brüllt und die Soldaten brüllen, und es hätte nicht viel gefehlt und er würde sich mit den Soldaten schlagen. Er zerrt einen Sekretär aus dem Haus, vieles davon Erbstücke, aber auch ein Grammophon, das man kürzlich zu einem Spottpreis erstanden hatte. Die Soldaten halten ihn zurück. Die ganze Zeit brüllt er: «Ja, sind wir denn verhaftet? Sind wir verhaftet?»

Der LKW fährt zum Bahnhof. Erst dort, erzählte uns Inas Vater, dessen Stimme leise, aber klarer als zuvor aus ihrem Handy ertönte, bemerkt Inas Vater das Sonderbare. Die Menschen sind viel zu warm angezogen. Schweiß steht ihnen auf der Stirn. Sie tragen dicke Wintermäntel, darunter mehrere Kleidungsstücke übereinander: Blusen, Hemden, die Frauen zudem mehrere Halsketten übereinander, Hüte. Dabei ist es warm, ein Frühlingstag.

Sie steigen aus. Aus den Lautsprechern kommen Durchsagen, dazu Marschmusik, die irgendwie aufbauend wirken soll. Die Menschen werden aufgefordert, in den Zug einzusteigen und dort ihre Sitzplätze einzunehmen. Aber man sieht schon vom Bahnsteig aus, dass keine Sitzplätze mehr vorhanden sind. Eine Frau kollabiert über ihrem prall gefüllten Koffer am Einstieg. Sie wird wieder hinausgetragen, liegt auf dem Bahnsteig.

Die Luft im Zug ist stickig, heiß. Ein Mann fragt: Hat jemand Wasser mitgenommen? Die Menschen blicken einander an. Niemand hat Wasser mitgenommen. Es ist kaum Platz genug, um nebeneinander zu stehen. Ein Karpatendeutscher, der es – womöglich aus Angst vor Diebstahl – nicht wagt, seine beiden Koffer aus der Hand zu geben, hält eine flammende Rede, er spricht von Hoffnung und erzählt erneut, man müsse nur durchhalten, in zwei Wochen seien alle wieder zurück. Die Heimat, sagt er, kann uns niemand entreißen. Der Endsieg werde schon noch kommen. Aber das glaubt jetzt niemand mehr. Er singt.

«Was singt er?», unterbrach Ina.

«Was weiß ich.»

«Du weißt es doch!»

Ina forderte ihren Vater auf, das Lied zu singen, aber er konnte es nicht, ihm fiel nichts mehr ein, doch als sie ihm die erste Strophe vorsang, räusperte er sich – wir wussten nicht: Hatte er wieder geweint? – und sagte: Ja, das sei eine dieser Melodien gewesen. Es seien aber vor allem Soldatenlieder gesungen worden, bei denen man sich die Zeigefinger aufs Herz drückte – ich konnte mir schon vorstellen, welche Lieder das waren.

Immer wieder heißt es von Seiten der Soldaten auf dem Bahnsteig, es müsse jetzt schneller gehen. Der Zug fährt los, aber unendlich langsam, immer wieder wandern die Blicke sorgenvoll nach draußen, jetzt bemerkt jemand das Verschwinden eines Kindes, eine Mutter schreit nach ihrem Kind, aber niemand hat den Jungen gesehen. Der Zug ist schon in Bewegung, aber so langsam, dass man daneben hätte hergehen können. Sie springt hinaus, läuft kreischend am Bahnsteig entlang, bleibt zurück.

Die Fahrt dauert zwei Tage. Man hält es nicht für möglich. Zu Fuß wäre man schneller gewesen. An jedem Bauernhaus hält der Zug, auch wenn dort gar kein Bahnhof ist. Ständig kommen neue Leute in den überfüllten Waggon. Eimer mit Notdurft werden aus den Fenstern geleert. Aus Angst vor Fliegerangriffen fährt der Zug nur nachts. Natürlich darf kein Licht angezündet werden. Die Karpatendeutschen sitzen bei völliger Dunkelheit im stickigen Zug, ständig brüllen Kinder, und die Mütter stopfen ihnen die Wangen voll mit Brot, um sie ruhigzuhalten.

Etwa zehn Kilometer vor Bratislava hält der Zug plötzlich an. Man weiß nicht, warum. Der Zug steht zwei Stunden nachts auf offenem Feld. Der Befehl lautet, nicht auszustiegen, kein Licht zu machen.

Ina unterbrach jetzt, denn der Säugling schrie, und ihr Vater sagte, er sei plötzlich müde, ihm sei schwindlig, er fühle sich tatsächlich krank. Sie drehte aber das Handy nicht ab, sodass wir zwischen dem Brüllen unserer Tochter hörten, wie er den Hörer niederlegte und durch die Küche ging, von der ich dachte, dass sie jetzt der einsamste Ort sein müsse, und wie er den Hahn aufschraubte und das Wasser in unregelmäßigen Stößen aus der Leitung in das Blechbecken spritzte, wie er seufzte und das Handtuch vom Haken zu sich heranzog.

Ina stillte den Säugling, erschöpft in die Ledersitze zurückgesunken. Er hörte auf zu schreien. Später stand sie mit ihm am Fenster, schaukelte ihn, damit er sich beruhigte, sie erstickte seine Angst zwischen ihren Brüsten. Als mich ihr Blick traf, dachte ich, sie würde etwas zu der Geschichte ihres Vaters sagen, aber sie lächelte nur und sagte etwas über die Hitze, und dass sie hoffe, die Lok käme bald. Dann kam ihr Vater zurück ans Telefon. Er räusperte sich, wie er es immer vor diesen ernsten Gesprächen tat. Wir hörten, wie er trank und ein Glas abstellte. «Jetzt ist es besser», sagte er. «Bist du hier?», fragte er sehr leise.

«Ja», sagte Ina.

Dann erzählte er weiter.

Erst am zweiten Tag erreicht der Zug die Grenzstation. Auf dem Bahnhof warten Ärzte und Krankenschwestern, um die Erschöpften zu versorgen. Man weist die Evakuierten an das Bezirksamt, aber dort will man die Leute gar nicht haben. Die Familien stehen dort den ganzen Tag an. Das ungeschriebene Gesetz lautet: Gib dem Bürgermeister Zigarretten, Zigarren oder Kaffee, dann bekommst du eine Unterkunft. Aber Steiner hat nichts, und die meisten haben nichts, und sie murren und hassen das Land, das sie gerade erst betreten haben, bereits.

Die meisten Evakuierten werden in Schulen untergebracht oder auf Bauernhöfen, wo die Männer im Krieg gefallen sind. In einer alten Patronenfabrik werden Notbetten aufgestellt. Steiner aber bekommt keine richtige Wohnung zugeteilt. Als der Mann am Amt ihm sagt, wo er hinkommt, will er es nicht glauben.

Er fragt: «Wohin sollen wir?»

Und der Beamte wiederholt: «Auf ein Schloss, Schloss Niederabsdorf.»

«Auf ein Schloss?»

«Ja, auf ein Schloss.»

Es ist ein ausgebranntes, durch mehrere Bombentreffer zerstörtes Barockschloss. Das Treppenhaus liegt offen, die Trümmer eines Engels, der einmal am Handlauf montiert gewesen war, liegen einfach so im Gestrüpp. Ein Raum im zweiten Stock ist ihr Zimmer, ehemalige Prunkräume, die nun vollkommen leer sind, zwischen schwarzen, verkohlten Wänden. Sie wohnen dort mit anderen Evakuierten: Siebenbürger Sachsen, Sudetendeutschen, Ungarndeutschen. Sie alle schimpfen auf die Beamten, die sie in diese Ruinen schicken. Sie klagen über die Schönheit ihrer Heimat, sie verstehen nicht, warum sie fortmüssen, niemand habe je einen Russen gesehen, kein einziges Haus sei zerstört. Sie malen sich aus, wie sie auf die Felder hätten gehen können, sie hätten Käse gehabt und Brot, Fleisch. Bis zuletzt sind sie auf Druck Nazideutschlands gegenüber der slowakischen Mehrheitsbevölkerung bevorzugt worden. Hier aber haben sie nichts.

Inas Vater erzählte von Läusen und der Kälte im Schloss, in dem sie mehrere Jahre gelebt hätten, von den Mäusen, der ganz grundsätzlichen Schwierigkeit, zu sechst in einem Zimmer zu leben, von der ständigen Zugluft in den glaslosen Fensterzargen. Das Wichtigste aber – so denke ich – war das folgende Erlebnis. Ina ist sich da nicht so sicher, aber ich denke, das war, was ihn gebrochen hat, nicht die Bombentreffer, nicht der Verlust der Heimat, nicht der ausgeträumte Traum vom tausendjährigen Reich, der Hunger, die Besatzung durch die Rote Armee – das Wort «Befreiung» hätte nur ein Lebensmüder in ihrer Gegenwart ausgesprochen. Nicht, als die Vertriebenen auf den Bahnhöfen in Wien und Linz ohnmächtig aus den überfüllten Güterwaggons auf die Gleise kippten, nicht, als der aus dem Londoner Exil zurückgekehrte Beneš die Tschechen und Slowaken zu Weihnachten 1945 via

Radio aufforderte, sich zu freuen, dass dies das erste Weihnachtsfest ohne Deutsche sei.

Sondern, als Steiner plötzlich selbst auf dem Feld eines fremden Bauern stand. Er, der ehemalige Großgrundbesitzer, zupfte das Unkraut von Mais- und Weizenfeldern und musste sich von einem sogenannten Nachsteher kontrollieren lassen. Diese Demütigung, so Inas Vater, habe ihn täglich gewürgt. «Ich stehe hier wie ein Zigeuner auf dem Feld», soll er mehrmals erstaunt und verzweifelt an einem der Abende im zerbombten Schloss gesagt haben, «ich bin ein Zigeuner.» Er verstand das nicht, er fragte sich: Wie kann das sein?, und er brüllte diese Frage nachts durch das zerbombte Schloss. Er hielt alle wach mit dieser Frage.

Sein in Generationen von Steinerbauern zusammengegeiztes und zusammengegaunertes und von Knechten, Zwangsarbeitern, Frauen, Kindern erarbeitetes und nicht zuletzt sich selbst abgetrotztes Vermögen war von einem Tag auf den anderen verschwunden.

Die Arbeit bei der Heuernte, die Weinlese, das Unkrautzupfen habe abends ein Stück Käse und einen Laib Brot in das feuchte Barockzimmer gebracht, in die Kälte, die zugigen Räume, in denen bis ins 19. Jahrhundert Nachkommen der Fürstenfamilie Liechtenstein gewohnt hatten und in dem heute Mädchen auf Ponys reiten lernen: ein Ponyhof für Kinder, das Lachen der Kinder hört man weit über die Ebene des Marchfeldes. Ich kannte den Hof. Als Kind war ich dort oft mit dem Fahrrad vorbeigefahren.

Inas Vater weinte jetzt wieder. So sehr Ina es zuvor gewünscht hatte, ihm diese Geschichte zu entreißen, so sehr erboste es sie nun, dem von seiner eigenen Rührseligkeit ergriffenen Vater zuzuhören. Sie stand auf und schob das Fenster auf, streckte den Kopf hinaus, aber immer noch war nichts von einer Lok zu sehen.

Da sagte Inas Vater: «Man muss dem Menschen das Leben sauer machen, damit er Lust bekommt auf das Sterben.»

Sie griff nach dem Handy, und obwohl sie es auf Lautsprecher geschaltet hatte, hielt sie es dicht an ihren Mund.

«Was hast du gesagt?», fragte sie.

«Man muss dem Menschen das Leben sauer machen, damit er Lust bekommt auf das Sterben.»

Das sei Steiners Satz gewesen. Er habe diesen Satz immer wieder, wenn er erschöpft und missmutig ins zerbombte Schloss zurückgekehrt sei, einen Laib Brot unterm Arm oder ein Stück Geselchtes, das er sich erarbeitet hatte, seiner Familie gesagt und dabei anfangs noch gelacht, später war nicht einmal mehr Platz für Zynismus in ihm gewesen.

Wenn er vom Unkrautzupfen, vom Sensen und Vitriolspritzen auf den fremden Feldern heimkam, wollte er seine Ruhe, die er sich mit kurzen Handkantenschlägen verschafft habe. Wenn er zuschlug, war die Welt still, auch der Geschlagene hielt still. Steiner hingegen brüllte wie am Spieß. Er prügelte mit hochrotem Kopf, bis zur Atemlosigkeit, er brüllte wie unter Schmerz, als schlüge er sich selbst. Und immer wieder habe er dabei vor sich hin gebrüllt, dass man dem Menschen das Leben sauer machen müsse, damit er Lust bekäme auf das Sterben.

Er hatte auch Glück. Bei einer Tombola auf dem Dorfball gewann er ein Motorrad, das er, ohne auch nur ein einziges Mal aufzusitzen, verkaufte. In der plötzlich erneut auflodernden Hoffnung, einen Hof zu gründen, kaufte er eine Kuh, die er im ehemaligen Schlossgarten vor der zerbombten Ruine anpflockte. Nachts, wenn er von der Arbeit auf den fremden Feldern heimkam, fuhr er mit dem Fahrrad noch einmal fort, um Klee zu schneiden und an sie zu verfüttern. Da war wieder diese Idee, alles noch einmal neu aufzubauen. Er zwang sich dazu, noch härter zu arbeiten, er verbat den Kindern den Schuldienst, bis auch zwei Ziegen neben der Kuh standen. Ein Zufall bescherte ihm die Möglichkeit, günstigen Grund zu kaufen. Steiner war geschickt, er verhandelte und ließ sich Bodenproben aushändigen, von denen der Besitzer nichts wusste, er blühte auf im Gedanken, den Grund viel zu billig erstehen zu können, und lachte in Vorfreude.

Nach fünf Jahren in der Ruine zogen sie in ein neues Haus an der March. Noch in derselben Woche soll Steiner die ersten Pflöcke für den Weinbau in die Erde geschlagen haben.

Immer mehr solcher Geschichten über Steiner sprudelten jetzt aus Inas Handy auf dem kleinen Tischchen. Inas Vater, der nie gesprochen hatte, schien jetzt alle Geschichten über seinen Vater auf einmal erzählen zu wollen. Vieles davon erschöpfte uns, vor allem, wenn er – wie es eine heimliche Vorliebe der Volksdeutschen zu sein scheint – die politische Welt erklärte und warum alles so gekommen war. Die Neigung zum Revisionismus war auch ihm eigen, aber eine Geschichte ist noch erwähnenswert. Die Geschichte, wie Steiners letzte Hoffnung schwand.

Inas Vater sei eines Tages nach der Schule heimgekommen. Er sei – wie das üblich war – nach dem Essen sofort zu Steiner gelaufen, um nach Arbeit zu fragen. Bis in die Abendstunden veredelten sie in der feuchten Waschküche junge wilde Weinstöcke, ritzten sie ein und banden sie mit veredelten aneinander: eine stille Arbeit. Aber der Weinbau warf wenig Geld ab. Das erkannte Inas Vater – wie er behauptete: ein finanzielles Naturtalent – bereits in frühen Jahren. Die Menschen legten ganz andere Maßstäbe an die Qualität. Steiner konnte da nicht mithalten.

Inas Vater hatte früh begonnen, sich sein Taschengeld aufzubessern, der Bürgermeister hatte Prämien für die Tötung von Zieseln ausgeschrieben: 50 Groschen pro abgeliefertem Zieselschwanz. Er verabredete sich mit einem Schulkameraden: einer leitete Wasser in die Höhlensysteme, der andere stand am Höhleneingang und schlug den Ziesel mit einem Knüppel tot. Der Wunsch nach Geld, dem Heilsbringer gegen die Welt der Armut, die er von seinem Vater kannte, war schon früh in ihm gewesen.

Sie waren mehrere Stunde schweigend beim Veredeln in der Waschküche gesessen, als Inas Vater plötzlich zu Steiner sagte: «Wissen Sie, Vater, ich bin froh, das Leben als Bauer kennengelernt zu haben.» Das gefiel Steiner. Obwohl er es nicht mochte, wenn während der Arbeit gesprochen wurde. «Ich weiß, wir Steiners waren schon immer Bauern», fuhr Inas Vater weiter fort, «Weinbauern. Ich bin froh darüber, dass Sie mir schon so früh dieses Leben gezeigt haben. Denn dadurch habe ich eingesehen, dass es nicht gut ist, dieses Leben zu führen. Dieses Leben als Bauer, sehen Sie Vater, das bringt nichts ein.» Und er, der Sohn, stand jetzt auf und zeigte dem Vater, wie elend alles war. Er zeigte ihm, wie sie lebten, er zeigte ihm, wie kaputt Steiners Hände waren von der Arbeit, und er erzählte ihm, was er gehört habe: dass ein ganz anderes Leben möglich sei. Dass man auf Urlaub fahren könne.

Inas Vater sagte, er wolle mit Geld arbeiten. Er wolle auf die Handelsakademie gehen. Er wolle Kaufmann werden. Ein Kaufmann habe immer Geld bei sich und brauche nicht in der Erde zu wühlen. «Sehen Sie nur», habe er gesagt, «wir wühlen den ganzen Tag in der Erde! Meine Mutter wühlt in der Erde, Sie wühlen in der Erde, ich wühle in der Erde! Wir haben die Erde unter den Fingernägeln, wir haben die Erde in unserer Kleidung, wir haben die Erde unter unseren Bettdecken. Schauen Sie nur, Vater!» Steiner war zu erstaunt, um zu antworten. Er wolle doch um so vieles lieber Geld haben, sagte Inas Vater. Denn mit Geld, so habe ihm die Lehrerin heute in der Schule erzählt, könne man sich alles kaufen. Mit Geld müsse man nicht in der Erde wühlen. Geld könne arbeiten, nicht der Mensch. Und er habe diesen Satz, der ihm auch heute noch der schönste Satz im Leben zu sein schien, wiederholt: «Das Geld arbeitet, nicht der Mensch! Das Geld!»

Steiner sei damals auf die Küchenbank zurückgesunken und habe ab diesem Zeitpunkt nicht mehr gesprochen.

Steiner war ein Mensch ohne Welt gewesen, dachte ich jetzt. Ich erinnerte mich daran, dass bei seinem Begräbnis jemand diesen Satz gesagt hatte, ich wusste nicht mehr, wer. Steiner war die Welt abhanden gekommen, dachte ich. Spätestens als die Kommunisten sich in der Tschechoslowakei an die Macht putschten, wusste er, was das bedeutete. Aus Gehässigkeit, hieß es, habe er noch in der Schlossruine zerschlissene Autoreifen verbrannt und sich diebisch daran erfreut, die schwarzen Rauchschwaden über die March ziehen zu sehen. Die Vorstellung, der giftige Rauch würde bis Bratislava ziehen und sich dort über die Gärten der Parteifunktionäre legen, verschaffte ihm für einige Augenblicke Genugtuung.

Er hatte gesehen, wie jene, die mit ihm evakuiert worden waren, leichter in dieser neuen Heimat hatten Fuß fassen können, manche, ehemalige Knechte, waren Bank- und Postbeamte geworden, andere sogar auf Hochschulen gegangen, um Ärzte und Volksschuldirektoren zu werden. Steiner hatte sein Verharren in der Vorstellung, ein Großbauer ohne Grund sein zu müssen, mit seinem eigenen Unglück und dem Unglück seiner Familie bezahlt. Als erster Steiner nach über vierhundert Jahren war er nicht zum Sterben in das sogenannte Sterbezimmer seines Hofes gegangen, denn er hatte keinen Hof mehr gehabt. Er hatte keinen Nachfolger gehabt. Er war der erste Steiner, der nicht im Familiengrab, sondern – wie es pathetisch hieß – in fremder Erde lag.

Es war jetzt nur noch grausam, Inas Vater weinen zu hören, und ich dachte, dass er doch das beste Beispiel dafür war, dass Steiners Verbitterung in seinem eigenen Unglück weiterlebte, in seinem teuflischen Geiz, der sich selbst und seiner Familie nichts vergönnte. Eine seltsame Sentimentalität lag in diesen Erzählungen eines ungerechten, störrischen Patriarchen, Inas Vater weinte, aber außer den bekannten Rührseligkeiten über den Schattenwurf einer Kastanie in ihrer Straße und über die Friedlichkeit des Weihers am Rande der Marillenbäume konnten wir nichts weiter erfahren. Ich konnte sehen, dass es Ina anwiderte, ihn heulen zu hören.

Ich muss auch sagen, dass ich froh war, dass niemand diesen Satz vom Neuanfang aussprach, der immer in einer Verlogenheit ausgesprochen wird; davon, mit dem Kind zu Inas Vater zu fahren und zu fünft, also vielleicht sogar mit Inas Mutter gemeinsam, an einem Tisch zu sitzen, ein neues Familienglück zu schaffen, alles sei jetzt möglich. Man weiß nie, wohin die Rührseligkeit führen kann, dachte ich, in die gefährlichsten Abgründe womöglich, aber als ich Inas Gesicht sah, wusste ich, dass diese Gefahr nicht bestand. Sie lehnte ihren Vater noch entschiedener ab. Er war ihr nun völlig zuwider.

Ich ging jetzt mit dem Säugling auf den Gang, denn ich hatte ein Geräusch gehört, ich dachte, die Fahrdienstleiterin sei vielleicht eingestiegen, und ich wollte sie fragen, ob sie sicher sei, dass dieser Zug nach Bratislava fahre. Es war immer noch ein seltsames Gefühl, das Baby zu halten, zum ersten Mal dachte ich, dass es auffallend dunkle Haare habe, und ich dachte an ein Foto, das mich als Säugling mit solchen Haaren zeigte, und ich hatte Mühe, mich nicht selbst von der Rührseligkeit einfangen zu lassen.

Ich ging einen Waggon weiter, dem Geräusch nach, ich drückte die Tür auf und ging in den nächsten Waggon. Ich öffnete mit einer Hand das Fenster und beugte mich – so gut das mit dem Kind ging – auf Zehenspitzen hinaus, um nach der Lok oder der Person zu sehen, die ich gesehen hatte. Aber als dort niemand war, kehrte ich zurück und es kam mir vor, als ginge ich zurück viel weiter, als ich mich entfernt hatte. Ich stürzte in mehrere Abteile hinein, immer im Gefühl, dort müsse Ina zu finden sein. Schließlich fand ich sie – auf dem Sitz ausgestreckt mit geschlossenen Augen, ihr Handy auf der Brust, das sie im Augenblick meines Eintretens einsteckte.

Sie nahm mir das Baby aus der Hand und lächelte und ich dachte in dem Augenblick wieder nur, dass ich sie liebte.

Sie fragte, ob ich die Schaffnerin gefunden hätte, was ich verneinte, und sah auf die Uhr ihres Handys. Und ich fragte, ob sie oder ob ihr Vater aufgelegt hätte, und sie sagte, er habe aufgelegt, aber nun sei es gut.

Wir sprachen dann lange nicht mehr. Ich sah sie an und wusste plötzlich, dass wir in Bratislava aussteigen und verschiedene Züge nehmen würden: Sie würde zurück ins Dorf in ihre neue Wohnung fahren, ich zu meinen Mitbewohnern zurück, aber der Gedanke war nicht schmerzhaft, sondern im Gegenteil so beruhigend, dass ich dabei zufrieden vor mich hin brummte. Ina war dadurch aufmerksam geworden, sie sah mich an und lächelte, und wieder dachte ich, dass ich sie liebte, als sie plötzlich sagte, dass es nun doch die Brücke über die March geben solle. «Sie werden diese Brücke bauen», sagte sie, «so, wie es die Slowakei schon lange wünscht.»

«Welche Brücke?», fragte ich.

«Die Brücke über die March», sagte sie. Diese Brücke würde jetzt gebaut werden, dort, wo sich schon einmal vor hundert Jahren eine Brücke über die March gespannt habe. «Sie werden die Brücke bauen», sagte sie, und dass man im Internet dazu aufgerufen hatte, Namensvorschläge für sie einzubringen. «Eine Brücke über die March», sagte sie und man konnte sehen, wie sich ihre Gesichtszüge bei diesem Gedanken aufhellten, diese Abstimmung im Internet habe ergeben, dass die Brücke *Charly-Sheen-Brücke* heißen solle. «Die Brücke wird *Charly-Sheen-Brücke* heißen», sagte sie und lachte. In diesem Moment ging ein Rucken durch den Zug. Die Lok wurde angekuppelt und der Zug setzte sich schwerfällig in Bewegung.

Danksagung

Für die zahlreichen Gespräche, die ich während der Arbeit an diesem Roman geführt habe, für Hilfestellungen und die Kraft, die es manchmal bedeutet, sich zu erinnern, für das Zugänglichmachen von Archivmaterial, für Anregungen und die Bereitschaft, gemeinsam in die Geschichte zu reisen, möchte ich folgenden Personen meinen Dank ausdrücken:

Martin Binder-Blumenthal, Andre Coudek, Prof. Ewald Crha, Prof. Gerhard Mang, Dr. Christina Pichler und Dr. Petra-Leonie Pichler, Peter Podesva, Dr. Agnes Rettelbach, den Mitarbeitern des Jüdischen Museums in Bratislava, den Mitarbeitern des Karpatendeutschen Museums in Bratislava, einem Pfarrer, dessen Name mir unbekannt blieb, und nicht zuletzt meinen Eltern und Großeltern.